Ashford Park

Lauren Willig

Ashford Park

Roman

Aus dem Englischen
von Mechthild Sandberg-Ciletti

Weltbild

Die amerikanische Originalausgabe erschien 2013 unter dem Titel *The Ashford Affair*
bei St. Martin's Press, New York.

Besuchen Sie uns im Internet
www.weltbild.de

Genehmigte Lizenzausgabe für Verlagsgruppe Weltbild GmbH,
Steinerne Furt, 86167 Augsburg

Übersetzung: Mechthild Sandberg-Ciletti
Umschlaggestaltung: Atelier Seidel – Verlagsgrafik, Teising
Umschlagmotiv: © istockphoto.com / © Thinkstockphoto.com / © Maria Seidel
Gesamtherstellung: CPI Moravia Books s.r.o., Pohorelice
Printed in the EU
ISBN 978-3-95569-235-3

2017 2016 2015 2014
Die letzte Jahreszahl gibt die aktuelle Lizenzausgabe an

Für James
jetzt und immer

PROLOG

Kenia, 1926

Addies Handschuhe waren von Schweiß und rotem Staub beschmutzt.

Und nicht nur die Handschuhe. Sie schnitt ein Gesicht, als sie an sich hinunterschaute. Die zarte Perlmuttfarbe ihres Kostüms hatte sich in ein Rostbraun und Rußschwarz verwandelt. Selbst im spärlichen Licht, das das dichte Mückengitter an den Fenstern einließ, war zu erkennen, dass nichts mehr zu retten war. Das Ensemble war in London von bestechender Eleganz gewesen, hatte sich jedoch für die Reise quer durch Kenia als schlechte Wahl erwiesen.

Sie kam sich wie eine Idiotin vor. Was hatte sie sich nur gedacht? Das edle Stück hatte mehr gekostet, als sie in einem ganzen Monat verdiente. Es war eine sträfliche Extravaganz, zumal sie sich dieser Tage eher praktisch als modisch anzog. Einen ganzen Nachmittag lang hatte sie die Oxford Street hinauf und hinunter die Geschäfte abgeklappert und ein Kleid nach dem anderen anprobiert. Das eine war zu nichtssagend, das andere zu teuer, bis sie endlich das richtige gefunden hatte. Es kostete ein bisschen mehr, als sie sich eigentlich leisten konnte, doch mit Wohlwollen betrachtet, hätte es sogar als Pariser Modell durchgehen können und nicht nur als zweite Wahl.

In ihrer kleinen Wohnung hatte sie vor dem Spiegel mit der komischen Wellenlinie in der Mitte wie ein Pfau posiert. Sie drehte sich hin und her, um die Gesamtwirkung zu genießen und sich von ihrer Phantasie hundert verlockende Bilder vorgaukeln zu lassen. Wie Bea am Bahnhof stand, um sie abzuholen, älter und gesetzter, das schimmernde goldblonde Haar von der heißen tropischen Sonne strohig geworden, die Figur weicher durch die Schwangerschaften. Wenn sie Addie in ihrem schicken neuen Kostüm mit der schicken neuen Frisur aus dem Zug steigen sah, würde sie erst einmal sprachlos sein vor Überraschung. Dann würde sie sie von links nach rechts und von rechts nach links drehen und die neue weltstädtische Eleganz, das gepflegte Haar, die ungewohnt gezupften Brauen bewundern.

Du bist erwachsen geworden, würde sie sagen, und mit dem feinsten Hauch eines spöttischen Lächelns, wie man es zur Cocktailstunde im Ritz sah, würde Addie antworten: So etwas soll vorkommen.

Dann würde hinter ihr jemand ‹Addie?› sagen, und sie würde sich umdrehen und die staunende Bewunderung in Fredericks Gesicht sehen, wenn er in diesem Moment zum ersten Mal erkannte, was er in London zurückgelassen hatte.

Schweiß rann zwischen ihren Brüsten hinab und durchfeuchtete ihr Kleid. Sie brauchte gar nicht noch einmal an sich hinunterzusehen; sie wusste, dass der Stoff voller Flecken war, die sich beim Waschen höchstens gelb färben würden.

Da half nur noch ein schiefes Lächeln. Sie hatte so inbrünstig – und ein wenig gemein – gehofft, dass sie wenigstens einmal besser abschneiden und dass dieser bescheidene Abklatsch einer Couturekreation den Künsten der Schneider Nairobis den Rang ablaufen würde. Stattdessen stand sie nun hier wie ein begossener Pudel, fern von allem, was vertraut und heimisch war, nach wochenlanger Schiffsfahrt und tagelanger Zuckelei quer durch die afrikanische Savanne. Einen Monat und eine Woche war sie unterwegs gewesen – und warum das Ganze?

Genau die Frage hatte David ihr vor ihrer Abreise gestellt. Warum?

Es war eine vernünftige und logische Frage, auf die sie im ersten Moment am liebsten aufbrausend geantwortet hätte, das gehe ihn gar nichts an. Aber es ging ihn natürlich an, und das wusste sie auch. Der Ring, den er ihr geschenkt hatte, hing an einem Kettchen um ihren Hals, noch nicht Zeichen einer Verlobung, aber doch einer Art Vor-Verlobung. *Steck ihn mir an, wenn ich wieder da bin*, hatte sie gesagt. *Dann können wir sie bekanntgeben.*

Aber warum sollen wir warten?, hatte er gefragt. *Warum fährst du überhaupt?*

Weil ... hatte sie begonnen und gestockt. Wie sollte sie es ihm erklären, wenn sie selbst nicht genau wusste, warum? Sie murmelte etwas von Lieblingscousine, von alter Freundschaft und dass Bea sie brauche und sie ihr etwas schulde.

Und deswegen musst du bis nach Afrika reisen? Er zog eine Augenbraue hoch auf jene leicht spöttische Art, die seine Studenten fürchteten, wenn sie sich durch Erörterungen von Platos *Politeia* oder Aristoteles' *Politik* stotterten.

Vielleicht will ich reisen, weil ich reisen will, sagte sie scharf. Habe er das einmal bedacht? Dass sie den Wunsch haben könnte, wenigstens einmal in ihrem Leben über die Grenzen ihrer Heimat hinauszukommen? Den Wunsch, noch ein bisschen zu leben, ehe sie sich die Schürze umband und zum Heimchen am Herd wurde?

Ein billiges Argument, aber es hatte gesessen. Er hatte sich augenblicklich entschuldigt. David war ein sehr fortschrittlich denkender Mann. Das war eines der Dinge, die sie an ihm mochte, nein, die sie an ihm liebte. Er bewunderte sie tatsächlich dafür, dass sie arbeitete. Er bewunderte sie dafür, dass sie sich aus dem aristokratischen Korsett befreit hatte – so hatte er es formuliert – und ihr Leben selbst in die Hand nahm.

Er ahnte nicht, dass die Wahrheit weit komplizierter war, längst nicht so beeindruckend. Sie hatte sich weniger aus eigenem Antrieb befreit, sie war angetrieben worden und hatte nichts dagegen tun können.

Der arme David. Gebührend beschämt, hatte er es sich zur Aufgabe gemacht, ihre Afrikareise mit ihr zu planen, und war jeden Abend zur Entschuldigung mit einem neuen Sühneopfer erschienen, einer Landkarte, einem Reiseführer, einem Fahrplan. Er stürzte sich in die Vorbereitungen, als wollte er und nicht sie die Reise unternehmen. Addie nickte und lächelte und täuschte ein Interesse vor, das nicht da war. Es nicht zu tun, wäre dem Eingeständnis gleichgekommen, dass die Frage immer noch unbeantwortet zwischen ihnen stand.

Warum?

Wenn sie es doch nur wüsste. Unter ihrem Topfhut klebte ihr das Haar am Kopf. Addie riss den Hut herunter und warf ihn auf das schmale Bett. Durch die Bewegung des Zuges hätte eigentlich ein kleiner Luftzug entstehen müssen, doch die Mückenschutzgitter saßen stramm im Rahmen, und die Maschen waren von dem roten Staub verklebt, der beinahe schlimmer war als die Mücken. Mit den heruntergelassenen Blenden war der Wagen dunkel und stickig, einem Viehwaggon ähnlicher als einem Abteil erster Klasse, und viel zu oft übertönte das schrille Heulen der Signalpfeife das Rattern der Räder auf den Gleisen.

Auf dem Bett kniend, kämpfte sie mit den Rollläden, bis sie sie oben hatte. Der Zug zuckelte stetig auf dem einspurigen Gleis dahin. ‹Die Eisenschlange› nannten ihn die Einheimischen, wie man ihr in Mombasa erklärt hatte, während sie im hektischen Gewimmel des Hafens herumgeschubst wurde und krampfhaft versuchte, bei ihrem Gepäck zu bleiben, das vom Schiff zum Zug befördert wurde. In der Ferne konnte sie eine Herde Tiere ausmachen, Rehen ähnlich, doch mit dünnen, hochgewachsenen Hörnern, die vom Getöse des Zugs erschreckt die Flucht ergriffen. Es war beinahe Mittag, und in der Äquatorsonne flimmerte die Landschaft in einer Art Dunst, wie hinter schlierigem Glas, sodass die fliehenden Tiere im Lauf zitternd zu verschwimmen schienen. Es erinnerte sie an ein impressionistisches Gemälde.

Sie hatte sich Afrika nie so sattgrün noch seinen Himmel so sattblau vorgestellt.

Ihre Bilder, soweit sie welche hatte, waren in Braun- und Orangetönen gehalten, dazwischen vielleicht ein paar Sprengsel Urwald, H. Rider Haggard und seinen in Afrika spielenden Abenteuerromanen zu Ehren. Vielleicht hätte sie sich mehr den Büchern und Karten widmen sollen, die David mitgebracht hatte, anstatt mit einer wohlbekannten Mischung aus

Verpflichtung und Schuldgefühl, Zuneigung und Angst sein schmales angeregtes Gesicht im Lampenschein zu beobachten. Sie hatte sich kaum Gedanken über Afrika gemacht. Sie hätte Bücher darüber lesen, Leute danach fragen können, aber sie hatte sich nicht die Mühe gemacht. Wenn sie an die Reise nach Afrika gedacht hatte, dann hatten ihre Gedanken nicht Afrika gegolten.

Der Wind drehte und blies eine Rauchfahne direkt zu ihr hinein.

Vom beißenden Qualm musste sie husten. Schnell zog sie den Rollladen wieder hinunter. Ihr Taschentuch war schwarz, als sie es vom Gesicht nahm. Sie lief stolpernd in das kleine Bad und säuberte sich so gründlich wie möglich, wobei sie es vermied, in den Spiegel zu sehen.

So ein unscheinbares, fades Gesicht im Vergleich zu Beas strahlendem Liebreiz.

Die Debütantin der Dekade hatten die Zeitungen Bea genannt, voll Selbstzufriedenheit über die gelungene Alliteration. Sie war nicht nur einmal, sondern ein Dutzend Mal fotografiert worden: als Diana, als Circe, von Mondschein umflossen, als Braut in Spitzen und Orangenblüten.

Addie versuchte, sich an die Bea von damals zu erinnern, an die lebendig bewegten Züge, aber das Einzige, was sie sich vor Augen rufen konnte, war die kühle Schönheit einer steifen Porträtfotografie, silberblondes Haar, das glatt und glänzend um ein fein gemeißeltes Gesicht lag, einen Mund, der eine römische Göttin vor Neid hätte erblassen lassen, helle blaue Augen, grau getönt von der Palette des Fotografen. Sie hatte die Fotografie auf dem Kaminsims in ihrer kleinen Einzimmerwohnung stehen, der silberne Rahmen ein schreiender Gegensatz zu den feuchten Wänden, von denen die Farbe blätterte, ein Relikt aus einem Leben, das nun so fern schien wie das ‹Es war einmal› im Märchen.

Addie war gespannt, wie dieser lichte Liebreiz sich unter der heiß glühenden Sonne gehalten hatte. Es war sechs Jahre her, seit sie einander das letzte Mal gesehen hatten. Würde sie verändert aussehen? Runzlig, welk, braun verbrannt?

Es war unmöglich, sich Bea anders vorzustellen als so, wie sie gewesen war, im fransigen Charlestonkleid mit langer Zigarettenspitze in der Hand. Auch wenn sie sich noch so sehr bemühte, sie konnte Bea nicht auf einer Farm in Kenia sehen, konnte ihr Bild von ihr nicht mit Staub und Hitze, Khaki und Moskitonetzen in Einklang bringen. Das passte vielleicht zu anderen, aber nicht zu Bea. Beinahe ebenso schwer fiel es Addie, trotz der Briefe aus der Feder ihrer Cousine, zu glauben, dass Bea jetzt Mutter war, nicht von einem, sondern von zwei Kindern, kleinen Mädchen, wie sie geschrieben hatte. Marjorie und Anna.

Addie hatte Geschenke für die beiden in ihrem Schiffskoffer. Es waren französische Puppen mit Porzellangesichtern und Sägemehlarmen. Sie hatte sie in letzter Minute gekauft, die erstbesten mitgenommen, die sie fand, für den Fall, dass die Kinder echt waren und nicht Ausgeburten eines der ausgefallenen Späße ihrer Cousine. Mutterschaft und Bea passten nicht zusammen. Ähnlich wie Bea und Kenia.

Addie zupfte am Finger ihres Handschuhs. Sie sollte damit aufhören, sofort, bevor sie in Nairobi ankam. Es war unfair. Warum sollte Bea nicht eine wundervolle Mutter sein? Sie war doch der einsamen Cousine, Addie, eine wundervolle Gefährtin gewesen, die beste Ratgeberin und die beste Freundin. Manchmal gedankenlos, ja, aber stets liebevoll.

Menschen veränderten sich, sagte sich Addie. O ja. Sie veränderten sich, sie lernten und wuchsen, genau wie sie.

Vielleicht war Kenia genau das, was Bea gebraucht hatte, um das Beste in sich hervorzubringen, so wie Addie dazu die eigene Emanzipation gebraucht hatte. Vielleicht, sagte sich Addie hoffnungsvoll, war das alles zum Besten so. Sie konnten einander jetzt auf gleicher Stufe begegnen, jede glücklich mit ihrem Leben und sicher verankert in ihm, ohne Liebeswirrungen, ohne Groll und ohne Verpflichtung. Sie war nicht mehr das arme kleine bemitleidenswerte Mädchen aus Kindertagen.

Sie war sechsundzwanzig und stand auf eigenen Füßen. Seit fünf Jahren verdiente sie ihr eigenes Geld, sorgte für sich selbst und traf ihre eigenen Entscheidungen. Die Tage, als sie in Beas Haus gelebt hatte, immer in ihrem Schlepptau, waren vorbei, lange vorbei.

Wenn eins aus Beas Brief deutlich hervorging, so war es, dass Bea sie brauchte und nicht umgekehrt.

Addie zog den Brief aus ihrer Reisetasche. Er war verknittert und voller Flecken, unzählige Male gelesen. *Du musst kommen*, hatte sie geschrieben, ganz die alte Bea, als hätte nichts von dem, was sich vor ihrer Abreise ereignet hatte, eine Spur hinterlassen. *Ich bin absolut aufgeschmissen ohne Dich.*

Typisch Bea, dachte Addie. Nicht nur die ausladende Handschrift, sondern die Wörter selbst. Nichts war je schlicht das, was es war. Es war immer *absolut, schrecklich, wahnsinnig. Liebe* oder *Hass*. Bea machte keine halben Sachen. Wunderbar, wenn man geliebt, weniger vergnüglich, wenn man gehasst wurde. Addie hatte beides erfahren.

Wir würden uns alle unheimlich freuen, Dich zu sehen.

‹Wir›. Nicht Marjorie und Anna, die kannten sie ja gar nicht. Addie war Abend um Abend aufgeblieben und hatte dieses eine Wort so gedreht und gewendet wie ein Professor, der über einem Lyriktext sitzt. Wir. War das nur ein weiteres Beispiel für Beas Hang zur Übertreibung? Eine harmlos liebenswürdige Geste? Oder etwas anderes?

Abrupt stopfte Addie den Brief wieder in ihre Reisetasche. Es war, was es war, sie würde schon sehen. Und dann würde sie zu David zurückkehren, der glaubte, sie zu lieben, und es vielleicht sogar tat. In dieser Beziehung schien er sich sehr sicher zu sein.

War er sicher genug für sie beide?

Ja, sagte sie sich. Ja. David gehörte zu ihrem neuen Leben, dem Leben, das sie sich selbst aufgebaut hatte, Stein um Stein unter Schmerzen, nachdem, na ja, nachdem alles so grauenvoll und dramatisch in die Brüche gegangen war. Der Rest war Geschichte, versunken im Nebel der Zeit. Sie und Bea konnten jetzt sicherlich darüber lachen, wenn sie auf der Veranda vor dem Farmhaus saßen. Gab es da überhaupt eine Veranda? Bestimmt, dachte Addie. Eine Veranda hörte sich nach angemessen rustikaler Ausstattung an.

Das war doch der Grund für ihre Reise, sagte sie sich. Frieden zu schließen. Sie und Bea waren so lange innige Vertraute gewesen, einander näher als Schwestern. Die letzten fünf Jahre des Schweigens waren wie eine klaffende Wunde gewesen.

An Frederick würde sie nicht denken.

Die Signalpfeife gab einen letzten schrillen Pfiff von sich, und der Zug hielt an. «Nairobi», rief jemand mit schallender Stimme. «Nairobi.»

Sie konnte gar nicht glauben, dass sie wirklich da war, dass diese Zugfahrt nicht endlos weitergehen würde, ein beständiges Rumpeln unter Qualmwolken und gleißender Sonne, die durch die Rollläden hindurch ihre Augen kitzelte.

«Nairobi.»

Addie fuhr hoch, nahm ihren kleinen Koffer und sah sich im Abteil nach herumliegenden Sachen um. Ihr Hut lag noch verlassen auf dem Bett. Sie zog ihn sich wieder über den Kopf und befestigte ihn mit einer langen Stahlnadel. Sie war da. Jetzt gab es kein Zurück mehr. Sie zog ihre Kostümjacke zurecht, holte tief Atem, ging entschlossenen Schrittes zur Abteiltür und schob sie auf.

Blinzelnd schaute sie in die Helligkeit hinaus. Ihr alberner kleiner Hut bot überhaupt keinen Schutz vor der Sonne: Sie hatte einen verschwommenen Eindruck von Licht und Staub, hin und her eilenden Menschen, die Gepäck ausluden, in mindestens einem halben Dutzend Sprachen, Arabisch, Englisch, Deutsch, Französisch, lauthals Freunde begrüßten. Auf der Metalltreppe stehend, beschattete Addie ihre Augen gegen die Sonne und suchte umsonst nach einer bekannten Gestalt, jemandem, den sie geschickt haben könnten, um sie abzuholen. Automobile hupten Rikschas an, die von Männern in wenig mehr als Lendenschurzen gezogen wurden, Reifen quietschten, der klappernde Hufschlag der Pferde untermalte das aufgeregte Stimmengewirr rundherum. In der heißen Sonne schienen die Gerüche intensiver, nach Pferden, Motoröl und Curry von einem Verkaufsstand neben dem Bahnhof.

Über das Lärmen hinweg hörte sie jemanden ihren Namen rufen. «Addie! Addie! Hier.»

Brav drehte sie sich um und suchte. Es war Beas Stimme, rauchig und angenehm, mit jenem leisen Anflug eines Lachens, der immer mitschwang, selbst wenn sie bis zum Äußersten reserviert war, so als hätte sie köstliche Geheimnisse, die sie liebend gern geteilt hätte. *Ein Mund wie geschaffen zum Erdbeerenessen*, hatte einer ihrer Verehrer geschwärmt, leicht aufgeworfene Lippen, die immer ein Lächeln zu verheißen schienen.

«Bea?» Staub und Sonne ließen Regenbogen vor ihren Augen tanzen. Dunkelhäutige Männer in weißen Gewändern, Europäer in Khaki, Frauen in hellen Kleidern, alle verschoben sich auf dem überfüllten Bahnsteig in ständig wechselnden Mustern wie in einem Kaleidoskop.

Aus dem Gewimmel stieß eine behandschuhte Hand wild winkend empor. «Hier.»

Die Menge teilte sich, und Addie sah sie. Die Zeit war aufgehoben. Lärm und Stimmengewirr verklangen zur gedämpften Hintergrundkulisse.

Wie hatte sie jemals hoffen können, Bea zu übertrumpfen?

Zwei Kinder hatten sie nicht verändert. Sie war immer noch groß und schlank, ihr blondes Haar leuchtete golden unter dem Hut, den sie mit einer Hand festhielt. Es war ein schräg sitzendes Modell, neben dem Addies Topfhut unpraktisch und provinziell wirkte. Beas Kleid war hellbraun, aber nichts daran war langweilig oder spießig. Das Oberteil saß lose über einem schmalen Rock mit einem locker um die Hüften liegenden Gürtel in Weiß und Braun, der zu den Details an Ärmeln und Saum passte. Im Vergleich erschien Addies Kostüm sowohl übertrieben als auch billig.

Addie verspürte eine vertraute Aufwallung von Liebe und Verzweiflung, von Freude über die Freude im Gesicht ihrer Cousine, das so unverändert schön war. Es war unfair. Sie wusste, dass es von *ihr* unfair war, Bea etwas übelzunehmen, das ganz einfach und natürlich ein Teil von ihr war, aber sie tat es trotzdem. Nur einmal ... nur ein einziges Mal ...

«Liebste!» Bea hatte große Auftritte nie gescheut. Mit ausgebreiteten Armen flog sie Addie entgegen, als diese, steif und ungelenk von einem Tag und einer Nacht in einem Stahlkasten, mühsam die Eisentreppe hinuntertappte. «Willkommen.»

Addie wehrte sie mit ausgestrecktem Arm ab. «Rühr mich lieber nicht an. Ich bin völlig verdreckt.»

«Unsinn», sagte Bea und zog sie trotzdem an sich, nicht nur zu einem flüchtigen Anstandsdrücken, sondern zu einer handfesten Umarmung. Einen Moment lang pressten ihre Arme so stark, dass Addie die Knochen durch ihr Kleid spüren konnte. Bea war dünner, dünner, als sie in London gewesen war. Ihre Arme umfassten Addie mit einer drahtigen, ungestümen Kraft. «Du hast mir gefehlt.»

Bevor Addie antworten, bevor sie sagen konnte, sie habe ihr auch gefehlt, hatte Bea sie schon wieder losgelassen und trat zurück, beherrscht und selbstsicher, jeder Zoll die Debütantin, die sie gewesen war.

Während sie Addie von Kopf bis Fuß musterte, verzog sie das Gesicht zu einer komischen Karikatur von Mitgefühl. «Diese fürchterliche Eisenbahn. Was du jetzt brauchst», erklärte sie mit Bestimmtheit, «ist ein Drink.»

Addie sah bekümmert an sich und ihrem so sorgfältig gewählten Reisekostüm hinunter, das jetzt schmutzig und voller Schweißflecken war. So viel zu ihrem großen Auftritt. So viel zu ihrem Vorhaben, mit Bea zu konkurrieren. Sie hatte verloren, noch bevor der Wettstreit begonnen hatte. «Was ich brauche, ist ein Bad und meine Sachen.»

«Sollst du beides bekommen. Und einen Drink dazu.» Bea hakte sich bei Addie unter wie früher und zog sie mühelos durch das Gewühl. «Reisen ist immer eine Strapaze. Diese grässlichen kleinen Abteile und diese grauenhaften Leute, die an den Gleisen stehen und einem mit ihren kreischenden Stimmen ihren Tee andrehen wollen.» Bea hatte immer schon ein Talent besessen, andere nachzumachen. Sie tat es ganz automatisch, sekundenschnell verwandelte sie sich und verwandelte sich gleich darauf, schwupp, wieder zurück.

«So strapaziös war es gar nicht», sagte Addie, angestrengt bemüht, Schritt zu halten. Ihr kleiner Koffer war schwerer, als sie in Erinnerung hatte, und ihre kurzen Schritte waren Beas ausholenden nicht gewachsen. Sie versuchte, sich an Fetzen aus Davids Vorträgen zu erinnern. «Es ist wahrscheinlich jetzt, wo die Eisenbahnschienen gelegt worden sind, viel bequemer.»

«Ja», bestätigte Bea zerstreut. Lächelnd winkte sie einem Mann im hellen Anzug zu. «Das», bemerkte sie murmelnd aus dem Mundwinkel, «ist General Grogan. Er ist der Eigentümer von Torr's Hotel. Da steigen wir nie ab.»

«Oh?» Der kleine Koffer knallte Addie immer wieder ans Knie. «Ist es ...?»

«Gewöhnlich», sagte Bea wegwerfend. «Du wohnst natürlich sowieso bei uns, aber wenn wir in der Stadt sind, gehen wir in den Muthaiga Club. Oder ins Norfolk. Nie ins Torr's.» Sie schenkte dem unglückseligen Eigentümer ein so strahlendes Lächeln, dass er über die eigenen Füße stolperte.

«Ah ja», sagte Addie, obwohl die Namen ihr nichts sagten. «Natürlich.»

Sie reckte den Hals, um sich umzuschauen, aber der Mann war schon verschwunden, und Bea dabei, ihr weiteres Wissenswerte zu vermitteln: über Pferderennen und Cocktailempfänge, über dieses Paar und jenes und wessen Farm am Ende war und wessen Bekanntschaft lohnenswert war.

«Du erinnerst dich sicher an Euan Wallaces erste Frau? Du hast die beiden doch bestimmt mal kennengelernt?» Zum Glück wartete Bea nicht auf eine Antwort, sondern redete gleich weiter, während sie sich durch das Menschengewühl drängten. «Sie hat sich vor Jahren von ihm scheiden lassen – oder er sich von ihr. Es ist schwierig, da auf dem Laufenden zu bleiben. Joss ist ihr Neuer, allerdings nicht mehr ganz so neu. Es sind inzwischen sieben Jahre? Oder acht?»

«Mhm», machte Addie und versuchte verzweifelt, nicht zu laut zu keuchen. Schweiß rann ihr in die Augen und machte sie halb blind, aber sie hatte kein Taschentuch in Reichweite, um ihn abzuwischen. Tapfer stolperte sie weiter. Sie war fest entschlossen, das beklemmende Gefühl zu ignorieren, das ihr sagte, dass sie einen schrecklichen Fehler begangen hatte.

Statt der Welterfahrenen war sie die Naive, die von Bea in die Geheimnisse ihrer Welt eingeführt wurde, Geheimnisse, die Addie, da sie sie niemals ganz erfassen könnte, wieder von Beas Führung und Unterweisung abhängig machen würden.

Kurz, es ging geradewegs zurück in dasselbe alte Muster.

«Wie weit ist es noch?», fragte sie mitten hinein in Beas Referat.

«Nicht mehr weit.» Bea sah sie überrascht an. «Ach, Darling, du siehst völlig erledigt aus. Es ist die Hitze, nicht? Ja, am Anfang ist man nicht auf sie vorbereitet.»

Bea war offensichtlich bestens vorbereitet; sie wirkte kühl und frisch. Aber sie trug ja auch keinen Koffer, der in den letzten zehn Minuten immer schwerer geworden war. Und sie hatte auch nicht die vergangenen vierundzwanzig Stunden in einem stickigen Eisenbahnabteil verbracht.

«Keine Sorge, Liebes», sagte sie, «wir sind gleich beim Wagen. Oh, schau. Da ist Alice de Janzé.» Lässig winkte Bea einer Frau zu, die mit der elegantesten Pariserin hätte konkurrieren können. «Amerikanerin, mit einem Franzosen verheiratet. Ich frage mich, was sie in Nairobi zu tun hat. Gewöhnlich ist sie drüben in Slains.»

Das gesellschaftliche Gerede ging Addie auf die Nerven. Als wären sie zurück in London, in dem Jahr, als sie in die Gesellschaft eingeführt wurden, Bea ständig von Leuten umgeben war und Tag für Tag mühelos neue Freundschaften knüpfte. Was war aus dem ‹ruhigen Leben auf unserer kleinen Farm› geworden?

Addie fragte atemlos: «Wo sind denn deine kleinen Töchter?»

Bea ging schneller. Addie musste praktisch laufen, um mitzuhalten. «Auf der Farm. Da sind sie glücklich. Wie Dodo mit ihren Ställen. Na ja, jeder nach seiner Fasson.»

Addie spürte die Gereiztheit eines schwelenden Streits, der mit ihr nichts zu tun hatte. Unsicher, wie sie darauf reagieren sollte, sagte sie nur: «Dodo schickt dir liebe Grüße.»

Dodo war Beas ältere Schwester, die Einzige des Clans, die offiziell noch mit ihr redete. Allerdings machte es bei Dodo kaum einen Unterschied, ob sie redete oder nicht, weil ihr einziges Thema ihre Pferde waren. Sie kam einmal im Monat nach London, wohnte stets im Ritz, wo ihr ramponierter Reiterlook sich kurios von den Schneiderkostümen und Pariser Modellkleidern der anderen Frauen abhob. Das war vielleicht das Sympathischste an Dodo, sie verstellte sich nie.

«Bares wäre mir lieber gewesen», sagte Bea flapsig. «Du hast keine Ahnung, was der Betrieb einer Kaffeefarm an Geld verschlingt. Nicht den blassesten Schimmer. Die ersten vier Jahre keine Erträge, und dann hängt alles vom Markt ab. Es ist zum Verrücktwerden.»

«Ist Frederick auf der Farm?» Kein Grund, sich zu sorgen, dass ihr Ton etwas verraten könnte, denn sie konnte ohnehin nur in keuchenden Stößen sprechen.

Bea bemerkte es und bremste barmherzig ihr Tempo. «Nein, er ist beim Wagen. Er wollte eigentlich mit an den Bahnsteig, aber Dee ist ihm dazwischengekommen.»

«Dee?» Addies Phantasie zeigte ihr einen Vamp mit langen, blutroten Fingernägeln.

«Lord Delamere. Ein grässlicher alter Langweiler.»

Addie lachte kurzatmig. «Keiner von den Gesegneten?»

So hatten sie in Kindertagen Leute bezeichnet, die sie mochten, ein Ausdruck aus ihrer Geheimsprache. Er lag ihr rostig und spröde auf der Zunge.

Impulsiv drehte sich Bea um und umarmte sie so stürmisch, dass sie beinahe den Boden unter den Füßen verloren hätte.

Staub und Schweiß gingen in einer Wolke teuren französischen Parfüms unter. «Ach, hast du mir gefehlt! Hast du Hunger?»

Addie kam schwankend wieder ins Gleichgewicht und stellte mit einem Aufprall ihren Koffer ab. Ja, sie war hungrig, hungrig und ein wenig benommen von der Hitze und der Sonne.

«Sie haben uns in Makindu etwas serviert.» Es hatte ein englisches Frühstück mit Eiern und Porridge geben, das sich einigermaßen bizarr ausgenommen hatte vor dieser Kulisse fremdartiger gestreifter Tiere, die in der Ferne grasten. Mit gekrauster Nase versuchte Addie, sich zu erinnern, wie lange das her war. Es kam ihr schon jetzt vor, als wäre es in einem anderen Leben gewesen. «Aber das war vor, ach, es müssen Stunden sein. In aller Frühe.»

«Keine Sorge, du bekommst etwas zu essen, sobald wir dich aus diesem grässlichen Kleid heraushaben.»

Addie fühlte sich augenblicklich angegriffen. «Was ist so grässlich daran? Wenn es gewaschen und gebügelt ist?»

Bea musterte sie mit dem Blick der Expertin. «Nein, meine Liebe, wirklich nicht.»

Addie sah sich plötzlich mit Beas Augen: zerknautscht und zerknittert, in einem Fähnchen von der Stange, das höher hinaus gewollt, es aber nicht geschafft hatte. Bea hatte sich immer durch eine mondäne Eleganz ausgezeichnet, die sie ohne jede Anstrengung erzielte. Und so war es immer noch. Sie schaffte es, in einer simplen Herrenhose auszusehen wie in einem Abendkleid von Worth. Addie zweifelte keinen Moment, dass sich dieses erbärmliche kleine Reisekostüm an ihr ausnehmen würde, als käme es aus der Werkstatt von Lanvin.

«Denk dir nichts», sagte sie wie zu einem Kind, und Addie fühlte sich schlagartig wieder wie die schüchterne, völlig unvorbereitete Sechsjährige, damals in Ashford, für die jedes Wort von Bea die Offenbarung war. «Wir finden etwas viel Besseres für dich.» Ihre hellen blauen Augen blitzten, als sie Addie nachdenklich ansah. «Und vielleicht einen Mann dazu?»

«Danke, hab ich schon», versetzte Addie scharf. Sie nahm ihren Koffer wieder hoch und schloss die Finger fester um den Griff. «David Cecil. Er ist Dozent am University College. Wirtschaftswissenschaften.»

«Du meine Güte», sagte Bea. «Da muss er ja wahnsinnig gescheit sein.»

«Das ist er», sagte Addie loyal, als hätte er sich nicht schon während der langen Reise in eine Art Hirngespinst von ihr aufgelöst, dieser Mann, den sie doch angeblich liebte und den sie vielleicht wirklich lieben würde, wenn sie sich nur selbst einreden könnte, dass die Vergangenheit wirklich vergangen war.

War das nicht genau das, was David ihr immer sagte? Die Welt ihrer Jugend mit Dienerschaft und großen Gesellschaften, Lord Dies und Lady Das – diese Welt war unwiderruflich dahin. Sie hatte in ihr gelebt, aber ihr nie wirklich angehört. David war der Mann, mit dem sie leben, Bett und Tisch teilen, alt werden und Rosen züchten würde – oder irgendwelche anderen Pflanzen, zwischen denen sie beschaulich umherwandern würden, umgeben von Kindern und Enkeln, die alle so klug waren wie er.

«Wir verloben uns, wenn ich zurückkomme», sagte sie, und es klang angriffslustiger, als sie beabsichtigt hatte.

«Ihr habt euch also gelobt, euch zu verloben?» Es klang tatsächlich ziemlich lächerlich, wenn man es so ausdrückte. Bea verzog den Mund zu einem kleinen schiefen Lächeln. «Komisch eigentlich. Ich hatte gedacht, ach, lassen wir das. Schau, hier sind wir schon.»

Das ‹Hier› war ein Ungetüm von einem Automobil, ein wuchtiges viereckiges Ding, das Addie an diese Leutewagen seinerzeit in Ashford erinnerte, in denen sowohl die Jäger als auch das erlegte Wild befördert wurden. Zwei Männer standen ins Gespräch vertieft am Wagen. Sie fing die Wörter ‹Höhenlage› und ‹Dünger› auf. Der Mann rechts, relativ klein und über das mittlere Alter hinaus, sah aus wie eine liebenswerte Schildkröte unter einem breitkrempigen Hut.

Der andere Mann, ohne Hut, stand mit dem Rücken zu ihnen, doch Addie erkannte ihn sofort. Er war immer dünn gewesen, zu dünn, als sie ihn das letzte Mal gesehen hatte. Doch die lässige koloniale Kleidung, das Hemd mit den kurzen Ärmeln über der gesund gebräunten Haut, passte zu ihm, weil er eher langgliedrig als hager wirkte. Die Sonne hatte helle Strähnen in sein dunkles Haar gebleicht.

«Schau, wen ich gefunden habe», rief Bea, und mit einem Lächeln des Willkommens drehte er sich um.

«Addie», sagte er. «Tatsächlich. Du bist es wirklich.»

Er lachte sie an, und Addie blieb einen Moment das Herz stehen. Fünf Jahre in fünf Minuten ausgelöscht.

Addie war plötzlich trotz der Hitze kalt. Sie sah Bea an, die im hellen Licht strahlte, und dann Frederick. Er trug keinen Schnurrbart mehr, das glattrasierte Gesicht, früher eher blass, war von der Sonne braun gebrannt. Anders als früher hatte er um die Augen nun Fältchen. Sie waren weiß im dunklen Gesicht, aber sie sahen gut aus bei ihm. Die Spuren des ausschweifenden Lebens waren verschwunden, getilgt von Sonne und Arbeit.

Aus weiter Ferne hörte sie Davids Stimme. *Warum?*

Dies war der Grund. Dies war immer der Grund gewesen. Addie kämpfte gegen eine überwältigende Welle der Hoffnungslosigkeit und des Verlangens, verschmolzen mit Sonne und Schweiß, Staub und Verwirrung. Am liebsten hätte sie sich auf dem Boden zusammengerollt und ihre Enttäuschung herausgeschrien. Am liebsten hätte sie sich umgedreht und wäre auf und davon gelaufen.

David hatte recht; sie hätte es gut sein lassen sollen. Sie hätte zu Hause im kühlen England bleiben sollen, sicher in ihrer Wohnung und bei ihrem Beinahe-Verlobten, anstatt Gefühle aufzurühren, die besser begraben blieben.

Frederick bot ihr die Hand, und da blitzte er in der Sonne, der goldene Ring, das Zeichen, dass er Bea gehörte.

«Wir haben nicht geglaubt, dass du kommen würdest», sagte er.

Ich kann immer noch umkehren, wollte sie sagen. Vergesst,

dass ich hier war. Aber das war die feige Art. Der einzige Weg nach draußen, hatte Nanny immer gesagt, ist mitten hindurch.

Vorsichtig stellte Addie ihren Koffer ab und lockerte ihre angestrengte Hand. Als sie sich wieder aufrichtete, hatte sie ihr liebenswürdiges, für die Öffentlichkeit und gesellschaftliche Anlässe bestimmtes Lächeln aufgesetzt.

«Aber hier bin ich», sagte sie und gab Frederick die Hand. Sein Ring drückte in ihre Haut, eine Mahnung und eine Warnung. «Wie hätte ich nicht kommen können?»

TEIL EINS

ASHFORD

KAPITEL I

New York, 1999

Glemmie rannte unter der Markise hindurch in das Haus, in dem ihre Großmutter wohnte, und beantwortete den Gruß des Portiers mit einem kurzatmigen ‹Hallo›.

Er wollte etwas sagen, doch sie eilte weiter, mit klappernden Absätzen auf dem Marmorboden, und begnügte sich mit einem flüchtigen Winken halb über die Schulter.

Oben wurde Granny Addies neunundneunzigster Geburtstag gefeiert, und sie hatte sich verspätet.

Im Laufen knöpfte sie ihren Mantel auf und löste den Schal. Ihr war trotz der Novemberkälte heiß. Sie fühlte den klammen Schweiß unter den Schichten von Mantel, Kostümjacke, Bluse und Büstenhalter. Sie hatte sich eigentlich umziehen, schnell in ein Kleid schlüpfen wollen, aber dazu hatte die Zeit nicht gereicht, und nun stand sie da mit zerknautschten Klamotten, wirren Haaren, Blasen an den Füßen und nicht einem Hauch Farbe mehr auf den Lippen. Ihre Mutter würde entsetzt sein, aber sie würde nichts sagen. Sie würde ihre Verzweiflung mit verkniffenem Mund und hochgezogenen Brauen kundtun. Darin war sie Meisterin. Die Augenbrauen von Clemmies Mutter funktionierten besser als die Gebärdensprache. Sie konnten komplizierte Botschaften mit einem Minimum an Bewegungsaufwand übermitteln.

Clemmie drückte den Aufzugknopf und beging den Fehler, auf ihre Uhr zu schauen. Viertel nach acht. Vor fünfundvierzig Minuten hatten sie oben mit den Cocktails angefangen. Vielleicht setzten sie sich jetzt schon zum Essen. Kein Wunder, dass der Portier sie so angestarrt hatte. Ihre Mutter hatte wahrscheinlich alle zehn Minuten unten angerufen und gefragt, ob sie schon in Sicht sei. Sie hatte die Grenzen der akzeptablen Verspätung längst überschritten und den Boden unverzeihlicher Unpünktlichkeit betreten.

Sie hievte ihre große Longchamp-Tasche von einer Schulter auf die andere, während sie im Geist ihr Sortiment an Entschuldigungen durchging, keine davon ganz erfunden, aber auch keine ganz wahr: eine Besprechung in letzter Minute, das BlackBerry in ihrer Tasche, das überhaupt nicht aufhörte zu brummen, diese verdammte eidesstattliche Aussage in Dallas, die fertiggemacht werden musste, bevor sie am Donnerstag in die Maschine stieg. Dann gab es natürlich noch die üblichen Ausreden: kein Taxi, verspätete U-Bahnen, die Unmöglichkeit, auf direktem Weg von ihrem Büro, ganz im Westen an der 49th Street und der Eighth Avenue gelegen, zu Granny Addie zu gelangen, die sicher im Schoß der Upper East Side, Ecke 85th Street und Fifth Avenue wohnte. Das zumindest war die reine Wahrheit. Clemmie hatte tatsächlich fast den ganzen Weg zu Fuß zurücklegen müssen, halb im Sturmschritt, halb im Sprint. Wacklig und unsicher auf ihren hohen Absätzen, hatte sie nach Taxis Ausschau gehalten, doch die waren ausnahmslos besetzt, Silhouetten selbstzufriedener Gestalten auf dem Rücksitz, sie drinnen und Clemmie draußen.

Sie zog diskret den linken Fuß aus ihrem schwarzen Pumps. Schwarzes mattes Leder, jetzt leicht abgestoßen, mit einem acht Zentimeter hohen Absatz. Diese Schuhe machten sich sehr gut unter einem Konferenztisch, aber für Wanderungen waren sie nicht geschaffen.

Der Strumpf klebte an ihrer Ferse fest. Wunderbar. Nicht nur eine Blase, sondern ein aufgescheuerte Blase. Das würde morgen mörderisch weh tun, wenn sie zur Arbeit humpelte.

Ein kurzes Signal, der Aufzug hielt, und seine Türen öffneten sich.

Clemmie rammte ihren Fuß wieder in den Schuh und begab sich hinkend hinein. Die Kabine hatte Rosenholztäfelung, die Knöpfe waren in glänzendem Messing gefasst. In dreißig Jahren hatte sich kaum etwas verändert. Sie drückte auf die Acht, ihr Finger fand den Knopf ganz von selbst, und der Aufzug setzte sich in Bewegung. Wie immer warf sie einen Blick in den schildförmigen Sicherheitsspiegel in der Ecke. Als Kind hatte sie sich damit amüsiert, ihren Kopf erst in die eine, dann in die andere Richtung zu bewegen und zu beobachten, wie ihre Gesichtszüge sich verzerrten wie bei einer Barbiepuppe, wenn man das Kunststoffgesicht zwischen die Finger nahm und drückte.

Diesmal jedoch suchte sie nach offenkundigen Anzeichen von Verschleiß und legte mit dem abgenutzten Stift in ihrer Tasche eilig Lipgloss auf. Wimperntusche? Davon hatte sie noch mehr über den Augen als unter ihnen. Das ging so. Der Wind hatte ihr genug Farbe in die blassen Wangen gepustet, um Rouge überflüssig zu machen. Unglücklicherweise hatte er gleichzeitig ihre Haare in die Widerspenstigkeit getrieben, sodass sie jetzt nach allen Seiten abstanden.

Das Problem hatte sie nicht gehabt, als ihre Haare noch lang gewesen waren; da brauchte sie sie nur hinten zusammenzunehmen und mit einer Spange hochzustecken oder mit einem Stirnband zurückzuhalten.

Wie lautete das Klischee? Beziehung gescheitert, Haare ab.

Sie hatte ihre letzte Woche kurz schneiden lassen, vorgeblich damit sie sich nicht ständig unter dem Riemen ihrer Schultertasche verfingen, und hatte sich dazu trotzig eine volle Stunde freigenommen, mitten am Tag. Und wenn schon, hatte sie sich gesagt. Sie hatte sechs Jahre lang praktisch tagein, tagaus in der Kanzlei gesessen, ihre Mahlzeiten am Schreibtisch eingenommen, notgedrungen selbst private Telefongespräche von ihrem Büro aus geführt und den Wechsel der Jahreszeiten nur hinter dicken Fensterscheiben erlebt. Wenn sie sich eine Stunde freinehmen wollte, um zu Fekkai zu gehen, hatte sie sich das verdammt noch mal verdient. Eine Stunde würde sie nicht gleich den Platz in der Partnerschaft kosten, für den sie so hart gearbeitet hatte und der zum Greifen nahe war. Während die Friseurin drauflosschnippelte, hielt Clemmie ihr BlackBerry auf dem Schoß und tippte mit zwei Fingern auf der Minitastatur.

Ihre Haare würden sich so einfacher pflegen lassen, hatte die Friseurin gesagt, aber die kurzen, feinen Strähnen schienen ihren eigenen Kopf zu haben, legten sich, wie sie wollten, und flogen ihr ständig in die Augen. Sie vermisste die Gewohnheit, die Haare zurückzubinden, das beruhigende absurde Ritual, sie zu büscheln und wieder auseinanderfallen zu lassen. Sie merkte, dass sie ständig nach Haaren greifen wollte, die nicht mehr da waren.

In der achten Etage öffnete sich die Aufzugtür vor einem kleinen Foyer mit Blumentapete in burgunderroter Seide und einem schmalen vergoldeten Tischchen unter einem ebenso schmalen goldgerahmten Spiegel. Ein Bronzetopf bot verirrten Regenschirmen Quartier. In der Mitte behauptete immer noch Grandpa Fredericks Spazierstock seinen Ehrenplatz. Clemmie streifte ihn sanft mit den Fingern. Der Griff war wie ein Terrier geformt. Grandpa Frederick hatte ihn zu ihrem schaurigen Entzücken immer jaulen und bellen lassen, wenn sie kam.

Grandpa Frederick war gestorben, als Clemmie sechs Jahre alt gewesen war, aber sie erinnerte sich noch an ihn, wenn auch nur vage, an sein faltiges Gesicht, das weiße Haar, das schiefe Lächeln und die krampfartigen Hustenattacken des lebenslangen Rauchers. Es fiel ihr schwer, sich vorzustellen, dass er schon vor so langer Zeit gestorben war. Selbst als er nicht mehr da war, war er Clemmies ganze Kindheit hindurch immer präsent gewesen, wie Albert in Victorias Erinnerung immer da war. Granny Addies Wohnung war auch heute noch, nach dreißig Jahren, von seinem Geist erfüllt. Es gab Fotos von ihm, körnige Schwarzweißaufnahmen, auf denen er sich in den ulkigen Klamotten der 1920er Jahre über die Sträucher auf ihrer Kaffeeplantage in Kenia beugte; spätere Bilder, glänzende Farbfotos, zeigten einen viel älteren Grandpa Frederick, mit Granny Addie, mit Kindern, mit Enkeln, in anderer, der jeweiligen Mode entsprechenden Kleidung.

Für Clemmie waren die beiden eine echte Inspiration. Sie hatten sich kennengelernt, als Granny Addie, wie sie es altmodisch ausdrückten, noch die Schulbank drückte, und hatten geheiratet, als sie ungefähr Mitte zwanzig war. Gemeinsam hatten sie eine kleine Farm in Kenia übernommen und daraus ein blühendes Kaffeeunternehmen gemacht. Die Firma war in den Siebzigern verkauft worden, von Maxwell House geschluckt, doch in den hinteren Fluren von Granny Addies Wohnung hingen noch überall alte Plakate, jetzt gerahmt, auf denen kenianischer Kaffee angepriesen wurde: FÜR DEN FEINEN GESCHMACK. Auf einigen war sogar eine jüngere Granny Addie zu sehen, selbstsicher und ungeheuer aristokratisch, in der einen Hand eine Kaffeekanne, Tasse und Untertasse in der anderen.

Die beiden waren so lange zusammen gewesen.

Selbst wenn Clemmie morgen jemandem begegnete, selbst wenn sie wie durch ein Wunder in einem Aufzug oder in der U-Bahn über ihren Traummann stolperte, würde sie dennoch nie so lange mit jemandem zusammen sein, wie das bei ihren Großeltern der Fall gewesen war. Der Gedanke war unglaublich deprimierend. Bei der Vorstellung, wieder neu anzufangen, die gleichen peinlichen ersten Verabredungen auf sich nehmen zu müssen, dieselben abgedroschenen Geschichten aus dem eigenen Leben zu erzählen, hätte sie sich am liebsten in die nächste Ecke verzogen.

Warum war es für manche Menschen so einfach und für andere nicht?

Geburtstag, ermahnte sie sich. Da war Feierlaune angesagt. Sie konnte nicht hineingehen und deprimiert dreinschauen. Jedenfalls nicht im Beisein sämtlicher Verwandter. Clemmies Mutter glaubte fest an Haltung in jeder Lebenslage, was im Allgemeinen darauf hinauszulaufen schien, dass man lächelte, ob einem danach zumute war oder nicht, und Tante Anna niemals verriet, wie man wirklich zu etwas stand.

Mutter hatte einen Tick, wenn es um Tante Anna ging. Clemmie hatte niemals irgendwelche boshaften Neigungen bei ihrer Tante entdecken können. Ja, sie war manchmal ein bisschen daneben und nicht ganz echt, aber bösartig? Doch ihre Mutter war überzeugt, dass es Tante Annas einziger Lebenszweck sei, ihr eins zu versetzen. Clemmie glaubte eher, dass Tante Annas einziger Lebenszweck Tante Anna war, und das war etwas ganz anderes.

An der Garderobe im Flur hängte Clemmie ihren Mantel auf und schob ihn zwischen ein pelzbesetztes Kaschmircape, das nur Tante Anna gehören konnte, und einen abgetragenen Burberry. Die Tür zur Wohnung war nur angelehnt, Clemmie konnte die unverwechselbaren Geräusche hören, die eine Cocktail-Party begleiteten: das Stakkato der Stimmen, das Klappern von hohen Absätzen auf Parkett, den diskreten weichsohligen Schritt der Kellner, die Krabbenküchlein und Räucherlachsschnittchen servierten.

«Da bist du ja endlich.» Ihre Mutter musste auf der Lauer gelegen haben; sie reagierte, sobald Clemmie die Tür öffnete. «Du bist die Letzte.»

«Ich war noch in einer Besprechung», begann Clemmie, doch ihre Mutter blickte schon stirnrunzelnd zu ihrer linken Hand hinunter.

«Du trägst deinen Ring nicht.»

«Es ist nicht mehr meiner.» Sie sah ihn, auch wenn er noch in ihrer Wohnung lag, nur noch als Leihgabe, nicht mehr als ihr Eigentum. Sie würde ihn Dan zurückgeben, wenn sie ihn das nächste Mal sah, und dazu sein *Star Wars*-Video, sein Penn-Sweatshirt und seine Turnschuhe. Die Zahnbürste hatte sie schon weggeworfen. Sie hatte daran gedacht, sie zu behalten, um mit ihr die Fugen zu säubern, aber das schien ihr dann doch ein wenig zu rachsüchtig, ein wenig zu voodoo-artig. Sie wollte nicht rachsüchtig sein. Sie hatten sich in aller Freundschaft getrennt, wenigstens theoretisch.

Konnte man sich in einer solchen Situation überhaupt in Freundschaft trennen? Es waren Worte gefallen ... Sie hatte auch ausgeteilt, aber einige Bemerkungen Dans über ihren Charakter ärgerten sie immer noch. Ausgerechnet er wagte es zu sagen, dass sie emotional nicht verfügbar war. Wer im Glashaus sitzt, Dan, wer im Glashaus sitzt ...

Ihre Mutter warf einen vorsichtigen Blick über ihre Schulter, um sich zu vergewissern, dass keine Verwandten in Hörweite waren. «Ich verstehe dich nicht, wenigstens heute Abend hättest du ihn doch noch tragen können.»

Es wäre ja furchtbar, wenn die Verwandten mitbekämen, dass ihre Verlobung geplatzt und sie mit vierunddreißig wieder Single war, Marjories sitzengebliebene Tochter. Hörte sich nach Jane Austen an. Sollten sie diese Zeiten nicht eigentlich längst hinter sich haben? Besonders ärgerte sie, dass gerade ihre Mutter diese Haltung einnahm, die Frau, die sie stets unnachgiebig angehalten hatte, zuerst an ihre Karriere zu denken. Bis sie dreißig geworden war, da hatte sich ihre Meinung schlagartig geändert.

Clemmie fixierte ihre Mutter mit festem Blick. «Du hast Dan doch sowieso nicht gemocht.»

Ihre Mutter war entrüstet. Sie war gut in Entrüstung. «Das habe ich nie gesagt.»

«Was wäre denn deine Deutung für eine Bemerkung wie, ‹es ist vielleicht an der Zeit, dir die Sache noch einmal zu überlegen›?»

«Damit wollte ich nie ... schon gut. Darüber reden wir später.»

Mutters Antwort auf alles: leugnen, leugnen, leugnen. Wenn wir so tun, als wäre alles in schönster Ordnung, dann ist es auch so.

«Gut», sagte Clemmie und ging an ihrer Mutter vorbei ins Foyer. «Klar. Wie du meinst.»

Das war das Problem, wenn man das Produkt einer späten Schwangerschaft war, der Generationsunterschied verdoppelte sich. Ihre Mutter war während des ‹Blitzkrieges› jung gewesen, und die Mentalität war ihr geblieben. Clemmie war zur Welt gekommen, als ihre Mutter vierundvierzig gewesen war, letzter Seufzer einer gescheiterten Ehe. Es war ihrer Mutter, die geglaubt hatte, sie sei längst über das gebärfähige Alter hinaus, ungeheuer peinlich gewesen.

Noch peinlicher war es geworden, als drei Jahre später Clemmies Vater seine Sachen packte, weil es ihm restlos reichte mit dem Wickeln und Bäuerchen machen, wie er fast wörtlich gesagt hatte. Er hatte ihre Mutter wegen einer Journalistin namens Jennifer verlassen, zwanzig Jahre jünger, Kalifornierin und blond.

Clemmie verübelte ihm nicht, dass er gegangen war, sie verübelte ihm nur, ein Klischee zu sein.

«Jetzt bist du wütend auf mich», sagte ihre Mutter mit tragischer Gewissheit. Selbst nach fünfzig Jahren in den Staaten hatte Clemmies Mutter ihren ausgeprägten britischen Akzent nicht aufgegeben, Erinnerung an eine Kindheit, die sie zwischen Kenia und London pendelnd verbracht hatte. Er verlieh selbst ihren banalsten Äußerungen einen gewissen Klang von Autorität.

«Ich bin nicht wütend auf dich», log Clemmie. «Lassen wir's einfach, okay? Granny Addie hat heute Geburtstag. Juhu.»

«Hm», sagte ihre Mutter. Ihre Miene veränderte sich plötzlich. Sie richtete sich kerzengerade auf, hob sich beinahe auf die Zehenspitzen in ihren flachen, vernünftigen Schuhen. «Anna», rief sie strahlend. «Sieh mal, wer hier ist.»

Gerettet. «Hallo, Tante Anna», sagte Clemmie, die linke Hand behielt sie hinter dem Rücken. «Wir haben uns ja ewig nicht gesehen.»

«Clemmie, Schätzchen.» Tante Anna trug ihre Haare immer noch lang. Sie waren blond wie Clemmies, raffiniert geschnitten, sodass sie sachte nach vorn schwangen. Es sah aus, als hielte sie einem den Kopf in ständiger Erwartung entgegengeneigt. Sie musste mindestens siebzig sein, aber die guten Geister bei Frederic Fekkai hatten Silber wieder zu Gold gesponnen und ihren Haaren das helle Blond zurückgegeben, das auf den Hochzeitsfotos auf Granny Addies Klavier zu sehen war. Es gab viele Hochzeitsfotos, Tante Anna war nicht weniger als achtmal verheiratet gewesen. Ihre Haare streiften Clemmies Wange, als sie Clemmie in eine Umarmung und eine Duftwolke von Chanel hüllte. «Wir hatten schon Angst, du wärst von den Wölfen gefressen worden.»

«Nein, nur von der Arbeit», sagte Clemmie, sich aus der Umarmung befreiend.

«Deine Mutter hat sich schon Sorgen gemacht», erklärte Tante Anna.

«Unsinn», widersprach Clemmies Mutter steif. Die Zauberkünste von Fekkai waren nichts für sie. Sie trug das Haar kurzgeschnitten und kompromisslos grau. «Clementine arbeitet sehr viel.»

«Wie geht's euch allen?», fragte Clemmie schnell. Es war die unverfänglichste gesellschaftliche Floskel. «Hast du deinen Shoo-Shoo noch?»

«Du lieber Gott, du bist wirklich nicht auf dem Laufenden», sagte Tante Anna.

Clemmies Mutter machte ein gequältes Gesicht, wie immer, wenn Tante Anna redete. Nach Jahren auf der Transatlantikroute war Tante Annas Akzent nur noch verwischt, nicht ganz englisch und nicht ganz amerikanisch. Affektiert nannte Clemmies Mutter ihre Redeweise, ziemlich krass von einer Frau, die sich anhörte wie ein Spross der Nobelfamilie in *Das Haus am Eaton Place.*

«Ich habe einen süßen kleinen Pekinesen», sagte Tante Anna. «Jonathan hat den Posten an der Columbia bekommen und ist jetzt auf Wohnungssuche. Ach, es wird schön, ihn wieder in der Nähe zu haben. Millie hat eine Weile bei mir gewohnt, aber sie ist jetzt mit ihrem Freund zusammengezogen.»

«Ist sie nicht erst zehn oder so?» Millie war eines von Tante Annas Stiefkindern, eines der jüngeren, die ihr dritter Mann – oder war es der vierte? – ihr hinterlassen hatte. Man verlor so leicht den Überblick. Clemmie bemerkte, wie ihre Mutter die Lippen spitzte. Es machte sie verrückt, dass Tante Anna ihre Stiefkinder zu Familienfeiern mitschleppte, obwohl sie doch, nach Auffassung von Clemmies Mutter, überhaupt nicht dazugehörten.

«Ach, Schätzchen.» Tante Anna lachte ihr glockenhelles Lachen. «Sie ist inzwischen dreiundzwanzig. Ich weiß, ich weiß, es ist furchtbar. Aber sie ist mit ihrem Sean anscheinend sehr glücklich. Sie wohnen in Yorkville.»

«Ist sie nicht etwas jung, um mit einem Mann zusammenzuleben?», erkundigte sich Clemmies Mutter.

«Lieber jung als nie», erklärte Tante Anna vergnügt.

Clemmie glaubte nicht, dass es eine Spitze sein sollte, aber es traf sie trotzdem. Ihre linke Hand fühlte sich ohne das Gewicht von Dans Ring sehr, sehr nackt an.

Ihre Mutter rümpfte die Nase. «Nicht jeder macht Heiraten zum Beruf.»

Tante Anna zwinkerte Clemmie zu. «Wir können ja nicht alle Anwälte werden, oder? Und wie läuft's so, Kleine?»

«Wahnsinnig viel zu tun», antwortete Clemmie schnell. «Donnerstag muss ich zu einer Verhandlung nach Dallas und in der Woche drauf nach London. Es ist verrückt. Wie hält sich Granny Addie?»

«Komm und frag sie selbst», warf ihre Mutter ein, bevor Tante Anna etwas sagen konnte. Sie nahm Clemmie beim Arm und schob sie durch das Wohnzimmer, wo die Cocktailstunde noch in vollem Gang war.

Hinter ihr zuckte Tante Anna mit den Schultern und winkte. Clemmie lächelte ihr zu.

Im Wohnzimmer empfing sie ein Gedränge von Männern in Brooks-Brothers-Anzügen und Frauen im kleinen Schwarzen mit farbenprächtigen Tüchern um die Schultern. Die meisten waren verschiedenste Freunde der Familie, nicht Verwandte. Clemmies zwei Brüder hatten sich mit ihren Familien in Kalifornien niedergelassen. Sie erkannte eine ihrer Nichten, jetzt Anfang zwanzig, die bei irgendeinem Modedesigner ein Praktikum machte. Clemmies zweitältester Bruder hatte offenbar seine Frau als Abordnung geschickt, doch insgesamt war ihre Seite der Familie unterrepräsentiert. Onkel Teddy, Mutters jüngerer Bruder, war relativ jung gestorben, an einem Herzinfarkt, als er noch keine fünfzig gewesen war, aber seine Kinder und Enkel waren in umso größerer Zahl erschienen, um Granny Addie die Ehre zu erweisen.

Nur eine fehlte. «Wo ist Granny Addie?», fragte Clemmie.

Ihre Mutter sah müde aus. «Sie ruht sich ein wenig aus», antwortete sie. Sie war vor einigen Monaten zu Granny Addie gezogen, angeblich weil ihr Mietvertrag ausgelaufen war, doch Clemmie hatte den Verdacht, dass sie sich Sorgen um sie machte. Granny Addie wurde von Fachkräften betreut, einem Team von Krankenpflegerinnen, die sich abwechselten, doch Clemmies Mutter gehörte zu denen, die überzeugt waren, wenn man etwas ordentlich erledigt haben wolle, müsse man es selbst in die Hand nehmen.

Jetzt wies sie mit einer Kopfbewegung zur Bar. «Hol dir etwas zu trinken, dann bringe ich dich zu ihr.»

«Wie stark muss der Drink denn sein?», fragte Clemmie, doch ihre Mutter hatte sich schon abgewandt und tauschte gerade Luftküsschen mit einem von Onkel Teddys Sprösslingen.

Clemmie ging zur Bar, die so aufgebaut war wie auf allen Festen Granny Addies seit Clemmies Kindheit. Die Flaschen waren im Lauf der Zeit geleert und durch volle ersetzt worden, und die Barkeeper wechselten von Party zu Party, aber sonst war alles wie immer. Flaschen und Gläser drängten sich auf einem Klapptisch mit einer weißen Decke darüber. Er stand immer in derselben Ecke, einem kleinen Alkoven zwischen einem Fenster zur 85th Street und der Tür zum Fernsehzimmer. Auf der anderen Seite des Raums, jenseits einer großen Fensterwand, präsentierte sich die Hauptattraktion der Wohnung: ein weiter Blick über den Central Park.

Hinter der provisorischen Bar drückte der Barkeeper gerade ein Limettenschnitz über einem hohen Glas aus, das mit Eis und einer klaren Flüssigkeit gefüllt war. Clemmie roch den Gin schon von weitem. Das mussten ja starke Drinks sein. Gut.

Vor ihr wartete ein Mann, der mit dem Rücken zu ihr stand. Als er sein Glas entgegennahm, schob er diskret ein paar Dollarscheine über den Tisch.

Wenn sie nicht schon vorher sicher gewesen wäre, hätte diese Geste alles klargemacht. Auf privaten Partys gab man keine Trinkgelder, doch Jon hatte das immer schon ignoriert, er wollte die Bedienungen fair behandelt wissen.

Clemmie kämpfte gegen den kindischen Impuls zu flüchten und wünschte, sie wäre durch Dans Ring geschützt. Nicht dass sie Schutz brauchte. Sie waren jetzt erwachsen, über solchen Kinderkram hinaus.

Sie wartete, bis er sich umdrehte und sie sah. Dann nickte sie. «Hey, Jon.»

«Hey», sagte Jonathan und hob sein Glas. «Für dich auch einen?»

«Gern, ja.»

Sie wartete, während er mit dem Barkeeper sprach. Anders als die übrigen Männer im Raum trug Jon eine legere Khakihose mit Blazer statt eines Anzugs. Er hatte allerdings einen traditionellen blauen Blazer gewählt und war nicht im professoralen Tweedjackett mit Ellbogenflicken erschienen. Sie erinnerte sich, wie er hier, in diesem Zimmer, vor Jahren schon einmal in ähnlicher Aufmachung gestanden hatte, ein unbeholfener pubertärer Junge in Khakihose und mit einer Fliege am Hemdkragen. Sie hatte wahrscheinlich schwarze Lackschuhe angehabt und geschmollt, dass man sie mit zwölf noch in ein Kleinmädchenkleid gesteckt hatte. Auf jeden Fall hatten sie gemeinsam versucht, heimlich ein paar Drinks zu ergattern, während ihre Eltern nicht hinschauten. Von Tante Annas ‹Brut› war Jon am häufigsten hier gewesen, zumindest bis er nach Stanford gegangen war, um zu promovieren.

Sie hatten sich ständig in den Haaren gelegen als Teenager, immer hatte einer versucht, den anderen zu übertrumpfen. Jon war drei Jahre älter, ein Vorteil, den er gnadenlos ausgenützt hatte. Doch Clemmie war die eigentliche Tochter, na ja, Enkelin, des Hauses; sie gehörte hierher. Jon war nur eine Art Kuckucksei. Das hatte die Bilanz ausgeglichen.

Sie hatten keine enge Verbindung gehalten, aber es hatte die

Ferien gegeben und immer wieder mal zufällige Zusammentreffen, wie an diesem peinlichen Wochenende in Rom, als sie sich direkt auf seine Schuhe übergeben hatte. An den Zustand seiner Schuhe erinnerte sie sich genauso ungern wie an die chaotischen – und absolut einmaligen – Ereignisse, die gefolgt waren.

Sie hatten übereinstimmend beschlossen, Rom nie wieder zu erwähnen.

Sie hatte immer gefunden, Jon habe eine gewisse Ähnlichkeit mit Val Kilmer. Val Kilmer oder Harrison Ford in den frühen Indiana-Jones-Tagen. Jon hatte die gleichen hell gesträhnten braunen Haare, den sehnigen Körper, auch er trug eine Brille. Natürlich nicht ihr Typ; sie mochte eher Männer wie Kevin Costner, aber sie konnte verstehen, dass Jon bei seinen Studenten, vor allem den weiblichen, Anklang fand. Die Ähnlichkeit mit Val Kilmer war immer noch zu erkennen, aber Jon sah nun müde aus. Müde und älter. Grau, das früher nicht da gewesen war, zog sich durch das helle Braun seiner Haare.

Clemmie nahm dankend ihr Glas von ihm entgegen und widerstand der Versuchung, den Inhalt in einem Zug hinunterzukippen. Sie hob das Glas und versuchte, locker zu bleiben. «Tante Anna hat mir erzählt, dass du einen Job an der Columbia hast. Gratuliere. Ich weiß, wie dünn die gesät sind.»

«Danke.» Jons Lächeln reichte nicht bis zu seinen Augen. «Wie geht's Dan?»

Clemmie hielt nur ihre linke Hand hoch. «Und wenn du jetzt sagst: ‹Ich hab's dir ja gleich gesagt›, hau ich dir eine runter.»

Nach einem kurzen Stocken erwiderte er mit einem trüben Lächeln: «Danke, du kannst mir dasselbe sagen.»

«Caitlin?» Jon hatte sie vor drei Jahren geheiratet. Sie hatten sich in Stanford kennengelernt, wo Caitlin irgendetwas mit Geistesgeschichte gemacht hatte, während Jons Schwerpunkt moderne britische Geschichte gewesen war. Wie durch ein Wunder hatten sie beide Anstellungen an der University of North Carolina bekommen, nicht in Chapel Hill, sondern an einem der anderen Standorte. «Ist sie … ich meine, seid ihr …?»

Jon stieß mit ihr an. «Du sagst es.»

«Das tut mir leid.» Sie meinte es ehrlich. Bis zu einem gewissen Grad jedenfalls. Sie war nie begeistert gewesen von Caitlin. ‹Überheblich› war noch das Mildeste, was man über sie sagen konnte.

«Ja, mir auch. Sie behält das Haus.»

«Und was bekommst du?»

«Wut und Enttäuschung?»

«Na, wenn das keinen Spaß macht.» Einen Moment lang lächelten sie einander an, vereint im Land der gebrochenen Herzen. Clemmie senkte den Blick zuerst. Während sie Muster auf ihr beschlagenes Glas malte, sagte sie: «Jon, wenn du drüber reden willst?»

Er fixierte demonstrativ ihre linke Hand. «Willst *du* denn drüber reden?»

Er hatte recht. So war ihre Beziehung nie gewesen. Es war wahrscheinlich zu spät, um jetzt damit anzufangen. «Und was hältst du so von den Jets?», fragte sie betont lebhaft.

Jon warf ihr einen Blick zu. «Ach was, du kennst die Jets?»

Es war das gleiche Spiel wie früher. Ständig ging es darum, zu beweisen, dass man dem anderen eine Nasenlänge voraus war. «Du brauchst gar nicht so skeptisch zu tun. Das ist eine Sportmannschaft», versetzte Clemmie mit leichter Schärfe. «Ist doch klar.»

Jons Augen blitzten auf. «Welche Sportart?»

Ach, Mist. Das hatte sie nun davon, dass sie sich niemals den Sportausflügen der Kanzlei anschloss. Sie wagte einen Schuss ins Blaue. «Basketball?»

Die feinen Fältchen um Jons Augen zogen sich zusammen. Zum ersten Mal entspannten sich seine Schultern. Er stützte sich mit einer Hand an die Bar und blickte auf sie hinunter, was eine ziemliche Leistung war, da sie dank ihrer hohen Absätze fast genauso groß war wie er. Aber er hatte vermutlich jede Menge Übung darin, Studienanfänger einzuschüchtern.

«Sie spielen Football», sagte er. «Foot. Ball. Das ist der Sport, bei dem die Kerle mit den riesigen Schulterpolstern mit so einem ovalen Ding aufeinander schmeißen. Falls dir das hilft.»

«Ha, ha, war ja klar, dass dabei ein Projektil eine Rolle spielen muss», sagte sie.

Jon zog eine Braue hoch. «Ein Projektil?»

Clemmie hob die Nase hoch in die Luft. «Wenn ich dir das Wort erst erklären muss, solltest du nicht an der Columbia unterrichten.»

«Danke, Clem», sagte er. «Ehrlich. Danke dir. Du hast dieses Scheißleben gerade ein ganz kleines bisschen lebenswerter gemacht.»

Das war hohes Lob. Aber sie wusste, was er meinte. «Hey, dazu ist Familie doch da.» Sie merkte, dass ihre Mutter auf der anderen Seite des Zimmers ihre Aufmerksamkeit suchte. «Ich sollte jetzt Granny Addie gratulieren.»

Clemmie hatte erwartet, dass er eine schnodderige Bemerkung machen würde, aber er tat es nicht. «Natürlich», sagte er. «Sie ist eine ziemlich außerordentliche Frau.»

Das war zwar nicht gerade die poetischste Würdigung, aber das Entscheidende war, dass sie offensichtlich ehrlich gemeint war.

Clemmie nahm ihr glitschiges Glas fester in die Hand. «Wir sehen uns?»

Jon sah sie einen langen Moment nachdenklich an, bevor er sagte: «Pass auf dich auf, Clem.»

Das klang, als wenn er sie entlassen würde..

Es war kindisch, sich zurückgestoßen zu fühlen. Aber so war es. Geschah ihr recht. Jon blieb eben Jon, das hätte sie wissen müssen. Geschah ihr ohnehin recht. Was musste sie auch ihre Bedürftigkeit in der Öffentlichkeit zur Schau tragen. Noch dazu vor Jon.

«Und du auf dich», sagte sie leichthin und stürzte sich wieder ins Gewühl, wobei sie versehentlich einen Cousin dritten Grades mit dem Ellbogen stieß.

Sie war einfach daneben heute Abend. Aus dem Gleichgewicht, aus dem Lot. Sie fühlte sich seltsam verletzlich, als wäre ihr ihre Schutzhaut abgestreift worden und nur ein Gewirr aus blanken Nerven und Ängsten übrig, das für jeden, der sehen konnte, peinlich sichtbar war. Clemmie warf im Vorübergehen einen Blick in den venezianischen Spiegel über dem Kaminsims und war überrascht, wie normal sie wirkte, wie proper mit ihrem seidigen blonden Pagenkopf, dem ordentlich über dem Kostümkragen heruntergeklappten Blusenkragen, den Perlen an Hals und Ohren. Die Perlen waren echt, genau wie die Cartier-Uhr an ihrem Handgelenk. Sie sah aus, wie sich jemand Barbie als Rechtsanwältin vorstellen würde: Korrekt und teuer.

Das war das Gute an dunklen Kostümen, man sah den Kaffeefleck auf dem Ärmel und die Schweißflecken in den Achseln nicht. Wie Mutters englischer Akzent verliehen auch strenge Kostüme automatisch eine Aura von Autorität.

«Da bist du ja.» Ihre Mutter nahm sie wieder unter ihre Fittiche und drängte sich geschickt zu Granny Addies Sessel durch. Clemmie folgte wie eine aus der Art geschlagene Ente, in ihren hohen Schuhen größer als ihre Mutter und schlanker als sie, die eher kräftig gebaut war. Clemmie hatte Grandpa Fredericks Figur geerbt, groß und schmal.

Granny Addie war im Gegensatz dazu immer sehr klein und zierlich gewesen, höchstens einen Meter fünfundfünfzig groß. Doch Clemmie war sie nie klein erschienen. Die Art, wie sie sich hielt, täuschte über ihre Körpergröße hinweg. Sie strahlte Autorität und klare Vernunft aus. Kompetenz, das war es. Kompetenz. Clemmie erinnerte sich noch genau, wie Grandpa Frederick, größer und älter als seine Frau, sich stets nach Addie gerichtet und auf ihr Urteil verlassen hatte.

Es war wie immer ein Schock, sie so zu sehen, wie sie jetzt war. In Clemmies Vorstellung war Granny Addie immer noch die Siebzigjährige, alt, ja, aber merkwürdig alterslos. Nicht so, wie sie jetzt war, verschrumpelt und hinfällig. Ihr Jerseykostüm war zu groß für ihren ausgezehrten Körper; Grandpa Fredericks Ring schien eine Last auf ihrer Hand.

Hinter ihrem Stuhl stand eine Pflegerin. Sie hielt sich diskret im Hintergrund, schaffte es beinahe, so zu tun, als wäre sie ein Möbelstück, aber sie war trotzdem da. Der Sessel war ein Krankenhausstuhl auf Rädern, der sich völlig unpassend ausnahm zwischen dem Chintz und dem Rosenholz vom Wohnzimmer, in dem sich, solange Clemmie denken konnte, nichts verändert hatte.

Clemmie flog plötzlich Panik an. Immer wenn sie Sicherheit brauchte, hatte sie sie bei Granny Addie gesucht, die für sie Konstanz und Zuverlässigkeit verkörperte. Die Vorstellung eines Lebens ohne sie, nein, das war nicht auszudenken.

Aber sie war neunundneunzig Jahre alt. Nicht viele Menschen wurden so alt. Noch weniger wurden älter.

«Ist alles in Ordnung?», fragte Clemmie die Pflegerin und versuchte ihre Angst zu verbergen.

Die Pflegerin nickte. «Sie ist nur ein Weilchen eingenickt.» Sie sprach in dem einschläfernd leiernden Ton der Krankenschwestern und Kindergärtnerinnen. «Kein Grund zur Beunruhigung.»

Wenn jemand es auf hundertzehn bringen konnte, dann Granny Addie. Sie würde es dem Tod zeigen.

Clemmie kniete sich neben den Stuhl auf den dichtgeknüpften Teppich. «Granny?», fragte sie leise und legte eine Hand auf die Armlehne des Stuhls. «Alles Gute zum Geburtstag, Granny.»

Granny Addie hob ein wenig den Kopf und blinzelte. Sie trug eine Brille mit dicken Gläsern, ein hässliches Ding, das für ihr kleines Gesicht viel zu groß war. Es dauerte einen Moment, ehe sie den Blick auf Clemmie richtete. Ihre Augen waren trüb, der Blick unbestimmt und fern.

Clemmie schluckte krampfhaft. «Es tut mir leid, dass ich so spät dran bin», sagte sie. «Ich wäre früher hier gewesen, aber ich musste fast den ganzen Weg zu Fuß gehen.»

Ihre Großmutter blickte stirnrunzelnd zu ihr hinunter, Verwirrung und Beunruhigung im Blick. Sie sah so verloren aus, fand Clemmie. Verloren und verwirrt. So ganz anders.

«Es tut mir leid, Granny.» Clemmie umfasste die von bläulichen Adern durchzogene Hand ihrer Großmutter. «Es tut mir leid, dass ich nicht früher mal gekommen bin. Ich hatte so viel Arbeit.»

Sie hätte am liebsten gleich wieder zurückgenommen, was sie gesagt hatte. Es war so unangemessen. Arbeit. So kleinlich und egoistisch. Die Arbeit spielte doch überhaupt keine Rolle. Sie hätte sich die Zeit einfach nehmen müssen. Sie hatte einfach nicht gewusst, wie gebrechlich, wie hinfällig Granny Addie in den letzten Monaten geworden war.

Granny Addies Hals zuckte. Ihre Lippen bewegten sich und brachten den Hauch eines Lauts hervor.

Clemmie beugte sich vor. «Ja, Granny?»

Sie spürte, wie die Finger ihrer Großmutter sich krümmten und ihre festhielten. «Bea», sagte sie.

KAPITEL 2

New York, 1999

Es ist Clementine, Mutter», sagte Clemmies Mutter scharf. «Deine Enkelin Clementine.»

«Sie ist noch nicht richtig wach», erklärte die Pflegerin beschwichtigend. «Sie hat einen langen Tag gehabt. Dieses Mittagessen hat sie erschöpft.»

Granny Addie blickte von Clemmie zu ihrer Mutter und wieder zu Clemmie. Sie schüttelte sich ein wenig, als wäre sie aus einem langen Schlaf erwacht.

«Cle-men-tine», wiederholte sie stockend, fragend wie jemand, der ein Gedicht wiederholt, das er vor langer Zeit auswendig gelernt und nur noch halb in Erinnerung hat. «Clem?»

Clemmie, die ihrer Stimme nicht traute, nickte mit Nachdruck.

«Trinken Sie einen Schluck Wasser», sagte die Pflegerin und hielt Granny Addie ein Glas an die Lippen, um ihr zu helfen. Als sie ihr den Mund mit einer Serviette abtupfen wollte, protestierte Granny Addie.

«Gut so», nuschelte sie. Doch die zitternde Hand, mit der sie der Pflegerin die Serviette wegnahm, sprach eine andere Sprache. Nachdem sie die Serviette auf ihren Schoß gelegt hatte, richtete sie den Blick wieder auf Clemmie und musterte sie durch die Gläser ihrer Brille, als versuchte sie, ein Rätsel zu lösen.

Ihre Lippen bewegten sich. Jemand hatte sich die Mühe gemacht, ihr Lippenstift aufzulegen. Er wirkte unnatürlich grell in ihrem blassen Gesicht und war in den Rissen verkrustet. «Ein Pagenkopf», sagte sie. «Du hast dir einen Pagenkopf schneiden lassen.»

Clemmie legte die Hand verlegen an ihre Haare. «Ja. Die langen Haare waren überall im Weg.»

Dan hatte immer erklärt, es sei schlimmer mit ihr zusammen zu sein, als sich eine Katze zu halten. Überall finde er Haare von ihr. Auf dem Sofa, auf seinen Anzügen. Es war natürlich scherzhaft gemeint gewesen.

Jedenfalls hatte sie das geglaubt.

«Bea ...» Granny Addies Stimme war zittrig, ihre Aussprache verschliffen. «Was ... wird ... dazu sagen?»

«Wie?» Clemmie sah ratsuchend ihre Mutter an, aber die schaute weg. «Wer?»

«Wird ihm nicht gefallen», nuschelte Granny Addie.

«Bea ...»

«Das ist das neue Medikament», sagte die Pflegerin leise über Granny Addies Kopf hinweg. «Sie verträgt es nicht.»

Clemmie streichelte die dünne Hand ihrer Großmutter und spürte die aufgequollenen Adern, wie dicke Schnüre. «Ich hab dich lieb, Granny.» Als könnte das sie zurückholen. «Du fehlst mir.»

Sie hatte das Falsche gesagt. «Fehlst mir», wiederholte Granny Addie. «Du fehlst mir.» Eine Träne rann langsam über die schlaffe, papierdünne Haut ihre Wange hinunter, nur eine zuerst, dann noch eine. Sie weinte lautlos, mit offenen Augen und geschlossenem Mund.

«Granny.» Clemmie rieb ihr die Hände. «Granny, bitte nicht weinen.»

Die Tränen flossen lautlos weiter.

«Entschuldigung.» Die Schwester schob Clemmie zur Seite und beugte sich über Granny Addie. Während sie ihr die Tränen abtupfte, sagte sie: «Soso. Sie sind einfach erschöpft, nicht? Kommen Sie, legen Sie sich eine Weile hin, Mrs. Desborough.»

«Ich rede morgen früh gleich mit dem Arzt», sagte Clemmies Mutter mit angestrengter Stimme.

Clemmie stand ungeschickt auf. «Wird das wieder besser?»

Die Pflegerin drehte den Kopf und sah sie kurz an. «Machen

Sie sich keine Sorgen, Miss, das sind nur diese neuen Tabletten. Mit Ihnen hat das nichts zu tun.» Sie beugte sich wieder über Granny Addie, schob ihr ein Kissen in den Rücken und vergewisserte sich, dass ihre Brillantbrosche nicht an ihre Wange drückte.

Die Frau im Rollstuhl sah nicht aus wie Granny Addie. Ihr Gesicht war im Schlaf erschlafft, die Haut hing lose von den Knochen. Wie liegengelassene Wäsche, dachte Clemmie, Wäsche, die man auf einen Haufen geworfen und vergessen hat. Es war, als wäre die Granny Addie, die sie kannte, fortgegangen und hätte ihren Körper zurückgelassen wie ein Häufchen schmutziger Kleider. Alle Eigenart, die sie belebt hatte, war verschwunden.

«So ist es gut, Mrs. Desborough», leierte die Pflegerin. «Sie ruhen sich jetzt schön aus.»

Clemmie räusperte sich. «Ist sie oft so?»

Die Pflegerin wechselte einen Blick mit Clemmies Mutter. «So schlimm war es bisher nie», sagte sie und setzte den Rollstuhl in Gang. «Es sind wahrscheinlich nur die neuen Tabletten, nichts, worüber man sich Sorgen machen müsste. Ich sage ihr, dass Sie hier waren.»

Clemmie schaute ihr nach, wie sie den Stuhl mit Granny Addie, die jetzt mit tränenfeuchtem Gesicht eingeschlummert war, durch das Wohnzimmer schob, zwischen den achtlosen, plaudernden Gästen hindurch.

«Wie lange nimmt sie die Tabletten schon?», fragte Clemmie scharf.

«Ich bin keiner deiner Zeugen, Clementine», versetzte ihre Mutter ärgerlich. «Du brauchst mich nicht ins Verhör zu nehmen.»

«Entschuldige», murmelte Clemmie.

«Ich rufe morgen den Arzt an. Sie war vorher schon ein bisschen verwirrt, aber der Arzt sagte, das würde sich geben.» Mutter schnalzte mit der Zunge. «Da hat er sich offensichtlich getäuscht.»

«Wieso hat Granny mich dauernd Bea genannt?»

«Herrgott noch mal, Clementine, glaubst du, ich bin allwissend? Ich muss mit Donna reden. Sieh zu, dass die Leute rüber ins Esszimmer gehen. Es ist nur ein Büfett. Ich habe mir gedacht, dass so etwas passieren könnte.»

Ihre Mutter verschwand durch das Fernsehzimmer, auf dem Weg zu Granny Addies Schlafzimmer. Clemmie brauchte einen Moment, um zu begreifen, dass Donna die Pflegerin war.

Das sah alles gar nicht gut aus.

Sie klammerte sich an die beschwichtigenden Worte der Pflegerin, dass der Tag zu anstrengend gewesen sei, dass dies eine Ausnahme sei, nichts, worüber man sich beunruhigen müsse, aber tief im Innern wusste sie, dass das alles nicht stimmte. Der schnelle Verfall war deutlich zu erkennen. Das letzte Mal, als Clemmie bei ihrer Großmutter gewesen war, war sie nicht so gewesen. Wann? Vor zwei Monaten? Oder drei? Nein, es war länger her. Es war im August gewesen. Sie konnte sich erinnern, dass sie sich über die Hitze beklagt hatte. Fast vier Monate also. Das schlechte Gewissen versetzte ihr einen Stich. Sie lebte in derselben verdammten Stadt. Es gab überhaupt keine Entschuldigung.

Noch dazu, wo sie Granny Addie so viel verdankte. Sie hatten eine kurze – eine sehr kurze – Zeit bei ihr gelebt, als sie mit ihrer Mutter nach der Scheidung aus Kalifornien hierhergezogen war. Clemmie war erst vier gewesen, zu klein, um sich klar zu erinnern, aber sie erinnerte sich sehr wohl, wie fremd alles gewesen war.

Ihre Mutter war die meiste Zeit weg gewesen, und wenn sie da war, hatte sie gelernt, für den Anwaltsgehilfenkurs gepaukt, der ihnen die Tür zur Unabhängigkeit öffnen sollte.

Grandpa Frederick, seit langem im Ruhestand, hatte mit Clemmie Spaziergänge im Park unternommen und ihr am Mr.-Softee-Eiswagen heimlich Eis gekauft. Granny Addie hatte mehr zu tun gehabt mit ihren Kuratorien und Ausschüssen, doch sie hatte die Zeit gefunden, mit Clemmie ins Museum of the City of New York zu gehen, wo sie sich die Puppenhäuser ansahen, hundert verschiedene Miniaturheime. Abends kam ihre Mutter meistens erst nach Hause, wenn Clemmie schon schlief. Doch immer war Granny Addie da, um sie zu Bett zu bringen, manchmal in Abendkleidung, dann raschelte ihr Rock, wenn sie sich neben Clemmie aufs Bett setzte und sie in eine Duftwolke teuren Puders und alter getrockneter Blumen hüllte.

Sie wäre, glaubte Clemmie, glücklich gewesen, wenn sie geblieben wären, aber Clemmies Mutter hatte eine Anstellung und eine Wohnung gefunden, eine winzige Wohnung in Yorkville, erster Stock ohne Lift. Die einzige finanzielle Hilfe, die Mutter von Granny Addie annahm, waren die Gebühren für Clemmies Privatschule. Nach dem Unterricht kam Clemmie vereinbarungsgemäß immer zu ihrer Großmutter. Dort machte sie ihre Schularbeiten, lud sich Freunde ein, schwatzte am Telefon über die Jungs von der Buckley-Schule und die Mädchen von der Nightingale und füllte an Granny Addies Küchentisch ihre Collegebewerbungen aus.

Clemmie konnte sich eine Welt ohne Granny Addie einfach nicht vorstellen.

Sie wischte sich energisch die Haare aus dem Gesicht. Genug jetzt. Mutter hatte ihr aufgetragen, die Leute ins Esszimmer zu bugsieren. Sie schlug sich zu Tante Anna durch, die mit einem Mann aus einer der diversen Freundesgruppen zusammenstand. Grannys Steuerberater vielleicht? Er kam ihr bekannt vor, aber sie war nicht sicher.

«Tut mir leid, wenn ich störe», sagte sie mit einem künstlichen Lächeln. «Ich soll die Leute jetzt zum Büfett ins Esszimmer bitten.»

«Oh, gut, keine Tischkarten», sagte Tante Anna. «Irgendwie lande ich immer neben den größten Langweilern. Fast als würde jemand mit Absicht dafür sorgen.»

Und mit ‹jemand› meinte sie Clemmies Mutter.

«Nein, ausnahmsweise keine Tischkarten», sagte Clemmie. «Entschuldigt Ihr mich? Ich muss jetzt den Schäferhund spielen.»

Tante Anna tippte ihren Begleiter auf die Schulter. «Wartest du auf mich, Phil? Ich möchte nur mal mit meiner Nichte reden.» Tante Anna wandte sich wieder Clemmie zu und zog besorgt die sorgfältig gepflegten Augenbrauen zusammen. «Alles in Ordnung, Schätzchen? Du siehst ganz niedergeschmettert aus.»

Clemmie hörte die Stimme ihrer Mutter: *Sag Tante Anna ja nichts. Wer weiß, wie sie das wieder benützen würde.* Absurd. Tante Anna war auch Granny Addies Tochter. Und sie war immer nett gewesen zu Clemmie. Ein bisschen aufgesetzt, ja, aber im Grunde ganz in Ordnung.

Clemmie biss sich auf die Unterlippe und schüttelte den Kopf. «Es ist wegen Granny. Sie ist gar nicht mehr richtig hier. Die Pflegerin behauptet zwar, das sei normal, sie sei nur müde, aber ...»

Plötzlich war alles zu viel: der Tag, Dan, Granny Addie. Vor einer Woche hatte alles noch seinen sicheren Platz gehabt, der Verlobte, die Zukunft, die Familie. Und jetzt, puff! Wohin war es verschwunden? Kein Verlobter und damit keine Familie; ihre Mutter sauer; ihre Großmutter nicht mehr ganz bei sich; alles brach über ihr zusammen. Das einzig Konstante war ihr verdammtes BlackBerry. Sie hasste es.

Partnerin werden, sagte sie sich; sie würde in die Partnerschaft aufgenommen werden. Ihr Name auf dem Briefkopf der Kanzlei und ein Messingschild neben ihrer Bürotür. Das hätte sie für alles entschädigen sollen. Im Augenblick fiel ihr nicht ein, wieso.

«Sie hat mich nicht einmal erkannt», platzte Clemmie heraus. «Sie hat mich Bea genannt.»

Tante Anna wurde angerempelt, und Wein schwappte aus ihrem Glas. «Scheiße», schimpfte sie und versuchte, den Fleck auf ihrem champagnerfarbenen Kleid mit der Cocktailserviette wegzuwischen. «Das habe ich gerade aus der Reinigung geholt.»

«Warte.» Clemmie nahm ihr das Weinglas ab, während Tante Anna den Schaden bearbeitete. «Wenigstens ist es ungefähr die gleiche Farbe.»

«Sehr witzig», sagte Tante Anna erbittert und nahm Clemmie

ihr Glas wieder ab. Sie sah, fand Clemmie, plötzlich viel älter aus. Älter und härter. Ihre Augen waren nicht grün wie die von Grandpa Frederick und auch nicht braun wie Granny Addies, sondern leuchtend hellblau. «Deine Mutter hat dir wohl gar nichts erzählt?»

Clemmie spitzte die Ohren. «Über Granny Addie?» Diese Tabletten ... Ihr gefiel das nicht. Überhaupt nicht.

Tante Anna presste die Lippen zusammen. «Das ist wieder mal typisch Marjorie.» Sie tippte mit dem Fuß im Prada-Schuh immer wieder auf Granny Addies Axminster-Teppich. «Ich kann's einfach nicht glauben, dass sie dir nichts gesagt hat.»

«Was denn?», fragte Clemmie erschrocken.

Tante Anna legte ihr die Hand auf den Arm. «Wann gehst du morgens in die Kanzlei?»

«Halb zehn», antwortete Clemmie automatisch. «Meistens. Warum?»

Tante Anna verdrehte die Augen. «Ich muss wahrscheinlich froh sein, dass du nicht bei einer Bank bist. Also gut. Komm morgen früh so gegen acht bei mir vorbei. Die Adresse hast du?»

«Hm, ja, ich glaube schon.» Ihre Mutter sah mit Glubschaugen zu ihnen herüber. Wenn es um Granny Addies Zustand ging, dann wollte Clemmie es sofort wissen.

«Gut. Dann können wir reden. Ohne beobachtet zu werden.» Sie bedachte Clemmies Mutter mit einem strahlenden Lächeln und einem kleinen Winken als Zugabe. Mutter sah nicht erfreut aus. «Morgen dann.»

«Tante Anna ...» Aber ihre Tante schwebte schon in ihrer Parfümschwade davon. «Ach, verdammt.»

Vom anderen Ende des Raums blickte sie zu Clemmie zurück. *Morgen früh*, sagte sie lautlos, das Wort mit den Lippen formend.

Und Clemmie nickte.

Typisch Tante Anna, ohne etwas Drama ging bei ihr nichts. Verspätet und verärgert humpelte sich Clemmie mit der offenen Blase an der Ferse zu Tante Annas Wohnung durch, die ganz drüben in der East End Avenue lag, in der Nähe des Asphalt Green Parks, ungefähr so weit entfernt von Granny Addie, wie es ging, ohne auf eine Upper-East-Side-Adresse verzichten zu müssen. An der fünften Tür einen langen, schmalen Gang hinunter läutete Clemmie, energischer als nötig.

Doch nicht Tante Anna öffnete ihr.

«Was tust du denn hier?», fragte Clemmie.

«Dir auch einen schönen Morgen», sagte Jon. Er trug Boxershorts mit Schneemännern darauf und ein ausgeleiertes T-Shirt mit dem schon rissigen Schriftzug *Yale University*. Seine Beine waren nackt und dünn behaart. So viel hatte Clemmie von Jon nicht mehr zu sehen bekommen, seit sie in Kindertagen im Schwimmbecken des Landhauses von Tante Annas viertem Mann herumgetobt hatten. «Anna lässt mich hier wohnen, bis ich was Eigenes finde.»

«Ach ja», sagte Clemmie langsam. Er hatte am vergangenen Abend erzählt, dass Caitlin das Haus behalten hatte. Clemmie fragte sich, ob sie ihn rausgeschmissen hatte. «Das hatte ich ganz vergessen. Columbia.»

«Genau», sagte Jon und holte zu einer schwungvollen Geste aus, die an Sir Walter Raleigh erinnerte. «Möchtest du reinkommen, oder willst du meine beruflichen Aussichten lieber hier zwischen Tür und Angel diskutieren?»

«Reinkommen», antwortete Clemmie und drängte sich an ihm vorbei. «Keinesfalls möchte ich deine Unaussprechlichen länger als nötig dem Auge der Öffentlichkeit aussetzen.»

«Das sind Schneemänner.» Jon schloss die Tür hinter ihr und sperrte ab. «Und an ihnen ist nichts Unaussprechliches.»

Clemmie hielt es für klüger, Schluss zu machen, solange sie, zumindest dem Anschein nach, noch die Oberhand hatte. Sie nahm ihren rotbraunen Kaschmirschal ab. «Ist Tante Anna da? Wir sind verabredet.»

Jon zog beide Brauen hoch. «Ich habe mir gleich gedacht, dass du nicht gekommen bist, um meine Wenigkeit zu sehen. Oder meine Schneemänner.» Clemmie spürte, wie sie rot wurde, das

Elend der Hellhäutigen. Bevor sie kontern konnte, sagte er: «Anna schläft noch. Im Moment wirst du also mit mir vorliebnehmen müssen.»

«Oh.» So viel zu *morgen gegen acht.* «Glaubst du, sie schläft noch lang?» Im Büro häufte sich die Arbeit.

Jon schnitt ein Grimasse. «Sie hat gestern eine Schlaftablette genommen. Da wird sie so schnell nicht wieder ansprechbar sein.»

Ihre Mutter hätte jetzt gesagt, sie habe es nicht besser verdient, wenn sie im Ernst geglaubt hatte, sich auf Tante Anna verlassen zu können. Clemmie kam sich vor wie eine komplette Idiotin, so wie sie hier in Tante Annas Flur stand, ihren Schal in der Hand, ihren Mantel zur Hälfte aufgeknöpft. «Hör mal, Jon, wenn Tante Anna dir irgendwas über Granny –»

«Gib mir den», sagte Jon, nahm ihr den Schal ab und hielt ihr die andere Hand hin, um sich den Mantel geben zu lassen.

Clemmie trat zurück. «Ich habe eigentlich gar keine Zeit. Tante Anna wollte mit mir reden. Über ...»

«Über Bea», sagte Jon. Er nahm ihren Mantel und warf ihn, typisch Kerl, zusammen mit dem Schal auf einen Stuhl. «Ich weiß.»

«Und du weißt vermutlich auch, wer diese Bea ist», sagte Clemmie scharf.

Jon verschränkte die Arme über der Brust und der unteren Hälfte von *Yale.* «Was weißt du eigentlich darüber, woher deine Großmutter kommt?»

«Aus England», versetzte Clemmie von oben herab. Sie hatte keine Ahnung, was das mit Grannys Medikamenten zu tun haben sollte, aber das würde sie Jon – und seinen Schneemännern – bestimmt nicht auf die Nase binden. «Mit Zwischenstopp in Kenia.»

«Das ist alles? ‹Aus England›?»

«Vergiss Kenia nicht. Und schau mich nicht so an. Du weißt selbst, dass Granny Addie nicht gerade gerne in Kindheitserinnerungen geschwelgt hat.» Clemmie kniff abrupt die Augen zu, entsetzt über sich selbst. «Ich meine, schwelgt. Mist. Schwelgt natürlich.»

Jon zog eine Braue hoch. «Hast du sie jemals etwas gefragt? Über ihr Leben? Oder ihre Jugend?»

«Ich bin eine fürchterliche, egozentrische, undankbare Enkelin und komme direkt in die Hölle», sagte Clemmie zähneknirschend. «Du hast ja recht. Sie stirbt, und ich benehme mich unmöglich.»

«Clemmie ...» Jon fuhr sich mit der Hand durch das Haar. «Es tut mir leid. So habe ich das nicht gemeint. Ehrlich.»

Sie spürte die Spannung zwischen ihnen, voll alter Rivalitäten und Komplikationen. Und, wenn sie ehrlich war, alten Zaubers. Sie spürte zwischen ihnen die Schatten derer, die sie einmal gewesen waren, einundzwanzig und furchtlos.

Das war vor langer Zeit gewesen. Vor Dan. Vor Caitlin. Vor alldem hier.

Clemmie trat einen schützenden Schritt zurück, atmete durch die Nase, wendete all die Tricks an, die sie sich angeeignet hatte, um bei schwierigen Verhandlungen ruhig zu bleiben. «Tut mir leid, dass ich eben so hochgegangen bin, aber ich war nicht darauf vorbereitet, wie stark sie sich verändert hat.»

«Ja», sagte Jon. «Ich weiß, was du meinst.»

Einen Moment standen sie sich schweigend gegenüber, verbunden durch gemeinsame Erinnerungen. An Granny Addie, die ihnen beiden eine liebevolle Großmutter gewesen war, dafür gesorgt hatte, dass sie ihre Hausaufgaben machten, rechtzeitig ihre Studienbewerbungen einreichten.

«Weiß Tante Anna etwas?», fragte Clemmie drängend. «Über ihren Zustand, meine ich? Sie hat gesagt, sie müsste mir etwas erzählen.»

«Darum geht es nicht», sagte Jon schnell. «Es ist nichts dergleichen.» Er räusperte sich. «Möchtest du vielleicht einen Kaffee oder so was? Ich weiß, wo Anna ihren speziellen Kaffee aufhebt.»

«Nein, nein, ist schon okay. Ich hole mir in der Kanzlei einen aus der Maschine. Er ist zwar nicht besonders gut, aber immerhin gibt es ihn.» Clemmie blickte den Flur entlang. «Ich sollte jetzt wahrscheinlich sowieso gehen. Sagst du Tante Anna, dass ich hier war? Ehrlich, ich weiß nicht einmal, warum ich überhaupt hergekommen bin.»

Vor allem, um Mutter zu ärgern. Besonders nobel war das nicht, aber so war es nun einmal.

«Gestern Abend war schlimm», sagte Jon ruhig. «Für alle. Anna nimmt normalerweise keine Schlaftabletten.»

«Was machen wir, wenn sie stirbt?» Clemmie hatte nicht vorgehabt, das zu sagen, aber nun standen die Worte nackt und kalt im Raum. Sie blickte zu ihren Händen hinunter. «Und du hast recht. Ich weiß nichts über sie. Ich habe nie daran gedacht zu fragen.»

«Sie hat aber von sich aus auch nichts gesagt», sagte Jon.

Clemmie schnitt eine Grimasse, während sie versuchte ruhig zu bleiben. «Bist du jetzt etwa *nett* zu mir?»

«Gewöhn dich nur nicht dran.» Jon sah sie einen Moment lang mit schräg geneigtem Kopf nachdenklich an. Dann sagte er: «Darf ich dir was zeigen?»

«Kommt drauf an, was es ist.»

«Keine Angst», sagte Jon. «So ein Glück hast du nicht.» Clemmie prustete spöttisch. Jon machte eine kurze Kopfbewegung zur Seite. «Hier lang.»

Sie folgte ihm in ein Zimmer, das aussah wie ein Arbeitszimmer, mit eingebauten Bücherregalen in dunklem Holz, einem weichen Sessel in der Ecke und einem Tisch, der auch als Schreibtisch dienen konnte. Im Moment fungierte der Raum offensichtlich als Gästezimmer. Clemmie vermied es, zu den zerwühlten Laken auf der Schlafcouch zu sehen. Das war ihr merkwürdigerweise zu intim. Jons schlichter schwarzer Rollkoffer, über einem heraushängenden Zipfel Khakihose achtlos zugeklappt, lag neben dem Sessel auf dem Boden.

Über der Armlehne des Schreibtischstuhls hing der Blazer vom vergangenen Abend, von dem sogar noch ein schwacher

Duft nach Granny Addies Wohnung auszugehen schien: Potpourri und Zitronenöl.

Clemmie nickte in Richtung Schlafsofa. «Hast du nicht gesagt, dieses Glück hätte ich nicht?»

«Beherrsch dich, du Bestie. Ich bin immer noch ein verheirateter Mann. Streng genommen.» Jon kniete sich aufs Bett, um die Bücher im Regal durchzusehen.

Während er seinen Finger von einem Buchrücken zum nächsten wandern ließ, stand Clemmie unbehaglich hinter ihm, gerade so weit entfernt, dass ihre Knie nicht ans Bett stießen. «Was suchst du eigentlich?»

Nach ihrer Bibliothek zu urteilen hatte Tante Anna einen starken Hang zu Hochglanzbildbänden über Kunst und Architektur. Sie hatte Kunstgeschichte studiert, wie Clemmie sich vage erinnerte. Es hatte immer für Streit zwischen den Schwestern gesorgt, dass Tante Anna ihr Studium abgeschlossen hatte und Mutter nicht. Und dann hatte Tante Anna, wie Mutter es sah, alles einfach weggeworfen, um erst dem einen Mann hinterherzulaufen und dann dem nächsten. Clemmie war von frühester Jugend an eingebläut worden, wie wichtig es war, sich für einen Beruf zu entscheiden und dann auch dabei zu bleiben, sich immer wieder selbst zu motivieren und finanziell unabhängig zu sein. Und Erfolg zu haben. Wie Granny Addie.

«Das hier.» Jon zog einen großen Folioband aus dem Regal. Sein T-Shirt spannte sich bei der Bewegung über seinem Rücken. Für einen Professor war er ziemlich gut in Schuss. Kostenlose Mitgliedschaften in den Fitness-Center der Universitäten hatten zweifellos ihr Gutes. «Clem? Clemmie?»

«Was ist?» Sie blickte zu dem Buch hinunter, das er ihr unter die Nase hielt. Vorn auf dem Einband war ein Schloss zu sehen, das stimmungsvoll inmitten eines prachtvollen ornamentalen Formschnittgartens aufgenommen war, während hinter den Zinnen die Sonne unterging. *Englische Herrenhäuser?*

«Sie kann tatsächlich lesen», sagte Jon.

«Kartentricks kann ich auch», sagte Clemmie. Sie setzte sich auf das Schlafsofa, das schwere Buch auf ihre Knie gestützt, und versuchte, das BlackBerry zu ignorieren, das in ihrer Tasche brummte. «Und was genau soll ich hier sehen?»

Den Blick auf das Buch gerichtet, blätterte Jon mit sicherer Hand die Seiten durch. «Das hier.»

Der Verlag hatte keine Kosten gescheut; die Seiten waren aus schwerem Kunstdruckpapier mit glänzender Oberfläche und mehr Bildern als Text. Die linke Seite zeigte eine Prachtaufnahme von einem rechteckigen Gebäude aus goldfarbenem Stein, mit einer Kuppel gekrönt, deren Form die der Hügel dahinter aufnahm und diese gleichzeitig beherrschte.

Ashford Park stand als Überschrift in großen schwarzen Lettern auf der rechten Seite. Darunter war in zierlicher, schnörkeliger Hand geschrieben:

O herrliche Rotunde! Sinnbild Englands größter Stunde.
Ich kannte wahre Schönheit nicht, bevor ich Ashford sah.
JOHN KEATS, 1794–1821

Clemmie hatte nicht gewusst, dass die Dichter der Romantik für Marketing- und Publicityzwecke zu mieten gewesen waren.

Die Linie der Grafen von Ashford lässt sich bis zu einem Sir Guillaume de Gillecote zurückverfolgen, die Ländereien jedoch, die den Familiensitz Ashford umgeben, wurden erst 1486 erworben, nachdem man sich während der Rosenkriege klug auf die Seite des richtigen Kandidaten geschlagen hatte.

Die nachfolgenden Generationen vergrößerten und erweiterten den ursprünglichen Bau und machten aus dem Landhaus im jakobinischen Stil einen klassizistischen Prunkbau. Mit 135 Zimmern ...

«Es wird ‹Gill-cott› ausgesprochen», sagte Jon hilfsbereit. «Mit hartem G.»

Clemmie blickte auf. «Das verstehe ich nicht. Was interessiert mich, ob in China ein Sack Reis umfällt? Was hat das mit Granny Addie zu tun?»

Jon ließ sich neben ihr aufs Sofa fallen. Sie spürte, wie die Matratze sich senkte und es sie zu ihm hinüberzog.

«Hier», sagte er und tippte mit dem Finger auf die Kuppel, «hier ist Granny Addie aufgewachsen.»

KAPITEL 3

London, 1906

Unmöglich», sagte eine Frauenstimme. «Einfach unmöglich.»

Addie kauerte, unter Mänteln begraben, im Flurschrank. Der schwere Ledermantel, den ihr Vater trug, wenn er mit dem Automobil fuhr, bildete eine Wand zu ihrer Linken. Die Risse und Nähte im Leder hatten ihr ganz eigenes Muster. An Addies Wange lag der braune Staubmantel ihrer Mutter, der immer noch schwach nach ihr roch, nach Seife und Flieder. Addie machte sich ganz klein zwischen dem Stiefelknecht und einer Garnitur alter Feuerhaken, die irgendwann einmal jemand zum Richten bringen wollte und vergessen hatte.

Sonst verwandelten sich diese Feuerhaken immer in ein Fallgatter einer Ritterburg und manchmal in ein Gartentor, aber heute entzogen sich ihr diese Phantasiewelten. Camelot mit seinen flatternden Bannern, der verborgene Garten der Hesperiden mit seinen goldenen Früchten, der Goblin-Markt mit den gackernden, glucksenden, Fratzen schneidenden Kobolden – alles war kalt und tot. Die Arme um die Knie geschlungen, drückte sie die Augen fest zu und versuchte, so zu tun, als wäre sie nicht da.

Sie wollten sie hier wegholen, hatte Fernie gesagt. Eine Tante und ein Onkel, die sie nicht kannte, die an einem Ort lebten, von dem sie noch nie gehört hatte.

«Es wird dir dort gefallen», hatte Fernie unter Tränen gesagt, während sie Addies Sachen packte: Stiefel, Trägerschürzen und, ganz obenauf, wo sie das Büchlein leicht erreichen konnte, *Die Geschichte von Frau Tiggy-Wiggel.* Addie hing sehr an Frau Tiggy-Wiggel. «Da hast du Cousinen, mit denen du spielen kannst. Das wird bestimmt lustig.»

«Ich will aber lieber bei dir bleiben», hatte Addie gesagt und ihre Arme fest um Fernies Taille gelegt.

Fernie hieß eigentlich Miss Ferncliffe und war ihre Gouvernante, aber sie hatte überhaupt nichts Gouvernantenhaftes an sich. Sie schrieb Gedichte und las sie manchmal Addie vor, obwohl sie das meiste davon nicht verstand. Doch Addie liebte die Melodie von Fernies Stimme und die Art, wie sie den Kopf leicht schräg hielt, wenn sie las. Fernie war erst zweiundzwanzig und sehr hübsch mit ihren langen roten Haaren. Sie türmte sie in Rollen und Schnecken auf ihrem Kopf und hatte versprochen, Addie zu zeigen, wie man das machte, sobald sie alt genug dazu war. Ihre Kleider hatten Spitzenrüschen und unten Volants, und sie roch immer nach Rosenwasser. Wenn sie groß war, wollte Addie einmal genauso werden wie sie.

«Das möchte ich auch», sagte Fernie liebevoll. Der Volant ihres Kleides wischte raschelnd über den Holzfußboden, als sie vom Waschtisch zum Bett ging, um Addies Kamm und Bürste einzupacken, die mit ihren Initialen. «Aber wo sollte ich dich unterbringen?»

«Wir könnten doch hierbleiben. Ich werde Wäscherin wie Mrs. Tiggy-Wiggel.»

«Ach, Liebchen.» Fernie drückte sie an sich, ihre Lippen streiften Addies Haar. «Du kannst doch nicht mal deine eigenen Schürzen richtig sauber halten. Wie willst du's da bei denen von anderen Leuten schaffen?»

Addie biss sich auf die Unterlippe und knüllte vorn ihre Trägerschürze zusammen, um die verräterischen Flecken zu verbergen. «Ich geb mir mehr Mühe.»

Aber Fernie war unerbittlich geblieben. Sonst ließ sie sich immer irgendwie erweichen, aber in diesem Fall nicht. Addie werde von ihrer Tante und ihrem Onkel abgeholt werden und müsse mit ihnen fahren und ein braves Kind sein und *immer daran denken, dass ich dich lieb habe*, hatte Fernie gesagt, *und dass deine Mutter und dein Vater dich auch lieb gehabt haben.*

Wenn sie sie lieb gehabt hatten, warum waren sie dann gegangen?

Es war ein Omnibus gewesen, hatten sie gesagt, der plötzlich um die Ecke gekommen war. Es war eine dunkle und regnerische Nacht, und Addies Eltern waren auf dem Nachhauseweg von einem Konzert, beide unter einem Schirm, die Köpfe gesenkt. Sie hatten beschlossen, lieber zu Fuß zu gehen, als eine Droschke zu nehmen. Typisch für die beiden, meinten alle. Ebenso typisch für sie, dass sie sich viel zu angeregt unterhielten, um auf ihre Umgebung zu achten und das Fahrzeug zu bemerken, bevor es sie erfasste.

Vater war sofort tot gewesen; Mutter hatte noch lang genug gelebt, um ins Krankenhaus gebracht zu werden, aber nicht lang genug, um Addie noch einmal zu sehen. Als man es Addie sagte, war alles vorbei. Sie waren beide tot. Alle waren sich einig, dass sie nicht zur Beerdigung kommen solle, das sei zu viel für ein Kind ihres Alters. So hatte sie zu Hause gesessen und in den Regen gestarrt, der aus dem weinenden Himmel strömte, während die Köchin in ihre Töpfe schluchzte und Mary, das einzige Hausmädchen, hin und her rannte und den Freunden von Mutter und Vater, die Abschied nehmen wollten, Tee und Gebäck servierte.

Das war gestern gewesen. Jetzt war das Haus wieder leer, kalt und leer. Mutters Papiere lagen noch dort, wo sie sie hingelegt hatte, auf ihrem Schreibtisch im Wohnzimmer; Vaters Pfeife lag in ihrem Untersatz. Aber schon hatten sie etwas Verlassenes, als wüssten sie, dass ihre Besitzer nicht zurückkommen würden.

Es war kalt im Schrank, kalt und feucht unter muffig riechenden Mänteln, die nie wieder jemand tragen würde.

«Ist denn in diesem Haus kein Mensch da?» In der Vorhalle waren Leute, eine Frau und ein Mann. Die Frau senkte ihre Stimme. «Mir ist bei dem allen nicht wohl, Charles, gar nicht wohl.»

«Was sollen wir denn sonst tun? Wir sind ihre Familie.» Es war eine Männerstimme, kurz und klar im Ton, aristokratisch und ungeheuer überdrüssig.

«Es gibt doch Möglichkeiten …», sagte die Frau.

«Soll man uns nachsagen, dass wir eine Ashford Gillecote ins Armenhaus geschickt haben?»

«Sei nicht so pathetisch, Charles», gab die Frau gereizt zurück. «Du tust ja gerade so, als wäre ich einem Dickens-Roman entsprungen. Ich habe nicht gemeint, dass wir sie ins Armenhaus bringen sollen. Aber es gibt doch sicher andere Möglichkeiten, als sie zu uns zu nehmen. Was ist denn mit der Seite ihrer Mutter? Irgendwoher muss die Frau doch gekommen sein.»

«Vera ...»

«Oder mit den Verwandten in Kanada? Die haben so viele Kinder, dass da eins mehr oder weniger nicht ins Gewicht fällt. Gesunde Luft in Übersee, das wäre doch genau das Richtige.»

«Ich setze ein kleines Mädchen nicht mutterseelenallein auf ein Schiff», entgegnete der Mann. Onkel Charles. Addie wusste nicht mehr über ihn, als dass er der Bruder ihres Vaters war und die beiden sich seit Vaters Heirat mit Mutter nie wiedergesehen hatten. «Sie kommt zu uns, und damit Schluss.»

Addie hörte das Klappern von Absätzen auf den Fliesen in der Halle, das Rascheln von Röcken im engen Gang zwischen Schrank und Flurtisch. «Ich mag mir gar nicht vorstellen, wie sie die Kinderzimmer mit unseren Mädchen teilt. Man braucht nur an ihre Eltern zu denken ...»

«Ihr Vater war mein Bruder», unterbrach Charles.

«Halbbruder. Und diese Person, diese Frau. Glaubst du im Ernst, dass ich ihr Kind ...»

«Ein Kind, Vera», sagte Onkel Charles müde. «Genau, es ist ein Kind. Sie ist erst ... wie alt? Sechs? Sieben? In diesem Alter kann man sie noch erziehen. Und ich bin überzeugt», fügte er trocken hinzu, «das wird keiner besser gelingen als dir.»

«Addie? Addie?» Es war Fernie. «Hast du dich versteckt?» Addie hörte ihre schnellen Schritte anhalten. «Oh, das tut mir leid. Warten Sie schon lange?»

«Auf unser Läuten hat sich niemand gemeldet.» Das war wieder die Frau, voller Missbilligung.

«Ich habe die Dienstboten entlassen.» Fernie brach die Stimme.

«Lord und Lady Ashford? Vielen Dank, dass Sie gekommen sind. Addie ist ... nun, Sie werden es sich vorstellen können. Es ist sehr schlimm für sie. Für uns alle. Es kam so plötzlich, so unerwartet.» Wieder versagte ihr die Stimme.

«Ist das Kind fertig?», fragte die Frau, weitere Vertraulichkeiten unterbindend. «Der Wagen wartet.»

«Ja, es ist alles bereit», antwortete Fernie zerstreut. «Aber Addie, sie versteckt sich oft im Schrank, wenn sie traurig ist. Es ist ihr Rückzugsort.»

Die Tür öffnete sich, ein blasser Lichtstrahl drang ein. Addie machte sich noch kleiner, drückte sich an die Rückwand des Schranks.

«Addie», sagte Fernie mit einem flehenden Unterton in der Stimme. «Addie, komm heraus. Dein Onkel und deine Tante sind da, Lord und Lady Ashford. Bitte, Liebchen, komm jetzt heraus.»

Widerstrebend krabbelte Addie aus ihrer schützenden Ecke und rutschte zwischen alten Stiefeln und ausrangierten Regenschirmen nach vorn. Ihre Haare hatten sich aus ihrem Band gelöst, und ihre schmutzigen Hände hatten dort, wo sie sich mit ihnen im Gesicht herumgewischt hatte, dunkle Stellen hinterlassen.

Zuerst sah sie ihre Tante, Lady Ashford, die sie anstarrte wie einen Käfer, der aus den Parkettritzen gekrochen kam. Sie war eigentlich nicht groß, aber sie nahm eine Menge Raum ein. Ihr Hut wölbte sich außen herum nach oben und in der Mitte nach unten. Auf der einen Seite steckte eine Feder, die so unnatürlich lila war, dass sie nicht von einem Vogel stammen konnte. Lady Ashford trug ein Reisekostüm in Lila und Schwarz und um die Schultern eine Pelzstola. Der Kragen ihrer Jacke war hoch und steif und reichte ihr direkt unters Kinn, was vielleicht, dachte Addie, der Grund dafür war, dass sie den Kopf so hoch trug.

Onkel Charles, der neben ihr stand, wirkte blass im Vergleich, wie ein verregnetes Aquarell. Addies Vater hatte auch blonde Haare gehabt, aber das Blond von Onkel Charles war viel heller und mit Weiß untermischt. Alles an ihm war lang und dünn, von der langen, schmalen Nase bis zur langen, schmalen Hand auf dem Arm seiner Frau.

Sie starrten sie beide an. Addie zog ihren Kopf zwischen die Schultern ein. Wäre sie doch im Schrank geblieben. Sie waren überhaupt nicht wie die Freunde ihrer Mutter, die ihr Süßigkeiten schenkten, um sie aufzumuntern, oder sie auf einen Stuhl hoben und sich von ihr unter großem Applaus Fernies Gedichte vortragen ließen.

«Sag guten Tag zu deiner Tante und deinem Onkel, Addie», bat Fernie nervös.

«Junge Damen», bemerkte Lady Ashford, «kriechen nicht in Schränken herum.»

Addie schob das Kinn vor. «Dann bin ich eben keine junge Dame», erwiderte sie trotzig. «Ich wäre sowieso lieber ein Igel.»

Bei solchen Bemerkungen von Addie schüttelte Fernie immer den Kopf und gab ihr einen Kuss auf die Wange, und die Freunde ihrer Eltern lachten.

Tante und Onkel lachten nicht. Lady Ashford machte ein triumphierendes Gesicht. Lord Ashford ein ernstes.

Lady Ashford warf ihrem Mann einen vielsagenden Blick zu. «Der im Schmutz wühlt, ich verstehe», sagte sie.

«Nein, nein», widersprach Addie, fassungslos über so viel Ahnungslosigkeit. «Frau Tiggy-Wiggel wühlt nicht im Schmutz. Sie wäscht Luzie ihre Taschentücher und macht sie wieder schön sauber. Sie wäscht Henny-pennys Strümpfe und Tigerkätzchens Handschuhe und –»

«Addie», mahnte Fernie leise.

«Aber es stimmt doch.»

«*Absolut* unerzogen», sagte Lady Ashford und fragte Fernie: «Haben Sie ihre Sachen gepackt?»

Fernie nickte. «Addies Kleider sind gepackt, aber es sind noch Mr. und Mrs. Gillecotes Sachen hier. Ich wusste nicht, was Sie mit ihnen vorhaben, ob Sie sie mitnehmen oder für Addie aufheben wollen.» Sie sah Onkel Charles sorgenvoll an. «Das Haus war möbliert gemietet, aber es sind, nun, kleinere, persönliche Dinge da. Und alle ihre Bücher natürlich.»

«Wir wollen nichts davon haben», entschied die Tante in herablassendem Ton. «In Ashford gibt es Bücher genug.»

«Wenn Sie etwas zum Andenken behalten wollen ...», fügte Onkel Charles diplomatisch hinzu.

Fernie schüttelte wie betäubt den Kopf. «Nein, das könnte ich nicht. Aber Addie sollte doch die Bücher ihrer Mutter behalten, für später, wenn sie alt genug ist, um sie zu lesen.»

Die Tante ignorierte sie. «Ich nehme an, das Kind hat einen Mantel?»

Addie wollte protestieren, doch Fernie legte ihr die Hand auf die Schulter und drückte fest zu. Addie schaute zu ihr hinauf, und Fernie schüttelte mahnend den Kopf. Addie sah ihre Tante und ihren Onkel an, dann wieder Fernie und klammerte sich an ihre Hand. Sie wollte weinen, aber sie konnte nicht; nicht vor dieser neuen Tante mit dem harten, kalten Blick und dem Onkel, der hätte aussehen müssen wie ihr Vater und es nicht tat.

Während der Chauffeur Addies Gepäck hinaustrug, knöpfte Fernie ihr den Mantel zu. «Hab keine Angst, Liebchen», flüsterte sie. «Tu einfach so, als wärst du eine Prinzessin in einem Turm.»

Addie umschlang Fernie mit beiden Armen und drückte sie so fest, wie sie konnte, während sie ein letztes Mal den Duft ihres Rosenwassers einatmete. «In einem ganz hohen Turm.»

«Aber eine sehr tapfere Prinzessin.» Auch Fernie umarmte sie fest, bevor sie sie losließ und behutsam Addies Arme von ihrem Hals löste. «Warte. Warte hier einen Moment.»

Sie verschwand mit wirbelnden Röcken und kam einen Moment später atemlos und mit geröteten Wangen zurück.

«Hier», sagte sie und drückte Addie ein dünnes Bändchen in die Hand, das billig in rosafarbenes gemasertes Papier gebunden war.

Es war Fernies eigene Ausgabe von Christina Rossettis *Goblin Market*, Addies Lieblingsgedicht. Fernie hatte es ihr immer wieder vorlesen müssen, während sie das Gackern und Glucksen und Fratzenschneiden der Goblins nachgeahmt und abwechselnd Lizzie oder Laura gespielt hatte, die wagemutige Schwester oder die vorsichtige.

«Hier.» Fernie schloss Addies Hand um das Buch. «Lies es und denk dabei an mich.» Sie beugte sich tiefer und senkte die Stimme. «Wenn ich du wäre, würde ich es Tante und Onkel nicht zeigen.»

Addie schob es unter ihren Mantel. Fernie hatte wahrscheinlich recht. Still und bedrückt nahm sie ihren Platz in Onkel Charles' Wagen ein.

«Ashford», hörte sie ihn dem Fahrer befehlen.

Das Wort dröhnte im Takt mit dem Brummen des Motors und dem Drehgeräusch der Räder in ihren Ohren, als sie aus der Guilford Street abfuhren und dem Haus entgegenrollten, dem ihr Vater so demonstrativ den Rücken gekehrt hatte.

Ashford.

New York, 1999

Ist das nicht *Wiedersehen mit Brideshead?*» Clemmie blickte auf das Bild.

«Nein», sagte Jon. «Das war Castle Howard. Aber nah dran. Derselbe Architekt.»

Der goldene Stein von Ashford Park leuchtete im Sonnenschein, die große Kuppel beherrschte die Landschaft in weitem Umkreis. Eine vielstufige Freitreppe führte zum Eingang hinauf, einem großen Portal im Schatten eines Portikus mit einem Dreiecksgiebel, neben dessen hohen Säulen es beinahe klein wirkte. Weite Nebenflügel dehnten sich zu beiden Seiten, mit Pilastern geziert, die die schier endlosen Fensterreihen unterteilten, alles in vollendetem Ebenmaß. Selbst flachgedrückt auf einem Blatt Papier wirkte das Gebäude imposant, wie geschaffen dazu, das gemeine Volk in Ehrfurcht erstarren zu lassen und fürstliche Gäste zu beeindrucken.

Es sah unbewohnt aus. Es war ein Prunkbau, aber kein Zuhause, und ganz gewiss nicht Granny Addies Zuhause.

«Du veräppelst mich», sagte Clemmie. «Es sei denn, du erzählst mir jetzt, dass sie ein Dienstmädchen war, das es weit gebracht hat oder so was.»

Jon erstickte fast vor Lachen. «Was liest du denn? Barbara Taylor Bradford?»

«Was gibt's an Barbara Taylor Bradford auszusetzen?»

Jon zog ein Gesicht, das seiner Meinung deutlich Ausdruck verlieh.

«Ja, ja. Und Terry Patchett ist hohe Literatur?» Das war das Gefährliche, sie wussten zu viel voneinander. Deshalb hatte sich auch nie etwas ... Schluss damit. Clemmie tippte auf das Bild. «Kannst du dir Granny da wirklich vorstellen? Ich nicht.»

«Warum nicht?», fragte Jon.

Clemmie blätterte weiter. Auf das große Prachtbild von der Fassade folgten fünf Seiten mit Innenaufnahmen, einige zeigten ganze Räume, andere interessante architektonische Details. Sie konnte sich Granny Addie nicht um alles in der Welt in diesem Haus vorstellen. Auf dieser ausladenden Doppeltreppe und der umlaufenden Galerie mit dem aufwendig geschnitzten Geländer sollte sie Verstecken gespielt haben?, In diesem langen Speisesaal mit den roten Wänden und dem massiven silbernen Tafelaufsatz in der Mitte des Tischs sollte sie ihre Mahlzeiten eingenommen haben? Es gab auch eine Detailaufnahme von dem Tafelaufsatz, seinen Sockel bildeten trompetende Elefanten.

Privaträume waren nicht abgebildet, keine Schlafzimmer, keine Kinderzimmer. Die hatten den Autor des Buchs wohl nicht interessiert.

«Irgendwo musste sie doch aufwachsen», meinte Jon sachlich. «Was dachtest du denn, wo das war?»

So merkwürdig es war, Clemmie hatte sich nie wirklich Gedanken über die Herkunft ihrer Großeltern gemacht. Sie waren einfach da. Wie die Säulen, die ein Gebäude trugen. Man hielt nie inne, um sich zu fragen, wo der Marmor gebrochen und wie er bearbeitet worden war. Sie waren einfach da.

Granny sprach manchmal von Kenia, von ihrer ersten Zeit dort und wie sie gelernt hatten, die Farm zu bewirtschaften, einen Betrieb zu führen, aber das war alles. Weiter zurück ging es nie, und Clemmie hatte nicht daran gedacht nachzufragen.

«Wenn es dir hilft», sagte Jon, «sie war kein Dienstmädchen, aber sie war eine arme Verwandte. Ihr Vater war der Bruder des sechsten Grafen.»

Clemmie musste an diesen Spruch aus *Mel Brooks' Spaceballs* denken, den über den ehemaligen Zimmergenossen des Cousins des Bruders des Vaters. *Und zu was macht uns das? Zu absolut gar nichts.*

Jon hatte sich warm geredet. «Als ihre Eltern 1906 bei einem Omnibusunfall ums Leben kamen, haben der Graf und seine Frau sie bei sich aufgenommen.»

Clemmie rechnete. «Dann wäre Granny Addie also die Nichte des Grafen.»

«Genau.»

Clemmie schüttelte den Kopf. «Das passt irgendwie nicht, Jon.» Sie wies auf das Buch. «Hier steht, dass der Graf von Ashford und seine Familie heute noch in dem Haus leben. Wieso haben wir keinen Kontakt mit den Leuten, wenn Granny Addie dort aufgewachsen ist? Warum hat sie nie erzählt, dass sie in England noch Familie hat?»

«Ich vermute, dass ihre Wege sich getrennt haben», meinte Jon zurückhaltend. «Es hat ein Zerwürfnis gegeben. Oder was meinst du, warum sie nie was erzählt hat?»

Sie hätte es vielleicht getan, wenn Clemmie mehr da gewesen wäre. Clemmie schob den Gedanken weg und rutschte unter dem Buch hervor. Im Stehen fühlte sie sich besser. «Falls du es noch nicht gemerkt haben solltest, bei uns geht's nicht gerade zu wie in *Drei Jungen und drei Mädchen.* Niemand in unserer Familie redet viel über Persönliches.» Außer vielleicht Tante Anna, und selbst sie hatte die Kunst, viel zu reden und wenig zu sagen, gemeistert. «Wir gehören nicht zu denen, die sich ständig mitteilen müssen.»

Jon, der bequem auf dem Schlafsofa fläzte, schaut zu ihr hinauf. «Zwischen ständigen Ergüssen und normalem Informationsaustausch besteht ein Unterscheid. Ich weiß nicht viel von meinen Großeltern, aber das Grundlegende weiß ich, zum Beispiel, wo sie groß geworden sind.» Sein Gesicht verdüsterte sich. «Und wo sie gestorben sind.»

Clemmie neigte fragend den Kopf. Ihr tat schon der Nacken weh von diesem dauernden Nach-unten-Sehen. Sie hockte sich vorsichtig auf die Ecke des Sofas.

«Auschwitz. Beide Eltern meines Vaters.» Jon klopfte mit einem Finger an das Buch. «Verlass dich drauf, ich würde gern mit dir tauschen.»

«Es ist einfach zu bizarr», sagte Clemmie. «Wie aus einem Roman von Frances Hodgson Burnett.»

Jon grinste. «Du würdest einen sehr niedlichen kleinen Lord abgeben. Besonders mit diesem Haarschnitt. Wie hieß der Junge gleich wieder?»

Clemmie hob die Hände. «Keine Ahnung. *Der geheime Garten* war immer eher meins.»

Jon drückte ihr das Buch wieder auf den Schoß und beugte sich über ihren Arm, um darin zu blättern.

«Siehst du das?» Er deutete auf den Tafelaufsatz mit den Elefanten.

«Ist ja wohl kaum zu übersehen.» Er roch nach gewöhnlichem Schuppenshampoo, Old Spice und Waschmittel. Männergerüche. Gerüche nach ‹faulem Sonntagmorgen im Bett›.

Sie musste unbedingt wieder mehr ausgehen, sehen, was sich so tat auf dem Markt. Clemmie zwang sich, Jon wieder zuzuhören.

«Anscheinend wurde Granny Addies Onkel beinahe zum Viceroy von Indien ernannt.» Als er Clemmies verständnislosen Blick sah, erklärte er: «Der Viceroy war der Gouverneur von Indien. Er spielt König anstelle des Königs. ‹Vice› von ‹anstelle vom, und ‹roy› von ‹roi›, also König. Er ist der Stellvertreter des Königs. Daher der Name.

«Deine Studenten müssen hingerissen sein von dir», stellte Clemmie trocken fest. «Und was ist passiert?»

Jon lachte. «Sie haben einen anderen genommen. Was der gute Lord Ashford offenbar nie verschmerzte. Er schleppte jeden indischen Nippes an, den er kriegen konnte, um alle Welt daran zu erinnern, dass er es beinahe mal nach drüben geschafft hätte.»

«Na, Nippes würde ich das nicht nennen.» Clemmie strich sich die Haare hinter die Ohren und stellte die Frage, die schon die ganze Zeit an ihr nagte. «Und woher weißt du das alles?»

«Weil ich gefragt habe.»

Clemmie bedachte ihn mit dem starren Blick, den sie bei nervigen Kollegen einsetzte.

«Das ist mein Fach», erinnerte er sie. «Moderne britische Geschichte. Ich bin durch Zufall auf Material über die Familie gestoßen, also eure Familie», korrigierte er sich, «als ich an meiner Dissertation gearbeitet habe. Und da habe ich Granny Addie danach gefragt.»

«Wann war das?», fragte Clemmie.

Jon rechnete nach. «Gleich nach meinem Forschungsjahr in London. Das muss, warte mal, neun Jahre her sein. Eine ganze Weile.»

«So lange weißt du das alles schon?» Clemmie schob das Buch von ihm weg, schlug es zu und legte die Hände auf den Einband.

Jon seufzte. «Schau doch mal», sagte er, und einen Moment hörte er sich beunruhigend wie Tante Anna an, die mit Vorliebe diesen Ausdruck gebrauchte und im gleichen Ton. «Es war wahrscheinlich leichter für Granny Addie, mit mir zu reden. Ich gehöre ja nicht zur Familie. Das hat es einfacher gemacht.»

Clemmie nickte langsam. «Okay», sagte sie. «Das leuchtet mir ein.» Obwohl es eigentlich nicht so war. «Und du hast gefragt.»

«Das ist keine besondere Kunst», sagte er und suchte mit seinen grünbraunen Augen ihren Blick. «Du kannst auch fragen. Wenn du wirklich willst.»

Ja, aber würde Granny Addie ihr noch antworten können? «Das klingt wie eine Mutprobe.»

«Sollte es nicht sein.» Jon stand vom Sofa auf. Es schien irgendwie kälter ohne ihn. Er sah zu ihr hinunter. «Wissen ist ein zweischneidiges Schwert. Du musst entscheiden, ob es lohnt, sich daran zu schneiden.»

«Hast du das aus einem Glückskeks?» Steif vom unbequemen Sitzen, stand Clemmie auf. «Du hast doch irgendwo meinen Mantel hingelegt, oder?»

«Auf den Stuhl. Draußen.» Jon folgte ihr in den Flur und half ihr in den Mantel. «Willst du wirklich in der Vergangenheit herumstöbern, Clem?»

Clemmie riss am Revers ihres Mantels, um es geradezuziehen. «Du tust es doch auch.»

«Ja, aber von Berufs wegen.» Sein Atem berührte warm ihren Nacken. «Und die Leute sind nicht mit mir verwandt. Du liebst Addie. Und Addie liebt dich. Das ist doch das Entscheidende.»

Sie drehte sich ungeschickt um, genau im falschen Moment, sodass sie mit ihm zusammenstieß und sie ihre Glieder erst wieder entwirren mussten. «Herzlichen Dank, Dr. phil.», sagte sie und schob sich das in die Stirn gefallene Haar aus dem Gesicht. «Ich werd's mir merken.»

Jon bückte sich, um ihren Schal unter dem Stuhl hervorzuholen. Unter den Schneemännern spannten sich durchtrainierte Oberschenkel. «Die passende Antwort darauf ist wahrscheinlich so was wie ‹na klar›.»

«Es ist komisch», sagte Clemmie, als sie ihren Schal von ihm entgegennahm, «aber ich glaube, ich bin tatsächlich froh, dass du wieder da bist.»

«Es ist komisch», sagte Jon und langte an ihr vorbei, um die Tür aufzusperren, «aber ich glaube, ich bin tatsächlich froh, wieder hier zu sein. Ich geb dir Bescheid, wenn ich eine Bude gefunden habe.»

Clemmie schlang sich den Schal um den Hals und warf den Kopf von einer Seite zur anderen, um Haare wegzuschütteln, die gar nicht mehr störten. «Viel Glück bei der Suche. Sag Tante Anna, dass ich hier war.»

«Wird gemacht.» Er hielt ihr mit übertriebener Galanterie die Tür. «Und, hey, wenn du mich irgendwie brauchst ...»

«... wird mir schon jemand anders einfallen, den ich anrufen kann», sagte Clemmie.

Er hielt den Daumen hoch, und die Tür fiel hinter ihr zu.

Erst danach fiel ihr auf, dass er ihr nicht gesagt hatte, worüber Tante Anna mit ihr hatte sprechen wollen. Und er hatte nicht erklärt, was es mit Bea auf sich hatte.

KAPITEL 4

Ashford, 1906

Ist es wahr, dass du von Heiden aufgezogen worden bist?

Es war Addies erste Nacht in Ashford. Sie lag hellwach in ihrem Bett, die Decken bis zum Kinn hochgezogen und versuchte krampfhaft, nicht zu weinen. Sie hatte Angst, die Tränen würden ihr auf dem Gesicht gefrieren. Das Feuer im Zimmer war längst heruntergebrannt, es war bitterkalt, und da war keine Fernie, die es neu anfachte, keine Mutter, die ihr einen Kuss auf die Schläfe gab und rund um ihr Kinn die Decke einsteckte.

Addie drehte sich auf die Seite, aber das Quietschen der Matratze klang in der Stille viel zu laut. Nie hätte sie für möglich gehalten, dass es irgendwo so dunkel sein konnte. Der weiß lackierte Schrank und der Nachttisch waren graue Schatten in der Finsternis. Addie vermisste den Schein der Gaslampen, der zu Hause abends durch die Ritze zwischen den Vorhängen am Fenster fiel. Sie vermisste die beruhigenden Geräusche Londons, das Knarren der Pferdewagen, das dumpfe Brummen der Automobile. Hier gab es ganz andere Geräusche, seltsames Knistern und Rascheln, das sie unter der Decke Schutz suchen ließ.

Phantasie war schön und gut bei Tageslicht, aber in der Nacht war sie beklemmend. Und in einem Haus wie diesem ließen sich Geister nicht so leicht als Aberglaube abtun: Hier schienen weiße Frauen und kopflose Reiter und Wagen, die fahrerlos durch die Gassen donnerten, viel eher Gewissheit. Die Freunde ihrer Eltern hatten sich manchmal um die Wette Gruselgeschichten erzählt, aber das war im hell erleuchteten Wohnzimmer ihres kleinen Hauses in der Guilford Street immer nur schaurig schön gewesen. Hier, in Ashford, wo aus dem Wald der klagende Schrei irgendeines fremden Tiers durch die Stille drang, durfte sie an solche Geschichten nicht einmal denken.

Sie waren spät in Ashford angekommen, so spät, dass Addies Bild vom Haus nur aus einem verwischten Eindruck brennender Fackeln am Eingang und endloser grauer Steinmauern bestand. Draußen hatten sie in geordneter Reihe Dienstboten erwartet, aber Addie war ihnen nicht vorgestellt, sondern nur die Reihe entlang eine Treppe mit unzähligen Stufen hinaufgescheucht worden in eine herrschaftliche Eingangshalle, die größer war als ihr ganzes Elternhaus und von einer grenzenlos hohen Decke überwölbt. Addie hatte den Kopf so tief, wie es ging, in den Nacken gelegt, um hinaufzusehen und die gemalten Menschen zu bestaunen, die sich so hoch über ihr in mehreren Etagen tummelten.

Gaff nicht, hatte Tante Vera gesagt.

Tante Vera sagte ständig, tu dies nicht, tu das nicht. Renne nicht, zappel nicht, störe deinen Onkel nicht.

Onkel Charles hatte sich auf seine Art bemüht, freundlich zu sein. *Dein Vater und ich sind immer um die Wette da hinaufgerannt*, erzählte er, auf die Doppeltreppe weisend, aber Addie konnte sich nicht vorstellen, dass Onkel Charles jemals irgendwohin gerannt war.

Ermutige sie nicht noch, sagte Tante Vera. *Das fehlt uns gerade noch, dass die Kinder hier herumrennen wie die Wilden.*

Zerstreut tätschelte Onkel Charles Addie die Schulter und sagte, er hoffe, sie werde sich in Ashford wohl fühlen. Dann verschwand er irgendwo hinter der Krümmung der Treppe, gefolgt von einem ehrfurchtgebietenden Mann in einem schwarzen Anzug, der ständig *Euer Lordschaft* sagte.

Ja, ja, Badger, brummte Onkel Charles. *Lassen Sie es mir bringen.*

Sie durfte die geschwungene Treppe nicht hinaufgehen. Sehnsüchtig blickte sie über die Schulter zu ihr zurück, als Tante Vera sie durch einen Seitengang aus der großen Halle führte, durch Zimmerfluchten, wo Gemälde an seidenbespannten Wänden hingen, eines über dem anderen, alle in großen goldenen Rahmen. Addie schaute und schaute, trotz Tante Veras Ermahnung, nicht zu gaffen. So etwas hatte sie noch nie gesehen. Die Bilder hingen an Drähten und waren leicht nach vorn gekippt, sodass sie sich alle ihr zuzuneigen schienen: Früchteschalen und lächelnde Damen und Vögel, deren Flügel schlaff über die Kanten bäuerlicher Tische hingen.

Vor einem Bild mit zwei Jungen musste sie stehen bleiben. Der größere der beiden, hochgewachsen, dünn und blond, hatte einen Ellbogen an eine romantische Säule gestützt und blickte ernst zu dem Betrachter hinaus. Er war ziemlich alt, mindestens zehn, und schien sich der Würde seines fortgeschrittenen Alters bewusst zu sein.

Doch es war der Junge neben ihm, der Addie fesselte. Auch sein Haar war blond, aber dunkler, wie Toffee ungefähr, und es lag nicht glatt an wie das des älteren Jungen, sondern lockte sich um sein Gesicht. Er trug einen schwarzen Samtanzug mit Spitzenkragen, der allerdings ein wenig verrutscht und etwas faltig war. Sein Gesicht war vom Betrachter abgewandt, seine Aufmerksamkeit auf einen Schmetterling gerichtet, der knapp außer seiner Reichweite vorüberflatterte.

Seine geröteten Wangen hatten tiefe Grübchen, sein ganzes kindliches Gesicht strahlte vor Eifer und vor Freude über den Schmetterling, den er zu fangen versuchte.

Das war ihr Vater, eindeutig ihr Vater, obwohl er unvorstellbar jung war, jünger als Addie.

‹Lord Maltravers und Lord Henry Gillecote› stand in Schnörkelschrift auf der Messingplakette darunter. Hinter der Schulter ihres Vaters konnte Addie die Kuppel von Ashford Park erkennen.

Bleib nicht dauernd stehen, sagte Tante Vera von vorn, und Addie lief schnell in ihren Knopfstiefeln hinterher, die laut auf den Boden klackten. Es war irgendwie tröstlich zu wissen, dass ihr Vater hier gelebt hatte, durch diese Flure gegangen war, im Garten Schmetterlinge gejagt hatte. Er schien nicht mehr ganz so weit weg zu sein.

Jedenfalls für einen Moment. Denn schon scheuchte Tante Vera sie weiter, und Addie folgte ihr auf einer gewundenen Treppe, die sich scheinbar endlos um sich selbst drehte, weiter und weiter nach oben, während die hellen Steinstufen unter ihren Füßen miteinander zu verschmelzen schienen.

Addie gewann nur einen verschwommenen Eindruck vom Schulzimmer, bevor Tante Vera sie in das sogenannte Spielzimmer brachte. Es war ein langer, rechteckiger Raum mit Fenstern in zwei gegenüberliegenden Wänden und einem Puppenhaus mit offenen Seiten, das überquoll von einem Sammelsurium von Puppen und Möbelstücken unterschiedlicher Epochen und Größen.

Das Zimmer schien Addies müden Augen voller Menschen zu sein. Ein Mädchen räkelte sich in einem Sessel, die Beine über die Seitenlehne gehängt. Ein anderes lag bäuchlings vor dem offenen Kamin, wo sie sich Modeblätter ansah, die sie ständig gegen die Angriffe eines rotwangigen kleinen Kindes verteidigen musste, das offenbar glaubte, sie wären da, um auf ihnen herumzutappen. Die Mädchen waren sehr groß und sehr blond bis auf das Baby, das sehr klein und sehr blond war.

Tante Vera räusperte sich, und sie standen alle stramm, außer der Kleinsten natürlich, die von einer drahtigen Frau in einer weißen Kittelschürze auf den Arm genommen wurde.

Nanny, sagte Tante Vera, *das ist Miss Adeline. Sie haben ein Zimmer für sie gerichtet? Ich überlasse sie Ihnen. Diana, dein oberster Knopf ist offen.*

Addie musste an Hans Christian Andersens Schneekönigin denken, die die Welt in Winter erstarren ließ. Solange Tante Vera im Zimmer war, standen alle wie gefroren. Erst als sie gute Nacht sagte und hinausrauschte, brach das Eis, und die Bewohner des Zimmers konnten sich wieder bewegen und wieder reden.

Das Mädchen, das sich die Modeblätter angesehen hatte, stürzte sich sofort auf sie. *Wir haben Ewigkeiten auf dich gewartet. Seid ihr den ganzen Weg hier herunter mit dem Automobil gefahren? –*

Jetzt geht's ins Bett. Nanny klatschte in die Hände. Sie nahm die Cousine bei den Schultern und drehte sie energisch zur Tür. *Und zwar husch, husch, Miss Bea. Also hinaus mit Ihnen, junge Dame.*

Die Cousine – Bea? – schnitt Addie noch schnell über ihre Schulter hinweg ein komisches Gesicht, zuckte mit den Schultern und flitzte hinaus.

Die ältere Cousine, die im Sessel gelegen hatte, nickte Addie zu. *Bis morgen früh*, sagte sie und verschwand ebenfalls.

Nanny hob die Kleinste auf ihre Schulter, wo sie strampelnd protestierte. *Und Sie, Miss Adeline*, sagte Nanny, *schlafen hier.*

Es klang irgendwie unheildrohend, so wie sie es sagte.

Sie führte sie den Gang hinunter, in dem Bea und die andere Cousine verschwunden waren. Es gab dort eine Menge Türen und eine sonderbare Halbtreppe, die an einem Absatz mit zwei Türen haltmachte, bevor sie in eine andere, längere Treppe mündete. Addie hatte nie so viele Türen gesehen. Ihr Haus in London war weit einfacher gebaut gewesen. Allein an diesem Gang gab es mehr Zimmer als in Addies Elternhaus zusammen. Und dabei war dies nur ein kleiner Winkel von Ashford. Sie war überwältigt.

Nanny sorgte dafür, dass Addie sich auch hinter den Ohren wusch und ihr Abendgebet sagte, und als Addie das alles mit einer Art grimmiger Entschlossenheit erledigt hatte, schloss Nanny die Tür, und sie war allein. Sie schob Fernies Buch unter ihr Kopfkissen und berührte es wie einen Talisman.

Zu Hause hätte Fernie ihr einen Gutenachtkuss gegeben. Zu Hause hätte Mutter durch den Türspalt geschaut, um zu sehen, ob sie schlief.

Da öffnete sich plötzlich die Tür, und eine schlanke Gestalt huschte ins Zimmer.

«Ist es wahr, dass du von Heiden aufgezogen worden bist?», fragte sie, als sie sich auf das Fußende von Addies Bett fallen ließ. «Es war wirklich unfair, dass du so spät gekommen bist. Da hatten wir gar keine Zeit mehr zum Reden. Ich bin schon halb tot vor Neugier.»

Sie wirkte gar nicht halb tot. Sie wirkte unheimlich lebendig und bildete einen großen dunklen Buckel am Ende von Addies Bett. Addie konnte sie nur als eine Kombination von Schatten erkennen, aber sie erkannte die Stimme: Es war die Cousine mit den Modeblättern, die Ewigkeiten auf sie gewartet hatte.

Addie richtete sich auf. «Du bist Bea, richtig?», fragte sie, unsicher, was die Etikette unter den gegebenen Umständen vorschrieb.

«Beatrice, genau genommen. Sie haben mich nach einer unglaublich langweiligen Tante genannt. Eine von Mutters Schwestern, du brauchst also keine Angst zu haben, deine Tante ist sie nicht. Als Taufgeschenk habe ich einen lächerlichen kleinen Löffel von ihr bekommen, nicht mal mit einem Apostel drauf. Ich finde das wirklich geizig, du nicht auch?»

Addie war so weit, dass sie allem zugestimmt hätte. «Doch, ja», sagte sie ausweichend.

«Wenn man schon nach langweiligen Tanten genannt wird, sollte man wenigstens schöne Geschenke von ihnen bekommen», erklärte Bea mit Entschiedenheit. «Dodo hat von ihrer Patentante eine Tiara bekommen. Nicht, dass sie viel damit anzufangen weiß.»

«Dodo?»

«Diana. Sie war vorhin auch da. Sie ist die Älteste von uns. Du meine Güte, sie haben dir aber auch gar nichts erklärt.»

Addie schüttelte den Kopf und spürte Tränen hinter ihren Augen brennen.

«Mach dir keine Sorgen», sagte Bea. «Ich kümmere mich schon um dich. Es ist eigentlich alles unheimlich langweilig und stumpfsinnig. Wir sind zwar zu viert, aber Edward ist die meiste Zeit im Internat, Dodo mag Pferde lieber als Menschen, und Poppy ist noch im Brabbelalter, mit der kann man also auch nicht reden. Wie alt bist du?»

«Fast sechs.» Addie hatte irgendwie das Gefühl, dass es sehr wichtig war, fast sechs zu sein und nicht fünf. Man wollte ja nicht nachgesagt bekommen, dass man noch im Brabbelalter sei. «Und du?»

«Ich war gerade sieben.» Bea musterte sie. «Ich muss sagen, wie eine Wilde siehst du nicht aus.» Es klang tief enttäuscht.

«Wie sehen Wilde denn aus?», fragte Addie.

«Ach, du weißt schon, Federn auf dem Kopf und angemalte Gesichter und so. Nanny hat gesagt, du wärst von Heiden aufgezogen worden», erklärte ihre Cousine auf dem Bett wippend. «Du Glückspilz. Ich bin von Nanny aufgezogen worden, und du kannst dir bestimmt vorstellen, wie das war. Todlangweilig.»

Es war schwer, sich vorzustellen, dass es mit Bea je langweilig sein konnte: Sie knisterte vor Energie, wie der Himmel vor einem Gewitter. Sie sah mehr Onkel Charles ähnlich, aber ihre Überschwänglichkeit erinnerte Addie ein kleines bisschen an ihren Vater. Bei dem Gedanken wurde ihr innerlich warm.

«Wohnst du schon immer hier?», fragte sie schüchtern.

«Ja, grausam, nicht? Wenn wir Glück haben, fahren sie im August mit uns zu Tante Agatha nach Schottland, und dann dreht sich alles nur um Moorhühner. Ich war bis jetzt nur ein einziges Mal in London. Du hast dort gelebt, nicht?»

Addie nickte.

«Ich beneide dich. Wie ist es dort? Doch sicher wahnsinnig aufregend.» Ohne auf eine Antwort von Addie zu warten, beugte sie sich zu ihr übers Bett und sagte verschwörerisch: «Wenn ich groß bin, werde ich eine Marquise, und dann wohne ich in London und esse *jeden Tag* Walnusskuchen zum Frühstück.»

Addie merkte, dass sie das beeindrucken sollte, aber ihr fehlte eine wichtige Information. «Was ist eine Marquise?», fragte sie zaghaft.

Bea rümpfte die Brauen. «Die Frau von einem Marquis natürlich. Ein Marquis ist was Höheres als ein Graf», erklärte sie mit Genugtuung. «Das bedeutet, dass ich dann im Rang höher stehe als Mama. Was ist das?» Sie hatte Fernies Buch entdeckt.

«Ein Buch», antwortete Addie vorsichtig.

«Das sehe ich, du Dummerchen. Aber was für ein Buch?»

Addie setzte sich auf. «Es ist ein Gedicht, und es heißt *Goblin Market.*»

«Lies es mir vor.» Es raschelte laut, als Bea vom Bett rutschte und nach einer Kerze und Zündhölzern zu suchen begann. Es gab Elektrizität in Ashford, aber bis zu den Kinderzimmern war sie noch nicht vorgedrungen. «Hier.» Bea zündete die Kerze an.

Addie blickte ängstlich zur Tür. «Und wenn uns jemand sieht?»

«Nanny schläft wie eine Tote. Und sie schnarcht», sagte Bea. «Die würden wir schon von weitem hören.»

«Na gut», sagte Addie. Es war schließlich Beas Haus. Sie musste es wissen. Und es tat gut, diejenige zu sein, die etwas wusste, wo sie doch keine Ahnung hatte von Ashford und Mark ... wie immer das auch hieß. Sie hielt die Decke hoch, damit Bea neben sie schlüpfen konnte. «Es handelt von zwei Schwestern, Lizzie und Laura. Das ist Laura.»

Sie hielt das Buch so, dass Bea das Titelbild sehen konnte, auf dem Laura sich in vorgebeugter Haltung anschickte, eine Locke ihrer langen blonden Haare abzuschneiden, um den listigen Kobolden damit etwas abzukaufen. Selbst auf dem in Schwarz und Weiß gehaltenen Bild konnte man erkennen, dass ihre Haare so mondhell waren wie Beas.

Bea beugte sich über Addies Schulter, um das Bild zu betrachten. «Sind das Goblins?», fragte sie. «Sie schauen mehr wie Dachse aus. Du kannst dir nicht vorstellen, was für eine Plage die Dachse hier sind.»

«Ich habe noch nie einen Dachs gesehen», gestand Addie. «Nur Bilder.»

Bea zog die Augenbrauen zusammen. «In London gibt's keine, nicht? Was steht da drunter?»

Addie folgte dem Text mit dem Finger. «Da steht: ‹Kauft von uns mit einer goldenen Locke.›» Sie musterte Beas blonden Zopf, der im Kerzenlicht wie Silber und Gold schimmerte. «So wie deine.»

Bea drückte das Kissen bequemer zurecht. «Und wie geht's weiter?»

«Jeden Tag marschieren die Goblins vorbei und rufen: ‹Kommt und kauft, kommt und kauft.›» Addie brauchte gar nicht auf den Text hinunterzusehen. Sie hatte genau im Gedächtnis, wie die Goblins zwei und zwei marschierten, wie sie gackerten und gluckten und alle möglichen Fratzen schnitten. «Sie bringen Äpfel und Quitten, Damaszenerpflaumen und Heidelbeeren. Laura und Lizzie wissen, dass sie nicht von den Früchten essen dürfen, aber Laura kann nicht widerstehen.»

«Sie kann *Früchten* nicht widerstehen?», fragte Bea.

«Es sind Zauberfrüchte», erklärte Addie und erlaubte sich ein angenehmes kleines Schaudern. «Goblinfrüchte.»

«Hm», machte Bea.

«Laura hat solchen Appetit darauf, dass sie sich für einen einzigen Pfirsich eine Haarlocke abschneidet. Aber Sterbliche dürfen nicht von den Früchten essen.» Das Gedicht ließ daran keinen Zweifel. Das Verlangen nach ihnen konnte einen Sterblichen in den Wahnsinn treiben. «Laura wird immer kränker und will nur noch Goblinfrüchte haben, die sie nicht essen darf.»

«Und wie geht es aus?»

«Lizzie rettet sie.» Addie kniff die Augen zusammen und zitierte aus dem Gedächtnis: «Denn keine Freundin kann wie eine Schwester, / ob die Zeiten stürmisch oder ruhig, / dich ermuntern auf dem schweren Weg, / dich finden, wenn du verlorengehst, / dir auf die Beine helfen, wenn du fällst, / dich stärken, wenn du stehst.»

Bea war sehr beeindruckt. «Das ist schön», hauchte sie. «Wunderschön.»

Im Kerzenlicht hatte ihr schräg geneigtes Gesicht eine beinahe unheimliche Ähnlichkeit mit Lauras in dem Holzschnitt. Die Schatten ließen es jedoch älter wirken, indem sie es streckten und an einigen Stellen vertieften, so wie es später sein würde.

«Ich hab früher immer so getan, als ob ich eine Schwester hätte», bekannte Addie. Sie unterdrückte ein Gähnen. «Ich habe sie Lizzie genannt, nach dem Gedicht.»

«Du brauchst keine Phantasieschwester mehr.» Impulsiv fasste

Bea Addies Hand und drückte sie. «Du kannst meine Schwester sein.»

«Aber du hast doch schon Schwestern», fühlte sich Addie verpflichtet zu sagen. Der lange Tag holte sie langsam ein. Sie musste die Hand auf den Mund drücken, um das Gähnen zurückzudrängen. «Echte.»

«Dodo?» Bea rümpfte die Nase. «Die interessiert sich doch nur für ihre Pferde. Und Poppy ist noch ein Baby. Nein», sagte sie mit Entschiedenheit. «Von jetzt an sind wir Schwestern. Richtige. Solche Schwestern, wie die im Buch, wo eine die andere vor den Goblins rettet.»

Addie gefiel das. «Vor den Goblins», sagte sie schläfrig, «und vor den Tanten.»

Das Letzte, was sie vor dem Einschlafen vernahm, war Beas Lachen, das wie Elfenmusik in der Dunkelheit klang.

New York, 1999

Trotz aller guten Vorsätze fand Clemmie erst nach mehr als zwei Wochen Zeit, Granny Addie wieder zu besuchen.

Wieder war die Arbeit schuld, wie immer. Die Erwiderung für das Verfahren in Dallas war gestern fällig gewesen, und sie hatten alle die Fallrechtssammlung durchforstet, um die letzte krachende Salve des Gegners abwehren zu können. Dann stand die Reise nach London vor der Tür, der Termin war schneller als gedacht herangerückt. Es blieb kaum Zeit für die Vorbereitungen, die Lektüre der vielen Akten, die noch warteten. In ihrem Büro sah es aus wie in einem Kriegsgebiet, überall halbvolle Kaffeebecher, unter ihrem Schreibtisch grüne Fetzchen vom Salat gestern Abend, überall auf dem Boden, wie Schnee, das weiße Konfetti aus dem Locher. Die Reinigungsfrau, die immer gegen Mitternacht kam, hatte nur einen Blick ins Zimmer geworfen, wo Clemmie noch am Schreibtisch saß, und war mit einem Winken wieder gegangen.

Es war herrlich, nicht mehr im Büro zu sitzen.

Über ihrer Arbeit hatten die Jahreszeiten gewechselt, auf die frühlingshafte Wärme nach Halloween war der Winter gefolgt. Der graue Himmel hatte diesen kalkbleichen Ton, der zum Dezember gehörte, und Gerüche nach brennendem Holz und heißen Brezeln hingen in der Luft.

Spontan machte sie einen Abstecher zur Madison Avenue und kaufte einen Strauß Blumen für Granny Addie. Sie wusste nicht, wie die Blumen hießen, aber sie waren lila und rochen gut.

Donna nahm sie ihr mit beifälligem «Hmmm» an der Tür ab. «Da wird sich Ihre Großmutter freuen», sagte sie. Und: «Gehen Sie ruhig rein.»

«Geht es ihr besser?», fragte Clemmie und war beruhigt, als Donna nickte.

«Jedenfalls so weit besser, dass sie wieder mit mir streiten kann», sagte Donna.

Clemmie lachte. «Das hört sich gut an.»

Donna verschwand auf ihren leisen Gummisohlen in die Küche, um die Blumen ins Wasser zu stellen. Clemmie ging durch das Fernsehzimmer und das winzige Bad, die einmal für ein Hausmädchen gedacht gewesen waren, zu Granny Addies Schlafzimmer. Die helle Tapete und die mit Chintz bezogene Chaiselongue waren noch da, unverändert wie die weiß lackierten Fensterrahmen und Bodenleisten und die Fotos an den Wänden. Es waren keine Familienbilder, sondern Landschaftsaufnahmen von Sonnenuntergängen irgendwo im Westen. Clemmie hatte sie immer irgendwie unstimmig gefunden, sie passten gar nicht zu Granny Addies sonstigem Geschmack. Wo früher Granny Addies Schlittenbett gewesen war, stand jetzt ein Krankenhausbett mit sachlich wirkenden Knöpfen und einem Nachttisch mit schwenkbarer Platte, sodass sie ihre Mahlzeiten im Bett einnehmen konnte.

«Granny?» Clemmie wartete an der Tür.

Granny Addie legte das Buch weg, in dem sie gelesen hatte. «Clemmie!»

Clemmie atmete auf. Granny Addie sprach leise, aber sie klang wieder ganz wie die Alte. Und sie hatte sie gleich erkannt.

«Entschuldige, wenn ich nicht aufstehe, Schatz», sagte sie. «Donna würde mir den Kopf abreißen.»

«Bleib liegen, ich komme zu dir.» Als sie am Bett war, fragte sie «Darf ich?» und wies auf den bereitstehenden Rollstuhl.

Die Augen ihrer Großmutter zogen sich lächelnd zusammen. «Fahrbare Stühle fandest du immer schon großartig. Dein Großvater musste dich endlos auf dem Stuhl in seinem Büro herumrollen.»

«Das hatte ich ganz vergessen.»

Sein ‹Büro› war der Raum gewesen, der jetzt das Fernsehzimmer war, damals sein Arbeitszimmer. Er hatte einen alten Drehstuhl besessen, auf dem er sie im Kreis herumgewirbelt hatte wie auf einem Kaffeetassen-Karussell. Was wohl aus dem alten Stuhl geworden war? Ausrangiert vermutlich.

Sie beugte sich über ihre Großmutter und küsste ihre faltige Wange. «Wie fühlst du dich?»

«Wie neunundneunzig», antwortete Granny Addie. «Viel wichtiger ist, wie du dich fühlst.»

Clemmie biss sich auf die Unterlippe. «Ach, ganz okay. Viel Arbeit. Du weißt schon.» Sie setzte sich vorsichtig in den Rollstuhl ihrer Großmutter und strich den Kostümrock über ihre Knie glatt. «Sag mal, Granny, neulich Abend, als es dir nicht so gutging, da hast du mich Bea genannt. Wer ist das?»

Granny Addie schloss die Augen, und Clemmie fürchtete schon, sie wäre eingenickt. «Meine Cousine. Bea war meine Cousine.» Sie starrte einen Moment lang nachdenklich ins Leere, dann sagte sie abrupt: «Wir sind zusammen aufgewachsen.»

«Und wart ihr euch sehr nah?», fragte Clemmie vorsichtig tastend.

Es dauerte lang, ehe Granny Addie antwortete. «Ja», sagte sie endlich. «Wir waren einander sehr nah. Näher als Schwestern.»

Warum hatte sie dann nie von ihr gesprochen? Warum hatte Clemmie vorher nie von ihr gehört?

Weil du nie gefragt hast, hörte sie Jons Stimme.

«Jon hat mir erzählt, dass du auf einem Landsitz namens Ashford aufgewachsen bist», fuhr Clemmie unsicher fort. «Er hat mir ein Bild gezeigt. Es sah richtig einschüchternd aus.»

«Und wie», sagte Granny Addie freimütig. «Das Haus hat mich in Angst und Schrecken versetzt.» Sie berührte mit einem Finger Clemmies Hand. «Mach die Nachttischschublade auf. Nein, nicht die. Die andere. Ich möchte dir etwas zeigen.»

«Der Scheich?» Clemmie hielt hoch, was sie als Erstes gefunden hatte. Es war eine grell aufgemachte Ausgabe des Buchs aus den 1970er Jahren, auf dessen Einband ein Mann mit viel zu stark geschminkten Augen seine nackte Brust zur Schau stellte. «Also wirklich, Granny.»

«Sei doch nicht so prüde, Schatz. Es ist inzwischen ein Klassiker. Such weiter.»

«Soll ich wirklich?», scherzte Clemmie. «Wer weiß, was ich da noch ... Oh!»

Es war ein Schwarzweißfoto. Irgendwann einmal schien es in der Mitte gefaltet worden zu sein, der Knick war deutlich sichtbar. Es war ein großes Bild, beinahe so groß wie ein Blatt von einem Schreibblock. Clemmie erkannte das Gebäude im Hintergrund. Selbst verblasst und an manchen Stellen abgeschabt, war es eindeutig als Ashford Park zu erkennen.

Es sei denn, es war Brideshead, aber das glaubte sie nicht. Der Mann vor dem Haus war definitiv nicht Jeremy Irons.

«Das ist Ashford», sagte Granny Addie.

«Darf ich?», fragte Clemmie und nahm das Bild aus der Schublade. Bei genauerer Betrachtung konnte es sich nur um den Nachdruck einer älteren Aufnahme handeln. Das Glanzpapier war zu dick, um von früher zu stammen, und das Bild war verschwommen wie ein altes Foto, das vergrößert und bearbeitet worden war.

Im Vordergrund war eine Gruppe Menschen zu sehen, deren Mittelpunkt ein Mann und eine Frau bildeten. Der Mann saß, die Frau stand.

«Das ist Onkel Charles», erklärte Granny Addie, auf den Mann zeigend.

Der sechste Graf von Ashford. Er sah aus, wie man sich einen Grafen vorstellte: groß, dünn, würdevoll und tadellos im schwarzen Anzug.

«Wo bist du?», fragte Clemmie.

Granny Addie rückte ihre Brille zurecht. «Da.» Sie zeigte auf eine dunkle verwischte Gestalt ganz auf der Seite. «Hinter Bea. Das daneben ist Dodo, und vorn ist Poppy – sie war die Jüngste –, und gleich hinter Onkel Charles steht Edward. Das Foto ist 1908 aufgenommen worden, zwei Jahre nachdem ich nach Ashford gekommen war.»

Zwei Jahre, aber auf diesem Familienfoto sah es aus, als gehörte Granny Addie immer noch nicht dazu. Clemmie kam erst nach einer Weile dahinter, woran das lag: Addie hatte als einzige dunkle Haare. Dadurch verschmolz sie fast mit dem Gebüsch im Hintergrund. Und dass sie so weit auf der Seite stand, halb verdeckt von ihrer Cousine, machte die Sache nicht besser.

Clemmie versuchte, sich die berühmte Bea genauer anzusehen, aber Addies Lieblingscousine hatte sich im letzten Moment umgedreht, sodass von ihr nur blonde Haare und ein verwischtes Profil zu erkennen waren.

«Warum hast du es nicht gerahmt, Granny?» Das ganze Klavier stand voll mit Familienfotos, aber kein einziges aus der Zeit vor Kenia. «Du siehst süß aus.»

Clemmie schob das Bild wieder in die Schublade. Darunter fand sie noch eins, eine Porträtaufnahme einer jungen Frau im Halbprofil. Ihre hellen Haare umflossen in gestylten Wellen das Gesicht, der Blick der hellen Augen war gefühlvoll in die Ferne gerichtet. Sie kam Clemmie seltsam bekannt vor, die Wangenknochen, der Schwung der Lippen. Es war, als wäre sie ihr schon früher einmal begegnet.

«Ich hätte dir mehr erzählen sollen.» Die Stimme ihrer Großmutter war rau. Clemmie hob überrascht den Kopf. «Ich war egoistisch.»

Clemmie legte das Bild weg und stieß die Schublade zu. «Nein. Ich war egoistisch. Immer ging es nur um mich. Nach dir habe ich nie gefragt. Obwohl ich es hätte tun sollen, schon vor Jahren.»

Granny Addie strich ihr mit zitterndem Finger über die Wange. «Ich mag dich, weißt du das?»

«Du musst mich mögen. Du bist meine Granny.»

«Ich hätte dich so oder so gemocht. Du warst so ein ernstes kleines Mädchen, so fleißig. So still. Du hast mich an mich selbst erinnert», sagte sie mit einem leisen, etwas schiefen Lächeln. «Aber dein Gesicht ist ganz und gar das von Bea. Ja, seltsam, wie das Leben spielt.»

«Ich habe Grandpas Augen», sagte Clemmie schnell. Es war eine Art Gesellschaftsspiel in der Familie, darüber zu mutmaßen, wer wessen Nase oder wessen Kinn mitbekommen hatte. Allgemein anerkannt war, dass grüne Augen von Grandpa Frederick stammten.

«Das stimmt, ja.»

«Hast du Grandpa in Ashford kennengelernt?», fragte Clemmie. Sie kam sich vor wie ein kleines Kind, das ein neues Wort ausprobiert. Ashford. Ash-ford.

«Ja. Ja», sagte Granny Addie. «So ist es.»

«Wie?», fragte Clemmie weiter «Du hast mir nie davon erzählt.» Nur Jon. Clemmie schob den nicht gerade freundlichen Gedanken weg. Was hatte er gleich wieder gesagt? *Ich habe gefragt?* Und jetzt fragte sie.

War ja schließlich kein Wettbewerb oder so was.

«Das ist eine ziemlich alberne Geschichte», sagte Granny Addie.

Clemmie schob den Rollstuhl näher. «Ich mag alberne Geschichten», sagte sie ermunternd. Wie sehr sie etwas Albernheit gerade jetzt brauchte!

«Wo fange ich an?» Granny Addie lehnte sich in ihr Kissen zurück. «Es war der Abend, an dem meine Cousine Dodo mit einem großen Ball in die Gesellschaft eingeführt werden sollte.

Tante Vera hatte absichtlich ein Datum ziemlich am Ende der Saison ausgesucht. Dodos Ball sollte einer der letzten sein, damit jeder sich später an ihn erinnern würde. Nur hatte Tante Vera die Rechnung leider ohne den Wirt gemacht.»

Obwohl das fast ein ganzes Leben her war, wirkte Granny Addie ziemlich schadenfroh, als sie sich daran erinnerte.

«Ich nehme an, du warst kein Fan von Tante Vera?»

«Und sie keiner von mir», sagte Granny Addie. «Tante Vera richtete den Ball in Ashford aus. Ich vermute, sie dachte, auf dem Land wäre es weniger peinlich. Dodo», sagte Granny Addie in vertraulichem Ton, «war nämlich nicht gerade der Liebreiz in Person.»

«Mit einem Namen wie Dodo ...», murmelte Clemmie.

«Ihr richtiger Name war Diana, aber ich glaube, kein Mensch hat sie so genannt. Außer Tante Vera natürlich. Sie hatte für Spitznamen nichts übrig.»

«Du bist also auf den Ball gegangen ...», erinnerte Clemmie sie.

Granny Addie schüttelte den Kopf. «Bea und ich durften nicht. Wir waren, wie alt waren wir? Ich dreizehn, fast vierzehn, und Bea fünfzehn, aber sie hielt sich für absolut erwachsen. Sie hat getobt.»

«Wenn du gar nicht auf dem Ball warst, wie hast du dann Grandpa kennengelernt?»

Granny Addies Mundwinkel zuckten amüsiert. «Das war die Schuld von Binky, der Kinderzimmermaus ...»

KAPITEL 5

Ashford, 1914

Das ist gemein», rief Bea und ließ sich so heftig aufs Sofa fallen, dass aus den Polstern der Staub aufstieg.

Es war der Abend von Dodos Ball. Vom Vergnügen ausgeschlossen, saßen Addie und Bea eingeschnappt im Spielzimmer. Die Vorbereitungen hatten sie in den vergangenen Wochen in allen Einzelheiten miterlebt: Berry Brothers lieferte kistenweise Champagner, aus London kam Stangeneis, Tischwäsche von Harrods. Und sie hatten ihren Nutzen aus dem Überfluss gezogen, wenn die Köchin mit neuen Rezepten experimentierte und Köstlichkeiten ausprobierte, die selbst dem verwöhntesten Londoner Gaumen munden sollten. Heute Abend jedoch fand man ihr Betteln um Leckereien weit weniger reizend als sonst und hatte alle Kinder aus der Küche verbannt. Die Köchin war gewöhnlich ihre Freundin und Verbündete, doch heute hatte sie sie mit einem scharfen ‹Lady Ashford wäre es nicht recht, dass Sie alle hier unten sind› hinausgeschickt.

Im Park wimmelte es von Dienern, die Lampions aufhängten. Josh, der Pferdeknecht, den sie am liebsten mochten, hatte mit dem plötzlichen Zustrom fremder Pferde für die morgige Jagd mehr als genug zu tun. Nicht einmal das Gartenhaus blieb verschont. Es war fest in der Hand eines Streichquartetts, das wie ein letzter Außenposten des Empire für jene Versprengten die Stellung hielt, die trotz der Kälte den Garten besuchen wollten.

Es hätte alles froh und heiter sein sollen, wie in einem schönen Märchen. Aber das war es nicht. Die ganze Woche hindurch hatte sich Tante Vera immer wieder mit der Köchin und Badger besprochen, während Onkel Charles seine eigenen Besprechungen geführt hatte, angespannte Gespräche hinter verschlossenen Türen mit anderen Kabinettsmitgliedern. Davon durften sie oben in den Kinderzimmern eigentlich nichts wissen, aber Addie hatte die an- und abfahrenden Automobile beobachtet. Sie kamen aus London, eine weite Fahrt für ein Treffen von wenigen Stunden, und die Männer, die ihnen entstiegen, trugen die Hüte tief in die besorgten Gesichter gedrückt. Einige von ihnen kannte sie aus der Zeitung; andere waren ihr völlig unbekannt. Dass es wichtige Leute sein mussten, merkte sie nur an der Art, wie Onkel Charles sie begrüßte, und an ihren sorgenvollen Mienen.

Erst letzte Woche hatte sie Onkel Charles und Tante Vera streiten hören, eine absolute Seltenheit. *Verdammt noch mal, es ist nur ein Ball,* hatte Onkel Charles gerufen, und das allein war schon ein Schock. Onkel Charles fluchte niemals im Beisein von Tante Vera. *Ein gottverdammter Ball, wenn …*

Himmel, hatte Tante Vera ziemlich genau im gleichen Ton gesagt wie damals, als sie Addie bei den kanadischen Verwandten abladen wollte, *du tust ja gerade so, als wäre ein englischer Herzog ermordet worden. Auf dem Kontinent wimmelt es von kleinen Fürstchen, da wird ein einzelner kaum vermisst werden.*

Aber diesen wird man vermissen, sagte Onkel Charles düster, worauf Tante Vera ungeduldig mit der Zunge schnalzte und entgegnete, Fürsten hin oder her, heiratsfähige Töchter müssten nun einmal unter die Haube gebracht werden. Da könne man auf das lästige Imponiergehabe ausländischer Mächte keine Rücksicht nehmen.

Tante Vera schleppte Dodo zur Schneiderin, doch die ausländischen Mächte hielten an ihrem Imponiergehabe fest. Auf Onkel Charles' Schreibtisch häuften sich die Telegramme, und oben im Spielzimmer schmollte Bea weiter.

«Es ist einfach gemein», sagte Bea wieder. «Der ganze Trubel, und wir müssen hier oben hocken.»

«Wir kommen auch noch an die Reihe», sagte Addie, obwohl sie wusste, dass das nicht ganz richtig war.

Bea würde an die Reihe kommen. Addie war nur die arme

kleine bemitleidenswerte Verwandte und ziemlich sicher, dass Tante Vera nicht ihretwegen die Familientiara aufsetzen würde. Chiffon und Diamanten waren nun einmal für Bea, nicht für Addie. Tante Vera hatte nie ein Geheimnis daraus gemacht, wie sie zu Addies Anwesenheit in Ashford stand.

Sie war jetzt seit acht Jahren in Ashford, länger als ihr halbes Leben. Es fiel ihr schwer, sich zu erinnern, wie fremd ihr alles hier in der ersten Zeit gewesen war, die Dimensionen, die unausgesprochenen Annahmen und Erwartungen, die Regeln. Bea war ihre Landkarte. Sie hatte Addie unter ihre Fittiche genommen wie ihr Lieblingstier und sie angeleitet. Wenn Addie sich hier gut eingelebt hatte, so hatte sie das, zum großen Teil, Bea zu verdanken.

Sie verbrachten die meiste Zeit im Spielzimmer, einem großen, sonnigen Raum ganz oben im Haus. Die Tapete hatte ein verblichenes Blumenmuster mit Kletterrosen. Sie spielten immer, die Rosen wüchsen, solange sie nicht hinschauten. Auf dem Boden lagen kleine Teppiche und Brücken, größtenteils ausgemusterte Stücke, genau wie das durchgesessene Sofa mit dem rissigen Seidenbezug, die ausladenden Chintzsessel und ein besonders unpraktischer Hocker mit vergoldeten Beinen, der häufig als Thron in Dienst genommen wurde.

An der einen Wand war ihre Menagerie: ein Igel namens Tiggy, ein recht schläfriges Kaninchen mit Namen Lapin und, der allgemeine Liebling, eine weiße Maus, die wenig einfallsreich Bianca hieß. Unter den Kindern allerdings war der Name schnell zu Binky gekürzt worden. Neben Binkys Käfig hatte Rosinante ihren Platz, das Schaukelpferd, das aus trüben Glasaugen kurzsichtig in die Welt des Spielzimmers blickte.

Manchmal fühlte es sich wie eine Ewigkeit an, als wäre das Spielzimmer eine eigene kleine Insel, von der Welt abgeschnitten; ähnlich wie Ashford selbst, unverändert und unveränderlich.

Genau das war es, was Bea so unerträglich fand. Sie trat mit ihrem Stiefel nach Rosie, dass diese heftig ins Schaukeln geriet.

«Sie hätten uns wenigstens zum Essen runterkommen lassen können», murrte sie.

«Mit dreißig Leuten am Tisch und zwei davon Herzöge? Wohl kaum. Stell es dir einfach als Generalprobe vor», meinte Addie. «Was sie bei Dodo falsch machen, können sie dann bei dir richtig machen.»

Trotz all des Aufhebens um diesen Ball wussten sie alle, dass Dodo nur das Versuchskaninchen für Bea war. Bea besaß die ganze Lebendigkeit ihrer Mutter, und sie verfügte über jene schwer zu fassende Eigenschaft, die ihrer Mutter fehlte: das, was man bei Männern Charisma nannte und bei Frauen Charme.

«Ach, Dodo», sagte Bea. «Der macht das Ganze doch noch nicht einmal Spaß. Sie wäre glücklich und zufrieden, wenn sie hoch zu Ross zu ihrem Debüt einreiten könnte.»

Addie kicherte. «Ich sehe es vor mir. Wie der arme alte Euclid auf dem glatten Parkett herumrutscht. Badger würde einen Anfall bekommen.»

Badger war der Butler und ein sehr würdevoller Mann. Eigentlich hieß er Battinger, aber die Ashford-Kinder hatten daraus Badger gemacht, und Badger war er geblieben.

Immerhin konnte sich Bea darüber ein Lächeln abringen. «Das wäre ein Bild für Götter, ja. Ein Wunder, dass sie ihren Reitdress ausgezogen hat und in ein Ballkleid gestiegen ist. Und wir dürfen inzwischen hier oben verschimmeln.»

«Na ja, es ist wohl kaum das Château d'If.»

Bea wies mit theatralischer Geste zu Binkys Käfig. «Wir haben sogar eine Maus. Was für Beweise brauchst du noch dafür, dass das hier eine Art Gefängnis ist?»

Addie war ungerührt. «Hol einen Teelöffel, dann graben wir uns einen Weg frei.»

«Hahaha. Du willst doch auch zum Ball, Binkers, stimmt's?», gurrte Bea über Binkys Käfig gebeugt. Sie holte die Maus aus ihrem behaglichen Nest aus Sägespänen. «Ich finde es einfach ungerecht, dass Edward darf und wir nicht.»

«Er ist fast achtzehn. Und er sieht unheimlich erwachsen aus.»

Sie verspürte wieder dieses kleine Frösteln des Unbehagens. Sie hatte gehört, wie Onkel Charles sehr ernst mit Edward darüber gesprochen hatte, dass es vielleicht Krieg geben würde. Mit fast achtzehn würde Edward sicher ins Feld ziehen müssen. Unmöglich, sich vorzustellen, dass Edward, gerade von Eton abgegangen, Bataillone befehligte und Männer in die Schlacht führte.

«Ich sehe mindestens genauso alt aus wie er», behauptete Bea.

«Stimmt», sagte Addie langsam. Sie waren nur anderthalb Jahre auseinander, doch Bea sah mit ihren fünfzehn wesentlich älter aus als die kindliche dreizehnjährige Addie. «Aber deine Mutter würde dich auf der Stelle hinauswerfen.»

«Wir könnten uns als Diener verkleiden», meinte Bea mit Genuss.

«Ziemlich zwergenhafte Diener.»

«Du ja, ich nicht.» Bea nahm ihren Worten mit einer Umarmung die Spitze. «Dann eben als fahrende Musikanten.»

Addie schlug die Beine übereinander und drückte das schlimm zugerichtete Kissen an sich. «Mit riesigen Zwirbelbärten. Vergiss die Zwirbelbärte nicht.»

Von unten konnte sie hören, wie die Musiker ihre Instrumente für den Tanz stimmten, der Dodos feierlichem Eintritt in den Ballsaal und ins Erwachsenenalter folgen sollte.

Bea wanderte vom Sofa zum Fenster hinüber, das zum Park hinausblickte. Wie Sterne leuchteten die Lampions und bildeten Konstellationen, wie kein Astronom sie sich hätte träumen lassen. Sie streichelte Binky und blickte schweigend hinunter.

Addie stand auf, stellte sich neben sie und stützte ihre Ellbogen aufs Fensterbrett. Es war ein unangenehm kalter und regnerischer Sommer gewesen, aber heute Abend war die Luft klar, und ein leichter Wind trug den Duft der Blumen aus dem Park herauf. «Glaubst du, es ist wahr, dass der Prince of Wales auch kommt?», fragte sie.

«Wir brauchen nur hinunterzugehen und nachzusehen.» Bea lachte übermütig. «Sie haben ja nur gesagt, dass wir nicht mittanzen dürfen. Davon, dass wir nicht zuschauen dürfen, hat niemand was gesagt.»

Addie war nicht wohl bei dem Vorschlag. «Aber wenn …»

«Kein Mensch wird uns sehen.» Bea war schon auf dem Weg zur Tür. «Wenn wir uns hinter dem Geländer verstecken, merken sie gar nichts.»

«Sind wir für so was nicht schon ein bisschen zu groß?»

Bea zwinkerte. «Wenn wir für den Ball noch zu klein sind, können wir zum heimlichen Zuschauen hinter dem Geländer nicht zu groß sein.»

Ihre Logik ließ für Addies Begriffe zu wünschen übrig. «Und wenn wir ertappt werden?»

«Werden wir nicht», sagte Bea mit Überzeugung.

Addie seufzte. «Dann lass aber wenigstens Binky hier.»

«Warum denn? Binky will auch etwas sehen, stimmt's Binkers?» Sie hielt die Maus in die Luft. «Schau, sie hat sich extra in ihren weißen Pelz geworfen.»

Binky zwinkerte mitleiderregend mit den kleinen roten Augen, die schnell von einer zur anderen blickten.

«Hör auf, sonst macht sie dir noch die Hand voll», warnte Addie. «Du weißt doch, dass sie nicht herumgeschwenkt werden mag.»

Bea schob die Maus in die Tasche ihres Schürzenkleids. «So. Da sitzt sie erste Reihe Loge, wie die Herzoginwitwe in der Oper. Jetzt braucht sie nur noch ein Opernglas.»

Binkys kleiner Kopf lugte über den Taschenrand. Bea hatte recht: Sie sah tatsächlich aus wie eine der ehrwürdigen adligen Damen aus Tante Veras Bekanntenkreis.

Addie lachte. «Es ist mir noch nie aufgefallen, aber sie sieht wirklich aus wie Lady Rushworth. Genauso zittrig und nervös.»

«Edles Blut eben», sagte Bea mit todernster Miene. «Das sieht man sofort.»

Sie schütteten sich beide aus vor Lachen. ‹Edles Blut› gehörte zu Tante Veras Lieblingsausdrücken.

«Vorwärts?», fragte Bea.

Addie nickte. «Vorwärts.»

Immer noch leise lachend schlichen sie auf Zehenspitzen in den Flur hinaus. Das hatten sie früher, als sie noch kleiner gewesen waren, oft getan, wenn Tante Vera eine ihrer Abendgesellschaften gab. Sie hatten sich auf der Galerie über der großen Eingangshalle hinter der günstig stehenden Büste des zweiten Grafen versteckt. Der Blumenduft wehte ihnen schon entgegen, bevor sie die Galerie erreichten. Tante Vera hatte Gewächshäuser in weitem Umkreis ausgeplündert und sogar aus London Blumen geordert. In das Blütenaroma mischten sich die Parfümdüfte sämtlicher Gäste, manche schwer und großzügig aufgelegt, um andere, natürliche Ausdünstungen zu verdecken.

Die Mädchen bezogen hinter ihrem alten Freund, dem zweiten Grafen, Stellung, die eine rechts, die andere links.

«Kannst du was sehen?», flüsterte Addie.

«Ja. Und du?»

Tante Vera und Onkel Charles empfingen auf der Empore in der Mitte der Doppeltreppe die Gäste. Sie wurden von Badger gemeldet, defilierten auf der einen Seite hinauf und auf der anderen wieder hinunter, wo sie dann für ihre Mühen ein Glas Champagner in die Hand gedrückt bekamen. Die beiden wirkten in der Tat sehr beeindruckend dort oben, Tante Vera in ihren Diamanten, Onkel Charles mit diversen Orden für dies und das bestückt. Die Ermüdung zeigte sich in den beinahe über Nacht ergrauten Schläfen und den neuen Fältchen zu beiden Seiten seines Mundes, doch nichts konnte ihm die kerzengerade Haltung nehmen, die Aura von Autorität, die er so selbstverständlich trug wie seinen Smoking.

Doch die große Überraschung war Dodo.

Dodo war verwandelt worden. Tante Vera hatte sie mit Gewalt aus ihrem schäbigen Reitdress geholt und in ein Ballkleid aus weißem Satin unter Wolken silbern schimmernden Tülls gesteckt. In ihm wirkte sie täuschend ätherisch. Man sah ihr nicht an, dass sie am liebsten den Pferdestall ausmistete. Sie sah aus, als lebte sie von Nektar und Ambrosia allein und schliefe in den weichsten Daunen. Wie alle Gillecots war sie groß und dünn; Tante Veras geschickte Schneiderin hatte es geschafft, sie nicht knochig, sondern elegant erscheinen zu lassen.

Doch sie war natürlich immer noch Dodo. Addie hörte ihr wieherndes Lachen von der Empore herauf und bemerkte, wie Tante Vera unter den Schichten von Diamanten und Spitzen zusammenzuckte.

Als Punkt acht Tante Vera Badger zunickte, schloss er die große Eingangstür. Das war das Signal für die Musiker, eine nicht ganz gelungene Fanfare anzustimmen, worauf sich unter den Gästen erwartungsvolles Schweigen breitmachte. Addie hatte ihnen etwas voraus: Sie hatte die ganze Inszenierung schon bei der Probe gesehen. Sie wusste, was als Nächstes kommen würde.

Glaubte sie jedenfalls.

Ein Diener mit Kristallgläsern auf einem silbernen Tablett trat zu Onkel Charles. Unten in der Halle gingen Diener in dem gleichen Aufzug mit den gleichen Tabletts herum und versorgten die Gäste mit Champagner für den Moment, wenn Dodo, die zu unerwarteter Schönheit gestriegelte, sonst so langweilige Dodo, die nichts als Pferde kannte, offiziell in die große Welt eingeführt wurde.

Onkel Charles hob sein Glas, und es wurde still im Raum. Auf der Bühne der Öffentlichkeit überzeugte Onkel Charles, der sich im Privatleben so häufig nach Tante Vera richtete, durch beeindruckende Präsenz. Tante Vera wirkte neben ihm klein und nervös.

«Ich möchte Ihnen allen danken, dass Sie heute zu uns gekommen sind», sagte er, und es war, als spräche er jeden Einzelnen im Raum direkt an.

Neben Addie zog Bea die Maus aus ihrer Tasche. Sie hatte wieder diesen mutwilligen Ausdruck im Gesicht, der nichts Gutes verhieß.

Addie warf ihr einen warnenden Blick zu. «Mach das bloß nicht», flüsterte sie.

Bea spielte das Unschuldslamm. «Was denn? Binkers will doch nur ein bisschen besser sehen, stimmt's, Binks?»

«... unsere Gläser zum Toast ...», sagte Onkel Charles.

«Oh, Mist, sie hat mich vollgemacht.» Bea schüttelte ihre Hand, und Binky flog auf und davon.

«... auf unsere Tochter ...»

«Bea, nein!» Binky landete auf dem Boden und flitzte los. «Binky!»

«... Diana ...»

«Binky», zischte Addie, aber es war schon zu spät. Binky hielt direkt auf die Treppe zu. «Binky, nein.»

Es war nicht genau zu sagen, wer sie zuerst bemerkte. Als Onkel Charles seine Gäste aufforderte, ihre Gläser zu erheben, war der erste spitze Schrei zu hören. Gleich darauf erscholl ein zweiter. Champagnergläser gingen klirrend auf dem Boden in Scherben, Frauen rannten nach Stühlen, nach jeder Erhebung, die sie finden konnten. Auf einen Wink von Tante Vera stimmten die Musiker ausgerechnet ‹Rule, Britannia› an, doch ihr unkonzentriertes Gefidel konnte die Katastrophe nicht vertuschen, sondern trug nur zur allgemeinen Kakophonie bei.

Sie mussten Binky einfangen. Addie schaute gar nicht, ob Bea ihr folgte. Sie machte sich sofort auf die Jagd nach der Maus, fegte zwischen aufgeschreckten Gästen hindurch, während sie versuchte, sie mit Hilfe der Schreie und des Scherbenklirrens zu orten.

«Binky», rief sie, immer wieder ein «Entschuldigen Sie» oder «Pardon» einstreuend.

Vielleicht war es dumm, wahrscheinlich sogar; aber Binky war ihre Maus, und sie konnte nicht zulassen, dass sie totgetrampelt wurde.

«Ich nehme an, Sie suchen das hier?»

Sie hielt abrupt an und blickte auf die Hand, die sich ihr entgegenstreckte. Ein Stück schwarzer Ärmel, weiße Manschette mit einem Karneolknopf. An einem Finger ein Siegelring, ein schweres Ding aus sehr gelbem Gold, daneben ein zitterndes rosa Näschen.

Addie hob den Kopf und blickte in ein Männergesicht mit amüsiert lächelnden Lippen unter einem schmalen Bärtchen. Die Farbe seiner Augen war eine Mischung aus Grün und Braun, wie Moos und Torf. Offenen Mundes starrte sie ihn an.

«Ihr Eigentum, nehme ich an?», fragte er und hielt ihr Binky hin.

KAPITEL 6

New York, 1999

Es war also Liebe auf die erste Maus?», fragte Clemmie. Granny Addie antwortete nicht. Sie war in den plötzlichen leichten Schlaf alter Menschen gefallen. Ihre Augenlider schimmerten bläulich, ihr Mund stand ein wenig offen.

Vorsichtig, um nicht ans Bett zu stoßen, beugte sich Clemmie über sie und vergewisserte sich, dass sie regelmäßig atmete und eine gesunde Farbe hatte. Mutter hatte gesagt, dass es in letzter Zeit immer häufiger vorkam, dass Granny Addie mitten im Satz einnickte und dann ebenso unversehens wieder erwachte, um fortzufahren, wo sie stehengeblieben war. Oder dass sie über etwas ganz anderes zu sprechen begann, als führte sie ein Gespräch weiter, das im Traum begonnen hatte.

Clemmie setzte sich wieder in den Rollstuhl. Obwohl es schon seit Stunden dunkel war, war es noch relativ früh, noch nicht ganz acht Uhr. Sie konnte sich noch ein wenig Zeit lassen, bevor sie nach Hause fuhr, um zu packen.

Es tat gut, einfach nur zu sitzen.

Die Jalousien waren noch nicht heruntergelassen, und sie konnte die Lichter des Gebäudes gegenüber sehen. Hinter den Fenstern spielten sich kleine häusliche Szenen ab von Menschen, die eben nach Hause kamen, von Familien, die sich zum Abendessen setzten. Clemmie schlug die Arme um sich und legte den Kopf an die Stuhllehne. Es machte sie seltsam melancholisch, wie sie hier in das Leben anderer blickte, von draußen zuschaute. Es ließ sie Dan vermissen.

Nein, vielleicht nicht Dan selbst. Es überraschte sie, dass er kaum eine Lücke in ihrem Leben hinterlassen hatte, dass sie kaum je an ihn dachte. Doch sie hatte Sehnsucht nach dem, was er verkörpert hatte.

War es so falsch, sich nach jemandem zu sehnen? Nach einem Menschen, den sie anrufen konnte, wenn sie im Büro festsaß, mit dem sie an kalten Abenden kuscheln konnte, der sie daran erinnern würde, dass es außerhalb des Büros auch noch ein Leben gab? Eine kurze Zeit hatte sie geglaubt, das bei Dan gefunden zu haben, auch wenn Dan selbst, na ja, eben Dan war. Er hatte so sicher geschienen, sicher genug für sie beide. Allein jemanden an ihrer Seite zu haben, auch wenn sie ihre Zweifel hatte, dass es der richtige Jemand war, führte dazu, dass sie sich vollständiger und in ihrer Haut wohler fühlte.

Er tauchte auf, als sie gerade anfing, ein wenig in Panik zu geraten, als sie plötzlich merkte, dass ihre Freundinnen um sie herum heirateten und Kinder bekamen, während sie selbst mit ihrem Schreibtisch verheiratet war und kein Mann in Sicht.

Während des Studiums hatte sie mehrere Beziehungen gehabt, aber keine hatte gehalten. Damals beunruhigte sie das nicht. Sie hatte ja noch so viel Zeit. Ihre Mutter hatte ihr eingebläut, wie wichtig es war, selbstbestimmt zu sein und auf eigenen Füßen zu stehen. Ehen ergaben sich gewissermaßen von selbst, an einer beruflichen Karriere musste man arbeiten.

Aber für sie hatte sich nichts ergeben. Im zweiten Jahr in der Kanzlei war sie kurz mit einem Kollegen zusammen gewesen, dann war nichts mehr passiert. Lange, lange Zeit gar nichts. Hin und wieder hatten Freunde oder Kollegen versucht, sie zu verkuppeln, manchmal war es fürchterlich gewesen, manchmal ganz nett, aber der eine vom Donner begleitete Blitz war ausgeblieben. Sie war auf Cocktailpartys gegangen, wenn ihre Termine es erlaubten, und war bei Essenseinladungen recht plump neben den einzigen alleinstehenden Mann gesetzt worden, aber am Ende des Tages war sie immer allein nach Hause gegangen.

Und dann war Dan erschienen.

Dan war ein von der Kanzlei bestellter Gutachter in einem

Schutzrechtsprozess gewesen. Clemmie war in ihrem fünften Jahr, und ihr war deshalb die Bearbeitung des Falls übertragen worden, ohne dass sie von Intellectual Property viel Ahnung hatte, wie sie lachend eingestand. Daraufhin hatte er sie zu einem Kaffee eingeladen, und Clemmie hatte zugesagt, mehr des Koffeins als der Gesellschaft wegen. Ihr war nicht klar, dass er wirklich nur ‹Kaffee› meinte, als er ‹Kaffee› sagte.

Sie waren in das Starbuck's nebenan gegangen Und er hatte ihr praktisch sein ganzes Leben erzählt. Seine Promotion an der Yale University über Informatik und seine vor kurzem gegründete Firma, die, hm, irgendwas, machte. Clemmie, die das alles bereits aus seinem Lebenslauf kannte, fragte sich, warum er ihr das erzählte, bis er schließlich zögernd fragte, was sie vom Abendessen halte.

Ich esse meins meistens aus einem Plastikbehälter, den ich mir in die Kanzlei liefern lasse, sagte sie.

Haben Sie Lust, mal richtig über die Stränge zu schlagen und mit mir zu essen?, fragte er.

Er führte ein ganz anderes Leben als sie. Als technischer Leiter eines Internet-Start-ups konnte er es sich leisten, einen halben Tag blauzumachen, um Football zu spielen, und dann achtundvierzig Stunden durchzuarbeiten, nicht weil er musste, sondern weil er wollte. Er holte sie an den Wochenenden vom Schreibtisch und nahm sie mit zu Vergnügungen, von denen sie nicht einmal wusste, dass es sie in Manhattan gab: zur Apfelernte, auf Renaissancemärkte, zu schottischen Highland Games. Seine Freunde veranstalteten *Lord of the Rings*-Partys und brauten ihr eigenes Bier.

Amüsiert hatte Clemmie sich mitziehen lassen, überzeugt, dass die Sache schnell wieder im Sand verlaufen würde. Aber aus einem Monat waren zwei geworden und dann ein Jahr. Sie deponierte eine Zahnbürste in seinem Bad und ihre Kontaktlinsenflüssigkeit im Schränkchen unter seinem Waschbecken. Als er ihr einen Heiratsantrag machte, überreichte er ihr einen Süßigkeitenring, einem großen mit Kirschgeschmack.

Und das ist es jetzt?, hatte sie gedacht und nicht den Ring gemeint, sondern Dan und das ganze Drumherum. Müsste sie nicht mehr empfinden? Vielleicht nicht die ganz große Leidenschaft, die in Liebesromanen versprochen wurde, aber doch so etwas wie eine tiefe Freude und Gewissheit.

Manchmal fragte sie sich, ob die anderen alle nur Theater spielten und in Wirklichkeit fühlten wie sie und es nur besser verbargen, vor sich und den anderen. Aber dann dachte sie an ihre Großeltern, und auch wenn man die rosarote Brille und einen Hang zu selektiver Erinnerung berücksichtigte, war Grannys Gesichtsausdruck, wenn sie von Grandpa Frederick sprach, von Grandpa Frederick und dieser albernen Maus, eindeutig. Das war kein Theater.

Wie fand man die wahre Liebe? Vorausgesetzt, es gab sie überhaupt. Alles andere in ihrem Leben hatte sie durch Arbeit oder Lernen erreichen können, aber die Liebe nicht. Sie fiel einem offenbar zu – oder auch nicht.

Irgendwo in der Wohnung schlug eine Uhr, achtmal, dünn und blechern.

Clemmie schob behutsam den Stuhl zurück. Ihre Großmutter schlief fest auf ihrem weißen Kopfkissen. Clemmie zog die Decke hoch und deckte ihre Großmutter zu, wie diese sie früher zugedeckt hatte.

«Gute Nacht, Granny», sagte sie leise. «Schlaf schön.»

Ihre Großmutter lächelte im Schlaf. Clemmie hätte gern gewusst, ob sie von Grandpa Frederick träumte.

Vielleicht brauchte Clemmie eine Maus.

Ashford, 1914

Wenn das kein Knalleffekt war», sagte Bea mit Genugtuung. «Hast du Tante Agathas Gesicht gesehen?»

Addie hatte nicht Tante Agathas Gesicht in Erinnerung, sondern Tante Veras. Ihr Blick hatte Mord versprochen oder zumindest grausige Vergeltung. Addie war froh, dass Folterbank und Daumenschrauben abgeschafft waren.

Die Dienstboten hatte eine ganze Weile dazu gebraucht, wieder Ordnung herzustellen. Sie hatten nicht nur die Glasscherben auffegen, sondern auch die Damen, die in Ohnmacht gefallen waren, mit Hirschhorngeist beleben müssen. Tante Vera war mit dem Zwischenfall ganz wie die Gemahlin eines Viceroys umgegangen. Nicht einen Moment außer Fassung, hatte sie die versammelte Gesellschaft im Handumdrehen in den großen Salon getrieben, der den hinteren Teil des Hauses einnahm. Zum Tanzen war er nicht das Ideale, dazu war er zu schmal, aber dank der raschen Entfernung unnötiger Möbelstücke und der Abwanderung einiger Gäste in den Park gelang es ihr, den Eindruck zu vermitteln, alles wäre von Anfang an so geplant gewesen. Mit lächelnder Miene hatte sie hohe Amtsträger umgarnt, lästige junge Männer in Richtung Dodo geschoben und immer wieder bestätigt, ja, das sei wirklich eine höchst amüsante Einlage gewesen.

Sie hatten das alles von Edward erfahren, der auf einen Sprung ins Spielzimmer kam, um zu berichten und sie ein wenig zu bedauern. Obwohl, ‹bedauern› war vielleicht nicht das richtige Wort. *Heilfroh, dass ich nicht in eurer Lage bin*, so hatte er es formuliert.

Addie hätte jetzt auch lieber in fremden Schuhen gesteckt.

«Die arme Dodo», sagte sie. «Wo sie doch so schön ausgesehen hat.»

«Quatsch», widersprach Bea. «Es war doch ein Glück für sie. Jetzt reden die Leute bestimmt monatelang von ihrem Ball. Vielleicht sogar Jahre.»

«Ja, aber nicht so, wie sie es sich sicher wünschen würde.» Die Tatsache, dass die arme Dodo selbst überhaupt nichts mit dem Desaster zu tun gehabt hatte, würde keine Rolle spielen. Man würde die Geschichte endlos weitererzählen, und sie würde dabei die wildesten Blüten treiben. Dodo würde bis in alle Ewigkeit die Debütantin mit der wild gewordenen Maus bleiben. Addie verknotete ihre Finger. «O Gott, ich darf mir gar nicht vorstellen, was Tante Vera jetzt mit mir macht.»

Beas Gesicht wurde weich. «Du Arme», sagte sie. «An dich habe ich überhaupt nicht gedacht. Ich sage ihnen, dass ich schuld bin. Das stimmt ja auch.»

Addie schüttelte den Kopf. «Das glauben sie nie. Für deine Mutter bin ich doch immer noch das Kuckucksei.»

«Ein Kuckucksei, auf das man stolz sein kann», sagte Bea aufmunternd.

«Im Moment nicht», entgegnete Addie bedrückt. «Deine Mutter wird sagen, ‹da sieht man's mal wieder›. Sie wartet doch ständig darauf, dass ich sozialistische Neigungen entwickle und Schande über die ganze Familie bringe.» Auch wenn sie versuchte, einen Scherz daraus zu machen, wussten sie beide, dass es stimmte. Ganz gleich, wie sehr sie sich bemühte, sie würde immer verdächtig bleiben.

«Es tut mir so leid», sagte Bea. «Ich hätte nicht, ach, Mist.» Sie kaute an einem Fingernagel, ihre einzige unschöne Gewohnheit.

«Na ja, sie wird mich nicht gleich aufs Rad binden und vierteilen», meinte Addie, um ihre Cousine zu trösten. «Schlimmstenfalls streichen sie mir wieder das Taschengeld. Eine Woche lang kann ich schon ohne Süßigkeitengeld auskommen.»

«Du kannst meins haben», sagte Bea. «Alle. Mit Zinsen.»

«Bea», begann Addie zögernd, «hast du eigentlich ...»

«Was?»

«Ach, nichts.» Es war eine blöde Frage. Natürlich hatte Bea Binky nicht absichtlich laufen lassen. «Ich gehe raus und gehe ein bisschen spazieren», sagte sie. «Es macht mich verrückt, hier drinnen rumzusitzen und auf das Fallbeil zu warten.»

«Und wenn du *ihnen* in die Arme läufst?» Bea setzte sich auf dem Sofa auf.

«Ach, sie kommen sicher noch lange nicht zurück.» Da Dodo zu Pferd am vorteilhaftesten aussah, hatte Tante Vera eine Jagd organisiert in der Hoffnung, dass Dodos guter Sitz ihr einbringen würde, wozu ihre tänzerische Grazie nicht ausreichte.

«Soll ich mitkommen?» Ein deutliches Zeichen, dass Bea zerknirscht war. Sie hasste Spaziergänge.

Addie schaute zum Fenster hinaus. Der morgendliche Regen war feinem Dunst gewichen. Perfektes Wanderwetter.

«Nein, lass nur.» Sie schlüpfte in einen alten beigefarbenen Mantel, einen langen schmalen Staubmantel, der einmal Dodo gehört hatte. Er war ihr zu lang, und die Ärmel hingen ihr über die Hände, aber er war gut gegen den Nebel. «Ich gehe lieber allein.»

Bea ließ sich in die Sofapolster zurücksinken. Über den Rand eines alten *Tatler* sagte sie: «Wenn du es dir anders überlegst ...»

«Ich bin bald wieder da», erwiderte Addie. «Viel Spaß bei der Lektüre.»

Beas Kopf verschwand hinter der Zeitschrift.

Addie nahm die Seitentreppe nach unten. Nach acht Jahren in Ashford kannte sie alle Ecken und Winkel. Oben, wo die Kinderzimmer waren, kam man sich ein wenig vor wie in den Kulissen einer Theaterinszenierung. Alles, was sie taten, spielte sich rund um die Bühne ab und selten auf ihr. Bea, Poppy und sie hatten über die hinteren Flure und Treppen und durch die Küchenräume freien Zugang zum äußeren Bereich des Hauses. In die Prachträume im Erdgeschoss, die Addie an ihrem ersten Abend in Ashford so überwältigend gefunden hatte, drangen sie fast nie vor.

Dodo war jetzt, da sie ‹erwachsen› war, aus der ‹Kinderstube› in ein Zimmer im ersten Stock umgezogen. In etwas mehr als einem Jahr würde Bea ihr folgen. Addie versuchte, nicht daran zu denken. Es war unmöglich, sich Spiel- und Kinderzimmer ohne Bea vorzustellen. Ganz gleich, was Bea glaubte, Addie hielt es für unwahrscheinlich, dass Tante Vera sie bei ihren Zukunftsentwürfen in irgendeiner Weise berücksichtigen würde. Sie hatte große Pläne für Bea, in denen eine gerade einmal geduldete Cousine keinen Platz hatte.

Seit einiger Zeit war die Rede davon, Bea für ein Jahr nach Paris zu schicken, um ihr Gelegenheit zu geben, sich dort den letzten gesellschaftlichen Schliff anzueignen: ein wenig Französisch lernen, im Louvre die Werke der großen Meister kopieren und ganz allgemein das tun, was man eben in seinem Auslandsjahr vor dem gesellschaftlichen Debüt so tat. Dodo war nach München gereist, aber angesichts der Nachrichten in den Zeitungen würde Onkel Charles Bea sicher nicht nach Deutschland schicken.

«Du kommst natürlich mit», hatte Bea gesagt, als sie Addie von den Parisplänen erzählte. Doch das war nach dem gestrigen Zwischenfall unwahrscheinlicher denn je geworden.

Addie ging durch eine Seitentür in den Küchengarten hinaus, wo Lavendel und Thymian dufteten. Sie hob ihr Gesicht zum Himmel und genoss die kühle Feuchtigkeit des leichten Nebels auf ihrer Haut. An der Steinmauer entlang ging sie außen um den Küchengarten herum und folgte, von den vertrauten Gerüchen nach feuchter Erde und altem Stein umgeben, dem gekiesten Weg zum Buchsbaumlabyrinth. Dunst lag über den Hecken. Der Park erschien verlassen bis auf einen Vogel, der auf einer Eibenhecke hockte und Addie mit schwarzen Knopfaugen anstarrte. Mit einem geringschätzigen Krächzen flog er auf und davon.

Offenbar hatte er auch von dem Zwischenfall mit der Maus gehört.

Addie schob die Hände in die Taschen von Dodos Mantel und stieß mit der Stiefelspitze die Steinchen vor sich her. Sie wollte nicht daran denken, wie wütend Tante Vera gewesen war, wie hart ihre Strafe vielleicht ausfallen würde. Das Warten war eine zusätzliche Tortur, auch wenn, das wusste Addie, keine Absicht dahintersteckte. Wenn man das Haus voller Gäste hatte, musste das Vergnügen der Bestrafung einer widerspenstigen Nichte aufgeschoben werden, bis man seinen Pflichten als Gastgeber gerecht geworden war. Außerdem waren heute Morgen mehrere Telegramme eingetroffen, die, nach Onkel Charles' betroffener Miene zu urteilen, Schlimmeres verhießen als losgelassene Mäuse.

Was für eine Strafe würde sie bekommen? Bei der Streichung des Taschengelds würde es nicht bleiben. Sie war für kleinere Vergehen vorgesehen, das wusste Addie trotz ihrer tapferen Worte zu Bea. Ab und zu drohte Tante Vera gern damit, sie zu den Verwandten nach Kanada zu schicken, aber es war unwahrscheinlich, dass es so weit kommen würde.

Sie bog um die Ecke des Labyrinths und rutschte aus, als sie jemandem, der ihr entgegenkam, ausweichen wollte. Flüchtig nahm sie ein Tweedjackett und Messingknöpfe wahr, als zwei Hände sie an den Schultern festhielten. «Vorsichtig.» Eine freundliche Männerstimme.

«Oh, entschuldigen Sie.» Addie trat hastig zurück. «Ich hätte besser aufpassen sollen.»

«Ich glaube, da war eher ich schuld.»

Es war der Mann von gestern Abend, der Binky gerettet hatte. Sie erkannte ihn an den lachenden grünen Augen.

Er erkannte sie ungefähr zur gleichen Zeit. «Ach, bist du nicht das Mädchen mit der Maus?»

Addie zog den Kopf ein. «Leider. Ich schäme mich halb zu Tode.»

Sie hörte ihn leise lachen. «Ich glaube, wir sind uns gestern gar nicht richtig vorgestellt worden», sagte er. «Aber das lässt sich ja jetzt nachholen, wenn auch nicht ganz formvollendet. Ich bin Frederick Desborough.»

Er legte eine Hand auf die Brust und verneigte sich tief. Addie musste trotz all ihrer Verlegenheit lachen.

«Mr. Desborough.» Sie wusste, sie sollte den Spaß erwidern und in einen tiefen Knicks versinken, doch stattdessen schob sie die Hände in die Manteltaschen und sagte mit einer kurzen Kopfbewegung, die nicht ganz ein Nicken war: «Ich bin Adeline Gillecote.»

«Guten Abend, Adeline.» Er musterte sie interessiert, das wirre dunkle Haar, Dodos alten Mantel. «Du bist aber nicht Miss Gillecotes Schwester?»

«Nein, nein», antwortete Addie schnell. Auf der einen Seite

waren Dodo, groß und blond wie Onkel Charles, und Bea und die Gillecote-Dynastie, deren Ursprung bis zum Beginn der Zeiten zurückreichte oder zumindest bis zur normannischen Eroberung. Und auf der anderen war sie. Klein und brünett, wie Tante Vera sagte. «Bea und Poppy sind Schwestern. Ich bin nur die Cousine.»

Mr. Desborough zog eine Augenbraue hoch. «Die Cousine? Ist das ein Titel oder eine Position?»

«Eher eine Position.» Addie versuchte, einen Scherz daraus zu machen. «Ich bin sozusagen ein Bestandteil des Kinderzimmers. Wie das Schaukelpferd. Jede Kinderstube braucht eine Cousine. Denken Sie an *Jane Eyre.*»

«Ich hoffe, es ist eine andere Art von Kinderstube», sagte Mr. Desborough.

«Ich werde jetzt nur noch einmal in der Woche ins Rote Zimmer eingesperrt», erklärte Addie und konnte ihre eigene Forschheit kaum fassen. Aber Mr. Desborough hatte auch so eine Art, die es einem ungeheuer leicht machte, mit ihm zu reden. Es war überhaupt nicht wie die Erwachsenen. «Sollten Sie nicht eigentlich mit den anderen unterwegs sein?», fragte sie schüchtern.

«Du meinst, auf der Jagd? Geht nicht. Der Arzt hat's mir verboten.»

Er hob einen Ellbogen, und Addie bemerkte erst jetzt, dass sein linker Arm in einer seidenen Schlinge lag, geschickt kaschiert von dem offenen Jackett.

«Was ist Ihnen denn passiert?»

«Ich hatte in Melton eine Meinungsverschiedenheit mit einem Zaun. Der Zaun hat gesiegt.» Addie war beeindruckt. Melton. Wo sich Geld und Adel regelmäßig zu Fuchsjagden trafen. Wie wahnsinnig erwachsen und exklusiv. Ehe sie ihn bitten konnte, ihr mehr zu erzählen, wechselte er das Thema. «Da wir gerade von Unfällen sprechen, wie geht es denn deinem kleinen Freund?»

«Meinem kleinen ... ach, Binky.»

Er lächelte. «Ja, bei dem Namen hast du ihn gestern Abend gerufen, obwohl er bei dem allgemeinen Scherbenklirren nicht leicht zu verstehen war. Haben sie dir schon ordentlich die Leviten gelesen?»

Addie schob sich die Haare hinter die Ohren und wünschte, sie würden sich bei Regen nicht gleich immer so krausen, sondern seidig und glatt bleiben wie Beas. «Nein, aber das kommt ganz sicher noch.»

«Brot und Wasser?» Der Kies knirschte unter ihren Füßen, als sie weitergingen.

«Schimmliges Brot und brackiges Wasser», stimmte sie in seinen leichten Ton ein. «Aber das Schlimmste ist das Auspeitschen.»

Er blieb stehen und sah zu ihr hinunter. «Das ist doch ein Scherz, Maus?», fragte er leise. «Richtig?»

«Ja, natürlich», sagte sie hastig. «Sie würden mich niemals wirklich schlagen, nur so oft, wie sie mich ins Rote Zimmer einsperren, meine ich. Wahrscheinlich streichen sie mir für ein oder zwei Wochen das Taschengeld. Das ist meistens die Strafe. Nur werden sie es diesmal wahrscheinlich sperren, bis ich achtzig bin. Was steht denn normalerweise auf ein verpatztes Debüt?»

Sie redete zu viel und zu schnell, aber er hatte einen Ausdruck im Gesicht, der sie aus der Fassung brachte, so ernst und angespannt, dass sie sich unwillkürlich fragte, was er getan hätte, wenn sie behauptet hätte, sie würde tatsächlich geschlagen.

Er schob die gesunde Hand in die Hosentasche und ging weiter. «Ich bin froh, das zu hören.» Irgendwo in der Nähe rief ein Vogel, es klang laut in der Stille des Parks. «Ich habe schon gefürchtet, ich müsste zur Rettung eilen.»

Die Worte hörten sich leicht an, doch sie hatten einen Unterton, und wie er zu ihr blickte, so beiläufig, und doch ... Addie trieb das trotz der morgendlichen Kälte die Hitze in die Wangen, während ihre Hände eiskalt blieben.

«Wie Perseus und Andromeda», platzte sie heraus, nur um etwas zu sagen.

Er sah sie belustigt an. «Gehört zu deiner Menagerie etwa auch ein Seeungeheuer, Maus?»

«Nein.» Sie schüttelte den Kopf. «Ich habe nur gemeint, so was tun Helden doch. Sie retten Prinzessinnen aus höchster Not und so.»

Sie sah, dass er lächelte, obwohl er versuchte, es nicht zu zeigen. «Ich kann dir nichts Heldenhaftes versprechen», sagte er ernst, «aber wenn du wirklich mal in höchste Not gerätst, dann ruf einfach, und ich komme. Was Seeungeheuer angeht, kann ich allerdings nichts versprechen.»

«Danke», sagte Addie. «Das ist sehr nett von Ihnen.»

«Bis auf die Seeungeheuer», versetzte er mit einem Lächeln, bei dem sich in einer Wange eine Vertiefung zeigte, die nicht ganz ein Grübchen war, aber eins hätte sein können.

Addie fingerte am obersten Knopf von Dodos Mantel herum, während sie krampfhaft nach einer halbwegs intelligenten Erwiderung suchte, irgendetwas wenigstens, das nicht wie verlegenes Gestammel klang. Bea wüsste genau, wie sie reagieren müsste. Sie würde lachen und mit einer charmanten kleinen Replik antworten, aber nicht wie Addie auf einer Haarsträhne herumkauen wie eine Kuh, während das Schweigen sich endlos dehnte. Er musste sie für stumm und schwachsinnig halten, genau die Sorte Cousine, die man mit gutem Grund in der Bodenkammer einsperrte.

Sie hätte einen Scherz über Seeungeheuer machen sollen, dass sie ja hier nicht in der Nähe von Wasser seien. Aber jetzt war es zu spät, jetzt würde es nur noch so wirken, als hätte sie diese ganze Zeit gebraucht, um sich etwas auszudenken, und das stimmte ja auch, aber ...

Sie schaute verstohlen zur Seite. Er bemerkte ihren Blick und lachte. Addie wurde rot und senkte den Kopf.

Lautes Rufen rettete sie aus der Verlegenheit. «Miss Adeline? Oh, dem Herrn sei Dank.» Ivy, das Oberhausmädchen, blieb abrupt stehen und stützte sich vorgebeugt mit den Händen auf die Knie, um wieder zu Atem zu kommen. «Ich habe schon gedacht, ich würde Sie nie mehr finden, Miss. Ich suche Sie seit Stunden.»

Sie bemerkte Mr. Desborough und brach verwirrt ab.

«Entschuldigen Sie, Sir», keuchte sie und knickste. «Ich wollte nicht stören. Lady Ashford möchte mit Miss Adeline sprechen. Im Arbeitszimmer von seiner Lordschaft.»

Addie wappnete sich innerlich. Das Arbeitszimmer verhieß nichts Gutes. Im Wohnzimmer, wo auch die allgemeine Inspektion stattfand, wurden kleinere Vergehen abgehandelt, im Arbeitszimmer die ernsteren Verstöße. Tante Vera würde doppelt ärgerlich sein, weil sie sie so lang hatte warten lassen.

Stunden? So lang konnte es nicht gewesen sein. Addie warf einen scheuen Blick zu Mr. Desborough. Sie hatte alles Zeitgefühl verloren. Es kam ihr vor, als hätten sie sich nur ein paar Minuten unterhalten. Und es kam ihr vor, als kennte sie ihn seit Jahren. Die Widersprüche verwirrten sie. Dafür würde Tante Vera sich umso klarer ausdrücken, wenn sie ihr gleich gegenübertrat.

«Danke, Ivy. Ich komme sofort.» Sie wandte sich Mr. Desborough zu und verzog übertrieben gequält das Gesicht. «Jetzt geht's mir an den Kragen.»

«Nur Mut, Maus», sagte er. «Und denk daran ...»

«Ich weiß», sagte Addie. «Keine Seeungeheuer.»

Über die eigene Schlagfertigkeit erstaunt, nickte sie und rannte Ivy durch die Hecke hinterher, um die Strafe in Empfang zu nehmen. Im Moment wäre ihr dieser Morgen jede Strafe wert gewesen. Er hatte sie Maus genannt. Aber eigentlich war das süß, beinahe wie ein Kosename. Sie wusste, dass Tante Vera ihr kein Debüt ausrichten würde wie Bea, schon gar nicht nach der Geschichte mit Binky, aber vielleicht, vielleicht ...

Sie konnte die Szene vor sich sehen: Sie erwachsen und elegant, in einem schimmernden weißen Abendkleid, und Mr. Desborough, der das Champagnerglas in der Hand vergaß, während er zu ihr trat und mit einem schalkhaften Blitzen in den grünen Augen sagte: «Ist es möglich? Maus, du bist ja erwachsen geworden.»

Und dann würde er sie mit sich fort nehmen, weit, weit weg von Tante Vera und Ashford und Onkel Charles' Arbeitszimmer.

Die Tür zum Arbeitszimmer brachte die Ernüchterung. Sie

war keine Debütantin mehr. Sie war ein schmuddeliges kleines Schulmädchen in einer abgetragenen Hemdbluse und einem Rock mit einem Schlammfleck drauf. Addie holte tief Atem und klopfte. Dienstboten gingen direkt hinein, wohingegen arme Cousinen lernten zu klopfen.

«Was ist?» Es war nicht Tante Vera, sondern Onkel Charles, ungewohnt scharf und ärgerlich.

Noch schlimmer, als sie befürchtet hatte. Onkel Charles beteiligte sich selten an Strafaktionen. Wenn, dann richtig. Jetzt musste sie sich also wirklich auf etwas gefasst machen. Sie dachte flüchtig an Perseus. Sagenhafte Seeungeheuer waren das eine, Onkel und Tanten des wirklichen Lebens etwas ganz anders.

Addie riskierte einen Blick durch den Türspalt, ehe sie widerstrebend ins Zimmer trat. Onkel Charles saß am Schreibtisch. Tante Vera stand mit starrer Miene hinter ihm.

Addie nahm all ihren Mut zusammen. «Ivy hat mir gesagt, dass ihr mich sprechen wolltet, wegen der Maus.»

«Das war vor einer Stunde», sagte Tante Vera und brach ab. Sie schien außer sich zu sein.

«Wegen einer Maus», sagte Onkel Charles. Vor ihm lag ein Telegramm mit verwischter schwarzer Schrift, als ob es zu schnell von der Druckerpresse gerissen worden wäre. Er starrte sie an, aber sie hatte das Gefühl, dass er sie gar nicht sah. «Passt gut. Eine kleine Maus, die alles ins Chaos stürzt.»

‹Alles› war ein bisschen übertrieben, fand Addie, aber sie hatte vor langer Zeit schon gelernt, dass es besser war, sich nicht zu verteidigen. Das machte es im Allgemeinen nur schlimmer.

«So schlimm ist es nun auch wieder nicht», sagte Tante Vera zu Addies Überraschung. Nie hätte sie gedacht, dass ausgerechnet Tante Vera sie einmal in Schutz nehmen würde. Sie hatte sich auf Onkel Charles' Nachsichtigkeit verlassen. Er dachte wenigstens ab und zu daran, dass sie die Tochter seines Bruders war. Tante Vera sah Addie nur an und sagte gereizt: «Was tust du noch hier?»

Addie verstand gar nichts mehr. Sie schluckte. «Wegen der Maus?»

«Die Maus interessiert keinen Menschen, du dumme Gans.» Ihrer Tante schnappte die Stimme über. «Mach, dass du nach oben kommst.»

Addie ging, aber bevor sie nach oben lief, schaute sie in der Küche vorbei. Die Köchin erklärte ihr alles. Sie hatte dem Postboten eine Tasse Tee gebracht und von ihm erfahren, was passiert war: Deutschland hatte Frankreich den Krieg erklärt.

Einen Tag darauf war England im Krieg.

KAPITEL 7

New York, 1999

Clemmie war plötzlich todmüde, als sie ihre Wohnung aufsperrte.

Sie warf ihren Mantel auf einen Stuhl und die Post auf das Bücherregal, das den Flurtisch ersetzte. Sie brauchte die Briefe nicht zu öffnen, um zu wissen, was sie enthielten. Kreditkartenangebot, Kreditkartenangebot, Rechnung, Rechnung, Rechnung.

Ihre Wohnung lief unter der euphemistischen Bezeichnung Eineinhalb-Zimmer-Apartment. In Wirklichkeit hatte sie nur ein Zimmer und eine Erkernische ohne Tür, nicht einmal so groß wie eine Kammer und bestimmt nicht halb so groß wie ein normales Zimmer. Die Leute, die vor ihr hier gewohnt hatten, hatten am Durchgang einen Perlenvorhang gehabt. Die Haken steckten noch in der Zimmerdecke. Sie sahen aus wie eine übertriebene Kunstinstallation. Clemmie hatte sich nie die Mühe gemacht, sie entweder zu entfernen oder etwas an ihnen zu befestigen. Manchmal hängte sie an ihnen ihre Wäsche zum Trocknen auf.

Im Erker hatten nur ein Einzelbett und eine schmale Kommode Platz. Das übrige Leben spielte sich im Wohnzimmer ab. Dort gab es immerhin eine Couch, ein Bücherregal und einen Tisch, der eigentlich als Spieltisch gedacht war, je nach Bedarf aber zu Küchen-, Ess- oder Schreibtisch umfunktioniert wurde. Er diente als Ablage für Schriftsätze, Akten, Post und diverse andere Dinge, die keinen festen Platz hatten.

Ihr Anrufbeantworter blinkte. Er hatte vier Nachrichten für sie. Alle von Dan.

Ach, verdammt. Sie hatten ihr in der Kanzlei gesagt, dass er angerufen hatte, aber sie war mit Arbeit zugeschüttet gewesen.

Hm, genau darüber hatte er sich jedes Mal beschwert, wenn sie zusammen waren. Dass sie sich niemals Zeit für ihn nahm.

Welche Zeit? Wann denn?

Sie lag schließlich nicht irgendwo am Strand faul in der Sonne. Nicht jeder konnte sich seinen Lebensunterhalt damit verdienen, dass er mit Leuten, die in Einsen und Nullen kommunizierten, regelmäßig Football spielte.

Lieber Gott. Sie wäre bestimmt nicht so gehässig, wenn sie nicht das dumpfe Gefühl hätte, dass er recht hatte. Sie hatte sich keine Zeit für ihn genommen. Vielleicht weil sie gar nicht gewollt hatte, vielleicht weil sie *ihn* in Wirklichkeit gar nicht gewollt hatte.

Was war sie nur für ein Mensch?

Sie zog gerade ihren Koffer unter dem Bett hervor, als das Telefon wieder läutete. Einen Moment hielt sie inne, dann ließ sie den Anrufbeantworter annehmen. In der jetzigen Stimmung würde sie Dan entweder komplett fertigmachen oder ihn anbetteln, zu ihr zurückzukehren. Beides war nicht gut.

«Hallo, Clemmie, Jon hier. Ich wollte dir nur sagen, dass ich eine Wohnung gefunden habe. Nächste Woche fahre ich noch mal nach Greensboro und bin dann ab ...»

Clemmie hob ab. «Hallo?»

«Oh, hi.» Im Hintergrund arbeitete der Anrufbeantworter brav weiter. «Ich wusste nicht, dass du zu Hause bist.»

«Ich wollte erst hören, wer es ist. Wegen Dan.»

«Ende der Nachricht», verkündete der Anrufbeantworter.

«Ah ja», sagte Jon. «Wie schon gesagt, ich wollte dir nur Bescheid geben, dass ich ab zwanzigsten Dezember wieder in New York bin.»

Clemmie klemmte sich den Telefonhörer zwischen Kopf und Schulter und begann, Blusen in ihren Koffer zu legen. «Musst du nicht irgendwo unterrichten?»

«Ich habe dieses Semester ein Sabbatical.»

Sabbatical oder Scheidungsurlaub? Sie war vertraut genug mit dem Universitätsbetrieb, um zu wissen, dass man so ein Sabbatical lange im Voraus beantragen musste.

«Macht es das leichter oder schwerer?», fragte sie.

Er brauchte nicht nach einer Erklärung zu fragen, was sie damit meinte. «Leichter», sagte er, «weil ich dann den Rest des Jahres nicht mehr nach Greensboro muss. Aber ganz allgemein? Schwerer?»

«Wann fängst du wieder an zu unterrichten?» Clemmie ging zur Kommode. Abflug Mittwoch, Ankunft Donnerstag. Das hieß, sie brauchte Unterwäsche für die Zeit von Donnerstag bis einschließlich Sonntag.

«Im nächsten Semester. Aber nur einen Kurs. Ich arbeite im Moment an einem Buch. *Niedergang und Fall* – Fragezeichen. *Der englische Adel nach dem Ersten Weltkrieg.*»

«Knackiger Titel». Sie ließ die praktische weiße und beige Unterwäsche liegen und griff nach einem Spontankauf: Pinkfarbene Seide mit Spitzenbesatz. Warum nicht?

«Hab ich von Evelyn Waugh.»

Sie ließ die Unterwäsche in den Koffer fallen und holte einen Schlafanzug. «Wenn du schon auf Waugh zurückgreifst, dann wär *Brideshead aufgewärmt* doch gut.»

Sie hörte Jon von irgendetwas abbeißen und kauen. Ihr Schlafanzug war aus Flanell und mit wolligen rosa Schafen bedruckt. Sie warf ihn in den Koffer. «Du schreibst also wirklich über Grannys Leute?»

«Und du glaubst wirklich nicht, dass ich mir das ausgedacht habe?»

Clemmie stieß den Koffer zur Seite, um an ihm vorbei ins Bad gehen zu können, wo in den Fugen zwischen den Kacheln befremdliche Kulturen wucherten. Wenn sie es als Anwältin nicht schaffte, konnte sie vielleicht ihr Badezimmer an die Wissenschaft verkaufen.

Sie machte Licht und bemühte sich, die Seifenablagerungen am Waschbecken zu übersehen. «Ich war direkt an der Quelle.»

«Und was hat sie dir erzählt?», fragte Jon.

«So ziemlich das Gleiche wie du.» Clemmie streckte sich nach der Schminktasche, die auf dem obersten Bord ihres Badezimmerregals lag.

«Ach?» Jons Ton war bemüht neutral.

«Sie hat mir ein Bild von der ganzen Bande in Ashford Park gezeigt.» Der Name war ihr immer noch fremd, so fremd wie die Vorstellung, dass Granny einmal dort gelebt hatte, Welten von einem popligen kleinen Apartment in New York entfernt. «Wer kommt auf die Idee, ein Kind Dodo zu nennen? Das ist ja schlimmer als Clementine.»

«Ja, sie hatten komische Spitznamen», stimmte Jon zu. «Das gehörte zu dem ganzen Getue dazu, diesem Dünkel der Exklusivität. Sie kreierten ihre eigene Sprache und änderten sie, sobald es den Anschein hatte, als zöge der Pöbel nach.»

«Darüber schreibst du?» Sie zupfte an der Schminktasche, und der Stapel Waschlappen daneben geriet ins Rutschen. Hastig schob sie ihn wieder zurück.

«Unter anderem.» Das klang entschieden ausweichend.

«Hey, keine Sorge, ich habe nicht vor, dir deine Ideen zu klauen.» Der Stoß Waschlappen rutschte ihr langsam, aber sicher entgegen. Verdammt. Clemmie knallte den Stapel auf den Toilettendeckel. Sie würde ihn später hochlegen. «Ich hatte nur keine Ahnung, dass du dich, na ja, mit solchen Themen beschäftigst.»

Sie hatte sich nie weiter Gedanken darüber gemacht. Sie besaß ein Exemplar von Jons erstem Buch, unberührt und ungeöffnet, ein Weihnachtsgeschenk von Tante Anna. Natürlich signiert. Der kleine Aufkleber mit der Aufschrift *Vom Autor signiert* vorn auf dem Einband war der Beweis. Den Titel wusste sie nicht mehr, und auch nicht, wo sie das Buch hingelegt hatte.

«Ist schon okay», sagte Jon trocken. «Du hast ja immer so viel zu tun.»

«Ja, natürlich, aber …» Wieso gingen ihr diese Worte plötzlich auf die Nerven? Sie benutzte sie, weiß Gott, oft genug. Doch sie jetzt von einem anderen vorgehalten zu bekommen, war ihr unangenehm. Spontan sagte sie: «Würdest du mir einen Gefallen tun? Du bist doch den Rest der Woche noch hier, nicht?»

«Was für einen Gefallen? Werde ich ihn hinterher bedauern?»

«Ha, wer denkt denn hier wie ein Anwalt?», stichelte Clemmie. «Keine Angst, es ist ganz harmlos. Würdest du mal nach Granny sehen? Sie war heute viel besser drauf, aber ... ich weiß nicht.»

«Kein Problem», war alles, was er sagte, doch mit so viel ruhiger Selbstverständlichkeit, dass Clemmie sich gleich tausendmal besser fühlte.

Komisch war das manchmal im Leben. Wenn ihr vor zehn Jahren jemand gesagt hätte, sie würde einmal bei Jon Unterstützung suchen, hätte sie ihn für verrückt erklärt.

Sie stopfte die Schminktasche in eine Ecke des Koffers und streckte ihren schmerzenden Rücken, als sie sich aufrichtete.

«Danke, Jon. Ehrlich. Es ist gut, dass du wieder hier bist.» Schweigen. Peinlich. Clemmie hob die Stimme und sagte scherzhaft: «Nur ein Bruder wäre besser als du.»

Einen Moment blieb es still, dann prustete er ins Telefon. «Und was sagt das über deine richtigen Brüder?»

«Die hat mein Vater abbekommen seit der Scheidung», erwiderte Clemmie. «Ich wollte nicht ...»

«Schon okay, Clem.» Clemmie wurde rot bei dem Spott in seiner Stimme, der trotz des Knisterns in der Leitung ihres launischen Telefons deutlich zu hören war. «Ich habe nicht vor, jedes Mal in Tränen auszubrechen, wenn jemand von Scheidung spricht.»

«Das ist mir schon klar. Auf jeden Fall vielen Dank, dass du für mich nach Granny Addie schaust.»

«Hör auf, mir zu danken. Ich hätte sowieso nach ihr gesehen.» Und das stimmte wahrscheinlich. «Gut polieren, den Heiligenschein, Jon.»

«Das habe ich vor. Schlaf gut.»

«Du auch», sagte Clemmie und legte auf.

Bravo, heiliger Jon, Schutzpatron der Großmütter. Was besagte es, dass er ein besserer Enkel war als sie, obwohl er ja nicht einmal ein Blutsverwandter war.

Abgesehen von jener einen Bemerkung neulich hatte Jon ihr nie etwas über seine Großeltern erzählt. Er redete nicht viel von seiner Familie. Er hatte sich die meiste Zeit an ihre gehalten. Zum ersten Mal fragte sich Clemmie, wie man sich fühlte, so am Rand einer Familie, zu der man eigentlich nicht gehörte?

Wie Granny Addie damals in Ashford. Nur ohne das ganze aristokratische Brimborium.

Clemmie war sechs gewesen, als Tante Anna Jons Vater geheiratet hatte. Sie war zu jung, um Jon anzuschwärmen, doch alt genug, um ihn als unwillkommenen Konkurrenten im Familienkreis zu sehen. Bis dahin war Clemmie das einzige Enkelkind in direkter Nähe gewesen, der Mittelpunkt der Aufmerksamkeit ihrer Großeltern. Ihre Brüder waren wesentlich älter, beide Ende zwanzig, verheiratet und überdies weit weg, in Kalifornien. Onkel Teddy lebte in Greenwich, nicht allzu weit entfernt, aber seine Kinder waren eine halbe Generation älter als sie, studierten, zogen in andere Gegenden, heirateten.

Außerdem kamen Onkel Teddy und Tante Patty fast nie zu Besuch. Clemmie spürte, wie Kinder so etwas eben spüren, dass Granny Addie und Tante Patty nicht viel füreinander übrighatten. Granny fand Onkel Teddys Frau niveaulos, langweilig und schlicht. Eine Hausfrau, nannte Granny sie mit einer Herablassung, die schlimmer war als offene Kritik. Dafür hielt Tante Patty ihre Kinder von Granny so fern wie möglich.

Und dann kam plötzlich Jon daher. Tante Anna und Jons Vater zogen in eine Wohnung in der Nähe der Columbia University und schrieben Jon an der Collegiate School ein. Nicht nur war er Clemmie altersmäßig nahe, er war auch noch intelligent und zeigte es mit der Arroganz, die alle Collegiate-Schüler automatisch mit ihren Blazern anlegten. Plötzlich war nicht mehr nur Clemmie auf dem Weg an eine Elite-Universität, sondern auch Jon. Und er war ihr drei Jahre voraus, drei Jahre näher am Erfolg und großelterlichen Applaus. Er mokierte sich über den läppischen Lateinunterricht an ihrer Schule, mäkelte an ihren Mathematikaufgaben herum, zog darüber her, was sie in ihrer Freizeit las. Sie zahlte es ihm heim, indem sie ständig auf ihre Familienzugehörigkeit pochte – *ihre* Tante, *ihre* Mutter, *ihre* Großmutter – und absichtlich in Erinnerungen an Familienereignisse schwelgte, die er nicht miterlebt hatte.

Sie war wirklich ein Luder gewesen. Aber er nicht minder. Jeder von ihnen hatte genau gewusst, wo und wie er den anderen am meisten treffen konnte. Beide kämpften, ihren Platz zu finden.

Es hatte auch Waffenruhen gegeben. Jon hatte ihr, wenn auch widerwillig, beim Ausfüllen ihrer College-Bewerbungen geholfen. Und sie hatte nichts verraten, als er Granny Addie weiterhin besuchte, nachdem Tante Anna seinen Vater gegen Ehemann Nummer drei – oder war es Nummer vier? – eingetauscht hatte. Und es hatte Rom gegeben.

Aber über Rom redeten sie nicht.

Seufzend klappte Clemmie den Kofferdeckel herunter und zog rundherum den Reißverschluss zu. Ein Glück, dass sie aus alldem herausgewachsen waren. Irre, sich vorzustellen, wie alt sie inzwischen waren. Wenn sie vierunddreißig war, dann war Jon jetzt siebenunddreißig, auf dem besten Weg in die Vierziger. Er Universitätsprofessor, sie Rechtsanwältin. Was hätten die Teenager, die sich damals in Granny Addies Küche gezofft hatten, davon gehalten? Was hätten sie vom ganzen Rest gehalten? Clemmie hätte sich Jon niemals als geschiedenen Mann vorgestellt. Und sie hätte niemals geglaubt, dass sie mit vierunddreißig noch allein und kinderlos sein würde.

Okay, das reichte jetzt. Clemmie schleppte ihren Koffer ins Wohnzimmer und machte das Licht aus, bevor sie sich wieder in ihre Erkernische zurückzog und in ein Nachthemd schlüpfte. Im Spiegel über der Kommode bewegte sich etwas. Einen Moment lang war sie desorientiert. Dann erkannte sie, dass es ihr Spiegelbild war, durch das immer noch ungewohnt kurze Haar fremd in der schwachen Beleuchtung der Nachttischlampe.

Einen Moment lang glaubte sie – so albern es natürlich war –, sie hätte die Frau von dem Foto in Grannys Nachttischschublade gesehen. Bea.

Clemmie schüttelte den Kopf, und die Frau im Spiegel schüttelte ebenfalls den Kopf, dass ihr die Haare, kurz wie bei einem Zwanziger-Jahre-Bubikopf, ins Gesicht schwangen. Die Frisur war es, daran lag es. An der Frisur und der Beleuchtung. In Wirklichkeit war sie der Frau auf dem Foto gar nicht so ähnlich.

Sie wünschte jetzt, sie hätte es sich genauer angesehen. Sie hätte gern gewusst, was aus ihr geworden war, dieser Bea. Hatte sie ihren Marquis geheiratet? Und warum hatte Granny nie von ihr gesprochen?

Alles lange her und weit weg.

Clemmie kroch in ihr Bett, knipste das Licht aus und zog sich die Decke über die Schultern. Die Laken waren kalt, und sie rollte sich so klein wie möglich zusammen, während sie darauf wartete, dass ihre Körperwärme sich im Bett ausbreitete.

In den Nächten, wenn Dan geblieben war, hatten sie sich dicht aneinandergedrängt, um nicht aus dem schmalen Bett zu fallen; im Sommer, wenn die Hitze einen fast erstickte, hatte sie sich darüber aufgeregt. Jetzt gerade wäre es angenehm gewesen, jemanden dicht neben sich zu haben und seine Wärme zu teilen.

Vielleicht hätte sie Dan heiraten sollen.

Vielleicht hatte sie ja alle ihre Chancen verbraucht. Vielleicht war er ihr letzter Mann überhaupt gewesen. Clemmie wälzte sich auf die Seite und fröstelte, als sie eine kalte Stelle berührte. Wirklich geliebt hatte sie ihn zwar nicht, aber sie hatte ihn gerngehabt. In einer kalten Nacht allein in einem schmalen Bett war es leicht, sich zu sagen, mit einem Mann zusammen zu sein, auch wenn es der falsche war, sei besser als gar niemanden zu haben.

Sie schob den Kopf tiefer ins Kissen. Fröstelnd fiel sie in einen unruhigen Schlaf, in dem Bilder von Dan sich mit dem fernen Gesicht der Frau auf dem Bild in Grannys Nachttischschublade vermischten.

Ihre Mutter hielt sie auf, als sie zur Toilette wollte.

Bea entschuldige sich mit einem gequälten Lächeln und verdrehten Augen bei Camilla und Mary. «Ja, Mutter?»

Ihre Mutter bedeutete ihr, mit auf die Seite des Saals zu kommen. Ihr eisernes Lächeln der Höflichkeit war ungetrübt, beinahe so starr wie ihre Haltung, doch ihre Stimme verriet, dass ihr nicht nach Lächeln zumute war. «Hast du eben Rivesdale einen Korb gegeben, als er dich aufgefordert hat?»

Ja, das hatte Bea getan, und zwar ganz bewusst, doch sie glaubte nicht, dass es ihrer Mutter gegeben war, die Feinheiten ihrer großartigen Flirt-Strategie zu schätzen. «Topper Bingham ist mir auf die Schleppe getreten. Ich muss sie wieder hochstecken.»

Ihre Mutter war nicht besänftigt. «Pass nur auf, dass du Rivesdale nicht verprellst», warnte sie. Nach einem Blick in die Runde tat sie die Sprösslinge ihrer adeligen Freunde mit einem geringschätzigen Naserümpfen ab. «Etwas Besseres wirst du nicht finden.»

Ach, diese liebevollen mütterlichen Worte, die einem das Herz bis ins Innerste erwärmten. Bea streckte sich wohlig, Brust heraus, Schultern zurück. «Aber vielleicht etwas Schlechteres.»

«Beatrice», sagte ihr Mutter scharf.

«Ja, Mutter.» Es war einfacher nachzugeben, als mit ihr zu streiten. Gott, wäre jetzt eine Zigarette schön, aber ihre Mutter war strikt gegen Rauchen. Sie wäre entsetzt, wenn sie wüsste, dass Bea rauchte.

Aber na ja, Mutter war dieser Tage praktisch nur noch entsetzt, seit der Krieg die Welt aus den Fugen gerissen, eine ganze Generation heiratsfähiger junger Männer beinahe ausgelöscht und die alten Regeln und Gebote gelockert hatte. Aber nur bei den anderen. Mutter selbst blieb unbeugsam. In ihr Korsett eingeschnürt wie Queen Mary, machte sie die Runde der immer selben Salons in den immer selben Häusern und tat so, als bemerkte sie die Lücken, den grellen Lippenstift, die neumodische Musik gar nicht. Wenn sie es nicht zur Kenntnis nahm, war es nicht da. Die neuen Moden ließen sie kalt. Jazz, das war diese ‹Katzenmusik› in irgendwelchen Nachtlokalen, in denen sich die missratenen Kinder anderer Leute herumtrieben.

Sie wollte nichts davon hören, dass Bea einen Beitrag zu den allgemeinen Kriegsanstrengungen der Bevölkerung leistete. Das war etwas für die Töchter anderer Leute, die aus weniger guten Familien stammten und deren Heiratsaussichten trüber waren. Auf die Neuigkeit, dass die Tochter der Herzogin von Rutland sich zur Krankenpflegerin ausbilden ließ, hatte sie mit Schauder und Entsetzen reagiert. Mit den falschen Leuten verkehren, sich mit fremden Männern abgeben, sich Infektion aussetzen – niemals.

Stattdessen hatte sich Addie gemeldet. Addie war entbehrlich. Das hatte ihre Mutter zwar nicht direkt gesagt, aber Bea wusste, dass sie es dachte. Wenn Addie derbe Ausdrücke von den Soldaten übernahm oder sich mit der Spanischen Grippe ansteckte, so war das nicht schlimm. Von ihr erwartete schließlich keiner, dass sie durch eine vornehme Heirat die Familienehre hochhielt. Auch Dodo hatte mit angepackt, verwundeten Soldaten Kompressen aufgelegt, sie aufgemuntert und ihnen zugeredet wie kranken Pferden, unermüdlich und immer gut aufgelegt. Dodo hatte in den Krankenzimmern mehr Beliebtheit genossen als je in einem Ballsaal. Sie hatte eine ganze Anzahl von Heiratsanträgen bekommen. Die meisten waren indiskutabel. Doch einige überraschenderweise nicht.

Wer hätte gedacht, dass Dodo den Sohn eines Grafen an Land ziehen würde? Eines irischen Grafen, aber doch eines Grafen. Er war ein jüngerer Sohn, als Dodo ihn sich angelte, aber eine wohlplatzierte Bombe hatte das gerichtet. Dodo war jetzt die zukünftige Lady Kilkenny. Bryan war kleiner als sie, und ihm fehlte ein Arm, aber er hatte die besten Pferde in Irland. Er und Dodo redeten in einem unverständlichen Jargon von rückständigen Sprunggelenken und Widerrist. Sie hatten sich in Melton niedergelassen und es damit zur Mode gemacht, in Mode zu sein, indem man der Mode nicht folgte.

Bea war derweilen fast geplatzt vor Langeweile und Ungeduld daheim in Ashford. Immer Ashford. Jemand müsse sich um den Hof kümmern, hatte ihre Mutter erklärt. Ihr Vater habe Wichtigeres im Kopf, und wer konnte wissen, was diese Frauen, die ihnen vom Militär als Landhelferinnen geschickt wurden, anrichten würden.

Bea wusste, dass das reiner Quatsch war. Schließlich lag ihre Mutter ihr mit ständigen Ermahnungen in den Ohren, nicht zu lange in der Sonne zu bleiben, sich nicht braun brennen zu lassen, ihre Hände zu schonen. Sie trug überhaupt nichts zu den gemeinsamen Kriegsanstrengungen bei. Sie wurde in Watte gepackt und eingemottet, um nach dem Krieg wieder aus dem Schrank geholt zu werden wie eine kostbare Porzellanfigur oder eine sehr alte Flasche Portwein, die auf keinen Fall geschüttelt werden durfte.

Bea sah sich mit entschiedener Langeweile im Ballsaal um. Die Saison war zur Hälfte vorüber, und Bea hatte das Gefühl, immer wieder auf demselben Fest gewesen zu sein – unter denselben Leuten, in denselben Kleidern, mit derselben Musik. Dieselben müden Girlanden hingen über denselben vergoldeten Sesseln, in denen dieselben schläfrigen Matronen dösten.

Und hierfür war sie wie ein rohes Ei behandelt worden. Darauf hatte sie die ganzen Jahre gewartet, endlose Stunden in Ashford vertan. Sie hatte Leben erwartet. Romantik. Abenteuer. Und was bekam sie? Halb zerlaufenes Eis von Gunter's, Mädchen in matten pastellfarbenen Kleidern und einen Ballsaal voll angegrauter Männer im Alter ihres Vaters und grüner Jungen, frisch von der Schulbank, die man als Lückenbüßer geholt hatte. Die Kapelle zupfte lustlos einen Walzer. Obwohl der Waffenstillstand schon vor acht Monaten geschlossen worden war, hatte London sich immer noch nicht richtig von den Strapazen des Krieges erholt. Statt der Blumen, die früher die Ballsäle geschmückt hatten, gab es jetzt nur noch Papierschlangen und ein paar müde Kletterpflanzen. In den Gewächshäusern und Blumengärten von vor fünf Jahren war Gemüse gezogen worden, während verhinderte Debütantinnen dahinwelkten und das Alter ihrer Hochblüte überschritten im weiter tobenden Krieg.

Da draußen, hinter diesen eisblauen Wänden, das wusste Bea, gab es Musik und Tanz, richtigen Tanz. Die wenigen tauglichen Männer im Saal, die den ehrwürdigen Matronen brav Zitronenlimonade holten, würden verschwinden, bevor der Abend um war, und ihr Vergnügen woanders suchen, in rauchgeschwängerten Nachtklubs draußen in den Vororten der Stadt, wo es keine Anstandsdamen und keine steife Etikette gab.

Gott, wie sie sich langweilte. Einfach bodenlos.

Aber das durfte man nicht zeigen. Man musste immer so tun, als amüsierte man sich königlich, als hätte man ein köstliches kleines Geheimnis, das man beim richtigen Anreiz vielleicht zu teilen bereit wäre.

Dieser Taktik eingedenk, warf sie über die Schulter hinweg Marcus ein kleines verheißungsvolles Lächeln zu.

Marcus, Marquis von Rivesdale, auf den sich alle Hoffnungen und Ambitionen ihrer Mutter konzentrierten. Einen Meter achtzig groß, breitschultrig und sportlich. Dunkelblondes Haar. Gesunder Teint. Guter Humor. Tanzte passabel und küsste annehmbar, soweit sie das nach den wenigen gestohlenen Momenten hinter einer Topfpalme beurteilen konnte. Es hieß, er sei ein hervorragender Golfspieler.

Eigentlich war er wirklich nicht übel. Er war sogar ziemlich ... na ja. Über solche Dinge durfte man sich keine Gedanken machen. Die Liebe sei etwas für die Mittelschicht, sagte ihre Mutter immer, nichts als eine Schwäche. Das feine Prickeln im Nacken, wenn er lächelte, hatte man zu ignorieren. Man hatte keine weichen Knie oder Herzklopfen zu bekommen oder wie eine Wahnsinnige zur Tür zu rennen, um zu sehen, ob die eben gelieferten Blumen von ihm waren.

Marcus fing ihren Blick auf und lächelte breit. Mit einer kurzen Kopfbewegung wies er zur Fenstertür, die zum äußerst willkommenen Balkon hinausführte.

Bea schenkte ihm ein Lächeln, das nichts versprach, aber auch nichts versagte, und wandte sich ab.

«Siehst du?», sagte sie zu ihrer Mutter. «Ich weiß genau, was ich tue.»

«Hoffentlich», erwiderte ihre Mutter finster. Und fügte dann, genau wie von Bea vorausgesehen, hinzu: «Du wirst schließlich nicht jünger.»

«Ach nein?», gab Bea zurück. «Die Zeit kriecht hier so langsam. Ich dachte schon, sie bewegt sich rückwärts.»

«Wenn du ihn nicht nimmst», sagte ihre Mutter streng, «schnappt ihn sich Lavinia ffoulkes.»

Lavinia ffoulkes? Die Frau, die es nicht einmal zu einem Großbuchstaben in ihrem Nachnamen gebracht hatte?

«Ich muss meine Schleppe hochstecken», sagte Bea und flüchtete. Einzig ihre Mutter besaß die Macht, sie derart aufzuwühlen, dass sie sich wie ein dummes, kleines Schulmädchen vorkam.

Lavinia ffoulkes, von wegen!

Bea stieß die Tür zur Toilette auf. Camilla und Mary waren nicht mehr da. Nur ein einziges Mädchen saß auf einem Hocker vor dem Spiegel und versuchte ziemlich erfolglos, eine nicht mehr taufrische weiße Blume in ihrem dunklen Haar zu befestigen.

«Gott sei Dank.» Bea ließ sich auf den Hocker neben ihrer Cousine fallen. «Bin ich froh, dass du's bist. Du kannst dir nicht vorstellen, wie Mutter mir eben zugesetzt hat. Einfach beschämend.»

«Worum ging's denn?» Addie drehte sich nach ihr um, und prompt fiel ihr die Blume wieder aus den Haaren.

Bea verdrehte die Augen. «Worum wohl? Marcus natürlich. Mutter würde ihm am liebsten selbst einen Antrag machen, wenn das ginge. Sie ist wirklich zu bedauern. Was für ein Schlag für sie, dass sie mich nicht schon in der Wiege verkuppeln konnte. Warte. Lass mich mal.» Sie nahm ihrer Cousine die Blume aus der Hand und riss das geknickte Stück Stiel ab. «Dreh dich ein kleines bisschen ...»

«Glaubst du, er wird dir einen Antrag machen?» Addies Stimme klang leicht gedämpft hinter Beas Arm.

Bea zuckte mit den Schultern. «Warum nicht? Einen Preis wie mich bekommt man nicht alle Tage.»

«Lavinia ffoulkes», flüsterte die Stimme ihrer Mutter. Das war Unsinn. Lavinia war mindestens so alt wie sie und quietschte beim Lachen wie eine rostige Türangel.

«So. Besser, oder?» Sie trat zur Seite, damit Addie selbst die Blume in Augenschein nehmen konnte, die jetzt fest zwischen zwei wohlgelegten Wasserwellen verankert war. Es sah gut aus, da die weiße Blume Addies dunkle Haare schön zur Geltung brachte. «Wenn du mich nur mal an deine Augenbrauen lassen würdest. Ich kenne da eine Frau, die die wahrsten Wunder vollbringt. O Gott, machst du ein Gesicht. Keine Angst, ich renne dir schon nicht mit der Pinzette hinterher.»

«Hoffentlich nicht.» Addie schnitt eine Fratze. «Außerdem weißt du ja: Ein Schwein mit Lippenstift ist noch lange keine Lady.»

«Jetzt hör aber auf!» Bea schüttelte den Kopf, liebevoll und ärgerlich zugleich, wie so oft. «In Cremetönen siehst du hinreißend aus, und wenn du dich nicht mit Rüschen vollpackst ... Du könntest so erfolgreich sein, wenn du dich nur ein bisschen mehr bemühen würdest.»

Addie griff an die Blume in ihren Haaren. «Das kommt darauf an, was man unter ‹Erfolg› versteht.»

Typisch Addie, warum einfach, wenn es auch kompliziert ging? Seit dem Krieg war es schlimmer geworden mit dieser dauernden Haarspalterei. Manchmal verstand Bea ihre Cousine überhaupt nicht.

«Das, was jeder darunter versteht», sagte sie. «Hör auf an der Blume zu zupfen. Du machst meine ganze Arbeit wieder zunichte.»

Addie richtete die großen braunen Augen auf Bea. Sie hatte so wunderbar dunkle Brauen und Wimpern. Bea musste immer mit Kajal nachhelfen, um diese Wirkung zu erzielen. «Du redest von Heirat, oder?»

Bea zuckte mit den Schultern. Sie öffnete ihre Handtasche und wünschte aus tiefstem Herzen, sie hätte eine Zigarette. «Was bleibt einem denn sonst übrig? Soll ich vielleicht bei Mutter bleiben und mit ihr Wolle wickeln? Oder einen tristen kleinen Laden aufmachen?»

«Er braucht ja nicht trist zu sein.» Als Addie Beas Blick bemerkte, sagte sie: «Ja, schon gut. Ich meine ja nur, du musst doch Marcus nicht heiraten. Wenn du nicht willst. Ich weiß, dass deine Mutter dich dazu drängt ...»

Bea wandte sich ab und steckte mit einer heftigen Bewegung eine Haarnadel, die herauszurutschen drohte, wieder fest. «Natürlich *muss* ich nicht.» In dem Satz schwang alles Mögliche andere mit, Getuschel und Skandal und Kinder, die zu früh nach der Hochzeit zur Welt kamen. «Weshalb sollte ich Marcus nicht heiraten wollen?»

Sie konnte praktisch zusehen, wie sich die Rädchen im Kopf ihrer Cousine drehten.

«Na ja, findest du ihn nicht ein bisschen gewöhnlich?»

«Gewöhnlich?» Bea war gekränkt für Marcus. Addie schien keine Ahnung zu haben, dass Männer geeigneten Alters mit Titel und gesunden Gliedern eine Seltenheit geworden waren. «Wirklich nicht. Du brauchst ihn dir doch nur anzuschauen. Fast so gut wie ein Herzog und kein Tattergreis.»

«Ja, aber liebst du ihn denn?»

Manchmal glaubte sie, ja, manchmal, wenn Marcus sie mit diesem besonderen Blick ansah oder seine Hand unter ihr Kinn schob und sachte ihren Kopf anhob, bevor er sie küsste. Es war aufregend und erschreckend zugleich. Liebe habe in starken Bündnissen keinen Platz, erklärte ihre Mutter ihr immer. Eine Ehe sei ein Vertrag und kein Roman. Die Leute ließen sich wegen dieser Verrücktheit, die sie Liebe nannten, zu den größten

Torheiten hinreißen. Es war besser, sich solche Ideen aus dem Kopf zu schlagen.

Und trotzdem. Manchmal …

Addie verstand das einfach nicht. Ihre Eltern hatten aus Liebe geheiratet und in Bloomsbury ein lockeres Bohemeleben geführt. Sie konnte es sich leisten, kleinlich nach der Bedeutung von Erfolg und dem Sinn der Ehe zu fragen. Bea konnte es nicht.

Sie hatten oben im Spielzimmer zusammen ihre Romane verschlungen, sie und Addie, und die Geschicke ihrer Helden und Heldinnen mit tiefen Seufzern der Anteilnahme begleitet. Aber es gab einen Unterschied zur Realität. Im Roman konnte ein Rochester eine Jane Eyre heiraten. Im richtigen Leben waren Frauen wie Blanche Ingram diejenigen, die in Glück und Wohlstand lebten, das wusste Bea. Sie war nicht herzlos, sondern nur realistisch.

Trotzdem machte ihr Addies Missbilligung zu schaffen.

Bea sprang von ihrem Hocker auf. Ihre Tasche schlug knallend gegen die Glasauflage des Toilettentischs. «Du bist bürgerlich, Schätzchen. Lass das nur Mutter nicht hören.» Die schnippischen Worte taten ihr leid, als sie das Gesicht ihrer Cousine sah. «Keine Sorge, Liebes. Wenn ich meinen Marquis heirate, kannst du zu mir ziehen und heiraten, wen du magst, und wenn es ein Kaminkehrer ist.»

«Und wenn ich gar nicht heiraten will?»

Bea schauderte. «Lass das bloß Mutter nicht hören», sagte sie wieder und nahm Addie bei der Hand, um sie vom Hocker hochzuziehen. «Komm mit, Addie. Schau deiner listenreichen Cousine Bea bei der Arbeit zu.»

Im Ballsaal hatte die Kapelle jetzt zu einem schottischen Reel gewechselt, um wenigstens einen Anschein von Stimmung hervorzurufen. Einige wenige Paare absolvierten hüpfend die Figuren. Marcus tanzte mit Lavinia ffoulkes, der Frau mit dem mangelhaften Nachnamen. Lavinia war beinahe so alt wie Bea, ebenfalls eine Geschädigte des großen Kriegs, die erst jetzt, mit einundzwanzig, zu ihrem gesellschaftlichen Debüt gekommen war.

Die Ausgelassenheit, mit der sie den Kopf warf, hatte beinahe etwas Verzweifeltes, und ihr übertrieben mädchenhaftes Kleid wirkte peinlich keck. Bea entging nicht, wie eisern sie sich an Marcus' Arm klammerte, als der Tanz sie zusammenführte.

Marcus warf Bea über Lavinias Kopf hinweg einen Blick zu und verzog das Gesicht.

Am Büfett lungerte wie gewöhnlich eine Gruppe Männer herum. Bea stieß Topper Bingham mit dem Ellbogen an. «Fordere meine Cousine doch mal zum Tanzen auf.»

Topper torkelte nur ein wenig. «Warum kann ich nicht dich auffordern?», fragte er mit schon schwerer Zunge. Bea meinte etwas wesentlich Stärkeres als Champagner in seinem Atem zu riechen.

Sie musterte ihn mit routiniertem Blick: gerade betrunken genug, um brav zu gehorchen, nicht zu betrunken, um tanzen zu können.

«Weil du mir schon einmal auf den Rocksaum getreten bist», erwiderte sie. «Jetzt ist mal eine andere an der Reihe. Also, geh schon. Und sag Tommy, ich erwarte von ihm, dass er nach dir mit Addie tanzt.»

Na also. Sie hatte ihren Teil beigetragen. Jetzt war es an Addie. Nicht dass man Topper oder Tommy als Ehemänner in spe hätte empfehlen können: Topper war auf dem besten Weg in die Trunksucht und Tommy war der jüngere Sohn eines jüngeren Sohnes, doch Popularität konnte nicht schaden. Wer populär war, grübelte nicht.

«Hier bist du also.» Sie blickte auf und sah Marcus vor sich stehen, groß und gutaussehend auf diese ungemein gesunde englische Art. Im Alter würde er dick werden, aber jetzt war er noch ein Prachtexemplar von Mann. Außerdem, dachte Bea leichtfertig, hatte er alle seine Glieder und was mehr konnte ein Mädchen heutzutage verlangen? «Ich suche dich schon die ganze Zeit.»

«Vielleicht nicht gründlich genug.» Sie tat so, als wollte sie gehen. «Soll ich verschwinden, damit du noch mal suchen kannst?»

Er lachte mit einiger Verspätung. «Nicht nötig.»

Bea meinte, Addie den Kopf schütteln zu sehen.

Was schon, wenn er nicht der Hellste war? Er besaß andere Qualitäten. Er sah gut aus. Und er war einigermaßen höflich. Neulich hatte er für sie ein Glas aufgehoben, das sie umgestoßen hatte. Er hatte ihr sein Jackett umgelegt, als sie ihren Umhang verloren hatte. Ein feines Prickeln überlief sie bei der Erinnerung an diesen intimen Moment, als die männlichen Gerüche nach Eau de Cologne und Tabak sie zusammen mit seinem warmen Jackett umhüllt hatten.

Marcus schaute sich nach den Reihen in ihren Sesseln dösender Matronen um. «Wollen wir ein bisschen frische Luft schnappen?»

Bildete sie es sich ein, oder war er tatsächlich eine Spur nervös? Wenn er ihr jetzt einen Antrag machte ... Ein Stadthaus in Mayfair, die Rivesdale-Saphire um ihren Hals, eine kleine Krone auf ihrem Briefpapier.

Und Marcus.

«Ja», sagte sie. Es kam ihr vor wie eine Theaterprobe. Unter ihren künstlich geschwärzten Wimpern sah sie mit einem koketten Lächeln zu ihm hinauf und probierte es noch einmal. «Ja.»

KAPITEL 8

London, 1999

Das Reisebüro der Firma hatte ihr ein Zimmer in einem Hotel namens Rivesdale House gebucht.

Das Landhaushotel mitten im Herzen von London!, hieß es marktschreierisch auf dem gerahmten Titelblatt eines Magazins, das diskret auf einer Seite des Empfangstresens platziert war. Das ovale Foyer, in das der moderne Tresen vom Stil her überhaupt nicht passte, erinnerte Clemmie mit seinen üppigen Stuckverzierungen an eine Hochzeitstorte. Auf dem weißen Marmorboden nahm sich ihr mitgenommener schwarzer Rollkoffer besonders schäbig aus. Zum Glück waren keine Spiegel in der Halle, denn Clemmie wusste, dass sie nach sieben Stunden in der Luft noch schlimmer aussah als ihr Koffer. Sie hatte immer noch das Kostüm von gestern an, mit dem Kaffeefleck auf dem rechten Ärmel, der vom Zusammenstoß eines Passagiers mit der Stewardess herrührte, als diese gerade serviert hatte.

Selbst ohne den Kaffeefleck wirkte ihr Tahari-Nadelstreifenkostüm aus Polyester peinlich billig und amerikanisch im vornehm gedämpften Ambiente dieses Hotelfoyers.

Es musste Pauls neueste Entdeckung sein. Paul war der Seniorpartner, mit dem Clemmie zusammenarbeitete. Jeder der Partner hatte seine eigenen Hotel- und Restaurantvorlieben. Manche mochten es ultramodern, während andere Hotelketten mit bekanntem Namen bevorzugten. Für Paul kam es nicht in Frage, sich unter die gemeinen Horden im Ritz zu mischen. Er sah sich gern als Entdecker des unbekannten Juwels, wobei manche dieser Juwelen weniger Glanz besaßen und bekannter waren, als Paul erwartet hätte.

Dieses hier jedoch schien Pauls hohe Ansprüche zu erfüllen.

Es gab keine Musikberieselung, keine streitenden Familien mit Bauchtaschen, keinen kostenlosen Kaffee. Aus einer Wandnische über dem offenen Kamin blickte hochnäsig ein römischer Kaiser in halb über die Schulter gerutschter Toga zu Clemmie hinunter.

Toga, Toga, dachte Clemmie und kämpfte gegen einen jetlagbedingten Lachanfall. Sie hatte im Flugzeug kaum geschlafen. Sie hatte merkwürdige Träume gehabt, von brennenden Flugzeugen und Zwanziger-Jahre-Mädchen mit Bubiköpfen, blutroten Lippen und eisblauen Augen, die im Takt zum Knattern rasend schnell feuernder Gewehre tanzten. Das Gewehrgeknatter hatte sich als das Klicken der Laptop-Tastatur ihres Sitznachbarn entpuppt, der offensichtlich weit disziplinierter war als sie. Clemmie war mit steifem Nacken und einer Kerbe in der Wange aufgewacht, weil sie mit dem Kopf auf dem Ordner eingeschlafen war, den sie eigentlich hätte durchgehen sollen.

Nach zwei Tassen Kaffee, eine im Flugzeug, eine am Terminal 4 auf dem Weg zum Heathrow Express, befand sie sich in dem taumeligen Schwebezustand, den sie im Studium immer unmittelbar vor den Prüfungen hatte. Er war von völlig unmotivierten Albernheitsattacken begleitet, wahrscheinlich weil ihr Körper sich irgendwie wach halten musste.

Sie konnte nur hoffen, dass sie sich vor dem Treffen mit Paul in den Griff bekommen würde. Paul hatte als Seniorpartner der Kanzlei Anspruch auf kaiserliche Toga und Lorbeerkranz. Als Senior Associate musste sie zwar keine Gladiatorenkämpfe für ihn austragen, aber sie war doch seinem kaiserlichen Willen unterworfen.

Er König, sie Viceroy, wie Jon ihr erläutert hatte. Die Vorstellung von Paul in einer Toga löste den nächsten Lachkrampf aus.

Reiß. Dich. Zusammen.

«Ja?» Der Mann am Empfang hatte müde braune Augen und eine Stimme wie Hugh Grant in *Vier Hochzeiten und ein Todesfall.*

«Evans», sagte Clemmie brüsker als beabsichtigt. Ihre Augen

tränten vor Müdigkeit. «Clementine Evans. Für mich müsste ein Zimmer reserviert sein.»

Der Mann war wahrscheinlich amerikanische Gäste gewöhnt. Wenn er sie unfreundlich fand, so zeigte er es nicht. Er wandte sich ruhig einem überraschend modernen Computer zu, der halb hinter einer Topfpalme versteckt war.

«Zimmer dreihundertzwei», sagte er. «Brauchen Sie Hilfe mit dem Gepäck?»

«Nein, das schaffe ich schon», sagte Clemmie, bevor ihr einfiel, dass der englische dritte Stock der amerikanische vierte war. Es sollte sie wundern, wenn das Rivesdale House mit etwas so Profanem wie einem Aufzug ausgestattet war. Mist. Der Rollkoffer konnte ganz schön schwer sein, wenn man ihn vier Treppen hochschleppen musste.

Es sah Paul ähnlich, dass er seine kleinen Mitarbeiter unters Dach verfrachtete, wo früher die Dienstboten gehaust hatten. Er liebte solche kleinlichen Gesten, um einen wissen zu lassen, wo man hingehörte.

Der Mann am Empfang arbeitete schon weiter an seinem Computer. «Ihren Reisepass, bitte.»

Sie schob ihn über den Tresen. «Ist Paul Dietrich schon angekommen?»

Der Mann hob den Blick von ihrem Pass und musterte sie entschieden argwöhnisch. «Möchten Sie ihm eine Nachricht hinterlassen?», fragte er.

Sah sie etwa wie ein international gesuchter Killer aus? Aber John Cusack hatte in *Ein Mann – ein Mord* auch nicht so ausgesehen. Oder vielleicht hielt er sie für eine wütende Ehefrau, die ihrem untreuen Mann nachspionierte. Oder irgendetwas in der Richtung.

«Seine Zimmernummer brauche ich gar nicht.» Clemmie nahm ihren Pass wieder an sich. «Ich möchte nur wissen, ob er angekommen ist. Ich bin hier mit ihm verabredet. Wir arbeiten zusammen.»

Der Mann entspannte sich sichtlich. «Ach so.» Er sagte entschuldigend: «Ich habe erst vor kurzem hier angefangen, wissen Sie. Ich muss mich erst noch zurechtfinden.»

«Kein Problem.» Clemmie lächelte, um ihn wissen zu lassen, dass sie ihm nichts übelnahm. «Ich hatte nicht die leiseste Ahnung ...»

«Hatte ich auch nicht», sagte der Mann mit einem schiefen Lächeln.

Bei näherem Hinsehen jetzt schien er ihr beinahe so müde zu sein wie sie selbst, mit bläulichen Schatten unter den freundlichen braunen Augen. Er hatte nicht nur eine Stimme wie Hugh Grant, er sah ihm auch ein bisschen ähnlich mit diesen lässig zerrauften Haaren, obwohl etwas in seinem Blick sie mehr an den vertrottelten Freund aus *Vier Hochzeiten* erinnerte, den mit dem Landsitz, der am Schluss die Frau heiratete, die angezogen war wie zum Ringelreihen.

«Wann haben Sie denn hier angefangen?», fragte Clemmie.

«Wir haben vor gut sechs Monaten eröffnet.» Er wies mit einer Kopfbewegung zu dem gerahmten Titelbild von *Country Life*. «Das hat ziemlich gut gewirkt.»

«Hm», machte Clemmie.

Er musste ungefähr in ihrem Alter sein. Vielleicht ein bisschen jünger. Sie vergaß ständig, wie alt sie eigentlich war. Sie fühlte sich immer noch wie siebenundzwanzig und gerade mit dem Jurastudium fertig, wie damals, bevor sie in ein Land ohne Wiederkehr abgestiegen war, in dem es nichts gab als Schriftsätze und Aktenwälzen. Die Zeit war vergangen, und sie war gealtert, ohne es zu merken.

Der Mann am Empfang tippte mühsam im Zwei-Finger-System des Autodidakten auf seiner Tastatur. Er war eigentlich ganz süß, so in dieser etwas überzüchteten Art des höflichen Engländers, der auf einer teuren Privatschule erzogen worden ist.

In einem Roman würde sie jetzt durch ein Abenteuer mit dem niedlichen Rezeptionisten ihre innere Frau wiederentdecken.

In einem Roman wäre es die Toskana im Sommer und nicht London im Dezember, sie hätte keine Laufmasche in der

Strumpfhose und nicht die Wimperntusche von gestern unter den Augen. Außerdem, waren Briten nicht angeblich schlechte Liebhaber?

Gott, war sie müde. Clemmie unterdrückte ein Gähnen. Der letzte Koffeinschub war abgeflaut, und sie fühlte sich völlig zerschlagen. Da die erste Besprechung mittags stattfinden sollte, würde ihr noch Zeit bleiben, sich umzuziehen und vielleicht sogar eine heiße Dusche zu nehmen. Vorausgesetzt, die Sanitäranlagen hier waren nicht so antik wie das Dekor. Das Foyer stank förmlich nach geldigem altem Adel. Unglücklicherweise hieß das in England oft auch alte Leitungen.

Wenn sie Glück hatte, war Paul eventuell aufgehalten worden, und sie würden die Besprechung verlegen müssen. Pfeif auf die Dusche, sie wollte nur schlafen.

Der Rezeptionist blickte vom Computer auf. «Mr. Dietrich ist gestern Abend angekommen.»

Mist.

Die widerspenstige lockige Strähne fiel ihm in die Augen, als er mit gekrausten Brauen das Schlüsselbrett musterte. «Einen Augenblick. Ich glaube, er hat eine Nachricht hinterlassen ...»

Er kramte in einem Stapel Papiere hinter dem Empfangstisch. Das Licht fiel auf einen goldenen Ring an seiner Hand. Ein Ehering? Nein. Ein Siegelring.

Dann war es ja gut, dachte Clemmie halb im Schlaf. Selbst bei Phantasieabenteuern zog sie die Grenze bei verheirateten Männern.

«Miss Evans?» Er hielt ihr einen Zettel hin.

«Oh! Danke.» Clemmies Hand stieß mit seiner zusammen, als sie nach dem *Zettel* griff. «Entschuldigung, das ist der Jetlag», murmelte sie und faltete eilig den Zettel auseinander.

Paul schrieb nur mit Füller. Das machte seine Krakelschrift nicht leichter lesbar, doch Clemmie hatte eine Menge Übung darin, sie zu entziffern. Meistens stieß sie nachts um drei, wenn Paul längst daheim in Westchester in seinem Bett lag, am Rand eines wichtigen Dokuments auf eine entscheidende Bemerkung, die sie dann mühevoll dechiffrieren musste. Diese Nachricht war auf Hotelpapier geschmiert. *RHH* von einem Wappen gekrönt.

Paul hatte keine Zeit an überflüssige Höflichkeit verschwendet. *Mittagsbesprechung auf Frühstück verlegt. Um neun im* The Hill? Nein. Grill. Der Grill Room im Dorchester.

Na prima.

Er wusste doch, dass ihre Maschine erst um sieben gelandet war, oder nicht? Nein, natürlich nicht, das hätte ja bedeutet, dass Paul die an ihn adressierte E-Mail mit ihrem Reiseplan tatsächlich gelesen hatte. Es war jetzt schon Viertel vor neun. Clemmie kannte London nur flüchtig, aber sie war ziemlich sicher, dass das Dorchester nicht gleich nebenan war.

Und eine E-Mail hatte er ihr nicht schicken können, weil? Wenn er das getan hätte, wäre sie direkt vom Flughafen zum Dorchester gefahren. Am meisten ärgerte sie, dass sie sich nicht einmal beschweren konnte: Der Seniorpartner hatte, wie der Kunde, immer recht. Sie würde sich liebenswürdig entschuldigen müssen, obwohl es Pauls Schuld war.

Clemmie fluchte. «Oh, Entschuldigung», sagte sie.

«Ich habe schon Schlimmeres gehört», erwiderte der Rezeptionist gelassen.

Jetzt war keine Zeit mehr, nach oben zu laufen und sich umzuziehen, keine Zeit mehr für die wohltuende Dusche, die sie sich seit Heathrow vorgestellt hatte. «Kann ich den hierlassen?» Sie zeigte auf den Koffer. «Ich muss jetzt sofort los.»

«Ich lasse ihn in Ihr Zimmer hinaufbringen.»

«Danke», sagte sie erleichtert. «Wie weit ist es von hier zum Dorchester?»

«Wann müssen Sie denn dort sein?»

Clemmie schnitt eine Grimasse. «Vor fünf Minuten.»

Der Mann warf einen Blick auf ihren engen Rock und die hochhackigen Pumps. «Da sollten Sie ein Taxi nehmen.»

Er kam hinter dem Empfang hervor und ging flott an ihr vorbei zum Portier, der eine dunkelblaue, leicht militärisch wirkende Uniform trug, mit Gold am Kragen und an den Manschetten. Der Rezeptionist sah im Gegensatz dazu in seiner grauen Flanellhose und dem blauen Blazer aus, als wäre er gerade aus Oxford heruntergekommen. Ein paar kurze Worte, ein schriller Pfiff, und schon war ein Taxi da. In ihrem benebelten Zustand kam es ihr vor wie Zauberei.

«Danke», sagte Clemmie noch einmal, und es kam ihr von Herzen. «Sie haben mir gerade den Arsch gerettet. Ich meine ...»

Er lächelte amüsiert. «Gehört alles zum Service», sagte er und kam damit weiteren idiotischen Bemerkungen zuvor, die sie womöglich gemacht hätte. «Viel Glück.»

Als die Wagentür zu war, hätte Clemmie sich am liebsten geohrfeigt. Kein Wunder dass sie vor Dan jahrelang Single gewesen war. Nicht dass sie ernsthaft vorgehabt hätte, den Rezeptionisten anzumachen. Aber es wäre doch wohltuend, wenn sie zur Abwechslung mal den Mund aufmachen könnte, ohne ihn sich zu verbrennen.

«Wohin?», fragte der Fahrer.

«Dorchester House.» Clemmie holte ihr BlackBerry aus dem Seitenfach ihrer Tasche. Sie hatte immer noch eine winzige Chance, es rechtzeitig zu schaffen, aber vorsichtshalber würde sie Paul eine E-Mail schicken.

Sie tippte D für ‹Dietrich›, und bevor sie zum ‹E› kam, erschien Dans E-Mail-Adresse, Dan@cosine.com. Sie hatten es seinerzeit witzig gefunden, immer von *Cosinus* zu sprechen

Wie läuft's bei Cosinus?, hatte sie gefragt, wenn sie ihn abends angerufen hatte. *Manjeficke* antwortete er dann meistens. Oder manchmal, wenn etwas schlecht gelaufen war, *Très mal*, was sich anhörte wie tremmel. Dan hatte in der Schule Französisch gehabt, doch sein musikalisches Gehör war praktisch gleich null. Sein Talent, alles falsch auszusprechen, war manchmal nervig, manchmal rührend gewesen. Wie so vieles andere an Dan.

Es war alles noch so nah und vertraut, dass eine Welle der Nostalgie sie plötzlich überschwemmte. Sie konnte nicht zählen, wie oft sie so gesessen oder gestanden und ihn über ihr BlackBerry von irgendwo an der Straße, von einem Taxi oder einer Besprechung aus eine Nachricht mit einem «Hey, komme heute Abend später heim» oder «Wär dir Chinesisch recht» oder auch nur «Puh, immer noch im Büro» geschickt hatte.

Spontan tippte Clemmie: «Tut mir leid, dass ich deine Anrufe verpasst habe. Nichts als Arbeit. Letzte Woche Dallas, jetzt London. Hast du vielleicht nächste Woche mal zum Essen Zeit?»

Sie hätte es komisch gefunden, mit «Alles Liebe» zu schließen wie sonst immer, deshalb tippte sie schnell auf ‹Senden›, ehe sie es sich anders überlegen konnte.

Es war keinesfalls so, dass sie plötzlich Zweifel bekommen hatte oder so was. Sie waren Freunde geblieben. Sie hatten gesagt, sie würden Freunde bleiben. Und wenn sie gerade ein wenig müde war ... und ein wenig einsam ... ach was, das hatte nichts damit zu tun.

Clemmie lehnte sich zurück. Das geräumige Taxi hatte ein gewölbtes Dach und Klappsitze gegenüber der Rückbank. Es erinnerte sie an die Taxis, die es früher, als sie ein kleines Mädchen gewesen war, in New York gegeben hatte. Es hatte etwas angenehm Antiquiertes. Draußen zog London vorbei. Der Hydepark links, die ehrwürdigen Häuser von Mayfair rechts, Männer in dunklen Anzügen mit zusammengerollten Regenschirmen, Zeitungsverkäufer an den Straßenecken. Nur die moderneren Bauten zwischen den älteren Gebäuden erinnerten an die Verwüstungen durch den ‹Blitzkrieg›.

Frauen, die ähnlich wie die Männer korrekte dunkle Kostüme oder Hosenanzüge trugen, in zweiter Reihe geparkte Geländewagen und die allgegenwärtigen weißen Pappbecher mit Kaffee waren die einzigen sichtbaren Zeichen modernen Fortschritts. Sonst hätte es ebenso gut ein regnerischer grauer Wintermorgen achtzig Jahre früher sein können. Nicht einmal in der Fifth Avenue spürte man die Vergangenheit so stark, dass man das Gefühl hatte, man brauchte nur mit den Augen zu zwinkern, um sich in einer anderen Zeit mit Topfhüten statt Pferdeschwänzen und Melonen statt Baseballcaps wiederzufinden.

Im morgendlichen Berufsverkehr kam das Taxi nur noch im

Schneckentempo vorwärts. Es war warm im Wagen, da die Heizung auf Hochtouren lief. Hinter den fein beschlagenen Scheiben wirkte die Szene draußen silbrig wie auf einer alten fotografischen Platte, die mit der Zeit zu sanften Grautönen verblasst war. Clemmie spürte, wie ihr die Lider schwer wurden und im Morgendunst Vergangenheit mit Gegenwart verschmolz.

Als das BlackBerry in ihrer Hand zu vibrieren begann, fuhr sie hoch. Es brummte zornig. Der Ton für eine dringende Nachricht. Wer immer diese ‹dringenden Nachrichten› erfunden hatte, gehörte in einem Höllenkreis voll unablässig brummender BlackBerrys verbrannt. Stöhnend rappelte Clemmie sich hoch und öffnete die Nachricht.

Paul hatte seine Nachricht kurz und sachlich gehalten. «Wo, zum Teufel, bleiben Sie?»

Irgendwo in der Nähe hupte ein Autofahrer. Ein anderer antwortete mit einer Schimpftirade.

Von wegen romantische Vergangenheit.

Clemmie schob sich die Haare hinters Ohr und beugte sich über das BlackBerry. «Bin unterwegs. Stecke im Verkehr.»

Sie freute sich so was von überhaupt nicht auf diese Besprechung.

London, 1920

Addie hasste diese Treffen.

Sie hockte unbequem auf der Kante eines opulent bestickten Louis-quinze-Sessels, die Beine an den Knöcheln gekreuzt. Sie kam sich in ihrem hochgerutschten Rock wieder wie ein Schulmädchen vor, das zur Strafpredigt zitiert worden war.

Auf dem üppig gedeckten Teetisch lockten mit Zuckerguss überzogene kleine Kuchen und mit echter Butter bestrichene Brötchen, als ob es Rationierung nie gegeben hätte. Eines dieser Butterbrötchen lag unberührt auf Addies Teller. Es war warm für September und noch wärmer in dem überladenen Zimmer mit den schweren Brokatvorhängen. Addie spürte, wie sich unter ihren Schulterblättern der Schweiß sammelte.

‹Kleine Schwätzchen› nannte Tante Vera diese wöchentliche Tortur. *Nur um zu hören, wie du vorankommst.*

Seit Addie zu Bea gezogen war, legte Tante Vera eine ganz ungewohnte Fürsorglichkeit an den Tag. Addie konnte das nicht täuschen. Nicht ihr Leben interessierte sie, sondern allein Beas. Sie wollte wissen, wo und mit wem Bea und Marcus speisten, wen sie einluden, wie sie lebten und, das Wichtigste, ob sich bei Bea Anzeichen einer Schwangerschaft zeigten.

Natürlich fragte sie nicht rundheraus. Nein, sie pirschte sich auf indirektem Weg heran, mit Fragen, die ganz planlos zu sein schienen, bis man plötzlich merkte, worauf sie hinausliefen. Immer war da irgendetwas, eine Kleinigkeit, die man für absolut harmlos hielt, bis Tante Vera sich ruckartig vorbeugte und Addie mit dem gleichen Blick durchbohrte wie damals, als Addie ihr erklärt hatte, sie wolle später einmal ein Igel werden.

Addie hatte hinterher jedes Mal ein schlechtes Gewissen und war sicher, dass sie Bea in den Rücken gefallen war, obwohl sie gar nicht wusste, welche Geheimnisse sie vor Beas Mutter hüten sollte.

Tante Vera nahm sich einen der kleinen Kuchen vom Tablett und leckte sich mit der Unbekümmertheit derer, die überzeugt waren, die Formen zu kennen und sie deshalb verletzen zu dürfen, den Guss von den Fingern. «Wann reisen sie nach Haddleston?»

Haddleston war einer der Landsitze, die Marcus' Familie gehörten. «Ich weiß nicht. Das heißt, ich glaube, sie haben gar nicht vor, dorthin zu fahren», ergänzte sie. «Jedenfalls weiß ich nichts davon.»

Ihr Korsett und der Sessel ächzten, als Tante Vera sich vorbeugte. «Lady ffoulkes hat mir erzählt, dass ihre Töchter hinfahren.»

Wenn Lady ffoulkes das gesagt hatte, würde es wohl stimmen. Bea würde nicht begeistert sein. Sie hatte für Lavinia ffoulkes und ihre jüngere Schwester Bunny nicht viel übrig. Und hatte noch weniger für sie übrig, seit Marcus angefangen hatte, sie zu diesen Gesellschaften nach Haddleston einzuladen, die sich über Tage hinzogen, gewöhnlich von Samstag bis Montag, manchmal aber auch von Freitag bis Dienstag oder sogar Mittwoch.

Manchmal kam Bea mit dem Automobil nach. Zu anderen Zeiten hörte Addie aus Beas Boudoir Füßestampfen und laute Stimmen, wenn Marcus nach Hause kam. Tante Vera brauchte davon nicht zu wissen und auch nicht von den leise geführten Telefongesprächen, dem Geruch von Zigarettenrauch und der Grammophonmusik aus dem Garten, wenn das ganze Haus längst schlief.

«Vielleicht haben sie mich nur nicht eingeladen», meinte Addie, bemüht, einen Scherz daraus zu machen.

«Das sollte mich nicht wundern», versetzte Tante Vera gereizt. «Sitz gerade, Kind. Du bekommst noch einen Buckel.»

Addie setzte sich so ruckartig aufrecht, dass ihre Teetasse in der Untertasse klirrte.

Tante Vera seufzte.

«Dodo war letzte Woche zu Besuch da», sagte Addie entgegenkommend. Das war doch sicher unverfänglich genug. «Sie brauchte Verschiedenes von Fortnum's, deswegen ist sie selbst gekommen.»

«Ich weiß», erwiderte Tante Vera unwirsch. «Ich habe sie getroffen. Sie ist braun wie ein Mohr. Und diese Kreatur, die sie geheiratet hat ...» Sie brach ab, als sie sich ihrer eigenen gesellschaftlichen Verhaltensregeln besann. Er war immerhin ein Graf, wenn auch ein irischer.

«Sie machen einen sehr glücklichen Eindruck», sagte Addie. Der betreffende Graf war zehn Jahre älter und einen Kopf kleiner als Dodo, aber das fiel nicht auf, wenn er im Sattel saß. Dodo jedenfalls schien sich nicht daran zu stören. Sie liebte ihren Mann wie nie jemanden zuvor, soweit Addie das beurteilen konnte. *Der beste Sitz, den ich je bei einer Frau gesehen habe* lautete das etwas derbe Urteil des Grafen über seine Angetraute, aber jeder konnte sehen, dass er sie anbetete. Sie lebten die eine Hälfte des Jahres in Irland und die andere in Melton, und Dodo schien auf ihre eigene, nie auf Wirkung bedachte Art glücklicher, als Addie sie je erlebt hatte.

Es war ein wenig peinlich gewesen, als sie in der letzten Woche zum Tee gekommen war, so strahlend glücklich, wo Bea und ihr Marquis doch so offensichtlich gar nicht glücklich waren.

«Von wegen ‹glücklich›», sagte Tante Vera spöttisch. «Was bist du doch für ein Kind.»

Wenigstens, dachte Addie, schien der Spott sie ein wenig aufzumuntern. Das Gesicht Tante Veras, der bösen Hexe ihrer Kindheit, die sie mit einem Blick hatte vernichten können, war gezeichnet von Falten, die sich allzu tief in ihre Wangen eingegraben hatten, und von dunklen Schatten, die wie die Nacht um ihre Augen lagen.

Über den Grund dafür sprachen sie nie, genau wie sie nie darüber sprachen, dass Onkel Charles Tag für Tag Stunden in seinem Büro zubrachte, oft bis in die tiefe Nacht hinein, und immer mehr verfiel, so durchsichtig wurde wie ein Blatt Papier. Sie schafften es meisterlich, weiterzumachen, als wäre nichts gewesen, den Schein zu wahren, aber Addie kannte die Wahrheit. Die Farbe von Tante Veras Kleid verriet sie ihr, der leere Fleck an der Wand, wo einmal ein Porträt gehangen hatte, die Lücken in der Kollektion silbergerahmter Fotografien auf dem Boule-Tisch neben der Tür.

Da waren Bea – in Tante Veras pompösem Spitzenschleier über dem dürftigen Nachkriegsbrautkleid – und Marcus an ihrem Hochzeitstag, Seite an Seite mit einer hochbefriedigt dreinschauenden Tante Vera. Dodo und ihr Mann in Melton, Dodo, die mit strahlendem Lachen in den Zügeln eines riesigen Pferdes hing; und Edward, der in seiner Uniform so stand, dass man den leeren Ärmel auf seiner linken Seite nicht sehen konnte. Da waren Aufnahmen von Freunden und Verwandten, den Sprösslingen alter Adelshäuser, je enger die königlichen Verbindungen, desto besser.

Von Poppy waren keine Bilder da.

Addie hätte die Stellen abstecken können, wo sie einmal gestanden hatten: Poppy steif und feierlich in ihrem besten Taftkleid; Poppy bei der Schmetterlingsjagd; Poppy mit einem Tennisschläger in der Hand, fast fünfzehn inzwischen und sprühend vor Leben. Das Familienfoto von Beas Hochzeit, mit Bea und Marcus in der Mitte, Onkel Charles und Tante Vera auf der einen Seite und Edward auf der anderen, hatte einen Knick, wo das Papier umgeschlagen worden war. Als wäre Poppy nicht dabei gewesen.

Doch sie war dabei gewesen. Addie erinnerte sich noch an die flehentlichen Bitten des Fotografen, *bitte, hierher sehen, Lady Penelope, nur einen Augenblick*, während Poppy über ihre Schulter hinweg Bea zulachte oder ihren Hut festhielt, damit der Wind ihn nicht forttrug, oder eine Hand in die Höhe streckte, um einen imaginären Regentropfen aufzufangen, niemals still, immer in Bewegung.

Es schien unmöglich, sie sich für immer still vorzustellen, zu denken, dass sie nie wieder mit einem ‹Hallo, Addie! › die Treppe hinunterjagen, nie wieder Bea quengelnd zu einer Partie Tennis drängen oder Edward zu einem Ausritt überreden würde.

Es geschah gut einen Monat nach Beas Hochzeit, während Bea und Marcus noch in den Flitterwochen waren. Poppy klagte, als sie von einem Gang ins Dorf zurückkehrte, über Hals- und Kopfschmerzen. Nanny, die alte Nanny, packte sie ins Bett, flößte ihr Zitrone mit Honig ein und meinte, sie solle sich gründlich ausschlafen. Doch am Morgen war Poppys Temperatur gestiegen, und am Abend wussten sie es: Es war die Influenza.

Addie konnte sich noch an den Geruch des Krankenzimmers erinnern: Gerstenwasser und Essig und der aufdringliche Duft der Lavendelduftkissen, die Nanny im Zimmer verteilte, um die anderen Gerüche zu vertreiben. Als sie während des Krieges als Krankenschwester im Guy's Hospital gearbeitet hatte, hatte sie Schlimmes gesehen, aber dies hier war viel schlimmer, weil es um Poppy ging und weil sie nichts, aber auch gar nichts tun konnte, um sie zu retten. Die Influenza hatte das ganze Dorf getroffen. Die Postbeamtin starb, der Sohn des Metzgers und viele andere, von denen manche mit dem Gut verbunden waren, andere nicht. Zu ihnen kamen die Ärzte nicht, aber sie kamen zu Poppy, und ihr Urteil war einstimmig: Alles, was man tun konnte, war getan worden. Die Krankheit nahm ihren Lauf.

Sie nahm ihnen Poppy.

Deshalb war Addie bereit, sich Tante Veras Spott und Geringschätzung gefallen zu lassen. Sie war sicher einsam, auch wenn sie das niemals zugeben würde. Sie hatte keine Tochter mehr, deren Zukunft sie planen und lenken konnte. Bea und Dodo waren verheiratet, nicht mehr unter ihrer Obhut. Und Poppy war tot.

Manchmal fragte sich Addie trotz des Urteils der Ärzte, was passiert wäre, wenn sie nur ein klein wenig früher erkannt hätte, dass Poppys Halsschmerzen mehr als eine Erkältung waren. Wenn sie sich Poppy an jenem ersten Abend genau angesehen hätte, anstatt sie Nanny zu überlassen. Wenn sie etwas, irgendetwas anders gemacht hätte. Die Ärzte meinten, das hätte nichts geholfen. Sie verwiesen auf statistische Zahlen: so und so viele Tote im Monat, so und so viele andere Töchter, Schwestern, Cousinen, die der Krankheit zum Opfer gefallen waren. Aber diese Mädchen waren nicht Poppy. Sie waren nicht Addies Pflege anvertraut gewesen.

«Eine ganze Saison und nichts», sagte Tante Vera verdrießlich und musterte Addie von oben bis unten. «Was sollen wir denn noch mit dir machen? Dir fehlt natürlich ein Vermögen ...»

Addie kannte das alles. Es war ein altes Lied. Von Onkel Charles bekam sie eine feste Summe für ihren Unterhalt. Sie wusste allerdings nicht, wie viel davon Onkel Charles aus eigener Tasche bezahlte. Vielleicht stammte ein Teil aus dem kleinen Erbe, das ihre Eltern ihr hinterlassen hatten. Sie hatte Angst, danach zu fragen.

«Ich habe daran gedacht ...», begann Addie zaghaft. «Ich dachte daran, mir eine Anstellung zu suchen.»

Das Wort hörte sich seltsam an in Tante Veras Salon, irgendwie unpassend inmitten von all dem Rosé und Gold, neben dem zart schimmernden Porzellan.

Tante Veras Korsett ächzte. «Eine Anstellung? Flausen. Nichts als moderne Flausen», sagte sie. Dann wie zu sich selbst: «Ein jüngerer Sohn ... oder ein Geistlicher vielleicht. Das wäre das Richtige ...»

Auf dem Kaminsims schlug eine Uhr aus Gold und Malachit die Stunde: fünf helle Töne.

Addie atmete auf.

«Fünf Uhr schon?» Tante Vera stand mühsam aus ihrem Sessel auf. «Sag Beatrice, dass ich sie am Dienstag erwarte.»

«Ja, Tante Vera.» Addie stellte ihren Teller auf das Tablett. Die unberührten Butterbrötchen, die auf einem kostbaren Spode-Teller mit Blumen und Goldrand vor sich hin welkten, hatten etwas schrecklich Verlorenes.

«Adeline?» Addie stand kerzengerade, als Tante Vera sich an der Tür umdrehte. «Von diesem Unfug über eine ‹Anstellung› möchte ich nichts mehr hören. Denk gefälligst daran, wer du bist.»

Wer sie war? Jahrelang hatte man es ihr eingebläut. Sie war eine Gillecote, selbst wenn – es gab immer ein ‹selbst wenn› – sie nicht so aussah. Wenn Bea die halbe Nacht ausblieb oder Tante Vera sich Zuckerguss von den Fingern leckte oder Dodo bei Tisch über Pferdezucht redete, so war das völlig in Ordnung. Sie brauchten ja auch nicht die Schande eines vom Weg abgekommenen Vaters und einer Mutter, die nur aus der Mittelschicht stammte, wiedergutzumachen. Von Addie hingegen, das hatte man ihr immer wieder gesagt, wurde erwartet, dass sie sich doppelt korrekt benahm, sich doppelt so sehr bemühte, ihre unglückselige Herkunft vergessen zu machen. Die anderen waren von Rechts wegen Gillecotes, während sie sich dieses Recht erst erwerben musste.

Und wenn sie es nun gar nicht haben wollte? Ein rebellischer Funke sprang in ihr auf, als sie unter den versammelten Porträts der Gillecotes durch die herrschaftliche Halle ging. Von beiden Seiten der imposanten Doppeltreppe blickten sie zu ihr hinunter, hellhäutig und blond wie Bea und Dodo und Onkel Charles. Gillecotes aus allen Epochen, vom Zeitalter Jakobs I. bis zur Regency-Zeit.

Addie hatte keine Bilder von ihrer Mutter bis auf die verschwommenen Vorstellungen ihrer Phantasie, mehr Tagträume als Erinnerungen. Zu den Verwandten ihrer Mutter hatte sie in all den Jahren keinen Kontakt gehabt. Sie wusste lediglich, dass der Vater ihrer Mutter Landarzt gewesen war. Das hatte sie erst im Krieg von Tante Vera erfahren, als sie ihr eröffnet hatte, sich im Guy's Hospital als Krankenschwester ausbilden zu lassen. Tante Vera hatte darin einen Beweis gesehen, dass Herkunft sich nicht verleugnen ließ. Dass die Tochter der Herzogin von Rutland ebenfalls als Pflegerin im Guy's Hospital arbeitete, hatte sie allerdings etwas milder gestimmt.

In den vergangenen vierzehn Jahren hatte Tante Vera getan, was sie konnte, um Addie von jeder Spur ihres mütterlichen Erbes zu läutern und eine reine Gillecote aus ihr zu machen, frei von jeglicher minderwertigen Beimischung. Sie war froh gewesen, zu Bea entfliehen zu können, wo man nicht zu fürchten brauchte, wegen seiner Kleidung, seiner Eigenarten, seiner Gewohnheiten gemaßregelt und auf Schritt und Tritt kritisch beobachtet zu werden.

Ein Mädchen reichte Addie ihre Sachen, und sie blieb vor dem Spiegel stehen, um sich sanft ihren Hut auf die Haare zu drücken, die eine Nuance heller waren als die Holztäfelung in der Halle. Fernie hatte ihr gesagt, sie käme nach ihrer Mutter, bis auf das Lächeln. Das, hatte Fernie erklärt, habe sie von ihrem Vater.

Addie dachte an das Geheimnis, das sie fest verschlossen in sich trug, während sie ihre Handschuhe überzog. Fernie! Nach all diesen Jahren hatte sie Fernie wiedergesehen. Sie war älter, trauriger, aber immer noch Fernie. Ihr rotes Haar war von Grau durchzogen, und sie trug es jetzt nicht mehr in üppiger Fülle hochgesteckt, sondern zu einem modischen Bubikopf geschnitten, der sie jünger und zugleich älter wirken ließ.

Addie hatte sie in ihrem kleinen Büro in einem baufälligen Haus in Bloomsbury besucht, nicht allzu weit von der Gegend entfernt, wo Addie aufgewachsen war. Eine traurige Topfpflanze stand auf dem Fensterbrett, eine Schreibmaschine auf dem Pult. Männer ohne Krawatten rannten mit Papieren hin und her, auf denen die Druckerschwärze noch feucht war. Ihre zerknitterten Jacketts, die so gar nicht in die heiligen Hallen von Ashford Park gepasst hätten, rochen nach kaltem Zigarettenrauch.

Das Mädchen – früher wäre es ein Diener gewesen, aber mit dem Krieg hatte sich vieles geändert – öffnete ihr die Tür. Addie trat in den feurigen Glanz der untergehenden Sonne hinaus, geblendet von diesem letzten Aufflammen des Lichts.

Sie verspürte ein ungeheures Glücksgefühl. Herrlich, Tante Vera wieder eine Woche los zu sein. Auf jüngere Söhne oder ernsthafte junge Geistliche konnte sie verzichten. Sie hatte ihre eigenen Pläne. Ja. Tante Vera würde entsetzt sein, aber sie brauchte Tante Veras Erlaubnis nicht. In zwei Monaten wurde sie einundzwanzig, und dann ...

«Hoppla!» Von der Sonne geblendet, war sie einem Entgegenkommenden direkt in den Weg gelaufen. Ihre Schulter prallte gegen einen Arm, und ein Päckchen fiel zu Boden. Sie konnte es dumpf aufschlagen hören.

«Ach, du lieber Gott, entschuldigen Sie vielmals.» Addie schützte mit erhobener Hand ihre Augen, konnte aber gegen das grelle Licht nur den schattenhaften Umriss eines Mannes erkennen.

«Machen Sie sich keine Gedanken sagte er und bückte sich, um das heruntergefallene Päckchen aufzuheben. Sein Gesicht unter der Krempe seines grauen Homburgs konnte sie nicht sehen. «Ich habe mindestens genauso viel Schuld.»

Was sehr großmütig von ihm war, da Addie mit Sicherheit wusste, dass es nicht zutraf. Sie beugte sich ein wenig vor. «Ich hoffe, in dem Päckchen ist nichts Zerbrechliches.»

«Nur ein Buch.» Er richtete sich auf, sodass sie zum ersten Mal nicht nur den Hut sah, sondern auch sein Gesicht.

Einen Moment lang glaubte sie, ihre Augen, vor denen immer noch Regenbogen flirrten, täuschten sie. Etwas anderes schien ausgeschlossen zu sein.

«Mr. Desborough?», rief sie atemlos, und er hob sichtlich überrascht mit einer scharfen Bewegung den Kopf. Kein Wunder, sie war ja genauso überrascht, überrascht und schwindlig vor Glück. Sie schlug die Hände ineinander. «Aber jetzt muss ich wohl Captain Desborough sagen?»

Sein Blick war fragend, voll gespannter Aufmerksamkeit auf ihr von der Sonne beschienenes Gesicht gerichtet. Addie hätte gern gewusst, was er sah. Eine von schillerndem Licht umflossene Gestalt oder nur ein ausgebleichtes Phantom?

«Kenne ich ...?», begann er und hielt inne. Sein Gesicht entspannte sich, und er lachte laut. «Du meine Güte! Es ist das Mädchen mit der Maus.»

KAPITEL 9

London, 1920

Im Augenblick habe ich keine», sagte Addie. Sie bot ihm die Hand. «Adeline Gillecote.»

«Jetzt erinnere ich mich», sagte Captain Desborough. «Sie haben wirklich ein Talent für dramatische Auftritte.»

«Im Allgemeinen laufe ich eigentlich nicht herum und stoße andere Leute um», entgegnete sie leicht betroffen. «Wirklich nicht.»

«Sie lassen nur Tiere auf sie los, hm?», meinte er und fragte dann: «In welche Richtung müssen Sie denn?»

«Da entlang.» Sie zeigte zerstreut die Straße hinunter, wusste kaum, was sie sagte, so unwirklich schien ihr die Begegnung. Sie konnte nicht glauben, dass sie wirklich mit Frederick Desborough sprach, dass er leibhaftig vor ihr stand und sie anlächelte. «Ich wohne jetzt bei meiner Cousine in Wilton Crescent.»

«Ich gehe auch in die Richtung», sagte er. «Darf ich Sie begleiten?»

Sie hatte wohl genickt oder sonst wie ihre Zustimmung gezeigt, denn auf einmal ging sie neben ihm her zwischen Reihen weißer Häuser mit schmiedeeisernen Gittern hindurch. Die Sonne funkelte auf dem Straßenpflaster, und die Geräusche von Automobilen und Pferdewagen verebbten zu dumpfem Dröhnen, so laut war das Brausen in ihren Ohren.

Sie warf verstohlen einen Blick zur Seite, um sich zu vergewissern, dass er keine Einbildung war, doch er war wirklich und wahrhaftig da, sehr greifbar in seinem grauen Flanellanzug. Ein Glück, dass er nicht wusste, wie oft sie in ihren Tagträumen an seiner Seite gegangen war. Damals, in Ashford hatte sie sich die wildesten Phantasien über ihr gesellschaftliches Debüt zusammengesponnen, sich vorgestellt, wie sie hinter Bea die große geschwungene Treppe hinunterging, wie aller Augen auf Bea gerichtet waren – bis auf ein einziges Paar grüner Augen. *Seine* Augen. Wie er dann, ohne ein Wort zu sagen, sein Glas zum Gruß hob und sie die Treppe hinunterschwebte und den Rest des Abends in seinen Armen tanzte: die Märchenprinzessin, die aus dem Turm befreit war.

Später, in den Kriegsjahren, lag sie oft erschöpft in ihrem Bett im Schwesternschlafsaal und fragte sich, ob sie unter dem nächsten Schub Patienten einem schlanken, dunkelhaarigen Mann begegnen würde, der sich unter Mühen aufrichten und ungläubig *Miss Gillecote?* ausrufen würde. Er war natürlich nie schwer verwundet, immer nur so sehr, dass er in die Heimat zurücktransportiert wurde. *Sie sind Krankenschwester geworden*, würde er voll Bewunderung sagen. Dann würde irgendetwas passieren – es wechselte von Tagtraum zu Tagtraum –, ein Brand im Krankenhaus, ein Bombeneinschlag, eine äußerst heikle Operation, und sie würde mit ihrer unerschütterlichen Gelassenheit den Überblick behalten. Worauf Captain Desborough ihre Hand nehmen und sagen würde: «Ich habe nie eine Frau wie Sie gekannt».

Und sie würden glücklich und zufrieden miteinander leben bis an ihr Lebensende.

Sie wusste natürlich, dass das albern war. Aber im Grunde war er ja harmlos, dieser kleine Traum von Liebe und Glück, der aus der Erinnerung an ein schönes Augenpaar und einen flüchtigen Moment der Freundlichkeit gesponnen war: nicht mehr als ein Mittel, um sie mit einem Lächeln einschlafen zu lassen, wenn sie den ganzen Abend blutige Verbände gewechselt oder Tante Veras Maßregelungen geschluckt hatte. Obwohl sie seinen Lebensweg verfolgte, soweit es ihr möglich war, in den Zeitungen seinen Namen suchte, hatte sie nicht erwartet, ihm je wieder zu begegnen. Er war für sie eine Art Romanfigur wie Mr. Rochester geworden, mit der man eine Weile lachte und litt, um sie dann wieder sicher zu verstauen.

«Was ist denn aus ihr geworden?», erkundigte er sich im Konversationston.

«Aus wem?» Unter ihrer Hutkrempe hervor sah Addie ihn an und hoffte, er merkte nichts von dem, was in ihr vorging.

«Aus der Maus», sagte er lächelnd.

«Ach so, Sie meinen Binky.»

«War das ihr Name?»

«Eigentlich hieß sie Bianca.» Sie versuchte, einen leicht blasierten Ton anzuschlagen, während sie die zitternden Hände ineinanderkrampfte. «Weil sie weiß war. Wir fanden das wahnsinnig originell.»

«Ist sie wegen staatsgefährdender Aktivitäten eingeschläfert worden?»

«Sie meinen, weil sie Dodo ihren Ball verpatzt hat? Nein. Sie ist im reifen Alter von fünf Jahren eines natürlichen Todes gestorben.» Wie lächerlich das jetzt alles schien, wie absurd, dass sie sich einmal über eine losgelassene Maus auf einem Ball Gedanken gemacht hatten. «Es scheint ewig her zu sein, nicht?»

«Ja.» Seine Stimme hatte sich verändert. Sie hatte etwas Schleppendes bekommen, wie einen Unterton von Lebensüberdruss. Sein Gesicht war schmaler als damals, schmaler und irgendwie müde. «Sie sind wohl zur Saison in der Stadt?»

«Nein. Diese Gesellschaften waren nie mein Fall, also habe ich beschlossen, darauf zu verzichten.»

«Verzichten?» Captain Desborough lachte amüsiert. «Was gibt es da zu verzichten?»

«Sie meinen, abgesehen von einem Mauerblümchendasein?»

Irgendwie war es ein Triumph, ihm ein Lächeln in dieses allzu hagere Gesicht gelockt zu haben.

Davon ermutigt, sagte sie: «Ach, ich fand dieses ganze Getue so sinnlos und überflüssig nach allem, was passiert ist. Da geht man auf Feste und steht herum und tut so, als wäre alles wie immer, obwohl es nie wieder so sein wird.» Addie versuchte, seine Reaktion zu erkennen, aber sein Gesicht war im Schatten der Hutkrempe verborgen. «Und dazu kommt natürlich, dass mir diese Feste nie Spaß gemacht haben. Genau genommen mache ich also nur aus der Not eine Tugend.»

«Und was haben Sie jetzt vor, wo Sie beschlossen haben, auf die Gesellschaften zu verzichten?», fragte er höflich, doch Addie hatte den Eindruck, dass er gar nicht mehr anwesend war und dass sich alles Vergnügen, das er vielleicht an ihrer Gegenwart gehabt hatte, verflüchtigt hatte.

Auf einem Eisengitter zwitscherte ein Vogel. Auf der Straße rumpelte ein Omnibus vorbei.

Addie holte Atem. «Bitte sagen Sie es nicht weiter, aber ich muss es einfach jemandem erzählen, sonst platze ich. Ich habe eine Arbeit. Na ja, eine richtige Arbeit ist es nicht, mehr eine unbezahlte Lehrstelle, auf Probe, aber es ist immerhin *etwas*.»

«Lassen Sie mich raten», sagte Captain Desborough. «Sie haben eine Anstellung in einem Modehaus. Nein. Warten Sie. Als Klatschreporterin bei einem Boulevardblatt.»

Addie schüttelte den Kopf. «Nein, nichts dergleichen. Ich könnte einen Kleiderschnitt nicht vom anderen unterscheiden. Und der Klatsch wäre längst abgestanden, bevor er bei mir ankommt.»

«Wo dann?», fragte er unbewegt.

Die letzten Sonnenstrahlen, die über die weißen georgianischen Häuser fielen, trafen direkt ihre Augen. Sie hob eine Hand zu ihrer Hutkrempe. «Bei der *Bloomsbury Review*», sagte sie mit Genugtuung.

«Donnerwetter.» Captain Desborough fragte nicht, wie Marcus das getan hätte, was das sei. Er zog die Augenbrauen hoch, eher neugierig als schockiert. «Bei der *Bloomsbury Review.*»

«Na ja, sie hat noch nicht den Ruf wie der *Mercury*, aber die Leute dort sind alle unheimlich interessant», erklärte Addie. «Die meisten sind neuere Autoren und Kritiker, Leute, die es nicht in den *Mercury* schaffen. Ich weiß, dass es dafür die *Wheels* gibt, aber die kommt nur einmal im Jahr heraus und bringt nur Lyrik. Wir machen auch Kurzgeschichten, Besprechungen, Philosophie und, ach, alles Mögliche.»

«Subversive Lektüre für eine junge Dame. Weiß Ihre Familie, dass Sie so etwas lesen?»

Addie tanzte praktisch die Straße entlang. «Ich werde es nicht nur lesen. Ich werde es redigieren. Na ja, wenn ich Glück habe. Die meiste Zeit werde ich wahrscheinlich Tee kochen und solche Sachen. Wie es sich für den jüngsten Lehrling eben gehört.»

«Ist Bloomsbury nicht ein bisschen weit vom Schuss?»

«Für mich nicht.» Sie dachte an das schmale Haus in der schmalen Straße, von der Erinnerung in rosiges Licht getaucht, und an den Duft von Plätzchen und Pfeifenrauch. Im Lauf der Jahre war das Bild flach und blass geworden, bis es nur noch aussah wie die pastellfarbene Illustration eines Kinderbuchs. «Ich bin in Bloomsbury aufgewachsen. Ganz in der Nähe vom Russell Square.»

Er sah sie an, sah sie richtig an, plötzlich interessiert wie ein Kunstexperte, der feststellt, dass ein Bild, das man ihm gezeigt hat, spannender ist, als er zunächst angenommen hatte. «Ich dachte, Sie wären eine echte Gillecote. Die Familie ist ja nicht unbedingt ...»

«Sie sind wahnsinnig konventionell, ich weiß», stimmte Addie zu. «Pferde und Fuchsjagden und Diener bei Tisch. Mein Vater war das schwarze Schaf der Familie. Er hat sich in eine Romanschriftstellerin verliebt und ist mit ihr durchgebrannt. Mein Onkel und meine Tante fanden das natürlich unmöglich.»

«Ja», murmelte Captain Desborough, «das kann ich mir vorstellen. Wer war die Schriftstellerin?»

«Helen Layton. Sie hat unter H. R. Layton geschrieben.»

Er blieb verblüfft stehen. «Sie stecken wirklich voller Überraschungen.»

Addie versuchte, wie eine berühmt-berüchtigte Bohemekünstlerin auszusehen. Hoffentlich merkte er nicht, dass nichts von dem Ruhmesglanz ihr wirklich zustand. Natürlich war es schick, eine Mutter zu haben, die skandalumwitterte Romane geschrieben hatte. Es waren jedoch so wenig Addies Romane, wie die Artikel in der *Bloomsbury Review* ihre Artikel sein würden. Aber vielleicht strahlte ja etwas ab …

Er ging weiter, das Buch locker in der leicht schwingenden Hand. «Sie haben nicht zufällig einen Onkel namens Picasso?»

Er hatte nicht mehr den etwas gönnerhaften Ton wie am Anfang. So, wie er jetzt mit ihr sprach, klang es leicht und scherzend, beinahe, als ob … Flirtete er etwa mit ihr? Addies Herz klopfte schneller vor Aufregung und bangem Zweifel.

«Nein, und ich habe auch keinerlei verwandtschaftliche Beziehungen zu den Tänzern im Russische Ballett», gab sie im gleichen scherzhaften Ton zurück. «Es sind nur meine Eltern. Mein Vater hat auch geschrieben, geschichtliche Bücher.»

‹Umstürzlerisch› nannte Tante Vera sie, allerdings nicht im Beisein von Onkel Charles. Onkel Charles ließ nicht zu, dass jemand etwas gegen Addies Vater sagte. Ob aus Loyalität oder weil er fand, dass so etwas sich in der Familie nicht gehörte, das konnte Addie nicht sagen. In Wirklichkeit hatte es bedeutet, dass niemand überhaupt je über ihren Vater gesprochen hatte. Wäre es doch nur anders gewesen. Sie erinnerte sich an so wenig, und es war so lange her, dass sie die feine Linie zwischen Erinnerung und Erfindung längst aus den Augen verloren hatte.

Wenn sie die Bücher ihrer Mutter las, so war es, als sähe sie die Welt von innen nach außen gekehrt, vertraute Refrains und Ideen auf den Kopf gestellt. Nur konnte sie sich, wenn sie die Worte ihrer Mutter las, des Gefühls nicht erwehren, dass die Welt, wie sie sie kannte, die ganze Zeit eine verkehrte gewesen war und sie sie erst jetzt richtig sah. Sie hatte nie die Schönheit in der Armut gesehen oder die Armut im Reichtum, bis ihre Mutter sie ihr darlegte. Sie war nie auf den Gedanken gekommen, Tante Veras eherne Gesetze in Zweifel zu ziehen oder zu fragen, ob korrekt zu sein das Gleiche war wie gut zu sein.

Tante Vera hatte sie unter Zwang gelehrt, wie man sich verhielt und wie nicht. Ihre Mutter hatte sie hingegen gezwungen zu fragen: «Warum?»

«Haben Sie die Bücher meiner Mutter gelesen?», fragte sie.

«Ja. Vor dem Krieg ...» Sein Gesicht verdunkelte sich, die Lippen wurden schmal, als wollte er etwas zurückdrängen. Addie kannte diesen Ausdruck, sie hatte ihn bei den Männern im Lazarett gesehen, eine Mischung aus Zorn und Verlust.

«Und wie fanden Sie sie?», fragte Addie hastig.

Captain Desborough zwinkerte, als hätte er Mühe, sie in den Blick zu bekommen. «Wie ... Ach so, ja. Die Bücher Ihrer Mutter. Ich kann diese Frage wahrscheinlich nicht befriedigend beantworten. Meiner Meinung nach besaß sie ein seltenes Talent, sowohl das Beste als auch das Schlimmste in der menschlichen Natur zu erkennen und beides wirklichkeitsgetreu zu beschreiben. Wir bekommen all die feigen Heucheleien nicht nur der Reichen, sondern auch der Armen zu sehen.»

«Aber auch ihre Fähigkeit, sich zu befreien», sagte Addie eifrig. Wenn die Bücher ihrer Mutter sie etwas gelehrt hatten, dann war es das: dass Unvermeidlichkeit nur unvermeidlich war, wenn man selbst es zuließ. Die besten Figuren ihrer Mutter drückten dem Leben ihren eigenen Stempel auf, gestalteten selbst ihr Schicksal. Addie wünschte nur, sie besäße den Mut, es ihnen gleichzutun.

Irgendwo in der Nähe hatte ein Automobil eine Fehlzündung. Bei dem Knall zuckte Captain Desborough zusammen, und sein ganzer Körper spannte sich an.

«Befreiung», sagte er trübe. Auf seiner Stirn standen Schweißtropfen, die eben noch nicht da gewesen waren. Er ging weiter, viel schneller als vorher. «Sie glauben doch diesen Unsinn nicht?»

«Das ist kein Unsinn.» Addie musste laufen, um mit ihm Schritt halten zu können. «Es ist der beste Teil am Menschsein. Die Fähigkeit, aus unseren Fehlern zu lernen und eine höhere Bewusstseinsebene zu erreichen.»

«Sie haben wohl freie Vorlesungen besucht?» Es klang abwertend. «Wenn Sie in den Zeitungen nicht nur Gedichte gelesen hätten, wüssten Sie, dass das höhere Bewusstsein kaum eine Gabe der Menschen ist. Wir laufen wie die Ratten immer wieder in dieselben vergifteten Löcher zurück ... Wie die Ratten ...»

«Das ist ja absurd. Wir sind keine Ratten. Es ist doch genau die Fähigkeit zur Vernunft, die den Menschen vom Tier unterscheidet.»

Captain Desborough lachte kurz und unfreundlich. «Davon habe ich reichlich wenig gemerkt.»

«Deshalb ist ja die Dichtung so wichtig», erklärte Addie aufgeregt. Sie hatte darüber noch nie mit jemandem aus ihrem täglichen Leben sprechen können, nicht mit Bea, nicht mit Dodo und ganz sicher nicht mit Tante Vera. «Sie zwingt die Leute nachzudenken, die Dinge neu zu bewerten. Wenn wir es alle zusammen versuchen, könnten wir die Welt bestimmt zum Besseren verändern.»

«Mit einem Tässchen Tee nach dem anderen?», fragte er spöttisch.

Sie sah ihn bestürzt an. Er machte sich über sie lustig. Wenn man es so sah, erschien die Arbeit bei der *Bloomsbury Review* tatsächlich läppisch, so läppisch wie die Tätigkeit in einem Modehaus oder für eine Klatschspalte. Ihr wurde heiß vor Scham. Von wegen ‹Flirt› und ‹kluger Diskussion›. Sie hatte sich vollkommen lächerlich gemacht, und weswegen das Ganze? Wegen der Erinnerung an eine Maus?

Sie bot ihm mit würdevoller Geste die Hand. «Danke für die Begleitung, Captain Desborough. Es war sehr freundlich von Ihnen, mich nach Hause zu bringen. Ich hoffe, ich habe Sie nicht allzu sehr inkommodiert.»

Es war eine fürchterlich gestelzte kleine Rede.

Captain Desborough nahm ihre Hand nicht. Er stand nur da und schaute mit schmalen Lippen zu ihr hinunter. «Nein, es war nicht freundlich von mir», sagte er unumwunden. «Es war abscheulich von mir. Und absolut ungerechtfertigt.»

Addie zuckte verlegen mit den Schultern. «Sie waren nur ehrlich. Es ist ja wirklich ziemlich lächerlich, wenn man es so sieht. Stolz drauf zu sein, dass man den Tee kochen darf ...»

«Vergessen Sie nicht den Spruch von den kleinen Dingen, die Gutes bewirken. Alle großen Dinge entspringen kleinen Anfängen – und Dichtung einer Kanne Tee.» Captain Desborough schob ihren Hut zurück, bis er ihr Gesicht sehen konnte. «Ich wollte Ihre mutigen Pläne nicht heruntermachen. Verzeihen Sie mir?»

Sie wagte kaum, sich zu rühren, aus Angst, sie könnte den Bann brechen. «Es gibt nichts zu verzeihen», sagte sie atemlos.

Seine Augen waren sehr grün in seinem blassen Gesicht, wie Jade, uralt und ernst. Er stand immer noch zu nahe, so nahe, dass ihr Rock seine Hose streifte, so nahe, dass Addie praktisch die Küchenmädchen hinter den Gitterzäunen tuscheln hören konnte.

«Ich fühle mich wirklich wie der schlimmste Schuft», sagte er. «Erlauben Sie mir, Wiedergutmachung zu leisten.»

«Das ist nicht nötig», erwiderte Addie, plötzlich wieder scheu. Ihr Rock schwang gegen das schmiedeeiserne Gitter, als sie zurücktrat. «Es gibt nichts wiedergutzumachen.»

Captain Desboroughs schmales Gesicht wurde von einem Lächeln erhellt. «Aber ich möchte gern», sagte er. «Und ich möchte gern mehr über Ihren Ausflug in die Boheme hören. Darf ich Sie zum Abendessen einladen?»

London, 1999

Clemmie nahm ihr Abendessen im Rivesdale House ein.

Es war erst sieben Uhr, noch früh, wie das fast leere Restaurant zeigte. Im Augenblick war es Clemmie egal, ob sie den üblichen Gepflogenheiten entsprach. Sie war froh, überhaupt noch die Augen offen halten zu können. Den ganzen Tag gab es eine Besprechung nach der anderen: Vom Dorchester House war es zur Kanzlei des Korrespondenzanwalts in der Silk Street gegangen, dann weiter in die Zentrale von PharmaNet im trendigen Docklands-Viertel. Clemmie mochte gar nicht daran denken, wie lange sie nun schon in denselben Kleidern steckte.

Eins musste man Brooks Brothers lassen: Ihre bügelfreien Blusen hielten wirklich gut durch. Und das bei – sie rechnete nach – siebenundzwanzig Stunden ständigen Gebrauchs. Komisch, sich vorzustellen, dass sie die Bluse gestern Morgen in ihrer Wohnung übergezogen und sie seither nicht gewechselt hatte. Gestern schien Millionen Jahre entfernt. Reisen von Kontinent zu Kontinent hatten eine eigenartige Wirkung, nicht nur auf das Zeitgefühl, sondern auch auf die abrechenbaren Stunden. Paul brüstete sich gern damit, dass er dank etwas Hilfe von der Concorde häufig mehr als vierundzwanzig Stunden an einem Tag abrechnete.

«Das ist schon was anderes als die Cafeteria bei uns im Büro, was?», flüsterte ihr Kollege Harold, der in dieser Sache mit ihr zusammenarbeitete.

«Hm?», machte Clemmie. «Entschuldige. Was hast du gesagt?»

Harold gab ihr einen kleinen Rempler. «Na das hier. Ziemlich beeindruckend.»

Dagegen ließ sich nichts sagen. Die Wände waren mit Brokat in einem satten Dunkelrot bespannt. Das Material war allerdings kaum zu erkennen unter der Unzahl nebeneinander und übereinander aufgereihter Gemälde, die an dünnen Drähten von der Deckenleiste herabhingen. Ein gemeinsames Thema schien sie nicht zu verbinden. Es sah aus, als wäre irgendjemandes Vorfahr so um 1700 in Rom auf Einkaufstour gegangen und hätte alles mitgenommen, was billig zu haben gewesen war: Schlachtenbilder, biblische Szenen, Landschaften, Porträts von selbstgefällig grinsenden Höflingen. Auch die obligatorischen Abbildungen von totem Geflügel, überquellenden Früchteschalen und Spaniels mit samtbraunen Augen fehlten nicht. Und dann gab es noch eine muskelbepackte Frau zu sehen, die einen abgehackten Kopf über eine silberne Schüssel hielt.

An zwei gegenüberliegenden Wänden waren offene Kamine, von eingelassenen Säulen eingefasst, echter Marmor glaubte Clemmie, zumindest schien ihr das auf den ersten, ungeübten Blick so. Über jeder Feuerstelle hing ein großes Porträt: eins von einer Frau mit eng geschnürter Taille im Stil des späten neunzehnten Jahrhunderts, während die Frau auf dem anderen ein lose fallendes Kleid der zwanziger Jahre trug. Quer durch das Zimmer schienen die beiden einander zornig anzufunkeln, für immer im Kampf der Generationen gefangen. Nicht einmal in Farbe gebannt, konnte die Tochter der edwardischen Epoche ihre Missbilligung über die mondäne ‹neue› Frau der goldenen zwanziger Jahre verbergen.

Was hatte in dem Magazin gestanden? Ein Landhaushotel in London. Ja, das bestätigte die Speisekarte: ein einzelnes Blatt aus schwerem, geprägtem Papier, auf der vor allem Wildgeflügel wie Rebhuhn, Moorhuhn und Fasan angeboten wurde. Für die Fischliebhaber gab es schottischen Wildlachs. Bei dem Preis konnte man erwarten, dass er mindestens mit Kilt serviert wurde und einen traditionellen Tanz vorführte.

«Vielleicht einen schönen Château Lafite», murmelte Paul, der die Weinkarte mit einer Aufmerksamkeit studierte, wie er sie Mandantenunterlagen nur selten widmete. «Oder einen weißen Bordeaux.»

Clemmie lehnte sich zurück und ließ ihren Blick wandern. Nur noch zwei Tische waren besetzt. An dem einen saß ein sichtlich gelangweiltes junges Paar, vielleicht war es in den Flitterwochen? Am anderen Ende des Saals, unter der mondänen Zwanziger-Jahre-Frau, unterhielten sich zwei alte Damen angeregt bei ihrem schottischen Wildlachs.

«Sie schaut ein bisschen aus wie du», bemerkte Harold.

«Wer?» Wenn er eine der Achtzigjährigen meinte, würde sie das als ernste Beleidigung auffassen.

«Die Frau auf dem Gemälde.» Er wies mit dem Kopf auf das Bild der Mondänen.

«Das machen nur die Haare», sagte Clemmie, sah sich das Bild aber doch genauer an.

Es wirkte leicht verschwommen, ob infolge von Kerzenqualm, der sich darauf niedergeschlagen hatte, oder gewollt, konnte Clemmie nicht sagen. Jedenfalls bekam die Frau dadurch etwas

Verträumtes, ihr Blick etwas Verschleiertes, Schwüles. Sie saß auf einer Bank, eine schmale Hand auf dem Samtpolster, als hätte sie sich eben erst gesetzt oder wollte gerade aufstehen. Lange Perlenschnüre lagen um ihren Hals, Perlen schmückten auch ihre Handgelenke und ihre Ohren. Das schwarze Stirnband um das helle Haar verlieh ihr einen Zug der Verwegenheit. Aber vielleicht rührte dieser Eindruck auch von der vorgeschobenen Hüfte oder dem Ausdruck ihres Mundes her. Sie besaß einen starken verführerischen Reiz, der aber weniger einladend als vielmehr herausfordernd war.

Auf Clemmie wirkte sie wie ein männerfressender Vamp.

Sie kam ihr merkwürdig bekannt vor. Nicht der Ausdruck ihres Gesichts, sondern seine Züge. Clemmie wusste, dass sie sie schon einmal gesehen hatte, aber unter anderen Umständen, in einem anderen Zusammenhang. Sie versuchte, die Erinnerung zu fassen zu bekommen.

Paul räusperte sich. «Sie wissen, wer das da ist?»

«Bea», sagte Clemmie, der plötzlich eingefallen war, wo sie sie schon einmal gesehen hatte. Es war die Frau in Granny Addies Schublade.

Paul sah sie an, als wäre sie verrückt geworden. «Was? Nein, das ist der *Eigentümer*», flüsterte Paul ungeduldig und viel zu laut. «Der Marquis von Rivesdale.»

«Was?» Clemmie fuhr aus ihren Gedanken. «Wo?»

«Da.» Paul wies nickend zur anderen Seite des Saals, wo ein Mann gerade die beiden alten Damen begrüßte, eine von ihnen mit Wangenküssen. Er war angemessen in abendliches Schwarz gekleidet, doch Clemmie erkannte sofort den Mann vom Empfang.

«Im Ernst? Ich dachte, er arbeitet am Empfang. Er war heute Morgen unheimlich nett, hat mir extra ein Taxi geholt», fügte sie bei Pauls entsetztem Blick hinzu.

Als hätte er gemerkt, dass sie über ihn sprachen, schaute der Marquis zu ihnen herüber, entdeckte Clemmie und lächelte. Das Lächeln erlosch prompt, als er Paul bemerkte. Er sah eigentlich gar nicht wie ein Marquis aus, dachte Clemmie, jedenfalls nicht so, wie sie sich einen Marquis vorgestellt hätte. Er sah eher aus wie ein Universitätsdozent oder ein Gast auf einer Hochzeit, der Cousin der Braut vielleicht, neben dem man gar nicht ungern sitzen würde.

Paul machte ein Gesicht wie damals, als er bei der Feier nach einem wichtigen gewonnenen Prozess versehentlich die Olive in seinem Martini verschluckt hatte. «Sie haben sich von ihm ein Taxi holen lassen?»

«Er hat's mir angeboten.»

Paul hob eine Hand. «Marquis?»

Der Marquis verabschiedete sich ohne Eile von den beiden Damen. «Mr. Dietrich», sagte er höflich, bevor er sich Clemmie zuwandte. «Ich sehe, Sie haben Ihre Freunde gefunden.»

«Kollegen», korrigierte Clemmie. Nur für den Fall, dass er glaubte, sie säße hier aus lauter Vergnügen mit Paul zusammen. «Danke nochmals für das Taxi heute Morgen. Sie haben mich gerettet.»

«Es war mir ein Vergnügen», erwiderte er so herzlich, als lebte er nur dafür, nervtötenden amerikanischen Geschäftsleuten Taxis zu besorgen. Was er, wenn er ein Hotel führte, wahrscheinlich auch tat. «Ich hoffe, es gefällt Ihnen bei uns.»

«Es würde mir besser gefallen, wenn Sie mir ein paar extra Handtücher aufs Zimmer schicken ließen», sagte Paul.

«Aber natürlich.» Clemmie bewunderte ihn dafür, dass er Paul nicht eins mit der Weinkarte überzog. «Ich werde dafür sorgen. Einen schönen Abend.» Sein höfliches Nicken bezog sie alle ein.

«Entschuldigen Sie.» Clemmies Stimme hielt ihn auf, als er sich schon zum Gehen hatte. «Entschuldigen Sie, äh ...» Wie redete man einen Marquis an? Euer Lordschaft? Milord? Jon wüsste es.

Er drehte sich langsam um. «Ja?»

Wahrscheinlich glaubte er, sie wolle jetzt auch zusätzliche Handtücher haben. Clemmie schob die Speisekarte weg und stützte beide Ellbogen auf den Tisch. «Die Frau dort auf dem Bild. Hieß sie Bea? Ich meine, Beatrice?»

«Was?», fragte Paul.

Der Marquis sah sie erstaunt an.

Clemmie wedelte mit den Händen. «Vergessen Sie's. Das war eine blöde Frage. Es ist nur, ach, nichts.»

«Nein.» Der Marquis räusperte sich und strich sich das lockige braune Haar aus der Stirn. «Das ist durchaus keine blöde Frage. Sie war eine geborene Lady Beatrice Gillecote.» Er sprach den Namen aus wie Granny, mit hartem G. «Studieren Sie Geschichte? Interessieren Sie sich für diese Epoche? Wir haben immer wieder amerikanische Gäste, die unsere Geschichte ...»

Ha. Sie konnte Jon lachen hören. Sie hatte ihre gesamten Geschichtskenntnisse aus Mel Brooks' *Die verrückte Geschichte der Welt* und aus Ken Folletts Büchern. Sie schaute sich nicht einmal BBC-Kostümserien an.

«Nein, nein. Sie ist eine entfernte Verwandte. Sie war die Cousine meiner Großmutter.»

«Dann sind wir ja auch verwandt. Könnte man sagen», fügte er einschränkend hinzu und erklärte beinahe entschuldigend: «Lady Beatrice war die erste Frau meines Großvaters.»

«Also keine Blutsverwandtschaft», stellte der immer praktische Harold fest.

«Bekommen wir Angehörigenrabatt?», witzelte Paul.

Das Lächeln des Marquis wurde ein wenig gequält. «Die Verbindung ist doch ziemlich entfernt. Lady Beatrice war die erste Frau des fünften Marquis.»

Es hörte sich an wie eine Logikaufgabe aus der Zulassungsprüfung für das Jurastudium. Wenn die erste Frau des fünften Marquis fünfzig Meilen in der Stunde zurücklegte und die zweite Frau des vierten Marquis sechzig, wem würde dann die Tiara zuerst vom Kopf fallen?

«Hat sie hier gelebt?», fragte Clemmie.

Es war schwer, sich Rivesdale House als Privathaus vorzustellen, und noch schwerer, dass ihre Großmutter hier vielleicht zu Gast gewesen war. In Clemmies Welt existierten solche Prachthäuser nur als Hotels oder Museen. Ob Granny wohl hier Tee getrunken, vielleicht oben im Schlafzimmer mit ihrer Cousine Geheimnisse ausgetauscht hatte? Oder hatte sie vielleicht zugesehen, wie das neue Porträt ihrer Cousine an der Wand des Speisesaals aufgehängt wurde, und war dann ein paar Schritte zurückgetreten, um es gebührend bewundern zu können?

«Ja, Lady Beatrice hat hier gelebt», antwortete der Marquis mit mehr Zurückhaltung, als der Frage eigentlich angemessen war. «Jedenfalls eine Zeitlang.»

«Eine Zeitlang?», wiederholte Clemmie.

Der Marquis blickte zu dem Porträt hinauf. «Sie waren nur zwei Jahre verheiratet.»

KAPITEL 10

London, 1920

Hättest du mir Bescheid gesagt, dass du fährst?», erkundigte sich Bea mit falscher Freundlichkeit. «Oder wärst du einfach gefahren?»

«Verflixt.» Marcus stieß gegen ein Piedestal und schaffte es mit knapper Not, die hohe chinesische Vase, die darauf stand, zu fangen, bevor sie umstürzte.

An den Türrahmen gelehnt, sah Bea kühl zu, wie er mit dem Ding kämpfte. Sie hatte ihn im robusten Tweedanzug ertappt, die Hand am Türknauf des Ankleidezimmers, wieder einmal auf dem Sprung zu einem langen Wochenende auf dem Land, ohne sie mitzunehmen.

«Ach, du Armer», sagte sie mit geheucheltem Mitgefühl. «Habe ich dich erschreckt?»

Er rückte die Vase mit einem letzten Handgriff zurecht, bevor er sie mit einem verkrampften Lächeln ansah. «Ah, ja, ein bisschen.»

Bea sagte nichts. Sie wartete nur, während sie ab und zu die Asche von ihrer türkischen Zigarette schnippte. Der dünne Rauchfaden hing dunstig zwischen ihnen.

Anfangs hatte er gefragt, bevor er wegfuhr. Nur ein kurzer Jagdausflug mit ein paar Freunden, sie habe doch nichts dagegen? Nach einiger Zeit war aus der Frage eine Ankündigung geworden, bis er dann gar nichts mehr sagte. Sie hätte keine Ahnung gehabt, dass Marcus aufs Land fahren wollte, wenn sie nicht vorher gesehen hätte, wie sein Diener die Tasche mit seinem Rasierzeug einpackte. Es war das spezielle Rasierzeug mit seinen Initialen in Silber, das sie aus Paris hatte kommen lassen, um es ihm zu schenken, als sie einen Monat verheiratet waren.

Wie hatte es so weit kommen können, dass sie sich sogar dazu herabließ, die Dienstboten zu bespitzeln, jeden Schritt ihres Mannes zu beobachten und heimlich seine Post vom Tablett in der Eingangshalle zu nehmen?

«Ich habe dich gar nicht gesehen», fügte er hinzu.

«Nein», versetzte Bea eisig. Sie nahm einen tiefen Zug aus der langen Onyxzigarettenspitze mit den eingelegten Diamantinitialen. Marcus hatte sie ihr in Paris gekauft. «Natürlich nicht.»

Sie konnte sich nicht erinnern, wann er sie das letzte Mal angesehen hatte, anstatt durch die hindurch- oder an ihr vorbeizuschauen. Sie war wie diese verdammte Vase, ein Ausstattungsstück, dem man ausweichen, das man halten musste, bevor es in die Brüche gehen konnte.

Bea fragte sich, was er tun würde, wenn sie die Vase in beide Hände nähme und zu Boden schleuderte, sodass sie vor ihren Füßen in tausend Scherben zersprang.

Aber das würde gar nicht passieren. Der Teppich würde den Aufprall dämpfen, und die Dienstboten würden die Scherben auffegen. Und Marcus würde fröhlich seiner Wege gehen.

«Machst du heute Nachmittag etwas Nettes?», fragte Marcus, verzweifelt bemüht, sich irgendwie aus der Affäre zu ziehen. «Herrliches Wetter, nicht?»

Das Wetter? Etwas Besseres fiel ihm nicht ein? Aber, na ja, dachte Bea, während sie Asche in den Axminster Teppich trat, ein gewandter Plauderer war er nie gewesen, nicht einmal in den glücklichen Tagen ihrer Verlobungszeit, als seine Blicke, seine Gedanken, seine begierigen Hände nur sie gesucht hatten, als er ihr fasziniert von Ballsaal zu Ballsaal gefolgt war.

Sie hatte sich eingeredet, es spiele keine Rolle; was er sagte, sei nicht so wichtig wie das, was er tat. War es denn so schlimm, wenn er sie nicht mit lyrischen Ergüssen umwarb? Er war ein Mann der Tat, nicht der Worte. Und er hatte sich nicht im Geringsten gescheut, seinen Impulsen nachzugeben.

Sie hatte sich nie überlegt, was passieren könnte, wenn diese

Impulse ihn woandershin treiben sollten. Ihr Mann ihr untreu? Die Vorstellung war absurd.

Aber jetzt nicht mehr.

Noch immer träge an den Türrahmen gelehnt, zog Bea an ihrer edlen Zigarettenspitze. «Wer ist es denn dieses Wochenende? Die appetitlichen Schwestern ffoulkes?»

«Lavinia und Bunny kommen auch, ja. Und noch andere», fügte er hastig hinzu.

Bea zog eine sorgsam gezupfte Braue hoch. «Du meinst Stuart Travis und Dick Penhallow und diese penetrante kleine Curzon mit der näselnden Stimme?»

«Ja», sagte Marcus kleinlaut. «Sie sind auch da.»

«Natürlich», murmelte Bea. «Deine heißgeliebte Gang.»

So war es doch. Sie hatten sich irgendeinen absurd kindischen Namen gegeben, die Famosen oder die Chaotischen oder irgendetwas ähnlich Idiotisches. Stuart war Marcus' Trauzeuge gewesen, Dick – oder der Dämliche Dick, wie Bea ihn getauft hatte – war ein Verwandter der ffoulkes und stand fest im feindlichen Lager. Seine Anwesenheit sorgte für die Fassade von Ehrbarkeit, hinter der Lavinia so schamlos, dass es peinlich war, versuchte, Bea ihren Mann auszuspannen.

Die Clique hatte in den goldenen Zeiten ihres jungen Glücks noch nicht existiert. Es waren Tage der Champagnerseligkeit und perlenden Gelächters gewesen. Ihre Verlobungszeit war in einem Wirbel von schnellen Autofahrten verflogen, von atemlosen Umarmungen in fremden Gärten, heimlichen Tanzausflügen zu Rector's, wo die Jazzmusiker Feuerwehrhelme trugen und man sich mit Drinks aus billigen dickwandigen Bechern beschwipste. Bea wusste, dass sich der Zauber mit der Zeit verlieren würde. Irgendwann, wenn sie alt und bequem geworden waren, mit drei Kindern im Kinderzimmer, wenn sie füllig wurde und Marcus nicht mehr so gut aussah. Aber doch nicht jetzt, wo sie noch schön war und von allen bewundert, wo die Männer immer noch halb im Scherz drohten, sich das Leben zu nehmen, wenn sie nicht Marcus den Laufpass gäbe und dafür *sie* erhörte. Sie war die Debütantin der Dekade gewesen, und Marcus platzte vor Stolz darüber, dass er sie erobert hatte.

Lavinia war nichts weiter als ein unterhaltsames Spielzeug, genau wie der Dämliche Dick. Während sie im Schutz einer Topfpalme heimlich eine Flasche miteinander teilten, hatten Marcus und Bea sich über sie mokiert: über die fade, rechthaberische Lavinia und den fischmäuligen Dick. Und mit jedem Schluck Cherry, Brandy oder was sie sonst tranken, fanden sie ihre Spötteleien witziger.

Paris war noch besser gewesen: keine Anstandsdamen, keine Matronen mit missbilligenden Blicken. Marcus hatte seiner angebeteten Bea *carte blanche* gegeben, sodass sie nach Herzenslust in den wiedereröffneten Salons der Pariser Couturiers einkaufen konnte. Er hatte sie in die Folies Bergères geführt, mit Absinth experimentieren lassen, mit ihr zusammen das Pariser Nachtleben genossen. Sie hatten Freunde gefunden, ehemalige Eton-Schüler mit Posten in Paris, junge Paare auf Urlaubsreise, und in einer großen, ausgelassenen Clique Restaurants und Nachtlokale unsicher gemacht, sich zu Kartenspielen und Picknicks getroffen. Und jeden Abend hatten sie und Marcus sich in ihrem Zimmer im Ritz geliebt, dass das Bett gequietscht und gestöhnt hatte. Sie hatte über seinen Enthusiasmus gelacht. Wie ein junger Hund, hatte sie gesagt, und er hatte sich auf sie gestürzt und mit ihr gespielt, bis sie vor Lachen nicht mehr konnte.

Dann war das Kabel gekommen, und alles war vorbei gewesen, noch ehe es richtig begonnen hatte.

Sie wollte es wiederhaben, alles, das Lachen, die Bewunderung, das glückliche Geschrei. Aber zwischen Trauer und verordneter Bettruhe hatte sie es alles verloren. Sie war durch die Clique ersetzt worden. Durch die Clique und durch Bunny.

Es wäre komisch, wenn es nicht so traurig wäre. Da versuchte Lavinia Marcus zu umgarnen, organisierte Picknicks, Theaterbesuche, Bootsausflüge, Wochenenden in Haddleston, voller Triumph, sich endlich den Mann geschnappt zu haben, den sie, Bea, verloren hatte, und ahnte nicht, dass die wahre Gefahr nicht von Bea, sondern von ihrer eigenen kleinen Schwester ausging. Bunny hatte ihr Debüt nicht aufschieben müssen. Sie war gerade groß in die Gesellschaft eingeführt worden, genau nach Plan, achtzehn und unberührt – und durchtrieben, wie es schlimmer nicht ging.

Ach, zum Teufel mit Bunny. Zum Teufel mit Bunny und der Clique. Marcus war immer noch mit ihr verheiratet. Es wurde Zeit, dass er sich daran erinnerte. Sie würde dafür sorgen, dass es ihm wieder einfiel.

Bea streckte einen lackierten Fingernagel zur Wange ihres Mannes aus, der ihr einmal so vertraut gewesen und jetzt so fremd war. Sie roch das spezielle Rasierwasser, das sein Leibdiener ihm eigens aus Bay Rum und Citrus mischte. Das wenigstens hatte sich nicht geändert. «Und wieder ein Wochenende mit dem Dämlichen Dick. Mein armer Liebling, du tust mir wirklich leid.»

Marcus hielt sich ganz steif. «Er ist ein guter Kerl», sagte er und sah sie dabei nicht an.

Bea zog ihren Finger leicht seine Wange hinunter. «Du hast es mal lustig gefunden, wenn ich ihn so genannt habe», sagte sie leise. «Du hast darüber gelacht.»

Er hielt ihre Hand fest und zog sie von seinem Gesicht. «Ja, gut», sagte er peinlich berührt. «Da habe ich ihn auch noch nicht so gut gekannt. Er wird angenehmer, wenn man ihn erst richtig kennt.»

Wenn man Bunny erst richtig kennt, meinte er. «Ach, so sehr bessert er sich bei näherer Bekanntschaft?»

Marcus ließ sich nicht aus der Reserve locken. «Was willst du, Bea?» Mit einer kleinen Falte zwischen den Brauen schaute er zu ihr hinunter.

Ich will meinen Mann zurück.

Sie wollte, dass seine Augen aufleuchteten, wenn sie ins Zimmer kam. Sie wollte nachts seinen Körper an ihrem fühlen, seine

Arme fest um sie. Sie wollte, dass jemand ihr sagte, wie alles so entsetzlich fehlschlagen konnte und was Bunny ffoulkes hatte, was sie nicht hatte.

«Bleib hier», sagte sie heftig. «Wir gehen aus, in einen Klub, ins Theater, amüsieren uns. Wie früher. Und dann ...»

Sie legte ihm die Arme um den Hals und drückte sich an ihn. Wie lange war es her, dass sie das letzte Mal miteinander geschlafen hatten? Monate, mindestens. Sie rieb ihre Nase an seinem Ohr, atmete seinen vertrauten Duft, spreizte die Finger auf seinem Rücken, um ihn festzuhalten.

«Bleib», murmelte sie.

Sie spürte, wie seine Muskeln sich anspannten, aber nicht so, wie es hätte sein sollen. Er tätschelte ungeschickt ihren Rücken, bevor er sich aus ihrer Umarmung befreite. «Tut mir leid, mein Schatz. Ich habe Vinnie versprochen, dass ich spätestens zum Abendessen in Haddleston bin. Vielleicht ein andermal, hm?»

Verletzter Stolz und Wut erstickten sie beinahe. Ihre Hände krümmten sich zu Fäusten, ihre Nägel schnitten ins Fleisch ihrer Handflächen. Sie wollte sich auf ihn stürzen, ihn stoßen, ihm das selbstzufriedene Gesicht zerkratzen. Sie musste ihre ganze Erziehung aufbieten, um sich zurückzuhalten.

«Natürlich», sagte sie sarkastisch. «Du kannst doch Lavinia nicht enttäuschen. Was habe ich mir nur gedacht? Es spielt keine Rolle, dass du vier von fünf Abenden mit der Gang zusammen bist. Wie könntest du auch nur einen Tag mit ihnen versäumen.»

Marcus' Gesicht war vorsichtig. «Ich weiß, dass du meine Freunde nicht magst ...»

«Wie kommst du denn auf die Idee?»

‹Nicht mögen› war viel zu milde ausgedrückt. Bea hasste und verabscheute sie. Sie waren wie ein Steinchen im Schuh, unbedeutend, aber sie trieben einen in den Wahnsinn und waren fast unmöglich zu entfernen.

Bea winkte lässig, bemüht, ihn nicht sehen zu lassen, wie stark ihre Hand zitterte. «Fahr nur. Unterhalte dich gut. Ich werde mich hier in London amüsieren.»

Sollte er sich doch Gedanken darüber machen, wie sie sich ohne ihn die Zeit vertreiben würde. Er verdiente es nicht anders.

«Willst du mitkommen?», fragte Marcus eilig. «Du weißt, dass du mehr als willkommen bist.»

«Tausend Dank», sagte Bea mit beißendem Spott. «Ich kann dir nicht sagen, wie sehr ich mich durch deine Einladung geschmeichelt fühle. Wie schade, dass du mich nicht früher aufgefordert hast. Ich hätte einfach alles aus meinem Kalender gestrichen. Aber leider ...»

«Das ist schade», sagte Marcus mit unverkennbarer Erleichterung. «Dann eben ein andermal.»

Er wandte sich zum Gehen, und Bea geriet in Panik. Er ging, er hatte sich einfach umgedreht und ging, und sie konnte nichts dagegen tun. So durfte das nicht enden. Nicht jetzt.

«Wann ‹ein andermal›, Marcus?», fragte Bea scharf. «Wann?»

Er seufzte und kratzte sich mit der rechten Hand an der linken Wange. Sie hatte ihn deswegen oft geneckt. Er tat das immer, wenn er müde war oder zerstreut, eine merkwürdig kindliche Geste. Sie hatte plötzlich ein Gefühl, als steckte ihr etwas im Hals, wie wenn man die Influenza ausbrütete. Er schaute sie an, blickte zu Boden und schüttelte den Kopf.

Das war alles, nur ein Kopfschütteln und ein kleines Zucken mit den Schultern.

«Wir sehen uns am Dienstag», sagte er und schloss die Tür hinter sich.

Bea zitterte, als wäre ihr eiskalt, zitterte so heftig, dass ihre Zähne aufeinanderschlugen. Er konnte doch nicht ...

Doch, er konnte. Es war einfach gegangen, hatte sich umgedreht und war gegangen. Gleich würde sie draußen im Hof den Motor des Wagens aufheulen hören, und dann würde er abfahren, nach Haddleston, zu Bunny, die ihn streicheln und ihm sagen würde, er solle sich doch von seiner Frau, dieser Hexe, nicht das Wochenende verderben lassen. Er hatte es nicht einmal der Mühe wert gehalten, sich mit ihr zu streiten. Er war einfach gegangen.

O Gott.

Sie holte zitternd Atem, legte die Arme aufs Fensterbrett und die Stirn an das kühle Glas der Scheibe. Sie hatte sich immer wieder eingeredet, dass diese Geschichte vorübergehen würde. Männer hatten ihre Flirts, sie machten Seitensprünge und kehrten zurück. Aber das hier ging nun schon zu lange, war zu etabliert, zu öffentlich und zu offenkundig.

Wie war es so weit gekommen? Sie hatten vor wenig mehr als einem Jahr geheiratet, vor einem Jahr und vier Monaten. Der Glanz konnte doch nicht schon in so kurzer Zeit verblasst sein. Im frühen herbstlichen Zwielicht konnte Bea schon undeutlich ihr Spiegelbild im Glas erkennen, das sie zu einem Schatten ihrer selbst machte, älter und bleicher. Es war erst anderthalb Jahre her, dass sie die begehrteste Frau der gesellschaftlichen Saison gewesen war.

Verletzter Stolz nagte an ihr und ein Anflug von Furcht. Zur Zeit ihrer Eltern war eine Scheidung ein Skandal gewesen, eine Art gesellschaftlicher Tod. Doch heute ... Sie wusste von Idina Gordon und anderen, jung verheiratete Frauen wie sie, geschieden, ausgetauscht gegen jüngere, duldsamere Ehefrauen. Wenn er sich schon mit anderen amüsieren musste, warum dann nicht mit einer netten verheirateten Frau, die nach den alten Regeln spielte und Bea nicht gefährlich wurde?

Entschlossen richtete Bea sich auf. Nein. Sie würde sich bestimmt nicht zu einer hausbackenen, langweiligen Gattin herabwürdigen lassen und untätig zusehen, wie ihr Mann sich mit anderen Frauen vergnügte. Wenn Marcus sich sein Pläsier anderswo holen konnte, dann würde sie das eben auch tun.

Einen leisen Abgang würde sie ihm nicht bescheren.

London, 1999

Nur zwei Jahre?», fragte Clemmie.

Sie schaute zu dem Porträt hinauf, die Frau war nun nicht

mehr irgendeine Unbekannte, sondern Grannys Cousine, die durch diese neue Information einen tragischen Zug bekommen hatte.

Das erklärte vermutlich, warum Granny nie über die mysteriöse Bea gesprochen hatte. Clemmie hätte gern gewusst, was da passiert war. War sie im Kindbett gestorben? Sie hatte eine vage Ahnung, dass damals die Frauen häufig im Kindbett gestorben waren.

«Warum hängt sie dann noch an der Wand?», fragte Harold und erntete einen bösen Blick von Paul. Junge Kollegen hatten den Mund zu halten.

«Warum hängt sie noch an der Wand?», fragte Paul laut.

Der Marquis richtete seine Antwort an Clemmie. «Sie soll eine der schönsten Frauen ihrer Zeit gewesen sein. Ich hatte manchmal den Verdacht, dass der alte Knabe immer noch ein wenig in sie verliebt war.»

Clemmie betrachtete das Bild. Ja, Bea war hübsch, aber das Fesselnde an ihr waren nicht die porzellanfeinen Gesichtszüge, sondern ihre Ausstrahlung. Die Frau auf dem Porträt knisterte vor Sex-Appeal. Trotz der zurückhaltenden Farbpalette – das schwarze Kleid, die hellen Perlen, die silberblonden Haare – sprühte das Bild vor Vitalität. Man hätte meinen können, allein die Farbe hielte die Frau auf der Leinwand fest und sie könnte sich jeden Moment befreien, um dem Bild zu entsteigen, mit katzenhafter Geschmeidigkeit ins Zimmer zu treten und mit einem Schnalzen der schmalen, langen Finger eine Zigarette zu verlangen.

«Wie traurig eigentlich», sagte Clemmie. «Er hat sie im Leben verloren und darum ihr Bild immer bei sich behalten.»

«Und an der Stelle hatte die Wand große Risse», fügte der Marquis nüchtern hinzu. «Es wäre schwer gewesen, etwas anderes zu finden, um sie zu kaschieren. Was nichts daran ändert, dass die Theorie vom gebrochenen Herzen romantischer ist.»

Clemmie sah ihn an. «Es tut mir leid, wenn meine Großtante, äh, zweiten Grades, Ihrem Großvater das Herz gebrochen hat.»

«Das ist nicht nötig», erwiderte der Marquis. «Ich bin jedenfalls ziemlich froh darüber, sonst wäre ja die zweite Ehe nicht zustande gekommen.» Als er die verständnislosen Blicke rundherum sah, erklärte er: «Seine zweite Frau war meine Großmutter.»

«Ach, er hat also noch einmal geheiratet?» Clemmie fragte sich, was die zweite Frau davon gehalten hatte, dass die erste immer noch an der Wand hing.

Der Marquis lächelte. «Sie gingen hin, waren fruchtbar und mehrten sich. Ich stehe also tief in der Schuld Ihrer Großtante.»

«Wenn das so ist», sagte Clemmie, «dann freut es mich.»

Der Marquis sah sie an und lachte. «Es ist wohl besser, wenn ich Ihrer Großtante nicht verrate, dass Sie das gesagt haben.»

«Sie sind derjenige, der mit ihr leben muss», versetzte Clemmie, ebenfalls lachend.

«Hey!» Paul trommelte mit den Fingern auf die Tischplatte. «Das ist ja alles sehr interessant, aber könnten Sie vielleicht mal den Kellner herschicken, damit hier etwas vorwärtsgeht? Wir müssen morgen in aller Frühe los. Termine», fügte er hinzu, als erklärte das alles.

«Natürlich.» Clemmie fand es bewundernswert, wie es dem Marquis gelang, seine Irritation zu verbergen. Er nickte kurz in die Runde. «Genießen Sie den Abend.»

Clemmie war sich nicht sicher, aber sie hatte den Eindruck, dass er ihr zugezwinkert hatte. Sie nahm sich ein Brötchen und riss sich ein Stückchen ab, um daran herumzuknabbern, während sie gegen ein plötzliches Schwindelgefühl kämpfte.

Als Paul nach seinem BlackBerry griff, beugte sich Harold zu Clemmie. «Das ist ja echt cool, dass du mit dem Eigentümer verwandt bist.»

«Nicht richtig», wehrte Clemmie ab. Ihr gefiel das Stirnrunzeln nicht, mit dem Paul auf sein BlackBerry starrte. Es verhieß nichts Gutes. «Ich meine, wir sind nicht blutsverwandt. Es ist einfach einer dieser komischen Zufälle.» Sie neigte sich zu Paul hinüber. «Was ist denn los?»

Paul blickte nicht auf. «Gordon ist nicht glücklich», sagte er.

Gordon war der Leiter der Rechtsabteilung von Pharma-Net, der Mann, dem es Clemmie zu verdanken hatte, dass sie seit achtundzwanzig Stunden nicht aus ihren Kleidern herausgekommen war. PharmaNet war ein britisches Unternehmen, gegen das in den USA, in Pennsylvania, eine Sammelklage lief. Es ging dabei um ein Antidepressivum, von dem die Sammelkläger behaupteten, es sei bewusst irreführend bezeichnet und vermarktet worden. Nach einem zweiwöchigen Intensivkurs und vier anstrengenden Stunden in der Zentrale von PharmaNet wusste Clemmie mehr, als sie je erwartet hatte, über die Pharmaindustrie, die inneren Abläufe bei Pharmanet und über Serotonin-Wiederaufnahmehemmer gegen Depressionen.

«Und warum ist Gordon nicht glücklich?», fragte Clemmie. «Wir haben doch starke Argumente für eine Einschränkung des Offenlegungsumfangs.»

Sie musste es wissen, sie hatte erst vor zwei Tagen bis vier Uhr morgens an dem Schriftsatz gearbeitet. War es erst zwei Nächte her?

Paul schüttelte den Kopf über seinem BlackBerry. «Ihm haben die Fragen nicht gepasst, die Sie dem Vizepräsidenten der Marketingabteilung gestellt haben. Zu viel über Pflegeheime.»

Die Food and Drug Administration genehmigte Arzneimittel für spezifische Anwendungen und Bevölkerungsgruppen, in diesem Fall zur Behandlung von Depressionen bei über Achtzehnjährigen. In der Sammelklage wurde behauptet, das Unternehmen habe gesetzwidrig auch den Markt der unter Achtzehnjährigen beworben, obwohl die FDA keine Genehmigung erteilt hatte, und habe überdies den Verkauf des Mittels zur Heilbehandlung bei unspezifischen geriatrischen Leiden in Alten- und Pflegeheimen sowie Krankenhäusern forciert. In erster Linie ging es in dem Prozess unter Berufung auf einige spektakuläre Selbstmorde von Teenagern, die das Mittel regelmäßig genommen hatten, um die Vermarktung an unter Achtzehnjährige. Clemmies Interesse galt jedoch der Sache mit den Alten- und Pflegeheimen.

«Das könnte aber ein Stolperstein für sie werden», sagte Clemmie. «Es ist ja schon einer. Ich weiß, es ist ein Nebenkriegsschauplatz, aber die gegnerische Seite wird das Problem zum Anlass nehmen, um unsere Redlichkeit allgemein in Frage zu stellen. Wenn sie beweisen können, dass das Mittel fälschlich als Heilmittel für Senioren vermarktet wurde, können sie die Geschworenen leichter davon überzeugen, dass wir bei den Teenagern die Zulassung überschritten haben.»

«Passen Sie auf», sagte Paul. «Wenn ein paar Pharmavertreter bei ihren Verkaufsgesprächen ein bisschen übereifrig waren, dann ist das nicht die Schuld des Unternehmens.»

«Aber wenn es nun nicht nur ‹ein paar› waren?», fragte Clemmie. «Die Marketingunterlagen, die sie uns gezeigt haben. Das ist eine klare Datenspur, die direkt in die Zentrale führt. Das kann man nicht als kleinen Ausrutscher einiger übereifriger Vertreter abtun.»

«Da war *nichts*», erklärte Paul mit Nachdruck, «aber auch gar nichts in diesen Trainingsunterlagen, das speziell zu unzulässigem Marketing angehalten hätte.»

Ist Ihr Patient unruhig? Hilflos? Verwirrt? Darunter das Bild von einer weißhaarigen Frau mit Hornbrille und einem Gehstock in der Hand. *Versuchen Sie Soprexa.*

Es war dieses Bild, das Clemmie aufgeschreckt hatte. Die Cartoon-Figur auf dem Bildschirm, in einem formlosen Hauskleid und mit blau gefärbten Dauerwellen. Die Frau hatte nicht die geringste Ähnlichkeit mit Granny Addie in ihren Chanel-Kostümen. Doch das Bild hatte einen Eindruck von Wehrlosigkeit vermittelt, der Clemmie tief getroffen hatte. Sie sah Granny Addies Blick vor sich, so unkoordiniert, wie er an dem Abend der Geburtstagsfeier gewesen war, und sie hörte die Pflegerin beschwichtigend sagen: *Sie verträgt nur die Medikamente nicht.*

Unter ‹unruhig, hilflos und verwirrt› ließ sich beängstigend viel zusammenfassen. Zum Teufel, Clemmie war selbst oft genug unruhig, hilflos und verwirrt.

«Nein, nicht direkt», räumte Clemmie ein. «Aber unterschwellig ...»

«Was denn? Arbeiten Sie jetzt für die Gegenseite?»

«Nein, aber wir sollten vorbereitet sein, um zu widerlegen, was ...»

«Wir widerlegen nichts, was sie nicht vortragen», fiel Paul ihr scharf ins Wort. «Das Letzte, was wir wollen, ist, sie auf dumme Gedanken zu bringen oder die Leute von PharmaNet zu veranlassen, über Dinge zu reden, über die sie nicht reden sollten ... Ja? Was?»

Es war wieder der Marquis, der an ihrem Tisch stand und ein Gesicht machte, als wäre er lieber anderswo. Clemmie konnte ihn verstehen. Sie wäre auch lieber anderswo gewesen.

«Miss Evans?» Er vermied es, Paul anzusehen. «Sie haben einen Anruf. Aus den USA.»

Clemmie schob ihren Stuhl zurück. «Es geht wahrscheinlich um die Sache Cremorna.» Auch darin unterschieden sich echte Anwälte von ihren falschen Kollegen im Fernsehen. Sie sprachen nicht von einem ‹Fall›, sondern von einer ‹Sache›. Sie ließ ihre Serviette auf ihren Stuhl fallen und sah Paul an. «Entschuldigen Sie mich einen Moment.»

«Hm», machte Paul, der eifrig nur mit den Daumen auf seinem BlackBerry tippte. Wahrscheinlich versuchte er, Gordon zu besänftigen, indem er mitteilte, er habe die beanstandete Kollegin gebührend zurechtgewiesen, und fragte, ob Gordon auf eine Runde Golf am Sonntag Lust habe.

«Soll ich für dich bestellen?», fragte Harold mit einem vorsichtigen Blick zu Paul.

«Das ist nett, danke. Ich nehme den schottischen Lachs.» Sie schob den unter dem Stuhl hervorragenden Tragegurt ihrer Computertasche zur Seite, um nicht darüber zu stolpern, und wandte sich dem Marquis zu. «Danke, dass Sie gewartet haben.»

«Folgen Sie mir.» Er ging ihr voraus zum Foyer. Mit gesenkter Stimme sagte er: «Gehe ich richtig in der Annahme, dass das eine willkommene Störung war?»

«Absolut», bestätigte Clemmie.

Bis sie zum Tisch zurückkam, würde Paul so viel von seinem Sancerre getrunken haben, dass er milderer Stimmung sein würde. Sie arbeitete seit mehr als einem Jahr direkt unter Paul und wusste, dass er zwar leicht in Rage geriet und auch ausfällig werden konnte, doch meistens zog das Gewitter schnell wieder ab. Einen Tacker hatte er nach keinem mehr geworfen, seit ihm der Betroffene im zweiten Jahr mit einer Klage gedroht hatte.

«Nochmals vielen Dank. Sie retten mich heute schon das zweite Mal.» Einem plötzlichen Verdacht folgend, fragte sie: «Ist wirklich ein Anruf für mich da?»

«Ja», sagte er entschuldigend. Irgendwie hörte sich alles, was er sagte, halb entschuldigend an, auf eine selbstironische Art, die Clemmie fremd war. «Möchten Sie den Anruf hier am Empfang entgegennehmen, oder soll ich ihn auf Ihr Zimmer legen lassen?»

Drei Stockwerke hoch? «Nein, lassen Sie nur, ich kann hier telefonieren. Es geht sicher schnell.»

Der Kollege im vierten Jahr, der während ihrer Abwesenheit die Sache Cremorna betreute, neigte zur Nervosität. Er rief wahrscheinlich nur an, um zu fragen, ob er alles richtig gemacht und die i-Tüpfelchen auch an die richtige Stelle gesetzt habe.

«Wie Sie wünschen», sagte der Marquis galant. Er hörte sich ein wenig an wie Wesley in *Die Braut des Prinzen*. Clemmie fragte sich, ob er es darauf anlegte. Wahrscheinlich nicht.

Spontan sagte sie: «Ich muss das jetzt mal fragen. Was war denn mit meiner Großtante soundsovielten Grades? War es Kindbett?»

«Kindbett?» Stirnrunzelnd schaute er unter einer nach vorn gefallenen braunen Haarsträhne zu ihr hinunter. «Ich verstehe leider nicht ganz …»

«Ich meine, wie ist sie gestorben? Die Frau auf dem Porträt.» Es klang ziemlich krass, so formuliert. Aber aus irgendeinem Grund kam sich Clemmie im Umgang mit Engländern immer krass vor, krass und schreiend amerikanisch. Ihre Mutter verstand es, das auszunutzen. «Sie haben doch gesagt, dass sie nur zwei Jahre verheiratet waren.»

«Ach so.» Der Marquis lachte. «Das stimmt, aber sie ist nicht gestorben. Jedenfalls damals nicht.»

Clemmie war verwirrt. «Dann ...»

«Sie ist nicht gestorben. Sie ist mit einem anderen Mann durchgebrannt.»

KAPITEL II

London, 1920

Völliger Blödsinn», sagte Frederick.

«Finden Sie?» Addie schaute ihn unter ihrem Hut hervor an, während sie versuchte, eine Nadel herauszuziehen, die in ihren Haaren festhing.

Sie waren gerade von einem Vortrag in der London Literary Society zurück, und sie hatte es gewagt, ihn noch zu einem Glas ins Rivesdale House einzuladen. Sie war immer noch erstaunt und aufgeregt, wenn sie daran dachte, dass er hier neben ihr in Beas Eingangshalle stand, dass er sie zu einem Vortrag begleitet hatte und sie ihn jetzt in Gedanken Frederick nannte und nicht mehr Mr. Desborough.

In den letzten Monaten war es ihnen zur Gewohnheit geworden, gemeinsam Diskussionen und Vorträge zu besuchen. Weitere Abendessen waren auf jenes erste spontane nicht gefolgt, dafür lange Spaziergänge im Park, Teestunden in einem Lyons bei steinhartem Gebäck, und jede Menge allgemeinbildende Veranstaltungen und ohrenbetäubende Konzerte. Addie wollte ihr musikalisches Gehör durch das Anhören moderner Musik verbessern, aber es war ein harter Kampf. Frederick gefiel diese Musik besser als ihr.

Es beglückte sie, das zu wissen. Es hatte etwas so Intimes, seinen Musikgeschmack zu kennen, wie er ihren kannte. Sie konnte sich vorstellen, wie sie zu jemandem sagte: Frederick kann mehr mit atonaler Musik anfangen als ich, stimmt es nicht, Liebster? Als ob er ihr gehörte, zu ihr gehörte.

Heute waren sie bei einer Diskussion über Lyrik und Politik gewesen. Addie hatte ihm einen Puff in die Seite geben müssen, damit er aufhörte, so geringschätzig zu schnauben. Auch das hatte sie beglückt, dass sie das einfach so tun konnte.

Gott, wie albern von ihr. Wunder genug, dass ihr Held ihr Freund geworden war. Sie würde nur alles verderben, wenn sie sich in ihn verliebte.

Aber sie war schon verliebt.

«So schlecht fand ich es gar nicht», sagte sie, immer noch im Kampf mit ihrem Hut. Der Diener tat so, als sähe er sie nicht. Addie argwöhnte, dass sie bei den Dienstboten für einige amüsierte Unterhaltung sorgte. Besser, sich keine Gedanken darüber zu machen. «Es hat durchaus etwas für sich.»

Frederick reichte dem Diener an der Tür Hut und Handschuhe. «Musik soll das primitive Tier besänftigen?»

«Machen Sie sich ruhig darüber lustig.» Addie riss an der verflixten Nadel. «Es ist trotzdem etwas Wahres dran. Musik besänftigt uns, und Lyrik *ist* Musik. Nur unter einem anderen Namen.»

«Ja», stimmte Frederick zu, «aber diese Idee, man könnte den Weltfrieden fördern, indem man den Führern der Welt Gedichtanthologien schickt. Woher will man denn wissen, ob Lenin Keats liest? Vielleicht mag er lieber reimlose Gedichte. Am Ende bricht noch der nächste Krieg aus, nur weil den falschen Leuten die falsche Art von Lyrik aufgedrängt wird.»

«Jetzt machen Sie sich nur lustig», protestierte Addie und reckte den Hals zum Spiegel, um die widerspenstige Nadel besser in den Blick zu bekommen. «Das haben sie überhaupt nicht gesagt.»

«Wenn ich mich nicht lustig darüber machen würde», versetzte Frederick, «würde ich mich in meiner Intelligenz beleidigt fühlen. So kann ich es als gutgemeinte Dummheit abschreiben. Warten Sie, lassen Sie mich helfen. Nein, halten Sie still.»

Er drückte kurz seine Hände auf ihre Schultern, zum Zeichen, dass sie sich nicht bewegen sollte. Es war so wenig als Zärtlichkeit gemeint, wie wenn man einem Pferd den Hals streichelte, damit es ruhig blieb. Trotzdem lief Addie ein Wonneschauder über den ganzen Rücken.

Er tastete an ihrem Hut herum, machte irgendetwas mit der Krempe. Ihr Blick suchte den seinen im Spiegel, aber die absurde Feder an ihrem Hut verdeckte die Sicht.

«Es ist die Nadel», sagte sie, als er hinten an ihrem Hut suchte. «Sie hat sich anscheinend irgendwo ... au!»

«Ich glaube, ich habe das Problem entdeckt», sagte Frederick.

«Ich glaube, ich habe das Problem gespürt.» Sie schaffte es, glaubhaft unbekümmert zu sprechen, nur ein ganz klein wenig kurzatmig.

«Na bitte.» Er trat zurück und hielt eine spitz zulaufende Nadel hoch. «Da ist eine kleine Kerbe. Die war schuld. Ihre Haare müssen daran hängen geblieben sein.»

Addie drehte die Nadel, froh, etwas mit ihren Händen zu tun zu haben. «Wo denn?»

Bea hatte ihr zum Geburtstag eine hübsche Nadel geschenkt, mit einer winzigen, mit Glitzersternen verzierten Blüte. Addie hatte sie bisher geschont und ihre alten Nadeln benutzt.

«Da.» Frederick umfasste ihre Hand und führte sie die Nadel hinunter. «Fühlen Sie es?»

«Hm?» Addie hatte nur Augen für die Hände, seine und ihre miteinander vereint.

«Die Kerbe», sagte Frederick. «Sie ist genau da unten.»

Addie räusperte sich. «Ja, ja, genau. Ich hab sie.» Der winzige Einschnitt am unteren Ende der Nadel war kaum sichtbar. «Sie hätte mir längst mal auffallen müssen.»

Sie wollte die Nadel an sich nehmen, doch Frederick hielt sie fest. «Die behalte ich. Sonst vergessen Sie es und nehmen sie das nächste Mal wieder», sagte er.

«Wahrscheinlich», räumte sie ein und drehte sich um, ihren Hut abzunehmen, der von dem Kampf mit der Nadel nicht besser geworden war. «Haben Sie den Anschlag über Mr. Hardys Lesung nächste Woche gesehen? Er liest aus seinen Gesammelten Gedichten.»

Frederick sah sie mit einem leicht ironischen Lächeln an. «Sie sollten auf die Universität gehen und Literatur studieren», sagte er und zwirbelte eine Strähne ihrer Haare, wie bei einem Kind. «Ich könnte Sie mir gut als Frau Professor im schwarzen Talar vorstellen.»

Sie hasste es, wenn er das tat. Wenn er sie erst wie eine Erwachsenen behandelte, eine Frau, die Bewunderung verdient hatte, im nächstem Moment jedoch so tat, als wäre sie irgendjemandes kleine Schwester, die man unter dem Kinn kraulte und an den Haaren zupfte. Es trieb sie noch in den Wahnsinn.

«Ich wäre gern auf die Universität gegangen», erwiderte sie, «aber Tante Vera hätte das nie geduldet.»

Außerdem hatte Bea sie gebraucht. Sie konnte sich gut erinnern, wie dünn und blass Bea nach Poppys Beerdigung gewesen war.

«Und müssen Sie sich denn immer nach Ihrer Tante Vera richten?»

«Sie bezahlt meinen Unterhalt», erklärte Addie pragmatisch. «Genauer gesagt, bezahlt ihn Onkel Charles, aber das ist praktisch das Gleiche.»

«Und Sie haben ihnen immer noch nichts von der *Bloomsbury Review* gesagt?»

«Nein», sagte Addie gedehnt. «Es war nie Gelegenheit dazu.» Die einzigen Zeitschriften, die Tante Vera las, waren der *Tatler* und das *Court Circular*. Zum Glück.

«Wenn Sie möchten ...», sagte Frederick nachdenklich. «Ich habe noch ein paar alte Freunde in Oxford. Einer von ihnen könnte vielleicht mal mit der Dekanin vom Somerville College sprechen, ein gutes Wort für Sie einlegen.»

Addie kaute auf der Unterlippe. Zwar hielt Frederick sie offenbar für eine geeignete Kandidatin, aber sie wusste die Wahrheit, dass sie praktisch keinen Schulunterricht gehabt und sich ihr ganzes Wissen in der Bibliothek in Ashford angelesen hatte. Den Gouvernanten war es gemäß Tante Veras strengem Gebot immer wichtiger gewesen, den Kindern solche gesellschaftlichen Feinheiten beizubringen wie die richtige Tischordnung bei einem Festessen im Palast des Viceroy of India.

Doch das konnte Addie Frederick nicht sagen, wo doch gerade seine gute Meinung ihr so viel bedeutete. Er hatte am Balliol College in Oxford studiert und, auch wenn er selbst ihr das nicht erzählt hatte, sein Geschichtsstudium mit Bestnote abgeschlossen. Wie konnte sie ihm da ihre lückenhafte Bildung eingestehen?

«Vielleicht später», sagte Addie und merkte genau, wie lahm das klang. «Ich möchte nicht gerade jetzt von der Zeitschrift weg, wo sich alles so gut anlässt. Und London fängt gerade an, mir zu gefallen.»

«Na schön», sagte er. «Hauptsache, es ist Ihre eigene Entscheidung und nicht die von Tante Vera.»

«Auf jeden Fall», versicherte sie. «Mit der Arbeit bei der *Review* ist es mir wirklich ernst. Ich kann langsam selbst etwas beitragen.» Mit ernster Miene schaute sie zu ihm hinauf. «Das ist ein heilloses Durcheinander dort, Frederick. Unbeschreiblich.»

Sein Mund zuckte. «Ich glaube, ich kann es mir vorstellen.»

«Nichts ist jemals an dem Ort, wo es sein sollte. Die Lieferantenrechnungen fliegen zwischen den Korrekturfahnen herum. Wir nennen uns Monatszeitschrift, aber die letzte Ausgabe ist vor sieben Wochen herausgekommen.»

«So überraschend ist das gar nicht», meinte Frederick, als er ihr in einen der kleineren, weniger fürstlichen Salons folgte. «Diese Zeitschriften kommen und gehen.»

«Aber unsere nicht», widersprach Addie entschieden. «Nicht, wenn es nach mir geht.»

Ihre Vorstellungen von Literatur waren, wie ihr von den übrigen Mitarbeitern erklärt worden war, entsetzlich antiquiert, doch sie hatte ein ganz unerwartetes Organisationstalent an sich entdeckt. Sie mochte den Fauxpas begangen haben, Tennyson vor Brooke den Vorzug zu geben, doch nach ihrem revolutionären Einfall, Druckereirechnungen in einem Fach zu sammeln und eingehende Aufträge in einem anderen, war sie mit Champagner in angeschlagenen Keramikbechern als große Wundertäterin gefeiert worden. Sie hatte, zaghaft zunächst, eigene Vorschläge präsentiert, wie die Zeitschrift in Schwung gebracht werden könnte, etwa durch die Annahme von Reklame im Magazin, die zusätzliches Geld einbringen würde, oder durch Plakate an den Universitäten, um die Auflage zu erhöhen. Die meisten ihrer Vorschläge trafen auf taube Ohren, Philosophie war wichtiger als praktisches Denken, doch sie begann schon eigene Pläne zu entwerfen, um sie durchzusetzen.

«Das klingt ja sehr kämpferisch», sagte Frederick amüsiert.

«Wirklich? Tut mir leid, das war nicht beabsichtigt. Ich wünsche mir nur so sehr, dass es etwas wird, mit der Zeitschrift, meine ich.»

Er schob einen Finger unter ihr Kinn und sah sie mit seinen grünen Augen eindringlich an. «Sie brauchen sich nicht zu entschuldigen. Nicht bei mir.»

Stumm erwiderte sie seinen Blick, wagte nicht zu atmen, zu zwinkern oder sich irgendwie zu bewegen, weil sie Angst hatte, den zarten Zauber dieses Moments zu brechen. Sie spürte das Knistern zwischen ihnen so intensiv, als wäre das ganze Zimmer plötzlich mit Elektrizität aufgeladen. Atemlos wartete sie darauf, dass er sich vorbeugen würde, um –

«Hallo, du hast mir gar nicht gesagt, dass wir Besuch haben.» Eine Stimme durchschnitt die Stille.

Addie sprang zurück. Frederick senkte die Hand und trat zurück. Plötzlich war er so fern, als wäre er auf dem Mond. Es kam ihr vor, als hätte sie sich alles nur eingebildet, seinen Blick, seine Nähe, als wenn alles nur wie aus einem Roman oder einem besonders lebhaften Tagtraum war.

Bea stand an der Tür, kühl und elegant, eine Augenbraue leicht hochgezogen, die lange Zigarettenspitze zwischen den Fingern. Der dünne Rauchfaden schien ein Fragezeichen in die Luft zu ziehen.

Addie spürte, wie sie rot anlief. «Oh, Bea, das ist, ich meine ...»

Es war absurd, dass sie sich fühlte, als wäre sie bei etwas Verbotenem ertappt worden, wenn es doch gar nichts gab, wobei sie hätte ertappt werden können.

«Haben wir uns nicht schon einmal gesehen?» Bea trat ins Zimmer und musterte Frederick unverhohlen. Dann hob sie die Hand mit der Zigarettenspitze. «Ich weiß, bei Oggie's.»

Frederick wich ihrem Blick aus. «Daran würde ich mich sicherlich erinnern.»

Bea antwortete mit einem kehligen kleinen Lachen. «Sie waren mit Dora Palliser dort. Es würde mich wundern, wenn Sie sich da an irgendetwas erinnern würden.»

Addie blickte unruhig von Bea zu Frederick und fragte sich, wovon die beiden redeten. Sie hatte von Dora Palliser gehört. Ihr Bild war ständig in den Zeitungen, meistens von leicht anzüglichen Schlagzeilen begleitet. Sie war berühmt für ihr Engagement für avantgardistische Künstler und ihre Affären mit mehreren dieser Künstler.

Das Klirren von Beas Armbändern riss Addie aus ihren Gedanken. Bea schnippte ungeduldig ihr Handgelenk. «Willst du uns nicht einander vorstellen, Herzchen?»

Hastig kam Addie ihrer Pflicht nach. «Mr. Desborough, darf ich Sie mit meiner Cousine, Lady Rivesdale, bekannt machen?» Ein merkwürdiges Gefühl, von Bea als Lady Rivesdale zu sprechen, als wäre sie jemandes Mutter. Zu Bea sagte sie: «Wir kommen gerade von einem Vortrag über Prosodie und Politik.»

«Wie unglaublich interessant», murmelte Bea und bot Frederick die Hand. «Mr. Desborough.»

Er verneigte sich. «Lady Rivesdale.»

Sie legte kurz ihre Finger um seine Hand, bevor sie sie losließ. «Warum so förmlich? Doras Freunde sind auch meine Freunde.» Sie wies mit einer Kopfbewegung hinter sich. «Etwas zu trinken?»

Frederick sah Addie an. Wie immer spürte sie diese innere Verbindung zu ihm, als wäre sie allein mit ihm, abgeschnitten von der ganzen Welt. Aber dann kehrte sein Blick zu Bea zurück, und es war vorbei. «Gern, danke.»

Bea schlenderte zum Barwagen, ursprünglich ein Spielzeug von Marcus, jetzt ihres, voll mit Flaschen, Mixbechern und seltsamen Geräten, mit denen Addie nichts anfangen konnte.

«Sei so nett und läute nach Eis, Herzchen.» Addie läutete gehorsam, während Bea routiniert verschiedene Zutaten in einen Mixbecher goss. «Jetzt möchte ich aber alles über diesen faszinierenden Vortrag hören.»

«Du hättest dich zu Tode gelangweilt», sagte Addie freimütig. «Da hast an anderen Dingen Spaß.»

«Unsinn», widersprach Bea. «Ich liebe ... Prosodie.»

Sie verdrehte die Augen, und Frederick lachte leise. Er nahm den Eiskübel entgegen, den das Mädchen brachte, und reichte ihn Bea. «Ihr Eis.»

«Für Ihren Drink, meinen Sie», erwiderte sie und drückte Frederick den Mixbecher in die Hand. «Würden Sie die Honneurs machen?»

Addie fühlte sich vollkommen ausgeschlossen. Natürlich war es keine Absicht von Bea. Sie hatte einfach diese Art, aller Aufmerksamkeit auf sich zu ziehen. Zu Addie sagte sie immer, es sei keine Zauberei, es gehe einzig darum, sich selbstbewusst Geltung zu verschaffen. Addie sah zu, wie Frederick die Drinks mixte, sah zu, wie Bea kostete, eine Grimasse schnitt, alles auskippte und noch einmal anfing. Sie wusste, sie sollte etwas sagen, irgendetwas tun, aber was? Ihr fiel nichts ein außer Prosodie, was so war, wie es aus Beas Mund klang: gähnend langweilig.

Der Saphirring schlug klirrend an das Glas, als Bea ihr einen Drink reichte. Zögernd nahm ihn Addie entgegen, er roch stark nach Gin. Leise stellte sie das Glas auf die Marmorplatte eines vergoldeten Tischchens.

Bea trank einen herzhaften Schluck aus ihrem eigenen Glas. «Haben Sie beide heute Abend schon etwas wahnsinnig Aufregendes vor? Nein? Dann müssen Sie mich begleiten. Erst ins Claridge's, dort steigt ein großes Fest, und dann weiter ins

Golden Calf. Es würde mich wundern, wenn Sie nicht davon gehört haben, Mr. Desborough?»

«Ich dachte, es hätte geschlossen», sagte Frederick.

«Es ist das *neue* Golden Calf», erklärte Bea. «Ein bisschen sehr biblisch, nicht? Erst schlachten sie das gemästete Kalb und lassen es dann wiederauferstehen. Oder bringe ich da etwas durcheinander? Es ist alles streng geheim, mit Klopfzeichen und dunklen Vorhängen und so weiter. Sie müssen einfach mitkommen.»

«Ich weiß nicht ...», begann Addie, die plötzlich die Sprache wiederfand.

«Sei kein Frosch. Es ist fabelhaft. Und ich habe auch ein Kleid für dich, das dir bestimmt wie angegossen passt.»

«Aber nur, wenn du es an den Knien abschneidest», protestierte Addie.

Bea wedelte den Einwand mit einer Handbewegung weg, dass der Gin aus ihrem Glas spritzte. «Ich bin viel zu nachlässig gewesen. Ich habe schließlich auf dich aufzupassen, ich hätte zusehen müssen, dass du mehr ausgehst, und damit meine ich keine Vorträge.»

«Du brauchst doch nicht auf mich aufzupassen», entgegnete Addie. Sie versuchte, einen Blick von Frederick zu erhaschen, aber es gelang ihr nicht. «Wir sind kaum ein Jahr auseinander.»

«Still, Kind.» Bea kippte den Rest ihres Drinks hinunter. «So spricht man nicht mit älteren Damen. Es wird Zeit, dass ich mich um deine gesellschaftliche Erziehung kümmere.» Über den Rand ihres Glases hinweg warf sie Frederick einen Blick zu, der unter den tief geschwärzten Wimpern hervor umso theatralischer wirkte. «Vor allem, wenn du dich mit derart dekadenten Leuten einlässt.»

«Nun, ihren Schützling ins Golden Calf zu führen, entspricht doch wohl nicht gerade den Aufgaben einer Erzieherin», bemerkte Frederick.

Bea nahm den Mixbecher vom Barwagen und schenkte ihm nach. «Ganz im Gegenteil, Mr. Desborough. Es gehört zu den

Aufgaben einer guten Erzieherin, ihren Schützling *alle Eventualitäten* vorzubereiten.»

Addie verstand nicht, warum sie die zwei Wörter am Ende so betonte. Sie spürte Unterströmungen und Strudel, ohne zu begreifen, was sie bedeuteten. Als sie den Blick hob, sah sie Fredericks Augen auf sich gerichtet.

«Auf die Reinheit», sagte er leise. «Auf alles, was rein ist.»

Sie wurde rot, ohne zu wissen, warum. «So weltfremd bin ich auch wieder nicht», protestierte sie und griff nach ihrem Glas.

«Wirklich nicht, Liebes?», fragte Bea zerstreut und berührte Frederick leicht am Arm. «Ach, seien Sie ein Engel und holen Sie mir mein Zigarettenetui, ja? Ich habe es auf der Chaiselongue im Ostzimmer liegengelassen. Das wäre sehr lieb von Ihnen.»

«Immer zu Ihren Diensten», sagte Frederick in schleppendem, blasiert klingendem Ton. Mit Addie sprach er immer ganz anders.

Sie sah ihre Cousine verständnislos an. Beas Zigarettenetui lag deutlich sichtbar neben dem Grammophon. «Warum hast du das getan?»

Völlig unbekümmert klappte Bea das Etui auf, zog eine ihrer türkischen Zigaretten heraus und klopfte sie auf ihren Handrücken, bevor sie sie in die lange Ebenholzspitze schob. «Das also nimmt deine Zeit in Anspruch, Herzchen?»

«Nicht nur», sagte Addie ausweichend. Sie hatte auch Bea nichts von der *Bloomsbury Review* erzählt. Nicht dass sie ihr nicht vertraute, aber Bea ging bisweilen ein bisschen weit in ihrer Überschwänglichkeit. Und manchmal verbarg sich ein Stachel darunter, besonders wenn sie unglücklich war, so wie jetzt. «Aber auch. Erinnerst du dich nicht an Mr. Desborough? Er hat damals Binky gerettet.»

Einen Moment lang sah sie Bea verständnislos an. Dann begann sie zu lachen. «Du lieber Gott, diese alberne Maus.» Sie hustete, aber sie schien plötzlich wieder ganz die Alte zu sein. «Hast du Mutters Gesicht jemals vergessen?»

«Nein.»

Ohne das affektierte Gehabe war Bea wieder wie früher. Nur dass sie entsetzlich müde aussah. Addie musste daran denken, wie sie nach Poppys Tod ausgesehen hatte, ausgezehrt, obwohl sie es zu verbergen suchte.

Vorsichtig berührte Addie Beas Handgelenk. «Ist etwas nicht in Ordnung? Als du vorhin hereingekommen bist, dachte ich ...»

«Keine Sorge.» Bea zog schnell ihren Arm zurück und ging ruhelos im Zimmer hin und her. «Mit mir ist alles in bester Ordnung. Ich renne nicht mit fremden Männern zu Vorträgen.»

Natürlich, weil Vorträge ja so kompromittierend waren. Addie ließ sich nicht ablenken. «Hast du wieder mit Marcus gestritten?»

Beas Lippen wurden schmal. «Marcus ist Marcus», sagte sie leichthin, doch ihre Hände verrieten sie, die gekrümmten Finger, deren Nägel sich ins Fleisch gruben. «Wir reden von dir. Von dir und diesem Desborough. Du hinterlistiges kleines Ding, du. Wann wolltest du es mir denn sagen?»

«Da gibt's nichts zu sagen», versetzte Addie. «Er ist ein Freund.»

Bea schüttelte den Kopf. «Liebling, du brauchst jemanden, der deinem Mr. Desborough mal auf den Zahl fühlt, um zu sehen, was er im Schilde führt. Eine Maus als Referenz genügt nicht.»

Addie biss die Zähne aufeinander. «Er führt gar nichts im Schilde. Er geht einfach nur gern zu den gleichen Vorträgen wie ich.» Beas blonde Brauen stiegen in die Höhe. Addie stolperte über ihre eigenen Worte. «Er ist ... er ist ein Freund eben.»

«Ach, Herzchen. Mir kannst du nichts vormachen. Ich habe doch deine Blicke gesehen, Alles Sonne, Mond und Sterne. Ich bin eifersüchtig. Ehrlich», sagte sie in ihrem scherzhaften Ton. «Es ist furchtbar erniedrigend, in den Hintergrund gedrängt zu werden. Aber wenn es nun einmal so sein muss», fuhr sie fort, und durch die Heiterkeit war stählerne Härte zu hören, «will ich wenigstens sichergehen, dass die Konkurrenz würdig ist. Wenn du mich schon verlässt, kannst du dich doch nicht an den Nächstbesten wegwerfen.»

«Ich glaube nicht, dass Mr. Desborough solche Absichten hat», sagte Addie und hätte fast der Versuchung nachgegeben, sich Bea anzuvertrauen. «Das ist wirklich nicht nötig, Bea.»

«Ach, red keinen Unsinn», sagte Bea so scharf, wie nur Bea sein konnte, wenn sie sich etwas in den Kopf gesetzt hatte. Das waren die Momente, in denen sich Addie unangenehm an Tante Vera erinnert fühlte und die ganze Herrschsucht unter dem Firnis von Beas Schönheit spürte. «Wär's dir nicht lieber, ich würde nachprüfen, ob er nicht eine Goblinfrucht ist?»

Sie lächelte Addie an, und Addie musste ebenfalls lächeln bei der Erinnerung an das alte Gedicht von zwei kleinen Mädchen, die ihre kleinen Finger ineinanderhakten und sich versprachen, immer füreinander da zu sein. Sie hatte sich stets mehr als Lizzie, die Vernünftige, gesehen, nicht als die waghalsige Laura. «Hast du Angst, dass ich langsam dahinschwinden werde?»

«Keine Sorge, Liebes.» Beas Lächeln sah beinahe wie ein Zähnefletschen aus. «Ich werde für dich abbeißen.»

Addie wusste, dass sie nur scherzte, trotzdem musste sie plötzlich daran denken, wie Bea Frederick angelächelt und er auf eine ganz besondere Art nur für sie gelacht hatte. Sie hatte Bea ihre Schönheit und ihren Charme nie geneidet. Es war immer ganz natürlich für sie, dass Bea bei allem den Vorrang hatte, beim Spielen, beim Sport, bei den Männern.

Sie ließ ihr gern den Vortritt, aber nicht in diesem Fall, nicht, wenn es um Frederick ging, auch wenn sie gar kein Anrecht auf ihn hatte.

Bea stellte hastig ihr Glas weg. «Mach nicht so ein Gesicht, Liebes. Das war doch nur ein Scherz.» Sie warf einen Blick zur Tür. «Ich beiße selten.»

London, 1999

Ich fand gleich, dass sie wie ein Luder aussieht», sagte Clemmie gedankenlos.

Der Marquis lachte leicht schockiert. «Und ich finde, sie hat eine gewisse Ähnlichkeit mit Ihnen. Nicht in diesem Sinn», fügte er schnell hinzu. «Ich meine ... Das heißt ...»

Und dabei wusste er nicht einmal von den pinkfarbenen Dessous. «Nett von Ihnen», sagte Clemmie.

Der Marquis hatte immer noch Mühe, sich nach seinem Fauxpas zu fassen. «Sie war eine große Schönheit», erklärte er. «Man nannte sie damals die Debütantin der Dekade. Mein Großvater war überaus stolz darauf, sie erobert zu haben.»

Bei dem Blick, mit dem er sie ansah, als er das sagte, wurde Clemmie ein wenig heiß. «Die Männer wollten sie haben, und die Frauen wollten wie sie sein?», scherzte sie.

«Genau», bestätigte der Marquis. «Genau so war es. Jedenfalls vor dem Skandal.»

«Ach, es gab einen Skandal?» Clemmie fragte sich, ob Paul seinen Sancerre schon bekommen hatte und vom Wein beschwingt einigermaßen erträglich sein würde, wenn sie an den Tisch zurückkam.

«Und was für einen», sagte der Marquis. «Es gab eine Schlammschlacht vor Gericht, Scheidung wegen Ehebruchs. Die Leute haben vor dem Gerichtssaal Schlange gestanden, und die Zeitungen waren voll davon. Jedenfalls habe ich es so gehört.»

«Wow», sagte Clemmie. Und trotzdem war ihr Bild hängen geblieben. Clemmie würde die Engländer nie verstehen. «Das muss ich mir von meiner Großmutter genauer erzählen lassen.»

Sie fragte sich flüchtig, mit wem Grannys Cousine durchgebrannt war und ob sie mit dem neuen Mann glücklich geworden war. Irgendwie sah die Frau auf dem Gemälde so aus, so getrieben, als wenn Glück nicht zu ihrem Leben gehörte. Sie sah aus wie eine, die große Männer in den Untergang trieb, prächtiger Stoff für Romane und Gedichte, aber ungeeignet für ein glückliches Leben.

Dan hatte sie auch bezichtigt, ihn zu betrügen. Allerdings nicht mit einem anderen Mann, sondern mit der Kanzlei. Er sei es leid, nie zu wissen, wann er sie sehen würde, und immer an zweiter Stelle zu rangieren. Er hatte ihr eine dieser völlig idiotischen Fragen gestellt, nämlich: «Was ist dir eigentlich wichtiger?»

Wenn man sie stellen musste, hieß das wahrscheinlich, dass man die Antwort gar nicht wissen wollte.

«Wo ist das Telefon?», fragte sie.

Ihr Ton war offenbar brüsker als beabsichtigt, denn der Marquis wirkte leicht verunsichert. «Gleich hier», sagte er.

Sie befanden sich wieder im Foyer, wo sie sich angemeldet hatte. Es schien ihr Jahre her zu sein. Und jetzt musste sie sich immer noch mit Scott, dem nervösen Kollegen, auseinandersetzen, dann Paul beschwichtigen, danach oben, in ihrem Zimmer, einen Stapel Unterlagen durcharbeiten ... Schon bei dem Gedanken daran hätte sie sich am liebsten irgendwo verkrochen, aber sie musste da nun einmal durch, es gab kein Pardon. Doch am Ende würde es sich lohnen. Sie würde Partnerin werden. Das sagte sie sich zumindest immer. Sie hatte sich nicht den Hintern aufgerissen, um es dann nicht zu schaffen.

Merk dir das, Dan.

«Pamela kümmert sich um Sie.» Der Marquis zeigte auf die junge Frau auf der anderen Seite des Empfangs. «Leitung drei?»

Die Frau nickte mit wippendem Pferdeschwanz, drückte auf einen Knopf und reichte Clemmie den Hörer.

Clemmie legte eine Hand über die Sprechmuschel. «Danke», sagte sie, zum Marquis gewandt. «Tut mir leid, dass ich Sie mit dieser Cousinengeschichte belästigt habe.»

Er lächelte flüchtig.

Clemmie drückte den Hörer ans Ohr. Zurück ins Leben.

«Clementine Evans», meldete sie sich kurz.

«Hallo?», rief jemand am anderen Ende. Es war eine Männerstimme, aber nicht die von Scott. «Clemmie?»

Es raschelte und knisterte in der Leitung. «Hallo?», sagte sie. «Wer spricht denn da?»

Einen verrückten Moment lang glaubte sie schon, es wäre

Dan, der sie bis nach England verfolgte. Obwohl das nicht zu ihm gepasst hätte.

«Jon hier. *Jon*. Kannst du mich hören?»

«So gerade eben», sagte Clemmie. Wieso rief er an? Sie stützte sich mit einem Ellbogen an den Empfangstresen. «Was ist denn los?»

Sie hörte ein Geräusch, das wie ein tiefer Atemzug klang, aber vielleicht war es einfach die schlechte Verbindung. «Tut mir leid, dass ich dich stören muss.» Seine Stimme klang viel tiefer, als sie wirklich war, und die Worte waren verschliffen. «Granny Addie ist im Krankenhaus. Im Mount Sinai.»

«Was?»

Im Hintergrund konnte sie Sirenengeheul hören. Die Leitung drohte wieder zusammenzubrechen. Sie hörte nur: «... Mutter ... dort ... hat gemeint ... noch nicht anrufen.»

«Was meinst du mit ‹noch nicht›?», fragte Clemmie scharf. «Was sagen die Ärzte? Wie geht es ihr? Was ist überhaupt passiert?»

Als Antwort bekam sie einen unverständlichen Redeschwall.

Clemmie riss am Telefonkabel. «Jon. Jon. Ich kann dich nicht mehr hören.»

Es klang, als tobte im Hintergrund ein Orkan, Pfeifen und Knacken, als stürzten Bäume um.

«Clemmie?» Seine Stimme klang wie das Röcheln Darth Vaders. «Tut mir leid.»

Wieder war er weg. Es war absurd. Da konnten sie einen Mann auf den Mond schießen, aber eine anständige Telefonverbindung brachten sie nicht zustande. Sie wusste nicht, ob es an Jons Handy lag oder an den Satelliten. Es war ihr auch egal, sie wollte nur irgendetwas kaputt schlagen.

«Jon», schrie sie ins Telefon. «Jon? Wie schlimm ist es?»

«Warte.» Es klang beinahe klar. «Ich gehe woandershin.»

Clemmie saß wie auf Kohlen, wickelte sich das Kabel so fest um die Hand, dass es rote Striemen auf ihren Fingern hinterließ. Sie bemerkte, dass die junge Frau sie beobachtete, und zog das Kabel hastig von ihrer Hand.

Nichts Schlimmes, dachte Clemmie. Bitte lass es nichts Schlimmes sein.

«Clemmie?» Jon war wieder da, immer noch leise, aber verständlich. «Bist du noch dran?»

«Ja. Was ist los? Was ist passiert? Wie schlimm ist es?»

Aus weiter Ferne vernahm sie seine Stimme. «Es sieht nicht gut aus, Clem.» Und dann: «Ich glaube, du solltest nach Hause kommen.»

KAPITEL 12

London, 1920

Addie wollte nur noch nach Hause.

Sie hatte keine Ahnung, wie spät es war, weil es nirgends eine Uhr gab. Es konnte alles zwischen Mitternacht und fünf Uhr morgens sein in dieser nächtlichen Welt künstlicher Fröhlichkeit, in der das Leben erst nach Sonnenuntergang begann und bis in die frühen Morgenstunden dauerte. Eine ständig wechselnde Menge von Männern in weißen Smokings und juwelenglitzernden Frauen schob sich in einem Wirrwarr von schrillen Stimmen und fremden oder flüchtig bekannten Gesichtern an ihr vorbei.

Der Abend hatte mit den mittlerweile üblichen Cocktails im Ritz begonnen, ehe sie weitergezogen waren in einen schwindelerregend hochgelegenen Loft, in den man über eine endlose Treppe und schließlich eine Leiter hinaufklettern musste. Eine Art Tausendundeine Nacht-Dekor und eine Band mit Turban tragenden Musikern hatte sie empfangen. An der Tür hatte eine Frau mit einer wenig überzeugenden Pluderhose aus Gaze und einem Schleier, der dauernd an ihrem Lippenstift kleben blieb, ihre Garderobe entgegengenommen und ihnen Gläser mit irgendeinem dubiosen Gebräu in die Hand gedrückt. Sie behauptete, es sei eine türkische Köstlichkeit. Es schmeckte eher wie Terpentin mit Himbeermarmelade, fand Addie. Vor dort aus waren sie in den überfüllten Keller von Rector's gefahren, wo Addie vom aufdringlichen Geruch nach billigem Gesichtspuder in der Toilette fast übel wurde und von der Blechmusik der Kapelle Ohrenschmerzen bekam. Die Musiker hatten Feuerwehrhelme auf – Addie wusste nicht, warum –, und als Geordie Pillbrook einfach einen mitgehen ließ, gab es ein Riesengetöse und die ganze Truppe verließ fluchtartig das Lokal, aber leider nicht, um nach Hause zu fahren. Vielmehr hatte sie sich von mehreren Taxis in diesen Klub bringen lassen, wo es so eiskalt war, wie es im Rector's überheizt gewesen war.

‹Garden of Eden› nannte sich dieses Etablissement, wo der Garten aus einem Stück Terrasse mit nackten Steinplatten und ein paar trostlosen Topfbäumen bestand. Die kleinen Lampions in den traurigen Bäumchen sollten wohl Äpfel darstellen.

Es stand nun unwiderruflich fest: Addie hasste Nachtlokale.

Sie hatte genügend von ihnen kennengelernt, um sich einen Überblick zu verschaffen. Den ganzen letzten Monat lang war sie mit Beas Clique zwischen einem Ende von London und dem anderen hin- und hergejagt. In dem fruchtlosen Bemühen, sich anzupassen, hatte sie sich die Lippen rot gemalt, was ihr nicht stand. Und sie hatte ihre eher brav geschnittenen Kleider am Ausschnitt mit Nadeln gerafft, um den erforderlichen gewagten Effekt zu erzielen. Es hatte nicht zu ihr gepasst. So wie sie nicht in diese Welt passte. Sie konnte weder ihre lässig blasierte Art zu reden noch ihre Exaltiertheit nachahmen. Sie unterhielten sich über Themen, die Addie langweilten, und über Leute, die sie nicht kannte.

Addie wusste, dass sie sie langweilig fanden. Sie konnte es verstehen. Mit ihnen zusammen war sie auch langweilig. Ihr ganzer Enthusiasmus blieb ihr im Hals stecken. Diese Leute wollten nichts über Fernies spiritistische Experimente hören. Fernie war nämlich überzeugt, neulich auf dem Ouija-Brett eine Nachricht von ihrem toten Verlobten erhalten zu haben, auch wenn es niemandem, Fernie eingeschlossen, gelang, aus ihr klug zu werden. Es interessierte die Clique nicht, dass Addie es geschafft hatte, den Drucker zu überreden, der *Review* mehr Kredit einzuräumen, und ebenso wenig interessierte sie das ausgesprochen witzige Spektakel vom Redaktionskater, der sich im Farbband der Schreibmaschine verheddert hatte und dann kreischend durchs ganze Haus getobt war und überall schwarze Farbspuren hinterlassen hatte, bevor sie ihn endlich hinter dem Schreibtisch des

Lyrikredakteurs stellen konnten. Sie wollten nichts von dem Vortrag über politische Ökonomie wissen, den sie sich angehört hatte, und nichts von *The Love Song of J. Alfred Prufrock*.

Wie sollte auch bei diesem Getöse irgendjemand hören, wie die Meerjungfrauen einander zusangen?

Es war wieder genau wie im Jahr ihres Debüts. Öde. Gelangweilt ließ sie sich von Bea ins Schlepptau nehmen und sehnte sich nur danach, nach Hause gehen zu können. Sie wusste, dass alle fanden, Bea wäre die reinste Märtyrerin, dass sie Addie mitschleppte. Gott, wie unglaublich langweilig, Darling. Zum Gähnen.

Mitten im Getümmel konnte sie Frederick erkennen, der sich einen Weg bahnte und kleine Wirbel hinterließ.

Er sah unbestreitbar gut aus im Abendanzug, dachte Addie wehmütig. Nicht wie Marcus, satt und blond und englisch. Nein, er war von einer geschmeidigen, dunklen Eleganz, von einer Beherrschtheit, die etwas Dünnhäutiges, Empfindliches hatte wie über Draht gespanntes Papier. Er hatte etwas von der Quecksilbrigkeit, um die sie Bea immer beneidet hatte, eine merkwürdige Mischung aus Vitalität und Anmut.

Beas Freundin Rosita neigte sich nah zu ihm und schrie ihm etwas ins Ohr. Addie sah sein Feuerzeug aufflammen. Das war Frederick. Immer mit dem Feuerzeug zur Hand, immer gut für noch ein Glas.

Verschwunden war der Mann, der sich mit Addie über Lyrik unterhalten und wie gebannt in einem Konzert gesessen hatte, das in Addies Ohren wie Getrampel auf einer Bustreppe klang. Dies war ein anderer Frederick, ein weltgewandterer, ein Mann, dessen Lächeln nie bis zu den Augen reichte und dessen geschliffene Worte zugespitzt waren, um zu treffen. Er passte glänzend in Beas Clique, so glänzend, dass sich leicht vergessen ließ, dass er ursprünglich Addies Entdeckung gewesen war und nicht Beas.

Addie wusste nicht, ob sie diesen Frederick mochte.

«Bitte sehr.» Frederick drängte sich zu ihrem geschützten Alkoven durch. Sie war froh gewesen, dieses rettende Stück Boden zu finden, zwei Stufen hoch, im Schatten eines Fenstervorsprungs und dieser albernen Topfbäumchen. Der schmiedeeiserne Tisch wackelte, und die Stühle waren verrostet und nicht sehr bequem, aber es war besser als nichts. «Euer Trank, holde Maid.»

Er hatte ihre Sprechweise übernommen, den unbekümmerten, immer leicht spöttischen Ton. Oder vielleicht war es immer auch seine Art gewesen, und sie hatte es nur nicht gemerkt, weil sie nur gehört hatte, was sie hören wollte.

Hatte Bea das gemeint, als sie von der Goblinfrucht gesprochen hatte? Dass Addie die Asche schmecken würde, wenn sie von ihr kostete?

«Danke.» Der Becher enthielt irgendein zweifelhaftes Gebräu, auf dem ein Stück Zitronenschale schwamm. Es sah aus, als hätte man wahllos den Inhalt diverser Flaschen hineingekippt und zusammengerührt. Wenn das Goblinfrucht war, schmeckte sie nicht nach Asche, sondern nach einer gefährlichen Melange sehr starker alkoholischer Getränke. Sie trank einen kleinen Schluck und unterdrückte den Würgereiz. «Schmeckt wunderbar.»

«Ein sogenannter Adam and Eve.» Er stützte sich mit dem Ellbogen an den Steinvorsprung und entkorkte das silberne Taschenfläschchen, das er stets in der Innentasche seines Jacketts bei sich trug. «Zurück zur Natur, gewissermaßen.»

Addie zog die Schultern hoch. Ihr Umhang war nicht für ein Zurück zur Natur in einem winterlichen Garten gedacht, sondern für einen geheizten Ballsaal. «Ich hätte gerade nichts gegen ein paar zusätzliche Feigenblätter.»

Frederick sah sie an und runzelte die Stirn. «Was zum Teufel, du bist ja richtig blau. Warum hast du nichts gesagt?»

Tapfer hob Addie ihr Glas. «Das wärmt mich bestimmt auf.» Wenn es sie nicht vorher zu Boden streckte.

«Sei nicht albern», sagte er scharf. «Du hast ja schon eine Gänsehaut.»

Er schlüpfte aus seinem Jackett und legte es ihr um die Schultern. Es war noch warm von seinem Körper und roch nach Tabak, Brandy und Frederick.

«Danke.» Addie kämpfte gegen einen absolut kindischen Stolz darüber, dass sie *seine* Jacke tragen durfte. Dumme Gans, beschimpfte sie sich selbst. Es war nichts als reine Höflichkeit. «Aber wirst du dann nicht frieren?»

Fredrick nahm seinen weißen Seidenschal ab und legte ihn ihr um den Hals. «Ich? Ich komme fast um vor Hitze. Verdammt heiß für Dezember.» Er taumelte ein wenig, als er zurücktrat. Sein Gesicht war stark gerötet, die Augen waren blutunterlaufen. «Zu viel getanzt.»

«Vielleicht solltest du nach Hause fahren», meinte Addie vorsichtig.

«Und den ganzen Spaß verpassen?» Er wies auf die Tanzfläche. Dahinter lärmte die unvermeidliche Jazzkapelle, Posaunen und Trompeten und ein Becken, auf dem jemand einen ohrenbetäubenden Krach machte.

Bea war mittendrin, ätherisch in ihrem eisblauen Kleid. Sie posierte mit dem Feuerwehrhelm, den Geordie bei Rector's mitgenommen hatte, und parierte geschickt alle Versuche, ihn ihr zu entreißen. Addie konnte ihr Lachen hören, zu schrill, zu laut, ein kleines bisschen angetrunken. Sie wäre gern zu ihr gegangen und hätte sie in den Arm genommen, aber sie wusste, dass ihre Anteilnahme nicht erwünscht war. Das hätte nur das Bild zerstört, das die anderen von Bea haben sollten.

Natürlich ging es um Marcus. Addie hatte ihn entdeckt, sobald sie hereingekommen waren, immer noch in ausgelassener Balgerei um den Feuerwehrhelm. Bea hatte lachend mitgemacht bei dem Schubsen und Rempeln, bis sie plötzlich innehielt, gerade lange genug, um zu sagen *Was meinst du, Herzchen? Ach, es ist die Band – viel zu laut*, doch Addie sah genau, wohin ihr Blick schweifte. Wie Bea hatte sie ihn sofort entdeckt, in einer Nische mit Bunny.

Möchtest du gehen?, hatte sie Bea zugeflüstert.

Warum sollte ich?, hatte Bea hochmütig geantwortet und sich

ins Getümmel gestürzt, um sich groß in Szene zu setzen, was völlig verschwendet war an ihren Mann, der mit Bunny behaglich in der Nische saß.

«Ich weiß nicht, ob ‹Spaß› das richtige Wort ist.» Addie musste an Bea denken, die Marcus nicht aus den Augen ließ, während Marcus Bunny nicht aus den Augen ließ.

«Dir gefällt's hier nicht, wie?», fragte Frederick plötzlich. Er starrte sie mit dem bemüht konzentrierten Blick des Betrunkenen an. «Warum nicht?»

Weil ich nicht hierhergehöre, wollte sie sagen. Weil meine Perlen keine echten sind und mein Kleid nicht richtig ist und du nur mit mir tanzt, weil du dich verpflichtet fühlst.

«Ich mag's nicht, wenn man das eigene Wort nicht versteht», sagte sie zimperlich. «Und die Drinks. Hast du die mal probiert?»

«Kipp sie einfach schneller runter», sagte er. «Dann spielt der Geschmack keine Rolle.»

Angewidert betrachtete Addie ihren Cocktail. «Aber wenn man etwas nicht mag, warum soll man es dann überhaupt nehmen?»

«Na schön, wenn du ihn nicht magst, nehme ich ihn», erwiderte er und ergriff den Becher.

«Es sind ja auch nicht nur die Drinks», sagte Addie niedergeschlagen. «Es ist das ganze Drumherum. Ich finde es so *sinnlos.* Von einem Klub in den nächsten rennen und sich beschweren, dass es zu öde oder zu heiß oder zu voll ist, nur um dann im nächsten zu landen, wo es nicht anders ist. Und am nächsten Abend das Ganze wieder von vorn. Nacht für Nacht das Gleiche.»

«Der Sinn ist, sich zu amüsieren, mein liebes Kind», erklärte Frederick. «Sich zu amüsieren bis zur Besinnungslosigkeit. Oder wenn die Weltverbesserer recht haben, bis in die Verdammnis.» Er starrte skeptisch in sein Glas, zuckte mit den Schultern und trank. «Aber die Verdammnis erwartet uns sowieso, ob wir wollen oder nicht. Wenigstens werden wir auf dem Weg dahin unser Menuett getanzt haben. Wie nett, wie nett, ein hübsches Menuett. Willst du ihn wirklich nicht?»

Er hielt ihr den Becher hin. Addie schob ihn weg, und Frederick lachte. Es war ein besonders hässliches Lachen.

Addie richtete sich auf und hielt das Jackett fest, das ihr von den Schultern rutschen wollte. «Ich verstehe einfach nicht, wie man die Idee, nur dem Vergnügen zu leben, unterstützen kann. Vor allem, wenn das meiste überhaupt nicht lustig ist. Die Cocktails schmecken wie Terpentin, die Musik ist nur laut, die Witze, über die sich alle kaputtlachen, sind nicht witzig, und am nächsten Morgen wacht man verkatert auf. Das ist doch Verschwendung.»

«Ach?», sagte Frederick träge und legte seinen Arm locker auf ihre Stuhllehne. Selbst bei dieser indirekten Berührung von ihm wurde ihr heiß, und sie hasste sich dafür, dass sie ihn trotz allem, trotz dieser vergeudeten, deprimierenden Abende, immer noch begehrte.

«Ja», sagte sie heftig. «Es ist eine Verschwendung von Zeit und Kraft und Intelligenz.»

Frederick neigte den Kopf ein wenig zu Seite, um sie ansehen zu können. «Du hast das Geld vergessen.»

«Geld interessiert mich nicht», entgegnete sie. «Mir geht es um die Verschwendung von Talent.»

Frederick kramte in seiner Hosentasche nach seinem Zigarettenetui. «Hör auf zu moralisieren», sagte er. «Das passt nicht zu dir.»

«Was passt dann zu mir?», fragte sie gereizt. «Mitten im Dezember in einem tristen eiskalten Garten zu sitzen? Gespräche zu führen, an die ich mich schon eine Minute später nicht mehr erinnern kann, und auch nicht will? Um die Aufmerksamkeit von irgendwelchen Lackaffen zu buhlen, für die es das Höchste ist, einen Feuerwehrhelm zu klauen?» Sie hörte selbst, wie sie laut wurde, und es war ihr egal. Sie hatte genug, genug davon, bevormundet und ignoriert zu werden. «Ich habe bis jetzt nicht verstanden, was Shakespeare meint, wenn er sagt ‹der Wollust frönen heißt den Geist verschwenden›, aber jetzt verstehe ich es. Ich erlebe es Nacht für Nacht mit, und es gefällt mir nicht, und ich werde nicht so tun, als ob es anders wäre. Für niemanden.»

Das war's. Sie hatte genug von diesem Leben, genug von ihm, restlos genug.

Frederick stützte beide Hände auf den schmiedeeisernen Tisch und schwankte ein wenig, als er unter seinem Gewicht nachgab. Doch sein Blick blieb unverwandt auf sie gerichtet.

«Du hast nicht die geringste Ahnung, nicht?», sagte er leise. «Du willst Shakespeare? Kannst du haben. ‹Ich könnte in eine Nussschale eingesperrt sein und mich für einen König von unermesslichen Gebieten halten, wenn nur meine bösen Träume nicht wären.› Weißt du, wie das ist, wenn man von bösen Träumen geplagt wird, Maus?»

«Ich verstehe nicht, was das hier soll», sagte sie entmutigt.

«Das kann ich dir sagen.» Er richtete sich mit einer so heftigen Bewegung auf, dass der Tisch wackelte. Addies Drink schwappte über den Becherrand und tropfte durch die Ritzen in der Tischplatte direkt auf ihr Crêpe-de-Chine-Kleid. «Siehst du den Mann da drüben? Den, der da gerade ins Taschentuch hustet?»

«Ja? Und?» Sie kannte ihn flüchtig und hielt nicht viel von ihm. Er hatte eine amerikanische Erbin geheiratet und brachte ihr Geld mit Zigarettenmädchen durch.

«Er hat in Bethune eine Ladung Gas erwischt. Nicht von den Deutschen, von unserer Seite. Sie hatten den falschen Schlüsseltyp geliefert. Die Zylinder sind gerissen. Hast du eine Ahnung, wie das ist, wenn man mit der Lunge voll Senfgas in einem Schützengraben festsitzt? Hast du eine Ahnung, wie ein Mensch aussieht, der Gas abbekommen hat? Du kannst dir den Gestank nicht einmal im Entferntesten vorstellen.»

Addie starrte ihn verwirrt an. Er sprach nie vom Krieg. Sie hatte seine Zeit im Krieg ein paarmal vorsichtig erwähnt, aber er hatte jedes Mal sofort das Thema gewechselt und ihre Frage mit einem Scherz oder einer Bemerkung über ihre jeweilige Umgebung abgetan.

«Aber ihr hattet doch Masken?», fragte sie zaghaft.

Fredericks Gesicht war bitter. «Unsere Masken waren ein Witz. Um es mit einem Wortspiel zu sagen: Unsere Masken waren reine Maskerade. Sie sahen gut aus für die Zeitungen zu Hause, aber funktioniert haben sie nicht für zehn Penny.» Er ergriff Addies Becher und kippte den Rest des ekelhaften Zeugs in einem Zug hinunter. «So was nennt man ausgleichende Gerechtigkeit. Wir haben es freigesetzt, und es hat uns umgebracht.»

«Aber jetzt, wo wir das wissen», sagte Addie, die sich wieder auf sichererem Boden fühlte. Hatte nicht die *Bloomsbury Review* erst vor kurzem einen Artikel zu diesem Thema gebracht? «... passiert so was bestimmt nicht wieder. Der Völkerbund ...»

«Der Völkerbund ist eine Farce, das Papier nicht wert, auf dem seine Satzung geschrieben steht.» Er starrte in den leeren Becher und hob mit einer brüsken Bewegung den Kopf. «Nein, er ist schlimmer als eine Farce. Er ist reiner Schwindel. Die Idealisten gackern und gackern wie ein Haufen blinder Hühner, während die Realisten inzwischen klammheimlich ihre Waffenbestände aufstocken.»

«Aber jetzt, wo wir gelernt haben, welches Unheil Kriege anrichten, wünschen sich die Menschen doch bestimmt Frieden.»

Fredericks Stimme war scharf wie ein Peitschenknall. «Die Menschen wollen keinen Frieden; sie wollen Vergeltung. Du glaubst, der letzte Krieg war schlimm? Wart's ab. Es wird noch schlimmer kommen. Mehr Gas, mehr Schützengräben, mehr schreiende Verwundete und Verkrüppelte.» Sein Gesicht wurde nachdenklich. «Eine Granate macht ein merkwürdiges Geräusch, kurz bevor sie einschlägt. Es ist so ein dünnes Pfeifen. Kannst du es hören, Addie? Genau da stehen wir jetzt, kurz vor dem nächsten Einschlag.»

Ihr war kalt bis ins Innerste, und es hatte nichts mit der Kälte in diesem Garten zu tun. «Aber, aber», sagte sie stockend, «wenn wir irgendwie dafür sorgen können, dass die Menschen sich erinnern.» Sie merkte, dass sie anfing zu babbeln. «Ich meine, es gab doch die Gedenkminute, und die vielen Artikel in den Zeitungen. Und überall bemühen sich Staatsmänner, Philosophen und Dichter.»

«Worte», sagte er in einem Ton, der keinen Widerspruch duldete. «Nichts als Worte. Aber Worte können uns nicht schützen. Keinen von uns.»

«Das stimmt nicht. Da täuschst du dich.» Der Tisch kippte beinahe, als sie sich vorbeugte, und sie hielt ihn fest. «Worte besitzen mehr Macht als alles andere.»

«Sei nicht naiv.» Die Worte trafen sie wie ein Schlag ins Gesicht. «Es wird wieder passieren, und es wird noch viel schlimmer werden. Deine Gedichte sind nicht mehr als eine hübsch verzierte Verpackung für die fundamentale Brutalität des Menschen. Aber die Brutalität will ans Licht, und da helfen deine ganzen schönen Verse nichts.» Er hob sein Glas und prostete ihr spöttisch zu. «Trinken Sie, Miss Gillecote. Denn morgen müssen wir sterben.»

Addie schlug seine Hand weg. «Hör auf. Das ist ja grauenhaft.» Sie sprang auf. Die Stuhlbeine schabten laut über den Steinboden. Sein Jackett fiel ihr von den Schultern. Sie hob es nicht auf.

«Du nennst es grauenhaft. Ich nenne es ehrlich.» Seine Augen glitzerten wie grünes Glas. «Das ist nicht grauenhaft. Es ist grauenhaft, wenn man zu seinem Feldbett zurückkommt und zwei Ratten an einer menschlichen Hand knabbern sieht. Es ist grauenhaft, wenn Männer mit offenen Wunden am Kopf, die nie verheilen werden, hüfttief im Schlamm waten. Es ist grauenhaft, wenn man eine Zigarette mit einem Mann teilt, der zwei Minuten später kein Gesicht mehr hat. Willst du wissen, was wahres Grauen ist? Ich könnte dir Geschichten erzählen, die dir deine blütenweiße kleine Seele zerreißen würden. Das da.» Er wies schwankend zur Tanzfläche. «All das, was du so verachtest, ist die Droge, die den Horror des Lebens mit Müh und Not erträglich macht.»

«Das kann nicht dein Ernst sein», sagte Addie.

«Was würdest du denn vorziehen? Dass ich höfliche Nichtigkeiten schwatze? Oder dass ich lüge? Ja, das wäre dir wahrscheinlich lieber», sagte er sinnend. «Die meisten von uns ziehen die

Lüge der Wahrheit vor, weil die Wahrheit zu grausam ist. Wir sagen, wir wollen die Wahrheit. Aber wir wollen sie gar nicht. Wir wollen eine hübsche Lüge, und die putzen wir dann ein bisschen heraus und nennen sie Wahrheit.»

Addie schwamm der Kopf. Sie versuchte, zum Ausgangspunkt dieser Diskussion zurückzukehren, zu etwas, das sie verstehen konnte.

«Aber dann ist das hier –» Mit einer ausholenden Handbewegung umfasste sie den Garten, die hellen Lichter, die Tanzenden, «doch auch alles Lüge. Wenn dir Lügen so verhasst sind, warum dann nicht das hier?»

«Das ist nicht Lüge.» Frederick lehnte sich mit einem Arm an die Mauer über ihrer Schulter. Sein Gesicht war sehr nahe. «Das ist Zerstreuung. Man könnte es sogar eine Unterbrechung nennen. Ein kurzes Zurücktreten von der allgemeinen Brutalität des Menschen gegen den Menschen. Sollten wir diese kleine Pause nicht genießen, solange sie anhält?»

Die Steinmauer drückte kalt und rau an ihren Rücken. Sie stemmte sich ein wenig ab und sah Frederick in die Augen, die düster waren im dämmrigen Licht der Lampions.

«Und wenn ich nicht glaube, dass der Mensch ein so brutales Wesen ist?»

«Findest du mich nicht brutal?» Sein Blick lag auf ihrem Mund.

«Nein, die meiste Zeit nicht», sagte sie erbittert.

Lachend stieß er sich von der Mauer ab und applaudierte. «Guter Return, mein Liebe. Guter Return.»

Sie hasste diesen Ton an ihm. Als er in seine Tasche griff, um seine Flasche herauszuholen, sagte sie scharf: «Du bist betrunken.»

Frederick öffnete die Flasche. «Ja, und ich werde mich gleich noch mehr betrinken.» Er schaute zu ihr hinunter, und seine Stimme klang beinahe liebevoll, als er sagte: «Geh nach Hause, Addie. Du gehörst nicht hierher.»

«Nur, wenn du auch gehst», erwiderte sie impulsiv. «Morgen wirst du es mir danken.»

«Eine Rettungsaktion?» Er lachte spöttisch. «Die Mühe würde ich mir an deiner Stelle nicht machen. Willst du die Wahrheit wissen? Ich *bin* brutal. Wir alle sind brutal. Wenn du klug bist, suchst du dir irgendwo ein nettes kleines Kloster, mein Engel. In ein Kloster geh, Addie. Du bist zu gut für diese schlechte Welt. Da ging das Licht aus, und wir saßen im Dunkeln.»

«Du wirfst hier mit Shakespeare um dich und redest Quatsch», sagte Addie.

«Das ist kein Quatsch. Es ist die reinste Wahrheit, die mir je über die Lippen gekommen ist. Ich hätte sie schon früher gesagt, wenn ich nicht so ein egoistischer Schuft wäre. Es hat eine Zeit gegeben, da habe ich mir etwas vorgemacht, aber lassen wir das.» Er schwenkte die Flasche, wie um sie zu verscheuchen. «Mach dich frei von mir, Addie. Schüttle mich ab wie eine lästige Fliege. Schlicht gesagt: Bleib weg.»

«Gut.» Addie zog ihren Umhang fester um sich. «Wenn du dich bis zur Besinnungslosigkeit betrinken willst, bitte sehr.»

«So habe ich das nicht gemeint.» Er fasste sie so fest bei den Schultern, dass seine Finger sich in ihr Fleisch drückten. «Das war's, Addie. Es ist Schluss. Aus und vorbei. Seit Monaten versuche ich jetzt ... ich kann keine Kinderspiele mehr mit dir spielen.»

«Kinderspiele?», wiederholte sie entrüstet.

«Ich kann mich nicht mit deinem Glauben hochpäppeln. ‹Ich esse Luft, ich werde mit Versprechungen gestopft: Man kann Kapaune nicht besser mästen. › Ich würde dich nur aussaugen bis aufs Letzte, wie Stokers Vampir, und am Ende wärst du eine leere Hülle wie ich. Wozu sollte das gut sein?» Seine Stimme machte sie frösteln wie die Dezemberluft, die keine Hoffnung auf Frühling zuließ. «Ich kann dir kein Liebesgeflüster im Mondschein bieten oder Aussichten auf häusliches Glück.»

Addies Wangen brannten. «Ich habe dich nie gebeten, ich habe nie erwartet ...»

Einen Moment lang umfassten seine Hände ihre Schultern und glitten liebkosend an ihren Armen hinunter. «Nein?»

Addie schaute zu ihm hinauf. Sie wollte protestieren, aber sein Mund drängte Worte und Gedanken zurück, drängte alles zurück bis auf den Duft der Nacht und den Geschmack von Alkohol und Tabak auf seiner Zunge, all der verbotenen Früchte. Ihre Haut brannte unter seiner Berührung, die Musik war nur noch ein fernes Summen in ihren Ohren.

Sie hätte ihn wegstoßen sollen, doch stattdessen legte sie die Arme um seinen Hals. Das ... das also war es, worum es ging ... die verbotenen Wonnen, auf die die Dichter anspielten, vor denen die Moralisten warnten, um derentwillen Menschen Schicklichkeit und Besitz für eine flüchtige Begegnung in einem gemieteten Zimmer aufgaben.

Er presste sie an sich, und einen Moment lang waren ihre beiden Körper wie aus einem Guss. Doch dann gab er sie so unvermittelt frei, dass sie beinahe gefallen wäre und sich an der Tischkante festhalten musste, um ihr Gleichgewicht wiederzugewinnen.

Er atmete so schnell wie sie, Spuren ihres Lippenstifts auf dem Mund, und starrte sie an, als hätte er Angst vor ihr.

Dann hob er sein Jackett vom Boden auf und wandte sich von ihr ab. Sie konnte sein Gesicht nicht mehr sehen, doch sie hörte die Worte, die er mit grausamer Deutlichkeit aussprach, während er mit unsicherer Hand eine Zigarette aus seinem Etui nahm.

«Geh nach Hause, Maus. Tu so, als wärst du mir nie begegnet.»

New York, 1999

Jon holte sie am Flughafen ab.

Er musste sie am Ellbogen schütteln, damit sie ihn bemerkte. Clemmie war in einem bedrängenden Nebel von Unruhe und dunklen Ängsten gefangen. Und die ganze Zeit brummte ihr BlackBerry, dessen Display ihr bereits eine ganze Liste von E-Mails von Paul zeigte.

Paul war wütend gewesen, als sie ihm sagte, dass sie abreisen würde. Sie hätten für den ganzen morgigen Tag Besprechungen mit weiteren Leuten von der PharmaNet-Unternehmensleitung angesetzt; sie sollte doch verschiedene Gespräche führen und Informationsblätter vorbereiten. *Das liegt alles bereits im Konzept vor*, hatte sie ihm erklärt. *Harold kann das übernehmen.* Harold machte ein Gesicht, als wüsste er nicht, ob er sich geschmeichelt fühlen oder in die Hose machen sollte. *Meine Großmutter liegt im Sterben*, hatte sie kurz gesagt und war sich vorgekommen, als löge sie. Sie hoffte, dass es nicht so war. *Ich habe seit drei Jahren nicht einen Tag Urlaub genommen.*

Na schön, hatte Paul gesagt, und sie wusste, dass er sie später dafür büßen lassen würde, mit irgendeiner völlig überflüssigen Sache oder Fleißarbeit, die jeder Anwaltsgehilfe hätte erledigen können. In seinen Augen war eine solche Pflichtverletzung durch die Krankheit bloß einer Großmutter nicht zu rechtfertigen.

Sie hatte fast zwölf Stunden bis nach New York gebraucht, eine Tortur. Es hatte geschneit, nur ein paar Bilderbuchflocken, die Heathrow allerdings sofort ins Chaos gestürzt, zu Verspätungen geführt und Terminal 4 in einen Notschlafsaal verwandelt hatten. Es gab nur einen Enteiser am Flughafen. Wieso hatte ein Flughafen in einem solchen Klima nur einen Enteiser? Doch sie hatte Glück. Ihre Maschine startete, wenn auch mit vier Stunden Verspätung.

Ihr BlackBerry begann zu brummen, sobald sie es nach dem Zoll wieder einschaltete. Den Rollkoffer hinter sich her ziehend, ging sie mit gesenktem Kopf durch die Gepäckausgabe und sah ihre Nachrichten durch. Sie wollte ein Taxi nehmen, aber da schüttelte sie jemand am Arm, und es war Jon, der am Ausgang der Gepäckausgabe auf sie gewartet hatte.

«Ich hatte schon überlegt, mit einem Transparent mit EVANS mit zwei ‹N› drauf hier aufzukreuzen», sagte er, als er sie mit einem Arm, wie zwischen ihnen üblich, an sich drückte. «Aber du schaust gerade aus, als würdest du dich nicht mal erinnern, wie du heißt.»

«Wie heiße ich gleich wieder?» Clemmie ließ sich ein wenig länger und fester als nötig von ihm halten. Er roch nach Wäschestärke und einem dieser Waschmittel, die Frühlingsfrische versprachen. Widerstrebend trat sie schließlich zurück und klemmte ihr BlackBerry wieder an ihren Gürtel. Mit Paul würde sie sich später befassen. «Danke, Jon. Das wäre wirklich nicht nötig gewesen. Ich hätte mir ein Taxi genommen.»

«Kein Problem.» Er zuckte mit den Schultern. «Außerdem dachte ich, eine kleine Vorbereitung, bevor wir ankommen, wäre gut. Ist das dein ganzes Gepäck?»

Er nahm ihr den Koffer ab, bevor sie fragen konnte, was er mit ‹Vorbereitung› meinte.

Er hielt sie unter dem Ellbogen gefasst, als sie durch die Schiebetür hinausgingen, und zog sie zurück, als ein Auto gefährlich nah am Bordstein vorbeiraste.

«Idiot», sagte er gelassen.

«Sind die Taxis nicht da drüben?» Clemmie zog ihn am Arm, doch er schüttelte den Kopf.

«Da lang», sagte er und wies zu einem der Kurzzeitparkplätze. Da er ihren Koffer hatte, blieb ihr nichts anderes übrig, als ihm zu folgen. Er drückte auf irgendein Ding an seinem Schlüsselring, und die Lichter eines mitgenommenen alten Mazda blinkten ihnen entgegen.

Clemmie ließ sich von ihm ins Auto helfen.

«Den Wagen hat Caitlin nicht bekommen?», fragte sie, als Jon sich neben ihr hinters Lenkrad setzte und sich anschnallte.

Er warf ihr einen ironischen Blick zu. «Wir haben doch in North Carolina gelebt. Dort hat man zwei Autos.»

«Ach so», sagte Clemmie, weil ihr darauf nichts anderes einfiel. Die wenigen kurzen Worte beschworen ein Bild von gemeinsamer Häuslichkeit herauf, die ihr bisher versagt geblieben war. Sie und Dan hatten nicht einmal eine gemeinsame Kaffeemaschine gehabt.

«Hast du inzwischen einen Führerschein?», erkundigte sich Jon, als er losfuhr.

«Wer fährt selber, wenn es Taxis gibt?», versetzte Clemmie. Sie zog an ihrem Gurt, der schmerzhaft einschnitt. «Granny Addie. Du hast mir nicht ...»

«Mensch, Clemmie, lass das.» Jon bremste gerade noch rechtzeitig, um nicht auf ein Taxi aufzufahren, das ihm den Weg abgeschnitten hatte. Mit einem schwachen Lächeln sah er sie an. «Jedenfalls so lange, bis wir den Flughafen hinter uns haben, okay? Ich hab mich noch nicht an die New Yorker Autofahrer gewöhnt.»

«Okay, aber ...»

Jon schaltete das Radio ein. Eine Konservenstimme informierte sie, dass es auf der George-Washington-Brücke zu Staus komme, die Throgs-Neck-Brücke hingegen frei sei. «Wie wär's, wenn du eine Weile pennst? Du siehst scheiße aus.»

«Ich möchte sehen, wie du nach zwei Transatlantikflügen und drei Tagen in denselben Klamotten ausschauen würdest.»

Vor ihnen versperrten zwei Taxis und eine Limousine die Durchfahrt. John lenkte den Wagen in eine Lücke am Bordstein und hielt an. Er drehte sich in seinem Sitz nach Clemmie um.

«Jetzt hör ausnahmsweise mal auf mich. Es wird auch so hart genug werden für dich.» Er begann an einer Hand die einzelnen Punkte abzuzählen. «Die Verwandten aus Greenwich rufen ständig an und wollen wissen, ob sie schon tot ist. Deine Mutter und Anna streiten sich bis aufs Messer. Der Anwalt liegt schon auf der Lauer wie ein Aasgeier. Und Granny Addie, na ja, du wirst es ja sehen.» Er räusperte sich, den Blick starr nach vorn gerichtet. «Du wirst auf jeden Fall deine ganze Kraft brauchen, wenn wir da sind.»

«Und du?», fragte sie.

Jon zuckte mit den Schultern und schaltete den Motor aus. «Ich habe keine zwei Interkontinentalflüge hinter mir. Und ich trage keine Nadelstreifenkostüme.»

«Nur eins noch.» Clemmie legte ihm die Hand auf den Arm. «Ich mach brav meine Augen zu und bin still, aber vorher muss ich es wissen. Was ist passiert?» Beim letzten Wort versagte ihr fast die Stimme, als sich alle Ängste und Befürchtungen der letzten zehn Stunden Bahn zu brechen drohten.

John drückte die Augen fest zu und öffnete sie wieder. Er sah Clemmie nicht an, sondern hielt den Blick auf die Windschutzscheibe gerichtet. «Donna hat sie neben dem Bett auf dem Boden gefunden», berichtete er mit tonloser Stimme. «Sie hatte sich den Kopf an der Kante der Nachttischschublade angeschlagen. Sie vermuten, dass sie etwas herausholen wollte und dabei das Gleichgewicht verloren hat und aus dem Bett gefallen ist.»

«Aber es war doch nur ein kleiner Rums.» Doch noch während sie es sagte, wurde ihr klar, dass es für eine Frau von neunundneunzig Jahren so ein ‹nur› nicht gab.

Jon schüttelte hilflos den Kopf. «Das ist alles, was man bis jetzt weiß. Sie halten es für möglich, dass sie einen Herzinfarkt hatte und dann gefallen ist, oder dass sie gefallen ist, sich den Kopf angeschlagen und dann einen Herzinfarkt bekommen hat. Wir wissen gar nichts.» Er schien genauso frustriert und zornig zu sein wie Clemmie. Dann fasste er sich und sagte hastig: «Aber sie tun, was sie können, Clemmie. Es ist ein gutes Krankenhaus. Und deine Mutter würde etwas anderes gar nicht akzeptieren.»

«Hm», machte Clemmie. Ihre Mutter konnte die reinste Bulldogge sein, wenn sie wollte, absolut stur. Doch Clemmie ging anderes durch den Kopf. Sie stellte sich Granny Addie vor, wie sie hilflos neben ihrem Bett auf dem blassblauen geblümten Teppich lag, über ihr die offene Nachttischschublade mit dem Bild von Bea. «Wie lange hat sie dagelegen? Bevor Donna sie gefunden hat?»

Jon nahm seine Brille ab und polierte die Gläser mit dem Saum seines Hemdes. Es war ein blau-gelbes Polohemd, das beinahe so mitgenommen aussah wie Clemmies Kostüm. «Es kann nicht länger als eine halbe Stunde gewesen sein», sagte er müde. «Donna schaut seit der Sache im letzten Sommer regelmäßig nach ihr.»

«Nach was für einer Sache?» Clemmie fuhr so scharf herum, dass ihr Körper gegen den Gurt prallte.

Hätte er jetzt gesagt ‹Weißt du das nicht?›, dann hätte sie ihm vielleicht eine runtergehauen. Doch er sagte: «Sie hat allein ferngesehen. Die Sendung hat ihr nicht gefallen, sie wollte die Fernbedienung nehmen und hat sich zu weit vornübergebeugt. Donna war in der Küche und hat das Essen gemacht, sie hat sie nicht gehört.» Er schlug verärgert mit der flachen Hand aufs Lenkrad. «Die Wohnung ist einfach viel zu groß.»

«Kein Mensch hat mir was gesagt», beschwerte sich Clemmie. Jon, der in einem anderen Staat gelebt hatte, wusste es. Sie, gerade einmal vierzig Blocks entfernt, nicht.

«Vielleicht hättest du fragen sollen.» Jon schaltete den Motor wieder ein. «Verdammt, das tut mir leid, Clemmie. Das war fies von mir. Aber ...» Er suchte nach Worten. «Aber die letzten zwei Tage waren lang.»

«Du brauchst dich nicht zu entschuldigen.» Clemmie lehnte sich steif zurück und starrte zur Sonnenblende hinauf. Er hatte ja recht. «Ich schlaf jetzt mal eine Runde, okay?»

«Clem ...»

«Alles in Ordnung», sagte sie schnell und hielt die Augen geschlossen. «Fahr einfach los.»

Das BlackBerry an ihrer Hüfte brummte und brummte.

KAPITEL 13

New York, 1999

Du kannst nicht hierbleiben.»

«Was?», fragte Clemmie verschlafen. Sie musste wieder einmal unter ihrem Schreibtisch eingeschlafen sein. «Ich wollte nicht ... ich bin gleich ...»

Der Absatz ihres Schuhs scharrte über einen Fliesenboden, und sie wurde widerstrebend ganz wach. Ihr Mund war klebrig, und sie hatte Rückenschmerzen.

Das war nicht ihr Büro. Sie brauchte einen Moment, um sich zu erinnern, wo sie war, verkrampft in einem unbequemen Sessel, in einem grauen Zimmer, dessen Neonbeleuchtung es nur noch grauer erscheinen ließ. Ein staubiger Weihnachtsstern stand auf einem Beistelltisch, und oben um den Fensterrahmen war Glitzerschmuck drapiert, der sich an einer Ecke gelöst hatte und traurig herunterhing. Auf dem Tisch neben dem Weihnachtsstern stand eine elektrische Menora, die nicht eingesteckt war. Eine Birne fehlte. Jemand hatte Engel und Schneeflocken aus Papier ans Fenster geklebt, aber das weiße Papier war schon schmutzgrau.

Ihre Kontaktlinsen klebten in ihren Augenwinkeln. Als sie zwinkerte, sah sie zwei Jons, beide verschwommen.

«Du hast geschlafen», sagte er überflüssigerweise.

Hinter ihm, zwischen den Schneeflocken, konnte Clemmie den im Zwielicht schimmernden Himmel über dem Central Park sehen. Wieder Abend. Sie war seit über vierundzwanzig Stunden hier, und Granny Addie war nicht ein einziges Mal wach geworden. Von Zeit zu Zeit entfaltete sich vorübergehend hektische Aktivität an irgendwelchen Apparaten, die vor sich hin piepten, aber danach lautete das Urteil immer gleich: Keine Veränderung.

«Wie spät ist es?», krächzte sie. Sie zog sich an den Armlehnen des Sessels höher. «Ist irgendwas?»

«Nein», sagte er schnell. «Nichts.»

Eine Welle der Panik brach plötzlich durch den Nebel der Erschöpfung. Das Letzte, woran sie sich erinnerte, waren ihre Mutter, die auf der einen Seite des Zimmers auf und ab ging, und Tante Anna, die elegant in einem Sessel auf der anderen Seite saß und in einem Hochglanzmagazin blätterte, das so stark parfümiert war, dass Clemmie es durchs ganze Zimmer hatte riechen können. Jetzt war Tante Annas Sessel leer und der von Clemmies Mutter auch. Selbst der Parfümgeruch war verflogen.

Clemmie schob sich hoch, die Vinylpolsterung unter ihr quietschte. «Wo ist Tante Anna?»

«Draußen im Korridor. Sie telefoniert.»

Clemmie musterte Jon argwöhnisch. «Und meine Mutter?»

«Macht den Schwestern die Hölle heiß.» Was da in Jons Gesicht stand, kam Mitleid gefährlich nahe. Clemmie sah ihn finster an. «Sie haben alles im Griff, Clemmie», versicherte er. «Gönn dir eine Pause. Fahr nach Hause.»

Nach Hause. In das ungepflegte Kabuff in der West 52nd Street, wo sie nicht einmal Vorhänge aufgehängt hatte. Wozu auch? Sie war ja fast nie dort. Das war nicht zu Hause. Zu Hause war in Granny Addies Wohnung mit den Brokatvorhängen mit den Quasten, mit dem Tintenfleck auf dem Teppich, den die zehnjährige Clemmie hinterlassen hatte, als ihr eine Kalligraphiefeder heruntergefallen war, mit den vertrauten Gerüchen nach Duftsäckchen, Zitronenöl und flüssigem Make-up von Lancôme.

«Fahr nach Hause», wiederholte Jon. «Du siehst todmüde aus. Du tust niemandem einen Gefallen, wenn du dich so fertigmachst. Sie rufen dich an, wenn es einen Grund gibt.»

Clemmie schüttelte den Kopf. Ihre Wohnung war auf der anderen Seite des Parks in Midtown Manhattan. Am Rockefeller Center gab es in der Touristensaison kaum ein Durchkommen, nicht mal mit dem Taxi, wenn man überhaupt eines bekam.

«Meine Wohnung ist zu weit weg», sagte sie. «Was ist, wenn etwas passiert?»

Sie brauchte nicht zu erklären, was sie mit ‹etwas› meinte. Sie hätte es wahrscheinlich auch gar nicht über sich gebracht.

«Dann fahr zu mir», schlug Jon sachlich vor. «Das ist in der Nähe, und du bist in zehn Minuten wieder hier. Du kannst auf meinem Sofa schlafen.»

«Was? Kein Bett?»

«Damit du's dir gemütlich machen kannst?», fragte er sachte spottend. «Das würde doch deine Märtyrernummer ruinieren.»

Clemmie schoss in die Höhe. «Das ist gemein.»

«Immerhin hat's dich hochgebracht», sagte er. «Komm, du kannst dich ja vor Müdigkeit kaum noch auf den Beinen halten. Und wie lang läufst du noch mal in dem Kostüm rum?»

Clemmie versuchte gar nicht nachzurechnen. Aus Trotz setzte sie sich aber sofort wieder hin. «Seit der Eiszeit. Ich betrachte es als mein Fell.»

«Ja, so schaut's langsam auch aus. Ich kann dir keine Designerklamotten bieten, aber dafür eine Dusche und ein paar eingelaufene T-Shirts.» Er breitete die Hände aus. «Es ist deine Entscheidung.»

Clemmie hatte plötzlich das Gefühl, es jucke sie am ganzen Körper. Die Vorstellung von sauberen Kleidern, ganz zu schweigen von frisch gewaschenen Haaren, war ungeheuer verlockend.

«Und es sind wirklich nur zehn Minuten?», fragte sie misstrauisch.

Jon wusste, dass sie angebissen hatte. «Mit dem Taxi noch weniger», sagte er. «Ich wohne gleich drüben Ecke 111th und Amsterdam.»

«Lass mich nur schnell mit Mutter reden.» Clemmie stützte sich auf die Armlehnen, während sie sich aus dem unbequemen Sessel hievte. Das Metall unter ihren Händen war klebrig. Ihre

Beine kamen ihr fremd und ungelenk vor, so staksig wie die der kleinen Kitze in *Bambi*. Schwindel überfiel sie.

«Hoppla!» Jon hielt sie am Arm fest.

Clemmie wehrte ihn ab. «Ist ja schon gut. Alles in Ordnung. Ehrlich.»

Jon ließ sie vorsichtig los. «Du brauchst nicht immer Superfrau zu sein.»

Clemmie lachte verächtlich. «Von wegen! Ich bin nicht mal Batgirl.» In ihren Augen war Batgirl immer eine unfassbare Niete unter den Superhelden gewesen. Aber was konnte man bei einem ‹Girl› anderes erwarten. «Wartest du eben noch hier?»

«Ich habe nicht vor, irgendwohin zu gehen», sagte Jon.

Clemmie hätte den Weg zu Granny Addies Zimmer inzwischen mit verbundenen Augen gefunden. Sie öffnete leise die Tür, doch die Apparate, die ihre Großmutter umgaben, schienen zu schweigen, nichts piepte oder summte. Granny Addie lag so still wie ein steinernes Bildnis auf einem Sarkophag. Selbst in dem schmalen Krankenhausbett wirkte sie unglaublich klein und geschrumpft. Clemmies Mutter saß neben ihr zwischen den Kabeln und Schläuchen der Maschinen, die dafür sorgten, dass der dünne Faden, der Granny Addie noch mit dem Leben verband, nicht riss. Die auf dem Monitor angezeigte Pulsfrequenz schien Clemmie gefährlich schwach.

Ihre Mutter hatte einen Krimi von Dorothy Sayers auf dem Schoß. Sie hatte immer gern Krimis gelesen. Clemmie hatte in der Buchhandlung noch rasch mehrere besorgt, aber im Moment las ihre Mutter nicht. Sie schlief auch nicht. Sie saß nur da, die Schultern unter der Jacke ihres grauen Tweedkostüms leicht nach vorn gekrümmt, und starrte ins Leere.

«Mutter?»

Die Frau auf dem Stuhl drehte sich abrupt um. Das harte Licht schien ihr die Haut vom Gesicht zu schälen, bis auf die Knochen, und zeigte überdeutlich, wie schlaff Kinn und Hals waren.

Sie sah alt aus, dachte Clemmie mit plötzlichem Erschrecken. Das ging doch nicht: Sie war Clemmies Mutter. Sie durfte nicht altern wie alle anderen. Sie war immer ‹alt› gewesen in dem Sinn, dass sie älter war als die Mütter von Clemmies Freundinnen. Sie war immer eine Frau mittleren Alters gewesen, selbst als Clemmie noch klein war. Sie war eine Frau mittleren Alters gewesen, und das war sie geblieben: die gleichen Kleider, das gleiche dick aufgetragene Make-up und der dezente Lippenstift, die Blusen mit den Schleifen am Hals, die Röcke, aus Tweed im Winter und aus beigem Leinen im Sommer – alles unverändert.

«Mutter?», wiederholte Clemmie beunruhigt.

Ihre Mutter lehnte sich auf dem Stuhl zurück. «Du hast mich erschreckt», sagte sie mit leicht zitternder Stimme. «Du siehst ihr so ähnlich.» Sie brach ab und schüttelte den Kopf, als wollte sie ihn frei bekommen. «Wie spät ist es?»

«Viertel vor sechs.» Clemmie sprach leise. «Jon hat mir angeboten, dass ich mich in seiner Wohnung frisch machen kann. Er sagt, sie ist nur zehn Minuten von hier. Ich glaube, er findet meinen Duft nicht gerade berauschend.»

Ihre Mutter nickte, ohne sie anzusehen, die Finger an die Schläfen gedrückt. «Gut.»

«Ich kann bei dir bleiben, wenn du willst.» Clemmie machte ein paar Schritte auf ihre Mutter zu. Sie hätte sie gern getröstet, aber sie wusste nicht, wie. Körperliche Zärtlichkeit war in ihrer Familie nie üblich gewesen. Es wäre ihr beinahe wie ein Verstoß gegen die Etikette erschienen, eine Anmaßung, wenn sie sie in den Arm genommen hätte, obwohl so deutlich zu sehen war, dass sie litt, schlimm darunter litt, dass niemand da war, mit dem sie reden konnte. «Wenn ich etwas tun kann ...»

Die Schultern ihrer Mutter wurden steif. «Fahr zu Jon. Es fehlte gerade noch, dass du jetzt krank wirst.» Ärgerlich fügte sie hinzu: «Ich hatte Jon gebeten, dich nicht anzurufen. Es bringt sowieso nichts, wenn alle hier herumwimmeln.»

Aber sie war nicht ‹alle›. Sie war ... und da blieb sie hängen. Natürlich hatte Granny Addie noch andere Enkelkinder, aber

Clemmie war diejenige gewesen, die da gewesen war, immer. Na ja, fast immer. Aber sie konnte sich doch jetzt nicht hinstellen und erklären ‹ich weiß, dass Granny Addie mich am liebsten hat›. Es hätte nur kleinlich und peinlich gewirkt, da es in dieser Situation völlig ohne Belang war. Und wenn es ihr schon so ging, wie musste sich dann erst ihre Mutter fühlen? Clemmie hatte sich über die Beziehung zwischen ihrer Mutter und ihrer Großmutter nie groß Gedanken gemacht: Granny Addie hatte auf eine ganz eigene Weise immer ihr gehört, war ihr Lehrerin und zweite Mutter gewesen, doch sie war auch die Mutter ihrer Mutter. Die beiden hatten Jahre und Jahre miteinander erlebt, von denen Clemmie nichts wusste. Ihre Mutter, die immer so sehr auf ihre Unabhängigkeit pochte, hatte sich mehr auf Granny Addie verlassen, als die beiden zugeben wollten.

Clemmie wünschte, ihre Mutter und Tante Anna verstünden sich besser. Es wäre vielleicht leichter für sie, jemanden zu haben, mit dem sie reden konnten, und sich gegenseitig zu trösten.

Als würde das jemals passieren.

«Du rufst mich an, wenn sich etwas ändert?», drängte Clemmie. «Wenn Granny aufwacht oder ...»

«Ja, ja.» Ihre Mutter hielt hastig das Buch fest, das ihr vom Schoß zu rutschen drohte.

«Ich bin bei Jon, wenn du mich brauchst.»

«In Ordnung», sagte ihre Mutter und kehrte zu ihrem einsamen Wachdienst zurück.

Granny Addie, in ihrem Krankenhausbett, blieb stumm.

London, 1920

Liebes, was ist denn?» Bea holte Addie an der Garderobe ein.

«Ich habe genug. Weiter nichts.» Addie kämpfte mit ihrem Mantel, stieß gewaltsam einen Arm in einen Ärmel und sah aus, als würde sie gleich in Tränen ausbrechen. «Ich *hasse* Nachtklubs. Ich geh nach Hause.»

«Aber der Abend hat doch gerade erst angefangen.» Bea hielt Addie den Mantel. «Es ist dieser Desborough, stimmt's? Was hat er getan?»

«Nichts. Wirklich nicht, Bea. Er ist nur ... ach, ich komme mir so dumm vor. Ich möchte nur nach Hause.»

«Du fährst nicht allein mit dem Taxi.» Bea schnappte sich Geordie Pillbrook, der immer noch mit seinem unrechtmäßig erworbenen Feuerwehrhelm herumlief. «Meine Cousine fühlt sich nicht wohl. Sei nett und bring sie nach Hause, ja?»

Wie die meisten Männer reagierte er brav auf direkte Befehle. Bei Marcus funktionierte das leider nicht mehr.

Bea wollte nicht an Marcus denken. Es befriedigte weit mehr, sich für jemand anderen in die Schlacht zu werfen. Genau, sie war eine regelrechte ... wie hieß diese Göttin gleich wieder? Die mit dem Brustpanzer und dem Speer, die sich so gut für hehre Standbilder eignete. Addie wusste es bestimmt.

Was hatte dieser Schuft ihr angetan, dass sie so ein Gesicht machte?

Frederick Desborough war nicht schwer zu finden. Mit einem Glas in der einen Hand und einer Zigarette in der anderen stand er lässig an eine Mauer gelehnt, die verkörperte Dekadenz. Rauch umwölkte sein Gesicht, als er an der Zigarette zog.

«Welch ein erbauliches Bild britischer Männlichkeit», sagte Bea beißend. Sie nahm eine Zigarette aus ihrem Etui und schob sie in die Spitze. «Was haben Sie zu Addie gesagt? Sie sieht aus wie der wandelnde Tod. Wenn Sie sie verletzt haben, kratze ich Ihnen die Augen aus.»

Er blickte zu ihren rotlackierten Fingerspitzen hinunter. «Die Nägel haben Sie dafür. Keine Sorge. Reine Güte hat mich zur Grausamkeit gezwungen.» Galant hielt er ihr sein Feuerzeug hin, wartete jedoch, bevor er es anknipste. «Das haben Sie doch alles eingefädelt. Sie haben nur auf diesen Augenblick gewartet.»

«Im Augenblick», sagte Bea und schüttelte ihr kurzes helles Haar, «warte ich nur auf Feuer.»

Das Flämmchen des Feuerzeugs flackerte im leichten Wind, und er hielt schützend die Hand darum. «Hören Sie auf mit diesen Spielchen. Wollen Sie wissen, was ich glaube?»

Bea beugte sich zum Feuer hinunter. «Das werden Sie mir sicher so oder so sagen.»

Er ließ das Feuerzeug zuschnappen und steckte es ein. «Ich glaube, Sie waren eifersüchtig.»

Bea verschluckte sich am Rauch ihrer Zigarette und begann zu husten. Schnell tupfte sie sich die tränenden Augen, bevor das Kajal verschmierte. «Also wirklich, Mr. Desborough. Was bilden Sie sich ein.»

Der Vorwurf rührte ihn gar nicht. «Nicht auf Addie», erklärte er, und ihr fiel auf, dass er die Worte ein wenig zu gewissenhaft bildete, zu genau artikulierte. «Auf mich. Es war noch nie jemand da, der Ihnen Addies Liebe streitig gemacht hat, nicht wahr?»

«Sie machen sich lächerlich, Mr. Desborough», sagte Bea kalt. «Tun Sie mir einen Gefallen und gehen Sie jemand anders langweilen. Vorausgesetzt natürlich», fügte sie anzüglich hinzu, «Sie schaffen es, sich von dieser Mauer wegzubewegen, ohne lang hinzuschlagen.»

Desborough lehnte sich wieder an die Mauer. «Keine Sorge. Sie haben gewonnen. Von mir ist nichts mehr zu fürchten. Ich habe mich höchst ehrenhaft ins Schwert gestürzt. Ich habe mein letztes bisschen Ritterlichkeit aufgeboten und sitze im Dunkeln.»

Unverständliches Geschwafel. Bea fixierte mit hochgezogenen Brauen seinen leeren Becher. «Da hat sich wohl jemand etwas zu viel Adam and Eve zu Gemüte geführt.»

«Sprechen Sie von der Erbsünde? Darin wate ich quasi. Oder vom Alkohol? In ihm auch. Wir leben in einer gefallenen Welt, und ich bin fest entschlossen, lang hinzuschlagen, bevor der Abend um ist.»

«Lassen Sie sich von mir nicht stören», sagte Bea, aber anstatt zu gehen, musterte sie ihn neugierig. Die meisten Männer ihrer Clique waren unreife Jüngelchen, die innerlich noch in der Schuluniform von Eton steckten, ungebärdig und unerzogen wie junge Hunde. Desborough vermittelte im Allgemeinen den Eindruck, mühelos sich selbst zu beherrschen und seine Umgebung.

Doch nicht heute Abend. An seinem Abendanzug gab es nichts auszusetzen: Die Smokingschleife saß tadellos. Doch seine Haare waren dort, wo er den Kopf an die Mauer gelehnt hatte, durcheinander, und seine Hand zitterte kaum merklich, als er ein Glas von einem dargebotenen Tablett nahm.

Bea nahm sich ebenfalls eins, während sie beobachtete, wie er das seine in einem Zug leerte. «So aus der Fasson kenne ich Sie gar nicht. Was hat Sie denn so erschüttert? Sagen Sie mir nicht, dass es enttäuschte Liebe ist.»

Flüchtig erinnerte sie sich an Addies blasses Gesicht und hatte ein schlechtes Gewissen. Blinde Verliebtheit, sagte sie sich. Mehr nicht. Addie war ohne sie besser dran. Sie würde es Bea eines Tages danken.

«Die Menschen sind von Zeit zu Zeit gestorben, und die Würmer haben sie verzehrt, aber nicht aus Liebe.» Desborough schnippte seine Zigarette zu Boden und trat sie aus. «Kannten Sie Kenneth Cartwright?»

«Nicht persönlich, nein.» Aber der Name war ihr bekannt. Er hatte in Eton im selben Haus gewohnt wie ihr Bruder Edward. Edward zufolge war er ein fürchterlicher Waschlappen gewesen. «Er hat Gedichte geschrieben, nicht wahr?»

«Sie sprechen mit Recht in der Vergangenheit von ihm. Er hat geschrieben und wird nie wieder schreiben. ‹Denn Lycidas ist tot, tot vor seiner Blüte / der junge Lycidas, und hat nicht seinesgleichen hinterlassen / Wer würde nicht singen für Lycidas?›» Als er Beas Blick bemerkte, sagte er: «Er hat sich das Leben genommen. Den Kopf in den Ofen gesteckt und das Gas aufgedreht. Das Gas in den Schützengräben hat er überlebt und sich dann in seinem eigenen verdammten Ofen vergast. Wenn das nicht poetische Ironie ist.»

«Das tut mir leid.» Es klang peinlich inadäquat.

«Mir auch», sagte er. «Es ist eine verdammte Verschwendung. Der Krieg hat sich in seinem Kopf festgesetzt. Er konnte ihn nicht mehr frei bekommen. Also hat er ihn in den Ofen gesteckt.»

Bea wusste nicht, was sie sagen sollte.

«Gott helfe dem armen alten Cartwright.» Schwankend schüttelte Desborough den Kopf. «Er wollte Dante übersetzen. Stattdessen ist er selbst im Inferno gelandet, ohne eine Beatrice, die ihn hinausführen konnte.» Er sah Bea vielsagend an.

Bea wusste nicht genau, wovon er redete, aber eines war ganz klar. «Von mir brauchen Sie keine Hilfe zu erwarten», sagte sie bitter. «Ich bin gerade dabei, mein eigenes Leben zu verpfuschen, da habe ich keine Zeit, auch noch das anderer zu ruinieren.»

Desborough zog eine Augenbraue hoch. «Mit Ausnahme dessen Ihrer Cousine.»

So ein Unsinn. Das war etwas ganz anderes. Addie war ein Teil von ihr, sie konnte gar nicht ohne sie. Addie brauchte sie, wie sie sie immer gebraucht hatte, seit jenem Abend, als sie zerzaust und verwirrt ins Kinderzimmer in Ashton geschneit war. Sie hatte Bea damals gebraucht, um sich von ihr den Weg zeigen zu lassen, und sie brauchte sie immer noch.

Nicht dass das diesen Desborough mit seiner albernen Eifersuchtstheorie etwas anging. Als wäre sie eifersüchtig auf Addies Freunde! Addie war diejenige, die auf sie angewiesen war, nicht umgekehrt. Sie würde sich von Herzen freuen, wenn Addie jemanden fände: einen netten, freundlichen und geduldigen Mann, der gut für sie sorgte, einen Lehrer vielleicht oder einen angehenden Geistlichen. Addie würde eine vorbildliche Pastorengattin abgeben. Natürlich noch nicht jetzt, aber so mit der Zeit.

«Gibt's nicht einen Spruch, der besagt, dass die Ausnahme die Regel bestätigt?», warf Bea schnippisch hin. «Addie hat außer mir niemanden, der sich um sie kümmert. Und ich brauche mindestens eine gute Tat, wenn ich in den Himmel kommen will.»

«Ach, und sie ist Ihre gute Tat? Das könnte sie Ihnen übelnehmen.»

Bea wurde wütend. «Man kann sie jedenfalls nicht sich selbst überlassen. Sie hat nicht einen Tropfen Weltläufigkeit im Blut, das arme Ding.»

Desborough ließ sich wieder an die Mauer sinken und betrachtete sie mit unverhohlenem Vergnügen. «Und deshalb haben Sie sich zu Ihrer Tugendwächterin ernannt?»

Bea warf ihm einen vernichtenden Blick zu. «Das klingt ja absolut mittelalterlich, so wie Sie es formulieren. Sagen wir einfach, ich helfe ihr, die Schufte auszusondern.»

Das wischte ihm die Selbstgefälligkeit vom Gesicht. «Womit Sie mich meinen?»

Bea zuckte mit den nackten Schultern. «Das haben Sie gesagt, nicht ich.»

«Sie besitzen mehr Witz, als Sie zeigen.»

«Besten Dank für Ihre unübertreffliche Gönnerhaftigkeit.» Bea blies eine Rauchwolke in die Luft. «Um noch einmal auf meine Cousine zurückzukommen, sie war völlig verstört, als sie vorhin ging. Was haben Sie denn nun eigentlich zu ihr gesagt?»

«Ich habe ihr gesagt, dass sie mich zum Teufel jagen soll, weil ich nur ein nichtswürdiger Schuft bin. Kurz, ich habe Ihnen Ihre Aufgabe abgenommen.»

«Wie überraschend entgegenkommend von Ihnen.» Bea lehnte sich mit einer Schulter neben ihm an die Wand. «Warum?»

Er starrte über die Tanzenden im Garten hinweg. «Nennen Sie es einen letzten Funken Anstand. Wenn ich mit ihr zusammen bin, komme ich mir vor wie einer dieser armen Bettler, die am Feuer eines anderen ein bisschen Licht und Wärme suchen. In ihrer Seele gibt es keine finsteren Winkel. Sie ist genau die, die sie ist. Sie glaubt an das Gute.»

«Hm», machte Bea. Wenn er damit meinte, dass Addie nie gelernt hatte, sich richtig zu schminken, und sich diversen Gruppen anschloss, die dies oder jenes unterstützten oder anprangerten, ja, dann stimmte das alles.

Desborough schien derweilen ganz entrückt. «Wenn ich mich mit ihr unterhalte, fühle ich mich wieder wie in meiner Studienzeit, als alles einfach war und die Welt noch in Ordnung. Mit ihr kann ich beinahe wieder an die Dinge glauben, an die ich früher geglaubt habe. Vorher.» Er lachte bitter. «Aber das ist eine gefährliche Illusion. Ich weiß nicht, ob ich meinen Kopf in den Ofen stecken werde wie Ken, aber eines Tages wird irgendetwas zusammenbrechen.»

«Und Sie wollen nicht, dass das in ihrer Nähe passiert.» Bea hatte das Gefühl, plötzlich etwas zu erblicken, von dessen Existenz sie bisher nichts geahnt hatte, wie ein urzeitliches Tier, das seinen Kopf aus dem Schlamm hebt. Es beunruhigte sie vage. «Wie ungemein ritterlich von Ihnen.»

Desborough schien sie gar nicht zu hören. «Sie hat so ein unglaubliches Vertrauen. Wussten Sie, dass sie allen Ernstes glaubt, Gedichte könnten der Welt Frieden bringen? Und mit ihrer hirnverbrannten Zeitschrift ...»

«Mit ihrer was?», fragte Bea scharf.

Desborough sah sie an, als bemerkte er erst jetzt, dass sie noch da war. «Sie hat Ihnen nichts gesagt? Dann kann ich auch nichts sagen. Vielleicht hat sie geglaubt, es würde Sie nicht interessieren.»

Bea zuckte mit den Schultern und täuschte Gleichgültigkeit vor. «Jedem das Seine.»

Ja, jedem das Seine. Von der Stelle, wo sie standen, hatte sie ungehinderte Sicht auf den Tisch, an dem Marcus und Bunny mit Euan und Barbie Wallace saßen. Bunny wandte sich Marcus zu, und er strich seine Lippen über die ihren, völlig ungeniert, vor aller Augen.

Als ein Kellner mit einem Tablett vorbeikam, nahm Bea sich noch einen Drink. «Das war mal das Meine», murmelte sie undeutlich.

«Was?» Desborough beugte sich vor und wäre beinahe vornübergefallen.

Bea ergriff seinen Arm, um ihn zu halten oder vielleicht auch sich selbst, sie war nicht sicher. Wie viele Cocktails hatte sie getrunken? Sie hatte nicht aufgepasst. Sie war vielleicht eine Spur beschwipster, als sie geglaubt hatte.

«Da drüben», nuschelte sie. «Nein, nicht der Tisch, der andere, hinter dem Topfbäumchen. Wissen Sie, wer das ist?»

«Lord Kitchener?»

«Mein Mann. Theoretisch jedenfalls.» Bea schüttete ihren Drink hinunter und sah sich nach einem neuen um. Desborough reichte ihr zuvorkommend sein Glas. «Praktisch nicht so sehr.»

«Wer ist die Frau?», fragte Desborough.

Ihre kleine Nische hatte ein bisschen was von einem Beichtstuhl, dunkel und still. Und wenn sie selbst schon so betrunken war, dann musste Frederick Desborough noch viel betrunkener sein. Er würde sich morgen früh an nichts mehr von dem erinnern, was sie gesagt hatte. Und es war so eine Erleichterung, endlich einmal jemandem etwas zu erzählen, anstatt die ganze Zeit die glückliche Ehefrau zu spielen.

«Bunny ffoulkes», antwortete Bea. «Erst hat es ihre ältere Schwester Lavinia versucht, aber da habe ich gesiegt. Dann kam Bunny ...»

Wer hätte gedacht, dass so etwas passieren könnte? Sie waren verheiratet. Das musste doch etwas bedeuten, sicher nicht ewige Treue, an die glaubte Bea nicht. Aber wenigstens ein Minimum an Diskretion, wenn man schon seine Affären haben musste. So hatte es die Generation ihrer Eltern gehalten. Man durfte sich ruhig einmal einen anderen Ehepartner ausleihen, aber man gab ihn immer zurück. Da waren die Regeln ganz klar gewesen. Doch jetzt ...

«Sie will ihn heiraten», sagte Bea abrupt. «Ganz eindeutig.»

«Dann sollten Sie ihr die Augen auskratzen.» Sie spürte Desboroughs Atem an ihrem Ohr, nicht unangenehm nach Gin riechend.

«Zu offensichtlich. Außerdem würde ihr das nur Teilnahme einbringen. Ich würde als böse Hexe dastehen und sie als unschuldiges Opfer.» Bea schüttelte mit unnötiger Vehemenz ihren blauseidenen Rock auf. «Dieses berechnende kleine Luder.»

«Sie gehen das falsch an», sagte Desborough.

«Ach, und Sie wissen, wie man es besser macht?» Bea maß ihn mit hochmütigem Blick. «Ist das auch so einer Ihrer ritterlichen Impulse?»

«Wie könnte ich einer Jungfrau in Nöten widerstehen?» Er machte eine bedeutungsvolle Pause. «Der springende Punkt ist doch die Eifersucht. Nicht Ihre, sondern seine. Sie müssen ihn eifersüchtig machen.»

Bea knickte auf dem Louis-quinze-Absatz ihres blauseidenen Schuhs um. «Haben Sie nicht gesehen, wie ich vorhin da draußen mit Geordie geflirtet habe? Wenn das ihn nicht eifersüchtig gemacht hat ...»

«Warum sollte es? Jeder kann sehen, dass Sie keinen Funken Interesse an Geordie haben.»

«Das ist eine Anmaßung.»

«Aber wahr. Wenn Sie ihn ...» Er sah Bea fragend an.

«Marcus», sagte Bea.

«Wenn Sie Marcus eifersüchtig machen wollen, müssen Sie ihm Anlass zur Eifersucht geben. Echten Anlass», sagte er mit Nachdruck.

Bea verspürte einen kleinen Schauder. Echten Anlass. Ein Flirt auf der Tanzfläche reichte nicht aus, es musste echt sein und bis zum Letzten gehen: heiße Küsse; nackte Haut an nackter Haut; mit dem Kitzel, wenn man sich aus dem Ballsaal in einen abgelegenen Korridor stahl; mit der Erregung heimlicher Rendezvous mitten am Tag und dem ganzen faszinierenden Reiz des Verbotenen. Sie erinnerte sich, wie Marcus in Frankreich einmal mit ihr einfach von einem steifen Festessen verschwunden war und sie sich auf einem Balkon geliebt hatten. Dieser herrliche Wahnsinn, dieser unglaubliche Rausch.

Wie lange war es her, dass er sie das letzte Mal angerührt hatte? Mindestens sechs Monate. Nein, länger. Zuerst wurde es als

Rücksichtnahme deklariert. Sie hatte das Kind verloren, das sie von ihm erwartet hatte; sie war labil, zumindest sagte das der Arzt. Die Erschütterung über Poppys Tod, eine leichte Influenza, die Fehlgeburt.

Aber Marcus war nicht mehr zu ihr gekommen, nie mehr, und jetzt küsste er Bunny. Bea war es satt, sich behandeln zu lassen wie eine alte Tante, die man aufs Altenteil abschob, um sie dort in Frieden verrotten zu lassen. Warum eigentlich sollte sie einfach dasitzen und warten, bis er sich von ihr scheiden ließ? Warum sollte Marcus den ganzen Spaß haben?

Sie sah Desborough mit hochgezogenen Brauen an. «Sie meinen, was dem einen recht ist, ist dem anderen billig?», fragte sie ein wenig heiser.

Desborough maß sie mit einem langen, forschenden Blick. «Mir scheint, Sie hätten nichts gegen ein billiges Vergnügen.»

Bea blies ihm eine Rauchwolke ins Gesicht. «Wie darf ich das verstehen?»

Er stützte sich mit einer Hand an der Wand hinter ihr ab. «Nehmen Sie es, wie Sie wollen.»

Er war ihr sehr nahe, und er war ganz anders als Marcus, nicht breit und blond wie Marcus, sondern schmal und dunkel. Wie fühlte sich sein Haar wohl unter ihren Händen an? War es weich und seidig oder brillantinesteif? Und wie die Bartstoppeln an seinem Kinn auf ihrer Haut? Würde er anders küssen als Marcus?

Sie legte eine Fingerspitze auf den obersten Knopf seines Hemdes. «Ist das ein Angebot?»

Mit ihren hohen Absätzen war sie beinahe genauso groß wie er. Sein Atem streifte warm ihre Wange. «Ich dachte, Sie halten mich für einen Schuft.»

«Ja», sagte Bea, und ihre Stimme klang viel fester, als sie gedacht hätte. «Aber ich bin auch ein Schuft.»

Anders konnte es nicht sein, wenn es ihr mit dem Gedankenspiel, das sie gerade betrieb, ernst war. Sie hatte immer gern die Mondäne gespielt, aber es war stets nur Theater gewesen. Diesmal musste sie Farbe bekennen.

Bea dachte flüchtig an Addie, die niedergeschlagen nach Hause gefahren war. Addie brauchte es nie zu erfahren. Das hier betraf sie nicht, Frederick Desborough hatte die Verbindung zu ihr schon abgebrochen. Einen netten Geistlichen, sie würde einen netten Geistlichen für Addie finden, einen Mann, auf den man sich verlassen konnte, dem nicht dieser Schwefelhauch des Verruchten anhaftete, dieser gefährlich lockende Hauch des Verruchten.

Sie würde Addie sogar einen Gefallen tun, indem sie ihr Frederick Desborough vom Leib hielt. Hatte er nicht selbst gesagt, dass er nicht gut für sie war?

«Sie suchen Zerstreuung», sagte sie. «Ich will Rache. Was meinen Sie, könnten wir einander nicht helfen?»

Er ergriff ihre Hand und strich mit dem Daumen sachte über ihre weiche Innenfläche. «Zwei verlorene Seelen, die sich amüsieren, während Rom brennt?», fragte er leise und hob ihre Hand an seine Lippen, um die bläulichen Adern ihres Handgelenks zu küssen.

«So was in der Art», murmelte Bea atemlos. Sie wusste nicht, was das mit Rom bedeuten sollte, aber seine Lippen brannten auf ihrer Haut, sie fühlte sich unbehaglich in ihrem eigenen Körper, fiebrig, ruhelos und zu allem bereit, als stünde sie innerlich in Flammen. «Wenn wir sowieso verbrennen, warum dann nicht mit Genuss?»

«Eine Frau nach meinem Herzen», sagte Desborough.

Bea neigte neckisch den Kopf zur Seite. «Ich dachte, Sie hätten keines.»

«‹Ich wollte mein Herz sagte mir, ich hätte kein so hartes Herz›», sagte er rasch. Wieder Poesie. Er trat zurück. Der Blick seiner grünen Augen war unergründlich, als er fragte: «Soll ich Sie nach Hause bringen?»

Bea warf einen Blick über ihre Schulter zu Marcus. Er saß Stirn an Stirn mit Bunny.

«Ich kann Sie nach Hause bringen», sagte Desborough, nein Frederick, während er zusah, wie sie Marcus beobachtete.

«Oder ich kann Sie nach Hause mitnehmen. Ganz wie Sie wollen.»

Bea lehnte sich an ihn, Hüfte an Hüfte, Schenkel an Schenkel.

«Nicht in mein Haus», sagte sie leise. Dort war Addie. Und vielleicht würde Marcus zurückkommen. Sie schob ihre Hand auf seinen Rücken und fühlte die Wärme seiner Haut durch das Hemd. «Ich würde viel lieber Ihres sehen.»

KAPITEL 14

New York, 1999

Trautes Heim, Glück allein», sagte Jon, als er im Flur Licht machte.

Die einsame Glühbirne warf ihren Schein auf ein Chaos von Kartons und gerahmten Postern, die noch in den geöffneten Umzugskisten standen. Ein Stapel ungeöffneter Post lag auf einem der Kartons, Rechnungen, Werbung und Hochglanzkataloge. Die cremefarbenen Wände hoben sich von der weißen Täfelung ab, an den Bodenleisten allerdings begann die Farbe zu blättern.

«Schön», sagte Clemmie und nahm ihren Schal ab.

«Du meinst, es könnte schön werden. Halt das mal einen Moment.» Jon schob ein paar gerahmte Poster weg, die an einer Schranktür lehnten. Sie quietschte und knarrte, als er sie öffnete. Dahinter hingen ein beiger Regenmantel und ein ziemlich abgewetzter schwarzer Wollmantel.

Clemmie reichte ihm ihre Sachen. «Die Wohnung ist jedenfalls schöner als meine.»

«Das ist der Vorteil, wenn man ganz hier oben mietet.» Die leeren Bügel stießen klirrend aneinander, als Jon Clemmies Tuchmantel aufhängte. «Man kriegt mehr für sein Geld. Und außerdem bekommen wir einen Mietzuschuss.»

«Sind das Universitätswohnungen?» Das Haus war ein Vorkriegsbau, sanft gealtert und wunderschön, aus verblasstem rotem Backstein, der in hellen Stein eingefügt war. Die Böden mochten verkratzt sein, aber sie waren solide, lange honigfarbene, in einem Muster verlegte Holzdielen.

«Nein, aber der größte Teil des Gebäudes scheint irgendwie mit der Columbia verbunden zu sein. Es ist so eine Art Wohnheim für Dozenten.»

«Bierpartys im Keller?»

«Ich habe ‹Dozenten› gesagt, nicht ‹Studenten›. Das Bad ist hier durch.» Er zeigte nach links zu einem Raum, der offensichtlich das Schlafzimmer war. Clemmie schloss dies scharfsinnig aus dem Vorhandensein einer Matratze mit zerknitterten Laken und einer Decke, die auf dem Boden lag. «Und keine Sorge bei den Handtüchern. Ich habe sie gerade gewaschen.»

«Ich bekomme keine Führung?»

«Da gibt's nicht viel zu führen. Schlafzimmer links, Arbeitszimmer geradeaus, Wohnzimmer und Küche rechts. Das übliche Rechteck.»

Zu spät fiel Clemmie ein, dass er mit Caitlin ja ein Haus hatte, ein Haus mit Garten und zwei Autos in der Einfahrt, und, wer weiß, vielleicht zweieinhalb Katzen und einem Hund. Vor sehr langer Zeit hatte sie mit ihren Eltern und ihren zwei älteren Brüdern auch in einem ganzen Haus gewohnt, aber das war so lange her, dass die Erinnerung daran so verblasst war wie ein Bild in einem Kinderbuch. Sie hatte, soweit sie zurückdenken konnte, immer in Wohnungen gelebt.

Auch darüber hatte sie mit Dan gestritten. Er wollte irgendwann in ein Haus ziehen. Sie konnte sich nicht vorstellen, irgendwo zu leben, wo sie nicht Stockwerke verschiedenster Menschen über und unter sich hatte. Es ging nicht darum, aus dem Kasten herauszukommen, es ging darum, sich einen größeren, komfortableren leisten zu können.

Clemmie folgte Jon ins Schlafzimmer. «Na, wenigstens hast du ein Rechteck. Ich hab nur ein Quadrat. Und es ist winzig.»

Das Schlafzimmer war in einem Stil eingerichtet, den man «frühen Umzugkarton» nennen konnte. Eine Leselampe und ein Wecker standen auf einem Karton, ein Buch und eine Brille lagen auf einem anderen. Ein paar Hosen und Hemden hingen im Schrank, aber Jons restliche Besitztümer schienen immer noch in Kartons zu hausen, die alle die gleiche Aufschrift trugen: Schlafzimmer.

«T-Shirt und Boxershorts, geht das?», fragte Jon, der angefangen hatte, in einem der Kartons zu kramen.

«Perfekt», sagte Clemmie.

Die Fenster hatten keine Rollläden. Die Wohnung lag nach hinten hinaus zu einem schmalen Häuserschacht. Gegenüber hatten die Leute ihre Rollläden heruntergelassen, durch die Ritzen fielen dünne Lichtstreifen. In der Wohnung hing dieser eigenartige staubige Geruch unbewohnter Räume. Das Licht wurde so merkwürdig von den nackten Wänden und den leeren Böden reflektiert, dass das Zimmer eher trüber als heller wirkte.

Erst als Jon «Alles sauber», sagte, merkte Clemmie, dass er ihr die Kleidungsstücke wohl schon länger hinhielt. «Ich habe bloß noch keine Kommode.»

«Oh, entschuldige. Ich war nur mal kurz weggetreten», erklärte Clemmie und nahm die Sachen an sich. «Danke, wirklich. Selbst wenn sie nicht sauber wären, wären sie immer noch besser als das, was ich anhabe.»

Jon sagte bedauernd: «Tut mir leid, eine Waschmaschine hab ich noch nicht.»

«Macht doch nichts. Ist doch alles wunderbar.» Seltsam verlegen ging sie ein paar Schritte in Richtung Badezimmer. «Die Dusche ist dort, oder? Danke.»

Der transparente Duschvorhang mit einem gelben Entenmuster war neu und steif und roch stark nach Plastik. Clemmie duschte schnell, massierte sich sein Head & Shoulders in die immer noch ungewohnt kurzen Haare und drehte das Wasser so heiß, wie sie es aushalten konnte. Es kam ihr vor, als ob sie sich desinfizierte, die letzten Tage, London, das Krankenhaus, alles von ihrem Körper spülte.

Das T-Shirt und die Shorts, die Jon ihr gegeben hatte, gehörten eindeutig ihm und waren nicht von Caitlin übrig geblieben. Jon war nicht viel größer als sie, aber er war breiter. Clemmie musste seine alte Turnhose ständig hochziehen. Das verwaschene Hemd klebte ihr feucht an der Brust. Sie hätte ihren BH wieder anziehen können, doch er war so schmuddelig wie der Rest ihrer Sachen. Und Jon hatte sie schon dürftiger gekleidet gesehen. Sie ließ den BH auf das Häufchen schmutziger Wäsche fallen.

Ihre feuchten Haare mit den Fingern kämmend, ging sie ins Wohnzimmer hinüber. «Jon?»

Eine Wand war ausgefüllt von einem Bücherregal mit einem offenen Kamin in der Mitte. Die Bretter waren leer, weil die Bücher alle noch in Kartons mit Aufschriften wie *Tudor-Stuart, 19. Jahrh. Polit. Gesch.* oder *Kriegsdichter* verstaut waren. Ein Fernseher stand auf dem Boden neben dem offenen Kamin, noch nicht angeschlossen, und gegenüber ein Sessel, an den sich Clemmie noch aus College-Zeiten erinnern konnte. Das war die ganze Einrichtung.

Die altmodische Heizung knackte und verbreitete dampfige Wärme und einen leicht schwefeligen Geruch im Zimmer.

«Ich bin hier.» In der Küche pfiff ein Kessel. Das Geräusch brach abrupt ab, dann schaute Jon um die Ecke. «Tee? Oder was Stärkeres?»

«Was Stärkeres.»

«Gut. Ich trinke nicht gern allein.» Jons Kopf verschwand wieder in der Küche, aus der nun lautes Rumoren zu hören war.

Clemmie ging zur Tür. «Kann ich dir was helfen?»

«Hier gibt's nichts zu helfen.» Jon drückte Eis aus einem Eiswürfelbehälter in einen erstaunlich eleganten Kübel mit zwei Ringen an den Seiten, die aus den Mäulern zweier Löwenköpfe herabhingen. «Hochzeitsgeschenk», sagte er kurz, und Clemmie schaute verlegen weg.

Sie hielt das Geschirrtuch hoch, das an der Kühlschranktür hing. Es war mit verwaschenen Bildern vom Big Ben und von knallroten Telefonzellen bedruckt. «Ich habe eine Freundin, die schenkt zu Hochzeiten immer nur Essbares, Pralinen, Torten und so was. Dann gibt's bei der Trennung keinen Streit, sagt sie.»

«Kluge Frau», bemerkte Jon kurz, während er Salzstangen in eine Schale kippte. «Bringst du die mal rüber ins Arbeitszimmer?»

Die Schale war so neu, dass unten drauf noch das Preisschild klebte: *Crate & Barrel, 3.95*. Jon hatte den Eiskübel bekommen und Caitlin offenbar das Geschirr. Warum hatte sie unbedingt ihren Kommentar zu dem blöden Eiskübel geben müssen? Sie hätte sich doch denken können ... aber wie ging man mit diesen Dingen um? Sollte man einen Scherz daraus machen? So tun, als wäre nichts passiert? Eine Scheidung war nun einmal nicht so leicht wegzustecken.

Sie konnte wahrscheinlich froh sein, dass sie und Dan nicht verheiratet gewesen waren. Die Trennung war vergleichsweise einfach gewesen, ein paar Klamotten und diverse Toilettenartikel, kaum genug, um eine Einkaufstasche zu füllen. Nichts hatte ihnen gemeinsam gehört. Es war alles noch ‹seins› und ‹ihrs› gewesen.

Clemmie stellte die Schale mit den Salzstangen auf Jons Schreibtisch neben den Computer und einen Stapel brauner Ordner. Im Gegensatz zum Wohnzimmer wirkte dieser Raum schon bewohnt. Es war eigentlich nur eine Kammer, gerade groß genug für Jons Schreibtisch, einen Aktenschrank und eine rote Zweisitzer-Couch mit rot karierten Polstern und einer großen Häkeldecke, die längst nicht mehr neu war. An der Wand über dem Schreibtisch hingen Bücherborde, in denen schon ein paar Bücher standen, vor allem Werke über England und die Engländer.

Auf dem obersten Ordner des Stapels auf dem Schreibtisch stand in Jons nachlässiger Druckschrift *Scheidung*.

«Das ist für das Buch.» Jon schob die Schale mit den Salzstangen zur Seite und stellte ein Tablett mit einer Schale, einer Flasche und zwei Gläsern ab.

Clemmie fuhr zusammen und drückte ihre Hand auf den Ordner, bevor er vom Schreibtisch rutschen konnte. Es war nicht ihre Absicht gewesen ... egal.

«Das Buch, an dem du gerade arbeitest?», fragte sie ein bisschen zu lebhaft.

Jon zog nur eine Augenbraue hoch. Verdammt. Er wusste genau, was sie gedacht hatte. «Es gibt ein Kapitel über den Anstieg der Scheidungsrate nach dem Krieg, um den Zerfall der Vorkriegskonventionen zu illustrieren, die bis dahin für den Zusammenhalt und die Macht der herrschenden Klasse gesorgt hatten.» Jon goss Scotch in ein Glas und hielt es ihr hin. «Prost.»

«Danke.» Clemmie setzte sich mit ihrem Glas aufs Sofa, das überraschend bequem war. Am Schreibtisch schenkte Jon sich ebenfalls ein Glas ein. Während sie geduscht hatte, hatte er sich umgezogen und das korrekte Hemd und die Khakihose gegen Jeans und T-Shirt getauscht. «Das ist wirklich sehr nett von dir», sagte sie.

«Ach, schonst du mich jetzt plötzlich?» Das Sofa ächzte, als er sich neben sie setzte und sich zurücklehnte. Freundlicher sagte er: «Ich weiß, das ist jetzt eine harte Zeit für dich. Wir können unsere gewohnten Feindseligkeiten ja später wiederaufnehmen.»

«Es ist nicht nur für mich hart», entgegnete sie. «Wie geht es dir denn?»

Jon schien überrascht und dankbar zu sein. «Na ja ... auch nicht gerade blendend.»

Clemmie nickte und wollte ihm damit zu verstehen geben, dass sie es verstand. Was sie ja auch tat. Zum Teil jedenfalls. Soweit man eine aufgelöste Verlobung mit einer Scheidung vergleichen konnte.

Jon lehnte den Kopf an die Rückenlehne des Sofas. «Addie hat eine Menge für mich getan. Sie bedeutet mir viel.»

Hä? Clemmie hatte von der Scheidung gesprochen, nicht von Granny. Sie hielt sich gerade noch zurück, bevor sie damit herausplatzte, und beschränkte sich auf ein weiteres Nicken, während sie den Drang unterdrückte, ihn darauf hinzuweisen, dass Granny ja nicht seine Großmutter war.

Was sollte das denn? Hatte er deshalb kein Recht zu trauern?

«Weißt du, dass ich ihretwegen nach dem Bachelor weiterstudiert und meinen Magister gemacht habe?», fragte Jon.

Clemmie schüttelte den Kopf. «Nein.»

Jon starrte auf das Bücherbord, einen in die Vergangenheit gerichteten Ausdruck im Gesicht. «Ich war gerade in Yale fertig. Ich hatte keine Ahnung, was ich machen wollte. Dann hab ich diesen Beraterjob angenommen, erinnerst du dich?»

«Ja.» Daran erinnerte sie sich. «Deshalb warst du damals in Rom.»

Wo war das denn jetzt hergekommen? Sie redeten doch nie über Rom. Das war ungeschriebenes Gesetz.

Jon sah sie forschend an. Clemmie senkte hastig den Blick und hielt ihr Glas fester. «Kurz und gut, ich hatte vor, danach entweder Jura oder Wirtschaft zu studieren, weil alle anderen das auch taten. Als ich das Addie sagte, hat sie nur gefragt: ‹Und was willst du wirklich?› Einfach so.»

Clemmie hielt den Blick auf das Glas in ihrer Hand gerichtet. «Typisch.»

«Sie hat gesagt, es wäre doch blödsinnig, mich unglücklich zu machen, nur weil ich glaubte, dass alle anderen das von mir erwarteten. Sie sagte, dass Werte und Konventionen sich ständig ändern und ich mich für etwas entscheiden solle, was mich wirklich interessiert. Und jeder Job hätte über lange Sicht seine Schattenseiten, mit denen man viel besser zurechtkäme, wenn man seine Arbeit wirklich möge.»

«Ich wollte, sie hätte mir das auch gesagt», murmelte Clemmie.

Sie hatte nie daran gezweifelt, dass Granny Clemmies Entschluss, Jura zu studieren, bewundert hatte und stolz auf sie gewesen war. Granny hatte stets ganz offen ihren eigenen Mangel an Schulbildung bedauert und weniger offen, aber nicht weniger offensichtlich, ihre Missbilligung darüber gezeigt, dass Clemmies Mutter direkt nach der Schule geheiratet hatte. Es hatte sich von selbst verstanden, dass Clemmie die Möglichkeiten, die ihre Großmutter nie gehabt und ihre Mutter nie genutzt hatte, auch nutzen würde. Sie hatte ihren Erfolg als Erfolg der ganzen Familie betrachtet. Aber davon, dass ein Beruf einen auch glücklich machen sollte, ganz gleich, was die anderen dazu sagten oder was sie taten, war nie die Rede gewesen.

Vielleicht deshalb, weil sie, wie Jon so gern betonte, nie gefragt hatte.

Jon lächelte gedankenverloren vor sich hin. «Sie hat mir diesen Vortrag gehalten, du weißt schon.»

«Den über die ‹Missernte in Kenia›?»

«Genau.» Sie lachten beide. «‹Wenn wir uns damals hätten entmutigen lassen …› Den Rest kennst du ja.»

Es war Grannys Version des traditionellen ‹Als ich in eurem Alter war, musste ich jeden Tag die Kühe melken und fünfzehn Meilen zur Schule marschieren›. Nur ging die Geschichte bei ihr darum, dass die Farm auf dem letzten Loch gepfiffen hatte und alle zusammen beitragen mussten, um sie wieder auf die Beine zu bringen. Sie hatten den Vortrag unzählige Male zu hören bekommen, meistens, wenn sie sich über Arbeiten beschwerten, zu denen sie keine Lust hatten. Im Wesentlichen lief es auf den weisen Spruch hinaus, ‹entscheide dich für etwas und dann bleib dabei›.

Jon streckte die Beine aus und stellte sein Glas vorsichtig auf seinen Bauch. «Weißt du eigentlich, dass die Geschichte frei erfunden ist? Es gab 1935 überhaupt keine Kaffeefäule. Ich hab das vor ein paar Jahren mal nachgeschlagen.»

«Sie hat wahrscheinlich nur die Ereignisse miteinander vermischt. Das kommt oft vor.» Clemmie kuschelte sich tiefer in das Sofa und zog die Beine hoch. «Ich hab's immer mehr als eine Art Fabel gesehen. So eine Geschichte mit Moral, wie die von den zwei Mädchen, von denen die eine belohnt wird, weil sie brav den Apfelbaum schüttelt und das Brot aus dem Ofen holt, und die andere, die das alles nicht tut, damit bestraft wird, dass ihr bei jedem Wort, das sie spricht, Kröten aus dem Mund springen oder so ähnlich.»

«Die Geschichte kenn ich gar nicht», sagte Jon. «Aber ich glaub's dir.» Er schwenkte leicht sein Glas hin und her und beobachtete die Muster, die die bernsteinfarbene Flüssigkeit an der Innenwand des Glases hinterließ. «Wie war eigentlich dein Grandpa Frederick?»

«Hast du ihn nicht …? Ach, das hatte ich vergessen. Du hast ihn erst kurz vor seinem Tod kennengelernt.»

Jon lächelte schief. «Stimmt. Ich bin erst spät aufgekreuzt.»

«Und hast dich nicht mehr abwimmeln lassen.» Clemmie hielt ihm ihr Glas hin, um sich nachschenken zu lassen.

«Wie eine lästige Fliege.» Jon nahm die Flasche und goss ihr ein.

«Ach, manche Fliegen können auch ganz nett sein.» Sie trank. «Ah, das ist gut. Danke.»

Jon schenkte sich auch noch etwas ein, aber etwas weniger. «Damals hast du das, glaube ich, ein bisschen anders gesehen.» Ohne sie anzusehen, stellte er die Flasche neben das Sofa auf den Boden.

Clemmie hatte das Gefühl, als wären ihre Lippen völlig taub vom Whisky. Nicht nur ihre Lippen, alles an ihr. Sie blickte in ihr Glas. «Ich war eifersüchtig.»

Jon verschluckte sich an seinem Scotch. «Du warst eifersüchtig? Auf mich? Warum? Es war doch deine Familie. Ich hätte alles darum gegeben dazuzugehören.»

«Ja, aber ...» Clemmie setzte sich wegen eines störenden Wulstes im Polster anders hin. «Ich war nur eine Verpflichtung. Um mich mussten sie sich kümmern. Du warst da, weil sie dich mochten.»

«Ich war da, weil mein Vater deine Tante geheiratet hatte», korrigierte er. «Das ist nicht das Gleiche.»

«Ich habe dich immer so beneidet», sagte Clemmie. «Tante Anna war so lustig. Mutter hat die ganze Zeit gearbeitet, und wenn nicht, habe ich gewünscht, sie *würde* arbeiten. Und du hast mit Tante Anna und Onkel Leonard in dieser coolen Wohnung mit der Wendeltreppe auf der West Side gewohnt.»

«Und zugehört, wie sie sich gegenseitig das Porzellan um die Ohren geknallt haben, ja. Und mich dabei gefragt, wie lang das noch so gehen würde, ehe es endgültig vorbei wäre.»

Clemmie starrte ihn an.

Jon legte den Kopf in den Nacken und schaute gedankenverloren zur Zimmerdecke hinauf. «Sie haben sich gestritten. Ununterbrochen. Was glaubst du denn, warum ich so viel bei Addie war? Weil ich bei ihr meine Hausaufgaben machen konnte, ohne Angst haben zu müssen, eine fliegende Untertasse an den Kopf zu bekommen.»

Clemmie wischte sich die feuchten Haare aus dem Gesicht. Jons Vater war ein berühmter und für seinen Jähzorn berüchtigter Theaterautor gewesen. Clemmie hatte kaum Erinnerungen an ihn. Er war nicht der Typ für Familienfeiern. «Ich wusste ja nicht, ich hatte keine Ahnung ...»

«Mann, Clem. Schau mich nicht so an. So schlimm war's auch wieder nicht.» Einen Moment lang war er wieder der überhebliche kleine Privatschulschnösel, den sie in Erinnerung hatte. «Du hast schon recht. Anna war wirklich lustig», räumte er ein. «Wenn sie da war. Dann war ich ungefähr drei Tage lang ihr liebstes Hobby, bis sie wieder verschwunden ist, um sich mit anderen Dingen zu befassen. Genauer gesagt, mit anderen Männern. Sie hat meinen Dad dauernd betrogen.»

Clemmie war sprachlos.

«Aber wahrscheinlich hat mein Dad sie zuerst betrogen.» Jon trank einen Schluck. «Es war nicht gerade schön.»

«Warum hast du nie was gesagt?»

«Was hätte ich denn sagen sollen? Wir waren damals nicht gerade Busenfreunde, soweit ich mich erinnere. Außerdem war es für Anna Ehrensache, deine Mutter auf keinen Fall was merken zu lassen. Deine Mutter hat diesen missbilligenden Blick drauf.»

«Ja, ich weiß genau, was du meinst», sagte Clemmie schnell. «Verlass dich drauf, ich kenne den Blick.»

John lehnte sich noch etwas weiter nach rückwärts, immer noch das Glas auf seinem Bauch. Unter dem hochgerutschten Hemd zeigte sich ein Stück durchtrainierten Körpers, noch von der Sonne Carolinas gebräunt. «Was für ein Chaos. Deine Eltern, meine Eltern, Anna.» Er lachte kurz auf, ohne Erheiterung. Dann hielt er sein Glas fest und setzte sich wieder aufrecht. «Kein Wunder, dass keiner von uns eine halbwegs normale Ehe hinkriegt.»

«Hey!» Clemmie wusste selbst nicht, warum die Bemerkung sie ärgerte, aber es war so. «Das weißt du doch gar nicht. Und außerdem, denk an Granny Addie und Grandpa Frederick.»

«Ja, klar», sagte Jon mit einem seltsamen Blick. «Die beiden.»

Clemmie kniete sich auf. «Eine einzige schlechte Erfahrung, und du gibst auf?»

Jon strich mit der Hand leicht über ihre Finger. «Und wo ist noch mal dein Verlobungsring?»

Clemmie zog hastig ihre Hand zurück. «Wenigstens weiß ich, wann ich Schluss machen muss. Wenn du dir früher überlegt hättest, mit Caitlin Schluss ...» Erschrocken brach sie ab. Manche Schläge gingen einfach zu weit unter die Gürtellinie. Aber es war zu spät, sie konnte ihre Worte nicht zurücknehmen.

«Glaubst du, ich hätte darüber nicht nachgedacht?», entgegnete Jon. Sein Gesicht verdunkelte sich. «Aber was zum Teufel, vielleicht lag es gar nicht an Caitlin. Vielleicht wäre es mit jeder Frau so gelaufen. Vielleicht ist die vielgepriesene ewige Liebe nichts als eine große Lüge.»

«Du bist doch nur ein Drückeberger», sagte Clemmie scharf. «Aber warum sollte mich das überraschen? Das war schon immer so.»

Jon drehte sich ganz langsam um und sah sie mit zusammengekniffenen Augen an. «Was soll das heißen?»

Er wusste genau, was es heißen sollte. Von Anfang an hatten sie jedoch diese unausgesprochene Abmachung, über bestimmte Dinge einfach nicht zu reden. Sie unter den Teppich zu kehren, so zu tun, als wäre nie etwas gewesen und alles wäre in bester Ordnung.

Clemmie war es satt. Bis obenhin.

Er wollte wissen, was das heißen sollte? Sie sah ihm direkt in die Augen. Sie waren sich so nahe, dass sie den Alkohol in seinem Atem riechen konnte.

Es war Zeit, endlich offen zu sein.

«Ganz einfach», sagte sie. «Rom.»

London, 1921

Wann wolltest du es mir sagen? Oder hattest du das gar nicht vor?»

Ein Herr, hatte Hodges gesagt. Ein Herr, der sie sprechen wollte. Bea schloss die Augen, als plötzliches Schwindelgefühl sie erfasste. Sie hätte Hodges sagen sollen, dass sie für ihn nicht zu sprechen sei. Aber das hätte bei den Dienstboten Tratsch gegeben, und den konnte sie jetzt am allerwenigsten gebrauchen. Man konnte nicht die Tür verriegeln, ohne Fragen nach dem Grund dafür herauszufordern.

Sie hätte nie geglaubt, dass er hierherkommen würde. Sie waren immer so vorsichtig gewesen, so diskret. Seit Addie ihn damals mitgebracht hatte, war er nie wieder hier gewesen. Doch jetzt war er hier, in ihrem Salon – nein, in Marcus' Salon – und kam mit einem zerknüllten Blatt Papier mit ausholendem Schritt auf sie zu.

Er fuchtelte wütend mit dem Papier herum. «Hattest du vor, es einfach dabei zu belassen?»

Sie hatte ihn mit dem Brief fernhalten wollen, nicht herbeibeschwören wie einen bösen Zauberer. Doch wenn man von der Goblinfrucht gekostet hatte ... Bea spürte die aufsteigende Panik und kämpfte sie nieder, wie sie es mit der quälenden Übelkeit tat, die sie täglich plagte.

«Darling! Welch eine Überraschung. Möchtest du nicht ein Glas trinken?» Wenn sie sich normal verhielt, würde vielleicht alles normal bleiben. Dann könnten sie sich wie kultivierte Menschen unterhalten und so tun, es wäre nie etwas geschehen. Sie könnte die Augen schließen und alles würde wieder so werden, wie es sein sollte, wie es vor Bunny, vor Frederick, vor dem allen hier gewesen war. «Das Gleiche wie immer?»

Ihre Hände waren überraschend ruhig, als sie nach dem Mixbecher griff. Gute Erziehung lässt sich nicht verleugnen, würde ihre Mutter sagen. Disziplin von Anfang an zahlte sich aus. Ihr ganzes Leben ging in die Brüche, aber sie reichte weiterhin mit ruhiger Hand die Drinks. Im Salon ihrer Mutter waren Tee und Skandal serviert worden. Was würde es bei ihr sein? Gin und Untergang? Der Einsatz hatte sich geändert. Ihre Mutter hatte gelogen. Nichts in ihrer Erziehung hatte sie auf diese Katastrophe vorbereitet.

«Lass die Spielchen», sagte Frederick schroff. Er hielt das zerknitterte Blatt cremefarbenen Papiers hoch. «Was soll das heißen?»

«Genau das, was darinsteht», antwortete Bea ruhig, obwohl sie alles andere als ruhig war.

«Sauber und deutlich geschrieben», sagte er zornig. «‹Mein lieber Frederick, so kurzweilig dieses kleine Intermezzo war, jetzt ist es Zeit, adieu zu sagen ...›»

«Wäre es dir lieber gewesen, ich hätte ein Gedicht daraus gemacht?»

Er fand ihre Bemerkung nicht komisch. «Du hättest wenigstens den Anstand besitzen können, es persönlich zu beenden.»

Bea zuckte mit den Schultern. «Man hat ständig so viele Dinge zu erledigen.»

«Hör auf», sagte er schneidend, und bei der Schärfe seines Tons stellte sie hastig den Mixbecher weg. «Hör auf.»

Bea sah den Mann an, der drei stürmische Monate lang ihr Liebhaber gewesen war – schummrige Nachtklubs, hastige Umarmungen im Fond von Taxis, heimliche Treffen in seiner Wohnung. Ihre Körper waren aufs Intimste miteinander vertraut geworden, doch im Grunde war er ihr immer noch fremd. Sie hatte nicht erwartet, dass er nun so reagieren würde. Sie hatte, um ehrlich zu sein, allerdings auch nie darüber nachgedacht, wie er reagieren würde. Dazu hatte ihr eigenes Verlangen sie viel zu sehr beansprucht, ihr Verlangen nach Rache, und dann der panische Wunsch, dass das alles einfach verschwinden würde. Dass er verschwinden würde.

Gott, war ihr übel.

Es war eine Sache, bis an die Grenzen zu gehen und sich in eine heimliche Affäre zu stürzen, um Marcus seinen Verrat mit gleicher Münze heimzuzahlen, Untreue mit Untreue zu vergelten, sich süße Rache zu gönnen. Doch dies hier ... so weit, bis an den Rand der Katastrophe, hatte es nie kommen sollen.

Nichts war abgelaufen wie beabsichtigt, nichts hatte sich entwickelt wie geplant. Marcus hätte vor Eifersucht glühen und sie im Sturm zurückerobern sollen, damit sie dann ihr Leben hätten fortsetzen können, wie es sein sollte: sie angebetet, er voller Anbetung, das eleganteste Paar in London, der Marquis und die Marquise von Rivesdale, von allen beneidet.

Es sollte alles einfach verschwinden; Frederick sollte verschwinden.

«Muss das sein?», fragte sie und war diesmal ganz ehrlich. «Wir haben uns doch nie vorgemacht, dass Gefühle im Spiel sind.»

«Gefühle vielleicht nicht, aber du könntest mir wenigstens etwas Respekt entgegenbringen. Wie kommst du dazu, mich mit einem Brief abzuspeisen? Ist die Last deiner täglichen Verpflichtungen so groß?»

Eine neue Welle der Übelkeit überschwemmte Bea. Sie klammerte sich mit beiden Händen an den Barwagen. Morgendliche Übelkeit? Eher morgens, mittags und abends und bei jedem Anlass. Beim Anblick eines Tellers mit Eiern und Schinken drehte sich ihr der Magen um. Beim Geruch von Gin bekam sie Brechreiz. Und niemand hatte sie davor gewarnt, dass Schwangerschaft einen so reizbar machte.

«Verpflichtungen?» Bea lachte beinahe hysterisch. «Weißt du es denn noch nicht, mein Schatz? Ich trage gerade die Last der größten Verpflichtung überhaupt.»

Fredericks Gesicht drückte Verständnislosigkeit aus.

«Ich erwarte ein Kind.» Ihr Lachen klang brüchig. «Genau das, worauf alle gewartet haben. Ein Erbe für das Haus Rivesdale.»

Frederick sagte nichts. Er starrte sie nur an, als wollte er sie von innen nach außen wenden. Bea drückte instinktiv die Hände auf ihren Bauch, der noch flach war, der nichts verriet, wären nur die anderen Anzeichen nicht gewesen. Dieser höhnische Blick ihres Mädchens. Und Marcus? Wie sollte sie es Marcus sagen?

Sie musste ihn überzeugen. Es würde ihr schon gelingen. Die vielen Nächte, in denen er betrunken nach Hause kam, so gut wie besinnungslos – er würde sich niemals erinnern, dass sie gar nicht zusammen gewesen waren, wenn sie ihm das Gegenteil schwor. Er würde viel zu stolz auf den kommenden Erben sein, um an ihrem Wort zu zweifeln, zumal angesichts der vielen Glückwünsche, von seinen Freunden, von seiner Mutter, von ihrer Mutter. Er würde Bunny aufgeben müssen. Alles würde wieder so werden, wie es gewesen war, wie es zu sein hatte.

Das Schweigen dröhnte schmerzhaft in ihren Ohren. Es war nicht zu ertragen.

«Und?», sagte sie herausfordernd. «Willst du mir nicht gratulieren.»

Seine Stimme war leise, als er antwortete, aber nicht so leise, dass sie die Worte nicht verstand, die sie am wenigsten hören wollte.

«Ist es von mir?»

KAPITEL 15

London, 1921

Du bist widerwärtig», sagte Bea kalt.

Addie hörte sie kaum. Wichtig waren einzig Fredericks Worte. *Ist es von mir?*

Dass er das fragte … Dass er das fragen *konnte* … Addie war heruntergekommen, um ihre Phenacetin-Tabletten zu holen. Sie hatte die Flasche letzte Woche Bea gegeben, und Bea hatte sie auf den Barwagen gestellt, nachdem sie eine der Tabletten mit einem steifen Whisky Soda hinuntergespült hatte. Kopfschmerzen, hatte sie gesagt. Bea hatte nie Kopfschmerzen. Aber Bea war schon die ganzen letzten Wochen nicht sie selbst gewesen. Sie war blass und angespannt, schnell gereizt und müde. Addie hatte sie besorgt beobachtet. Influenza war es nicht. Die Anzeichen dieser Krankheit kannte Addie nur zu genau.

Bloß Kopfschmerzen, weiter nichts, hatte Bea ungeduldig erklärt. *Das Getue ist völlig unnötig*. Krankheit, ob sie sie selbst betraf oder andere, machte Bea immer ungeduldig. Sie war, wie sie es gern formulierte, gesund wie ein Fisch im Wasser. Das eine Mal, als sie krank gewesen war, hatte Nanny gedroht, sie im Bett festzubinden. Addie fragte sich allmählich, ob sie tatsächlich zu diesem Mittel würde greifen müssen, Bea im Bett festbinden und einen Arzt rufen, um sicherzugehen, dass ihr nicht etwas Ernstes fehlte.

Niemals wäre Addie auf so etwas gekommen. Als sie Fredericks Stimme hörte, glaubte sie, er wollte vielleicht zu ihr. Sie hatte ihn so unendlich lange nicht gesehen, seit jenem furchtbaren Dezemberabend in dem furchtbaren Nachtklub nicht mehr. Es hatte keine gemeinsamen Konzerte, Vorträge, Têtes-à-Têtes bei Tee mehr gegeben. Er war aus ihrem Leben verschwunden, als wäre er nie gewesen.

Ab und zu war sie in den Zeitungen auf Schnappschüsse von ihm gestoßen. Niemals hätte sie es vor irgendjemand bei der *Review* zugegeben, doch sie las den *Tatler*, blätterte mit schlechtem Gewissen von Seite zu Seite und suchte nach bekannten Gesichtern, von jungen Frauen aus ihrem Debütjahr, von Männern, mit denen sie damals nicht getanzt hatte, die von dem Blitz nun unvorteilhaft beleuchtet wurden. Und auf einem Foto von Bea hatte sie Frederick entdeckt, im Schatten hinter ihr, beim Besuch eines dieser grässlichen Nachtklubs. Addie hatte Bea vorsichtig danach gefragt, und Bea hatte mit einem Schulterzucken gesagt, er sei hin und wieder mit der alten Clique unterwegs und ob Addie ihr bitte die Orangenmarmelade reichen würde.

Mit der alten Clique unterwegs. Das ganze Ausmaß des Verrats traf sie mit der Gewalt einer Flutwelle, die ihr den Boden unter den Füßen wegzog. Bea und Frederick. Frederick und Bea. Sie hatten sie belogen. Belogen und hintergangen.

Wie lange schon? Addie durchwühlte fieberhaft den Schatz liebevoll gehüteter Erinnerungen an all die Monate, als sie anbetend zu ihm aufgesehen hatte, ihm so dankbar gewesen war, wenn er ihr in den Mantel geholfen oder sie in ein Taxi gesetzt hatte, als sie mit ihm diese widerwärtigen Klubs besucht hatte, wo man es vor Lärm und Parfümschwaden kaum aushalten konnte. War damals schon etwas zwischen Bea und Frederick gewesen? Hatte er jedes Mal, wenn er mit ihr tanzte, über ihre Schulter hinweg nach Bea gesehen?

Und sie hatte geglaubt, er wäre anders. Er war so weltgewandt. Nicht auf die Art wie Bea und ihre Clique, nicht seicht und oberflächlich, sondern belesen, kultiviert, nachdenklich. Er besaß alles, was Addie sich immer gewünscht hatte. Alles, was sie sich bei ihm gewünscht hatte.

«Ist es von mir?» Die Tür zum Salon stand nur einen Spalt offen, aber das war genug. Addie konnte jedes Wort hören. Sie sollte das natürlich nicht tun, an der Tür stehen und lauschen wie ein neugieriges Dienstmädchen, aber sie konnte nicht anders.

«Ich wüsste nicht, was dich das anginge», sagte Bea von oben herab. Addie konnte sich ihr Gesicht genau vorstellen, das erhobene Kinn, die geringschätzige Miene.

Sie kannte Beas Gesicht so gut wie ihr eigenes, in all seinen Stimmungen. Niemals würde Bea ihr so etwas antun, ganz bestimmt nicht. Sie wusste doch, was Addie für Frederick empfand. Sie waren Schwestern, mehr als Schwestern, einander näher als Schwestern, einander verbunden durch Jahre gemeinsamer Geheimnisse, geteilter Leckerbissen, mutigen Einstehens füreinander, wenn eine von ihnen – meistens Bea – sie in Schwierigkeiten brachte.

Doch Bea war auch diejenige, die mit Charme und Schläue dafür sorgte, dass sie sich aus solchen Situationen immer wieder herauslavieren konnten.

Addie drückte sich die Faust auf den Mund. Sie wollte nicht denken, was sie dachte. Sie wollte der schrecklichen Gewissheit entfliehen, dass das, was sie hörte, wahr war, dass das ganz Bea war. Bea tat immer, was sie wollte, ohne Rücksicht auf die Konsequenzen, ohne Rücksicht selbst auf Addie.

Sie hatte immer gewusst, dass Bea es mit der Wahrheit, nun, nicht immer so genau nahm. Sie verfügte über das Talent eines Politikers, die Dinge so darzustellen, wie es für sie von Vorteil war, und das zur Tugend zu machen, was ihren Wünschen entgegenkam. Addie hatte es immer wieder erlebt. Entweder geschah es, wie Bea wollte, oder gar nicht. Wenn dabei manchmal die Interessen anderer verletzt wurden, so hatte sie immer eine Rechtfertigung zur Hand. Soundso war sowieso zu dick, für den war der Kuchen ohnehin nicht gut. Bea tat ihnen allen nur einen Gefallen. Man konnte es nicht direkt Lügen nennen, denn sie glaubte am Ende immer selbst, was sie da sagte, als ob man es durch das Erzählen wahr werden lassen könnte.

Addie konnte Bea jetzt beinahe hören, so voll honigsüßen Mitgefühls, wie nur Bea sein konnte. Wie sie sagte, wirklich, Liebes, es war nur zu deinem Besten. Er war nicht der, für den du ihn gehalten hast, Goblinfrucht, erinnerst du dich, ich habe dich gewarnt.

Nein. Ihr würde Bea so etwas niemals antun. Bea hätte nicht ... Addie suchte nach Worten, in die sie ihre Gedanken gießen könnte, aber manche Dinge waren zu grausam, um sie in Worte fassen zu können, zu grausam, um sie in schlichter Prosa zu hören.

Doch es war da, direkt vor ihr, auf der anderen Seite der Salontür.

«Die Sache», sagte Frederick, und Addie zerriss es fast das Herz beim Klang seiner Stimme, der so vertraut und doch so fremd war.

In diesem Ton hatte er mit ihr nie gesprochen. Sie hatte immer eine gewisse Verhaltenheit bei ihm gespürt, als kontrollierte er sich und übte besondere Vorsicht. Es war wie bei einem Messer, über dessen Klinge man eine Schutzhülle gezogen hatte. Jetzt lag die Klinge blank, seine Stimme war schneidend scharf.

«Sache», wiederholte Frederick. «Eine interessante Wortwahl. Es war meine Sache. Bis du mir das hier geschickt hast. Die Frage ist, was ist sonst noch meine Sache?»

«Nichts», entgegnete Bea mit Entschiedenheit. «Ein ehelich geborenes Kind ...»

Frederick unterbrach sie. «Wann warst du das letzte Mal mit deinem Marquis, sagen wir, ehelich vereinigt?»

Monate war das her. Addie wusste es, alle wussten es, von den Zofen bis zum Chauffeur. Marcus war vor langer Zeit aus Beas Bett in ein schmales Bett im Ankleidezimmer umgezogen. Ob er darin auch schlief, war eine andere Frage.

«Lass das», schrie Bea ihn an. «Lass das ja sein.»

«Wie zum Teufel willst du ihn überzeugen, dass es sein Kind ist?»

Addie wartete darauf, dass Bea sagen würde, weil es seins ist. Vielleicht war das alles ein Irrtum, ein großes Missverständnis.

«Mir wird schon etwas einfallen», sagte Bea nicht mehr so laut. «Ich sage ihm ... ich sage einfach ... Herrgott noch mal, Frederick, das geht dich doch gar nichts an.»

«O doch, wenn es meines ist», entgegnete er unerbittlich. Und dann sagte er: «Heirate mich.»

Addie wurde eiskalt. Ihr war so wie damals, als Bea ihr auf dem Teich in Ashford das Schlittschuhlaufen beibringen wollte. Sie war gestürzt und hatte auf dem Eis gelegen, keuchend, kalt bis ins Mark, über sich den Himmel, der sich im Eis spiegelte, während sich alles um sie drehte und Bea oben auf ihren Schlittschuhen Kreise zog.

«Falls es dir entgangen sein sollte», sagte Bea mit stark zitternder Stimme, «ich bin bereits verheiratet.»

«Aber wie lange noch?» Frederick war gnadenlos. «Wie lange wird es dauern, bis Marcus merkt, dass du das Kind eines anderen erwartest?»

«Das wird nicht passieren», behauptete Bea trotzig, und Addie sah eine jüngere Bea vor sich, in ihrer Kleiderschürze im Kinderzimmer, die bockig mit dem Fuß stampfte und immer wieder schrie *Tu ich aber nicht, tu ich aber nicht,* während Nanny die Hände rang und schwor, Bea werde sie noch ins Grab bringen.

«Und was wird dein Marquis sagen, wenn das Kind dunkelhaarig ist?»

Addie konnte das Klappern der kubanischen Absätze und das Rascheln des schwingenden Rocks hören, als Bea im Zimmer hin und her ging. «Meine Mutter ist auch dunkel. Und schau dir Addie an. So etwas kommt vor. Im Übrigen wissen wir gar nicht, ob er überhaupt etwas sagen wird. Wir wissen nicht, ob es ein Junge wird. Vielleicht wird es ein Mädchen. Und vielleicht ist es von Marcus», fügte sie beinahe triumphierend hinzu. «Du weißt gar nichts.»

«Aber du weißt es.»

Darauf folgte eine schreckliche Stille. Addie stand wie gefroren vor der Tür, während die Stille immer drückender wurde.

«Wenn er es merken wird ...», begann Frederick.

«*Falls* er es merkt», korrigierte Bea ihn scharf, und in Addie starb etwas, weil jetzt keine Selbsttäuschung mehr möglich war. Bea erwartete Fredericks Kind. Sie hatten sie belogen, alle beide.

Bea hatte sie belogen.

Der Abgrund öffnete sich unter Addie. Sie brach im Eis ein,

drohte zu ertrinken. Wen hatte sie denn außer Bea? Sie hatte einen Traum von Frederick gehabt, und es hatte bitter weh getan, als er aus ihrem Leben verschwunden war, aber im Innern hatte sie immer gewusst, dass es nur ein Traum war, sosehr sie ihn auch genossen hatte. Den Verlust Fredericks konnte sie aushalten. Aber Bea zu verlieren? Bea war alles, was sie hatte, der einzige Mensch auf der Welt, dem sie vertraute und den sie liebte, der einzige Mensch, der zu ihr gehörte, auf immer und ewig.

«Meinetwegen ‹falls›», sagte Frederick. «Falls er es merkt, wirst du dich im Nu vor Gericht wiederfinden. Sein Stolz wird es nicht zulassen, dich zu behalten.»

«Vielleicht wird sein Stolz es aber auch nicht zulassen, es an die große Glocke zu hängen», widersprach Bea. «Vielleicht wird er es für besser halten, alles zu vertuschen nach dem Motto, es braucht ja niemand zu wissen.»

«Da machst du aber die Rechnung ohne Bunny ffoulkes», sagte Frederick. «Sie lässt sich diese Gelegenheit bestimmt nicht entgehen. Sie wäre dumm, wenn sie es täte.» Behutsam sagte er: «Es hat keinen Sinn, Bea.»

Addie hasste die vertraute Art, wie er mit ihr sprach. Sie hasste ihn. Sie hasste sie beide.

«Es wäre besser für dich, mich zu heiraten.»

«Und das hier alles aufzugeben?» Beas Stimme war schrill. «Ich bin eine Marquise. Was hast du schon zu bieten? Eine schäbige kleine Wohnung irgendwo?»

«So schäbig hast du meine Wohnung bisher gar nicht gefunden.»

«Ich habe ja auch nicht dort gelebt.» Flaschen klirrten, als Bea mit beiden Händen auf den Barwagen schlug. Sie atmete laut und keuchend. «Das ist doch alles vollkommen absurd. Darüber braucht man gar nicht nachzudenken. Das wird nicht passieren. Gar nichts wird passieren. Alles wird bleiben, wie es war.»

«Du willst also das Kind eines anderen als das deines Mannes ausgeben», stellte Frederick fest.

Bea lachte hysterisch. «Es wäre nicht das erste fürstliche Kuckucksei. Dem Hahnrei ein Kuckucksei. Das passt doch wunderbar, findest du nicht auch?» Addie hörte ein Geräusch, das wie unterdrücktes Schluchzen klang. «Wenn er nur nicht ... Gott verdamm ihn. Das alles hätte nicht sein müssen. Verdammt. Verdammt. Verdammt. Es ist seine eigene Schuld. Wenn er die Finger von ihr gelassen hätte ...»

Addie fuhr erschrocken zusammen, als die grün bespannte Tür geöffnet wurde. Hodges eilte durch die Vorhalle direkt zur Haustür. Sie wusste, dass er sie da vor dem Salon stehen sah, aber er schaute an ihr vorbei, wie sich das für einen guten Butler gehörte, und Hodges war ein sehr guter Butler.

«Lord Rivesdale», sagte er, als er die Tür öffnete.

Marcus stürmte ins Haus, schon in Abendkleidung, und rief jemandem hinter sich zu: «Ich hole nur rasch das Grammophon ... oh, hallo, Addie.»

Er redete immer mit ihr, als ob er sie für leicht schwachsinnig hielt, und diesmal gab sie ihm ja auch allen Anlass dazu, wie sie da ohne ersichtlichen Grund direkt vor der Tür zum Salon herumstand.

Bunny war hinter ihm an der Tür stehen geblieben und begutachtete die Ringe über ihren behandschuhten Fingern. Sie hatte sich noch keinen dieser modischen Kurzhaarschnitte machen lassen, sondern trug ihre Haare zu einem kleinen Nackenknoten zusammengesteckt und vorn onduliert, sodass ihre Ohrgehänge prächtig zur Geltung kamen.

«Ist das Grammophon im Wohnzimmer?», warf Marcus hin und wollte sich an ihr vorbeidrängen.

Addie sprang ihm instinktiv in den Weg, um ihn zurückzuhalten. «Äh, ja. Ich meine, nein.» Sie räusperte sich nervös. «Ich glaube, Bea hat das Grammophon im ...»

«Das wär's dann also?» Fredericks Stimme war laut und kalt. «Ich werde als Deckhengst benutzt, und nun kann ich gehen?»

Bunny hob den Kopf von ihren Ringen. Sie witterte Blut. Marcus starrte mit gerunzelter Stirn die Tür an und fragte: «Wer ist da drin?»

«Niemand. Es ist ...»

«War das von Anfang an dein Plan?», fuhr Frederick in ätzendem Ton fort. «Für eine zweite Besetzung zu sorgen, falls der Ehemann es nicht hinbekommt?»

Beas Ton war ebenso ätzend, ihre Worte verhängnisvoll deutlich. «Hast du dir eingebildet, ich hätte es wegen deines Charmes getan?»

Addies Blick traf den von Marcus. Sein gut geschnittenes Gesicht drückte Ungläubigkeit aus, Ungläubigkeit, Schock und beginnenden Zorn. Bunny, die immer noch an der Haustür stand, zitterte vor Aufregung und Neugier.

«Es ist nicht», begann Addie verzweifelt. «Es ist nicht so, wie ...»

Und Frederick sagte laut und gemein: «Laut genug geschrien hast du jedenfalls.»

Marcus' Nasenflügel blähten sich. «Gut», sagte er, sonst nichts, doch bei seinem Ton durchzuckte Addie eisiger Schrecken.

Sie wollte ihn aufhalten, doch er stieß sie weg und riss die Tür zum Salon auf.

New York, 1999

Rom», wiederholte Jon.

«Rom», bestätigte Clemmie. «Synonym für Feigheit.»

Selbst nach so vielen Jahren tat die Erinnerung an die Zurückweisung noch weh.

«Das ist nicht fair», sagte Jon.

Nicht fair? «Ist dein Brief etwa in der Post verlorengegangen? Hat mein Anrufbeantworter deine Nachricht einfach verschluckt? Kann ich mir nicht vorstellen.» Clemmie nahm einen stärkenden Schluck Scotch. Der Alkohol brannte in ihrer Kehle. Sie sagte ein wenig heiser: «Du hast es nicht mal fertiggebracht, mir eine kleine Trostrede zu halten, so nach dem Motto ‹du bist wirklich hinreißend, aber ...› Ich würde das Feigheit nennen, du nicht?»

«Du glaubst also wirklich, dass es so gelaufen ist?» Das Sofa ächzte, als Jon sich vorbeugte und nach der Scotchflasche griff. «Du glaubst wirklich, dass das alles war?»

Clemmie beugte den Kopf über ihr Glas, um ihn nicht sehen zu lassen, wie gekränkt sie war. «Ich weiß, wie es gelaufen ist. Ich war ja schließlich dabei.»

Ein billiges Studentenzimmer in Rom; der Geruch nach schalem Wein und Knoblauch aus dem Restaurant darunter; das Quietschen von Sprungfedern, das Rascheln ihres Kleides; der Schwindel, der Rausch; die Musik und das Lachen in der warmen Sommerdunkelheit.

Sie hatte kurz vor ihrem Abschluss gestanden und verbrachte mit Hilfe eines Stipendiums den Sommer in Rom. Theoretisch, um Recherchen für ihre Abschlussarbeit zu betreiben, aber eigentlich weil Rom Rom war und sie dort sein wollte. Jon, seit zwei Jahren Wirtschaftsberater, war geschäftlich in der Stadt gewesen. Nach unzähligen Gläsern Grappa war kaum noch etwas klar. Sie hatte ihn unbedingt beeindrucken, ihm mit ihrem Italienisch imponieren, ihm zeigen wollen, wie gewandt und selbständig sie war. Stattdessen hatte sie sich so fürchterlich betrunken, dass sie ihm auf seine neuen italienischen Slipper gekotzt hatte.

Sie hatte ihn in ihr Zimmer mitgenommen, damit er sich säubern konnte, beide kichernd und ausgelassen, immer noch betrunken. Was hatten sie damals immer gesagt? Auskotzen und neuen Anlauf nehmen. Genau das hatte sie getan, sich ausgekotzt und neuen Anlauf genommen, direkt ins Bett mit ihm.

Es war, na ja, das, woran sie sich noch erinnerte, trieb ihr noch Jahre später das Blut in die Wangen. Wirre Bilder von seinen Händen und seinem Mund, die Musik von Depeche Mode im Hintergrund auf ihrem Kassettenrecorder. Sie war total fertig gewesen am nächsten Morgen. Und doppelt fertig, als er mit einem *Wir reden später, okay?* sang- und klanglos verschwunden war.

Aber sie hatten nie geredet.

Clemmie stellte ihr Glas weg. «Du hattest nicht mal den

Mumm, mich hinterher anzurufen. Du hast dich einfach davongeschlichen wie ...» Ihr fiel kein passender Vergleich ein. «Wie ein feiger Schleicher.»

Jon setzte sich auf, die Flasche in der Hand, die Brille verrutscht, die Haare zerzaust. «Du hast überhaupt nichts mitbekommen, oder? Na schön, lassen wir's einfach.»

«Nein. Nein. Wir lassen es gar nicht.» Sie war es satt, immer alles unausgesprochen zu lassen. Sie war es satt, dass alle immer um alles herumredeten und Geheimnisse vor ihr hatten. «Scheiße, Jon. Ich weiß, du warst groß und erwachsen und wichtig, und ich war nur eine kleine Studentin, aber hättest du nicht wenigstens anrufen können?»

«Um dir was zu sagen? Dass ich mich total mies gefühlt habe, weil ich die Situation ausgenutzt hatte?»

Und hatte sie etwa kein Anteil an der Sache gehabt? Wie selbstverständlich er sich zum Verantwortlichen erklärte, ärgerte sie. «Na ja, du musstest dich mir ja nicht gerade aufzwingen.»

«Du warst betrunken», sagte Jon kurz. «So wollte ich es nicht.»

«Vielleicht wollte ich es aber.» Vielleicht war man mit einundzwanzig einfach ein bisschen blöd. Vielleicht war sie besonders blöd gewesen. Sie wusste noch ganz genau, wie sie den Grappa in sich hineingeschüttet hatte, um sich Mut zu machen, weil sie unbedingt wollte, dass etwas passierte. Sie hatte eigens ihre Glücksunterwäsche getragen, blassrosa mit kleinen Röschen. «Wenn ich gewusst hätte, was danach kam, hätte ich es mir allerdings verkniffen.»

Jon stellte die Flasche krachend auf den Boden. Sie schwankte gefährlich. «Wenn du es unbedingt wissen musst», sagte er, «ich bin verwarnt worden. Ich wurde ins Arbeitszimmer zitiert und zur Ordnung gerufen.»

«Was redest du da für einen Quatsch?» Nicht nur hatte er angefangen zu nuscheln, ihr blieb auch der Sinn der genuschelten Worte verschlossen.

«Deine Granny Addie», erklärte er, jetzt sehr deutlich und klar in seiner Rede, «hat mich abgemahnt. Sie hat mich, wie gesagt, ins Arbeitszimmer zitiert und gefragt, was zwischen uns läuft.»

«Woher hat sie davon gewusst? Du hast ihr doch nichts erzählt?» Die Vorstellung war mehr als unangenehm. «Du hast ihr doch nichts von Rom gesagt?»

«Natürlich nicht. Davon ganz bestimmt nichts. Wenn du's genau wissen willst, ich habe meine Absichten erklärt.»

Clemmie sah ihn entgeistert an. «Deine Absichten?»

Seine Absicht, sie nie wieder anzurufen? Seine Absicht, aus ihrem Leben zu verschwinden? Seine Absicht, diese unsympathische Caitlin zu heiraten? Nein, Caitlin war erst später gekommen, viel später. Clemmie hatte sich schon mit einem anderen getröstet, mit diversen anderen. Sie erinnerte sich nicht einmal mehr an die Namen. Sie hatte streng darauf geachtet, nie ohne Begleitung bei Familienfeiern zu erscheinen.

«Ich wollte es schön altmodisch machen, ganz der Mann von Welt.» Er schnitt eine Grimasse bei der Erinnerung. «Ich habe ihr gesagt, dass ich dich liebe, aber bereit wäre zu warten, bis du mit dem Studium fertig bist, bevor ich dir einen Antrag machen würde, bla, bla, bla. Gott, ich kam mir so wichtig vor.»

Er wollte was? Clemmie musste sich kneifen, um richtig wach zu werden, um vernünftig denken zu können. Das war nicht die Geschichte, die sie sich zusammengereimt hatte.

Jon kippte noch einen Scotch hinunter. «Granny Addie hat mir gründlich den Marsch geblasen. Sie sagte, du seist zu jung und es wäre nicht fair, dich an mich zu binden. Ich sei ständig unterwegs, du studiertest noch. Sie hatte recht. Es wäre ein Riesenfehler gewesen. Für uns beide.»

Clemmie musste sich räuspern, um sprechen zu können. «Du hast ihr gesagt, dass du mich liebst?»

Jon schob seine Brille wieder auf die Nase. «Also, jetzt komm schon. Warst du die Einzige im Großraum New York, die nicht gemerkt hat, dass ich total in dich verknallt war?»

Das Zimmer schien plötzlich geschrumpft zu sein, eine knisternde Spannung lag in der Luft. Sie sahen einander an, und Erinnerungen wurden wach, verschwommen und lückenhaft, an Lachen und Zärtlichkeit, zu viel Grappa und die von ihrem alten Kassettenrecorder verzerrten Synth-Rock-Songs von Liebe und Sehnsucht. Drinks im Yale Club, Tänze bei Familienhochzeiten, immer begleitet von dem unausgesprochenen Wissen um das, was in dieser einen Nacht passiert war. Es war, als hätte jemand die Zeit zurückgedreht und sie wären wieder in dem stickigen kleinen Zimmer in Rom, mit brennenden Lippen und brennender Haut, jeder Gedanke, jede Empfindung auf den einen Moment gerichtet.

«Clem», sagte er.

Die Heizung knackte, und Clemmie fuhr zusammen, nur einen Atemzug entfernt von – was? Sich wieder in seine Arme zu werfen? Das war – sie wusste nicht, was es war. Ihre Haut kribbelte in der schwülen Hitze der Wohnung.

«Aber ...» Der Polsterstoff des Sofas scheuerte an ihren nackten Beinen. Sie wusste nicht, was sie sagen sollte. Sie hatte so lange auf einen Anruf von ihm gewartet, überzeugt, dass er nichts von ihr wissen wollte und sie ihn besser zum Teufel jagen sollte. «Warum hast du nichts gesagt?»

«Ich war vierundzwanzig. Wir waren Kinder. Und ich war tief gekränkt», gestand er mit einem selbstironischen Lächeln.

«Ach ja? Und was glaubst du, wie ich mich gefühlt habe?» Was, wenn er angerufen hätte? Granny Addie sich nicht eingemischt hätte? Sie sah, wie sich eine ganz andere Vergangenheit vor ihr öffnete, mit einer unendlichen Fülle von Möglichkeiten.

Jon streichelte sachte ihre Wange. «Tut mir leid, Clem. Wirklich, tut mir leid.»

«Es hätte wahrscheinlich sowieso nicht gehalten, oder?», sagte sie mit wackeliger Stimme. «Ich meine, so jung, wie wir waren.»

«Ja», stimmte Jon ein wenig zu schnell zu. «Wahrscheinlich. Ich wäre auf der Business School gelandet, statt Geschichte zu studieren, und du hättest wahrscheinlich Jura studiert, wie geplant, es mir aber übelgenommen, nicht auch mit anderen auf Dates gehen zu können. Es wäre ein Desaster geworden.»

«Genau. Ein Desaster.» Clemmie war benebelt vom Scotch und völlig durcheinander. Ihr nacktes Knie streifte seins, Haut an Haut zum ersten Mal seit Jahren. Sie spürte, wie es sie elektrisierte. Er spürte es auch. Sie merkte es.

Seine Augen hatten die gleiche Farbe wie die Flüssigkeit in ihrem Glas, goldbraun.

«Ich wünschte ...», begann sie, doch er verschloss ihr den Mund mit einem Kuss.

Was waren Wünsche im Vergleich dazu? Sie hatte nachher keine Erinnerung daran, dass sie die Augen geschlossen hatte und näher zu ihm gerückt war. Kein Denken, nur Fühlen, seine Lippen, seine Hände, die genoppte Häkeldecke unter ihren Knien, seine nackte Haut, als sie die Hände unter sein Hemd schob. Er küsste sie wild und fordernd, als wolle er sie mit seinen Lippen überzeugen. Und sie hielt sich an ihm fest, während ihre Welt sich langsam neigte in diesem plötzlichen Sturm verwirrender Gefühle und Eindrücke.

Sie fuhren auseinander, als das Telefon auf dem Schreibtisch zu läuten begann, sie rücklings auf dem Sofa, Jon über ihr, mit hochgeschobenem Hemd und wirren Haaren. Er atmete in heftigen Stößen. Das Telefon auf dem Schreibtisch klingelte immer weiter.

Sie schauten sich an, beide mit dem gleichen Gedanken.

«Das Krankenhaus», sagte Clemmie.

«Mist.» Jon rutschte vom Sofa, stolperte über den Teppich und stieß die leere Scotchflasche um. Er machte einen Satz zum Telefon. «Hallo?»

Clemmie zitterte am ganzen Körper, als sie vom Sofa aufstand. Sie hatte gehört, dass das zu den Nachwirkungen eines Schocks gehörte. Aber ‹Schock› war vielleicht nicht das richtige Wort. Mit einem Ruck zog sie ihr geliehenes T-Shirt herunter und stieß dabei mit dem Ellbogen an den Stapel Ordner auf dem Schreibtisch. Der oberste rutschte seitwärts.

Clemmie wollte ihn festhalten, doch sie war einen Tick zu langsam. Der Ordner stürzte ab, sein Inhalt verteilte sich in fliegenden Blättern auf dem Boden.

«Anna? Anna, ich kann dich nicht hören.» Das schnurlose Telefon ans Ohr gedrückt, lief Jon in den Flur hinaus.

Clemmie begann die Blätter einzusammeln und lauschte dabei angespannt, was Jon draußen sagte. Die zusammengehefteten Seiten eines frühen Entwurfs, doppelzeilig geschrieben, mit zahlreichen Durchstreichungen und ungeduldig auf das Papier geworfenen Einfügungen fielen ihr in die Hand. *Kapitel fünf* stand oben auf der ersten Seite, *Die Sensationsscheidung.*

«Ich hör dich schon wieder nicht mehr, verdammt noch mal.» Jon drückte ‹Gespräch beenden› und begann eine Nummer zu tippen «Anna?»

Den Aufzeichnungen angehängt waren weitere graue Fotokopien, diesmal mit Bildern aus Zeitungen und Zeitschriften, die die *jeunesse dorée* einer früheren Epoche zeigten, Frauen in pelzverbrämten Mänteln und Männer mit Zylinder. Die schlechten Fotokopien hinterließen graue Spuren auf Clemmies Fingern, als sie sie in den Ordner sortierte. Sie warf nur einen halben Blick darauf, da sie ganz auf Jon konzentriert war, der im Flur hin und her rannte und in das unzuverlässige Telefon brüllte. Sein müdes Gesicht war ein Spiegel widerstreitender Gefühle von Ungeduld, Zorn, Angst, Verzweiflung.

Ihre Hand zitterte, und ein Blatt rutschte zwischen ihren Fingern hindurch auf den Boden.

Tatler lautete die verschnörkelte, von einem Art-déco-Muster umrahmte Aufschrift auf dem Kopf der Seite. Darunter war ein Bild von Grannys Cousine Bea in einem eleganten Reisekostüm mit Pelz am Hals. Sie schien auf einem Schiff zu stehen, die Arme voller Blumen, in Begleitung eines Mannes, der große Ähnlichkeit mit dem jugendlichen Grandpa Frederick auf den alten Fotos in Granny Addies Wohnung hatte.

Lady Beatrice Desborough und Sir Frederick Desborough hieß es in der kurzen Bildunterschrift.

«Clemmie?»

Sie blickte auf. Jon stand an der Tür. Er hielt das Telefon in beiden Händen, so krampfhaft, dass die Knöchel weiß hervortraten. Er sah niedergeschlagen aus.

Clemmie ließ das Blatt Papier fallen und stützte sich beim Aufstehen auf die Armlehne des Sofas.

«Das war Tante Anna?» Ihre Stimme klang ihr fremd.

Jon nickte. Er kam nicht zu ihr. Er stand nur da, mit dem Telefon in beiden Händen.

«Es tut mir leid», sagte er heiser. «Clemmie ... Sie ist tot.»

TEIL ZWEI

KENIA

KAPITEL 16

Kenia, 1926

Wollen wir fahren?» Addie trat einen Schritt von Frederick zurück, während sie ihre Verwirrung hinter einer Fassade freundlichen Geplauders zu verbergen suchte. «Ich bin so gespannt auf die Farm. Und natürlich auf die Kinder.»

Sie wusste selbst nicht, wie sie es fertigbrachte, so gelassen zu tun. In ihren Ohren war ein Pfeifen wie das langgezogene Signal eines Zugs, eine schrille Warnung, die Tausende von Meilen zu spät kam.

Sie empfand es als eine Ungerechtigkeit des Schicksals, dass Frederick sich kaum verändert hatte. Sein Gesicht war zwar eine Schattierung dunkler, und er trug Khaki statt Tweed, aber das Wesentliche, dieser funkenhafte Zauber seiner Persönlichkeit, der sie damals in dem Ballsaal in Kent in seinen Bann geschlagen hatte, hielt sie noch genauso gefesselt. Sie hatte sich vorgemacht, sie sei nur wegen der damaligen Umstände von ihm angezogen gewesen. Sie hatte sich im Lauf der Jahre eine kleine saubere Geschichte zurechtgelegt. Sie war jung und naiv gewesen und frisch aus der Provinz. Sie hatte in ihm den kultivierten Mann von Welt gesehen. Er war der erste Mann überhaupt gewesen, der ein persönliches Interesse an ihr zeigte, das unabhängig von ihrer Verbindung zu Bea war. Zumindest hatte er ihr das sehr geschickt vorgegaukelt.

Doch hier in der erbarmungslosen Sonne Afrikas lösten sich Addies vernünftige Erklärungen in Dunst auf. Es war absurd. Sie müsste doch jetzt gegen ihn gefeit sein, jetzt, wo sie wusste, was er wirklich war: ein berechnender Opportunist. Und der Ehemann ihrer Cousine.

Mit einem längst nassen Taschentuch wischte sich Addie den

Schweiß aus den Augen und legte die Hand auf den Türgriff des schwarzen Ford. Was für eine schreckliche, schreckliche Idee war das gewesen. Sie hätte bei David zu Hause in England bleiben sollen, statt einer merkwürdigen Vorstellung von Ausgleich und Rechtfertigung nachzujagen. «Ist das der Wagen?»

«Das? O nein, Schatz, nein. Das ist der Leutewagen von der Farm.» Bea scheuchte sie zu einem kanariengelben Automobil mit einem fliegenden Storch vorn auf der Motorhaube. «Das ist meiner», sagte sie mit unüberhörbarem Stolz.

«Er ist sehr imposant», sagte Addie. Die Motorhaube schien kein Ende zu haben.

Bea warf ihrem Mann einen durchschaubaren Blick zu. «Das war mein Geschenk zum Hochzeitstag, nicht wahr, Schatz? Fünf *herrliche* Jahre.»

In der Sonne wirkte Fredericks Gesicht seltsam düster. «Ich kümmere mich um deine Koffer», sagte er und wandte sich ab.

«Es ist nur einer», rief Addie ihm nach. «Ich habe nicht viel mitgenommen.»

Bea drückte ihren Arm, der vertraute Duft ihres Parfüms im Wettstreit mit den fremdartigen Gerüchen Afrikas. «Es ist genau wie beim ersten Mal, nicht? Als du nach Ashford gekommen bist. Ich weiß noch genau, wie du an dem Abend im Kinderzimmer ausgesehen hast, so klein und zart mit deinen großen Augen.»

«Ja, und du hast mich sofort unter deine Fittiche genommen.» Addie bemühte sich, nicht unfreundlich zu sein. Es war ja wahr, sie hatte Bea viel zu verdanken. Aber war es wirklich nötig, das jetzt anzusprechen? Addies Blick folgte Frederick, der sich gewandt durch die Menge bewegte, während er die Beförderung ihres Schiffskoffers beaufsichtigte. Sie zwang sich wegzuschauen. «Ich werde deine Gutherzigkeit nie vergessen.»

«Wir sind Schwestern, das weißt du doch», sagte Bea heiter. «Mach dir bloß keine Gedanken. Wir können dir etwas umarbeiten und dir eine ganz neue Garderobe zaubern. Das macht doch Spaß. Ich habe tonnenweise Sachen, die kaum getragen sind. Die können wir durchsehen, wenn wir in Ashford sind.»

«Ashford?» Addie sah sie erstaunt an.

«So nenne ich unsere Farm. Ashford, wiederbelebt. Das ist überhaupt nicht ungewöhnlich», fügte sie wie zur Rechtfertigung hinzu, als Frederick sich wieder zu ihnen gesellte. «Viele Leute hier geben ihren Farmen Namen von zu Hause. Joss Hay nennt seine *Slains*. Das war das Familienschloss in Schottland.»

«Betonung auf *war*», bemerkte Frederick. «Soviel ich weiß, haben sie es schon vor einigen Generationen verloren.»

Bea sagte gereizt: «Du würdest es nur verstehen, wenn du einen Besitz hättest, den du verlieren könntest. Haben wir Zeit für einen Drink im Klub?»

«Wenn wir vor Einbruch der Dunkelheit zurück sein wollen, nicht.» Fredericks Ton war durchaus umgänglich, aber der mitschwingende Unterton machte Addie frösteln.

Bea appellierte an Addie. «Möchtest du nicht lieber in Muthaiga übernachten? Das ist unser Klub», fügte sie hinzu. «Ich weiß, du lechzt nach einem Bad. Wir trinken etwas, und du könntest einige unserer Nachbarn kennenlernen. Wir bleiben über Nacht und fahren morgen in aller Früh. Frühmorgens zu fahren ist ohnehin bei weitem das Beste, bevor die Hitze wirklich unerträglich wird.»

«Sie wird noch schlimmer?», fragte Addie, die nun schon beinahe überwältigt von der Glut war, die durch ihren ungeeigneten Hut brannte und so sengend heiß auf ihrer Haut lag, dass Schweißbäche ihren Rücken hinunterrannen.

Frederick lachte leise.

Addie hatte Mühe, ihm ihren Ärger nicht zu zeigen. Früher hätte es sie glücklich gemacht, ihm eine Quelle der Erheiterung zu sein. Es hätte ihr eine kindische Freude bereitet, ihn zum Lachen gebracht zu haben. Aber das war vorbei. Für sie war er das Letzte vom Letzten, und er interessierte sie allenfalls noch als Ehemann ihrer Cousine.

«Ich richte mich ganz nach dir», sagte sie zu Bea und fügte dann mit einer Herzlichkeit, die sie längst nicht empfand, hinzu: «Lass uns doch nach … Ashford, richtig? Lass uns doch nach Ashford fahren. Gott, ich habe diesen Namen seit Ewigkeiten nicht mehr gehört. Es ist ein bisschen befremdlich, ihn hier zu hören.»

«Die Einheimischen nennen es Kirinyaga.» Sie hatte vergessen, wie tief grün Fredericks Augen waren, vergessen oder sich die Erinnerung verboten. «Grob übersetzt heißt es ‹es ist herrlich›.»

«Wie interessant», sagte Addie frostig. Sie wandte sich absichtlich Bea zu. «Im Allgemeinen denkt man gar nicht daran, dass Namen Bedeutung haben, nicht? Glaubst du, dass der Name ‹Ashford› früher einmal etwas Bestimmtes bedeutete?»

Bea zuckte mit den Schultern. «Ich könnte mir vorstellen, dass es etwas mit einem Baum und einer Furt zu tun hatte.»

«Es könnte auch eine Verballhornung aus dem Französischen sein», warf Frederick ein. Addie erinnerte sich, welche Macht früher einmal ein bloßes Wort aus seinem Mund über sie gehabt hatte. Sie erinnerte sich ihrer langen Gespräche, all dieser albernen Vorträge und Diskussionen. Es machte sie wütend, dass der Klang seiner Stimme immer noch die Kraft hatte, ihr eine Gänsehaut zu verursachen.

Nichts als alte Gewohnheit, sagte sie sich. Alte Gewohnheit und Erinnerung. Nichts weiter.

Bea studierte ihre behandschuhten Hände. «Ach ja, darauf verstehen sich die Franzosen, auf Perversion und Putz, nicht wahr?»

Bea trug immer noch Marcus' Ring, einen großen, in Diamanten gefassten Saphir. Es versetzte Addie einen Stich, ihn zu sehen und sich an Bea im Rivesdale House zu erinnern, damals, bevor ihrer beider Welt in die Brüche gegangen war. Sie fragte sich, ob es Marcus ärgerte, dass Bea ihn behalten hatte – oder, treffender, ob es Frederick störte.

«Heißt es nicht, dass Eschen Zauberkräfte besitzen?», fragte Addie aufs Geratewohl. «Weißt du noch, Bea, wie die Köchin immer Stofffetzen um einen Ast geknotet hat, wenn sie sich krank fühlte? Ich bin mir allerdings nicht sicher, ob es eine Esche war. Es kann auch ein anderer Baum gewesen sein.»

«Doch, es könnte eine Esche gewesen sein», mischte sich Frederick unaufgefordert in ihr Gespräch ein. «Der nordischen Mythologie zufolge wurde das erste Menschenpaar aus dem Stamm einer Esche geschaffen. Es ist gewissermaßen die nordische Version unseres Mythos von Adam und Eva, nur ohne den Apfel.»

«Wäre dann Ashford der Garten Eden?», erkundigte sich Addie heiter. Schweiß rann ihr den Nacken hinunter, ihr ganzer Rücken kribbelte, und sie hatte Kopfschmerzen von der Sonne.

«Aus dem wir vertrieben wurden, meinst du?» Peinliches Schweigen folgte auf Beas Frage. Sie riss ungeduldig an ihren Handschuhen. «Wenn wir nicht zu einem Drink bleiben, sollten wir fahren.»

«Wie weit ist es?», fragte Addie, die Bea zu dem gelben Automobil folgte.

Frederick, der von hinten herantrat, um die Tür auf der Beifahrerseite zu öffnen, antwortete ihr. «Etwas über drei Stunden.»

«Ja, bei deiner Fahrweise», sagte Bea.

Frederick wies sie höflich zum Wagen. «Ich bin sicher, dass Addie ihren ersten Abend in Ostafrika lieber nicht in einem Graben verbringen würde.»

«Es ist nicht ihr erster Abend», widersprach Bea. «Erst Mombasa, dann eine Nacht in der Eisenbahn und auf diesem grässlichen kleinen Bahnhof in Voi. Nicht dass es mit dem Wagen besser wäre als mit der Eisenbahn. Du kannst dir die Straßen hier nicht vorstellen, Schatz. Sie sind alle aus rotem Murramschotter, wahnsinnig staubig, und man holpert praktisch von Schlagloch zu Schlagloch. Aber es gibt einen Trick. Wenn man schnell genug fährt, *fliegt* man.»

«Das klingt abenteuerlich», sagte Addie, die lieber daheim in London gewesen wäre, wo der Omnibus nicht flog, sondern zuckelte.

«Das ist es auch», bestätigte Bea. «Keine Sorge. Ich nehm dich mal mit, wenn der alte Nörgler nicht dabei ist.»

Der alte Nörgler ließ sich nicht provozieren. Er hielt höflich die Tür und wartete darauf, dass sie einsteigen würden. Addie wusste, dass nichts Bea wütender machte als Gleichgültigkeit ihr gegenüber. Sie vermutete, dass Frederick das auch wusste.

Warum war sie nur nicht zu Hause geblieben?

«Nach dir», sagte sie zu Bea, doch Bea schob sie vorwärts.

«Nein, nein, Liebes, du setzt dich in die Mitte. Da siehst du mehr.» «Bist du sicher? Ich möchte nicht ...»

«Wenn du schon mal da bist, musst du auch etwas sehen. Und am besten sieht man, wenn es einen ordentlich vom Sitz hebt.» Bea rutschte neben sie, und Addie war in der Mitte gefangen. «Ich lerne fliegen. Es ist himmlisch. Du hast nichts gesehen, wenn du nicht in einem Flugzeug über das Rift Valley geflogen bist.»

«Mehr halsbrecherisch als himmlisch», bemerkte Frederick, als er auf der anderen Seite einstieg. Er schlug die Wagentür zu, und Addie war zwischen den beiden eingesperrt. Auf der einen Seite rieb Beas Rock raschelnd an ihrem, auf der anderen berührte sie Fredericks Bein und Hüfte. Er stieß mit dem Ellbogen an ihre Brust, als er das Lenkrad herumzog. «Die Dinger sind Todesfallen. Wir reiten mit dir aus, Addie. Da bekommt man am meisten vom Land zu sehen.»

«Addie hasst Pferde», erklärte Bea. Sie drückte ihren Hut fester auf ihren seidig glänzenden blonden Bubikopf. «Stimmt doch, Schatz?»

«Ich hasse sie nicht», sagte Addie ausweichend und hielt sich an der Sitzkante fest, als der Wagen vorwärtssprang. Ein Huhn flog gackernd vor ihm auf. «Ich respektiere nur ihre Abneigung dagegen, mich auf ihrem Rücken zu haben.»

«Sie merken, dass du Angst hast», sagte Bea, jetzt wieder viel mehr die Alte.

«Da haben sie ja auch recht.» Addie wedelte mit einer Hand den roten Staub weg, der von der Straße aufstob. «Weißt du noch, unsere heimlichen Reitstunden?»

Bea tat so, als zuckte sie zusammen. «Ich hatte keine Ahnung, dass ein Mensch so oft vom Pferd fallen kann. Aber du hast nicht aufgegeben.»

«Nur weil du mich immer wieder ermutigt hast.» Aus irgendeinem Grund schien es ihr ungeheuer wichtig, Frederick deutlich zu machen, wie aufmerksam Bea gewesen war. «Bea hat den Pferdeknecht bezirzt, den frömmsten alten Gaul im Stall requiriert und mich stundenlang in der Koppel herumgeführt. Sogar Dodo hat aufgegeben, aber Bea hat nicht lockergelassen.»

«Tatsächlich?», sagte Frederick, doch er schaute nicht Bea an, sondern Addie.

«Du kennst mich doch», meinte Bea nonchalant. «Ich liebe Herausforderungen. Ach, Schatz, schnell, schau da hinüber. Nein, die andere Seite. Hast du es gesehen? Da war ein Nashorn.»

Addie drehte sich nach hinten. «Ich hab's verpasst. Kommen sie bis an die Straße?»

«Wenn sie glauben, dass sie ungestraft damit durchkommen, ja», antwortete Frederick. «Wir hatten hier ständig Scherereien mit den Telegraphendrähten, nachdem die Nashörner entdeckt hatten, dass die Masten ideale Kratzbäume abgeben. Sie drücken sich mit dem Hinterteil oder der Seite dagegen, und dann schubbern sie sich wie wild daran. Und als wäre das nicht genug, kamen auch noch die Giraffen vorbei und verhedderten sich mit ihren langen Hälsen in den Drähten. Es ist verdammt lästig, wenn einem eine Giraffe in die Quere kommt, während man gerade versucht, telegraphisch Nachschub zu bestellen.»

«Ja, ich kann mir vorstellen, dass das ein Problem ist», sagte Addie wohlerzogen, während sie versuchte, sich etwas zur Seite zu drehen. «Gibt es auch Löwen?»

«Die lassen uns im Allgemeinen in Frieden, wenn wir sie in Frieden lassen», antwortete Bea. «Dafür sind die Affen eine wahre Plage. Sie schnappen sich alles, was sie bekommen können, und plappern einem ohne Pause die Ohren voll. Man kommt sich vor wie bei einem Nähkränzchen. Du kannst es dir nicht vorstellen. Und die Hyänen erst! Ganz widerwärtige Biester.»

«Sie kommen nur noch selten in die Nähe des Hauses», bemerkte Frederick. «Im Gegensatz zu früher.»

«Stimmt, aber man kann sie hören», beharrte Bea. «Spätabends kann man sie lachen hören wie einen Haufen Irrer. Sie fressen Kadaver. Nicht nur von Tieren, sondern auch menschliche Kadaver. Nachts hört man sie, wie sie lauern und lachen.»

Addie spürte trotz der Hitze einen Kälteschauer im Rücken. «Du lieber Gott, das hört sich ja an wie etwas aus einem dieser Schauerromane, die wir früher gelesen haben. Weißt du noch?»

«Ja, aber wir konnten das Buch dann einfach zumachen», sagte Bea, und ihr Ton klang so verloren, dass Addie sie überrascht ansah, überrascht und mitleidig. Bea fasste sich schnell wieder und hob die Stimme, um das Motorengeräusch zu übertönen. «Siehst du Rosita und Geordie manchmal?»

«Rosita und wen? Ach so.» Überrumpelt von dem abrupten Themenwechsel brauchte Addie einen Moment, um zu verstehen, wovon Bea sprach. Die beiden hatten in jenen fernen Tagen zu ihrer alten Nachtklub-Clique gehört. Addie musste husten von dem roten Staub und wedelte mit der Hand vor ihrem Gesicht herum. «Nein. Unsere Wege kreuzen sich eigentlich nicht. Ich gehe kaum noch ins Ritz.»

«Dann ist jetzt wahrscheinlich etwas Neues en vogue», sagte Bea neiderfüllt. «Wie ist denn dein Leben so als unabhängige Neue Frau an den Fleischtöpfen Londons?»

«Ach, nicht besonders aufregend», sagte Addie, die sich Fredericks Nähe intensiv bewusst war, obwohl er keinen Moment den Blick von der Straße wandte. «Ich gehe ziemlich viel in Konzerte. David ist sehr musikalisch. Und ins Theater, hin und wieder zu Vorträgen. Du würdest dich zu Tode langweilen.»

«David ist Addies Zukünftiger», erklärte Bea über Addies Kopf hinweg.

«Ach?», sagte Frederick.

«Wahnsinnig gescheit», fügte Bea hinzu. «Stimmt doch?»

Addie wand sich auf ihrem engen Sitzplatz. «Er unterrichtet

am University College. Philosophie und Nationalökonomie und dergleichen mehr.»

«Wann ist die Hochzeit?», erkundigte sich Bea lebhaft.

«Wir haben noch keinen Termin festgesetzt.» Als sie merkte, wie sich das anhörte, fügte sie hastig hinzu: «Wir sind beide so beschäftigt, David mit seinen Kursen und ich mit meiner Arbeit. Wir heiraten wahrscheinlich, wenn ich zurück bin.»

«In der St. Margaret's Kirche am Hanover Square?»

Addie lachte. «Bestimmt nicht.» Sie versuchte, sich Davids Kollegen oder ihre Boheme-Freunde bei einer Society-Hochzeit in St. Margaret's vorzustellen. Absurd. Dass sie davon einmal geträumt hatte, genau wie Bea, von Wolken weißen Tülls und Orangenblüten und kleinen Kindern, die einem die Schleppe trugen. Bea hatte verkündet, unter einem Marquis würde sie es nicht tun ... «Bei uns wird es schlicht das Standesamt.»

Selbst das konnte sie sich kaum vorstellen. Mit dem Konzept der Ehe im Allgemeinen hatte sie keine Schwierigkeiten, aber sich vorzustellen, sie wäre mit David verheiratet, war wie eine Sackgasse. Es war völlig verrückt. Er war sehr gut zu ihr. Das sagten alle. Gut und fürsorglich.

Und unendlich langweilig.

Addie vertrieb schnell diesen unwürdigen Gedanken und hoffte, man sähe ihr ihn nicht an.

Frederick sah sie kurz von der Seite an. «Meinen Glückwunsch», sagte er. «Ich hoffe, er ist deiner würdig.»

Sie versuchte einen Unterton des Spotts zu entdecken, aber sie fand keinen. «Danke», antwortete sie zurückhaltend.

«Wir müssen dafür sorgen, dass du die letzten Wochen der Freiheit gründlich genießt», sagte Bea. «Du musst das Leben bis auf den letzten Tropfen auskosten, bevor wir dich nach Hause fahren lassen in die Gefangenschaft der Ehe, findest du nicht auch, Schatz?»

«Vielleicht empfindet sie sie nicht als Gefangenschaft», meinte Frederick.

Bea ignorierte ihn. «Wir befinden uns hier vielleicht am äußersten Rand der Zivilisation, aber ein kleines bisschen gesellschaftliches Leben haben wir trotzdem zu bieten. Die Feste von Diana Hay sind einfach fabelhaft. Und nicht alle sind sündhaft», fügte sie mit einem Seitenblick zu ihrem Mann hinzu. «Nur die wirklich gelungenen.»

Addie hatte in London von diesen Festen gehört, Gerüchte von Orgien mit übermäßigem Kokaingenuss und sexueller Ausschweifung, wahlloser Kopulation im Salon und Partnertausch. Zu Hause gab es einen gängigen Spruch: Sind Sie verheiratet oder leben Sie in Kenia?

«Esst ihr oft auswärts?», fragte Addie.

«Die Farmen liegen zu weit auseinander. Aber während der Rennwoche ist natürlich viel los. Nicht zu vergessen die wirklich zauberhaften Wochenenden, die sich manchmal ergeben.» Wieder so ein Seitenblick. «Frederick lässt die Mädchen nicht gern allein.»

«Sie sind noch sehr klein», sagte Frederick kurz und lenkte den Wagen an den Straßenrand, wo, soweit Addie erkennen konnte, nichts zum Anhalten einlud. Es gab nirgends ein Haus oder auch nur eine Piste, nur einen mit Schilf und Papyruspflanzen gesäumten Fluss, der sich in Windungen an der einen Straßenseite entlangzog. Ein paar krumme Bäume ragten unbeugsam aus dem braunen Gras empor, in dem eine dunkelrote Blütenpracht leuchtete.

«Ist etwas mit dem Motor?», fragte Addie mit einem skeptischen Blick zu der langen gelben Motorhaube, die jetzt von rotem Staub bedeckt war.

«Nur das Klima», erklärte Bea, während Frederick eine rostige Kanister aus dem Kofferraum holte. «Hier halten alle immer an, um Wasser nachzufüllen. Die Hitze strapaziert die Motoren. Ganz zu schweigen vom Teint. Komm, steigen wir aus und vertreten uns die Beine», fügte sie hinzu. «Wir halten dann bis Ashford nicht mehr an.»

Addie stieg nach Bea aus und versank mit ihren Londoner Schuhen in rotem Sand. «Deinen hat sie überhaupt nicht angegriffen», sagte sie. «Deinen Teint, meine ich.»

«Findest du wirklich?» Bea sah erfreut aus. «Ich komme mir in letzter Zeit immer wie eine uralte Schachtel vor, ausgetrocknet und verbraucht.»

«Du siehst wunderbar aus. Wirklich. Du bist so schön wie eh und je.» Frederick war schon fast unten am Fluss. Mit gesenkter Stimme fragte Addie: «Geht es dir auch wirklich gut?»

Bea wandte sich von ihr ab. «Wieso sollte es mir nicht gutgehen? Ich bin glückselig, dass du hier bist. Die Zeit war viel zu lang. Ich hätte dich schon vor Jahren hierherholen sollen.»

Vor Jahren hätte Addie weder die Mittel noch die Lust zu einem Besuch gehabt. Auch so hatte die Schiffspassage ihre schmale Börse bis zum Äußersten strapaziert. David hätte ihr das Geld geliehen, wenn sie ihn darum gebeten hätte, aber das hatte sie nicht gewollt. Das hier war ihre eigene private Wallfahrt.

Bea zupfte mit behandschuhten Fingern an einem hohen Grashalm und riss den braunen Stängel in immer kleinere Fetzchen. «Meine Mutter hat dir keine Nachricht für mich mitgegeben?», fragte sie mit gespielter Beiläufigkeit.

«Nein.» Addie versuchte, einen leichten Ton beizubehalten. «Sie spricht nicht mit mir. Seit ... du weißt schon.»

Sie hatten ihr die Schuld an Beas Verfehlung gegeben, da sie ja Frederick ins Haus gebracht hatte. Tante Vera hatte sie als Nestbeschmutzerin beschimpft, sie ein undankbares und hinterhältiges Ding genannt. Und Schlimmeres. Sie war ohne einen Penny aus dem Haus geworfen worden und stand plötzlich völlig mittellos da und musste sich irgendwie allein durchbringen. Zum ersten Mal hatte sie sich wahrhaft als Waise gefühlt.

Wäre nicht Fernie gewesen, hätte sie auf der Straße gesessen. Doch Fernie hatte sie in ihrer winzigen Wohnung aufgenommen und mit ihr geteilt, was sie besaß, während Addie sich auf die Suche nach einer Anstellung machte. Bei der *Bloomsbury Review* verfügte man nicht über die Mittel, sie zu bezahlen. Sie konnte sich an diese ersten sechs Monate nur dunkel erinnern, alles war zusammengeballt in einem wirren Durcheinander von schweren Schreibmaschinen, dünnem Tee und regnerischen

Tagen. Was sie alles für selbstverständlich gehalten hatte, bevor sie es verlor!

«Oh», sagte Bea. Alles Licht in ihrem Gesicht war erloschen. Sie sah aus, dachte Addie, wie eine Lithographie ihrer selbst. «Ich dachte, ach, schon gut.»

Addie dachte, wie sie Tante Vera das letzte Mal gesehen hatte bei diesem grauenvollen Gespräch in dem sterilen Salon, aus dem alle Bilder von Bea entfernt worden waren, als hätte sie nie gelebt. Und dennoch war Addie überzeugt, dass Tante Vera Bea liebte, mehr als Edward und Dodo zusammen. Es war eine merkwürdige Art von Liebe, in der sich Stolz und Ehrgeiz zu gleichen Teilen mischten. Es war Liebe, wie Tante Vera sie verstand. Sie hatte Bea auf ihre Weise so leidenschaftlich geliebt wie Pygmalion seine Galatea. Tante Veras Furor über Beas Verfehlung, die sie als persönlichen Verrat empfand, war schrecklich anzusehen gewesen.

Aber jetzt, nach so langer Zeit ...

«Vielleicht wenn du ihnen schreibst», meinte Addie.

Bea lachte, scharf und bitter. «Glaubst du, das hätte ich nicht versucht? Ich habe nie eine Antwort bekommen. Ich hätte gedacht, dass mittlerweile ...» Sie brach ab, als Frederick zurückkam und den leeren Kanister wieder im Kofferraum verstaute. «Himmel, das ist aber schnell gegangen. Sind wir getränkt und startbereit?»

Frederick bot Addie die Hand, um ihr in den Wagen zu helfen. «Bereit für die letzte Etappe?», fragte er. «Es ist jetzt nicht mehr sehr weit.»

«Ich frage mich, woran du das siehst», sagte Addie. «Für mich sieht das hier alles gleich aus.»

Das Land schien sich ins Unendliche zu dehnen, braunes Gras und gekrümmte Bäume und dazwischen die rote Piste. Der Himmel darüber hatte eine unermessliche Weite, die befreiend und zugleich ehrfurchteinflößend war.

«Ich könnte mir denken, dass es den Kikuyu in Dorset nicht anders ginge», meinte Frederick.

«Unsinn.» Bea ging um den Wagen herum und setzte sich energisch ans Steuer. «In der Wüste von Dorset kommt niemand um.»

«Hier kommt auch niemand in der Wüste um.» Frederick setzte sich auf die andere Seite von Addie. Er versuchte gar nicht, Bea den Platz am Lenkrad streitig zu machen. «Jedenfalls nicht so weit im Süden.»

«Nein, nur vor Langeweile», sagte Bea und ließ beim Anfahren den Motor so donnernd aufheulen, dass der Lärm eine kleine Antilope aus dem Busch trieb. Addie hielt sich an der Sitzkante fest und schaute bald in die Landschaft hinaus, die in einer roten Staubwolke vorüberflog, bald zu ihrer Cousine, die, tief über das Lenkrad gebeugt, fuhr wie von Dämonen gejagt.

Sie saßen in unbehaglichem Schweigen nebeneinander, bis Frederick plötzlich schrie: «Halt den Wagen an.»

Ein Mann kam ihnen auf der Piste entgegengerannt. Er hielt sein langes weißes Gewand an den Knien gerafft, seine Füße wirbelten rote Staubfahnen auf. Das weiße Gewand war rot verschmiert, doch nicht mit Staub, wie Addie erkannte, sondern mit Blut, viel Blut.

Bea trat heftig auf die Bremse, der Wagen schleuderte, und Addie wurde gegen Frederick geworfen. Seine Hände umfassten kurz ihre Schultern. «Immer mit der Ruhe», sagte er und sprang aus dem Wagen, ohne erst die Tür zu öffnen.

Mit einem Wortschwall in einer für Addie unverständlichen Sprache begann der Mann, dem der Turban vom Kopf zu rutschen drohte, in wilden Gesten zu debattieren. Fredericks Gesicht war ernst. Er unterbrach, um eine kurze Frage in derselben fremden Sprache zu stellen, und fluchte laut, als er die Antwort hörte.

«Was ist los?», fragte Addie. «Ist er verletzt?»

«Ihm ist nichts passiert», sagte Bea, die offenbar alles verstand, was gesprochen wurde. Addie war überrascht, obwohl es so überraschend gar nicht war. Bea hatte immer schon leicht Fremdsprachen gelernt. «Es geht um seinen Sohn. Anscheinend hat es einen Unfall gegeben.» Sie rief Frederick zu: «Wo ist Miss Platt?»

«Mbugwa sagt, sie ist mit den Kindern ausgeritten», antwortete Frederick. «Sie sind noch nicht zurück.»

«Miss Platt ist das Kindermädchen», erklärte Bea. «Sie ist für Schrammen und Beulen zuständig. Wie schlimm ist es denn?»

«Er wollte einen Detonator zu einem Schmuckstück zurechtklopfen», sagte Frederick knapp. «Du kannst dir vorstellen, was passiert ist. Du musst Miss Platt holen. Oder Mrs. Nimmo.»

«Mrs. Nimmo ist nach Nairobi gefahren. So schnell können wir sie nicht zurückholen», sagte Bea. «Nicht mal mit dem Wagen.»

«Was ist mit mir?» Addie stützte sich aufs Armaturenbrett und stand im Wagen auf.

«Ach, Schatz, es tut mir wirklich leid», rief Bea. «Ich hatte deinen Empfang weiß Gott anders geplant. Aber wir können immer noch ...»

«Nein», unterbrach Addie. Sie spürte ihr Blut pochen. Die Hitze und das Licht machten sie benommen, und der trockene, scharfe Geruch des Staubs kitzelte sie in der Nase. «Das meine ich nicht. Kann ich nicht helfen? Ich habe Erfahrung in der Krankenpflege.»

KAPITEL 17

New York, 1999

Ihre Großmutter war eine wunderbare Frau.»

Clemmie hatte keine Ahnung, wer die Frau war, die ihr mit beiden Händen die Finger zusammenquetschte. Aber das war nichts Neues. Clemmie war in der vergangenen Stunde von einer ganzen Schar fremder Frauen mit dicken Perlenketten und Jerseykostümen, die nach Mottenpulver und Chanel 5 rochen, umarmt, geküsst und mit aufrichtenden Worten bedacht worden.

«Danke», sagte Clemmie. Es wäre sinnlos gewesen, sie nach ihrem Namen zu fragen oder sich zu erkundigen, woher sie Granny Addie gekannt hatte. Sie war nicht hier, um Fragen zu stellen. Ihre Aufgabe war es, Hände zu drücken, Dankesworte zu murmeln und künstlich zu lächeln.

«Frauen von ihrem Schlag gibt es heute nicht mehr.» Die Frau schüttelte den Kopf mit den toupierten Haaren, bevor sie hinzufügte: «Ein glückliches neues Jahr, mein Kind.»

Meinte sie das wirklich ernst? Was sollte am neuen Jahr wohl glücklich werden?

Clemmie biss die Zähne zusammen und hielt den Mund. Sie konnte ihren Ärger doch nicht an der armen Frau auslassen. Sie hatte nichts zu tun mit dieser hirnverbrannten Idee, die Beerdigung ausgerechnet am Silvestertag vor einem neuen Jahrtausend abzuhalten, wenn die Hälfte der Menschheit auf den Beinen war und feierte und die andere Hälfte in Bunkern hockte und auf den Weltuntergang wartete. In ihrer gegenwärtigen Stimmung hätte sie den Bunker genommen.

«Ihnen auch», sagte sie kurz. «Gutes neues Jahr.»

Durch das halbgeöffnete Fenster im Wohnzimmer konnte sie schon die Leute in Feierlaune hören, die sich für die Festivitäten am Abend in Stimmung brachten. Es war erst vier, aber der Himmel leuchtete schon violett und orange. Die schwarzen Äste der kahlen Bäume, die über der Parkmauer sichtbar waren, hoben sich scharf umrissen von der orangenen Glut ab.

«Wir werden sie vermissen», sagte ein Mann im grauen Anzug, während er Clemmies Hand wie in einem Schraubstock hielt.

Nur so konnte sie das alles aushalten, indem sie den Teil von sich, der dachte und fühlte, in eine Schublade einsperrte und es der zurückbleibenden Hülle überließ, so zu funktionieren, wie die Leute es erwarteten. Irgendwo lag die echte Clemmie in einer Ecke zusammengekrümmt und weinte, doch die Roboter-Clemmie stand im engen schwarzen Kleid an der Wohnzimmertür und schüttelte den Leuten die Hände und nahm ihre Beileidsbekundungen entgegen, ohne eine Miene zu verziehen, perfekt geschminkt und tadellos frisiert.

Weihnachten war in diesem Jahr ausgefallen. Keinem von ihnen war danach gewesen. Vage hatte Clemmie mitbekommen, dass der Rest der Welt feierte, dass man in den Geschäften immer noch mit Weihnachtsliedern berieselt wurde, dass Kränze in den Fenstern lagen und im Fernsehen diese nervigen Werbespots für das Weihnachtsauto liefen. Sie wusste natürlich, dass die Büros sich leerten und die Leute sich die Woche zwischen Weihnachten und Neujahr freinahmen, doch es war nur ein abstrakter Gedanke. Für sie bestand diese Woche einzig aus matschigen grauen Straßen, kalten Krankenhauswänden und den gedämpften Stimmen jener, deren Aufgabe es war, mit den Toten umzugehen. Während andere ihre Geschenke öffneten, sprachen sie über die vorübergehende Konservierung des Leichnams. Papiere mussten durchgeforstet, Anweisungen ausgeführt, Möbelpacker und Gutachter bestellt werden.

Clemmies Mutter hatte bereits mit der Suche nach einer neuen Wohnung begonnen: Sie konnte bis zur gerichtlichen Testamentseröffnung in Granny Addies Wohnung bleiben, doch das Testament verfügte eindeutig, dass das Apartment verkauft und mit dem Erlös eine Stiftung errichtet werden sollte. Clemmies

Mutter und Tante Anna sollten lebenslang die Zinsen aus dem Vermögen beziehen, das nach ihrem Tod zu gleichen Teilen an alle Enkel übergehen sollte.

Für Clemmie war die Vorstellung, dass Granny Addies Wohnung verkauft werden würde, eine Qual. Sie war ihr Zuhause. Ihre Eltern hatten zwar einmal eine Zeitlang mit den Kindern, also mit Clemmies beiden Brüdern und ihr, in Kalifornien gelebt, aber daran konnte sie sich kaum erinnern. Ihre Erinnerungen begannen und endeten bei Granny Addie, in dem kleinen Zimmer, das sie für Clemmie mit Mini-Maus-Stickern dekoriert hatten, in der Küche, wo immer irgendwelche von Festen übriggebliebene Leckerbissen warteten, im blau-weißen Schlafzimmer, wo Granny Addie sie empfangen hatte, als sie zum Gehen zu schwach geworden war. Mutter und Tante Anna hatten schon begonnen, das Schlafzimmer auszuräumen, doch daran wollte Clemmie jetzt nicht denken.

«... so unendlich leid», sagte die Person, die ihr gerade die Hand drückte.

«Danke, das ist sehr freundlich», murmelte Clemmie und wandte sich mit automatisch vorgestreckter Hand dem nächsten Trauergast zu.

«Hey», sagte Jon.

Bei seinem mitfühlenden Blick drohte ihr das krampfhaft bewahrte Lächeln zu entgleiten. Sie atmete einmal tief und lang durch die Nase ein, um die Fassung wiederzugewinnen. «Hey», sagte sie mit unsicherer Stimme.

Er war den ganzen Tag schon da, eine vertraute Gestalt in einem ungewohnten schwarzen Anzug, doch sie hatten kaum ein Wort miteinander gesprochen. Er hatte Tante Anna, die auf ihren hohen Absätzen kaum gerade stehen konnte, im wörtlichen wie im übertragenen Sinn Halt geben müssen und geschickt verhindert, dass sie mit Clemmies Mutter zusammentraf. Wenn Mutter und Tante Anna noch nicht aneinandergeraten waren, so war das größtenteils Jon zu verdanken. Die beiden hatten sich die ganze Woche hindurch angekeift wie zwei bissige kleine Kläffer.

Clemmie wäre Jon dankbarer gewesen, hätte sie nicht den etwas gemeinen Verdacht gehegt, dass sein Bemühen, Tante Anna von ihrer Schwester fernzuhalten, ihm gleichzeitig einen bequemen Vorwand lieferte, sich selbst von Clemmie fernzuhalten.

«Geht's einigermaßen?», fragte er, und Clemmie wusste nicht, ob sie sich ihm in die Arme werfen und weinen oder ihm einen Tritt gegen das Schienbein geben sollte. Am besten beides.

Er hatte seinen Mantel an, einen blaugrauen Schal lose um den Hals, Handschuhe in einer Manteltasche.

Clemmie kniff die Augen zusammen. «Gehst du?»

Er hatte wenigstens den Anstand, ein verlegenes Gesicht zu machen.

«Du lässt mich hier mit Mom und Tante Anna allein, wo die beiden sich jeden Moment an die Gurgel gehen können?» Sie versuchte, einen Scherz daraus zu machen.

«Tut mir leid, dass ich nicht zum Aufräumen bleiben kann ...» Er zupfte an den Enden seines Schals. «Ich, äh, ich muss unbedingt nach Hause.»

«Aufregende Silvesterverabredung?», sagte Clemmie bissig, obwohl sie wusste, dass das nicht fair war. Er hatte mehr als seinen Teil beigetragen. Trotzdem war sie ärgerlich.

«Kaum.» An seinem Kinn glänzten ein paar goldbraune Bartstoppeln, die er beim Rasieren übersehen haben musste. Er sah damit eine kleine Spur verlottert aus, verlottert und gedrückt, und erinnerte sie noch stärker als sonst an Indiana Jones. «Glaubst du im Ernst, mir ist nach Feiern zumute?»

Irgendwie schaffte er es immer, sie ins Unrecht zu setzen. Besonders, wenn sie tatsächlich im Unrecht war. «Tut mir leid», sagte sie. «Das war nicht fair. Ich weiß, du hast mehr getan als ...»

«Lass es», sagte Jon, und sein Gesicht bekam etwas Gequältes, das Clemmie beschämt innehalten ließ. «Bitte.»

Sie wusste nicht, was sie sagen sollte.

Jon neigte sich zu ihr und gab ihr einen Kuss auf die Wange. «Halt dich tapfer», sagte er. «Bis später.»

Sie hielt ihn am Ärmel fest, Wolle, die sich weich anfühlte unter ihrer Hand. «Ich wollte nicht kleinreden, dass ... ich weiß, dass sie dir auch viel bedeutet hat.»

Jons Gesicht war wie versteinert. «Schönes neues Jahr, Clemmie.»

Und er ging davon, in Richtung der Schlange von Leuten, die darauf warteten, ihrer Mutter an der Wohnungstür ihr Beileid auszusprechen.

Ach, zur Hölle. Zur Hölle mit ihm. Clemmie verließ ihren Posten und ging ins Wohnzimmer. Sie hatte ihre Pflicht getan. Jetzt waren nur noch ein paar Nachzügler übrig, die sich über ihre Silvesterpläne unterhielten, während sie das Büfett abgrasten. Clemmie hasste sie alle. Sie hasste ihre Gefräßigkeit, ihre viel zu starken Parfüms, ihre zu grell gemalten Lippen. Sie hasst sie dafür, dass die über Granny Addie redeten, als hätten sie sie gekannt.

Aber was wusste sie schon? Das, was Jon ihr neulich Abend erzählt hatte, dass Granny Addie ihm praktisch befohlen hatte, die Finger von ihr zu lassen, nein, sie konnte das nicht mit der Großmutter in Einklang bringen, die sie gekannt hatte, die ihr stets geraten hatte, ihre eigenen Entscheidungen zu treffen. Clemmie nahm sich eine kleine Quiche von einem silbernen Teller. Sie war längst kalt geworden, der Käsebelag klebrig. Sie zwang sich trotzdem, sie zu essen. Sie schmeckte wie Gummi.

Was wusste sie denn überhaupt von Granny Addie? Nicht genug offensichtlich. Ihre Mutter hatte die Trauerrede gehalten, so klar und ruhig, wie Clemmie es nicht für möglich gehalten hatte. Manches von dem, was sie gesagt hatte, wusste Clemmie, über die Farm in Kenia und Granny Addies Weitsicht, sich den amerikanischen Markt zu erschließen, während viele andere Kaffeepflanzer in Kenia bankrottgingen.

Clemmie hatte weder gewusst, dass ihre Großmutter sich während des Ersten Weltkriegs zur Krankenpflegerin hatte ausbilden lassen, noch dass sie in Nairobi die Gründung eines Entbindungsheims und die Einführung von Krankenpflegekursen unterstützt hatte. Sie hatte nie gefragt, wie sie nach Kenia gekommen oder warum sie statt nach London nach New York übergesiedelt waren. Sie hatte nicht gewusst, dass ihre Urgroßmutter Romane geschrieben hatte und ihr Urgroßvater der Bruder eines Grafen gewesen war. Nichts davon hatte sie gewusst.

Über dem offenen Kamin hing ein Bild von Granny, das in den vierziger Jahren gemalt war, nicht lange nachdem Granny Addie und Grandpa Frederick sich in New York niedergelassen hatten. Clemmie blickte zu ihr hinauf und betrachtete das herzförmige Gesicht, die Haare, die sie immer gleich getragen hatte, die zweireihige Perlenkette um ihren Hals.

«Es ist, als wäre sie noch hier, nicht?» Es war Tante Anna, endlich nicht mehr an der Leine, auf direktem Weg zur Bar. «Dasselbe Essen, dieselben Getränke, derselbe Barkeeper ... es ist krank.» Ohne auf den Barkeeper zu warten, griff sie sich eine der offenen Weinflaschen und füllte ihr Glas auf. «Ich warte ständig drauf, dass sie reinkommt und *Überraschung!* ruft.»

«Ich auch», sagte Clemmie. Ihre Kehle war ausgetrocknet und fühlte sich kratzig an. Sie schenkte sich einen Schluck Mineralwasser ein und sah zu, wie die Bläschen aufstiegen und platzten. «Wenn sie doch wirklich käme.»

«Hm», machte Tante Anna. «Ist das alles, was du trinkst? Warte.» Sie goss einen kräftigen Schuss Wodka in Clemmies Glas. «Komm, trink, Kind. *Cin cin.*»

«Danke.» Clemmie drehte ihr Glas in den Händen. «Ich wusste das alles gar nicht. Dass sie als Krankenpflegerin gearbeitet und in Kenia ein Entbindungsheim gegründet hat ... Wirklich erstaunlich.»

«Ja», sagte Tante Anna trocken. «Erstaunlich. Man muss es ihr lassen, sie hat es großartig verstanden, ihre eigene Legende zu schaffen.» Sie hob ihr Glas zu dem Porträt über dem Kaminsims. «Auf Addie. Das größte Manipulationsgenie seit Evita, Gott hab sie selig. Lloyd Webber sollte ein Musical über sie machen. Wir könnten Patti LuPone für die Rolle engagieren. Oder vielleicht Tyne Daly. Es wäre ungefähr so wie *Gypsy* mit englischem Akzent und weniger nacktem Fleisch.»

Das war selbst für Tante Anna ziemlich heftig. Kummer trieb die Leute zu den bizarrsten Reaktionen. Tabletten in Verbindung mit Weißwein auch.

«Möchtest du dich vielleicht setzen?» Clemmie schob vorsichtig die Hand unter den Arm ihrer Tante. Dieser verdammte Jon. Er wusste tausendmal besser, wie man mit Tante Anna umgehen musste. «Die Schuhe tun doch sicher weh.»

«Nein.» Tante Anna schüttelte ihre Hand ab. Ihr sorgfältig aufgetragenes Make-up war rissig geworden und enthüllte ein Netz feiner Fältchen. «Ich habe diesen Mist von der heiligen Addie satt. Heil Addie, wir grüßen dich, Große und Mächtige. Soll ich dir sagen, wie sie wirklich war?» Sie schwankte leicht nach vorne und kam Clemmie so nahe, dass diese die Kombination von Schweiß und teurem Puder auf ihrer Haut riechen konnte. «Sie war ein egoistisches, habgieriges Miststück.»

Clemmie verschluckte sich an ihrem Wodka.

Gelbe Diamanten und Weißgold funkelten im Licht, als Tante Anna mit der Hand wedelte. «Unsere gütige, wunderbare, heilige Addie. Da sitzt sie wie die Spinne im Netz und spinnt ihre Fäden ... Dinge hat sie nicht gestohlen, sie hat Seelen gestohlen. Sie hat sie in ihre klebrigen Fäden eingewickelt und nie wieder hergegeben.»

«Mhm ...» Clemmie hatte keine Ahnung, wie sie sich verhalten sollte. «Möchtest du noch Wein?»

«Weißt du, dass ich mal ausreißen wollte?» Tante Anna war nicht mehr zu bremsen. «Wir waren in England im Internat, deine Mutter und ich. Es war die ideale Gelegenheit. *Sie* hat mich zurückgeholt. Sie ist höchstpersönlich rübergekommen und hat mich aufgespürt.»

«Sie hatte wahrscheinlich Angst um dich», meinte Clemmie und sah sich vorsichtig nach ihrer Mutter um. Das war genau das Richtige, um ihren Blutdruck in die Höhe zu treiben. «Wenn von deinen Kindern eins ...»

Tante Anna schlürfte ihren Wein. «Ich habe meine Kinder ihr Leben leben lassen. Nicht dass eins von ihnen wirklich *mein*

Kind gewesen wäre, das würde deine Mutter jetzt sagen. Ich hab sie gehört. Ich weiß, dass sie das sagt. Als würde es nicht zählen, wenn man sich nicht die Figur für sie ruiniert. Verdammt scheinheilig, wenn man sich's überlegt, alles in allem betrachtet.»

«Es geht nicht um Schwangerschaftsstreifen», sagte Clemmies Mutter scharf, und Clemmie zuckte zusammen. «Aber das verstehst du ja sowieso nicht.»

«Kommen die Leute vom Catering-Service in der Küche zurecht?», fragte Clemmie verzweifelt. Sie wünschte aus tiefstem Herzen, Jon wäre hier, um ihr zu helfen. Aber Jon hatte sich mit einem Küsschen auf die Wange verabschiedet. Genau wie das letzte Mal. «Mom, vielleicht wäre es besser, du ...»

Keine der beiden Frauen achtete auf sie.

«Ach, sind wir wieder da angelangt», sagte Tante Anna und lehnte sich an die provisorische Bar. Flaschen klirrten, aber das schien sie nicht zu beeindrucken. «Warum kippst du nicht noch eine Schippe Salz in die Wunde? Amüsier dich.»

«Spiel du hier nicht das Opfer», sagte Clemmies Mutter. «Nur weil du ...»

«Na komm schon. Sag's.» Tante Annas Gesicht war so starr und kalt wie eine Totenmaske. «Weil ich abgetrieben habe. Ja, ganz recht», sagte sie zu Clemmie. «Wenn du wissen willst, was alles unter dem Teppich steckt. Das ist nur die Spitze des Dreckhaufens. Ich habe bei irgendeinem Pfuscher illegal abgetrieben, und er hat mir die Gebärmutter durchstochen. Bist du jetzt glücklich?», fragte sie Clemmies Mutter.

«Nein», sagte Clemmies Mutter, grau im Gesicht. «Nein. Du weißt, dass ich das nie wollte. Wärst du nur ...»

«... zur heiligen Addie gegangen?» Tante Anna lachte wild. «Was meinst du wohl, wer mir das Geld dafür gegeben hat? Farve durfte doch um Gottes willen nicht aufgeregt werden.»

Ihr Ton war so giftig, dass Clemmie unwillkürlich einen Schritt zurücktrat.

Clemmies Mutter konterte schon wieder. «Du warst ganze siebzehn damals. Sie wollte dir nur helfen.»

«Helfen. Ja, klar.» Tante Anna kippte ihren letzten Schluck Wein hinunter. «Sie war ja immer so hilfsbereit. *Sich* wollte sie helfen. Sie hat sich selbst überall reingeholfen ... und allen anderen raus.»

Kenia, 1926

Ich kann helfen», sagte Addie. «Das heißt, ich kann vielleicht helfen. Ich habe ein wenig Ahnung von Krankenpflege.»

Bea spürte beginnende Kopfschmerzen, genau über dem linken Auge. Diese ganze Fahrt war von Anfang an ein Albtraum gewesen. Sie und Frederick hatten schon seit – Wochen oder waren es Monate? – nicht mehr so viel Zeit miteinander verbracht. Sie schafften es ziemlich gut, einander aus dem Weg zu gehen, was schwieriger war, als man bei fünfhundert Morgen Grundbesitz hätte meinen können. Ihr Kater war auch nicht gerade von Vorteil gewesen. Es war nicht etwa so, dass sie zu viel trank, sie trank nicht mehr als alle anderen, aber auf dieser Höhe hatte Alkohol eine viel stärkere Wirkung. Am besten ließen sich die Nachwirkungen zu vieler Drinks am Abend vorher damit bekämpfen, am nächsten Nachmittag so früh wie möglich wieder mit dem Trinken anzufangen. Und so weiter.

Sie war schon schlecht gelaunt gewesen, als sie losfuhren, und die drei Stunden Fahrt in den Ort hatten es auch nicht besser gemacht. Nichts als kaltes Schweigen, das hin und wieder von einem künstlich-bemühten Kommentar über das Wetter oder einer aufgeladenen Frage unterbrochen wurde. Sie und Frederick konnten, wie es schien, überhaupt nicht mehr miteinander reden, ohne sich gegenseitig unter Beschuss zu nehmen. Sie wollte es gar nicht, doch so platzte es aus ihr heraus, jede Äußerung ein Präventivschlag, um ihn zu treffen, bevor er sie treffen konnte. Er hatte keinen Zweifel daran gelassen, was er von ihr hielt. Sie spürte es auch jetzt, in der unterschwelligen Gereiztheit, die er nur zügelte, weil Addie dabei war. Bea wusste genau, was er dachte: Wenn sie anders wäre, müssten sie jetzt nicht Miss Platt oder Mrs. Nimmo holen lassen, sondern sie selbst würde zupacken, sich Verbandszeug und Salben und abgekochtes Wasser und diesen ganzen Plunder bringen lassen.

Wie kam sie dazu? Sie war, verdammt noch mal, für so etwas nicht ausgebildet.

Dass Addie es war, machte es irgendwie noch schlimmer. Sie hatte ganz vergessen, dass Addie zeitweise als Krankenpflegerin während des Krieges gearbeitet hatte.

Bea kniff die Augen gegen das blendende Licht zusammen und sagte, so freundlich sie konnte: «Ja, aber das ist doch Jahre her, und du bist unser Gast. Wir können unmöglich ...»

«Ich arbeite einmal in der Woche als ehrenamtliche Helferin im St. Mary's Hospital», unterbrach Addie schroff. «Es ist doch besser, jetzt etwas zu tun, als auf die Gouvernante zu warten. Wenn er so schwer verletzt ist, wie es aussieht ...» Sie warf einen vielsagenden Blick auf Mbugwas Gewand.

«Schön wird das nicht werden», warnte Frederick.

Addie brachte ihn mit einem Blick zum Schweigen, unerschütterliche Entschlossenheit von Kopf bis Fuß. «Ich habe schon Eingeweide aus einem durchgebrochenen Magen quellen sehen. So etwas ist nie schön. Habt ihr einen Verbandkasten?»

Frederick zögerte nicht. «Was brauchst du?»

«Das weiß ich erst, wenn ich ihn gesehen habe. Auf jeden Fall brauchen wir kochendes Wasser zum Sterilisieren. Wenn das möglich ist.»

«So primitiv sind wir hier auch wieder nicht», sagte Bea scharf. Zu scharf. Frederick warf ihr einen ärgerlichen Blick zu. «Warum kümmerst du dich nicht um das Wasser», schlug sie ihm vor. «Ich bringe Addie zur *shamba*.»

«Gut», sagte er und fixierte Bea einen Moment mit durchdringendem Blick. Sie hasste es, wenn er sie so ansah. «Kochendes Wasser, Verbandkasten. Sonst noch etwas?»

«Alkohol», sagte Bea.

«Ach, ja!», rief Addie. «Zum Sterilisieren der Wunde.»

«Nein, für uns.» Addie hatte nicht die leiseste Ahnung, worauf sie sich da einließ, was sie in dem Eingeborenendorf hinter dem Haus vorfinden würde. Bea umfasste die Hände ihrer Cousine, diese kleinen, eckigen Hände in den billigen Handschuhen. «Herzchen, du brauchst das nicht zu tun. Wir können Miss Platt holen oder diese fürchterliche Schottin von der nächsten Farm.»

«Nein, nein, lass nur. Es macht mir überhaupt nichts aus.»

Bea fühlte sich irgendwie beraubt, als Addie ihr sanft, aber unnachgiebig ihre Hände entzog. Mit einem Schulterzucken schwang sie die langen Beine aus dem Wagen. «Tu, was du nicht lassen kannst, Schatz.»

«Man muss helfen, wo man kann.» Addie kletterte tollpatschig nach ihr aus dem Wagen. «Wer ist der Junge, der sich verletzt hat?»

«Junge kann man ihn kaum nennen. Er muss mindestens zwanzig sein, es ist schwer zu sagen. Sie rechnen das Alter nicht von der Geburt an wie wir. Es geht nach dem Jahr der Beschneidung.»

Addie zog die Augenbrauen hoch. «Nach dem Jahr der Beschneidung?»

«Wenn du fragst, wie alt ein Junge ist, wird dir gesagt, dass er im Jahr der Heuschrecken beschnitten worden ist oder in dem Jahr, als der Regen ausgeblieben ist. Sie werden alle in der Pubertät beschnitten, die Jungen wie die Mädchen. Es ist ein Riesenritual, bei dem gegessen und getanzt und das Vieh geschlachtet wird. Unser Vieh», fügte Bea hinzu. «Auf wunderbare Weise brechen sich die besten Tiere immer kurz vor dem Fest ein Bein oder so was.»

Sie führte Addie um das Haus herum, an den wild wuchernden Akazienbüschen vorbei, die der letzte Eigentümer gepflanzt hatte. Sie hatten Glück gehabt. Das behauptete jedenfalls Frederick gern. Die meisten Leute, die sich wie sie hier angesiedelt hatten, hatten vorübergehend in einer Grashütte hausen müssen, während ihr Haus gebaut wurde. Sie hatten ihres hingegen fix und fertig von einem Mann erworben, der verkauft hatte, um in

Uganda eine Rinderranch aufzubauen. Verglichen mit den anderen Häusern hier war ihres nicht übel. Es war ein Steinhaus im Bungalowstil, lang und niedrig mit einer breiten Veranda über die ganze Vorderfront und einem Innenhof in der Mitte. Die sanitären Anlagen waren akzeptabel, und der Strom funktionierte, solange niemand zu fest an den Generator stieß. Luxuriös für hiesige Maßstäbe, ärmlich im Vergleich zu dem, was sie zurückgelassen hatten.

Der frühere Besitzer hatte einen nicht allzu erfolgreichen Versuch unternommen, das Grundstück mit Pflanzen zu gestalten. Hinten hatte das Haus eine Terrasse, wo es einige verwilderte Rosenbüsche gab, aber ihr Duft verdeckte nicht die anderen Gerüche nach Rauch, Schweiß und Ziegen.

Es war nicht weit bis zu Mbugwas Dorf. Jede grasgedeckte Hütte der runden Ansiedlung lag unter einem Dunstschleier blaugrauen Rauchs, der durch die Bedachungen quoll. Rund um die Hütten schlossen sich wohlgepflegte Parzellen mit Mais an, die von langgliedrigen Frauen in Lederschürzen versorgt wurden. Die Fußkettchen, die sie um die Fesseln trugen, klingelten leise, während sie mit ihren Pangas das Unkraut aus der Erde hackten, und der Kupferdraht, der ihre Arme umwand, war so fest gewickelt, dass zu beiden Seiten das Fleisch heraustrat. Sie arbeiteten fast nackt in der heißen Sonne, einige mit ihren Kindern in Tragetüchern auf dem Rücken. Ältere Kinder spielten zwischen ein paar Hühnern, die träge im Staub scharrten, draußen vor den Hütten.

«Das sind die Eingeborenen-*shambas*, Gärten», übersetzte Bea. «Sie haben sich auf unserem Land angesiedelt oder wir uns auf ihrem, das kommt auf den Standpunkt an. Es klappt für alle Beteiligten ganz gut. Sie arbeiten auf den Kaffeefeldern, und wir überlassen ihnen ein Stück Boden, wo sie ihre Ziegen halten können.»

«Das klingt sehr feudalistisch», meinte Addie.

«Das ist es auch.» Bea wies mit einer Kopfbewegung zu einer der Hütten. «Das ist Njombos Hütte.»

An der Zahl von Menschen, die sich davor versammelt hatten, war das leicht zu erraten. Als Bea und Addie sich näherten, wichen die Leute zurück, um ihnen Platz zu machen. Bea merkte, dass Addie Mühe hatte, die halbnackten Menschen nicht anzustarren, die Männer, die nur kurze, togaähnlich über einer Schulter gebundene Decken trugen, und die Frauen mit den geschorenen Köpfen und den unbedeckten Brüsten.

Bea hatte ein genaues Bild davon gehabt, wie Addies Empfang sein sollte: die Hausangestellten in ihren weißen Gewändern im Spalier, Drinks auf einem Tablett, die Lampen erleuchtet, alles blitzend und eine Spur exotisch. «Dass dein Besuch so anfängt, wollte ich wirklich nicht.»

Addie sah sie an und lächelte, als wären sie wieder zehn Jahre alt und in Ashford, dem richtigen Ashford. «Das macht doch nichts. Hat der Mann etwas über die Art der Verletzung gesagt?»

«Es ist immer Geschrei und Gezeter und mindestens der Verlust aller Glieder.» In diesem Fall war es vielleicht wirklich so. «Es kann tatsächlich schlimm sein. Er hat versucht, einen Detonator zu einem Schmuckstück zurechtzuklopfen.»

«Einen ...»

«Nichts, was aus Metall ist, ist vor ihnen sicher», erklärte Bea. «Wehe, wir hätten Nägel im Haus. Sie würden sofort Fußkettchen und Ohrringe aus ihnen machen. Der Detonator hat wahrscheinlich schön geglänzt. Mbugwa sagte, Njombo hat mit einem großen Stein versucht, eine Fußkette aus ihm zu machen.»

«Er kann froh sein, dass er noch am Leben ist», sagte Addie entsetzt.

«Soll ich nachsehen, ob die Platt inzwischen zurück ist? Sie können nicht weit sein.»

Addie schüttelte den Kopf. «Ich werde tun, was ich kann.» Sie streckte den Kopf durch die Türöffnung und fuhr gleich wieder heftig zwinkernd zurück. «Der Qualm.»

«Das ist das Kochfeuer», sagte Bea. «Das ist in allen Hütten so.»

Addie nickte und tauchte mit gekrümmten Schultern und tief gesenktem Kopf in die Rauchschwaden.

«Ich bin hier, um Ihnen zu helfen», hörte Bea sie in diesem frischfröhlichen Krankenschwesternton sagen, bei dem man am liebsten mit der nächste Bettpfanne zugeschlagen hätte. Und: «Wo tut es denn weh?»

Bea blieb an der Tür stehen, drehte Däumchen und fühlte sich ganz allgemein überflüssig, während Addie auf allen vieren umherkroch, beschwichtigende Geräusche von sich gab und Njombo eine Hand an den Kopf legte, um ihn zu beruhigen. Ihr Rock war dem Feuer in der Mitte der Hütte gefährlich nahe. Bea schlüpfte hinein und schob den Stoff weg.

«Ich will nicht, dass du in Flammen aufgehst», sagte sie unwirsch. «Jedenfalls nicht, solange die Platt nicht zurück ist.»

Addie lächelte dankbar zu. «Kannst du mal schauen, ob das Wasser schon da ist? Solange ich das nicht habe, kann ich nicht viel tun. Das verklebte Blut muss abgewaschen werden, bevor ich feststellen kann, wie schlimm es ist.»

«Natürlich», murmelte Bea. Der Geruch in der Hütte war beinahe unerträglich, Schweiß und Blut und der eigenartige Gestank der Affenhäute, die Statussymbole waren. «Ich werde mal sehen, wo sie bleiben.»

Sie war froh, wieder aus der Hütte hinauszukommen, und hasste sich für ihre Schwäche.

Niemand hatte sie vorher gewarnt. *Kommt nach Ostafrika*, das hatten sie gesagt. *Da lassen sich Vermögen machen. Und Reputationen wiederherstellen. Mehr Leute aus Eton als in Mayfair*. Aber von diesen Dingen hier hatte ihr niemand etwas gesagt, von der grundlegenden Realität des Lebens hier, von Sandflöhen, die sich einem zwischen die Zehen setzten, den Fliegen, die um die Augen der Kinder wimmelten, von unbekannten Schädlingen und Krankheiten, die Pferde in den Wahnsinn trieben, bevor sie sie umbrachten.

Sie hasste dieses Land.

Bea drehte Marcus' Ring an ihrem Finger. In den Märchen,

die Addie ihr flüsternd erzählt hatte, als sie klein gewesen waren, konnte man damit einen guten Geist herbeibeschwören. Sie bräuchte dann nur die Augen zu schließen und sich in die Vergangenheit zurückzuwünschen, in ihr Haus und die Welt, wie sie vor Bunny gewesen war. Vor Frederick. Wenn sie damals gewusst hätte ... Aber war das nicht immer der Haken? Damals hatte sie Marcus' Untreue als unverzeihlich empfunden, eine schwere Kränkung, für die er büßen sollte. Jetzt wünschte sie, sie wäre dem Rat ihrer Mutter gefolgt und hätte einfach beide Augen zugedrückt. Niemals hätte Bea gedacht, dass es so enden könnte.

Marcus und Bunny hatten geheiratet. Bea hatte die Bilder in einem sechs Monate alten *Tatler* gesehen, die keusche Braut im Kreis ihrer Brautjungfern. Er hatte keine Zeit verschwendet; die beiden verlobten sich, sobald Bea auf dem Schiff war, und heirateten fast unmittelbar danach. Sie hatten zwei kleine Söhne, einen Erben und einen in Reserve.

Das hätten ihre Kinder sein sollen, ihre Söhne. Es war pervers, dass genau das Verkehrte passiert war und das Schicksal Marcus' Kind aus ihrem Schoß ausgetrieben und ihr das andere, das Kuckucksei, das sie gar nicht haben wollte, gelassen hatte.

Marjorie hatte Frederick den Kuckuck getauft, so ein hässlicher Name, wie von jemandes alter Tante, aber Bea war inzwischen alles egal. Sie wusste, dass es ungerecht war, dem Kind die Schuld an den Umständen seiner Geburt zu geben, aber sie konnte nicht anders. Sie hatte einen Blick auf dieses rote, schreiende Ding geworfen und gewusst, dass es niemals zu ihr gehören würde, dieser Parasit, der sich in ihr eingenistet und sie alles gekostet hatte: ihre Familie, ihr Zuhause, ihren guten Ruf, den Mann, den sie zu lieben geglaubt hatte.

Marcus hatte Bunny geheiratet, und Bea hatte sich in Kenia wiedergefunden, von der Gesellschaft geächtet, mit einem Mann verheiratet, der ihr immer mehr zum Fremden wurde, einem Fremden, der sich in landwirtschaftlichen Fachzeitschriften vergrub und sie mit kaum verhüllter Verachtung ansah – wenn er sie überhaupt ansah.

Immerhin gab es kleine Entschädigungen. Idinas Feste. Safaris. Die Rennwoche in Muthaiga. Raoul, der schwor, er würde sie heiraten, selbst wenn seine katholische Familie ihn verstoßen sollte, ein leeres Versprechen, aber trotzdem schmeichelhaft. Es tat gut zu wissen, dass es noch jemanden gab, der sie heiraten wollte, selbst wenn ihr eigener Mann wünschte, er hätte es nicht getan.

Und Val natürlich, Val, der nichts versprach, dem nichts etwas bedeutete. Val, der mit ihr flog.

«Memsahib, Memsahib!» Es war ein kleiner Junge in einem Lendenschurz. Ein Arm war überzogen von hässlichem Narbengewebe, zurückgeblieben nach einem Sturz ins Feuer, als er noch ein Säugling gewesen war. Es gab so viele Kinder hier mit ähnlichen Entstellungen, schrecklichen Narben von Verletzungen, die ein englisches Kind niemals überlebt hätte. «Bwana sagt bringen.»

Er hievte die alte Ledertasche in die Höhe, die ihnen als Hausapotheke diente. Bea hatte keine Ahnung, was sie enthielt. Das war Platts Domäne. Dem Jungen folgte Frederick mit einem großen Eimer mit dampfendem Wasser und sauberen Tüchern über dem Arm.

«Hier», sagte er. «Kann ich sonst noch etwas tun?»

Bea trat zwischen Frederick und den Eingang zur Hütte. «Wir haben alles unter Kontrolle», erklärte sie hoheitsvoll.

Frederick schaute zu Addie hinüber, die über Njombo gebeugt war, dann sah er Bea an. «Ja, das sehe ich.»

Bea war wütend. Es war ja nun wirklich kein Kunststück, einen kleinen Jungen zum Wasserholen zu schicken. Ja, wenn Frederick selbst da drinnen gewesen wäre und versucht hätte, den Mann zusammenzuflicken. Aber bis heute hatte sie nicht erlebt, dass Frederick auch nur jemandem ein Pflaster aufgeklebt hätte. Trotzdem besaß er die Unverschämtheit, sie derart von oben herab zu behandeln, nur weil sie versäumt hatte, etwas zu lernen, von dem sie nie gewusst hatte, dass sie es einmal brauchen würde. Und sie hätte es auch nie gebraucht, wenn er nicht zum denkbar ungünstigsten Zeitpunkt in ihr Leben eingebrochen wäre.

«In Mayfair war an so etwas kein Bedarf», sagte sie ärgerlich.

«Wir sind hier nicht in Mayfair.»

«Glaubst du, das weiß ich nicht?»

«Manchmal nicht», Frederick zog eine Augenbraue hoch.

«Oh, hallo.» Addie kam mit rußigem Gesicht und tränenden Augen aus der Hütte gestolpert. Sie stützte sich mit einer Hand an die Wand. «Habt ihr das Wasser?»

«Wasser und Verbandszeug», sagte Frederick. Er übergab ihr den Eimer und schnalzte mit den Fingern nach dem Jungen, der sofort zu ihm kam.

«Danke.» Addie nahm die Tücher über den Arm und warf über die Schulter einen Blick zurück in die Hütte. «Es ist nicht so schlimm, wie es aussieht. Er hat eine oberflächliche Kopfwunde, die sehr stark geblutet hat. Ich kann natürlich nichts versprechen, aber die Verletzungen scheinen größtenteils oberflächlicher Natur zu sein.»

«Größtenteils?»

«Seine Hand sieht ziemlich schlimm aus. Der eine Finger hängt nur noch an ... na ja.» Sie presste die Lippen aufeinander. «Ich kann versuchen, ihn wieder anzunähen, aber die Gefahr einer Infektion ...»

«Niemand erwartet Wunder», sagte Frederick.

Aus irgendeinem Grund schien sie das zu ärgern. Sie straffte den Rücken und warf ihm einen Blick zu, der auf Bea wie eine Zurechtweisung wirkte. «Das ist kein Grund, sich zu drücken.»

Mit Eimer und Tüchern kroch sie wieder in die verqualmte Hütte. Frederick hatte einen geistesabwesenden Ausdruck im Gesicht, während er zusah, wie sie neben Njombo niederkniete. Addie hatte ihren hässlichen Hut abgelegt. Ihr lockiges Haar war zerzaust, ihr Gesicht und ihre Arme waren rußverschmiert, und trotzdem empfand Bea ein seltsames Frösteln der Furcht. Es erinnerte sie an das erste Mal, als sie Marcus und Bunny zusammen gesehen hatte, wie sein Blick auf ihr geruht hatte.

Unsinn natürlich. Aber dennoch ...

«Du hast etwas vergessen», sagte Bea zu ihrem Mann.

«Wie?» Frederick war zu sehr damit beschäftigt, Addie zu beobachten, um gleich zu reagieren. «Ja? Was denn?»

«Unsere Drinks», sagte Bea. «Mach sie stark.»

KAPITEL 18

New York, 1999

Du bist betrunken», sagte Clemmies Mutter zu Tante Anna.

Tante Anna drehte sich von ihr weg. «Ich bin vielleicht betrunken, aber ich werde auch morgen noch ehrlich sein, und du wirst weiterhin lügen wie gedruckt. Du bist diesem Miststück dein Leben lang in den Hintern gekrochen. Und was ist mit *ihr?* Was ist mit unserer Mutter?»

Die Worte hingen zwischen ihnen in der Luft.

Clemmies Mutter atmete einmal tief durch. «Clemmie, die Leute vom Catering Service, sieh doch mal nach, ob sie was brauchen.»

«Gleich», sagte Clemmie. Jemand musste Tante Anna in ein Taxi setzen oder zu Bett bringen. Sie redete blühenden Unsinn. Und wie ihre Mutter aussah, gefiel Clemmie auch nicht. Jetzt, wo Granny Addie nicht mehr da war, schien es, als wäre die letzte Schranke gefallen, die Clemmies Mutter vom Tod trennte. Sie war achtundsiebzig, und heute sah man ihr jedes einzelne Jahr an. «Tante Anna möchtest du ...»

«Nein.» Tante Anna schlug ihre langen Fingernägel in Clemmies Arm. «Komm mit. Ich muss dir was zeigen. Dir auch, Marjorie.»

«Was denn?» Clemmie sah ihre Mutter an und verdrehte die Augen, als ihre Tante sie mit sich durch das Arbeitszimmer und den hinteren Flur zog.

«Ich dachte, sie hätte sie vernichtet», sagte Tante Anna. «Aber nein, sie sind alle noch da. Sie waren die ganze Zeit hier.»

Sie schob Clemmie in Granny Addies Zimmer, das schon leer und verlassen wirkte, und ging direkt zum Schrank. Es war, wie in so vielen Vorkriegswohnungen, ein nachträglich eingebauter Schrank mit ungewöhnlichem dreieckigem Grundriss, um eine

Zimmerecke zu nutzen. Mit einem Album, das Clemmie noch nie gesehen hatte, kam sie zurück. Es war länger und dünner als die Alben, die Clemmie kannte, mit Klammern, die es auf einer Seite zusammenhielten, und einem brüchigen roten Ledereinband.

Tante Anna warf es auf die leere Kommode. «Ich habe es gestern entdeckt, ganz hinten im Schrank. Na los, schaut's euch an.»

Fragend sah Clemmie ihre Mutter an, die mit zusammengekniffenen Lippen und stoischer Miene dastand.

Tante Anna zog die perfekt gepflegten Augenbrauen hoch. «Na, was meinst du, Madge? Glaubst du, Farve hat sie aufgehoben? Oder hat Addie hier gesessen und sich diebisch an ihnen erfreut?»

«Ich glaube», entgegnete Clemmies Mutter schroff, «dass du neue Tranquilizer brauchst.»

Clemmie schlug das Album auf und erwartete fast, dass ihr irgendetwas Erschreckendes entgegenspringen und nach ihr schnappen würde. «Das sind Bilder aus Kenia», sagte sie.

Sie hatte oft genug Granny Addies gerahmte Keniabilder gesehen, sepiabraune Fotografien von Männern in pilzförmigen Hüten und Reithosen und Frauen in lose fallenden Blousons und wadenlangen Röcken. Sie sahen alle irgendwie gleich aus, die Männer in ihren Hüten und Anzügen, die Frauen in ihren Kleidern, die heute so hausbacken wirkten, damals aber vermutlich der letzte Schrei waren.

Sie fragte sich, ob es mit ihren Collegefotos auch so sein würde, ob in den Augen der nächsten Generation die eine Frau mit langen Haaren und einer Jeansjacke aussehen würde wie die andere.

Sie drehte sich nach ihrer Mutter um. «Es sind nur ein paar alte Fotos.»

«Blättere weiter», sagte Tante Anna.

Clemmie legte das Album auf den Kommodenrand, damit sie alle mit hineinschauen konnten. Gruppenfotos, auf denen die

Leute künstlich lächelnd herumstanden; gestellte Aufnahmen von Männern mit Gewehr neben ihren Jagdtrophäen; Momentaufnahmen von Fremden, die mit einem Koffergrammophon neben sich bei einem Picknick zusammensaßen und nicht auf den Fotografen achteten, bis auf eine Frau, die über die Schulter zurückblickte.

Clemmie erkannte sie. Sie hatte sie vor tausend Jahren auf dem Gemälde im Rivesdale House Hotel gesehen mit ihrem spitzen Kinn und dem herausfordernden Blick. Vielleicht lag es am brüchig gewordenen Papier, aber sie sah älter aus, müde. «Das ist Grannys Cousine, nicht?»

«Hm», machte Tante Anna.

Clemmies Mutter sagte nichts.

Sie war durchgebrannt, wie der Marquis es ausgedrückt hatte. Na ja, wenn man schon durchbrennen wollte, war es sicher nicht dumm gewesen, nach Afrika durchzubrennen, zumal wenn Granny Addie und Grandpa Frederick schon da waren.

Auch das nächste Foto zeigte Bea, zusammen mit drei Frauen, von denen eine ein Banjo im Arm hielt, eine in einem Korb kramte und die beiden anderen faul auf Picknickdecken lagen. Vorsichtig zog Clemmie es aus den Fotoecken heraus, die es hielten. Auf der Rückseite stand in einer Handschrift, die Clemmie nicht kannte: *Wanjohi, 1924* und darunter *Dina, Cockie, Alice und ich*.

In dem Album waren auch Fotografien von Grandpa Frederick, anfangs mit einem ziemlich albernen Schnurrbart, später mit glattrasiertem Gesicht, und von einem kleinen Mädchen in Reithose, neben einem Tier, das vielleicht so groß war wie ein Hase und ein wenig aussah wie ein Reh, aber keins war.

«Mom, bist du das?»

Ihre Mutter nickte. «Das war mein Dikdik. Feather.» Ihre Stimme klang heiser und zittrig, als strengte sie sich an, nicht zu weinen.

Es folgten noch mehr Bilder von Clemmies Mutter: mit einem Pony, mit Grandpa Frederick, auf einer Terrasse mit einer Puppe im Arm, von einer weiß gekleideten Hausangestellten beaufsichtigt. Kein einziges Foto von Granny Addie. Clemmie blätterte schneller um. Bilder von Hausangestellten und Pferdeknechten, von Trägern mit Stangen, von denen tote Tiere herabhingen; Bilder von Gruppen auf Safari und Picknickgesellschaften und, unter der Überschrift *Rennwoche in Muthaiga*, eine ganze Reihe Aufnahmen von irgendeiner pompösen Veranstaltung, auf der die Frauen alle hochelegant mit langen Perlenschnüren und Federschmuck auf den Köpfen zu sehen waren. Immer wieder Bea – Bea mit Freunden, Bea mit Frederick, Bea mit einem Baby, das Tante Anna sein musste – doch immer noch kein Bild von Granny.

«Hat Granny Addie die Fotos gemacht?», fragte Clemmie.

«Nein», sagte Tante Anna. Es hörte sich an, als wüsste sie es genau.

Clemmie schlug die letzte Seite um. Grannys Cousine stand, im ganzen Schick der zwanziger Jahre, zwischen zwei Männern in Abendkleidung, jeder mit einem Arm um ihre Schultern. Der eine sah aus, als wäre er halb hinüber, seine Gesichtszüge waren verwischt. Anscheinend hatte er sich im entscheidenden Moment umgedreht. Der andere grinste direkt ins Objektiv. Er erinnerte ein wenig an Rufus Sewell in *Cold Comfort Farm*, ein dunkler Typ, der vor Testosteron strotzte.

Auf der Rückseite hieß es: *Silvester 1926, ich, Val und R'l.*

Dann war das also Beas Album. Aber wo war Granny Addie? Von ihr war nicht ein einziges Bild dabei. Die letzten Fotos waren von 1926. Danach kam nichts mehr. Clemmie wusste, dass es noch andere Aufnahmen gab. Sie hatte sie selbst gesehen, Aufnahmen von Granny Addie und Grandpa Frederick auf ihrer Kaffeeplantage, doch dieses Album enthielt nicht eine von ihnen.

«Wo ist Granny Addie?»

Tante Anna lehnte sich an die Wand. «Willst du es ihr sagen, Madge? Oder soll ich?»

Clemmies Mutter ließ sich schwer auf einen Karton mit Büchern sinken. «Sie ist nicht auf den Fotos, weil sie nicht dabei war.» Sie krampfte die Hände auf dem Schoß zusammen und schaute zu Clemmie hinauf. «Sie kam erst, als ich schon fünf Jahre alt war.»

Kenia, 1926

Addie hörte die rhythmischen Geräusche eines Reisigbesens, mit dem draußen vor ihrem Fenster jemand den Weg kehrte.

Licht fiel durch die Ritzen zwischen den Vorhängen, stark und klar wie konzentrierter Alkohol. Addie kroch tiefer unter das Leintuch. Die Seide glitt ungewohnt glatt über ihre Haut. Sie hatte den Pyjama gestern Abend auf ihrem Bett vorgefunden und ihn angezogen, weil sie zu müde war, ihr Nachthemd auszupacken. Die Seide leuchtete in dem gleichen flammenden Orange wie die Blüten draußen auf den Bäumen.

Addie richtete sich halb auf. Während sie sich den Schlaf aus den Augen rieb, erwachte die Erinnerung an den vergangenen Abend: an die Gereiztheiten zwischen Bea und Frederick, die verqualmte Hütte, den verletzten jungen Mann, die starken Drinks, an ein Abendessen, von dem sie kaum noch etwas wusste, außer dass der Tisch, an dem ihnen von weiß gekleideten barfüßigen Bediensteten serviert wurde, absurderweise mit irischem Kristall und Spode-Porzellan gedeckt gewesen war. Die Kinder und ihre Gouvernante hatte sie nicht kennengelernt. Sie nahmen ihr Abendessen unter sich ein.

Wie lange hatte sie geschlafen? Die Uhr auf ihrem Nachttisch war stehengeblieben, doch das Haus war unverkennbar bereits wach. Eine Kanne Tee und ein Teller mit harten Keksen standen auf einem Tablett neben ihrem Bett. An der Vase mit einer ihr unbekannten Blume lehnte ein Zettel von Bea, auf dem nur stand: *Bin ein Weilchen weggefahren, bald wieder da. Ruh dich aus und lass es dir gutgehen!*

Addie trank einen Schluck Tee. Er war widerlich süß und eiskalt. Schaudernd stellte sie die Tasse weg. In den mageren Jahren hatte sie es sich angewöhnt, ihren Tee ungesüßt zu trinken. Jetzt zog sie ihn so vor.

Draußen fegte der Besen, *scht, scht, scht.* Am liebsten hätte sie in der dämmrigen Kühle des Zimmers den Kopf unter das Kopfkissen gesteckt, doch sie konnte sich nicht auf die Dauer verstecken. Früher oder später musste sie hinaus und der Welt ins Auge sehen. Womit sie Bea und Frederick meinte. Sie fühlte sich matt, als sie mühsam aufstand, wie nach einem Fieber. Oder wie nach einer langen Fahrt mit der Eisenbahn und einem Automobil.

Wenigstens war sie wieder frisch und sauber. Bea hatte darauf bestanden, dass sie am Abend noch ein Bad nahm, in einer großen jadegrünen Wanne, die den wollüstigen Phantasien eines orientalischen Herrschers hätte entsprungen sein können. Umgeben von jasminduftenden Dämpfen und schimmerndem, sich im Wasser spiegelndem Kerzenlicht, hatte sie, vom Gin benebelt, das Gefühl gehabt, mitten in Tausendundeine Nacht geraten zu sein.

Addie fand das Bad mit der Jadewanne wieder. Bei Tageslicht war es ein ganz gewöhnliches Badezimmer, in dem man sich die Zähne putzte und das Gesicht wusch. Vom kalten Wasser erfrischt und in ihren eigenen Kleidern, fühlte sie sich wieder mehr wie sie selbst. *Ruh dich aus*, das hatte Bea geschrieben, doch nach einem Blick auf die Standuhr im Vorsaal fand sie, sie habe sich lange genug ausgeruht. Es war zehn Uhr, schändlich spät. Zu Hause wäre sie längst aus dem Bett und säße nach einer langen, nasskalten Fahrt mit der Untergrundbahn und, nachdem sie ihren nassen Schirm in einem verbeulten Eimer neben der Bürotür abgestellt hatte, an ihrem Schreibtisch.

Allerdings nicht, weil sie es so bevorzugte. Die Frühaufsteherin war immer Bea gewesen. Jeden Morgen war sie frisch und munter auf den Beinen, während Addie, wenn es ihr überlassen gewesen wäre, bis in die Puppen im Bett geblieben wäre. Es war ihr damals, während ihrer Ballsaison, unbegreiflich gewesen, wie Bea die ganze Nacht durchtanzen und am Morgen ausgeschlafen genug sein konnte, um im Hyde Park auszureiten, anscheinend völlig unbeeinträchtigt von diesem hektischen Programm.

Addie fühlte sich ein wenig wie im Märchen, als sie durchs Haus ging. Von draußen hörte sie die fremdartigen Rufe unbekannter Vögel, klingelnde Glöckchen, erhobene Stimmen, die von den Steinmauern des Hauses gedämpft und in ein freundliches Summen verwandelt wurden, das das Haus in eine besondere Schläfrigkeit einzuhüllen schien. Dornröschens ostafrikanische Lodge.

Sie goss sich im Frühstückszimmer eine Tasse Kaffee ein und ging auf die Veranda hinaus. Die Akazien rundherum erfüllten die Luft mit ihrem Duft. In den Blüten summten die Insekten auf der Suche nach Nektar.

Sie war, wie sie feststellte, nicht allein auf der Veranda. Ein kleines Mädchen hockte neben dem Geländer, in ein ernstes Gespräch mit einer ziemlich ramponierten Porzellanpuppe vertieft. Als Addie kam, sprang das Kind auf. Während es noch zu überlegen schien, ob es den Rückzug antreten sollte, sagte Addie: «Guten Morgen», und stellte ihre Tasse auf einen Holztisch. «Du bist sicher Marjorie.»

Über den Kopf der Puppe hinweg sah das Mädchen sie forschend an. Sie hatte dunkelblonde Haare, dunkler als Beas zwar, aber doch so hell, dass Beas Furcht, Marcus hätte es als das Kind eines anderen erkennen können, unbegründet gewesen war. Die Augen des kleinen Mädchens waren von einem ungewöhnlich hellen Blau. Gillecote-Augen.

Addie bot ihr die Hand. Sie wusste nicht genau, wie sie sich verhalten sollte, sie hatte seit ihrer eigenen Kindheit nicht mehr mit Kindern zu tun gehabt. «Ich bin deine Tante Addie. Ich bin bei euch zu Besuch.»

Das Kind hielt seine Puppe fest im Arm, während es Addie aus sicherer Entfernung musterte. «Farve hat gesagt, dass du aus England gekommen bist.»

Farve? Kindersprache für Vater, vermutete sie. «Ja, mit einem großen Schiff. Und mit der Eisenbahn.»

«Ich wollte die Eisenbahn sehen», sagte das Kind. «Aber Farve hat mich nicht mitgenommen.»

«Am Bahnhof ist es sehr laut», sagte Addie. «Und schmutzig. Du hast nicht viel versäumt. Hier ist es viel schöner.»

«Karanja hat gesagt, die Eisenbahn ist eine Schlange», sagte das Kind. «Eine lange silberne Schlange.»

Nun ja, so konnte man es auch sehen. Addie ging in die Hocke. «Wenn es eine Schlange ist, dann ist sie sicher verzaubert worden.»

«Verzaubert? Was ist das?»

«Jemand hat sie verwandelt», versuchte Addie zu erklären. Hatte niemand dem Kind Märchen erzählt. «Wenn man eine Schlange so groß machen will, muss man zaubern können. Denn sie reicht ja so weit man überhaupt sehen kann und spuckt Feuer und Rauch wie ein Drache. Drachen sind so was Ähnliches wie Schlangen», fügte sie hinzu, bevor die Kleine fragen konnte, «nur größer und gruseliger. Und sie können fliegen.» Addie, die das Gefühl hatte, langsam an ihre Grenzen zu kommen, zeigte auf die Puppe. «Wie heißt sie?»

Marjorie musterte sie einen Moment, dann hielt sie ihr die Puppe hin. «Das ist Annabelle.»

«Guten Morgen, Annabelle», sagte Addie. Schließlich mussten sie einander noch begrüßen.

«Und dir auch einen guten Morgen», sagte hinter ihr Frederick amüsiert.

Addie sprang so schnell auf, dass sie mit dem Fuß beinahe in ihrem Rocksaum hängen geblieben wäre. «Oh, hallo. Wir haben gerade ...»

«Farve!», rief Marjorie und rannte zu ihrem Vater, der sie hoch in die Luft schwang. Addie entging nur knapp einem Nasenstüber von einem ihrer Stiefel.

Marjorie legte ihrem Vater die Arme um den Hals und schmiegte sich an seine vertraute Schulter. Er zog sie einen Moment fest an sich und drückte seine Nase in ihre Haare. Sie schienen so ganz zueinander zu gehören, so vollkommen glücklich miteinander. Niemals hätte Addie gedacht, dass Frederick, der Frederick jedenfalls, den sie einmal gekannt hatte, ein liebevoller Vater sein könnte, aber er vergötterte seine Tochter offensichtlich genauso wie sie ihn.

Das passte überhaupt nicht zu Addies Bild vom berechnenden Verführer.

Frederick stellte seine Tochter energisch auf den Boden. «Jetzt wird gelernt. Miss Platt sucht dich schon.»

«Aber Feather vermisst mich bestimmt.»

«Feather ist Marjories Dikdik», sagte Frederick zu Addie. Sein Gesicht war entspannt und heiter. Er blickte liebevoll zu seiner Tochter hinunter. «Nach dem Unterricht. Dann kannst du Tante Addie mit Feather bekannt machen.»

«Ich freue mich schon darauf», sagte Addie. «Ach, und vergiss deine Annabelle nicht.» Sie bückte sich und hob die Puppe auf.

«Was sagst man?», fragte Frederick.

«Danke», sagte Marjorie und lief ins Haus.

Addie wäre ihr gern gefolgt, aber das wäre ihr zu sehr wie eine Flucht vorgekommen. Das letzte Mal waren sie und Frederick vor fünf Jahren allein gewesen, einen Kontinent, eine Heirat und zwei Kinder entfernt.

«Ich muss leider gestehen, dass ich nicht weiß, was ein Dikdik ist», sagte sie.

Frederick lächelte. Addies Herz zog sich ein klein wenig zusammen. «Es ist so eine Art kleine Antilope. Marjorie zeigt sie dir später.

«Ja. Ich werde sie daran erinnern.»

Einen langen Moment standen sie da, und keiner sagte etwas, keiner schaute den anderen richtig an, und Addie war überrascht zu sehen, dass er genauso verlegen war wie sie.

«Ich wollte gerade zum Kaffeeschuppen hinunter», sagte er schließlich mit einem leichten Zögern. «Wenn du willst, zeige ich dir die Farm.»

Sie wusste, sie sollte ablehnen, aber die Sonne schien so hell, und alles hier draußen war so verlockend, und Bea war immer noch nicht zurück. Es würde so etwas wie eine Schutzimpfung sein, sagte sie sich. Man setzte sich der Krankheit aus, um sich gegen sie zu immunisieren. «Ich halte dich doch nicht von der Arbeit ab?»

«Überhaupt nicht. Wenn wir hier sagen, *wir arbeiten*, heißt das in Wirklichkeit, dass wir die anderen für uns arbeiten lassen. Du brauchst einen Hut», fügte er hinzu, nahm einen vom Tisch auf der Veranda und drückte ihn ihr auf den Kopf. Er war aus beigem Filz, innen rot gefüttert und rutschte ihr beinahe über die Augen. «Sonst riskierst du einen Hitzschlag.»

Die Hitze lag in einem flirrenden Dunstschleier über dem Land, als sie ins Freie traten, zart wie der Tüll der Abendkleider, die sie in diesem entsetzlichen Debütjahr getragen hatte. Addie hatte das Gefühl, sie könnte die Hand ausstrecken und ihn zwischen ihren Fingern zerdrücken.

Zu ihrer Überraschung war die Hitze nicht unangenehm, nicht so erstickend wie in ihrem Eisenbahnabteil. Vielmehr legte sie sich sanft um sie wie eine zweite Haut und erwärmte sie bis ins Innerste. Zu Hause fror sie immer. Sie litt unter einer tiefen inneren Kälte, die sich vor langer Zeit in ihr niedergelassen hatte, als sie an einem regnerischen Novembertag zusammengekauert in einem Schrank in einem lang vergessenen Haus in Bloomsbury gehockt hatte.

Hier schien es so etwas wie November nicht zu geben. Der Himmel war hell und klar, von einem so intensiven Blau, dass es in den Augen schmerzte.

Sie schlugen einen Weg ein, der nicht zu den – wie hatte Bea gestern Abend gleich gesagt? –, zu den Hütten führte, sondern einen schmalen Bach entlang durch hohes braunes Gras, an dornigen Büschen und Korallenbäumen vorbei, deren Blüten die gleiche Farbe hatten wie Beas Pyjama. Insekten sirrten in durchdringend hohen Tönen, am Wegrand lag reglos ein Chamäleon, so grünbraun gefleckt wie das Gras rundherum. Addie hörte das Bimmeln der Ziegenglöckchen, als ein splitternackter kleiner Junge seine Herde vorbeitrieb, und das von Bea so unfreundlich erwähnte Geschnatter der Affen, die in den Bäumen ihren eigenen wichtigen Geschäften nachgingen.

Fremdartige Blumen leuchteten zu ihren Füßen. Das Buschland um sie herum wimmelte von Leben. Es war alles wie ein Traum, das Licht, die Hitze, die Blumen; die Männer, mit den kurzen geflochtenen Haaren, die wie Vlies auf ihren Köpfen lagen, und den Ohrgehängen, die ihre Ohrläppchen in die Länge zogen; die Frauen mit den Kupferdrahtschlangen um die Arme. Sie kam sich vor, als wäre sie in die Illustration einen alten Buches hineingetreten, *Robinson Crusoe* vielleicht, oder etwas von H. Rider Haggard.

«Wie aus einem Roman, nicht?», sagte Frederick.

Addie sah ihn stirnrunzelnd an. «Gedankenlesen gehört sich nicht.»

Frederick lachte und schwang seinen Gehstock, ein langes knorriges Ding. «Das war keine Gedankenleserei, sondern ganz gewöhnliches Nachempfinden. Mir ist es genauso gegangen, als ich es das erste Mal gesehen habe.»

«Es ist jedenfalls eine Abwechslung zum Winter in Bloomsbury», sagte Addie zurückhaltend. Er sollte ihr nicht nahekommen. Sie würden auf Abstand bleiben. Höflich und distanziert. «Marjorie ist wirklich ein süßes Ding.»

Fredericks Gesicht leuchtete auf vor Stolz. «Ja, nicht wahr? Wir brauchen bald eine richtige Gouvernante für sie. Sie liest alles, was du ihr vor die Nase hältst.»

Addie schob ihren Hut ein wenig zurück. «Sollte ich dann meine Romane lieber verstecken?»

Die Fältchen um seine Augenwinkel zogen sich zusammen. «Deine Vorliebe für skandalöse Literatur hatte ich ganz vergessen. Arbeitest du immer noch als Lektorin beim *Mercury*?»

«Es war die *Bloomsbury Review*», korrigierte ihn Addie. «Und ich war nie Lektorin, sondern immer nur das Mädchen für alles. Die Antwort ist nein.»

Die Addie, die bei der *Bloomsbury Review* gearbeitet, die davon geträumt hatte, die Welt durch Gedichte zu verändern – die

Addie, die sich eingebildet hatte, Frederick zu lieben –, war eine ganz andere gewesen.

«Sie mussten den Laden schließen», sagte sie. «Ich habe eine Stellung als Stenotypistin bei einer Import-Export-Firma angenommen.»

Frederick musterte sie neugierig. «Kein Universitätsstudium?»

Ebenso gut hätte sie versuchen können, nach dem Mond zu greifen. «Ich wollte nicht von einem Turm in den nächsten wandern», sagte sie. «Schau mich nicht so an. Ich mag meine Arbeit. Wirklich. Sie tut mir gut. Ich hätte es nie geglaubt, aber Zahlen liegen mir viel mehr als die Analyse von Gedichten. Meine Eltern drehen sich wahrscheinlich im Grab um, aber so ist es nun mal. Ich habe anscheinend geschäftliches Talent.»

Zu ihrer Überraschung spottete er nicht. «Merkwürdig, was wir über uns selbst entdecken, nicht? Ich hätte nie gedacht, dass ich mich für die Landwirtschaft erwärmen könnte.»

«Ihr pflanzt Kaffee?» Bea hatte etwas von Kaffeesträuchern erwähnt.

«Unter anderem. Wir haben mit Indigo experimentiert, aber das ist schiefgegangen. Lehrreich, aber sonst nichts. Es ist immer noch ein reines Ausprobieren hier draußen», sagte er. «Man kann vorher nie sagen, was klappt.»

«Das klingt ziemlich spannend.»

«Ja, es ist spannend, aber es kann einen auch wahnsinnig machen. Wir hatten von nichts eine Ahnung, als wir hier ankamen. Ich hatte Bücher gelesen und dachte, das würde reichen.» Frederick lachte voll Selbstspott. Er schien Demut gelernt zu haben, und sie stand ihm gut.

«Es hat also nicht gereicht, nehme ich an?», erkundigte sich Addie mit höflichem Interesse, weiterhin vorsichtig Distanz wahrend.

Sein Lächeln hatte etwas Entwaffnendes. «Die Experten lassen sich endlos über Bodensäuregrad und angemessene Wachstumsbedingungen und die Höhe hier und den Dünger dort aus, aber letzten Endes weißt du nicht, was richtig ist, solange du es nicht ausprobierst. Dann kommen noch die Heuschrecken dazu und Dürren. All die Dinge, von denen sie dir nie etwas erzählen, wenn sie die Vorteile des Kaffeeanbaus anpreisen.»

«Also die goldene Gans ist es nicht gerade?»

«Nein. Aber es ist die Mühe wert», fügte er hinzu. «Trotz allem. Nichts ist mit dem Moment zu vergleichen, wenn man zum ersten Mal Kaffeebeeren an den Sträuchern entdeckt und denkt: Wie zum Teufel haben wir das geschafft?»

«Wie bei *Candide*», sagte Addie lächelnd. «Der Garten muss bestellt werden.»

Frederick stützte sich auf seinen Stock. «In der besten aller möglichen Welten.»

Sie konnte nicht erkennen, ob es Sarkasmus war oder nicht.

«Was ist da drüben?» Sie wies zu einem rechteckigen Gebäude mit offenen Seiten und einem Dach aus dicht geschichteten Palmblättern. «Sieht aus wie etwas, das der schweizerische Robinson gebaut haben könnte.»

«Das ist die Kaffee-Baumschule. Da werden die jungen Pflanzen aufgezogen, bis sie groß genug sind, um ausgepflanzt zu werden.»

Während er von der Arbeit in der Baumschule und von den Tücken des Kaffeeanbaus sprach, betrachtete sie ihn. Er war älter geworden, gewiss, aber er wirkte auch gefestigter. Der grüblerische Rochester, den sie in London zu lieben geglaubt hatte, existierte nicht: Es war, als hätte er diesen Teil seiner Persönlichkeit mit London zurückgelassen. Sie sah ihn vor sich, von Rauchschwaden umgeben, im unnatürlichen Dämmerlicht eines schummrigen Klubs. Der Mann von damals, welterfahren und zynisch, hatte nichts mit diesem Mann gemein, der ihr hier mit so viel Enthusiasmus einen Vortrag über Pflanztechniken hielt.

Die Erkenntnis bereitete ihr Unbehagen. Sie hatte gewusst, oder wusste es zumindest jetzt, wie sie mit dem Mann von damals umgehen musste. Wie sie diesem hier begegnen sollte, das wusste sie allerdings nicht. Sie konnte diesen Frederick nicht mit dem früheren in Einklang bringen. Es war, als wäre eine fotografische Aufnahme auf eine andere belichtet worden, sodass die Bilder miteinander verschwammen und keins von ihnen ganz zutreffend war.

«Entschuldige», sagte er. «Ich langweile dich. Du bist ja nicht hierhergekommen, um dir Referate über Kaffeekultivierung anzuhören.»

«Tut mir vielleicht ganz gut», meinte sie. «Es ist ja eigentlich eine Schande. Ich trinke seit Jahren Kaffee und habe keine Ahnung, woher er kommt. Ist das dort Kaffee? Ich habe mir die Bohnen nie rot vorgestellt. Ich dachte immer, sie wären braun.»

«Wir nennen sie Kaffeekirschen», sagte er. «Sie werden dann braun, wenn sie geröstet sind.»

Addie überlegte krampfhaft, worüber sie noch sprechen könnte, irgendetwas gefahrlos Unpersönliches. «Warum arbeiten nur Frauen auf den Feldern?»

Frederick blieb neben ihr stehen und blickte zu den Feldern hinaus. «Wir haben anfangs versucht, auch Männer anzuwerben, aber das hat nicht geklappt. Die Bodenbearbeitung, das Umgraben und Pflügen, da sind sie tüchtig, aber wenn die Pflanzen gesetzt sind, müssen die Frauen übernehmen. Jäten und Pflücken ist Frauensache. Es ist hier alles anders», sagte er, genau wie Bea am Abend zuvor.

«Ja, das sehe ich.» Addie hielt ihr Gesicht in die Sonne. Auf den Kaffeefeldern sangen die Frauen bei der Arbeit. Weit drüben auf der linken Seite konnte sie die bläulichen Schatten der Berge erkennen. «Aber schön.»

«Ja, nicht wahr?» Frederick ließ den Blick über sein Reich schweifen. Auf seinem Gesicht war ähnlich wie zuvor, als er seine kleine Tochter betrachtet hatte, Liebe und Stolz zu sehen. Auf seinen Stock gestützt, drehte er sich um und sah Addie an. «Ich habe dir noch gar nicht dafür gedankt, dass du Njombo gestern Abend so kompetent verarztet hast. Das war wirklich eine große Hilfe.»

«Jede andere mit etwas Ahnung von Krankenpflege hätte das Gleiche getan», erwiderte sie schnell. «Ich habe Schlimmeres gesehen damals, im ... du weißt schon.»

Frederick blickte wieder zu den Kaffeefeldern und den Bergen hinaus. «Hier draußen scheint einem der Krieg weit, weit weg zu sein.» Er schüttelte den Kopf. «Er *ist* weit weg. Es wundert mich, dass du dich an das alles noch erinnerst.»

Addie schob ihre Haare hinter die Ohren. «Ich arbeite einmal in der Woche ehrenamtlich in einem Armenkrankenhaus im East End. Auf der Entbindungsstation», fügte sie hinzu. «Es ist also nicht ganz das richtige Fach. Aber Spritzen und Äther werden dort auch gebraucht.»

«Du solltest dich mal mit Joanie Grigg unterhalten, Lady Grigg sollte ich sagen. Sie ist die Frau des Gouverneurs. Sie hat gerade eine Kampagne zur Einrichtung einer Entbindungsklinik in Nairobi gestartet. Sie wäre sicher froh, noch jemanden mit Erfahrung dabeizuhaben.»

«Ich wäre ...» Addie besann sich gerade noch rechtzeitig. Was dachte sie sich denn? Sie war nur zu Besuch hier, um Bea zu sehen. «Ich glaube nicht, dass ich lange genug bleiben werde, um mich da zu engagieren.»

«Natürlich», sagte er. «Du wirst zurückwollen zu deinem ... Wie heißt er noch einmal?»

«David.» Sie wollte nicht über David reden, schon gar nicht mit Frederick. Es wäre ihr illoyal vorgekommen, wenn sie auch nicht genau sagen konnte, wem gegenüber.

Frederick packte seinen Stock fester und ging weiter, viel schneller plötzlich. «Würde es dir etwas ausmachen, wenn wir unseren Rundgang abkürzen?», fragte er. «Ich muss mich noch um ein paar Abrechnungen kümmern. Das ist der einzige Wermutstropfen, die Buchhaltung. Na ja, die Buchhaltung und die Heuschrecken, wobei die Buchhaltung das größere Übel ist. Die Zahlen stimmen nie.»

«Kann ich dir vielleicht helfen?» Sie wusste selbst nicht, warum sie ihm das anbot. Neugier vielleicht? Oder schlicht Langeweile? Sie hatte das Talent zum Müßiggang vor Jahren verloren. «Ich kenne mich ein bisschen aus mit Buchhaltung.»

Frederick blieb stehen. Er sah mit diesem Blick zu ihr hinunter, den sie nur allzu gut in Erinnerung hatte. «Du bist hier zu Gast», sagte er.

Addie schob den ständig rutschenden Hut wieder nach hinten. «Bitte, hört auf, das zu sagen. Ich arbeite gern. Ich bin daran gewöhnt. Nichtstun fällt mir eher schwer.»

«Ja dann nehme ich dich beim Wort.» Er zog eine Augenbraue hoch. «Aber ich warne dich, du wirst es wahrscheinlich bereuen. Die Bücher sind auf dem besten Weg immer mehr zu verlottern.»

Addie nickte kurz. «Zeig sie mir, dann werden wir schon sehen, was ich tun kann.»

Frederick kniff die Augen zusammen. «Gibt es eigentlich etwas, was du nicht kannst? Ein Unterseeboot bauen, aus dem Japanischen übersetzen?»

Addie lachte. «Reiten», sagte sie. «Das ist Beas starke Seite.» *Bald wieder da* stand auf Beas Zettel. Es musste inzwischen fast Mittag sein. «Wo ist Bea eigentlich?»

Fredericks Gesicht verdüsterte sich. «Reiten», sagte er.

KAPITEL 19

Kenia, 1926

Höhenmesser ... Ölstandanzeiger ...» Bea studierte mit zusammengekniffenen Augen die Armaturen. Es war erst das zweite Mal, dass sie am Steuerpult saß, und es würde, wenn alles gutging, ihr erster Soloflug werden. «Es scheint alles in Ordnung zu sein.»

«Scheint?», äffte Val sie nach, der hinter ihr im Heck saß. «‹Scheint› kenne ich nicht. Prüf noch mal nach.»

Bea verdrehte die Augen, aber sie gehorchte. Es war schließlich sein Flugzeug, und Flugzeuge gab es hier in der Kolonie nicht gerade wie Sand am Meer, wenn auch alle von einem neuen Flugfeld und einem Aerodrom redeten. Bis das Aerodrom stand, wollte sie auf jeden Fall ihren A-Pilotenschein haben. Um ihn zu bekommen, musste man sechzehn Flugstunden vorweisen; bis jetzt hatte sie eine absolviert. Val besaß ein gefährliches Talent, für Unterhaltung anderer Art zu sorgen.

Aber heute nicht. Heute würde sie fliegen, komme, was da wolle. Sie war in aller Frühe aufgestanden, hatte Addie einen Zettel hingelegt und die Strecke bis zu dem kleinen Behelfsflugfeld dank einer rasanten Fahrt, über die ihr Mann hell entsetzt gewesen wäre, in weniger als zwei Stunden geschafft. Aber ihr Mann war in letzter Zeit über die meisten Dinge hell entsetzt.

Das waren die Momente, in denen sie sich frei fühlte, wenn vor ihr der Motor brummte und die Zebras von der Piste in die Sicherheit des Buschs flohen. Wenn sie durch das noch im Schlaf liegende Land raste, wo der Tau frisch auf dem Gras lag, konnte sie die vergangenen sechs Jahre wegzaubern und wieder zurück in Ashford sein, dem echten Ashford, in einem Leben, in dem die Eroberung der Welt noch vor ihr lag. Und das war nichts im

Vergleich zu dem Gefühl, vom Boden abzuheben und in die Luft aufzusteigen, hoch über das unter ihr ausgebreitete Land.

«Vergiss nicht den Steuerknüppel.» Sie fühlte Vals Mund an ihrem Hals und seine Hände, die von ihren Schultern hinabglitten und ihre Brüste umfassten.

Sie stieß ihn weg. «Lass das, Val.»

«Aber du bist doch hergekommen.» Sein Atem kitzelte warm ihr Ohr. «Schlimme, schlimme Bea.»

Sie drehte den Kopf weg. «Jetzt nicht.»

«Dann eben nicht.» Val lehnte sich zurück und streckte die Arme über den Kopf. «Kleine Katze. Was ist dir denn in die Quere gekommen, dass du gleich die Krallen ausfahren musst?»

Er hatte selbst etwas Katzenhaftes, geschmeidige Anmut gepaart mit einer bodenlosen Selbstgefälligkeit, die sich darauf berief, dass seine Vorfahren schon von goldenen Tellern speisten, als andere noch im Dreck gescharrt hatten. Das war Theophilus Vaughn, der missratene Spross einer uralten Adelsfamilie. Seiner enttäuschten Familie zufolge besaß er nicht nur die Moral einer Katze, sondern auch ihre sieben Leben.

Val fand seine Familie scheinheilig. *Wir sündigen seit Jahrhunderten und profitieren davon*, sagte er gern. *Nicht wir haben uns verändert, sondern die Welt hat sich verändert. Warum sollten wir uns ihrer bürgerlichen Moral beugen?* Es waren nicht nur Lippenbekenntnisse. Er lebte nach seiner Überzeugung. Und konnte es sich, soweit Bea hatte feststellen können, ungestraft leisten, weil er so verdammt gut aussah. Sie musste es wissen. Sie spielte das Spiel selbst seit Jahren.

Der Unterschied war natürlich, dass er ein Mann war. Er brauchte nicht zu heiraten, um sich seinen Platz zu sichern. Er brauchte sich die Figur nicht mit Kinderkriegen zu ruinieren. Niemand nannte ihn mit siebenundzwanzig passé. Er konnte auf die Welt pfeifen und ein Leben führen, wie es ihm gefiel, und alle liebten ihn dafür und schüttelten den Kopf über seine Exzesse mit einer Art schauriger Bewunderung, die mehr Kompliment als Verurteilung war. Jeder wusste etwas über Val zu erzählen. Vieles davon war sogar wahr.

Ein gefallener Engel war er. Luzifer in Menschengestalt, so schön wie ein altes Standbild und ungefähr tausendmal sinnenfreudiger. Er hatte die schwarzen Haare und die intensiv blauen Augen der Vaughns, und er war von einer Unbeständigkeit und Achtlosigkeit, die an Grausamkeit grenzten. Das alles war unwiderstehlich.

Nicht immer.

«Nichts», sagte Bea kurz. «Gar nichts.»

Val zog ein Porzellandöschen aus seiner Tasche und klappte es auf. «Wenn du mich nicht unterhältst.» Er tupfte ein paar Körnchen auf sein Handgelenk und schniefte, sehr elegant, bevor er ihr das Döschen anbot. «Viel besser als Schnupftabak, meinst du nicht auch?»

Bea schob seine Hand weg. «Ich bin nicht in Stimmung.»

Sie hatte es schon des Öfteren probiert, aber die Euphorie verflog immer, genau wie bei allem anderen. Ganz gleich, mit wie vielen Männern sie ins Bett ging, wie viel Zäune sie übersprang, wie viele Gin sie trank, wie viele Löwen sie jagte, es war stets das Gleiche. Der Kitzel ließ immer schneller nach, und was blieb, war die Gier nach mehr. Wie wenn man seinen Durst mit Champagner stillen wollte: Nach jedem Schluck war man durstiger als vorher.

Aber Fliegen – das war etwas anderes. Wenn sie in der Luft war, kümmerte sie nichts, nicht ihr Mann, der sie verachtete, nicht die Familie, die sie verstoßen hatte, und nicht die bewundernd zu ihr aufblickende kleine Cousine, die im Übrigen nicht mehr so klein war und auch nicht mehr so bewundernd zu ihr aufblickte.

Val klappte den Deckel des Schnupftabakdöschens zu. «Lieber Gott», sagte er, «das scheint ja wirklich ernst zu sein.»

Bea schob ihre Flugbrille hoch. «Du hast mir eine Stunde versprochen.»

Val fand es anscheinend gerade amüsant, sie zu provozieren.

«Ich habe dir eine Stunde versprochen. Aber ich habe nicht gesagt, was für eine.» Er strich mit seinem Finger über die nackte Haut unter ihrem offenen Kragen. «Du musst vorsichtiger sein, wenn du deine Teufelspakte aushandelst.»

Obwohl sie nichts dergleichen vorgehabt hatte, lehnte sie sich an ihn, wohl wissend um die Wirkung seiner Zärtlichkeiten auf sie, das flüchtige Vergessen, das sie bescherten.

«Was könntest du mich denn sonst lehren?», fragte sie leise und lockend.

Val ließ sie los und sprang über die Seite des Flugzeugs. «Geduld vielleicht?»

Beas Haut brannte an der Stelle, wo er sie berührt hatte. Sie spürte, wie ihre Brustwarzen sich unter dem feinen Leinen ihrer Bluse aufrichteten. Seinem Grinsen nach bemerkte er es auch.

Zum Teufel mit ihm und diesem widerlichen Grinsen.

Bea zupfte den Kragen ihrer Bluse wieder zurecht. «Hast du nicht gesagt, dass Geduld nur dann eine Tugend ist, wenn die Sache das Warten wert ist?»

«Das war einer meiner weniger geschätzten Vorfahren. Aber das ist ja fast das Gleiche. Wolltest du mich damit treffen?» Er drückte eine Hand auf sein Herz. «Ich *bin* getroffen. Ich sterbe. Ach!»

Bea war nicht in Stimmung. «Flieg einfach mit mir.»

«Ich habe dich verärgert.» Er umschloss ihr Gesicht mit den Händen und strich ihr, scheinbar ganz Zärtlichkeit und Reue, die Haare aus der Stirn. «Mein armer kleiner erdgebundener Engel. Immer noch die Sehnsucht nach der Heimkehr in den Himmel.»

Sie hätte vielleicht gelacht, doch seine Worte kamen der Wahrheit zu nahe. Sie hatte so sehr gehofft, über Addie eine Verbindung zu Ashford herstellen zu können. Doch Addie war genauso endgültig aus dem Garten Eden vertrieben worden wie Bea. Dabei hatte sie nur dasselbe wie Marcus getan. Sie hatte ihn büßen lassen wollen, doch dabei die wichtigste Regel verletzt. Sie hatte sich ertappen lassen. Das, und nicht der Ehebruch, war der unverzeihliche Verstoß.

Bea schlug nach seiner Hand. «Woher hast du denn deine albernen Sprüche? Aus dem Kino? Du brauchst einen besseren Text, Darling. Mir hat's besser gefallen, als du von diesem Dichter geklaut hast. Wie hieß er noch einmal?»

«Du bist wirklich von einer exorbitanten Ignoranz», sagte er.

Seine verführerische Stimme machte aus der Beleidigung fast eine Liebkosung. Trotzdem tat sie weh. In letzter Zeit wurde ihr ihre Unwissenheit von allen Seiten vor Augen geführt. Sie hatte keine Ahnung von Kaffeeanbau oder Krankenpflege. Sie konnte keine Dichter und keine Philosophen zitieren.

Der gestrige Abend war entsetzlich gewesen. Schlimm genug, untätig dabeizustehen, während Addie diesen Jungen zusammenflickte, doch die wahre Tortur war das Abendessen gewesen. Addie erzählte kühl von ihrer Arbeit, ihrer Wohnung und ihren Freunden, lauter Leuten, die Bea überhaupt nicht kannte, die nicht im *Debrett's* standen, Leute, die von ihrer Hände Arbeit lebten. Die neue Ordnung.

Wann hatte sich alles so verändert? Es war noch gar nicht lange her, da war sie Addies Vorbild gewesen, und nicht nur Addies. Die Debütantinnen einer ganzen Ballsaison hatten zu Bea aufgeschaut, ihre Kleider kopiert, ihre Frisuren übernommen. Wenn sie eine Diamantspange trug, tauchten hundert Diamantspangen in London auf. Ein göttliches Spiel war das gewesen. Manchmal hatte sie absichtlich etwas völlig Blödsinniges getan, nur um sich darüber zu amüsieren, wie die anderen es nachäfften.

Doch das war alles vorbei.

Eine ohnmächtige Wut auf ihre Mutter packte sie plötzlich, die sie vollkommen unvorbereitet ins Leben hinausgestoßen hatte. Nichts, was sie ihr beigebracht hatte, war in dieser fremden neuen Welt von Belang. Wen interessierte es, dass sie ein Essen für achtzig Leute mit der perfekten Tischordnung arrangieren oder die Ehefrau irgendeines Parvenüs brüskieren konnte, ohne auch nur ein Wort sagen zu müssen? Das, worauf es wirklich ankam, hatte sie nie gelernt. Sie hätte sich in Krankenpflege ausbilden lassen sollen wie Addie; sich wie Addie durch die Bibliothek in Ashford lesen, Konzerte und Vorträge besuchen sollen.

Ach, zum Teufel mit Addie. Und zum Teufel mit Val.

«Ich wusste gar nicht, dass dich mein Geist interessiert», sagte sie. «Wenn du einen Blaustrumpf suchst, dann schau dich doch in Oxford oder Cambridge um. Ihr werdet euch mit euren geistreichen Zitaten sicher zu Tode amüsieren.»

Val gähnte ungerührt. Er hatte das dickste Fell von allen, die sie kannte. Es brauchte vermutlich mindestens ein angriffslustiges Nashorn, um ein Loch in diesen Panzer zu schlagen. «Das war Donne, du kleine Barbarin. ‹Gestatte Freiheit meinen Händen und lass sie schweifen …›» Er schwang die Beine über die Seite und glitt zum Boden hinunter. «Aber du bist heute nicht in Stimmung, irgendwelche Freiheiten zu gestatten, hm?»

«Gestatte du mir lieber endlich eine Flugstunde», versetzte sie gereizt. «Es geht um meinen Pilotenschein. Du sollst mir das Fliegen beibringen.»

Er lehnte sich mit verschränkten Armen an die Seite der Maschine. «Tu ich das denn nicht?» In der Sonne bekam sein schwarzes Haar einen Stich ins Bläuliche.

«So nicht. Ich bekomme meinen A 1-Schein nie, wenn ich diese Kiste nicht hochkriege.»

«Beleidige die Moth nicht.» Val streichelte die silberne Seite des Flugzeugs mit einer Hingabe, die er ihr nie gönnte. «Sonst fliegt sie dich nie zur Sonne.»

«Dir ist dieses Flugzeug wichtiger als jeder Mensch.»

«Natürlich. Die Menschen sind so anstrengend mit ihren Ansprüchen und Erwartungen und ihrem ewigen Gejammer. Die Moth verlangt nichts weiter als regelmäßig mit Benzin versorgt zu werden.» Val sah sie an und zog eine Augenbraue hoch. «Also, spielst du mit, Süße, oder soll ich dich in dein hübsches kleines Automobil setzen und zu deiner Familie zurückschicken.»

«Niemand schickt mich irgendwohin.» Sie sah seine Augen

aufblitzen und erkannte, dass er sie nur provozieren wollte. Und es war ihm gelungen. «Du verdammter Kerl.»

«Aber, aber. Vergeudete Worte, mein Engel. Ich war schon ein Verdammter, bevor ich dir begegnet bin.» Mit spöttischer Galanterie zog er ihre Hand an seine Lippen. «Nicht dass du einen Abstecher in die Hölle nicht wert wärst, aber ich fürchte, du wirst dich hinten anstellen müssen.»

Es reichte. Außerdem wurde die Zeit knapp. Sie hatte vor dem Mittagessen zurück sein wollen, und jetzt ging es schon auf zehn. Dazu noch eine Stunde in der Luft, das würde sehr knapp werden.

«Flieg mit mir», befahl sie. «Oder ich fahre nach Hause.»

«Gut», sagte er. Sie hätte wissen müssen, dass immer, wenn er gar so entgegenkommend war, die größte Gefahr drohte. Er drehte ihre Hand in der seinen. Ein feiner Schauder überlief sie, als er die Innenseite ihres Handgelenks küsste. «Aber zuerst ...»

Nein. Schon zehn Uhr, und wenn man Val einmal nachgab, nahm er das immer als Freibrief, das nächste Mal noch dreister zu werden ...

Er schlug ihren Ärmel hoch und ließ seine Lippen die zarte Haut ihres Innenarms emporwandern. «Es sei denn, du kannst nicht.»

Sein durchtriebener Blick forderte sie heraus, es zu sagen, zu sagen, dass sie fahren müsse, zuzugeben, dass sie nicht frei war, sondern an einen Mann gekettet, der sie nicht begehrte, und an Kinder, mit denen sie nichts anfangen konnte. Sie wusste, dann würde er sie mit einem Klaps auf die Schulter ziehen lassen. Sie würde auf der Heimfahrt kochen vor Wut und Enttäuschung und ihn umso heißer begehren.

«Du hast die Wahl», sagte er.

Aber so war es nicht. Sie hatte sich schon vor Jahren, als sie mit Marjorie schwanger geworden war, jede Wahl genommen.

«Ganz recht», sagte sie trotzig. «Ich habe die Wahl.»

Sie zog seinen Mund heftig an ihren und schloss die Augen. Blind für den Himmel, das Flugzeug vergessen, küsste sie ihn, als könnte sie ihm das Geheimnis seiner beneidenswerten Unbekümmertheit aus der Seele saugen und sich selbst zu eigen machen. Sie hörte ihn schneller atmen, spürte den schnelleren Puls und genoss den Triumph. Hier wenigstens war sie Meister, nicht er. Es gab viele Arten zu fliegen.

New York, 1999

Aber ich habe doch die Fotos gesehen», sagte Clemmie. «Die von Granny und Grandpa in Kenia.»

Eins stand im Wohnzimmer auf dem Tisch: Die beiden zusammen auf ihrer Kaffeeplantage, Grandpa Frederick mit Tropenhelm auf dem Kopf und Granny Addie in einer hochgeschnittenen langen Hose. Ein anderes, das früher auf dem Sekretär seinen Platz gehabt hatte, zeigte das Steinhaus, das Clemmie in Beas Album gesehen hatte. Granny Addie und Grandpa Frederick saßen auf der Veranda, Clemmies Mutter stand neben ihnen, und ein mürrisch dreinblickendes Kind, das Tante Anna sein musste, saß auf Grandpa Fredericks Schoß. Clemmie war sicher, dass sie noch andere gesehen hatte, wenn sie nur gewusst hätte, wo.

«Die sind alle später aufgenommen», sagte Tante Anna. «Schau sie dir genauer an, dann siehst du es. Sie ist erst 1926 rübergekommen.»

Mehrere Jahre nach der Geburt von Clemmies Mutter. «Hat sie dich mit Grandpa Frederick nach Kenia geschickt?»

Clemmie hatte von Kindern gehört, die in England zurückgelassen worden waren, als ihre Eltern in die Kolonien gingen, aber nie umgekehrt. Andererseits kamen ja die merkwürdigsten Dinge vor. Vielleicht hatten sie gerade in einer Krise gesteckt; vielleicht hatte Granny Addie aus geschäftlichen Gründen zurückbleiben müssen. Es konnte alle möglichen Gründe haben.

Clemmies Mutter räusperte sich und sagte mühsam: «Ich bin

in Mombasa geboren. Deine Tante in Nairobi.» Sie sah Tante Anna mit zusammengekniffenen Augen kurz an. «Deine Tante will, dass ich dir sage, dass deine Granny Addie nicht meine biologische Mutter war. Ich sehe zwar nicht ein, welche Rolle das jetzt noch spielen soll.»

«Nicht deine biologische Mutter?», unterbrach Clemmie. «Was soll das heißen?»

«Sie war nicht unsere Mutter», sagte Tante Anna.

«Sie war es in jeder Hinsicht, die zählt», widersprach Clemmies Mutter hartnäckig. «Sie war uns weit mehr Mutter als ...»

«Du kannst nicht einmal ihren Namen aussprechen. Für dich existiert sie einfach nicht.»

«Wir haben für sie auch nur am Rande existiert.»

«Moment», rief Clemmie. Sie kam sich vor wie Alice hinter den Spiegeln, in einer verkehrten Welt. «Aber sie und Grandpa Frederick, sie haben sich kennengelernt, als sie dreizehn war. Sie hat mir die ganze Geschichte erzählt. Die mit der Maus.»

«Aber dann sind andere Ereignisse dazwischengekommen», sagte ihre Mutter förmlich.

Tante Anna sah ihre Schwester nur an. «Sie haben 1929 geheiratet. Hier fliegt wahrscheinlich irgendwo noch eine Heiratsurkunde rum, wenn du es schwarz auf weiß haben willst. Du brauchst nur nachzurechnen.»

1929 wäre ihre Mutter fast acht Jahre alt gewesen. Tante Anna fünf. Und hier, vor ihr, lag ein Album mit Bildern aus Kenia, das bis zum Jahr 1926 reichte, doch nicht ein einziges Foto von Granny Addie enthielt.

Wie aus weiter Ferne sah sie den heruntergefallenen Ordner auf dem Boden von Jons Arbeitszimmer liegen und unter den verstreuten Papieren die körnige Fotokopie des Titelblatts einer alten Zeitschrift. Noch ein Bild ohne Granny Addie. Sie sah die Bildunterschrift vor sich: *Lady Beatrice Desborough und Sir Frederick Desborough.*

Nicht Gillecote. Nicht Rivesdale. *Desborough.*

Clemmie zeigte auf das Album. Es erstaunte sie, wie ruhig ihre

Hand war. «Bea ist das Ereignis, das dazwischengekommen ist, oder?»

Es war leichter, es so zu sehen. Ein Ereignis war etwas Kaltes und Unpersönliches. Kein Mensch, sondern ein Ereignis war dazwischengekommen.

Ihre Mutter nickte.

«Sie ist ...» Clemmie brachte es nicht fertig, ‹meine Großmutter› zu sagen. Es wollte ihr nicht über die Lippen. Ihre Großmutter war Granny Addie. Aber das stimmte gar nicht. Aufgebracht rief sie: «Warum hast du mir das nicht gesagt?»

«Es erschien mir nicht wichtig.»

«Nicht wichtig?» Clemmie hatte sich ihr Leben lang bemüht, dem Vorbild einer Großmutter zu folgen, die gar nicht ihre Großmutter war. Sie war ... Clemmie wollte nicht einmal versuchen, den Verwandtschaftsgrad zu errechnen. Ihre Stimme schwankte, als sie fragte: «War Grandpa Frederick mein richtiger Großvater? Oder war das auch Lüge?»

«Du hast seine Augen», antwortete ihre Mutter.

«Du hast immer gesagt, ich hätte Grannys Kinn», entgegnete Clemmie. «Ich wusste nur nicht, dass es die falsche Großmutter war. Warum hast du es mir nicht gesagt?»

Schweigen antwortete ihr.

Sie ballte die Hände. «Was ist mit ihr passiert? Mit meiner richtigen Großmutter.»

Es kam ihr vor wie Verrat, es auszusprechen, es auch nur zu denken, hier, in Granny Addies Zimmer, in dem so vieles noch an ihre Großmutter erinnerte, die Bilder, die an die Wand gelehnt standen, die Kleider in den Kartons. Clemmie hatte so viele Stunden in diesem Zimmer verbracht. Als kleines Mädchen war sie auf dem Bett herumgehüpft, das jetzt nicht mehr da war, hatte mit den Kleidern, die im Schrank hingen, feine Dame gespielt und später am dem grauenvollen Krankenhausbett gesessen. Sie waren immer so viel zusammen gewesen, sie und Granny Addie.

Aber Granny Addie war nicht Granny Addie, und auch sie hatte Clemmie belogen, indem sie geschwiegen hatte.

«Deine heilige Granny Addie hat sie ausgebootet», sagte Tante Anna. «Sie ist nach Kenia gekommen, und prompt ist alles den Bach runtergegangen.»

«Das stimmt nicht», fuhr Clemmies Mutter scharf dazwischen. «Daran kannst du nicht Mami die Schuld geben. Sie konnte gar nichts dafür.»

«Mami?» Tante Anna tat, als müsste sie sich übergeben. «Gott, die Frau hatte dich wirklich eingewickelt. Du konntest es gar nicht erwarten, deine echte Mutter loszuwerden, oder?»

«Du warst noch zu klein, um dich richtig zu erinnern», entgegnete Clemmies Mutter in überlegenem Ton. «Du weißt nicht mehr, wie es vorher war.»

«O doch.» Tante Annas Gesicht hatte einen Ausdruck bekommen, den Clemmie vorher nie gesehen hatte. «Ich erinnere mich an unsere Mutter, unsere wahre Mutter. Ich erinnere mich an ihr Parfüm. An ihr Lachen.»

Clemmies Mutter stand auf. «Erinnerst du dich auch an die Auseinandersetzungen? Erinnerst du dich, dass sie manchmal wochenlang verschwunden ist? Weißt du davon noch irgendetwas?» Sie umfasste die Rückenlehne des Stuhls mit beiden Händen. «Ich weiß es noch genau. Ich weiß noch, dass die Gouvernanten ständig gewechselt haben. Und ich erinnere mich an die Nächte, in denen sie nicht nach Hause gekommen ist. Sie wollte uns nie haben.»

«Sie wollte vielleicht *dich* nicht haben», schrie Tante Anna.

Clemmies Mutter schüttelte den Kopf. «Addie war uns beiden eine bessere Mutter, als *sie* uns je gewesen ist.»

«Ja, klar», sagte Tante Anna. «Es hat sie ja auch nichts gekostet. Sie hatte ja alles, was sie wollte. Nachdem sie unsere Mutter ausgebootet hatte.»

Die Spannung zwischen den beiden Frauen drohte sich in einer schrecklichen Szene zu entladen. Einen Moment lang sahen sie sich beide gespenstisch ähnlich, nicht die Züge, sondern im Ausdruck. Sie hatten beide dieselbe Feindseligkeit im Gesicht.

«Hört auf! Hört auf, alle beide.» Clemmie ging auf ihre Mutter los. «Wolltest du es mir jemals sagen?»

«Du weißt nicht, wie es war. Unsere eigene Mutter ... sie hat uns verlassen.» Tante Anna schnaubte empört, aber Clemmies Mutter ließ sich nicht ablenken. Sie sah Clemmie unverwandt an. «Deine Großmutter war meine wahre Mutter, auch wenn sie nicht meine leibliche Mutter war. Sie war siebzig Jahre lang meine Mutter. Sie ist die Mutter, für die ich mich entschieden hätte, wenn ich hätte wählen können.»

«Sie war nicht meine Großmutter», sagte Clemmie, an der die Worte ihrer Mutter vorbeirauschten, ohne einen Sinn zu ergeben. «Wenn sie nicht deine Mutter war, kann sie nicht meine Großmutter gewesen sein.»

«So hat sie es nie gesehen», sagte Clemmies Mutter. «Es würde ihr weh tun, dich so reden zu hören. Deine Granny Addie hat dich geliebt.»

«Sie war nicht meine Granny Addie.» Clemmie fühlte sich, als hätte jemand mit Fäusten auf sie eingeprügelt. Sie kam sich dumm vor, schwer von Begriff. «Sie war meine ... keine Ahnung. Großtante soundsovielten Grades? Wie konntest du mir das verheimlichen? Du hättest es mir sagen müssen.»

«Was hätte das denn gebracht?» Der Ton ihrer Mutter war beinahe beschwörend. «So hattest du eine Großmutter, eine richtige Großmutter. Warum hätte ich dir das nehmen sollen?»

«Du hättest es mir sagen müssen», wiederholte Clemmie unnachgiebig. Sie kam nicht darüber hinweg, dass ihr niemand die Wahrheit gesagt hatte. «Hat Dad es gewusst?», fragte sie heftig.

«Ja.»

«Bob? Bill?»

«Nein.»

Es hätte sie trösten müssen, dass ihre Brüder auch nichts wussten, aber so war es nicht. Den beiden wäre es sowieso egal gewesen. Sie hatten immer mehr zu ihrem Vater gehört. Sie hatten ihre andere Großmutter gekannt, die Mutter ihres Vaters, die schon tot gewesen war, als Clemmie zur Welt kam. Nur Clemmie war nach der Scheidung mit ihrer Mutter nach New York umgezogen. Sie war täglich bei Granny Addie aus und ein gegangen, und jeder hatte ihr gesagt, wie ähnlich sie einander seien, wie sehr sie nach ihrer Großmutter gerate.

Nach welcher Großmutter?

«Jon hat es auch gewusst, stimmt's?»

Clemmie brauchte gar nicht auf das bejahende Nicken zu warten. Es war so offensichtlich. Deshalb war er ihren Fragen immer ausgewichen, deshalb hatte sie immer das Gefühl gehabt, er habe Geheimnisse vor ihr. Sie fuhr sich mit zitternder Hand durch die Haare. Beas Haare, blond, kurz, in einem glatten Pagenkopf geschnitten. «Ich melde mich später», sagte sie und fügte vom schlechten Gewissen getrieben hinzu: «Wenn du mich wegen der Wohnung brauchst, melde dich, okay?»

«Wohin willst du?», fragte ihre Mutter.

Weg. Nur weg. Irgendwohin, wo sie ungestört toben konnte. Wenn sie blieb, würden sie sich doch nur im Kreis drehen, und am Ende würde jemand etwas Unverzeihliches sagen, was man später nicht mehr zurücknehmen konnte.

Du hast mich belogen. Du hast mich belogen.

Sie wusste nicht, ob sie es zu ihrer Mutter sagte oder zu Granny Addie, aber das war auch egal. Sie musste hier raus.

«Raus», sagte sie kurz. «Nur raus.»

KAPITEL 20

New York, 1999

Clemmie! Ich dachte, du wärst das chinesische Essen.»

Jon stand im Türrahmen und blockierte den Zugang. Er schien sich nicht sonderlich zu freuen, sie zu sehen. Gut. Sollte ihm ruhig mulmig sein. Aber richtig.

Eigentlich hatte sie nach Hause gehen wollen. Doch nach ein paar Schritten hatte es sie statt nach links nach rechts gezogen, Richtung Harlem. Rund um sie herum fuhren Taxis Scharen von Leuten in Feierstimmung zu ihren Silvesterpartys. Sie wusste aus Erfahrung, dass es beinahe unmöglich war, am Silvesterabend ein Taxi zu bekommen. Doch das störte sie nicht. Sie wollte laufen; sie musste laufen. Sie hatte ihre Handschuhe bei Granny Addie, bei Addie, vergessen, aber sie würde bestimmt nicht umkehren, um sie zu holen. Sie schob die kalten Hände in die Manteltaschen, klappte den Kragen hoch und stapfte über glitschiges Laub und abgebrochene Ästchen in den Park. Am Nachmittag hatte es leicht geschneit, die dünne Schneedecke war jetzt zu einer feinen Kruste gefroren, die sie unter ihren Füßen knirschen hörte, während sie immer schneller ging und ihr Atem, der in kurzen Stößen kam, die Luft vor ihr trübte.

Ihre Mutter wäre entsetzt, wenn sie gewusst hätte, dass sie durch den Park ging. Der Park war absolut tabu gewesen, als sie noch klein war. Nach Einbruch der Dunkelheit nicht in den Park, nie weiter als bis zur 96. Straße, nie auf die West Side. All diesen Geboten und vielen mehr hatte sie ihrer Mutter und Granny Addie zuliebe bedingungslos gehorcht. Sie hatte sich solche Mühe gegeben, es ihnen recht zu machen – und wofür? Clemmie rutschte mit ihren ungeeigneten hochhackigen Schuhen auf einer dünnen Eisplatte aus und konnte sich in letzter

Minute fangen. Sollte doch einer aus dem Busch springen und sie überfallen. Sie würde ihm einen Tritt in die Eier geben, dass er für sein Leben genug hatte. Ha, so einer käme ihr jetzt gerade recht. Sie hatte richtig Lust, sich zu prügeln, oder irgendwas Ähnliches zu machen; es brodelte nur so in ihr. Sie hätte frieren müssen, stattdessen war ihr glühend heiß, als kochte sie innerlich.

Kein Mensch, der nur einen Funken Verstand besaß, würde es wagen, sich an ihr zu vergreifen. Vor sich hin murmelnd, probte sie Argumente und Beschuldigungen. Was sie zu ihrer Mutter hätte sagen sollen! Und zu Granny Addie. Granny Addie, die gar nicht Granny Addie war, die ihr ihr Leben lang etwas vorgemacht hatte und gestorben war, bevor sie ihr irgendetwas erklären konnte. Hatte sie es ihr sagen wollen? Hatte sie deshalb angefangen, die alten Geschichten zu erzählen? Wenn Clemmie mehr da gewesen wäre …

Schuldgefühle und Zorn kämpften miteinander und vermengten sich schließlich zu einer widerwärtigen Mischung aus Selbstgerechtigkeit, Zweifel und Gekränktheit. Ja, gut. Aber was war mit all den anderen Jahren, den Jahren vorher? Jahrelang war sie fast täglich nach der Schule zu Granny Addie gegangen. Unzählige Male hatten sie zusammen Weihnachten und Thanksgiving gefeiert. Sie hatten zusammen eine Reise nach London gemacht, nur sie und Granny Addie. Warum hatte sie nie einmal gesagt, komm, setz ich, ich muss dir etwas erzählen?

An der 96th Street, auf der West Side, ließ sie den Park hinter sich. Sie hätte den Bus nehmen und nach Hause fahren können, um dort aufzutauen und wütend vor sich hin zu schäumen, doch sie ging Richtung Norden weiter. Sie konnte sich nicht an Jons Hausnummer erinnern, aber sie wusste noch, an welcher Ecke sie abbiegen musste – oder glaubte, es zu wissen. Sie bog zweimal falsch ab, bevor sie, inzwischen fertig mit den Nerven, das Haus fand. Richtig, da stand Jons Name in schwarzen Blockbuchstaben auf einem Stück Klebeband, das schief über dem Namen des Vormieters saß. Als sie endlich Jons verzerrte Stimme über die

Sprechanlage hörte, nannte sie nicht einmal ihren Namen, sondern stürmte gleich ins Haus und rannte die Treppe hinauf. Ihr Herz raste, ihr Gesicht war taub vor Kälte, und ihre Haare standen, durch die trockene Kälte statisch aufgeladen, nach allen Richtungen ab.

«Warum hast du's mir nicht gesagt?» Clemmie konnte nur in keuchenden Stößen sprechen. Sie war zu lange nicht mehr im Fitness-Studio gewesen.

Überraschung, Schuldbewusstsein und Verwirrung spiegelten sich in Jons Gesicht. Er warf einen Blick über seine Schulter in die Wohnung. «Ich habe gerade erst ...»

«Blödsinn.» Die Wut tat gut. Clemmie ging auf Jon zu und zwang ihn, zurückzuweichen und die Tür weiter zu öffnen. «Du hast es die ganze Zeit gewusst. Und, hat's Spaß gemacht, mich zu verarschen?»

Ein seltsamer Ausdruck huschte über Jons Gesicht. «Deine Großmutter», sagte er langsam. «Darum geht's.»

«*Nicht* meine Großmutter», korrigierte Clemmie. «Wie lange weißt du es schon?»

Jon kniff einen Moment die Augen zu. «Noch nicht so lang», sagte er. «Ein paar Jahre vielleicht. Hör zu, Clemmie ...»

«Ein paar Jahre vielleicht», wiederholte Clemmie fassungslos.

Wie lang waren ein paar Jahre? Jon war Historiker. Er dachte in Jahrzehnten. Hatte er es in Rom schon gewusst? Sie wusste, dass das eine nichts mit dem anderen zu tun hatte, trotzdem machte der Gedanke sie noch wütender. Mit ihr zu schlafen und keinen Ton zu sagen!

«Wie lange?», fuhr sie ihn an.

Jon seufzte einmal kurz und gereizt. «Ich habe damals bei den Recherchen für meine Diss ein bisschen rumgesucht. Rechne es dir aus.» Er blockierte die Tür mit seinem Körper und sprach hastig. «Was macht es denn für einen Unterschied? Deine Großmutter war deine Großmutter. Sie hat dich geliebt. Diese Bea scheint sowieso eine ziemliche Zicke gewesen zu sein.»

Dass er von Bea wusste, genug, um sich eine Meinung über sie zu bilden, machte Clemmie noch wütender.

«Toll», sagte sie bissig. «Wenn sie eine starke Frau war, kann sie nur eine Zicke gewesen sein.»

«Das habe ich nicht gesagt. Addie war auch keine Zicke. Würdest du sie etwa schwach nennen?»

Sie wusste überhaupt nicht, wie sie sie nennen sollte.

Jon folgte seinen eigenen Gedankengängen. «Meistens sind doch die Schwachen zickig, nicht die Starken. Die haben es nicht nötig.»

Prima. Genau das, was sie brauchte. «Danke für die Glückskeksphilosophie. Kann ich vielleicht ein bisschen Chow Mein dazu haben?»

Jon hielt beide Hände hoch. «Du brauchst jemanden, an dem du deinen Ärger auslassen kannst, hm? Na schön, dann tob dich aus. Aber was bringt es? Es ist nun einmal passiert. Wenigstens hattest du jemanden, den du Großmutter nennen konntest. Dafür solltest du dankbar sein.»

«Du hast leicht reden», schoss Clemmie zurück.

«Weil es nicht meine Familie ist?» Jon lächelte schief. «Danke. Ich hab mich schon gefragt, wann das kommen würde.»

Er hatte wirklich Nerven. «Weil *dich* niemand über Jahre, ach was, dein Leben lang, belogen hat.»

Clemmie versagte die Stimme. Sie merkte, dass sie einem Tränenausbruch gefährlich nahe war, und versuchte, sich in den Griff zu bekommen. Wut war in Ordnung, Heulen nicht. Sie konnte jetzt nicht hier, vor Jon, völlig die Kontrolle verlieren. Es war nur so ein fürchterlicher Tag gewesen: die künstliche Pietät bei der Trauerfeier, die leere Stelle, wo einmal Grannys Bett gestanden hatte, der Lippenstift auf den Zähnen der Frauen am Büfett ... Alles schlug über ihr zusammen. Und jetzt stand sie hier vor Jons Tür, nicht einmal drinnen im beschissenen Flur, und rastete aus wie ein verwöhnter fünfjähriger Fratz, der sein Eis nicht bekommen hatte.

Sie wollte etwas sagen, doch sie fand die Worte nicht. Wenn

sie jetzt zu reden anfing, würde sie losheulen, und das war das Letzte, was sie wollte. Sie hatte gedacht, sie würde sich besser fühlen, wenn sie es bei irgendjemandem loswerden könnte. Stattdessen hätte sie sich am liebsten in die nächste Ecke verkrochen und hemmungslos geweint.

Jons Gesicht wurde weich. «Es tut mir leid, Clemmie. Wirklich. Ich hätte es dir sagen sollen. Aber du solltest jetzt erst mal nach Hause fahren. Alles überschlafen.»

Clemmie schüttelte wortlos den Kopf.

«Ich geh mit dir runter und setz dich in ein Taxi.» Jon legte ihr die Hand auf den Arm und drehte sie behutsam herum. Seine Stimme war leise und besänftigend. «Wir reden morgen. Ich verspreche es dir. Ich sag dir alles, was ich kann. Alles, was ich weiß», verbesserte er sich. «Keine Geheimnisse mehr.»

Clemmie schaute zu ihm auf, blickte in sein vertrautes Gesicht mit den grün-braunen Augen hinter der Brille mit dem Goldrand, auf die braunen Haare, die an den Schläfen erstes Grau zeigten, und sie sah die kleine Narbe neben seinem Mund. Sie erinnerte sich an den Tag, an dem er vor Jahren, sie war damals in der achten Klasse gewesen, mit ihr zum Rollschuhlaufen gegangen und über einen draufgängerischen Sechsjährigen gestolpert war.

Der ungeheure Adrenalinschub, der sie durch den Park gejagt hatte, ließ plötzlich nach, und sie war nur noch erschöpft, durchgefroren und zittrig. Sie fühlte sich fast wie ein geschmolzener Schneemann, konnte sich kaum noch auf den Beinen halten. Es tat gut, sich an Jon lehnen zu können, jemanden an der Seite zu haben, an dem sie sich festhalten konnte. Zerstreut fragte sie sich, ob aus der Begleitung nach unten vielleicht mehr werden, ob sie da weitermachen würden, wo sie letzte Woche angefangen hatten, und einfach ausblenden würden, was seither passiert war – die Beerdigung, die Enthüllungen, die Lügen. Sie konnten reinen Tisch machen und vielleicht in ihrer schäbigen kleinen Wohnung neu anfangen.

«Okay», krächzte sie heiser.

Jon drückte ihren Arm. «Dann komm.»

Sie hörte ein Geräusch. Die alten Dielen in der Wohnung knarrten, und eine Frauenstimme sagte: «Hey!»

Clemmie fühlte sich plötzlich ganz merkwürdig. Das Treppenhaus schien vor ihr zu vibrieren, aber vielleicht waren es auch nur ihre Augen, die immer noch von der Kälte brannten. Es war die Kälte, sonst nichts. Sie schaute Jon an und versuchte zu begreifen, was gerade passierte.

Jon sagte leise und mit Nachdruck: «Ich wollte es dir sagen.»

«Hallo.» An der Wohnungstür stand eine Frau. Ihre Haare waren noch nass vom Duschen. Sie trug eine Yogahose und ein ärmelloses UNC-Shirt und schien sich hier ganz zu Hause zu fühlen.

Als Clemmie sie das letzte Mal gesehen hatte, hatte sie ein ausladendes weißes Kleid mit Schleier getragen und einen Haufen Make-up.

«Jon. Warum hast du mir nicht gesagt, dass wir Besuch haben?» Caitlin kam auf nackten Füßen näher. «Hallo! Kennen wir uns?»

Kenia, 1927

Ein tolles Schauspiel, nicht?» Frederick trat zu Addie, die unterhalb der Terrasse stand.

Von oben konnte Addie das Klappern von Eiswürfeln in einem Mixbecher hören und die schon etwas schrillen Obertöne kultivierten Geplauders. Weit interessanter jedoch war, was sich vor ihr abspielte, wo die Kikuyu die Hochzeit Njombos feierten. Addie, die sich vor so vielen Monaten des verletzten jungen Mannes angenommen hatte, verfolgte das Geschehen mit fast persönlicher Anteilnahme.

Alle hatten gesagt, ein *ngomo* müsse man unbedingt gesehen haben, aber wie wahr das war, merkte sie erst, als es dunkel wurde und bei loderndem Fackelschein die Tänze begannen. Die Männer, die sie als Landarbeiter kannte, hatten sich in phantastisch herausgeputzte Krieger mit langen gefiederten Speeren verwandelt. Die ölglänzenden Körper waren mit kunstvollen Zeichen und Mustern in Weiß und Ocker bemalt, die Ohren schmückten schwere Gehänge, und um ihre Fesseln lagen klappernde Holzketten. Ihr Kopfputz war aufwändiger als alles, was sie je in den Nachtklubs und Ballsälen Londons gesehen hatte, eine Pracht von Perlen und Federn.

Die Frauen, perlengeschmückt und nackt bis auf kleine Dreiecke aus Grasgeflecht, wiegten sich im Feuerschein mit schwingenden Hüften und wippenden Brüsten geschmeidig zur Musik, während die Ältesten in einem eigenen Kreis beisammensaßen und zuschauten. Unablässig schlugen die Trommeln einen monotonen Rhythmus, zu dem die Tänzer sich im Einklang mit ihren langen, biegsamen Schatten in Drehungen und Sprüngen bewegten. Gras und Bäume, die ganze Welt schien aufzugehen in ihrem Tanz und im rollenden Rhythmus der Trommeln.

«Hör dir die Trommeln an», sagte Frederick, und obwohl er sehr leise sprach, spürte Addie die Schwingungen seiner Stimme in ihrem Körper, als wäre hier, im Licht der Flammen, alles deutlicher, lebendiger. «Man spürt den Rhythmus durch und durch, nicht wahr?»

«Es ist ... faszinierend», sagte Addie. Was für ein farbloses, feiges Wort. Sie fühlte sich wie ertappt bei einem fast voyeuristischen Genuss, so sinnlich und erotisch war der Tanz. Frederick hatte recht. Die Musik erfasste den ganzen Körper, klopfte in einem wie ein zweiter erregender Puls, der alle Arten verbotener Freuden versprach. Sie hatte nichts getrunken, doch sie fühlte sich wie berauscht.

«Komm, gehen wir ein Stück», schlug Frederick vor. Das Drängen in seinem Ton überraschte sie. Sie drehte sich zu ihm herum und sah in sein vom flackernden Flammenschein bewegtes Gesicht.

«Aber die Gäste ...», sagte sie schwach.

Frederick blickte über seine Schulter zur Veranda, wo Bea Hof hielt und ihre Bewunderer gegeneinander ausspielte. Addie war sich ziemlich sicher, dass mindestens einer ihr Geliebter war, vielleicht sogar mehr als einer. Damals in Mayfair hatte sie die Anzeichen noch nicht lesen können, aber nun war sie erfahrener.

«Die unterhalten sich glänzend.» Er bot ihr die Hand. «Wollen wir?»

Sie hätte nicht auf den Vorschlag eingehen sollen, sie wusste es genau. Sie und Frederick sahen einander fast ständig – im Kaffeeschuppen, im Kinderzimmer bei den Kindern, bei Gängen durch die Felder –, aber immer bei Tageslicht und niemals allein.

Sechs Monate waren seit ihrer Ankunft in Kenia vergangen, sechs Monate, in denen sie zusammen gearbeitet, diskutiert und geplant hatten. Addie hatte sich in ihrer Freundschaft gesonnt, stolz in dem Bewusstsein, dass sie reif genug waren, Vergangenes hinter sich zu lassen und einander freundschaftlich und auf gleicher Stufe zu begegnen, wie das in London nie gewesen war.

Sie hatte die Anzeichen bewusst ignoriert: das lange Ausharren bei der Arbeit, nur um sich noch nicht trennen zu müssen; die zufällige Handberührung, wenn sie über den Büchern saßen; der Blick, den sie manchmal von Frederick auffing, wenn sie sich noch einmal umdrehte, nachdem sie gute Nacht gesagt hatte.

Doch das hatte natürlich alles nichts zu bedeuten. Sie waren Freunde, nichts weiter.

Sie konnte sich das immer wieder vorsagen, als ob ständiges Wiederholen die Wahrheit ersticken könnte: dass sie entbrannt war, in leidenschaftlicher Liebe entbrannt, und diesmal nicht zu einem Bild, sondern zu dem realen Menschen, dem Mann, den sie täglich sah, wenn er sich mit den Büchern herumschlug oder mit seinen Kindern spielte. Allein der Gedanke daran bereitete ihr Schmerzen. Sie wollte nicht daran denken. Wenn sie es verleugnete, war es auch nicht wahr.

Der Rhythmus der Trommeln trieb sie vorwärts, in den Schutz der freundlichen Dunkelheit.

«Also gut, aber nur ein kleines Stück», sagte sie. «Beim Feuer ist es so warm.»

Es war nicht nur das Feuer, das ihr Blut erhitzte. Es war eine Art Wahnsinn. Sie wollte sich im Einklang mit den Tänzern bewegen, sich mitten in diesen Feuerkreis stürzen und tanzen, sich im Taumel um die Flammen drehen.

Frederick ergriff ihre Hand und zog sie vorwärts, und sie folgte ihm, über die Gartenwege, an einer Akazie vorbei, deren blasse Blüten den Kiesweg sprenkelten. Die Botschaft der Trommeln folgte ihnen, ein beständiges tiefes Vibrieren wie das Zittern ihres Herzens. In der süß duftenden Dunkelheit legte Frederick seinen Arm um ihre Schultern und zog sie weiter, weg von der Terrasse, weg vom Feuer zwischen die Bäume, in denen ein leichter Wind raschelte.

Sie ließen die Gesellschaft auf der Terrasse mit ihren amüsierten Gesprächen und ihren leise klingenden Cocktailgläsern weit hinter sich. Sie hätten irgendwo auf der Welt sein können, Tausende von Jahren vor ihrer Zeit, der erste Mann und die erste Frau, eingehüllt in die warme Dunkelheit, in der nur das schwache Echo der Trommeln ihnen den Takt vorgab.

Sie wusste nicht, wie es geschah, ein Straucheln auf dem dunklen Weg, ein Innehalten, ein kurzes Zögern, dann lag sie in seinen Armen. Seine Lippen auf ihren Haaren, ihren Wangen, ihrem Mund, während sie einander mit der ganzen aufgestauten Leidenschaft der letzten sechs Monate festhielten, in denen sie zusammen gelebt und gearbeitet hatten und sie ihre Gefühle stets hinter einem liebenswürdigen Lächeln und einer freundlichen Sachlichkeit verborgen hatte, die nur gespielt war.

«Addie», flüsterte er. Der Crêpe de Chine von Beas altem Kleid war hauchzart, kaum eine Grenze. Sie konnte den Druck seiner Hände warm durch den Stoff fühlen. «Addie ...»

Über ihnen knackte ein Ast, hart und schrill. Addie riss sich los. «Was tun wir da?»

Frederick fasste sie um die Taille. Seine Stimme war weich wie die Dunkelheit. «Nur das, worauf wir seit Monaten, ach, seit

Jahren gewartet haben.» Sie hasste sich dafür, dass sie ihm nachgab, sich der Berührung seiner Hände hingab. Sie hasste ihn dafür, dass er recht hatte. «Warum wärst du sonst mit mir hier herausgekommen?»

Die Frage ärgerte sie, gerade weil sie mitten ins Schwarze traf. Aber das zuzugeben, wäre ein Vertrauensbruch an Menschen gewesen, die ihr viel bedeuteten. «Um ein Stück zu laufen», antwortete sie scharf.

«Lüg nicht», sagte Frederick. Sie wünschte, sie könnte sein Gesicht sehen, doch es war in Schatten gehüllt. «Belüge dich selbst, wenn du musst, aber belüge mich nicht.»

«Wir können nicht, ich kann nicht ... du bist verheiratet.»

«Na und?», fragte er verbittert. Selbst im Dunkeln konnte sie sein Gesicht vor sich sehen, jede Veränderung seines Ausdrucks nachvollziehen. Mit einer schroffen Geste wies er zum Haus. «Das sind die meisten Leute dahinten auch.»

«Ach, so ist das?» Ein schrecklicher glühender Schmerz durchzuckte sie.

Es war schlimm genug, ohne Hoffnung auf Erwiderung zu lieben, doch so viel schlimmer, als Instrument der Rache zu dienen. Ihre Stimme war zu laut und zu schrill. «Nur weil wir in Kenia sind, ist alles erlaubt? Du kannst dein Heiratsversprechen vielleicht so einfach in den Wind schlagen, ich kann es nicht. Ich gebe mich nicht für deine Rache an Bea her. Ich lasse mich von dir nicht wie ein Spielzeug benutzen.»

«Du kleine Närrin», sagte Frederick leise. Der Kies knirschte unter seinen Füßen, als er auf sie zuging. «Glaubst du im Ernst, es ginge um Rache? Glaubst du allen Ernstes, du bedeutest mir so wenig?»

«Ich weiß nicht, was ich glauben soll.» Das wenigstens entsprach der Wahrheit. «Wir sollten umkehren, wir dürfen nicht hier sein. Da kann nichts Gutes daraus ...

«Addie.» Er ließ sie nicht weiterreden. Seine Stimme klang rau, mühsam beherrscht. «Addie, damals, in England, vor fünf Jahren ... Ich habe einen entsetzlichen Fehler gemacht.»

Addie stand wie gelähmt, wollte es hören und doch auch nicht hören. Es konnte nichts Gutes dabei herauskommen.

Hör auf ... Ihre Lippen bildeten die Worte, doch ihre Zunge blieb gelähmt.

Das Mondlicht beleuchtete Fredericks gepeinigte Züge. «Ich war ein elender Narr, glaubst du, das weiß ich nicht? Du kannst mir glauben, ich habe dafür bezahlt und bezahle immer noch.» Er lachte leise und bitter. «Weißt du, wie das für mich ist, dich hier in meiner Nähe zu haben und zu wissen, dass ich dich nicht anrühren darf?»

Addie starrte ihn nur an.

«Glaub mir», sagte Frederick heftig, «niemand hat je eine angemessenere Strafe für einen Moment äußerster Dummheit bekommen.»

«Es war mehr als ein Moment», hörte Addie sich sagen. Alte Wunden brachen wieder auf. «Wenn du wirklich so empfunden hättest, wenn du mich damals wirklich gewollt hättest ...»

«Aber verstehst du denn nicht?» Seine Hände hielten ihre Schultern umfasst. «Damals hat nichts gestimmt. Ich habe mich nicht mehr zurechtgefunden in der Welt. Sie war auf den Kopf gestellt. Ich wollte dich nicht mit mir ins Unglück reißen. Ich war nur kurz davor, mir eine Pistole in den Mund zu stecken und abzudrücken, aber dann kam Marjorie und all das hier», sein Blick umschloss die schlafenden Felder. «Das hat mich endlich von meinem Wahn befreit. Ich bin aufgewacht und habe mich gefragt, was zum Teufel ich getan hatte. Ich habe mir dann vorgenommen, das Beste daraus zu machen. Aber dann kamst du. Und jetzt ...»

«Es gibt kein Jetzt.» Addie sprach mit mehr Härte, als sie beabsichtigt hatte. Ihr Herz war wund, als sie daran dachte, wie es hätte sein können, wenn sie ihn nie mit Bea bekannt gemacht hätte. Doch sie hatte es getan, und er hatte sich von ihr abgewandt. Wie sollte sie ihm noch glauben? Wie sollte sie irgendetwas von dem glauben, was er sagte? «Es kann kein Jetzt geben.»

«Verdammt noch mal, Addie.» Seine Stimme klang so wild

empört, dass sie vielleicht gelacht hätte, wäre sie den Tränen nicht so nahe gewesen. «Ich versuche, dir zu sagen, dass ich dich liebe.»

«Wie soll ich dir denn glauben?», fragte sie mit erstickter Stimme und versuchte, sich von ihm zu entfernen. Er hielt sie an beiden Armen fest.

«Ich liebe dich. Ich liebe dich», sagte er. Es klang wie eine Beschwörung. «Ich liebe es, wie du deinen Tee schlürfst ...»

Addie fuhr auf. «Ich schlürfe meinen Tee nicht.»

«Doch, tust du», sagte Frederick zärtlich. «Du schlürfst beim Teetrinken, und du zwirbelst deine Haare, wenn du nervös bist, und wirst spitz, wenn du ärgerlich bist. Das alles liebe ich an dir. Ich liebe dich dafür, dass du du bist. Ich habe dich schon damals geliebt, als ich dich kaum kannte. Auch wenn ich ein viel zu großer Idiot war, um es zu erkennen. Und dieses Gefühl von damals ist nicht einmal ein Schatten dessen, was ich heute für dich empfinde. Wir sind füreinander bestimmt, du und ich, Addie, ob du es zugeben willst oder nicht.»

Das war eine ganz neue Art von Hölle, tausendmal schlimmer, als ihre Liebe jeden Tag aufs Neue hinter einer Maske von Freundschaft verstecken zu müssen. Offen zu bekennen ...

«Das ist grausam», rief sie zornig. «Ich hätte nie ...»

«Soll das heißen, dass du nicht genauso empfindest?»

Addie ballte die Hände. Sie war wütend, dass sie nicht antworten konnte, dass ihre Prinzipien, die man ihr in all den Jahren eingebläut hatte, der Anstand, die Schicklichkeit, all die Regeln von Tante Vera, all die Gebote vor diesem einen überwältigenden Verlangen verblassten. Sie begehrte ihn so sehr. Es hatte in den vergangenen Monaten Zeiten gegeben, wenn Bea wieder einmal irgendwo unterwegs gewesen war, da hatte Addie so getan, als gehörte alles ihr. Dies wäre ihre Kaffeeplantage, Marjorie und Anna wären ihre und Fredericks Kinder, und es wäre ihr gutes Recht, abends mit ihm auf der Veranda zu sitzen, den Kopf an seiner Schulter, seine Lippen an ihrem Haar.

«Siehst du?» Triumph schwang in Fredericks leiser Stimme.

«Aber es ist *unrecht.*» Das war das Einzige, woran sie sich noch klammern konnte, der letzte Strohhalm, der von ihren Prinzipien übriggeblieben war.

Frederick umschloss ihr Gesicht mit seinen Händen. «Recht, unrecht ... was bedeutet das hier draußen?» Der Gedanke hatte hier, in der Wildnis, Tausende Meilen von der Zensur anderer entfernt, etwas ungeheuer Verführerisches. «Sag mir, dass es nicht recht ist.»

Sie hielt ihn fest, als er sie küsste, und ließ all ihre gemarterten Gefühle, alle Wünsche und alles Verlangen in diesen Kuss fließen. Sie spürte seinen Körper an ihrem und wusste, dass es kein Zurück gab. Sie mochte tun, was sie wollte, gehen, wohin sie wollte, niemals würde sie vergessen, was sie in diesem Moment empfand. Sie würde ihn nie wieder ansehen können, ohne zu wissen, wie es war, seinen Körper zu spüren, seine Hände in ihren Haaren, so schwindelerregend und drängend.

«Ich fahre nach Hause.» Zerzaust und keuchend riss Addie sich von ihm los. «Nach England.»

Nach Hause. Was für eine Lüge! England war nicht zu Hause, so wenig wie Ashford oder ihre alte Mietwohnung. Zu Hause war hier, bei Frederick. Aber es war nicht *ihr* Zuhause. War es nie gewesen. Sie hatte nur eine Weile so getan, sich ein Stückchen Glück aus einem fremden Leben gestohlen.

«Ich reise ab», sagte sie noch einmal, «sobald ich eine Schiffspassage bekomme.»

«Du meinst, du läufst weg», entgegnete Frederick.

Seine Worte bereiteten ihr einen ungeheuren Schmerz. Wie kam gerade er dazu, über sie zu urteilen? Er hatte schließlich damals mit Bea geschlafen. «Ich kann das nicht. Ich kann es Bea nicht antun und David auch nicht.» Sie hatte kaum an David gedacht, seit sie hier war, aber jetzt hielt sie ihn wie einen Schutzschild. «Ich kann nach dem heutigen Abend nicht mehr Freundschaft vortäuschen und so tun, als hätte sich nichts geändert. Ich fahre nach Hause.»

Blind drehte sie sich um. Der zarte Stoff von Beas altem

Kleid blieb an einer Akazie hängen, ein heller Blütenschauer fiel herab.

«Sag mir nicht, dass du ihn heiraten willst», sagte Frederick scharf, in ungläubigem Ton.

«Warum nicht? Du hast ja auch Bea geheiratet.»

Addie zerrte an ihrem Rock, gleichgültig, als sie den Stoff reißen hörte, und rannte zum Haus zurück.

KAPITEL 21

Kenia, 1927

Deine Cousine, die kleine sittsame Jungfrau», bemerkte Val.

Jetzt sah sie nicht sittsam aus. Bea beobachtete Addie, wie sie ums Haus herumkam, mit erhitztem Gesicht und zerwühlten Haaren. Heimliche Rendezvous hinter den Akazienbüschen? Das sah ihr so gar nicht ähnlich.

Ein Mann lief ihr mit großen Schritten nach. Bea konnte zuerst nicht erkennen, wer es war; der flackernde Feuerschein verzerrte die Gesichter. Er sagte etwas, doch Addie schüttelte nur den Kopf und rannte weiter. Er blieb allein zurück. Als er sich umdrehte, erkannte sie ihn, nicht an den Gesichtszügen, sondern an seiner Haltung und seinen Bewegungen.

Es war ihr Mann.

«Sie ist so rührend unschuldig», fuhr Val fort, während er seine Finger über Beas bloßen Rücken gleiten ließ. «Wie eine zarte Blüte an der Schwelle des Erwachens.»

Bea wandte sich ab und lehnte sich mit dem Rücken ans Geländer. «Hör auf, Val», sagte sie kurz. «Sie ist nicht der Typ für so etwas.»

Sie zog tief an ihrer Zigarettenspitze aus Jade und spürte mit Genuss das vertraute Brennen des Rauchs in ihrer Kehle.

Val beugte sich vor, seine Zigarette zwischen Daumen und Zeigefinger. «Eifersüchtig?»

Bea brachte ein überzeugendes Lachen zustande. «Darling, das kann nicht dein Ernst sein, hm?» Sie war eifersüchtig, ja, aber nicht so, wie Val es meinte. Sie bezweifelte, dass er es verstehen würde. Sie verstand es selbst nicht recht. «Raoul, Darling, da bist du ja. Und mit Champagner. Du bist wirklich ein Engel.»

«Nur das strahlende Licht deiner göttlichen Schönheit bringt mich zum Leuchten», sagte er. Im Gegensatz zu Val sagte er es nicht mit spöttischer Überheblichkeit.

«Oh, das strahlende Licht deiner göttlichen Schönheit?» Val zog eine Braue hoch. «Heißt das, dass du der Mond bist oder nur eine ziemlich große Sturmlampe?»

«Immer noch besser als eine zarte Blüte am Rand des Erwachens», versetzte Bea schärfer, als sie wollte.

«Autsch», murmelte Val. «Fühlt sich hier jemand ein bisschen welk?»

«Bestimmt nicht.» Vor Val durfte man niemals Schwäche zeigen. «Eher von der anwesenden Gesellschaft gelangweilt. Komm, Raoul, unterhalte mich. Ich brauche dich.»

«Natürlich.» Er bot ihr den Arm und ging mit ihr davon, nicht ohne Val noch mit einem finsteren Blick zu bedenken. Val lächelte nur. Natürlich. Val konnte nichts erschüttern. Er war gegen alle normalen menschlichen Gefühle gefeit. Wogegen sie ...

In zwei Wochen hatte sie Geburtstag. Sie war fast achtundzwanzig. Bald dreißig, und nichts in ihrem Leben war so, wie es hätte werden sollen.

Alle hatten ihr immer gesagt, sie sei zu Großem geboren. Ihre Abstammung und ihre Schönheit würden ihr Schicksal bestimmen, hatten sie gesagt. Und so hatte es auch ausgesehen, damals in den berauschenden Tagen ihrer ersten Ballsaison, als alle Söhne der Freunde ihrer Eltern sich um jeden Tanz mit ihr rissen. Sie hatte es nicht nötig, sich dazu herabzulassen, um die Gunst anderer zu buhlen; alle buhlten um sie. Mit zwanzig war sie der Preis gewesen, den alle erobern wollten. Mit zweiundzwanzig war sie ruiniert. Und jetzt – jetzt saß sie hier mit ihren fast achtundzwanzig Jahren, und jeder wollte sie haben bis auf ihren Mann.

Sie hatte nicht erwartet, dass Frederick treu sein würde. Aber wenn er sie betrügen musste, warum dann ausgerechnet mit Addie?

«Ich wünschte, es wäre dir ernst», murmelte Raoul.

«Womit, Darling?», fragte Bea zerstreut. Addie kam jetzt mit gesenktem Kopf die Treppe zur Terrasse herauf. Sie trug Beas altes Kleid, grüner Crêpe de Chine, das vor zwei Saisons modisch gewesen war.

«Dass du mich brauchst.» Raoul nahm sie bei den Händen und zwang sie, ihn anzusehen. «Dass du mich so sehr brauchst wie ich dich.»

«Darling», sagte Bea. So ein wunderbar vielseitig verwendbares Wort, das alles bedeuten konnte, ohne irgendetwas zu versprechen.

Raouls Augen blitzten im Widerschein des Feuers. «Geh mit mir fort. Wir können das alles hinter uns lassen», sagte er mit einer Geste, die die Gesellschaft auf der Terrasse, die Tänzer, Frederick umfasste. «Sie verdienen dich nicht.» Seine Finger drückten sich schmerzhaft in ihren Arm. «Du weißt, dass es wahr ist. Du kannst es nicht leugnen.»

Nein, das konnte sie nicht. Schon vor dem heutigen Abend, über Wochen, hatte sie gemerkt, was sich entwickelte, hatte es gesehen und die Augen davor verschlossen.

«Komm mit mir nach Carmagnac», drängte Raoul. Raoul. Es war so leicht zu vergessen, dass er da war, wie ein kleines Hündchen, das einem ständig die Zehen leckte. «Du wirst gefeiert werden wie eine Königin, nein, wie eine Kaiserin.»

Die Versuchung war groß. Sehr groß. Comtesse de Fontaine. Das klang sehr gut. Und so wahrscheinlich wie eine Reise zum Mond. Raouls katholische Familie würde sich kaum darum reißen, eine Anglikanerin in ihrem Schoß aufzunehmen, noch dazu eine zweimal geschiedene.

«Gibt es da nicht eine Cousine, die du heiraten sollst?»

«Adele.» Raoul tat sie mit einem Schulterzucken ab. «Bei ihr ist genauso wenig Gefühl im Spiel wie bei mir. Sie würde es sicher nicht als Verlust empfinden.»

«Trotzdem. Ich kann mir nicht vorstellen, dass deine Familie sehr erfreut sein wird, wenn du dich nicht an die Abmachung hältst.»

«Sie werden dich anbeten, so wie ich», versicherte Raoul mit der ganzen Zuversicht des Dreiundzwanzigjährigen. «Da gibt es keine Frage.»

Da würde es eine ganze Menge Fragen geben, aber Bea war zu müde, um ihn darauf hinzuweisen. Sie brauchte seine Zuversicht und seine Jugend. Sie waren ein Trostpflaster für ihr verwundetes Selbstwertgefühl.

Alles, was sie hatte, war ihre Schönheit, doch selbst die würde welken unter der gnadenlosen Sonne Kenias, aufgezehrt werden von aufeinanderfolgenden Schwangerschaften. Bisher hatte sie sich ihre Figur bewahrt, doch es zeigten sich schon Falten und Schlaffheit, wo früher nichts dergleichen gewesen war, und Sommersprossen, die unablässig mit speziellen Lotionen in Schach gehalten werden mussten.

Was, wenn ihre Schönheit sie im Stich ließ? Was dann?

«Du zweifelst an mir», sagte Raoul. «Glaubst du wirklich, ich würde erlauben, dass sich jemand unserem Glück in den Weg stellt?»

Gott, wie jung er war. Sie hätte ihm so gern geglaubt, aber die Erfahrung ließ anderes ahnen.

Sie konnte es sich genau vorstellen, noch eine peinliche Scheidung, noch einmal schreiende Schlagzeilen im *Tatler*. Sie würden sich irgendwo auf einem tristen Standesamt trauen lassen, seine Eltern würden die Rechtmäßigkeit der Eheschließung anfechten, die Cousine würde aus der Versenkung geholt werden, und Bea würde noch tiefer fallen als vorher.

«Du würdest es vielleicht nicht erlauben», sagte Bea, «aber Familien schaffen es immer irgendwie, sich hineinzudrängen.» Val war aufgestanden und hatte Addie abgefangen, einzig um sie zu ärgern, dessen war sie sicher.

Ja, wenn Val sie gefragt hätte, ob sie mit ihm durchbrennen wolle ...

«Ich werde dich überzeugen.» Raoul senkte die Stimme und neigte sich näher zu ihr. «Ich habe einen Plan.»

«Später.» Bea drückte flüchtig seine Hand. «Ich muss meine Cousine retten. Sie ist Val nicht gewachsen.»

«Vaughn ist dir nicht gewachsen», sagte Raoul finster, doch er folgte ihr gehorsam, trug ihren Schal und trottete hinter ihr her wie ein treuer Page. Ein Jammer, dass solch sklavische Hingabe selten von Dauer war.

Addie schien nicht so erfreut, Bea zu sehen, wie man hätte wünschen können. Beas scharfes Auge bemerkte das instinktive Zurückweichen, das hastige Zurückstreichen der Haare hinter die Ohren. Das tat Addie immer, wenn sie nervös war.

«Darling», rief Bea überschwenglich. «Amüsierst du dich?»

«Ja. Sehr.» Ihr Lächeln war zu strahlend, um echt zu sein. «Die perfekte Abschiedsfeier.»

«Abschiedsfeier?» Bea warf einen forschenden Blick auf ihre Cousine, doch Addie hielt den Kopf gesenkt.

«Ja.» Addie nestelte am Verschluss ihres Armbands, ebenfalls eine Leihgabe von Bea. «Ich bin schon viel zu lange geblieben. Sechs Monate, so lang ist es mir gar nicht vorgekommen.»

«Sie können unmöglich abreisen, bevor Sie auf Safari waren», sagte Val mit einer Unschuldsmiene, die Bea sofort verriet, dass er etwas plante.

Addie schüttelte den Kopf. «Dazu wird die Zeit nicht reichen. Leider. Ich bin ohnehin schon viel zu lange von England weg.»

«Ich höre zum ersten Mal von deiner Abreise», sagte Bea so neutral wie möglich und sah sich auf der Terrasse nach ihrem Mann um. Irgendetwas war zwischen den beiden passiert. Sie hätte es kommen sehen müssen, aber sie war so beschäftigt gewesen mit Val, Val und Raoul ...

«Möchten Sie denn nicht ein weiches Fell für Ihr Bett?», fragte Val. «Nichts fühlt sich auf der Haut angenehmer an als ein Tigerfell. Stimmt's nicht, Bea?»

«Wenn jemand dir ein Fell schießt, dann bin ich das», sagte Raoul zu Bea. «Dieser Mensch würde ja nicht einmal die Katze im Sack treffen.»

«Warum sollte ich auf eine Katze im Sack schießen?» Val streckte sich, geschmeidig wie ein Panther. «Wo bleibt da die Herausforderung? Da kann man ebenso gut gelangweilte Ehefrauen verführen.»

Val verstand es, ihr das Gefühl zu geben, sie sei nur ein billiger Zeitvertreib. Aber war sie das nicht auch? Zweimal ausrangiert wie ein Ladenhüter, erst vom einen und jetzt vom anderen Ehemann. «Ich hätte nicht gedacht, dass ich dich einmal für etwas plädieren hören würde, was Anstrengung verlangt», sagte sie.

Val lächelte träge. «Von mir, meinst du? Nie im Leben. Aber es macht mir immer Spaß zuzusehen, wie andere sich anstrengen. Ich bin sicher, unsere Safari wird mir da einiges zu bieten haben.»

«Es gibt keine Safari», erklärte Addie. «Jedenfalls nicht für mich. Ich lasse die Tiere lieber in Frieden, solange sie mich in Frieden lassen.»

Raoul war verwirrt. «Sie haben Mitgefühl mit wilden Tieren?»

«Nein», sagte Addie freimütig. «Aber ich habe etwas dagegen, von wilden Tieren zerrissen zu werden.» Sie sah Bea an. «Empfindest du das nicht auch so?»

«Unsinn.» Bea sah Val nicht an, und auch Addie nicht. Erste Umrisse eines Plans gingen ihr durch den Kopf, oder weniger eines Plans als verschiedener aussichtsreicher Möglichkeiten. Sagte nicht Addie immer, man habe sein Schicksal selbst in der Hand. Bea hatte es satt, herumgeschubst zu werden. «Du kannst Afrika unmöglich verlassen, ohne auf Safari gewesen zu sein. Was würden denn da die Leute sagen? Nein. Val hat recht. Wir müssen etwas organisieren.»

«In dem Fall», kündigte Raoul streitlustig an, «gehe ich auch auf Safari.»

Bea sah ihn freundlich an, aber in Gedanken war sie ganz woanders, fieberhaft damit beschäftigt, Möglichkeiten zu erwägen und zu verwerfen. «Du hast doch nicht geglaubt, ich würde ohne dich gehen», gurrte sie.

«Großartig», sagte Val kühl. «Ich rede mit Budgie. Er hat für den nächsten Monat keine Buchungen.»

Addie trat zwischen sie. «Sie brauchen wirklich nicht ...»

«Doch», widersprach Bea. «So wird es gemacht. Wir kommen alle mit. Du, ich, Val, Raoul und Budgie, ja, und Frederick.»

Sein Name bedeutete ihr nichts mehr. Er gehörte der Vergangenheit an. Er war fertig mit ihr – und sie mit ihm. So viel war klar.

Addie schaute sich unruhig um, während sie nach Vorwänden suchte. «Aber was ist mit den Mädchen? Sollte nicht jemand bei ihnen bleiben?»

Mit einem kühlen Lächeln sagte Bea: «Dafür haben wir ein Kindermädchen.»

Addie grapschte nach dem letzten Strohhalm. «Aber Safaris sind doch sicher wahnsinnig gefährlich?»

Bea hob ihr Glas, in dem sich das Feuer widerspiegelte. «Genau darum geht es, Darling.»

New York, 2000

Am Montag ging Clemmie wieder in die Kanzlei. In den zwei Wochen ihrer Abwesenheit hatte sich nichts verändert, und trotzdem stimmte irgendwie nichts mehr. Die beigen Wände schienen enger zusammengerückt, die moosgrünen Teppichböden dunkler, die langen braunen Schreibtische, an denen die Sekretärinnen saßen, höher als gewöhnlich. Als wäre sie in ein Spiegelkabinett geraten. Ihr Posteingangskorb, der vor dem Arbeitsplatz ihrer Sekretärin stand, war voll bis oben hin.

Monate und Jahre war Clemmie täglich durch diese Räume gegangen, aber es war, als sähe sie sie mit den Augen einer Fremden. Alles war irgendwie verdreht und fremd.

Helen, ihre Sekretärin, legte die Hand über die Sprechmuschel des Telefons. «Schön, dass Sie wieder da sind. Gutes neues Jahr.»

«Gutes neues Jahr», gab Clemmie zurück, obwohl sie nichts Gutes daran finden konnte.

Um die vierzig Stunden später fühlte sie sich immer noch wie benommen und unwohl in ihrer Haut. In jedem Spiegel und jedem Glas, an dem sie vorüberkam, erwartete sie eine ganz andere zu erblicken, eine, die anders aussah. Sie wusste nicht, ob sie verwirrt oder erleichtert sein sollte, wenn es immer wieder nur sie selbst war, unverändert mit den hellen Augenbrauen, dem schicken Pagenkopf, der kleinen Narbe direkt links neben ihrem Mund, die die Windpocken hinterlassen hatten.

Das ganze Wochenende hatte sie in ihrem ältesten Schlafanzug in ihrer Wohnung gehockt und sich auf ihrem winzigen Fernseher Wiederholungen von *Twilight Zone* angesehen, wenn das das richtige Wort war. Sie hatte eher blind auf den Bildschirm gestarrt, in einer Art Trance, aus der sie von Zeit zu Zeit das schrille Klingeln des Telefons herausriss.

Jon hatte angerufen. Und ihre Mutter. Und noch einmal Jon. *Hey, Clemmie, ich weiß, dass du da bist. Heb ab.* Sie hatte nicht abgehoben. Sie musste andauernd an diesen fürchterlichen Moment denken, als Caitlin hinter ihm aufgetaucht war. Keine Geheimnisse mehr? So viel dazu. Kein Wunder, dass er es so eilig gehabt hatte, sie abzuwimmeln.

Sie hätte kotzen können. Sie wäre am liebsten mit einer Machete auf ihn losgegangen. Stattdessen hatte sie irgendetwas Blödes davon gebrabbelt, dass sie schon unterwegs sei, und war mit Kopfschmerzen und rumorendem Magen zur Tür hinausgestolpert.

Mistkerl.

«Warten Sie, ich habe noch mehr Post für Sie.» Helen kramte unter ihrem Schreibtisch einen Stapel hervor, der von einem Gummiband zusammengehalten war.

«Danke», sagte Clemmie und sah den Stapel schnell durch, während sie zu ihrem Büro ging. Weltbewegendes schien nicht darunter zu sein. Der interne Newsletter der Kanzlei mit knallbunten Fotos von der Weihnachtsfeier, ein Werbeschreiben von der Anwaltskammer des Staates New York, in dem sie aufgefordert wurde, doch von dem günstigen Neujahrsbeitrag Gebrauch zu machen. Und das neue *ABA Journal.*

Das Schreiben, auf das sie wartete, das Memo über die Wahl neuer Partner, war nicht dabei.

Clemmie drückte die Tür zu ihrem Büro mit der Schulter auf und ging den Stoß Briefe zur Sicherheit noch einmal durch. Nein, kein Memo. Sie war ziemlich sicher, dass der Ausschuss sich bereits getroffen hatte. Sie wusste, dass sie unter den Kollegen, die auf die neuen Partner wetteten, als guter Tipp galt. Und warum auch nicht? Sie hatte den größten Teil der letzten sieben Jahre hier in der Kanzlei verbracht. In ihrem dritten Jahr hatte sie ein eigenes kleines Büro bekommen, mit offenen Regalen, die mit schwarzen Ordnern vollgepfropft waren, und einem schmalen Schrank, in den gerade ihr Mantel und ein Kostüm zum Wechseln passten. Sie hatte Weihnachten hier verbracht, Valentinstage, Silvesterabende. Sie hatte an Labor-Day-Wochenenden, wenn alle anderen sich draußen an irgendeinem Pool vergnügten, durchgearbeitet und genauso am vierten Juli, während über dem Hudson River die Feuerwerkskörper krachten.

Sie mochte zwar nicht wissen, wer ihre Großmutter war, aber eins wusste sie genau: Sie hatte sich für diese Kanzlei dumm und dämlich geschuftet.

Sie warf die Post auf den Schreibtisch und zog ihren Stuhl darunter hervor. Der dunkle Bezug war voll alter Kaffeeflecken. Der Schreibtisch erschien ihr seltsam leer ohne seine gewohnte Dekoration halbvoller Kaffeebecher. Das würde sie gleich mal ändern. Für einen gelungenen Start in den Tag gab es nichts Besseres als schlechten Bürokaffee.

Das Telefon läutete, bevor sie es in die Kaffeeküche geschafft hatte. Doch nicht schon Paul? Der kam normalerweise nur so früh, wenn er sich mit seiner Frau gestritten hatte. Kein Spaß für die Mitarbeiter.

Sie warf einen Blick auf das Display. Eine externe Nummer. Jon? Sie glaubte nicht, dass er ihre Büronummer hatte, aber die ließ sich natürlich leicht finden.

«Clementine Evans», meldete sie sich kurz.

Es war nicht Jon. Die Stimme am anderen Ende der Leitung

klang sehr vorsichtig und sehr britisch. «Hier spricht Tony Lawton. Äh, Rivesdale.»

Okay, Helen würde ihre Anrufe in Zukunft ein bisschen besser filtern müssen. Das Telefon ans Ohr geklemmt, sortierte Clemmie ihre Post und sagte: «Tut mir leid, ich weiß nicht ...»

Die Zauderstimme unterbrach sie sehr höflich: «Sie haben uns vor einigen Wochen die Ehre Ihres Besuchs erwiesen, erinnern Sie sich?»

Rivesdale. Briefpapier mit einer Krone darauf. Ein Mann mit Spanielaugen und ziemlich süßem britischem Akzent.

«Ach, ja, richtig. Hallo.» Clemmie ließ vor Überraschung ihr Bündel Briefe auf den Schreibtisch fallen. «Sie waren damals so unheimlich nett zu mir.»

«Nicht doch», sagte er mit seiner warmen Stimme. «Das versteht sich doch von selbst. Ich hoffe nur, dass sich die Situation geklärt hat.»

Wenn man den Tod eine Klärung nennen konnte. In diesem Fall war er es nicht, aber das konnte sie dem Marquis – Rivesdale – Tony – oder sonst was – nicht erzählen. «Ihnen habe ich es zu verdanken, dass ich noch einen Flug nach Hause bekommen habe», sagte Clemmie herzlich. «Ich kann Ihnen nicht genug danken.» Verdammt. Lauter neue E-Mails auf ihrem Bildschirm, einige davon rot markiert. «Wie nett von Ihnen, sich zu melden.»

«Tja, es ist nämlich so ...» Er stotterte eine ganze Weile herum, ehe er sagte: «Ich melde mich nicht ganz ohne Hintergedanken.»

«Das klingt ja finster.» Helen schaute zur Tür herein und versuchte, Clemmies Aufmerksamkeit zu gewinnen.

«Aber nein, das dürfen Sie nicht denken. Sehen Sie, bei Renovierungsarbeiten im Haus sind mir einige Dinge in die Hände gefallen, die Sie vielleicht interessieren, über Ihre Großtante. Beatrice Gillecote. Sie sagten doch, sie sei ...»

«Eine Verwandte.» Er hatte keine Ahnung. Clemmie unterdrückte ein leicht hysterisches Lachen. Er hatte keine Ahnung, weil sie keine Ahnung hatte. Sie hatte keine Ahnung, wer diese Frau war, diese Bea. Großtante, Großmutter, Ausreißerin.

«Nun, wenn es Sie interessiert, ich bin zufällig gerade in den Staaten. Geschäftlich. Ich habe die Unterlagen mitgenommen, einfach mal auf Verdacht.»

«Das ist sehr nett von Ihnen.» Ihre Stimme hörte sich rau und heiser an. Sie holte tief Atem, um zu einem normaleren Ton zurückzufinden. Was auch immer das für Unterlagen waren, sie wusste nicht, ob sie sie überhaupt sehen wollte. Sie wusste nicht, ob sie noch mehr erfahren wollte. Leichter wäre es, sich hinter den vertrauten Akten und schmierigen Kaffeebechern zu verschanzen und so zu tun, als wäre alles beim Alten. «Wenn Sie die Papiere dalassen möchten ...»

«Ich hatte mir gedacht, wir könnten sie vielleicht gemeinsam durchsehen. Beim Abendessen vielleicht?»

«Hm ...» Vor der Tür wedelte Helen wie wild mit den Armen. Leitung zwei begann hektisch zu blinken.

«Oder bei einem Kaffee», sagte der Marquis hastig. «Ich bin bis Donnerstag nächster Woche hier.»

«Ja, natürlich, das wäre nett.» Helen machte die wildesten Verrenkungen, und das Telefon blinkte wie das Feuerwerk zum vierten Juli. «Tut mir wirklich leid, aber ich muss Schluss machen.»

«Morgen Abend vielleicht?»

«Wunderbar.» Nichts war wunderbar, aber wenn sie es oft genug sagte, würde es vielleicht so werden. Und sie mochte den Marquis, nun, Tony. «Mailen Sie mir doch einfach, wann und wo unter cevans@cpm.com. Es tut mir wirklich leid, aber ich muss jetzt hier weitermachen. Die Arbeit. Sie wissen schon. Wiedersehen.»

Erst als Clemmie auf den Knopf drückte, um die Verbindung mit Leitung zwei herzustellen, fiel es ihr ein, sich zu fragen, ob das Abendessen vielleicht als Date gemeint war.

Wohl kaum.

Andererseits war sie nicht gerade die Schnellste, wenn es darum ging, diese Signale überhaupt wahrzunehmen. Bei ihrem ersten Abendessen mit Dan hatte sie den halben Abend gebraucht, um zu merken, dass er sich für sie interessierte. Vielleicht weil sie auf Dans Interesse nicht besonders scharf gewesen war? Der Marquis hingegen ... Clemmie schob die Gedanken weg. Die Arbeit rief. Und Paul.

Pauls Sekretärin Joan war an Leitung zwei. «Hallo, Joan. Gutes neues Jahr.»

«Hallo, Clemmie.» Joans Stimme hörte sich immer so an, als spräche sie durch ein Taschentuch, gedämpft und heiser. Sie behauptete, es hätte mit ihren Mandeln zu tun. Clemmie tippte eher auf das Päckchen Zigaretten pro Tag. «Schön, dass Sie wieder da sind.»

«Danke.» Höflichkeiten erledigt. Sie kippte ihren Stuhl nach hinten und sagte: «Was gibt's?»

«Paul möchte Sie sprechen. Können Sie gleich kommen?» Die Frage war reine Formalität. Joan wusste so gut wie Clemmie, dass es ein Nein nicht gab.

Clemmie verdrehte die Augen. «Bin sofort da.»

Typisch Paul. Anstatt seine Mitarbeiter einfach anzurufen, wenn er etwas mit ihnen zu besprechen hatte, oder vielleicht sogar eine E-Mail zu schreiben, ließ er sie zu sich zitieren. Weil sie ja nichts Besseres zu tun hatte, als diese Treppe hinauf- und hinunterzulaufen. Einmal hatte er sie von einer Telefonkonferenz weggeholt, nur um sie zu fragen, ob ihr die Farbe seiner neuen Krawatte gefiel. Einen dieser Tage würde jemand Paul mit einem gelben Kanzleiblock erschlagen.

Trotzdem hatte seine ekelhafte Kleinlichkeit etwas Tröstliches. Ihr ganzes Leben konnte aus den Fugen geraten, aber hier drehte sich die Welt weiterhin ganz normal um ihre unverrückbare sadistische Achse.

Clemmie schnappte sich einen gelben Block. Prima. Paul würde ihr Unmengen Arbeit aufhalsen, und sie konnte sich wieder über alltägliche Dinge aufregen, Dinge, an denen sie etwas ändern konnte. Das war genau das, was sie brauchte, ein paar Nächte im Büro mit Resten vom letzten Take-out unter dem

Schreibtisch und halbvollen weißen Pappbechern, aus denen kalter Kaffee auf ihre Papier tropfte.

«Soll ich die PharmaNet-Unterlagen mitbringen?», fragte sie, bevor sie auflegte.

«Nein.» Joans Stimme hörte sich merkwürdig bedrückt an. «Kommen Sie einfach so.»

KAPITEL 22

Kenia, 1927

Draußen im Busch brüllte ein Tier. Addie hatte keine Ahnung, was für eins es war. Aber es schien ganz in der Nähe zu sein. Und hungrig.

Sie kroch aus ihrem Zelt und sah sich nach den anderen um. Überall waren Dienstboten, eine absurde Anzahl Dienstboten für sechs Leute, und Budgie, ihr Safariführer, der am Feuer sein Gewehr putzte. Aber das war alles. Gott sei Dank. Die Stimmung im Lager wurde immer schlechter, die Spannungen drohten in offene Feindseligkeiten auszuarten.

Vaughn machte sich einen Spaß daraus, Raoul de Fontaine zu provozieren, der seinerseits Bea keinen Schritt von der Seite wich, was sie ihm damit vergalt, dass sie ungeniert mit Vaughn flirtete. Am Abend zuvor wäre es beinahe zum offenen Streit gekommen. De Fontaine war erbost. Frederick in sich gekehrt. Vaughn unerträglich. Addie kreuzunglücklich. Bea war als Einzige glänzender Laune, von einer Ausgelassenheit, die, da war Addie sich ziemlich sicher, mit dem kleinen Porzellandöschen zu tun hatte, das Vaughn immer bei sich trug. Doch Addie war überzeugt, dass selbst das Fassade war. Sie hatte bemerkt, dass Bea Frederick heimlich beobachtete. Frederick ... und Addie.

Es war sinnlos, mit Bea darüber zu sprechen. Sie ging geschickt allen persönlichen Gesprächen aus dem Weg und wimmelte Addie, wenn es ihr wirklich einmal gelang, Bea zu stellen, mit einem oberflächlichen *Versuch einfach, dich zu amüsieren, Darling* ab.

Fröstelnd zog Addie ihren Umhang fester um sich. Sobald die Sonne unterging, wurde es kalt. Und sie ging hier sehr schnell unter. Zu schnell. Draußen im Dunkeln ...

Wenn man Val Vaughn glauben konnte, brauchten die Tiere nicht länger als zwei Stunden, um einen Kadaver restlos aufzufressen. Eine schauerliche Vorstellung, dass die sterbliche Hülle eines Menschen in der Zeit einer gemütlichen Teestunde restlos von der Erde getilgt werden konnte. Sie hätte Vaughns Behauptung für Effekthascherei gehalten, doch Budgie, ihr Führer, hatte sie bestätigt.

Einer der Träger pfiff, langgezogen und leise. Er drehte sich um und rief Budgie zu: «Sigilisi.» Von dem rasenden Wortschwall auf Swahili, der darauf folgte, verstand Addie nichts, trotz aller Stunden, die sie genommen hatte. Ihr lückenhaftes Küchenswahili half ihr hier draußen in der Wildnis nicht weiter.

«Was ist los?» Sie gesellte sich zu Budgie an den Rand des Feuers. In seiner Nähe fühlte sie sich sicherer. Zwar hatte er einen Drink in der Hand, aber sein Gewehr war in Reichweite, die Munition in den zwei großen Taschen vorn auf seiner Weste jederzeit greifbar. Harte und weiche Patronen, hatte er ihr erklärt. Harte Munition für das Großwild, weiche für Löwen, Leoparden und andere Bestien, die in der Nacht ihre Zähne fletschten.

«Was hat er gesagt?»

Budgie machte ihr bereitwillig auf der Kiste Platz, die ihm als Hocker diente. «Er hat gesagt, dass Simba heute Nacht hungrig ist.» Die Sonne war gerade erst untergegangen, doch Budgies Atem roch bereits durchdringend nach Gin. Er behauptete, nur so die Malaria in Schach halten zu können. «Das ist ein Löwe. Da ist er wieder. Hören Sie es?»

«Nein», sagte Addie. Für sie verschmolzen alle Geräusche des Buschs zu einem einzigen bedrohlichen Raunen, die Schreie der Tiere, das Knistern der Blätter im Wind, das Rascheln der Schlangen im hohen, dürren Gras. Sie hasste Schlangen.

«Man muss seine Ohren darauf einstellen.» Budgie trank einen Schluck aus der Taschenflasche an seinem Gürtel. Er bot sie Addie an, die den Kopf schüttelte. Gin pur war nicht ihre Sache. «Er ist ganz in der Nähe.»

Addie zog instinktiv ihre Füße näher zu sich heran. «Ist es gefährlich?»

Budgie zeigte grinsend seine Zahnlücken. «Es ist immer gefährlich. Wozu wären wir sonst hier?» Er sah sie mit seinen ständig feuchten Augen an. «Hier draußen erlebt man die merkwürdigsten Dinge. Bei den Nandi erzählen sie sich von einem Wesen, das nichts mit irgendwas gemein hat, was man sich vorstellen kann. Es ist halb Mensch, halb Vogel, und trotzdem ganz anders. Es nährt sich von Gehirnen aus den aufgebrochenen Schädeln der Tiere, die es umbringt. Die Unglücklichen, die ihm schon einmal begegnet sind, behaupten, dass sein Maul im Dunkeln rot leuchtet wie das Höllenfeuer selbst.»

Funken sprangen knisternd aus dem Feuer auf, und Addie zuckte unwillkürlich zusammen. «Das klingt ziemlich scheußlich», sagte sie. «Wie nennen sie dieses Ungeheuer?»

Budgie stärkte sich aus der Flasche. «Wenn sie von ihm reden, nennen sie es Chemosit. Es haben allerdings nur wenige lang genug gelebt, um darüber berichten zu können.»

«Nicht diese alte Kamelle.» Dürres Gras knackte, als Frederick zu ihnen trat. Abgestoßene Stiefel, Khakihose und die Schließe eines alten braunen Gürtels, mehr sah sie im ersten Moment nicht.

«Die Geschichte ist älter als wir alle», sagte Budgie und neigte sich auf der Kiste etwas nach hinten. «Es gibt mehr Dinge zwischen Himmel und Erde und so weiter und so fort.»

«Nichts als ausgemachter Quatsch», entgegnete Frederick unfreundlich. «Eine Schauergeschichte, um kleine Kinder zu erschrecken.»

«Würden Sie das auch über das Monster vom Loch Ness sagen?», erkundigte sich Budgie, der sich königlich amüsierte.

«Das sag ich Ihnen, wenn ich ihm begegnet bin», erwiderte Frederick.

«In Ordnung.» Budgie hievte sich von der Kiste und griff sich sein Gewehr. «Ich geh jetzt mal die Truppe zusammenscheuchen», sagte er. «Es ist längst Zeit für die Cocktailstunde.»

«Komisch», murmelte Frederick oberhalb von Addie. «Ich hätte schwören können, dass er sie schon eingeläutet hat. Oder war das sein Toilettenwasser?»

Addie schaute zu ihm hinauf. «Sei doch nicht so unfreundlich zu dem armen Budgie.»

«Armer Budgie? Dass ich nicht lache», sagte Frederick erbarmungslos. «Er erzählt doch diese Chemosit-Geschichte nur, um Frauen vor Schreck in sein Bett zu kriegen. Und es klappt nicht schlecht.»

«Budgie?» Addie musste lachen. Fünfzig und kein Jahr jünger, mit Hängebauch und Hängekinn. Budgie war eher ein netter versoffener Onkel als ein Casanova. «Mit Val Vaughn kann er es sicher nicht aufnehmen.»

«Du würdest dich wundern.» Doch Fredericks Stimmung hellte sich auf. Das war immer das Schwerste, sich von der Zärtlichkeit in seinen Augen abzuwenden. Warum konnte er nicht der Schuft sein, für den sie ihn einmal gehalten hatte? Warum musste er so sehr Frederick sein? «Tut mir leid, ich bin gerade ein Spielverderber, nicht?»

«Ja», sagte sie. «Bist du.»

Er bot ihr die Hand, und sie ergriff sie wider besseres Wissen, um sich von ihm auf die Beine helfen zu lassen. Daraus bestanden jetzt ihre Tage, aus Dutzenden kleiner Versuchungen und Prüfungen. Es war zermürbend, sich ständig zurückhalten zu müssen, damit er ihr nicht zu nahe kam.

Frederick hielt ihre Hand einen Moment zu lang fest. Was er sagte, war ein Echo ihrer eigenen Gedanken. «Wir können so nicht weitermachen.»

Addie krampfte ihre Hände ineinander. «Ich weiß.»

Von der anderen Seite des Lagers hörten sie den dumpfen Ton, mit dem die Grammophonnadel auf eine Schallplatte gesetzt wurde. Die ihnen mittlerweile mehr als zur Genüge bekannten Klänge des Klarinettenkonzerts in A-Dur von Mozart entluden sich in voller Lautstärke in die Wildnis. Es war Budgies Lieblingsplatte, und er spielte sie Abend für Abend immer wieder ab.

Sie hatte einen Sprung, wodurch immer ein paar Takte verlorengingen, doch das störte Budgie nicht.

Frederick fluchte. «Ich wollte, jemand würde dieses verdammte Ding endlich in Stücke schlagen. Wenn es sonst keiner tut, tu ich es.»

«Nicht.» Sie sprach nicht von der Schallplatte.

Frederick senkte den Kopf und atmete tief durch die Nase ein. «Es ist entsetzlich. Diese ganze Situation ist einfach entsetzlich.»

«Es ist ja bald vorbei», sagte Addie leise. «Ich reise in zwei Wochen ab. Wenn wir diese fürchterliche Safari überleben.»

Sie versuchte, einen Scherz daraus zu machen, aber es gelang nicht.

Draußen in der Wildnis heulte eine Hyäne. Die Laute, die wie ein Kichern klangen, jagten Addie einen Schauer über den Rücken.

Frederick drückte seine Finger an die Schläfen. «Das ist doch absurd.» Er sah sie beschwörend an. «Du kannst nicht nach England zurückkehren. Diese Farm, du bist hier doch so zu Hause wie ich. Du hast dir mehr Wissen über Kaffee angeeignet, als ich jemals haben werde.»

Ja, sie war niemals glücklicher gewesen als auf der Farm. Sie liebte die täglichen Herausforderungen der Arbeit auf dem Feld und über den Büchern. Sie liebte die Lieder, die die Frauen sangen, wenn sie mit ihren Pangas dem Unkraut zu Leibe rückten. Die Vorstellung, wieder in England zu sein, fern von Frederick, war unglaublich niederdrückend.

Doch die Alternative war schlimmer. Das hatten die letzten Wochen ihr deutlich gezeigt. Es war die reine Hölle, Frederick jeden Abend in dem Zelt verschwinden zu sehen, das er mit Bea teilte. In Ashford war es leichter gewesen. Dort hatte Frederick sein eigenes Zimmer, neben dem von Bea zwar, aber von ihm getrennt. Hier wurde Addie Abend für Abend daran erinnert, dass er Bea gehörte. Nein, sie konnte so nicht weitermachen.

Und er auch nicht.

Sie spürte, dass etwas in der Luft lag, wie ein bevorstehender Sturm, etwas, das jeden Moment losbrechen musste.

Ihr Hals war wie zugeschnürt. «Mbugwa ist ein sehr guter Vormann. Du wirst mit Sicherheit auch ohne mich zurechtkommen.»

Frederick fasste sie an der Schulter. «Und die Mädchen? Sie werden dich vermissen. Sie brauchen dich.» Seine Stimme wurde leise. «Und ich brauche dich auch.»

«Ich kann nicht bleiben. Das weißt du.»

«Du meinst, du willst nicht.»

«Ich meine, ich kann nicht.» Addies Stimme wurde gefährlich schrill. Sie hatte es satt, die Starke zu sein, Theater zu spielen, ihn mit Bea sehen zu müssen, immer abseits zu stehen. «Ich kann das nicht, verstehst du? Es ist genug.»

«Du gehörst hierher.» Fredericks Stimme war voller Ungeduld. «Zu mir.»

«Zu dir ... und Bea? Sie sah, wie er zusammenzuckte.

«Zum Teufel mit Bea.»

«Du hast sie geheiratet», sagte Addie müde.

«Ich würde mich jederzeit von ihr trennen.» Frederick hob den Kopf, Hoffnung im Blick. «Wenn ich mich von ihr scheiden ließe ...»

«Nicht meinetwegen», sagte Addie schnell. Wie könnte sie das Bea antun, den Mädchen? Sie durfte die Mädchen nicht vergessen. «Ich werde nicht dein Scheidungsgrund sein.»

Fredericks Augen blitzten unnatürlich erregt. «Das ist auch gar nicht nötig. Es gibt Gründe genug. Val Vaughn. Raoul de Fontaine. Ich könnte dir noch ein halbes Dutzend andere nennen. Überleg doch mal. Wir könnten zusammen sein.»

Die Versuchung war ungeheuer groß. Zusammen. Zusammen auf der Farm arbeiten, zusammen mit den Mädchen spielen, abends zusammen im Garten sitzen, umgeben vom betäubenden Duft exotischer Blumen. Keine Heimlichtuerei mehr.

Doch es wäre auch ein ungeheurer Treuebruch. Sie dachte an das kleine Mädchen im weißen Nachthemd an ihrem ersten

Abend in Ashford, das kleine Mädchen, das sie vor Tante Vera beschützt und verteidigt hatte.

«Würdest du ihr das wirklich antun? Sie noch einmal vor Gericht schleppen? Das letzte Mal war es schlimm genug.»

«Du bist immer so besorgt um sie, was ist mit uns?» Frederick zog ihre Hand an sich, und sie brauchte ihre ganze Kraft, um sich nicht einfach in seine Arme zu flüchten und allem zuzustimmen, was er wollte. «Niemand hat ihr befohlen, sich mit Val Vaughn oder Raoul einzulassen. Sie hat selbst entschieden.»

«Nicht ganz», widersprach Addie, obwohl es ihr schwerfiel. «Du kannst nicht behaupten, dass du nicht auch eine Rolle gespielt hast. Das letzte Mal warst du derjenige. Wenn du damals nicht, ach, du weißt schon, dann wäre sie vielleicht jetzt noch mit Marcus zusammen.»

«Oder sie wäre mit einem anderen auf und davon gelaufen», entgegnete Frederick sofort. «Sie war reif dafür. Ich war nur zufällig zur Stelle.»

«Du warst da, und du hast mitgemacht.»

«Geht es darum? Soll ich jetzt den Rest meines Lebens für einen Augenblick der Unbesonnenheit bestraft werden?» Frederick ließ ihre Hand los und trat einen Schritt zurück. «Das ist keine Gerechtigkeit. Das ist Vergeltung. Bist du mir für immer böse, weil ich mich damals wie ein Idiot benommen habe? Wenn ja, dann ist das dein gutes Recht, aber bitte moralisiere nicht.»

«So ist es doch gar nicht.» Es war ihr eine Qual, mit ihm zu streiten. Alles hier war ihr eine Qual. «Aber du kannst nicht einfach Bea die Schuld geben. Entweder war keiner von euch schuld, oder ihr wart beide schuld.»

«Addie.» Er wollte wieder ihre Hand ergreifen, doch sie entriss sie ihm.

«Es ist doch sowieso völlig egal. Wir können nichts tun. Jedenfalls nicht, ohne alles noch schlimmer zu machen.» Sie kniff die Augen zusammen, um die Tränen zurückzudrängen. «Wir haben uns die Suppe selbst eingebrockt.»

«Du meinst, ich habe sie uns eingebrockt», sagte Frederick mit leiser und rauer Stimme.

«Wir alle. Ich kann mich selbst auch nicht freisprechen.» Sie versuchte, die Tränen wegzuzwinkern. «Und ich habe es durch mein Bleiben nur schlimmer gemacht.»

«Hör auf, dir selbst Vorwürfe zu machen. Du kannst nichts dafür. Es war meine Dummheit. *Meine* Dummheit. Wenn ich die Uhr doch nur zurückdrehen könnte.»

«Aber das kannst du nicht. Und woher willst du wissen, dass du nicht nach fünf Jahren mit mir auch gern die Uhr zurückdrehen würdest? Vielleicht geht es dir dann wie jetzt. Vielleicht empfindest du dann den gleichen Groll gegen mich wie jetzt gegen Bea.»

«Niemals», sagte er, ohne einen Moment zu zögern. Als Addie zu ihm hinaufschaute, bemerkte sie, dass er sie betrachtete, als wollte er sich jeden einzelnen Zug ihres Gesichts für immer einprägen. «Mit dir ist es etwas ganz anderes», erklärte er leise. «Ich will nur dich. Dich ganz allein. Für immer.»

Es wäre leichter gewesen, ihm zu widersprechen, wenn sie nicht genauso empfunden hätte. Mit David war es niemals so gewesen. Sie konnte David nicht heiraten, das wusste sie jetzt. Eines Tages vielleicht würde ein anderer kommen ... Aber Frederick würde es nicht sein. Es war ein furchtbarer Gedanke.

Frederick sprach aus, was sie nicht zu denken gewagt hätte. «Wenn Bea nicht wäre ...»

In Budgies Zelt hüpfte die Grammophonnadel hicksend über die gesprungene Platte, und die Klarinetten schmetterten. Addie hörte jetzt die anderen in der Nähe des Lagers, Beas rauchige Altstimme und Vaughns lässiges Nuscheln.

«Es muss gleich Zeit zum Abendessen sein», sagte sie mit gepresster Stimme. Sie wollte ihm die Hand reichen und ließ es. «Kommst du?»

«Noch nicht. Ich bleibe noch eine Weile hier.» Ein Schatten schob sich wie eine Maske über sein Gesicht. «Ich muss nachdenken.»

Kenia, 1927

Addie erwachte mit Kopfschmerzen.

Sie zog die Ellbogen dicht an sich und grub sich tiefer in ihr Bettzeug, doch es half nichts. Das Licht, das grell durch die Zeltbahn fiel, und der Lärm draußen sagten ihr, dass der neue Tag längst begonnen hatte. Es gehörte zu den vielen unerfreulichen Seiten der Safari, dass die Jäger morgens immer schon beim ersten Tageslicht auf den Beinen waren. Addie hatte weder für frühes Aufstehen noch für die Jagd je viel übriggehabt.

Heute Morgen schien es ihr noch lauter zuzugehen als sonst, die Träger unterhielten sich weithin hörbar auf Swahili, irgendjemand sang, und der Koch klapperte mit seinen Töpfen. Die Geräusche hämmerten auf ihren Kopf ein.

Lustlos stand sie auf und zog zur losen Bluse eine lange Hose an, die auf einer Safari zur Standardausrüstung gehörte. Sie war es gewohnt, Röcke zu tragen, und fühlte sich darin immer noch unbehaglich und wie nicht richtig angezogen. Sie hatte schlecht geschlafen. Frederick war am Abend lange weggeblieben, und als er endlich kam, war er schweigsam und in sich gekehrt. Er beteiligte sich beim Abendessen auch kaum am Gespräch. Hinterher wurde getanzt, doch Frederick war verschwunden. Auch Bea verschwand kurz danach mit Val und kam eine Stunde später weit angeregter als vorher zurück. Raoul war wütend gewesen. Er hatte sich alle Mühe gegeben, einen Streit mit Vaughn vom Zaun zu brechen, aber der hatte ihm nur geraten, sich zu beruhigen, und ihm ‹zur Abkühlung›, wie er sagte, einen Gin Fizz ins Gesicht gekippt.

Was danach passierte, hatte Addie nicht mitbekommen. Sie war gründlich angewidert von allen, einschließlich sich selbst, zu Bett gegangen.

Doch statt zu schlafen hatte sie wachgelegen und sich ohne weiterzukommen mit der Frage herumgeschlagen, ob es moralisch zu verantworten sei zu bleiben oder ob es ihre moralische Pflicht sei abzureisen. Skylla oder Charybdis? Fünf selige Minuten lang gelang es ihr, sich einzureden, dass Scheidungen ja heutzutage nichts Seltenes mehr seien und Bea ohne Frederick sowieso glücklicher wäre. Dann dachte sie an die Mädchen, die Zeitungen, den Skandal und an Bea, das kleine Mädchen mit den Zöpfen, das ihr das Reiten beigebracht hatte, und schon war sie wieder da, wo sie angefangen hatte.

Erst in den frühen Morgenstunden war sie schließlich eingedämmert, aber kurz danach wieder geweckt worden von lauten erregten Stimmen. Die eine war die von Frederick, unüberhörbar wütend. Die andere war Beas, die seine Worte mit einem klirrenden Lachen quittierte. Dann folgte ein splitterndes Geräusch, als hätte jemand Glas zerschmettert.

Addie wartete atemlos, aber danach war nichts mehr zu hören. Als sie den Mut fand, sich aus dem Zelt zu schleichen, brannte bei Frederick und Bea kein Licht mehr. Ihre Stimmen waren gerade so weit gedämpft gewesen, dass sie nicht hatte hören können, worum es bei dem Streit ging. Raoul? Vaughn? Oder um sie? Krank vor Schuldgefühl und Verbitterung, war sie wieder in ihr Feldbett gekrochen.

Die Sonne blendete sie, als sie nun die Zeltklappe hob. Es musste später sein, als sie gedacht hatte. Der Morgendunst hatte sich schon gelichtet, die Sonne schien warm und ungetrübt.

«Haben Sie Bea gesehen?» Raoul marschierte in glänzend polierten Stiefeln vor der Feuerstelle auf und ab. «Sie ist nicht bei Ihnen?»

«Nein. Warum?» Addie schirmte ihre Augen mit der Hand gegen die Sonne ab. Sie fühlte sich noch unausgeschlafener als sonst, irgendwie benebelt und dumpf im Kopf. «Ist sie denn noch nicht auf?»

Budgie, der sein Gewehr putzte, blickte auf. «Nirgends eine Spur von ihr.» Er zog vielsagend die Brauen hoch. «Und von Val auch nicht.»

«Sollte er nicht heute einen Erkundungsflug machen?» Ihr Verstand arbeitete nur schleppend. Sie unterdrückte ein Gähnen. «Vielleicht hat Bea ihn begleitet.»

Raoul schimpfte leise auf Französisch vor sich hin.

Budgie warf Addie einen entschuldigenden Blick zu. «Eigentlich sollten wir drei heute Morgen losziehen. Jetzt ist es allerdings ein bisschen spät dafür.»

«Sie hat es bestimmt einfach vergessen», sagte Addie beschwichtigend, doch sie hatte noch das Geräusch von zersplitterndem Glas im Ohr. In der Wut konnte Bea unberechenbar sein. Sosehr Addie sie liebte, allmählich ging ihr die Geduld aus.

Oder suchte sie nur nach einer Rechtfertigung dafür, Bea den Mann wegzunehmen?

Die Klappe von Frederick und Beas Zelt flog auf, und Frederick tappte in die Sonne hinaus. Er war noch unrasiert, und über eine Wange zog sich ein langer, tiefer Kratzer. Beas Werk? Addie wurde fast übel.

«Sie sehen aus wie eine wandelnde Leiche», sagte Budgie vergnügt.

Frederick kniff vom Sonnenlicht geblendet die Augen zusammen. «Doch noch so gut? Dann sehe ich offensichtlich besser aus, als ich mich fühle. Was zum Teufel war in diesen Drinks gestern Abend?» Er warf einen demonstrativen Blick auf die silberne Kaffeekanne. «Ist noch Kaffee da?»

Budgie wies zum Tisch. «Bedienen Sie sich.»

Addie wollte schon zum Tisch gehen, doch dann hielt sie inne. Wie kam sie dazu, Frederick den Kaffee einzuschenken? Solche Gesten waren es, die sie verrieten.

Frederick brachte ihr eine Tasse. «Du siehst aus, als könntest du das gebrauchen.»

Es war Tee, kein Kaffee, genau so zubereitet, wie sie ihn mochte, backsteinrot mit einem Schuss Sahne und ohne Zucker. Sie hätte am liebsten mit dem Fuß aufgestampft vor Wut und Enttäuschung. Sie hätte die Tasse am liebsten an den nächsten Baum geschleudert und in tausend Scherben gehen sehen. Sie hätte am liebsten gewütet und getobt und Porzellan zerschlagen wie Bea.

Doch ihre Hand war erstaunlich ruhig, als sie ihm die Tasse abnahm. «Danke», sagte sie steif.

«Ist das Kaffee?» Val Vaughn kam lässigen Schritts auf die Lichtung und nahm seinen Schal vom Hals.

«Wo ist Bea?», fragte Frederick.

«Woher soll ich das wissen?» Vaughn bediente sich aus der Kanne auf dem Tisch. «Gibt es noch etwas zu essen, oder habt ihr alles verputzt?»

«Ist Bea nicht mit Ihnen geflogen?», fragte Addie.

«Heute Morgen nicht, nein.» In seiner ledernen Fliegerjacke, die über einem weißen Hemd offen stand, lehnte sich Vaughn an den Tisch. «Ich habe nur eine schnelle Runde gedreht, um zu sehen, wo die Herden wechseln.»

«Sie lügen doch», rief Raoul hitzig. «Sie sind mit ihr weggelaufen.»

Vaughn musterte ihn spöttisch. «Ich sag's nicht gern, de Fontaine, aber wenn ich mit Bea weggelaufen wäre, dann wäre ich jetzt auch weg. Ich bin aber durchaus präsent, da werden Sie mir doch sicher zustimmen.»

«Ihnen würde ich nicht einmal zustimmen, wenn Sie mir erklärten, dass das Gras grün ist», zischte Raoul wütend.

«Kluger Junge», sagte Vaughn. «Es ist nicht grün. Es ist eher beige-braun.»

Raoul ließ nur erbostes Schnauben hören.

«Bea ist verschwunden», sagte Frederick zu Vaughn.

Vaughn betrachtete den Kratzer auf Frederiks Wange, sagte aber nichts.

«Vielleicht macht sie einen Spaziergang», meinte Addie. Bea war zwar nie gern spazieren gegangen, aber sie konnte kaum mit jemandem weggelaufen sein, wie Vaughn richtig bemerkt hatte, wenn alle, mit denen sie hätte weglaufen können, hier auf der Lichtung standen. Wahrscheinlicher war – «Sind die Wagen alle hier?»

«Soweit ich sehen konnte, ja», antwortete Vaughn. «Den Hispano Suiza hatte ich, und die zwei Fords stehen auf der Lichtung.»

Budgie legte seinen Putzlappen weg und setzte sein Gewehr

mit ein paar routinierten Handgriffen wieder zusammen. «Wir sind hier nicht in Sussex. Einsame Spaziergänge sind gefährlich. Desborough, kommen Sie mit?»

«Ich gehe auch suchen», sagte Raoul.

«Aber nicht allein», widersprach Budgie. «Verdammt noch mal, Mann, es fehlt gerade noch, dass Sie auch noch verlorengehen. Kommen Sie mit uns. Wenn sie losgezogen ist, um auf eigene Faust was zu schießen, dreh ich ihr den Kragen um.»

Er ging los, und die anderen beiden Männer folgten. Addie blieb auf ihrer Kiste sitzen, und Vaughn, der immer noch entspannt am Tisch lehnte, blickte ihnen gedankenverloren nach.

«Haben Sie vom Flugzeug aus etwas gesehen?», fragte Addie.

Vaughn drehte seinen Kopf mit einer scharfen Bewegung zu ihr hin. Er trank seinen Kaffee aus, bevor er unbekümmert sagte: «Ich habe nach Elefanten geschaut. Das sind etwas andere Dimensionen.» Er stellte seine leere Tasse ab. «Sollen wir? Wir können doch nicht dem Franzmann den ganzen Spaß überlassen.»

Vaughns Worte hatten immer etwas Doppeldeutiges, aber diesmal schwang in der Bemerkung ein Unterton mit, der bei Addie Unbehagen hervorrief. Allein, dass er bereit war, sich der Suche anzuschließen, war ungewöhnlich genug. Sie hätte erwartet, dass er sich in aller Ruhe eine zweite Tasse Kaffee eingießen und erklären würde, das alles sei nicht seine Angelegenheit.

«Halten Sie es für möglich, dass ihr etwas passiert ist?», fragte sie.

Vaughns blaue Augen verrieten nichts, als er ins Buschland hinausblickte. «Das kommt darauf an.»

«Worauf?»

Er sah zu ihr hinunter. «Wie viele von ihren sieben Leben sie schon verbraucht hat.»

Ein lauter Ruf, gefolgt von einem aufgeregten französischen Redeschwall schreckte sie auf. Addie ließ Vaughn stehen und rannte durch das hohe Gras. Die Männer redeten alle gleichzeitig, redeten und machten sich gegenseitig Vorhaltungen.

Raoul hielt irgendetwas hoch und wedelte wild damit herum, eine Ranke oder so etwas, lang, braun und in sich verschlungen.

«Was ist das? Ist das …» Addie brach ab, als sie neben Frederick zum Stehen kam.

Es war keine Ranke. Es war ein Schal. Ein langer Chiffonschal. Er war einmal blassgrün gewesen, jetzt war er durchtränkt mit etwas, das ihn in rostiges Braun gefärbt hatte.

«Wir brauchen die Träger», sagte Budgie scharf. «Alle müssen jetzt suchen helfen. *Sofort.*»

KAPITEL 23

New York, 2000

Kommen Sie rein und schließen Sie die Tür.»

Paul erwartete sie in seinem massigen magentafarbenen Schreibtischsessel, der aussah, als hätte er ihn bei J. P. Morgan mitgehen lassen. Er hatte ihn leicht nach hinten gekippt und stand nicht auf, als sie eintrat. Er stand nie auf. Das gehörte zu seinen Machtspielchen.

Auf dem Sideboard hinter Paul standen die gerahmten Fotos seiner hypothetischen Kinder. Hypothetisch, weil Clemmie nie einen greifbaren Beweis ihrer Existenz gesehen hatte. In den verglasten Bücherregalen standen Fachbücher, Hefter gab es nur für das Fußvolk, nicht für Paul. Die standen zusammen mit dem ganzen restlichen Apparat, den man für die juristische Arbeit brauchte, in Joans kleinem Kabuff.

Gehorsam und angemessen behutsam schloss Clemmie die Tür. Auf ihren gelben Block, den sie unter dem Arm trug, hatte sie vorsorglich einen schwarzen Kugelschreiber geklemmt. Pauls Stifte gehörten Paul allein. Mancher Mitarbeiter hatte das auf peinliche Weise erfahren müssen.

«Ich hoffe, Sie hatten einen schönen Urlaub», sagte er in diesem künstlich herzlichen Ton, den er anschlug, wenn er kumpelhaft sein wollte.

Clemmie starrte ihn nur an. Meinte er das ernst? Er wusste doch, dass ihre Großmutter gestorben war. Schließlich hatte er sich hinreichend darüber aufgeregt, dass Clemmie sich deshalb freigenommen hatte.

Sie verkniff sich den schnippischen Kommentar, der ihr auf der Zunge lag, und ging zu dem Sessel vor Pauls Schreibtisch. Tief atmen und hinunterschlucken. Nur so konnte man sich gegen Paul wappnen. In ein oder zwei Tagen würden die neuen Partner bekanntgegeben werden, und dann würde sie nie wieder vor Leuten wie Paul kuschen müssen. Sie würde beim Mittagessen mit ihm an dem Tisch sitzen, der den Partnern vorbehalten war, und er würde es wohl oder übel schlucken müssen.

Ja, ein gutes Bild. Das würde sie sich merken. Wenn man einmal Partner war, konnte das nicht wieder rückgängig gemacht werden. Sie konnte zu Paul so schnippisch sein, wie sie wollte, und er würde nichts dagegen tun können. Die Vorstellung war unheimlich erleichternd.

Den gelben Block unsicher auf dem glatten Polyester ihres Nadelstreifenrocks, sagte Clemmie: «Joan sagte, Sie wollten mich sprechen?»

Paul hatte einen Plastikfootball auf dem Schreibtisch liegen, reiner Schnickschnack. Er war neu. Er warf ihn in die Luft und fing ihn wieder auf «Ja.»

Und noch einmal flog der Football in die Höhe. Und fiel wieder herunter. Clemmie wartete. Und wartete. Und das BlackBerry an ihrem Rockbund brummte dazu. Pausenlos.

«Sie sind wahrscheinlich neugierig, warum ich Sie sprechen möchte», sagte Paul.

Clemmie setzte sich gerader in ihrem Sessel, einer Louis-quatorze-Imitation mit rutschigem Satinbezug. «Falls es um PharmaNet geht, ich habe alles mit Harold abgestimmt, während ich nicht da war», sagte sie rasch. «Ich habe die Kopien der letzten internen Berichte sowie eine mit Stichwortverzeichnis versehene Mappe mit Auszügen der relevanten Zeugenaussagen.»

Zwei Anwaltsgehilfen hatten dafür ihren Silvesterabend geopfert.

«Nein, nein.» Paul runzelte die Stirn. «Obwohl ... jetzt, wo Sie es erwähnen. Joan!»

«Ja?» Das verdächtig gleichmäßige Klappern des Computerkeyboards brach ab, und Joan schaute zur Tür herein.

Clemmie bewunderte sie. Seit fast fünf Jahren schluckte Joan mit Anstand ihre tägliche Dosis Paul. Nur einmal, bei der Weihnachtsfeier im vergangenen Jahr, hatte sie sich ordentlich die Kante gegeben und dann anhand von zwei Cocktailwürstchen drastisch demonstriert, was sie mit Paul machen würde, wenn er sie noch ein einziges Mal seine beschissenen Schriftsätze neu tippen ließ. Niemand hatte die Würstchen danach noch essen wollen.

Paul neigte sich über die Armlehne seines Sessels zur Seite. «Sagen Sie Harold, ich will ihn sprechen, sobald ich hier mit Clementine fertig bin. In etwa fünf Minuten.»

«In Ordnung.» Joan verschwand hinter der Tür.

Paul ließ sich wieder in seinen Sessel sinken. «Wo waren wir stehengeblieben?»

Clemmie hatte keine Ahnung. Sie wusste nur, dass sie dringend einen Kaffee brauchte. «Bei PharmaNet?»

Paul legte die Fingerspitzen seiner beiden Hände aneinander. «Ja, man könnte vielleicht sagen, dass die Sache hier mit PharmaNet zu tun hat», sagte er nachdenklich. «Sie wissen wohl, dass Sie uns in London in eine heikle Situation gebracht haben, als Sie ohne jede Vorwarnung abgereist sind.»

«Ich habe Ihnen Bescheid gesagt, sobald ich ...»

«Hm.» Paul brachte sie mit einer kurzen Geste zum Schweigen. «Das hat sich gar nicht gut gemacht. Gordon war nicht erfreut. Wir hatten ihm eine erfahrene Mitarbeiterin versprochen und sind stattdessen mit einem Anfänger angetanzt. Übel.»

«Es war ganz sicher nicht meine Absicht.»

«Es war eine äußerst peinliche Situation», fuhr Paul fort. «Das entspricht nicht dem Image, das wir gern vermitteln möchten.»

Peinlich? Für sie war es verdammt viel schlimmer als ‹peinlich› gewesen.

«Meine Großmutter lag im Sterben», sagte Clemmie kurz.

«Ja, das hatten Sie erwähnt.» Paul fegte die Erklärung mit einer Handbewegung vom Tisch. «Aber auch vorher schon waren einige Ihrer Kommentare über die Marketingpraktiken von PharmaNet bedenklich. Ich weiß, sie waren nur für unsere Ohren bestimmt, Clementine, aber man weiß nie, wer mithört. Das war sehr unklug von Ihnen.»

Clemmie versuchte, sich zu erinnern. Bekam sie das jetzt alles nur deshalb zu hören, weil sie die Art der Vermarktung ihres Medikaments an Senioren in Frage gestellt hatte? «Ich wollte nur die Interessen des Mandanten wahren.»

Paul schüttelte traurig den Kopf. «Genau das ist das Problem, Clementine. Wenn es nur ein Missgeschick gewesen wäre, aber derartige Entscheidungen sind Sache Ihres Urteilsvermögens.»

Er sah sie gespannt an, als wartete er auf eine Erwiderung von ihr. Clemmie hatte keine Ahnung, was sie dazu sagen sollte.

«Manchmal», sagte sie schließlich, «sind vernünftige Leute eben unterschiedlicher Meinung.»

Paul sah sie mitleidig an. «In einer Universitäts-Übung vielleicht.» Er schnappte sich wieder den Football und drückte ihn in den Händen. Clemmie hätte ihn ihm am liebsten weggerissen. Sie hasste dieses verdammte Ding. «Wie Sie zweifellos wissen, ist der Ausschuss letzte Woche zusammengetreten. Die Entscheidung wird morgen bekanntgegeben.»

«Ja», sagte Clemmie vorsichtig. «Ich habe so etwas gehört.»

Paul kippte seinen Sessel wieder nach hinten und wäre dabei mit dem Kopf beinahe an eine Porträtaufnahme seiner hypothetischen Sprösslinge gestoßen. «Als Ihr Teamleiter wollte ich persönlich mit Ihnen sprechen, bevor das Memo rausgeht.»

«Danke», sagte Clemmie.

Paul legte den Football auf den Schreibtisch und beide Hände darüber. «Zunächst einmal möchte ich Ihnen sagen, dass alle im Ausschuss sich sehr beeindruckt über Ihre Arbeit bei uns geäußert haben.»

Da ihr ein weiteres Danke überflüssig schien, nickte sie nur. Bitte, komm endlich zur Sache, dachte sie, gratulier mir und lass mich gehen. Genug Folter. Genug Plastikbälle.

«Aber es wurden auch Bedenken geäußert. Hinsichtlich Ihres Engagements und ...», Paul sah sie vielsagend an, «Ihres Urteils.»

Was? Clemmie wäre beinahe der Block vom Schoß gerutscht. Sie bekam ihn in letzter Sekunde zu fassen. Sie merkte, dass sie leicht zu schwitzen begann.

«Schließlich ist der Ausschuss zu dem Schluss gekommen, dass wir uns dieses Risiko einfach nicht leisten können. Es war eine schwere Entscheidung», fügte er hinzu. «Das sollten Sie wissen.»

Schwer? Clemmie war fassungslos. Eine schwere Entscheidung? Sie hatte jahrelang sieben Tage in der Woche zwanzig Stunden in dieser Kanzlei verbracht. Sie hatte ihre Familie und ihre Freunde vernachlässigt. Sie hatte keinen Schimmer, was im Fernsehen lief, weil sie seit dem Studium nicht mehr ferngesehen hatte. Sie hatte kein Buch gelesen. Sie hatte die Taufe ihres Patenkindes wegen eines Probealarms der Feuerwehr verpasst, der sich als Jux herausgestellt hatte. Sie hatte ihre beschissene Verlobung wegen der Firma gelöst. Das konnte nur ein Witz sein.

«Das ist nicht Ihr Ernst.»

Paul bemühte sich, gütig und verständnisvoll auszusehen. «Wir alle halten sehr viel von Ihren Fähigkeiten und Ihrer Mitarbeit, Clementine. Aber ein guter Mitarbeiter ist nicht unbedingt ein guter Partner. Es gibt gewisse Qualitäten, die für uns bei einem Partner unerlässlich sind.»

«Qualitäten, wie Sie sie besitzen?» Clemmie traute ihren Ohren nicht. Das konnte nicht wahr sein. Nein, das war nicht wahr.

Paul verstand den Sarkasmus nicht. «Genau», sagte er selbstgefällig.

Wenn sie also ein Arschloch erster Güte ohne Führungseigenschaften wäre, dann hätte sie es geschafft?

«Das gibt's einfach nicht», murmelte sie.

Sie schlief, sie halluzinierte, keine Ahnung, aber das konnte einfach nicht wahr sein. Sie hatte sich jahrelang abgeschuftet, nie aufgemuckt, immer hatte die Firma an erster Stelle gestanden ...

«Natürlich hoffen wir», sagte Paul, «dass Sie in Betracht ziehen werden, als Mitarbeiterin zu bleiben. Jeder hier bewundert Ihre Produktivität, und es würde uns freuen, wenn Sie uns erhalten blieben. Gegen Ihre Leistung hat niemand etwas einzuwenden», erklärte er in diesem falschen gütigen Ton, «es geht einzig um Ihre Urteilsfähigkeit.»

«Danke.» Sie hätte ihm auf den Teppich gekotzt, wenn sie etwas im Magen gehabt hätte. Aber sie hatte heute Morgen nur eine halbe Tasse kalten Kaffee getrunken.

«Wenn Sie sich entscheiden sollten, uns zu verlassen, werden Sie hoffentlich gern an CPM zurückdenken. Ich weiß von mehreren Mandanten, die Sie gern in ihrer Rechtsabteilung anstellen würden.»

Sie hielt das nicht aus. Sieben Jahre. Sieben Jahre hatte sie geopfert, damit er ihr sagen konnte, sie besäße nicht die richtigen *Qualitäten*? Paul monologisierte endlos weiter, von Rechtsabteilungen, Mandantenbeziehungen, bleibender Verbindung zu CPM, bla, bla, bla. Als sollte sie auch noch dankbar sein. Wofür? Dafür, dass sie ihm zwei Jahre lang in den Hintern gekrochen war? Nie Urlaub genommen hatte? Ihren Geburtstag damit verbracht hatte, zweiundzwanzig Stunden lang stupide Aktendurchsicht zu machen und die restlichen zwei Stunden unter ihrem Schreibtisch zwischen welken Salatblättern von dem Snack des vorigen Abends zu schlafen?

Clemmie sprang auf. Der gelbe Kanzleiblock rutschte auf den falschen Aubusson-Teppich hinunter, der den strapazierfähigen grünen Spannteppich bedeckte.

«Clementine?» Paul unterbrach sich verwirrt.

Ihre Knie zitterten. Sie holte tief Atem und richtete sich gerade auf. Sie hatte das nicht mehr nötig. Zum Teufel mit Paul. Zum Teufel mit CPM.

«Clementine!»

Clemmie tat, was sie schon vor Jahren hätte tun sollen. Sie machte kehrt und ging.

Kenia, 1927

Wann haben Sie Mrs. Deborough zuletzt gesehen?»

«Am Mittwochabend. An die genaue Zeit erinnere ich mich nicht.» Addie saß mit gekreuzten Füßen und auf dem Schoß gefalteten Händen auf der Kante eines schmalen Metallstuhls in einem Zelt, das vorübergehend zum Büro des Superintendenten der Kriminalpolizei von Chania umfunktioniert worden war.

Budgie hatte schließlich über Funk die Polizei gerufen, als die erste Suche nach Bea ergebnislos verlaufen war. *Wir haben nicht genug Leute*, hatte er gesagt, als Raoul wissen wollte, warum. Frederick hatte nur schweigend auf den Schal gestarrt, diesen Schal mit den verdächtigen Flecken. Und Val Vaughn, bei dem wusste kein Mensch, was in ihm vorging. Er war zu dem kleinen Behelfsflugfeld gegangen, um seine Maschine flottzumachen. Für einen Erkundungsflug, sagte er, obwohl Addie nicht glaubte, dass eine einzelne Frau aus der Luft so leicht zu entdecken war wie eine Herde Elefanten. Das waren entschieden andere Dimensionen.

Vielleicht half es ihm, etwas zu tun, dachte sie, egal, was. Das tatenlose Herumsitzen machte einen fast verrückt. Addie wusste nicht, ob sie Angst haben oder sich ärgern sollte. Angst um Bea, die ganz allein dort draußen im Busch war, Ärger auf sich selbst, weil sie sich überhaupt in diese Situation gebracht hatte. Es war Bea zuzutrauen, dass sie in ihrer Wut hinausgestürmt war, um ihnen allen eine Lektion zu erteilen, indem sie verschwand und sich erst wieder blicken ließ, wenn sie sich ernsthaft Sorgen um sie machten. Sie hatte etwas Ähnliches getan, als sie noch klein gewesen waren und sie sich wegen irgendeiner lächerlichen kleinen Kränkung an Nanny rächen wollte.

Nach Einbruch der Dunkelheit war sie fröhlich wieder ins Haus spaziert. Sie hatte den Nachmittag beim Tee mit dem Jagdaufseher verbracht, während das ganze Haus kopfgestanden hatte. Danach waren sie alle ohne Abendessen zu Bett geschickt worden.

Was den Schal anging, so hatten die schrecklichsten Bilder Addie fast in den Wahnsinn getrieben, bis ihr dieses laute splitternde Geräusch in der Nacht im Zelt eingefallen war. Bea hatte sich wahrscheinlich an einer Scherbe geschnitten und sich den Schal um die Hand gewickelt, um die Blutung zu stillen. Natürlich, das war alles absolut einleuchtend, und gleich würde Bea mit einem nonchalanten *Na, habt ihr mich vermisst?* wieder auftauchen.

Aber sie war nicht wieder aufgetaucht.

Der Superintendent war am Donnerstag mit einer Truppe Askaris, eingeborenen Polizeibeamten, eingetroffen. Sie waren zu einer großen Suchaktion ausgeschwärmt, doch Bea war trotz all ihrer vereinten Bemühungen immer noch wie vom Erdboden verschluckt. Sie hatten nichts als ein kleines Häufchen Dinge, die jetzt auf einem wackligen Tisch im Polizeizelt lagen, etikettiert wie Ausstellungsstücke in einem Museum. Artikel: eine Diamantspange, von Mrs. Frederick Desborough an der Schulter ihres Kleides getragen; Artikel: ein Chiffonschal, befleckt. Artikel: ein Abendschuh aus blauer Seide.

Wie der Schal hatte auch der Schuh hässliche dunkle Flecken. Er war ungefähr fünf Meter von dem Schal entfernt gefunden worden, an der Böschung eines schmalen Bachs. Als hätte Bea auf der Flucht zuerst ihren Schal und dann ihren Schuh verloren. Ein Askari hatte die Brosche gefunden, die ganz in der Nähe auf dem Boden glitzerte.

Der Schuh machte Addie zu schaffen. Sie hätte schwören können, dass Bea an dem Abend Grün getragen hatte, nicht Blau. In Blau hatte Addie sie seit dem schrecklichen Fest nicht mehr gesehen, als Val Vaughn die Idee mit der Safari gehabt hatte, die nun zu diesem Fiasko geführt hatte. Bea achtete stets sorgsam auf ihre Kleidung. Niemals würde sie blaue Schuhe zu einem grünen Kleid tragen. So etwas war vielleicht Addie zuzutrauen, aber keinesfalls Bea. Dazu war sie viel zu sehr auf ihr Äußeres bedacht.

Aber war das Kleid wirklich grün gewesen? Für Addie hatte es so ausgesehen, aber es war dunkel gewesen, und bei der ungewissen Beleuchtung war nichts sicher. Außerdem hatte Addie anderes im Kopf gehabt. Sie hatte nur auf Frederick geachtet, der so schweigsam und in sich gekehrt war, nicht auf Bea, die sich damit amüsierte, Val und Raoul gegeneinander auszuspielen. Addie hätte es wahrscheinlich nicht einmal gemerkt, wenn Beas Schuhe knallrot gewesen wären.

Ein blassblauer Crêpe de Chine sah bei Kerzenlicht nicht so viel anders aus als grüner Chiffon.

«Können Sie mir wenigstens die ungefähre Zeit sagen?», fragte der Superintendent. Er hatte einen nasalen, fremdartigen Akzent. Kanadier, hatte er gesagt, als er sie vor drei Tagen zum ersten Mal befragt hatte. Seitdem waren seine Gesichtszüge zunehmend gehetzt geworden, die Falten neben seiner Nase tiefer, seine Fragen merklich pointierter.

«Wir haben nicht auf die Zeit geachtet», sagte Addie. «Ich hatte den Eindruck, dass es spät war, aber bei dem frühen Sonnenuntergang kann das trügen. Es könnte jederzeit zwischen neun und Mitternacht gewesen sein. Es tut mir leid. Mehr kann ich Ihnen nicht sagen.»

«Das ist ganz in Ordnung.» Der Superintendent machte sich mit seinem Bleistift eine Notiz.

Addie hatte begonnen, diese Notizen zu hassen. Seit Tagen ging sie jetzt in diesem Zelt aus und ein, um sich, wie es schien, völlig willkürliche Fragen stellen zu lassen und sich das nervtötende Kratzen dieses Bleistifts in diesem lächerlichen kleinen Notizbuch anzuhören. Und die ganze Zeit irrte Bea vielleicht irgendwo dort draußen herum, möglicherweise verletzt.

«Nein», sagte Addie mit solchem Nachdruck, dass der Superintendent den Bleistift fallen ließ. «Nichts ist in Ordnung. Was unternehmen Sie eigentlich, um meine Cousine zu finden?»

«Miss Gillecote ...», begann der Superintendent beschwichtigend.

«Sie ist jetzt seit vier Tagen verschwunden. Seit vier Tagen, Superintendent. Wir haben immer noch keine Ahnung, wo sie ist, und sind einer Aufklärung auch noch keinen Schritt näher gekommen, soweit ich feststellen kann. Vielleicht ist sie gestürzt und hat sich am Kopf verletzt. Vielleicht ist sie verwirrt und findet sich nicht mehr zurecht.»

Addie konnte sie sich vorstellen, wie sie abgemagert, schmutzig und von Dornen zerkratzt durch den Busch irrte, ihren Durst an Wasserrinnsalen stillte, desorientiert und allein.

Die Angst machte sie energisch. Sie stand auf und stützte beide Hände auf den provisorischen Schreibtisch des Polizeibeamten. «Anstatt da draußen nach ihr zu suchen, sitzen Sie hier und stellen immer wieder dieselben Fragen. Ich kann mir nicht vorstellen, was dabei herauskommen soll.» Als der Superintendent etwas sagen wollte, schnitt sie ihm einfach das Wort ab. «Mir ist durchaus klar, dass ein umfassendes Protokoll notwendig ist, aber wäre es nicht angebrachter, den bürokratischen Teil zu erledigen, wenn Sie meine Cousine gefunden haben?»

«Miss Gillecote», begann der Superintendent von Neuem. «Die Chancen, dass Ihre Cousine jetzt noch gefunden wird, sind gering. Wenn sie zu finden gewesen wäre, hätten wir sie gefunden.»

Eine Fliege summte in der Stille des Zelts. Draußen zwitscherte ein Vogel. Addie spürte, wie ein Schweißtropfen langsam von ihrem Nacken ihren Rücken hinunterrann.

Die Vorstellung, dass Bea unauffindbar bleiben würde, dass sie tot sein könnte, war undenkbar. Sieben Leben, das hatte Val Vaughn gesagt.

Ja, aber wie viele davon hatte sie verbraucht?

Addie setzte sich wieder. «Das ergibt doch überhaupt keinen Sinn», sagte sie mit einer hochnäsigen Geringschätzung, die Tante Veras würdig gewesen wäre. «Wenn meine Cousine tot wäre, müssten wir doch einen Leichnam gefunden haben.»

Sie glaubte Mitleid im Blick des Superintendent zu erkennen, als dieser sie ansah. «Nicht unbedingt. Im Gegenteil, das ist äußerst unwahrscheinlich. Die Tiere ...»

«... sorgen für sich.» Addies Stimme klang merkwürdig hoch.

Der Superintendent schien befremdet. Addie schüttelte den Kopf. «Entschuldigung. Das hat nur jemand einmal zu mir gesagt.»

«Er hatte recht. Die Tiere hier draußen machen mit Kadavern kurzen Prozess.» Er bemerkte ihren Blick und sagte entschuldigend: «Verzeihen Sie, Miss Gillecote. Ich dachte, das wüssten sie.»

Addie schüttelte stumm den Kopf. Er irrte sich. Er musste sich irren. Nicht Bea, Bea, die so voller Leben war, so kreativ.

Und so unbekümmert.

«Wie war das Verhältnis zwischen Ihrer Cousine und ihrem Ehemann?»

Dass er die Vergangenheit benutzte, empörte sie. Mit einem Ruck hob sie den Kopf. «Was spielt das hier für eine Rolle?»

Der Superintendent klopfte mit dem Ende seines Bleistifts auf den Tisch. «Wir müssen jede Möglichkeit prüfen.» Er lehnte sich auf seinem Stuhl zurück und maß sie mit einem langen forschenden Blick. «Wir können ein Verbrechen nicht ausschließen.»

«Verbrechen?», rief Addie. «Sie meinen Mord?» Sie brachte das Wort kaum über die Lippen. Die Vorstellung war zu absurd.

Der Superintendent sagte weder ja noch nein. «Wir wären nachlässig, wenn wir nicht jede Möglichkeit in Betracht zögen.»

Und was war mit der Möglichkeit, dass Bea noch am Leben war? Doch das konnte Addie nicht sagen. Sie sah seinen mitleidigen Blick. Er würde sie als hysterische Gans abtun. Er hatte sich schon entschieden. Bea war ermordet worden.

Mord. Das war etwas, was anderen zustieß, Leuten in Groschenromanen oder in der Zeitung, aber doch nicht Menschen, die man kannte. Es war alles ein fürchterlicher Irrtum. Anders konnte es gar nicht sein.

Mit schmalem Mund sagte sie: «Ich verstehe.»

Der Superintendent ordnete einen Stapel Papiere. «Ich weiß, das ist eine unangenehme Situation, Miss Gillecote.»

Unangenehm? Unangenehm war es, wenn man einen Sandfloh unter dem Zehennagel hatte oder die Kaffeetrockenmaschine nicht funktionierte. Das war unangenehm.

«Doch alles, was wir bisher haben, weist eher auf etwas Unerquickliches hin. Eine Frau ist verschwunden, wir haben einen Schal und einen Schuh, beides blutbefleckt. Sie wirken auf mich wie eine vernünftige Frau, Miss Gillecote. Wenn Sie die Situation als Außenstehende erleben würden, welche Schlüsse würden Sie ziehen?»

Sie wusste, dass er versuchte, sie zu manipulieren und mit seiner herablassenden Schmeichelei einzuwickeln, trotzdem konnte sie die Frage nicht einfach von sich weisen. Von außen gesehen wirkte tatsächlich alles ziemlich eindeutig, umso mehr, wenn man die Dinge einbezog, von denen er nichts wusste: Raouls Eifersuchtsanfälle, Vaughns merkwürdiges Verhalten, Fredericks Situation.

Sie konnte seine Stimme an jenem letzten Abend hören, sah wieder den seltsamen Ausdruck in seinem Gesicht, als sie ihn am Feuer zurückgelassen hatte. Die erhobenen Stimmen, das Geräusch von splitterndem Glas.

«Gibt es vielleicht jemanden, der Ihrer Cousine hätte schaden wollen?»

Die Frage kam Addies eigenen Überlegungen unangenehm nahe. «Alle haben Bea geliebt.» Nur manchmal nicht. «Sie war immer sehr begehrt.»

Der Superintendent kniff die Augen zusammen. «Monsieur de Fontaine hat uns berichtet», sagte er sehr betont, «dass Mrs. Desborough vorhatte, ihren Mann seinetwegen zu verlassen. Er behauptete, ihre gemeinsame Abreise sei just für diesen Abend geplant gewesen.»

«So ein Unsinn.» Addies Überraschung war nicht geheuchelt. «Das ist ausgeschlossen. Das hätte sie ...»

Mir gesagt hätte sie beinahe gerufen. Aber hätte Bea das wirklich getan? Sie war in der letzten Zeit so distanziert gewesen, hatte Geheimnisse angedeutet, dann wieder merkwürdig zwischen kühler Zurückhaltung und plötzlichen Anfällen von Zuneigung und Zärtlichkeit geschwankt, bald über alles gespottet, bald in wehmütigem *Weißt-du-noch?* geschwelgt.

«Ich wiederhole nur das, was Monsieur de Fontaine uns berichtet hat.» Der Superintendent war sachlich, doch er ließ Addie keinen Moment aus den Augen. «Sie hat Ihnen nichts davon gesagt?»

Addie bemühte sich, ihre fünf Sinne beisammenzuhalten. «Ich weiß, dass Monsieur de Fontaine in meine Cousine verliebt war, aber niemals hätte sie seinetwegen ihren Mann verlassen. Sie hat zwei Töchter», fügte sie hinzu.

O Gott, wenn Bea wirklich tot war, wie sollten sie das Marjorie und Anna beibringen? Wie sollten sie ihnen sagen, dass ihre Mutter nie wiederkommen würde? Sie versuchte, sich einzureden, dass das niemals passieren würde, doch die Zweifel wurden immer stärker. In ihrer Phantasie hörte sie die Hyänen heulen.

«Wusste Mr. Desborough von Monsieur de Fontaines Gefühlen für seine Frau?»

Diese neue Wendung des Gesprächs gefiel Addie gar nicht. «Wir wussten alle davon», erklärte sie bestimmt. «Man konnte es gar nicht übersehen. Aber wir dachten alle, es wäre, oh, eine Art gallischer Temperamentsüberschwang. Es war absolut nichts Ernstes daran.»

Der Superintendent machte sich eine Notiz.

Addie richtete sich auf. «Meine Cousine war eine Frau von Welt, Superintendent. Sie hatte Bewunderer, und sie flirtete gern, aber es war nichts Verstohlenes oder Heimliches daran. Es war ganz normales gesellschaftliches Verhalten.» Sie blickte ihm direkt in die Augen. «Jeder kannte die Regeln.»

Es waren nicht ihre Regeln, aber es waren immer die von Bea und ihrer Clique gewesen, und das war das Entscheidende.

Der Blick des Superintendent schweifte zu dem blutbefleckten Schuh. «Aber vielleicht hat jemand nach anderen Regeln gespielt.» Er ließ ihr einen Moment Zeit, damit die Bemerkung sich setzen konnte, dann sagte er geschäftsmäßig: «Danke Ihnen, Miss Gillecote. Sie waren eine große Hilfe.»

Es war eine deutliche Verabschiedung. Aber Addie war nicht gewillt, sich verabschieden zu lassen. Sie hatte hundert Fragen, nur konnte sie sie nicht stellen, ohne Dinge preiszugeben, die der Superintendent sich nach seinem Belieben zurechtbiegen konnte. Er hatte bereits eine Theorie, dessen war sie sicher, und ebenso sicher war sie, dass ihr diese Theorie nicht gefallen würde.

Sie stand auf. «Sie werden mich doch auf dem Laufenden halten, Superintendent? Wenn ich irgendetwas tun kann ...»

«Danke, Miss Gillecote. Ach ja», fügte er mit bemühter Beiläufigkeit hinzu, «es gibt tatsächlich noch eine letzte Kleinigkeit.»

«Ja?» Addies Nerven waren zum Zerreißen gespannt, doch sie ließ sich nichts anmerken.

Der Superintendent warf einen Blick in seine Aufzeichnungen. «Mr. Desborough hat uns berichtet, dass Sie vorhatten, nach der Safari nach England zurückzukehren.»

«Das ist richtig», sagte Addie langsam. Das war tausend Jahre her. Sie hatte heimreisen wollen, um Bea zu schonen. Bea ... Nein. «Ich wollte mich gleich nach unserer Rückkehr um die Reisevorbereitungen kümmern. Ich hatte ... ich habe Verpflichtungen in England.»

«Wir wären Ihnen verbunden», sagte der Superintendent, mit Bedacht seine Worte wählend, «wenn Sie Ihre Abreise aufschieben würden. Nur bis wir die Untersuchung abgeschlossen haben. Eine reine Formalität.»

Sie glaubten doch nicht etwa, dass sie ...? Nein. «Natürlich», erwiderte Addie. «Aber das wird gar nicht nötig sein. Ich bin überzeugt, dass meine Cousine bald wieder da ist.»

«Hoffen wir es, Miss Gillecote.» Der Superintendent hielt höflich die Zeltklappe, um sie hinauszulassen. «In der Zwischenzeit halten Sie uns über Ihre Pläne auf dem Laufenden.»

KAPITEL 24

New York, 2000

Außerhalb seines natürlichen Umfelds hatte der Marquis noch mehr Ähnlichkeit mit Hugh Grant.

Nein, nicht der Marquis. Tony. Als Clemmie sich im Oak Room mit ihm getroffen hatte, hatte er sie gebeten, ihn Tony zu nennen wie seine Freunde. Es war ungewohnt, nicht als Marquis, sondern schlicht als Tony an ihn zu denken. Paul wäre entsetzt.

Aber Pauls Reaktion brauchte sie jetzt nicht mehr zu kümmern. Seit gestern nicht mehr.

Sie hatten es geschafft, zwei russischen Geschäftsleuten und ihren Begleiterinnen einen kleinen runden Tisch beim Fenster wegzuschnappen, wo sie unter sich waren.

«Ist es Ihnen hier recht?», fragte Tony. Die eigenwillige Frisur mit der buschigen Haartolle, die ihm in die Stirn fiel, verlieh ihm etwas trügerisch Jungenhaftes, was mit dem korrekten dunkelblauen Anzug und seiner natürlich wirkenden Wohlerzogenheit in Widerspruch stand. Seine Augen waren so warm und braun, wie sie sie in Erinnerung hatte. Herzlich. Sie konnte gerade jetzt ein wenig Herzlichkeit gebrauchen.

«Wunderbar.» Vielleicht würde sie den Enthusiasmus, den sie vortäuschte, mit der Zeit wirklich empfinden. Im Augenblick fühlte sie sich wie betäubt.

Sie war gestern erst nach Mittag zur Arbeit gegangen. Sie war einfach liegen geblieben, ohne sich von ihrem Wecker und dem Licht, das durch die vorhanglosen Fenster fiel, stören zu lassen. Mit dem Kissen über dem Kopf hatte sie in dem grauen Zustand zwischen Schlafen und Wachen verharrt, nicht so sehr, weil sie müde war, sondern weil sie keine Lust hatte aufzustehen, weil nichts sie aus dem Bett gelockt hatte.

Mit ihrer Mutter redete sie nicht, sie hatte Jon nicht zurückgerufen, sie hatte keine Großmutter mehr, und in der Kanzlei hatte man ihr gerade klipp und klar gesagt, dass sie nicht mehr dazugehörte. Sicher, sie bezahlten sie noch. Wenn sie lange genug verschwand, würden die von der Personalabteilung sie vielleicht suchen lassen, aber das würde eine Weile dauern. Wichtig war sie ihnen nur gewesen, solange sie noch Kandidatin für die Chefetage gewesen war.

In ihrem Büro hatte sie sich mit fest geschlossener Tür gegen die Beileidsbekundungen ihrer Sekretärin und die halb neugierigen, halb mitleidigen Blicke ihrer Kollegen abgeschottet. Das Getuschel, das ihr durch die Korridore gefolgt war, hatte ihr gereicht. Sie ließ sich in ihren Sessel fallen und starrte auf den Bildschirm ihres Computers, wo die E-Mails wie die Maulwürfe bei Whac-A-Mole aus den Löchern krochen und darauf warteten, erschlagen zu werden, um den nächsten Platz zu machen. Sie hatte nicht die Energie, sich auch nur eine einzige E-Mail vorzunehmen, nicht die internen, nicht die von Mandanten und schon gar nicht die mit den aufdringlichen roten Flaggen dran. Wen interessierte es, ob die Firma sich freuen würde, wenn sie im April beim Sommerempfang der Anwaltskammer für Studienabgänger der juristischen Fakultäten bei der Programmgestaltung mitwirken würde? Was erwarteten sie denn, dass sie den Leuten erzählen würde? Kommt zu CPM, schuftet bis zum Umfallen und lasst euch dann an die Luft setzen. Haha.

Harold brauchte Hilfe bei einem Memo. Sie sollte für den Angsthasen im vierten Jahr sicherheitshalber einen Schriftsatz durchsehen, den er verfasst hatte. Zum Teufel mit ihnen. Sollten sie doch alle zu Paul gehen.

Alles, wovon sie geglaubt hatte, es gäbe ihrem Leben Sinn – ihre Arbeit, ihre Familie –, war zerplatzt wie eine Seifenblase. Sie hatte sich in ihrem kleinen Büro zwischen den hohen Mauern des Worldwide Plaza-Gebäudes und in Grannys Wohnzimmer immer so behütet gefühlt. Immer hatte es einen Ort gegeben, an den sie gehörte, Menschen, die sie brauchten. Jetzt hockte sie wie ein Häufchen Elend in dem Sessel in ihrem Büro, das nicht mehr ihres war, und fühlte sich bis auf die Haut entblößt. Es war, als wäre nichts von ihr übrig bis auf die rein körperliche Person: eine hochgewachsene Frau in einem billigen Kostüm mit Kaffeeflecken auf den Ärmeln, unpraktischen hochhackigen Schuhen und Strümpfen mit einer Laufmasche.

Sie nahm das BlackBerry von ihrem Gürtel und legte das brummende Ding auf den Schreibtisch. Sie zog ihren Mantel an, wickelte sich ihren Schal um den Hals und ging nach Hause. Sie nahm eine Dusche und blieb lange genug unter dem heißen Strahl stehen, um jede Spur von Cromwell, Polk & Moore von ihrem Körper zu waschen, als ließen sich die letzten sieben Jahre mit einem Spritzer Pantene und Irish Spring abspülen. Nach einigem Herumkramen entdeckte sie ganz hinten in ihrem Schrank ein altes Kleid, feine schwarze Wolle, eng anliegend. Sie hatte so lange praktisch nichts anderes getragen als Kostüme, dass sie vergessen hatte, wie man sich in einem Kleid fühlte. Sie hatte vergessen, wie es war, wenn man sich für eine Verabredung zurechtmachte und sich beim Schminken Zeit nahm.

Als sie nach unten lief, erkannte sie sich im ersten Moment gar nicht in der Spiegelwand des Foyers. Sie schaute einmal hin, dann noch einmal, um die Frau im Spiegel mit der Clemmie, die sie kannte, in Einklang zu bringen. Das schwarze Kleid saß wie angegossen und brachte Rundungen zum Vorschein, von denen sie gar nicht mehr gewusst hatte, dass sie sie besaß. Die hochhackigen schwarzen Stiefel waren auch nicht so übel. Sie verliehen ihrem Gang etwas Stolzes. Es sah ganz anders aus als sonst, wenn sie mit hochgezogenen Schultern und gesenktem Kopf losstürmte wie zum Kampf bereit.

Unwillkürlich ging Clemmie langsamer, lässiger, ja, sie bummelte geradezu. Ihre Haare waren nachgewachsen und schwangen knapp oberhalb der Schultern gefällig um ihren Kopf, blond wie die eines Models, ein schöner Kontrast zu dem schwarzen Kleid. Clemmie wusste nicht recht, wer diese Frau im Spiegel war, aber sie wirkte überraschend sexy. Und elegant.

Sie sah dem Marquis, Tony, an, dass er ihre Bemühungen zu schätzen wusste. Er musterte sie mit freimütigem Wohlgefallen, auch wenn er schnell zur Speisekarte hinunterschaute, als er ihren Blick bemerkte.

Wann hatte das letzte Mal jemand sie so angesehen? Clemmie versuchte, sich zu erinnern. Ihre Kostüme waren für sie zu einer Art Schutzpanzer geworden. Sie hatte fast vergessen, wie man flirtete. Mit Jon, ach, mit Jon war das etwas anderes, er hatte sie in den letzten zwanzig Jahren in jeder möglichen Aufmachung von aufgedonnert bis nackt gesehen. Das letzte Mal hatte sie sich in Rom für ihn hübsch gemacht, mit diesem billigen Sommerkleid, das in dem Jahr ihr Lieblingskleid gewesen war, und halsbrecherisch hohen Sandaletten. Bei der Erinnerung fühlte sie sich leer und traurig.

Aber vielleicht kam das auch nur daher, dass sie den ganzen Tag noch nichts gegessen hatte.

Sie schlug die Beine in den hohen Stiefeln übereinander und beobachtete Tony, der schaute und so tat, als ob er nicht schaute. Es war ziemlich prickelnd, das Flirten wiederzuentdecken – besonders nach der letzten Begegnung mit Jon und seiner Caitlin. Aber eigentlich hatte das gar nichts damit zu tun, sagte sie sich hastig und trank einen Schluck Wasser. Sie genoss es einfach, einmal wieder von einem halbwegs interessanten Mann bewundert zu werden. Jon würde grün vor Neid werden, wenn er wüsste, dass sie mit einem Nachfahren seiner Forschungsobjekte unterwegs war.

«Ich kann Ihnen gar nicht sagen, wie sehr es mich freut, dass Sie sich die Zeit nehmen konnten», sagte Tony, ehrlich, wenn auch nicht ganz erfolgreich bemüht, ihr ins Gesicht zu blicken und nicht auf ihren Busen zu starren. Er räusperte sich. «Ich hatte schon gefürchtet, Sie wären an Ihrem Schreibtisch angekettet.»

«Nicht mehr», antwortete Clemmie. «Ich bin dabei, die Ketten abzuwerfen. Ich denke daran, in der Kanzlei aufzuhören.»

«So wie ich Mr. Dietrich erlebt habe, kann ich das verstehen», sagte Tony und entschuldigte sich sofort. «Tut mir leid. Das geht mich wirklich nichts an.»

«Macht doch nichts.» Clemmie beugte sich vor und lächelte verführerisch. «Sie haben ja völlig recht. Mr. Dietrich ist ein absolutes Arschloch.»

Tony zwinkerte. Ob aus Verwirrung über den Einblick in ihren Ausschnitt oder aus Schock über ihre Ausdrucksweise, war nicht zu sagen. Doch er fasste sich mit bemerkenswerter Souveränität. «Na dann kann man Sie zu Ihrem Entschluss nur beglückwünschen.»

Clemmie nickte. «Genau. Was trinken wir?»

Es kam ihr unglaublich dekadent vor, um fünf Uhr nachmittags in einer Bar zu sitzen und zu trinken. Wodka aus einem Minifläschchen, das von der letzten Flugreise noch in der Schreibtischschublade lag, war bisher das Höchste der Gefühle gewesen. Stirnrunzelnd blickte sie in die Getränkekarte, beriet sich mit Tony ernsthaft über die Vorzüge von Gin Martinis im Vergleich zu Wodka Martinis, zog diverse interessante Kreationen mit Godiva-Likör in Erwägung und entschied sich am Ende für einen schlichten alten Gin Tonic.

Nachdem die Getränkefrage geklärt war und sie sich mit der gebotenen Höflichkeit nach Tonys Aufenthalt in London, seinen Geschäften und seiner Unterkunft erkundigt hatte, stützte sie die Ellbogen auf den Tisch und sagte: «Das Problem ist nur, was ich danach anfangen soll.»

«Haben Sie vor, sich einen anderen Posten zu suchen?»

«Vielleicht», antwortete Clemmie. Früher oder später würde ihr nichts anderes übrigbleiben. Sie hatte nicht die Mittel, um sich längeres Nichtstun leisten zu können. Sie hatte gerade erst ihre Studienkredite abbezahlt, und die uncharmante Wohnung in der 52nd Street verschlang jeden Monat Unsummen an Miete. Aber das konnte sie dem Marquis von Rivesdale nicht erzählen. «Im Augenblick genieße ich einfach meine wiedergefundene Freiheit.»

Tony legte die Getränkekarte weg und strich sich die jungenhafte Tolle aus dem Auge. «Im Rivesdale House ist immer ein Platz für Sie reserviert.»

Clemmie lachte. «Das hört sich an wie ein Werbespruch. Mit Bildern vom glücklichen Hauspersonal dazu könnten Sie die U-Bahn damit pflastern.»

«Das soll keine Werbung sein.» Clemmie wurde warm unter Tonys bewunderndem Blick. «Wir würden uns freuen, Sie bei uns zu haben, als Gast, meine ich.»

Sie fragte sich, wer zu dem ‹Wir› dazugehörte. Ein Geschäftspartner? Ein Partner anderer Art? «Danke», sagte sie lässig. «Wenn ich einmal wieder nach London komme, melde ich mich.»

«Tun Sie das», sagte er herzlich. «Schöne Beinahe-Cousinen laufen einem nicht alle Tage über den Weg.»

«Und ich dachte, sie rennen Ihnen die Türen ein», versetzte Clemmie.

Der Marquis, Tony, machte eine wegwerfende Geste. «Bei der Höhe unserer Bankschulden? Ganz sicher nicht.»

Clemmie probierte ein leises, gurrendes Lachen. Toll, was man sich alles erlauben konnte, wenn einen nichts mehr zu kümmern brauchte. Sie stellte sich flüchtig Pauls Gesicht vor, wenn sie ihm erzählen würde, dass sie mit dem Marquis von Rivesdale aus gewesen war. Wahrscheinlich würde ihn auf der Stelle der Schlag treffen. Aber ein echter Knaller wäre es, wenn sie in die Fußstapfen ihrer Großmutter träte und einen Marquis von Rivesdale heiraten würde. Das wäre eine schallende Ohrfeige für Paul, und für sie würde sich alles in Wohlgefallen auflösen. Niemand würde fragen, warum sie bei CPM aufgehört hatte, denn wem würde so etwas einfallen, wenn ein gutaussehender Brite im Spiel war? Sie würden in den Londoner Smog davonreiten und bis an ihr seliges Ende glücklich und zufrieden miteinander leben.

Hoppla! Was zum Teufel spann sie sich denn da zusammen? Rachephantasien, sagte sie sich ironisch und trank noch einen Schluck von ihrem Wasser.

«Aber wie viele von denen», sagte Tony, «würden aussehen, als wären sie einem wunderbaren Bild entstiegen?

Ich hatte immer ein heftiges Faible für sie», fügte er hinzu. «Für die Dame auf dem Gemälde.»

Er lächelte, aber in Clemmies Phantasie bekam das Lächeln etwas Unheimliches. Das Ganze hatte etwas von einem Schauerroman: der Mann, der dem Bild einer geheimnisvollen Frau verfallen ist.

«Sie ist doch nichts weiter als Leinwand und Farbe», erwiderte sie. «Ein Bild an der Wand.»

«Sie war einmal eine Frau aus Fleisch und Blut», entgegnete Tony. «Und eine große Herzensbrecherin.»

Zweifellos. Clemmie dachte an ihre Mutter und Tante Anna. An Granny Addie. Wer immer diese Bea gewesen war, sie hatte ihnen allen das Herz gebrochen.

«So groß ist die Ähnlichkeit gar nicht», sagte Clemmie ärgerlich.

«Das ist wahr», bestätigte Tony und besänftigte sie damit ein wenig. «Sie haben etwas ganz Eigenes», fuhr er fort. «Etwas ...»

«Amerikanisches?», meinte Clemmie.

Er lachte, und sie merkte, wie sie wieder lockerer wurde. «Ja, das ist es wahrscheinlich. Ihr Gesicht ist ganz ähnlich geschnitten, und trotzdem –» Er musterte sie, nicht ungezogen, sondern mit beinahe kindlichem Interesse. «Irgendwie sehen Sie ganz anders aus.»

Er beugte sich zu der Aktentasche hinunter, die an seinem Stuhl lehnte, und entnahm ihr ein dünnes Bündel vergilbter Zeitungsausschnitte. «Das sind die Papiere, die ich Ihnen zeigen wollte. Sie betreffen unsere Freundin. Sie waren hinten in eine Schublade gerutscht. Erst dachte ich, es wäre Auslegepapier, aber dann habe ich sie mir genauer angesehen. Ich dachte, sie würden Sie vielleicht interessieren.»

Er reichte ihr die Ausschnitte über den Tisch. Clemmie stockte einen Moment der Atem. Sie beugte sich vor und breitete die Papiere, die unter ihren Händen brüchig knisterten, auf dem Tisch aus.

Mord an Marquise!, hieß es in einer Schlagzeile.

Angehörige des Hochadels verschwunden, in einer anderen zurückhaltender.

«O Gott», sagte Clemmie. Bea blickte ihr von einem vergilbten Zeitungsblatt entgegen. In einer üppigen Fuchsstola, die ihr bis zum Kinn reichte, lachte sie in die Kamera. Eilig sah Clemmie die Ausschnitte durch, auf der Suche nach relevanten Details. Den Mann, der ihr gegenübersaß, hatte sie vergessen, das Gerede an den Nachbartischen hörte sie nicht.

Kein Wunder, dass Granny Addie all die Jahre geschwiegen hatte. Da ging es um mehr als Ehebruch.

Lady Beatrice Desborough war 1927, während ihrer Teilnahme an einer Safari in Kenia, verschwunden. Man hielt sie für tot. Ihr Ehemann stand unter Verdacht ... unter Verdacht ... Nein. Clemmie glaubte es nicht, wollte es nicht glauben.

Nicht Grandpa Frederick. Das war Grandpas Gesicht auf dem körnigen Foto, und da war noch ein Bild, eine Kopie der Aufnahme von Bea und Grandpa Frederick auf einem Schiff. *Ein verschmähter Ehemann* lautete die Unterschrift.

Sehr, sehr klein gedruckt wurde erwähnt, dass die Schwester der Toten bei der Familie geblieben sei und sich um die Kinder kümmere. Weder Grannys Beziehung zu Bea noch ihr Name waren richtig wiedergegeben. Statt Adeline stand dort Adele. Miss Adele Gillcot.

«Ist Ihnen nicht gut?», fragte Tony. «Sie sehen so blass aus.»

«Wo ist der Drink?» Clemmie riss der Bedienung beinahe das Glas vom Tablett und trank gierig einen stärkenden Schluck. «Nein, es ist nur ... auf so etwas war ich nicht gefasst.»

«Es ist nicht der einzige berühmte Mord in Kenia», sagte Tony. «Auch die Ermordung des Earl of Erroll machte damals Schlagzeilen.»

Er begann, die Umstände dieses Falls zu schildern und von dem Buch zu erzählen, das darüber berichtete, während Clemmie die Zeitungsausschnitte betrachtete und versuchte, die Geschehnisse, die sich Jahrzehnte vor ihrer Geburt in Kenia zugetragen hatten, mit den Menschen in Verbindung zu bringen, die ihr so nahegestanden hatten, die darauf geachtet hatten, dass ihr beim Haarewaschen kein Shampoo in ihre Augen gelangte, die ihr bei ihren Hausaufgaben geholfen hatten.

Insgesamt waren es zehn Ausschnitte, die parallel zum erfolglosen Fortgang der polizeilichen Ermittlungen immer kleiner wurden.

‹Unfalltod›, lautete der endgültige Spruch.

«Sie haben es nie aufgeklärt, nicht?», fragte sie mitten in seinen Monolog hinein.

Tony sah sie fragend an. «Den Mord am Earl of Erroll?»

«Nein, diese Sache hier.» Clemmie tippte auf die Ausschnitte. «Den Mordfall Desborough.»

«Ich glaube nicht», antwortete Tony leicht verwirrt. Dann lächelte er. «Sie hätten diesen belgischen Meisterdetektiv dransetzen sollen.»

«Oder Miss Marple», sagte Clemmie zerstreut. «Was glauben Sie, wer es getan hat? Ich meine, hier, in diesem Fall.»

«Na ja ...» Tony bemühte sich, das Spiel mitzuspielen. «Am ehesten wäre meine Großmutter in Frage gekommen, aber sie war zu der Zeit zu Hause in England. Und sie hätte wahrscheinlich zu Gift gegriffen. So etwas Blutrünstiges wie wilde Tiere wäre ihr sicher nicht eingefallen.»

Clemmie zwang sich zu einem schwachen Lächeln, denn das schien ja wohl erwartet zu werden. «Und von den Leuten am Ort?»

Tony legte den Kopf schräg, und schon fiel ihm die jungenhafte Tolle wieder in die Stirn. «Ich tippe auf den Ehemann. Die sind beinahe so schlimm wie Butler, wenn es um Mord geht.»

Der Ehemann. Clemmie erinnerte sich an Grandpa Frederick, wie er in seinem alten Filzhut und dem Tweedjackett auf seinen albernen Spazierstock gestützt im Central Park vor einem Felsbrocken gestanden und ihr Eis gehalten hatte, während sie oben herumgeklettert war.

«Ja, man sagt ja, dass der Ehepartner immer der erste Verdächtige ist, nicht?», fragte sie fast verzweifelt.

«Es hört sich an, als hätte er ein Motiv gehabt», meinte Tony. «Die vielen anderen Männer ...»

Unmöglich, Grandpa Frederick des Mordes zu verdächtigen. Andererseits, was wusste sie eigentlich über ihn? Was wusste sie überhaupt? Sie hatten sie alle miteinander jahrelang belogen. Clemmie schluckte krampfhaft.

«Ich würde eher auf den Franzosen tippen», sagte sie, um einen leichten Ton bemüht. «Wissen Sie, was aus ihm geworden ist?»

Tony zog die Brauen zusammen. «Ich glaube, er ist nach Frankreich zurückgekehrt und hat die Frau geheiratet, die seine Eltern ihm ausgesucht hatten. Ich habe ein bisschen herumgestochert, aus reiner Neugier», gestand er. «Da hatte ich wenigstens etwas zu tun, während der Installateur unten die verstopften Toiletten in Ordnung brachte.»

«Und was ist mit diesem Vaughn? Der könnte es doch auch gewesen sein.»

«Er ist nicht lange danach mit dem Flugzeug abgestürzt.» Tony starrte nachdenklich in sein Glas. «Sie haben alle kein glückliches Ende genommen.»

Clemmie sah Granny Addie und Grandpa Frederick vor sich, wie sie vor dem alten Schwarzweißfernseher saßen und über Politik diskutierten. Sie erinnerte sich, wie Granny Addie immer Grandpa Frederick die besten Fleischstücke auf den Teller gelegt und wie Grandpa Frederick ihr stets die Tür gehalten hatte. Sie waren für Clemmie immer der Inbegriff des idealen Paars gewesen. Sie hatten so glücklich gewirkt.

Sie blickte zu ihren Händen hinunter, schmucklos bis auf ihre Uhr, und merkte plötzlich, dass sie von dem Gin Tonic mehr als beschwipst war. Dass sie seit gestern Mittag nichts gegessen hatte, konnte etwas damit zu tun haben. Sie hatte keinen Hunger gehabt.

«Für einige von ihnen hat sich vielleicht doch noch alles zum Guten gewendet.» Sie sah Tony an. «Meine Mutter war eine ihrer kleinen Töchter.»

Tony machte ein Gesicht, als würde er gar nichts mehr begreifen. «Aber sagten Sie nicht, sie wäre so etwas wie eine Großtante von Ihnen?»

«Das ist eine lange Geschichte. Nein, sie war meine Großmutter. Die Frau, die ermordet wurde.» Eigenartig, es auszusprechen, gewissermaßen ihr Recht auf sie geltend zu machen. Clemmie hätte gedacht, es würde bei ihr so etwas wie ein Gefühl der Zusammengehörigkeit entstehen lassen. Doch sie fühlte sich nur leer.

«Oh», sagte Tony, und der Martini schwappte über den Rand seines Glases. Er starrte sie an, und sie fragte sich, was er sah. Die Frau auf dem Gemälde? Oder eine Amerikanerin, die gerade dabei war, sich an einem einzigen Gin Tonic zu betrinken? «Nun, dann stehen wir einander näher als gedacht. Ihre Großmutter hätte meine Großmutter sein können.»

Wenn sie nicht in Kenia gestorben wäre. Doch sie war in Kenia gestorben, und Addie war nach New York gezogen, und irgendwie hatte sich alles gewendet. Zum Besseren, hatte Clemmies Mutter behauptet. Zum Schlechteren, sagte Tante Anna. Clemmie wusste nicht, wem oder was sie glauben sollte.

Mord schrien die Schlagzeilen auf den Zeitungsartikeln.

«Auf die Großmütter», sagte Clemmie und stieß mit Tony an. «Wer immer sie auch sein mögen. Ich weiß nicht, wie es Ihnen geht, aber ich hätte nichts gegen eine zweite Runde.»

Brav hob Tony die Hand und winkte der Bedienung.

Kenia, 1927

Addie erwachte in den frühen Morgenstunden. Die verhedderte Bettdecke klebte schweißfeucht an ihrem Körper. In der Dunkelheit rieb sie sich die Augen, um die letzten Spuren des Traums zu vertreiben. Sie war mit Bea zusammen gewesen. Sie waren in Nairobi, doch dieses Nairobi hatte keinerlei Ähnlichkeit mit dem Nairobi, das Addie kannte. Es war eher eine Art orientalischer Basar, wie aus einem Roman, mit prächtigen Zelten und Seidenballen und Lampen, die an Ketten von der Decke herabhingen. Leute zupften an ihren Kleidern und schrien: «Komm kaufen, komm kaufen.»

Sie drehte sich nach Bea um, doch Bea war verschwunden, in den Basar hineingeschlüpft. Addie wollte ihr nachlaufen und kam nicht vom Fleck, weil überall Hände an ihr zerrten, an ihrem Rock, ihren Ärmeln, ihrem Gürtel, und sie zurückhielten. «Komm kaufen, komm kaufen.» Weiter vorn konnte sie flüchtig Beas Rock erkennen, der um eine Ecke verschwand. Und sie hörte Beas Lachen, hell wie Silber.

Addie riss sich los und drängte sich verzweifelt zwischen den Menschen hindurch, Beas Lachen immer nur ein paar Schritte entfernt, immer nur ein paar Schritte entfernt ...

In der mitternächtlichen Kälte zitternd setzte Addie sich auf. Sinnlos, jetzt weiterschlafen zu wollen, sie wusste es aus Erfahrung. Es war unfassbar, dass draußen das Leben einfach weiterging, die Grillen zirpten, eine Eule schrie, irgendein Tier brüllte. Draußen auf den Feldern wuchsen die Kaffeesträucher weiter, und in den Hütten weinten Babys, und Männer schnarchten. Aber Bea war tot und würde nie wieder aufwachen.

Addie zog ihren Morgenmantel um sich. Es war eine kalte Nacht, so bitterkalt. Es war ihr früher nie aufgefallen, wahrscheinlich weil es früher keinen Anlass gegeben hatte, in der Nacht umherzuwandern und den einsamen Rufen der Nachtschwalben und dem hohen Schrei irgendeines kleinen Tiers in höchster Not zu lauschen.

Sie war nicht die Einzige, die auf war. Im Esszimmer brannte Licht. Während Addie auf bloßen Füßen zur Tür ging, zog sie den Bindegürtel des Morgenmantels noch einmal fester über dem seidenen Pyjama zusammen, den Bea ihr geschenkt hatte. Er war nach Beas eigenem Entwurf angefertigt.

Im Esszimmer saß Frederick allein an dem langen Tisch, vor sich ein Kristallglas und in bequemer Reichweite eine Karaffe. Der Generator schaltete sich stets um Mitternacht aus, dann gab es kein elektrisches Licht mehr. Frederick hatte die Kerzen in dem schweren silbernen Leuchter angezündet, der in der Mitte des Tisches stand. Die Kerzen warfen ihr zuckendes Licht auf sein Gesicht, vertrieben an manchen Stellen die Schatten und riefen an anderen neue hervor.

Er griff nach der Karaffe und zog den Stöpsel heraus.

«Du solltest zu Bett gehen», sagte Addie leise.

Der Stopfen schlug klirrend an den Hals der Karaffe. «Mein Gott, du hast mich halb zu Tode erschreckt.»

Die Karaffe war fast voll gewesen, als Addie zu Bett gegangen war. Jetzt war sie kaum noch zur Hälfte gefüllt. «Du hast für heute Abend genug getrunken.»

«Genug? Der ganze Whisky der Welt wäre nicht genug.» Addie sah von der Tür aus zu, wie er sich einschenkte. «Der ganze Whisky der Welt könnte mich nicht reinwaschen.»

Er redete Unsinn. «Du brauchst Ruhe. Schon der Mädchen wegen.»

«Die Mädchen.» Frederick drehte das Glas in der Hand und starrte in die funkelnde goldene Flüssigkeit. «Sie werden sie mir wegnehmen, Addie.»

Addie trat ins Licht. «Was in aller Welt redest du da?»

Frederick hob den Kopf. «Sie sind überzeugt, dass ich es getan habe. Ich meine, dieser Kriminalbeamte. Er wird mir den Mord an Bea anhängen.» Er zwinkerte ein paarmal mit den Augen, als könnte er nicht richtig sehen. Sie hatte ihn seit England nicht mehr so betrunken gesehen, seit den albtraumhaften Abenden in den Klubs. «Wenn sie mich hängen, dann nimmst du doch die Mädchen zu dir? Du darfst nicht zulassen, dass sie zu Beas Mutter kommen, dieser Hexe. Noch nicht einmal einen Hund würde ich ihr anvertrauen.»

«Niemand nimmt dir die Mädchen weg, Frederick.» Addie setzte sich neben ihm auf einen Stuhl und beugte sich über den glänzenden Tisch. «Frederick, schau mich an. Sie können dich nicht für etwas hängen, was du nicht getan hast.»

Frederick stieß mit dem Ellbogen an die Karaffe, Addie hielt sie fest, bevor sie kippte. «Und warum nicht? So etwas ist schon oft genug vorgekommen. Unser Polizeichef, Lestrade, drüben in Chania, hat sich schon entschieden. Er ist überzeugt, dass ich Bea einen Schlag auf den Kopf gegeben, sie mit ihrem Schal erdrosselt und sie dann den wilden Tieren zum Fraß vorgeworfen habe.»

Addie wusste nicht, was sie sagen sollte.

«Fügt sich ja auch alles sehr bequem ineinander.» Das Glas schwankte in seiner zitternden Hand. «Verbrechen aus Leidenschaft. Ich habe Bea mit Vaughn und De Fontaine beobachtet und den Plan gefasst, sie umzubringen. Ich habe das Zelt mit ihr geteilt. Ich hatte die beste Gelegenheit. Motiv und Mittel, alles vorhanden. Heraus mit der schwarzen Haube und dem Galgen.»

Addie schüttelte ein Bild von Bea ab, wie sie bewusstlos durch den Wald geschleift wurde. Es war nichts als Unsinn, reiner Unsinn.

«Und du lässt dir das einfach gefallen?», fragte sie scharf. «Herrgott noch mal, Frederick, es reicht. Das ist reines Selbstmitleid. Wenn du dich nicht um deiner selbst willen verteidigen willst, dann tu es für ... tu es für die Menschen, die dich lieben. Vaughn und de Fontaine hatten ebenso ein Motiv wie du. Oder willst du die beiden unbedingt schützen?»

Fredrick starrte sie an. «Der Superintendent ...»

«Hat nichts. Nichts als Vermutungen. Du hast es nicht getan», sagte Addie mit Entschiedenheit. «Das ist das einzig Wichtige. Gib dich nicht für etwas auf, was du nicht getan hast. Das ist kein Edelmut, das ist Dummheit.»

Frederick schüttelte den Kopf, wie um sich von etwas zu befreien. «Wir haben in der Nacht gestritten. Der Superintendent weiß es. Ich habe es ihm selbst gesagt. Ich wollte nicht, dass er es auf anderem Weg erfährt und dann glauben würde, ich hätte es verheimlichen wollen.»

Addie beugte sich vor. «Frederick, was ist in der Nacht passiert? Was ist wirklich passiert?»

Die Frage quälte sie seit jenem Abend. Immer wieder hatte sie an den Ausdruck in Fredericks Gesicht beim Abendessen denken müssen, an die erregten Stimmen, an den Kratzer in Fredericks Gesicht. Sie glaubte nicht, konnte nicht glauben, dass Frederick imstande gewesen wäre, Bea etwas anzutun, jedenfalls nicht vorsätzlich. Doch was war mit diesem lauten Klirren, das geklungen hatte, als wäre Glas zerschmettert worden? Wenn Bea sich geschnitten hatte, wenn sie sich gefährlich verletzt hatte, wenn es ein Unfall gewesen war ... der Gedanke war zu entsetzlich, aber sie musste ihm ins Auge sehen. Sie musste wissen, wie es gewesen war. So wie jetzt konnten sie nicht weitermachen, von Schreckgespenstern gejagt.

«Ich habe euch streiten hören. Und dann ein Geräusch, als ob Glas splittern würde.»

«Es war ein Spiegel», sagte Frederick teilnahmslos «Bea hat ihren Handspiegel nach mir geworfen. Den mit dem silbernen Rücken. Er ist auf meinen Koffer geprallt. Sieben Jahre Unglück.»

«Warum hat sie den Spiegel nach dir geworfen?»

«Warum, warum. Du kennst doch Bea.» Frederick schwankte auf seinem Stuhl. Addie wollte ihn stützen, aber er fing sich von selbst wieder. «Es war spät. Sie war gegen drei Uhr morgens gekommen. Sie war mit einem Mann zusammen gewesen. Ich konnte es an ihr riechen. Ich weiß nicht, ob es Vaughn oder de Fontaine war. Meinetwegen hätten es alle beide gewesen sein können, es war mir so egal.»

Addie zwang sich, ruhig zu bleiben, obwohl sie hätte weinen können, um Frederick und um Bea.

«Sie hat mich absichtlich damit gereizt.» Frederick starrte in die Dunkelheit hinaus. Addie fragte sich, was er dort sah. «Das hatte sie vorher noch nie getan. Sie hatte natürlich ihre Affären, das wusste ich, aber sie hat es mir nie unter die Nase gerieben.» Er schüttelte verwirrt den Kopf. «Es war fast so, als würde sie es darauf anlegen, mich wütend zu machen.»

«Und es ist ihr gelungen?», fragte Addie leise.

Fredericks düsteres Gesicht war ihr Antwort genug. «Ich habe ihr gesagt, dass ich die Scheidung will. Ich sagte, es sei mir gleich, wer sie beantragt, sie oder ich. Und ich habe ihr gesagt, dass ich dich liebe.»

Addie versuchte, ihre verkrampften Hände zu entspannen. «Und was hat Bea gesagt?»

«Sie hat gelacht.» Frederick drückte die Finger an die Schläfen. «Ich höre es jetzt noch. Sie hat gar nicht mehr aufgehört zu lachen. Und dann sagte sie ...» Seine Stimme wurde lauter, als er versuchte, Beas Ton nachzuäffen. «Scheidung kenn ich schon, Darling, wie langweilig.»

Nur das Ticken der Uhr war im Zimmer zu hören.

«Danach ist es nur noch schlimmer geworden.» Fredericks Stimme war tonlos. Er griff nach der Karaffe, um sich nachzuschenken. Diesmal sagte Addie nichts. «Ich sagte ihr, dass ich mich scheiden lassen würde, ob sie es langweilig fände oder nicht. Und sie sagte: ‹Das möchte ich sehen.› Daraufhin ...»

«Ja?»

«Ich habe sie eine verlogene Hure genannt.» Fredericks Gesicht war voll Abscheu vor sich selbst. «Ich sagte, sie wäre nicht besser als eine rollige Straßenkatze, und kein Gericht der Welt würde ihr gegen mich recht geben. Und ich sagte, die Mädchen wären ohne sie besser dran.»

«Oh.» Addie drückte eine Hand auf ihren Mund.

«Ja», fuhr Frederick angeekelt fort, «ich habe ihr gesagt, sie wären ohne Mutter besser dran als mit einer Mutter wie sie. Und Bea ... und Bea sagte darauf ...» Er holte zitternd Atem. «Sie sagte, sie würde mir nur zu gern entgegenkommen.»

Addie öffnete den Mund, ohne etwas zu sagen. Was hätte sie auch darauf sagen sollen?

«Ich werde das nicht mehr los. Du weißt, wie Bea war, wenn sie sich einmal etwas in den Kopf gesetzt hatte. Und an diesem Abend war sie völlig überdreht. Von Gin oder Kokain. Weiß der Himmel. Sie hat mich ausgelacht. Sie hat mir ins Gesicht gelacht und gesagt, sie würde mir nur zu gern entgegenkommen.» Frederick stellte sein Glas so heftig auf den Tisch, dass es klirrte. «Ich habe sie getötet. Ich habe es nicht mit einem Knüppel getan oder mit diesem verdammten Schal, aber ich habe sie trotzdem getötet. Ich habe sie in den Tod getrieben.»

«Nein.» Addie umfasste Fredericks Hand und drückte, so stark sie konnte. «Nein, das hast du nicht getan. Bea hätte nicht ... Bea hätte niemals ...» Was wusste sie denn, was Bea getan oder nicht getan hätte? Sie hatte langsam das Gefühl, ihre Cousine überhaupt nicht gekannt zu haben. Aber das konnte sie Frederick jetzt nicht sagen. «Es war ein Unfall, Frederick. Hörst du? Ein Unfall. Es war nicht deine Schuld.»

«Alles, was ich zu ihr gesagt habe ...» Sein Gesicht war grau und hager, als er zu Addie hinaufschaute. «Und weißt du, was das Schlimmste daran ist? Dass es mir mit jedem Wort ernst war. Ich kann nicht einmal behaupten, ich hätte es nicht so gemeint.»

Addie fühlte sich schwach vor seinen Selbstvorwürfen, ohnmächtig, etwas zu tun. «Frederick ...»

«Ich wollte sie los sein, ja. Aber doch nicht so. Niemals.» Sein Blick war gehetzt. «Ich habe sie nicht geliebt, aber ich habe ihr nie den Tod gewünscht.»

«Ich weiß», sagte Addie zutiefst niedergeschlagen. «Ich weiß.»

Dieselben grauenhaften Schuldgefühle hatten auch sie während der letzten Monate gepeinigt. Sie hatte Frederick für sich haben wollen, aber sie hatte Bea nie den Tod gewünscht.

«Ich wollte mit dir zusammen sein, aber nicht so. Jetzt ist alles kaputt. Ich kann mir vorstellen, wie du mich verachtest.» Frederick umschloss mit fieberhaftem Drängen ihre beiden Hände. «Geh zurück nach England. Das ist das einzig Richtige für dich. Nimm die Mädchen mit. Lass dich von mir nicht in den Abgrund ziehen.»

«Hör auf mit diesem Unsinn», fuhr Addie ihn scharf an. Dann sagte sie leise und sehr ernst: «Ich habe mich schon einmal von dir wegschicken lassen. Und sieh dir an, was passiert ist. Ich gehe nirgendwohin. Wir stehen das zusammen durch.»

Mit einem merkwürdigen Laut, der tief aus seiner Kehle kam, schüttelte Frederick den Kopf.

«Frederick?» Er hielt den Kopf gesenkt, seine Schultern zuckten.

Es dauerte einen Moment, bevor Addie begriff, dass er weinte. Er schluchzte in beinahe lautlosen Stößen, die seinen ganzen Körper erschütterten.

«Ach, Liebster.» Addie sprang von ihrem Stuhl auf. Sie nahm ihn in die Arme und drückte seinen Kopf an ihre Brust. Seine Tränen drangen durch den dünnen Stoff ihres Morgenrocks. «Es wird alles gut, glaub mir. Es wird alles wieder gut.»

Nur für Bea nicht. Bea würde nie wieder mit ihrem spitzbübischen Lächeln ins Zimmer huschen und mit ihrem Charme und ihrem diplomatischen Geschick dafür sorgen, dass alles gleich ein bisschen heller aussah.

Daran wollte sie jetzt nicht denken, als sie die Arme fester um den Mann ihrer Cousine legte. «So leicht wirst du mich nicht los.»

Sie streichelte ihm über die Haare, die sich schon ein wenig lichteten. Im Kerzenlicht schimmerte hier und dort ein Silberfaden, der vorher nicht da gewesen war. Ihre Augen waren voller Tränen, aber sie gab der Schwäche nicht nach. Sie musste stark sein für sie beide, für sie alle, für Marjorie und Anna. Sie mochte Bea in jeder anderen Hinsicht im Stich gelassen haben, aber sie würde für ihre Töchter sorgen.

«Ich bleibe bei dir. Solange du mich brauchst.»

Frederick hob den Kopf, das Gesicht tränenfeucht und eingefallen. «Verlass mich nicht», sagte er rau und hob die Hände, um ihr Gesicht zu umfassen. «Versprich mir, dass du mich nicht verlässt.»

«Niemals», versicherte sie, doch das Wort verlor sich auf seinen Lippen, als er sie zu sich herabzog.

KAPITEL 25

New York, 2000

Die Wohnung wirkte viel kleiner ohne Jon.

Tante Anna selbst empfing Clemmie, lässig elegant in einem sehr bunten Kleid, das nach einem Vintage-Modell von Pucci aussah und wahrscheinlich auch eins war. Jon und seine Schneemänner schienen ein halbes Leben entfernt.

«Danke, dass ich kommen durfte», sagte Clemmie und bemühte sich, vor der grellen Farbenpracht nicht die Augen zusammenzukneifen. Sie hatte den schlimmsten Kater seit Jahren. Seit der Uni hatte sie keinen solchen Brummschädel mehr gehabt.

Tante Anna führte sie am Arbeitszimmer vorbei in ein kleines rechteckiges Wohnzimmer mit eingebauten Bücherregalen zu beiden Seiten eines verglasten Kamins. Auf einigen der Borde standen Bücher, auf den meisten jedoch Fotos von Annas Stiefkindern und von ihren verstorbenen Haustieren. Der vielbeweinte Shoo-Shoo, Gott hab ihn selig, war auch dabei.

«Ich habe mich schon gefragt, wann du kommen würdest», sagte Tante Anna und ahnte nicht, dass ihre Stimme auf Clemmie wie das Kreischen einer Kreissäge wirkte. «Kaffee? Oder lieber etwas Stärkeres?»

«Kaffee», sagte Clemmie entschieden. «Aber lass nur, du brauchst nicht extra ...»

«Dauert nur zwei Minuten. Setz dich.»

Clemmie setzte sich nicht, sondern ging zum Bücherregal, wo noch Jons Hochzeitsfoto stand: Jon im Smoking und Caitlin in traditioneller weißer Spitzenwolke. Clemmie dachte plötzlich, dass sie Caitlin überhaupt nicht darum beneidete, mit einem Mann verheiratet zu sein, der nicht wusste, ob er an die Liebe glauben konnte. So verrückt es war, sie hatte regelrecht Mitleid mit Caitlin. Na ja, mal etwas anderes als Groll und Wut.

Hatte Jon wirklich recht? Waren sie alle zu verkorkst, um lieben zu können? Clemmie wollte es nicht glauben. Das war doch das Entscheidende an der Selbstbestimmung, dass man die Verantwortung für sein eigenes Schicksal übernahm. Wenn ihre Eltern in ihren Ehen gescheitert waren, hieß das noch lange nicht, dass sie es ihnen nachmachen mussten.

Es gab keinen Mann in ihrem Leben, mit dem sie sich so wohl fühlte wie mit Jon, mit dem sie sich so lebendig fühlte, selbst wenn sie miteinander stritten. Tony war ein netter Typ, aber Gespräche mit ihm hatten etwas von Übersetzungsübungen. Was hatte einmal jemand über Amerikaner und Engländer gesagt? Durch eine gemeinsame Sprache getrennt. Doch das war es nicht allein. Es war ihr nicht gelungen, dieses leichte Gruselgefühl abzuschütteln, das sie überkommen hatte, als er ihr von seinem Faible für das Bild ihrer Großmutter erzählt hatte. Der Abend mit ihm war nett gewesen, besonders nach dem dritten Drink, aber wenn da bei ihr einmal etwas geknistert hatte, so hatte es sich längst gelegt.

Sie war froh gewesen, als sie sich mit einem Kuss auf die Wange voneinander verabschiedet hatten. In aller Freundschaft, dessen war sie sich sicher. Er hatte sie noch einmal eingeladen, bei ihrem nächsten Besuch in London im Rivesdale House zu wohnen. *Und nicht wegen des Porträts*, das hatte er betont, und sie hatte sich bei ihm mit einer Überschwänglichkeit bedankt, die hauptsächlich von ihrem reichlichen Alkoholgenuss herrührte.

Im Licht der Nachmittagssonne, das sich funkelnd im weißen Lack der Bücherregale brach, kniff Clemmie nun doch die Augen zusammen. Tony hielt sie wahrscheinlich für etwas labil.

Sie war ja auch labil. Sie war aus dem Gleichgewicht, aber nicht, weil sie gestern zu viel getrunken hatte. Keine Kanzlei mehr, keine Granny Addie, sie fühlte sich, als hätte man ihr den Boden unter den Füßen weggerissen.

In Tante Annas Regalen standen unzählige Familienfotos, doch

Clemmie betrachtete sie jetzt mit anderen Augen, während sie Verbindungen überprüfte und auf den Bildern von Onkel Teddy nach einer Ähnlichkeit mit Granny Addie suchte. Clemmie hatte immer gefunden, ihre Mutter sähe aus wie Granny Addie, sie hatte sich offensichtlich von einer Ähnlichkeit des Ausdrucks und der Haltung täuschen lassen.

«So.» Tante Anna kam mit zwei schweren Keramikbechern wieder ins Zimmer.

Clemmie wandte sich von den Fotos ab. «War Onkel Teddy Granny Addies Sohn oder Beas?», fragte sie.

«Addies», sagte Tante Anna. «Er war ihr einziges leibliches Kind.» Sie ließ sich mit einem Aufatmen ins Sofa sinken und griff nach einer zerknitterten Packung Benson & Hedges. «Er fehlt mir immer noch. Jetzt sind es fast dreißig Jahre, schwer zu glauben.»

«Ich erinnere mich an seine Beerdigung», sagte Clemmie. Es stimmte, auch wenn es nur vage Erinnerungen an gedämpfte Stimmen und dunkle Kleider waren, an die rotgeweinten Augen ihrer Mutter und an ihr schlechtes Gewissen, weil sie sich so sehr über ihr neues schwarzes Samtkleid freute. «Damals habe ich Jon das erste Mal gesehen.»

«Ach ja, Jon.» Tante Anna hielt ihr orangenes Plastikfeuerzeug hoch. Ihre Augen bekamen einen sehr eigenen Glanz. «Weil wir gerade von ihm sprechen …»

«Caitlin ist hier, soviel ich weiß», sagte Clemmie hastig.

Stirnrunzelnd zündete Tante Anna ihre Zigarette an und zog so tief daran, dass das Ende rot aufglomm. «Davon habe ich gar nichts gehört.»

«Na ja, ist ja auch egal», sagte Clemmie, bevor sie dieses Thema weiterverfolgen konnten. «Ich bin eigentlich hergekommen, weil ich mit dir über …»

«Ich weiß. Du willst mich nach deiner Großmutter fragen.» Sie sagte nicht, welche sie meinte. «Ich bin froh, dass du mich angerufen hast», fuhr sie fort und streckte sich bequem auf dem Sofa aus. Sie hatte immer noch tolle Beine für eine Siebzigjährige, fand Clemmie. «Ich wollte dir schon vor Jahren reinen Wein einschenken, weißt du.»

«Danke.» Clemmie kostete von ihrem Kaffee. Es war aromatisierter Pulverkaffee, widerlich süß. Clemmie drehte sich beinahe der Magen um. Sie stellte ihn weg.

«Deine Mutter war dagegen. Sie wollte deine Beziehung zu Addie nicht belasten.» Tante Annas Gesicht verriet deutlich, wie sie darüber dachte.

Clemmie rutschte in ihrem Sessel vor. «Ich habe die Zeitungsausschnitte gesehen», sagte sie unumwunden. «Über Beas Tod.»

Tante Anna zog die gepflegten Brauen hoch. «Du hast keine Zeit verloren, hm? Na ja, du hast ja immer schon brav deine Hausaufgaben gemacht.»

Clemmie war nicht in Stimmung, Spielchen zu spielen. «Was ist damals passiert?»

«Das ist die Eine-Million-Dollar-Frage. Leider gibt es keine Antwort darauf.» Tante Anna schnippte Asche in den Aschenbecher. «Niemand weiß, wie es wirklich war. Meine Mutter, mein Vater und Addie waren auf Safari. Meine Mutter ist nicht zurückgekommen. Da kann man es sich doch ausrechnen.»

«Kann es nicht ein Unfall gewesen sein?» Clemmie hätte nicht sagen können, warum ihr das so wichtig war. Es war einfach so. Ein trauender Witwer, der sich wiederverheiratete, war eine Sache. Die anderen Möglichkeiten wollte sie gar nicht in Betracht ziehen. «So, wie Granny über Bea geredet hat, das hat sich angehört, als hätte sie sie sehr geliebt.»

«Kann sein», versetzte Tante Anna kühl. «Aber meinen Vater hat sie mehr geliebt.»

Dagegen gab es nichts zu sagen. Die Liebe, die Granny Addie und Grandpa Frederick verbunden hatte, war etwas ganz Besonderes gewesen. Clemmie sah die beiden vor sich, wie sie gewesen waren, ganz voneinander erfüllt, so sehr aufeinander eingestimmt, dass einer den Satz des anderen vollenden konnte. Ei ner war dem anderen Halt und Stütze gewesen, obwohl es manchmal den Eindruck gemacht hatte, als brauchte Grandpa

Frederick die Stütze ein klein wenig dringender. Er war älter und anfälliger und hatte damals schon an den ersten Symptomen des Speiseröhrenkrebses gelitten, an dem er schließlich gestorben war.

«Und als sie ihn hatte», fügte Tante Anna hinzu, «hätte sie alles getan, um ihn nicht wieder hergeben zu müssen.»

«Aber nicht getötet», widersprach Clemmie trotzig. Addie mochte sie belogen haben, doch einer solchen Tat wäre sie niemals fähig gewesen. Nicht einmal aus Liebe, jener Art Liebe, an deren Existenz Clemmie manchmal zweifelte.

«Nein», stimmte Tante Anna zu und machte dabei ein ganz merkwürdiges Gesicht. «Getötet nicht.»

Clemmie entspannte sich ein wenig.

Bis Tante Anna hinzufügte: «Ich glaube nicht, dass meine Mutter tot war. Und ich bin ziemlich sicher, dass Addie es wusste.»

«Das ist doch ...» Clemmie verschluckte sich an dem ekelhaften Kaffee und hustete. «Das ist doch absurd.»

«Meinst du?» Tante Anna legte ihre Zigarette auf den Aschenbecher und trank von ihrem Kaffee. «Das Einzige, was gefunden wurde, waren ein Schal, ein Schuh und eine Diamantbrosche. Man gab sich mit der Erklärung zufrieden, dass meine Mutter sich vom Camp entfernt habe und von wilden Tieren getötet worden sei. Es gab genug Leute, die ein Motiv gehabt hätten, sie zu töten, unter ihnen mein Vater und Tante Addie, aber es wurde nie etwas bewiesen. Weder das eine noch das andere.» Nach einer kurzen Pause sagte sie: «Ihre Leiche wurde nie gefunden.»

Clemmie sah sie scharf an. «Aber sie ist doch für tot erklärt worden. Wenn sie nicht tot gewesen wäre, hätte ...»

«Dann hätte Addie meinen Vater nicht heiraten können. Ganz recht. Sie haben zwei Jahre nach der Safari geheiratet, sobald meine Mutter amtlich für tot erklärt worden war. Aber eine amtliche Todeserklärung sagt nichts darüber aus, ob jemand wirklich tot ist.»

«Aber hätten sie ihren Tod denn nicht nachweisen müssen?»

«Was denn nachweisen? Sie brauchten es nur auszusitzen. Es hat ja nie einen Beweis gegeben. Es wurde nie eine Leiche gefunden.» Ihre Miene war entschlossen, als sie sich vorbeugte. «Ich habe sie gesehen. In Nairobi.»

Sie stand vom Sofa auf und lief erregt im Zimmer auf und ab, wie getrieben von jahrelang aufgestauter Wut und Bitterkeit.

«Ich war sieben Jahre alt, als ich sie gesehen habe. Im Basar. Ich wollte ihr nachlaufen, aber Addie hat mich eingefangen und zurückgeholt. Hinterher sagten sie, ich hätte es mir nur eingebildet.» Jetzt zitterte die Wut auch in ihrer Stimme. «Als würde ich mir so etwas einbilden. Nicht lange danach haben sie uns nach England ins Internat geschickt», fügte sie verbittert hinzu. «Addie hat sie auch gesehen, da bin ich mir absolut sicher.»

Clemmie wusste nicht, wie sie reagieren sollte. «Aber hätte Addie nicht ...», sie stolperte über den Namen, der ohne das vorangesetzte Granny so ungewohnt war, «hätte sie nicht etwas gesagt? Oder getan?»

«Was glaubst du denn? Damit hätte sie doch riskiert, alles zu verlieren. Ohne meine Mutter hatte sie alles, die Farm und Farve. Und Teddy war ja auch noch da. Wenn meine Mutter aus heiterem Himmel wieder aufgetaucht wäre ...» Tante Anna machte eine kurze, deutliche Handbewegung. «In Kenia hat man es vielleicht mit dem Eheversprechen nicht so genau genommen, aber Bigamie wäre bestimmt nicht gut angekommen.»

«Aber wenn sie, ich meine, deine Mutter, wenn sie doch für tot erklärt gewesen wäre?»

«Keine Ahnung», sagte Tante Anna. «Du bist die Juristin. Aber es hätte auf jeden Fall ein juristisches Chaos und einen Riesenskandal gegeben. Und Addie hatte was gegen Skandale.»

Das stimmte. Granny Addie war der Typ gewesen, der die Dinge gern unter den Teppich kehrte. Das hatte Clemmies Mutter von ihr übernommen.

«Aber hätten sie sich nicht einfach scheiden lassen können? Deine Mutter und Grandpa Frederick, meine ich.» Clemmie geriet ins Schwimmen. «Wenn sie sich erst hätten scheiden lassen und Grandpa Frederick dann Granny Addie geheiratet hätte?»

«Vergiss Teddy nicht», sagte Tante Anna. «Teddy wird zu der Zeit ein oder zwei Jahre alt gewesen sein. Das Gesetz über uneheliche Kinder wurde erst 1976 geändert. Vorher hat ein unehelich geborenes Kind auch dann als unehelich gegolten, wenn seine Eltern nach seiner Geburt geheiratet haben.» Sie erklärte das mit einer Bestimmtheit, als hätte sie sich gründlich mit dem Thema befasst. «Du siehst also, dass Addie allen Grund hatte, dafür zu sorgen, dass meine Mutter verschwunden blieb.»

«Aber hätte Bea denn nicht versucht, zu euch zurückzukehren, wenn sie noch am Leben gewesen wäre?» Es war eine vernünftige Frage.

«Vielleicht hat Addie ihr Geld gegeben oder ihr gedroht. Wer weiß? Ich weiß jedenfalls, dass ich meine Mutter damals in Nairobi gesehen habe. Sie war dort. Ich weiß, dass sie zu uns zurückwollte.»

Sie sagte es in einem Ton, der Clemmie frösteln machte.

«Ich war damals zu klein, um etwas zu unternehmen. Mein Vater und Addie hatten das letzte Wort.» Tante Anna starrte an Clemmie vorbei in weite Fernen. «Aber ich wusste immer, dass meine Mutter noch lebt. Später habe ich nach ihr gesucht.»

«Und, hast du sie gefunden?», fragte Clemmie.

«Nein.» Tante Anna drückte ihre Zigarette im Aschenbecher aus. «Nein, ich habe sie nicht gefunden.»

KAPITEL 26

New York, 1971

Danke, das ist sehr freundlich von Ihnen.»

Wenn nur noch eine Person ihr beteuerte, wie leid es ihr tue, würde Addie anfangen zu schreien. Sie würde schreien und schreien, bis die Porzellanfiguren auf dem Kaminsims in Stücke sprangen und das Glas in den Fenstern splitterte und der Wind aus dem Park durch die leeren Rahmen pfiff.

Ihr Sohn war tot. Ihr Kind. Was war daran recht oder gerecht? Er war an einem Herzinfarkt gestorben, hatte man ihr gesagt, in der U-Bahn. Eben hatte er noch mit seinem Aktenkoffer und seinen Papieren auf der Bank gesessen. Im nächsten Moment hatte er auf dem Boden gelegen und keuchend um Hilfe gerufen, die nicht gekommen war.

Warum Teddy? Er war eines der strahlenden Geschöpfe des Lebens gewesen, gutherzig, fast zu gutherzig, offen und liebenswürdig. Zugegeben, er hatte eine Frau von erschütternder Niveaulosigkeit geheiratet, aber an so etwas starb man nicht. Von Langeweile bekam man keinen Herzinfarkt. Er war ein großer, robuster und herzlicher Mensch gewesen, der gern einmal ein Glas trank, aber ebenso gern Golf und Tennis spielte. Er hätte sie alle überleben müssen.

Hatte es in ihrer Familie je Herzprobleme gegeben? Addies Herz schlug noch stark und kräftig, auch wenn es sich anfühlte, als wäre es für immer gebrochen. Über ihre Eltern konnte sie nichts sagen, denn sie waren zu früh gestorben. Sich vor Augen zu führen, dass diese beiden, die in ihrer Vorstellung immer alt gewesen waren, bei ihrem Tod jünger gewesen waren als Teddy. Es überlief sie kalt, wenn sie daran dachte, dass sie älter war, als ihre Eltern geworden waren, älter, als ihr Sohn je werden würde, ihr Sohn, ihr Sohn, ihr einziges Kind.

«Wenigstens werden Sie immer eine Erinnerung an ihn haben», sagte die besonders dümmliche Frau von Addies Börsenmakler mit sentimentalem Blick zu Teddys Kindern, die brav an der Seite ihrer Mutter standen: die Mädchen in adretten schwarzen Kleidern, Ed in einem schwarzen Anzug, der zu kneifen schien.

«Ja», sagte Addie. «Sie sind ein großer Trost.»

Sie erinnerten sie überhaupt nicht an Teddy. Sie waren Pattys Kinder. Addie hatte Patty nie gemocht.

Sie mochte sie auch jetzt nicht, obwohl man hätte meinen sollen, wenigstens die Trauer würde sie verbinden. Doch Pattys Gejammer hatte Addie nur maßlos gereizt, kein Wort über Teddy, über den Verlust, den der Tod ihm zugefügt hatte, nur Selbstmitleid: wie sollte sie jetzt weiterleben, wo Teddy tot war? Addie hatte ihr mechanisch die Hand getätschelt und ihr egoistisches Geschrei, ihr unablässiges ‹Ich, ich, ich› ausgeblendet. Welch egoistischer Schmerz.

Doch ihr eigener Schmerz war wahrscheinlich auch egoistisch. Jeder Schmerz war letztlich egoistisch.

Sie trauerte um all das, was Teddy hätte erleben können und nicht mehr erleben konnte: Nie würde er seine Enkel auf den Schoß nehmen können, nie wieder würde er auf dem Tennisplatz den Ball schlagen, nie wieder würde er die Sterne leuchten sehen. Sie trauerte um die Kinder, die nie gelebt hatten, die kleinen Geschwister, die Teddy nie kennengelernt hatte. Zwei waren es gewesen, eins kurz nach dem anderen, noch kaum ausgebildet, noch nicht einmal als kleine Menschen erkennbar, zu früh geboren für Grabsteine, kleine Bündel, die aus dem Haus getragen und im Garten beerdigt wurden. Teddy hatte man nur gesagt, dass Mami krank sei. Er hatte auf ihrer Bettkante gesessen und ihr in seiner Kindersprache etwas erzählt, während sie versucht hatte, ihn die Tränen nicht sehen zu lassen, die ihr über das Gesicht liefen.

Nach der letzten Fehlgeburt hatten die Ärzte in Nairobi ihr eröffnet, sie könne keine Kinder mehr bekommen. Sie hatte Frederick gesagt, es mache ihr nichts aus. Drei seien mehr als genug. Sie hätten ja ihre zwei Mädchen und einen kleinen Jungen.

Ihre zwei Mädchen. Sie hatten stets sorgsam darauf geachtet, alle drei Kinder gleich zu behandeln. Jedenfalls hatten sie es versucht. Frederick kostete es keine Anstrengung, denn er liebte sie alle gleich, seine Kinder, obwohl Addie den Verdacht hatte, dass Anna, sein wildes Kind, in seinem Herzen einen besonderen Platz einnahm.

Anna war zur Beerdigung aus Hawaii zurückgekommen und hatte ihren neuesten Ehemann mitgebracht, irgendeinen Theaterschriftsteller mit einem buschigen rotblonden Schnauzer und einem senfgelben Samtblazer zur weit ausgestellten Tweedhose. Sein Gesicht war krebsrot von einem Sonnenbrand, den er sich bei ihrer barfüßigen Freilufttrauung am Strand geholt hatte.

Anna hingegen konnte die Sonne kaum etwas anhaben. Ihre Haut hatte einen exquisiten hellen Biskuitton, von dem sich ihr Haar strahlend blond abhob. Ihr Minikleid war zwar für eine Beerdigung nicht unbedingt das Richtige, aber wenigstens war es schwarz. Addie hatte sich schon gefragt, ob Anna in Schwarz kommen würde. Sie provozierte gern, manchmal nur um des Provozierens willen, doch diesmal hatte sie sich zurückgehalten.

Addie hatte das Gefühl, als würde ihr jeden Moment das Herz brechen und alles in ihm zwischen den Scherben herausquellen, bis nichts mehr übrig war als eine kleine Pfütze auf dem Boden, eine Pfütze und ein Häufchen schwarzer Kleider, in dem Beas Diamantbrosche funkelte.

Anna murmelte dem Theaterschriftsteller etwas ins Ohr. In ihren lächerlich hohen Schuhen war sie so groß, dass sie sich zu ihm hinunterbeugen musste. Sie war hoch gewachsen, wie Frederick – wie Frederick und wie Bea. Neben ihnen war Addie sich immer vorgekommen wie eine Putzfrau, die versehentlich in den Olymp geraten war. Selbst jetzt noch konnte ihre Stieftochter dieses Gefühl in ihr hervorrufen.

Sie hatten den Sohn des Schriftstellers mitgebracht, einen ernsten kleinen Neunjährigen mit Pilzkopf und Fliege. Addie musste an Teddy in diesem Alter denken: keineswegs still und ernst, sondern immer kontaktfreudig und selbstsicher. Aber Teddy hatte auch zwei Eltern gehabt, die ihm ihre Liebe zeigten, und zwei Schwestern, die ihn verwöhnten, ganz anders als dieser arme Junge, der ohne gefragt zu werden in eine wildfremde Familie hineingeschubst wurde, von einer Mutter übertrieben gehätschelt, die er gerade einen Monat kannte.

Anna streichelte zerstreut den Kopf des Jungen. Sie spielte Mutter und Kind wie ein kleines Mädchen, das die Puppe vergaß, sobald es ein interessanteres Spielzeug entdeckte. Addie hätte gedacht, dass gerade Anna es besser wüsste, sich erinnern würde, wie weh es getan hatte, verlassen zu werden.

Vielleicht wäre es anders geworden, wenn sie ein eigenes Kind gehabt hätte. Vielleicht wäre ihr Mutterinstinkt dann, nun ja, beständiger gewesen. Addie machte sich von Zeit zu Zeit Gedanken über diese Fragen.

Damals schien es so einfach.

Anna hatte sie ins Vertrauen gezogen. Der Vater sei verheiratet, sagte sie. Einer ihrer Professoren. Sie entschuldigte sich nicht und beschränkte sich auf die Tatsachen. Addie fühlte sich an Bea erinnert, die immer am dreistesten aufgetreten war, wenn sie wusste, dass sie eine Dummheit gemacht hatte. Anna wollte das Kind nicht haben und nahm an, dass Addie mit ihren Verbindungen zu Geburtskliniken ihr helfen würde, ohne Frederick einzuweihen.

Sie hatte alles arrangiert: den Flug in die Schweiz, den Termin in einer Klinik. Frederick hatte geglaubt, Anna sei mit Freunden im Skiurlaub. Es war Addie eine Qual gewesen, ihn zu belügen. Er war ihre andere Hälfte, ein Teil von ihr. Doch Anna hatte darauf bestanden: Ihr Vater dürfe nichts erfahren. Wenn Addie ihr das nicht verspreche, würde sie die Angelegenheit selbst in die Hand nehmen. Also hatte Addie ihr das Versprechen gegeben, und sich gesagt, es sei das Beste so, es gebe Anna die Freiheit, die Bea damals nicht gehabt hatte. Außerdem würden sicher andere Kinder kommen, Kinder mit dem richtigen Mann.

Aber es kamen keine Kinder mehr. Anna warf das Studium an der Kunstakademie hin und ebenso das von Sotheby's angebotene Ausbildungsprogramm zur Kuratorin. Sie wechselte von einer Tätigkeit zur anderen, versuchte sich einen Monat als Innenausstatterin und im nächsten als Modedesignerin. Hauptsächlich tat sie, was ihre Mutter getan hatte. Sie heiratete und heiratete und heiratete.

Addie war gespannt, wie lang diese neue Ehe halten würde. Bei den ersten vier hatte Anna kurzen Prozess gemacht. Bei der letzten, der vierten, hatte die Scheidung länger gedauert als die Ehe.

Ihr Blick fiel auf Marjorie, die mit ihrer Canapéplatte unter den Gästen umherging und dafür sorgte, dass die Gläser auf Untersetzer gestellt und gebrauchte Servietten abgeräumt wurden. Marjorie war eine Kämpferin. Addie wünschte nur, sie hätte nicht ganz so viel zu kämpfen gehabt. Sie hatte sich so viel Besseres für sie gewünscht, für beide Töchter von Bea. Doch wenigstens lebte Marjorie jetzt wieder in New York und nicht mehr mit diesem fürchterlichen Bill in Kalifornien. Und sie hatte Clemmie mitgebracht.

Clemmie, von ihrer Mutter abgesandt, hielt ihr eine Platte mit Canapés hin. «Möchtest du einen Käsewindbeutel, Granny Addie?»

Einen Moment lang sah Clemmie Bea so ähnlich, dass es sie erschütterte, nicht die Bea am Ende, sondern die Bea als Mädchen. Sie hatten auch solche Samtkleider gehabt, Sonntagskleider aus schwarzem Samt mit breitem weißem Spitzenkragen, unter denen sie dicke Strümpfe getragen hatten. Nanny hatte ihnen die Haare an den Seiten mit großen Samtschleifen hochgebunden.

«Granny?», sagte Clemmie. Die Sprache stimmte nicht. Sie sprach amerikanisch, leicht nasal. Das war nicht Beas glasklare Stimme, es war überhaupt nicht Bea, es war Clemmie.

«Nein, danke, Liebchen», sagte Addie. «Hast du Grandpa schon einen gebracht?»

Clemmie machte sich gehorsam auf den Weg, sorgfältig darauf bedacht, die Platte gerade zu halten, damit das Gebäck nicht ins Rutschen geriet. Sie nahm ihre Pflichten als Serviertochter sehr ernst. Sie nahm alles sehr ernst, ganz anders als Bea, die schon damals, als sie und Addie noch Kinder gewesen waren, voll unbekümmerter Lust durchs Leben gestürmt war.

Addie beobachtete, wie Clemmie Frederick von den Canapés anbot, und der Ausdruck der ungeheuren Liebe in seinem Gesicht zerriss ihr beinahe das Herz. Er beugte sich mühsam hinunter, um sich einen Käsewindbeutel von der Platte zu nehmen. Er konnte den Enkelkindern nie etwas abschlagen.

Er war alt geworden. Wann hatten sich diese Linien so tief in seine Züge eingegraben? Wann hatte sein Rücken angefangen, sich so zu krümmen? Wann war sein Gesicht so welk geworden? Sie hatte diese Anzeichen des Alters nie vorher bemerkt. Erst jetzt, da Tonys Tod seinem Schritt die Sicherheit genommen und das Lächeln von seinem Gesicht gelöscht hatte, fielen sie ihr auf. Es war, als blickte man in einen Zerrspiegel. Auf der einen Seite war der Frederick, den sie in Erinnerung hatte, ewig einundzwanzig, ein junger Mann in Abendkleidung, der eine Maus in den Händen hielt. Auf der anderen dieser alte Mann, gekrümmt und hager, von einem krampfartigen Husten geplagt, der nicht weichen wollte. Sie hatte versucht, ihn zum Arzt zu schicken, doch er hatte behauptet, es sei nichts, der Husten werde schon weggehen. Doch er hustete immer noch, lange, schlaflose Nächte hindurch.

Über Nacht waren sie alt geworden, wahrhaft alt. Unvorstellbar, dass Bea, wenn sie am Leben geblieben wäre, jetzt auch alt wäre. Addie erinnerte sich noch, welch panische Angst Bea im reifen Alter von achtundzwanzig Jahren davor gehabt hatte, ihre Jugendfrische zu verlieren. Vielleicht war es gut, dass sie davor bewahrt geblieben war, ihre Züge erschlafft und ihren Körper von Fehlgeburten erschöpft zu sehen, erleben zu müssen, dass ihre Kinder vor ihr starben, eine Qual, die kaum zu ertragen war.

In den langen glücklichen Jahren hatte Addie oft Mitleid mit Bea verspürt, weil ihr alles genommen worden war – Mitleid und eine leise Furcht, als könnte sie, wenn sie nicht achtgab, bei einem Blick über die Schulter unversehens Bea hinter sich bemerken, die ihr folgte, um ihren Tribut zu fordern, den Preis für die vielen Jahre des Glücks, für den Mann und die Kinder, die Addie ihr gestohlen hatte.

War Teddy der Preis?

Absurd. Solche direkten Entsprechungen gab es nur in viktorianischen Märchen, ein Kind für ein Kind, ein Verlust für einen Verlust. Und trotzdem schien es erschreckend stimmig. Sie hatte sich immer so um Teddy geängstigt in all den Jahren, bis sie ihre Familie von Nairobi nach New York gebracht hatte, hatte immer Angst um Teddy gehabt, sich um seinen Platz im Leben gesorgt. Sie hatte sich manchmal so schuldig gefühlt, weil sie froh war, dass ihre Cousine tot war, ihre Cousine, die Addie einmal mehr als jeden anderen auf der Welt geliebt hatte. Sie hatte sich schuldig gefühlt, als sie nur einen panischen Schrecken bekommen hatte, als Anna in Nairobi im Basar plötzlich Beas Namen gerufen hatte. Addie hatte sich geweigert, die Möglichkeit, dass Bea noch lebte, auch nur einen Moment in Betracht zu ziehen. Sie hatte Augen und Ohren verschlossen – alles für Teddy, um Teddys willen.

Doch Teddy war tot.

Sie fragte sich, wie Bea jetzt aussehen würde, welche Zeichen das Leben in ihrem Gesicht hinterlassen hätte, Zeichen der Freude, des Kummers, all dessen, was dazwischenlag. Hätte sie mit der Zeit zu sich selbst gefunden? Wäre sie ruhiger geworden? Hätte sie die Tollkühnheit der Jugend abgelegt? Oder wäre sie den gleichen Weg gegangen wie so viele ihrer Freundinnen und hätte sich immer jüngere Liebhaber genommen, wäre zu einer Frau geworden, deren Eleganz nur noch Schminke und Illusion war, abhängig von den Drogen, die früher nur ein Zeitvertreib gewesen waren?

Es war natürlich alles nur Spekulation. Bea war jetzt seit vierundvierzig Jahren verschwunden, drei Jahre länger, als Teddy gelebt hatte.

Doch Addie musste selbst nach dieser langen Zeit immer wieder an den Aufschrei des Kindes in dem Basar in Nairobi denken und an einen verlorenen Schuh, der nicht blau, sondern grün hätte sein müssen.

New York, 2000

Clemmie wartete vor dem Fakultätsbüro in der Fayerweather Hall und tat so, als interessierte sie sich für die Aushänge, die unter anderem ein Geschichte-Pictionary für Studenten im Hauptstudium anboten, Tutorenkurse für niedrigere Semester und zehn Dollar pro Sitzung für jeden, der bereit war, an irgendeinem Psycho-Experiment teilzunehmen.

In ihrer festen Jeans und dem dicken Pulli kam sie sich wie verkleidet vor. Alle, ob Mann oder Frau, schienen hier in Einheitsuniform herumzulaufen, Jeans und Sweatshirt: die Frauen mit unordentlich hochgezwirbelten Haaren, die Männer zum Teil mit Spitzbärtchen, wie sie gerade angesagt waren. Eine gehetzte Studentin höheren Semesters, ganz in Schwarz, rannte mit einem Kaffeebecher in der Hand und einem Stapel Papiere im Arm an ihr vorbei. Es war ein Wunder, wie sie es schaffte, den Kaffeebecher geradezuhalten und gleichzeitig mit ungefähr fünfzig Essays zu kämpfen.

Die Tür zum Büro stand einen kleinen Spalt offen, gerade so weit, dass sie die Stimmen von drinnen hören konnte, eine davon jung und unglücklich. Auf dem Schild an der Tür stand: JONATHAN SCHWARTZ. Und darunter, kleiner, *Associate Professor*.

Die Tür öffnete sich weiter, und eine noch sehr junge Studentin mit einem L. L.-Bean-Rucksack über einer Schulter kam heraus. Sie ging an Clemmie vorbei, ohne sie zu beachten. Mit den Blockabsätzen ihrer Loafer schlurfte sie den Korridor entlang.

Clemmie wartete, bis sie ein Stück weg war, bevor sie an die Tür klopfte.

«Herein», sagte Jon. Seine Stimme klang sehr autoritär, überhaupt nicht nach Jon.

Es war kein großes Büro. Das Mobiliar schien vor allem aus Büchern zu bestehen, die, so wirkte es, planlos in den Regalen gestapelt waren, manche in Plastikeinbänden, andere in den vergilbten Kunstledereinbänden früherer Ausgaben. Jon saß mittendrin an einem großen Schreibtisch mit einem Haufen Papiere vor sich. So umgeben von seinem Handwerkszeug und mit der Brille auf der Nase ähnelte er mehr denn je Indiana Jones. Natürlich ohne den Hut und die Peitsche.

«Kommen Sie rein und setzen Sie sich», sagte er mit monotoner Stimme, während er sich eine letzte Notiz machte. Dann hob er den Kopf, und sein Gesichtsausdruck änderte sich. «Clemmie! Hey!» Er schien sich zu freuen, dachte sie. Er sprang auf und winkte sie heran. «Geht es um die Note, die ich Ihnen auf Ihre Zwischenprüfungsarbeit gegeben habe?»

Clemmie schob mit dem Stiefel einen Stapel Bücher aus dem Weg. «Ist es schon Zeit für die Zwischenprüfungen?»

«Wir sind mittendrin.» Jon kam hinter dem Schreibtisch hervor, um die Tür zu schließen und Bücher von einem Sessel zu räumen. «Sie haben heute Morgen die Noten bekommen. Seitdem werde ich hier mit einer interessanten Mischung aus Drohungen und Schmeicheleinheiten belabert.»

«Schmeicheleinheiten?», sagte Clemmie. «Cooles Wort. Und lässt du dich von irgendwas erweichen?»

Jon grinste. «Die Flasche Wein war ganz verlockend, aber dann hatte ich Angst, dass man das bei den Beförderungsgesprächen gegen mich verwenden würde.»

Clemmie drehte ohne sonderliches Interesse ein Blatt Papier auf Jons Schreibtisch um, den Ausdruck einer Buchbesprechung aus einer Zeitschrift namens *Past & Present*. «Welche Note hast du ihm gegeben?»

«Keine gute.»

«Gemein.»

«Er hatte nichts Besseres verdient, glaub mir.» Jon beugte sich ein klein wenig zu eifrig über den Schreibtisch. «Bitte. Setz dich doch. Kann ich dir irgendwas Gutes tun? Möchtest du was trinken? Der Kaffee hier ist zwar nicht gerade berauschend, aber zur Not kann man ihn trinken.»

«Nein, nein, wirklich nicht. Ich hatte schon welchen. Danke.»

«Dann setz dich wenigstens. Es ist schön, dich zu sehen.» An seine Worte knüpfte sich eine unausgesprochene Frage, von der Clemmie nicht wusste, wie sie sie beantworten sollte. Er fügte eilig hinzu: «Wie kommt es überhaupt, dass du mitten am Tag hier bist?»

«Offiziell habe ich Urlaub genommen.» Clemmie setzte sich in den Sessel vor seinem Schreibtisch, ein eiförmiges Ding, in dem sie viel weiter zurücksank, als ihr lieb war. «Die wahre Geschichte ist, dass ich keine Partnerin geworden bin.»

«Das tut mir leid.»

«Nicht nötig.» Clemmie kämpfte gegen die Zugkraft des Sessels und wand sich mühsam in die Höhe. Als sie es geschafft hatte, stellte sie beide Füße fest auf den Boden. «Ich habe verschiedene andere Möglichkeiten. Einer unserer Mandanten hat mir einen Job in seiner Rechtsabteilung angeboten.»

Das Angebot war ausgerechnet von PharmaNet gekommen, von den Leuten, die sich bei Paul über sie beschwert hatten. Nicht dass Paul großen Anstoß gebraucht hätte, sie abzuschieben. Er hatte sie vom ersten Tag an nicht gemocht. Die PharmaNet-Leute hatten ihr erklärt, ihnen gefalle ihre Zivilcourage, sie würden sie daher gern an Bord holen. Vorgehabt hatte sie so etwas nicht, doch es interessierte sie trotzdem. Sie könnte an der Ausarbeitung der Firmenstrategie mitwirken, die ihr zum Teil so missfallen hatte. Sie wäre dann die Anwärterin für den Posten der Leiterin der Rechtsabteilung. Ganz zu schweigen von verschiedenen anderen kleinen Vorteilen.

«Das Schöne daran ist», sagte Clemmie, «dass ich meinem Ex-Chef Anweisungen geben könnte. Oh, und es wäre in London.»

«Nimmst du an?»

«Vielleicht. Es ist auf jeden Fall verlockend.» Sie hatte schon mit ihrem neuen Freund Tony darüber gesprochen, ob sie eventuell ein paar Tage im Rivesdale House unterkommen könnte, während sie sich eine Wohnung suchte. Schade eigentlich, dass sie so gar kein romantisches Interesse an Tony hatte. Es hätte alles so schön abgerundet. «Ich war noch nie länger in London, ich war überhaupt noch nie länger von New York weg außer damals.»

«In Rom», sagte Jon.

Ihre Blicke trafen sich über den Papierstapeln.

«Hm», sagte Clemmie schnell. «Und das war nur ein Semester. Da wird's allmählich Zeit für mich, meinst du nicht?»

Jon stellte seinen Kaffeebecher ab und sah sie forschend an. «Dann ist das also ein Abschiedsbesuch?»

«Nein, nein. Überhaupt nicht. Es ist ja noch gar nichts entschieden.» Auch wenn PharmaNet auf eine Antwort von ihr drängte. «Ich wollte eigentlich über etwas anderes mit dir reden. Störe ich dich auch wirklich nicht bei der Arbeit?»

«Gar nicht.» Er schob ein paar Schriftstücke zur Seite und beugte sich vor. «Ich wollte auch über etwas mit dir reden. Am Silvesterabend, ich schulde dir eine Erklärung.»

«Nein, wirklich nicht.» Der Sessel quietschte, als Clemmie ihn zurückschob. «Du brauchst mir nichts zu erklären. Wenn du wieder mit Caitlin zusammen bist, ist das wunderbar.»

«Zusammen?» Joe hätte beinahe seinen Kaffeebecher mit dem verblassten Logo der Fakultät über eine der Prüfungsarbeiten gekippt. «Wir sind nicht wieder zusammen. Caitlin hatte nur einen Zwischenstopp in New York und brauchte ein Bett zum Übernachten. Das war's dann auch schon.»

So hatte es aber nicht ausgesehen. «Spielt ja auch keine Rolle», erwiderte Clemmie mit gezwungener Unbekümmertheit. «Hauptsache, du bist glücklich.»

«Wir sind nicht wieder zusammen», wiederholte Jon mit Nachdruck. «Sie ist am nächsten Tag nach Paris geflogen. Und fertig.»

Clemmie wusste, sie sollte das Thema wechseln, aber sie konnte die Bemerkung nicht lassen. «Hat aber alles ganz heimelig ausgesehen.»

«Wir waren drei Jahre verheiratet.» Jon senkte den Blick und drehte seinen Kaffeebecher hin und her. «Es war ein harter Tag gewesen. Ich dachte, es würde mir guttun, zur Abwechslung mit jemandem zusammen zu sein, der nichts mit der Familie zu tun hatte. Aber nach fünf Minuten war's vorbei. Wir passen einfach nicht zusammen, und das wird sich auch nie ändern.»

Clemmie ärgerte sich, dass sie das so glücklich machte. «Ich dachte, du wärst zu dem Schluss gelangt, dass es für dich sowieso nicht die Richtige gibt. Du weißt schon, *zu verkorkst für die Liebe*.»

Jon schnitt ein Gesicht. «Das war ein blöder Moment. Sagen wir einfach, das Wiedersehen mit Caitlin hat für mich einiges geklärt.»

«Hm.» Clemmie beschloss, es erst einmal dabei bewenden zu lassen. Jetzt war nicht die richtige Zeit. Sehr gegen den Willen des Sessels schlug sie die Beine übereinander und sagte betont sachlich: «Aber ich bin sowieso wegen etwas anderem hier. Ich wollte dich um einen Gefallen bitten.»

Papiere raschelten unter Jons Ellbogen. Deswegen also trugen die Herren Professoren so gern Jacken mit ledernen Ellbogenflicken. «Worum geht's denn?»

«Um Recherchearbeit.» Clemmie holte tief Atem. «Ich war letzte Woche bei Tante Anna. Sie ist überzeugt, dass ihre Mutter, also ihre leibliche Mutter, damals in Kenia nicht ums Leben gekommen ist.»

«Ah», sagte Jon.

«Ah?» Dieses ‹Ah› gefiel ihr nicht. «Weißt du davon?»

«Ich kenne die Geschichte», antwortete Jon. «Der Tod, der kein Tod war, und so weiter.»

«Du glaubst nicht daran?»

«Ich habe nicht genug Informationen, um mir eine Meinung zu bilden.»

Clemmie verdrehte die Augen. «Typisch. Sich nur ja nicht festlegen.» Beinahe trotzig sagte sie: «Ich kann nicht glauben, dass Grandpa Frederick sie getötet hat. Oder Granny Addie.»

«Nein», sagte Jon, «ich auch nicht. Aber ...», sie wusste sofort, dass ihr sein Einwand nicht gefallen würde, «... einen Unfall kann man nicht ausschließen. Sie waren auf einer Safari. Das war nicht ungefährlich. Bei diesen Ausflügen sind immer wieder Leute umgekommen, ohne dass ihre Leichen je gefunden wurden. Und das passiert auch heute noch.»

«Und wenn es nicht so war?»

«Auch dann wäre sie heute schon lange tot.» Jon nahm die Brille ab, um sich die Augen zu reiben. «Sie war älter als deine Großmutter, als Addie, meine ich. Was spielt es für eine Rolle, ob sie damals gestorben ist oder später?» In weicherem Ton fügte er hinzu: «Auf diese Weise kannst du keinen Ersatz für Addie finden.»

«Ich versuche nicht, einen Ersatz zu finden.» Clemmie, die beinahe zornig aufgesprungen wäre, ließ sich wieder in den Sessel zurücksinken. «Ich möchte einfach wissen, was wirklich passiert ist.»

«Ich will ja kein Spielverderber sein», sagte Jon, «aber das wirst du vielleicht nie erfahren. Weil es möglicherweise überhaupt keine Quellen gibt. Und wenn doch, sind sie wahrscheinlich vielfältig interpretierbar. Die Fakten könnten in mehrere Richtungen deuten, ohne letztlich zu einem schlüssigen Ergebnis zu führen. Das gehört zu den Kehrseiten unseres Berufs», fügte er hinzu. «Meistens gibt es keine Wahrheit, nur unterschiedliche Interpretationen. Die sogenannten Tatsachen sind ein Konstrukt, das wir der Öffentlichkeit präsentieren.»

«Willkommen in meiner Welt», sagte Clemmie. «Was glaubst du, was ich jeden Tag mache? Ich bastle sogenannte Tatsachen zu Argumenten zusammen. Und jede dieser ‹Tatsachen› kann man so oder so drehen. Aber in diesem Fall gibt es eine einfache Antwort. Entweder sie ist gestorben oder sie ist es nicht. Wenn sie nicht gestorben ist, möchte ich wissen, was passiert ist.»

Jon schaute sie aufmerksam an. «Warum?»

Sie wusste, worauf er hinauswollte, aber er täuschte sich. Sie suchte nicht nach einem Ersatz für Granny Addie, jedenfalls nicht nur. Diese Frau, diese Fremde, war schließlich ein Teil von ihr. Sie wollte wissen, was ihr zugestoßen war. Sie wollte wissen, warum ihre Mutter nie über sie sprach. Sie wollte es nur wissen. Und wenn es so einfach war, wie es zu sein schien, wenn sie wirklich auf einer Safari von einem Löwen gefressen worden war, dann war es damit erledigt.

In gewisser Weise wäre das die Antwort, mit der sie sich am leichtesten abfinden könnte. Es würde bedeuten, dass es kein Verbrechen und keinen Verrat gegeben hatte. Geblieben wäre lediglich der etwas pikante Umstand, dass eine Frau den frisch verwitweten Mann ihrer Cousine geheiratet hatte. War es das, was Clemmie sich wünschte? Es würde ihr ihre Granny Addie zurückgeben, nicht die blutsverwandte Großmutter, für die sie sie gehalten hatte, aber den Menschen, den sie gekannt hatte und der diese Frau für sie gewesen war. Nicht eine gewissenlose Person, die mit allen Mitteln eine bigamistische Ehe aufrechterhalten und die Mutter ihrer Stieftöchter mit Drohungen vertrieben hatte.

Clemmie konnte es Jon nicht erklären, solange sie selbst es nicht recht verstand, deshalb sagte sie nur: «Warum versuchen Menschen ungelösten Geheimnissen auf den Grund zu gehen? Den meisten könnte das Schicksal der Prinzen im Tower oder des ‹verschollenen Dauphins› doch egal sein. Trotzdem machen sich immer wieder Leute Gedanken darüber. Und du, warum befasst du dich mit Geschichte? Das ist doch nichts anderes. Du versuchst, Rätsel zu lösen und dahinterzukommen, was geschehen ist.»

Jon blickte zu dem Wust von Papieren auf seinem Schreibtisch hinunter. «Im Augenblick versuche ich, die Aufsätze von einem Haufen halber Analphabeten zu benoten.» Er hob den Kopf und lächelte. «Also gut. Ich bin dabei. Irgendwie komme ich mir wie ein Verschwörer vor.»

Clemmie lachte voller Erleichterung. Es tat so gut zu wissen, dass sie nicht allein war. «Hey, komm mir jetzt nicht mit den drei Fragezeichen.»

«Mir war Nancy Drew immer lieber», entgegnete Jon scherzhaft und kam dann zur Sache. «Anna hat ein ganzes Bündel Unterlagen von Addie geerbt. Sie hat es nicht angerührt.»

«Aus Prinzip?» Tante Anna schien ziemlich unversöhnlich zu sein in ihrem Groll.

«Nehme ich an. Ich sehe die Papiere mal durch, und wenn ich nichts finde, versuche ich es auf anderem Weg. Ich habe schon ein paar Ideen. In der Zwischenzeit ...» Er hielt inne, als müsste er überlegen.

«Ja?»

Jon neigte den Kopf leicht schräg. «Hast du schon mal dran gedacht, mit deiner Mutter zu reden?»

KAPITEL 27

New York, 2000

Unterwegs nahm Clemmie einen Blumenstrauß für ihre Mutter mit. Sie wusste nicht, was für Blumen es waren, doch sie waren langstielig und hatten hübsche rot-weiß-blätterige Blüten. In knisterndes Papier gehüllt, lagen sie ihr angenehm leicht im Arm. Es roch nach Frühling, die Luft war feucht und kühl, doch so mild, dass sie den Mantel offen lassen konnte und keine Handschuhe brauchte, wenngleich der feine Biss daran erinnerte, dass es auch im März noch Schneestürme geben konnte.

Sie fühlte sich merkwürdig frei und beschwingt in dem leichten Wind, der ihr die Haare in die Augen blies. Jon hatte angerufen, um ihr zu sagen, dass er einen Teil von Granny Addies Papieren durchgesehen, doch bisher nichts weiter gefunden hatte als Buchhaltungsunterlagen aus den Zeiten der Kaffeeplantage und alte Schulzeugnisse von Anna. Die würde er sich aufheben, erklärte er, um Anna beim nächsten Familienessen damit zu erpressen. Clemmie musste lächeln, als sie daran dachte.

Es tat gut, Jon wiederzuhaben. Wahrscheinlich ein bisschen zu gut.

Die neue Wohnung ihrer Mutter lag gleich um die Ecke von der First Avenue in den Siebzigern. Clemmie ging die First Avenue hinauf, an Stehrestaurants, Drugstores und Boutiquen mit Ausverkaufsschildern in den Fenstern vorbei. Alte rote Backsteinbauten wechselten sich ab mit imposanten Nachkriegsgebäuden aus hellem, in der Sonne beinahe weiß leuchtendem Stein mit großen Fenstern und Balkonen. Im Schatten einer Markise, die vom Bordstein bis zum geschäftigen Foyer reichte, trat Clemmie in eines dieser neuen Häuser.

Am Empfangstresen, wo nicht weniger als drei Portiers ihres

Amtes walteten, bestätigte man ihr, dass sie erwartet wurde. In einem schmalen Aufzug fuhr sie nach oben, dessen verspiegelte Wände ihr allzu exakt das nicht unbedingt schmeichelhafte Bild einer jungen Frau mit zerzausten Haaren und roter Nase zeigten.

«Clementine.» Ihre Mutter drückte sie kurz an sich, und Clemmie fiel zum ersten Mal auf, wie tief sie sich hinunterbeugen musste, um sie zu umarmen.

«Entschuldige, ich bin ganz kalt», sagte sie. Sie hielt die Blumen hoch. «Die sind für dich.»

«Du hättest doch nichts mitzubringen brauchen.» Wenn ihre Mutter das sagte, hörte es sich immer so an, als hätte sie es wirklich nicht tun sollen.

«Ich wollte aber.» Clemmie folgte ihrer Mutter durch einen schmalen Flur ins Wohnzimmer. «Jetzt scheint endlich der Frühling zu kommen.»

«Warte, ich stelle die nur ins Wasser und hole den Tee.» Ihre Mutter verschwand durch die Verbindungstür in die Küche.

«Kann ich helfen?» Clemmie konnte nur einen Mülleimer aus blitzblankem Stahl sehen, eine Spülmaschine und weiße Schränke mit silbernen Griffen, doch sie hörte Porzellan klappern und das Pfeifen des Wasserkochers, als dieser sich ausschaltete. Ihre Mutter musste das Wasser aufgesetzt haben, sobald der Portier Clemmie angemeldet hatte. Clemmie war gerührt.

«Nein, setz dich einfach hin.»

Clemmie setzte sich auf das moderne weiße Ecksofa, das überhaupt nicht dem entsprach, was sie bei ihrer Mutter erwartet hätte. Sie neigte bei der Inneneinrichtung eher zu überladener Pracht mit viel Chintz, Petit Point und Porzellanschäferinnen.

Hier war nirgends eine Porzellanschäferin zu sehen. Die Einrichtung war hell und modern und überraschend zweckmäßig: das weiße Sofa, ein Glastisch, ein blassblauer Teppich und an den Wänden abstrakte Seestücke, dafür hielt Clemmie sie jedenfalls. Eine Glastür führte auf einen kleinen Balkon mit einem Metalltisch und zwei Stühlen. Der ganze Raum wirkte freundlich und luftig und eher minimalistisch als überladen.

Ihre Mutter brachte ein ganzes Teeservice auf einem Lacktablett herein: Porzellankanne und Tassen, silbernes Teesieb, ein Teller mit Keksen und kleine Servietten, zu Dreiecken gefaltet.

«Die Wohnung ist toll», sagte Clemmie.

Ihre Mutter stellte das Tablett auf den Glastisch. «Ja, es ist schön, endlich etwas Eigenes zu haben.» Sie sah sich mit Befriedigung in ihrem kleinen Reich um. «Ich hatte mir noch nie eigene Möbel gekauft.»

«Auch nicht mit Dad?» Die Frage war heraus, bevor Clemmie es sich noch einmal überlegen konnte. Gespräche über ihren Vater waren immer tabu gewesen. Aber darum ging es ja jetzt gerade, oder nicht? Endlich Schluss zu machen mit den alten Tabus.

Anstatt ihr über den Mund zu fahren, sagte ihre Mutter nur: «Euer Vater hatte einen sehr eigenwilligen Geschmack. Und mit zwei kleinen Jungs konnte ich eigentlich nur schauen, dass alles möglichst stabil war.»

Ihre Mutter deckte den Tisch, hob den Deckel der Kanne, um zu sehen, wie weit der Tee war. Clemmie fiel auf, dass sie ihren Ehering nicht trug. Das wurde ja immer seltsamer. In den letzten Monaten hatte sich offensichtlich mehr getan als Möbeleinkauf.

«Ich muss mich bei dir entschuldigen», sagte Clemmies Mutter zu Clemmies Verblüffung und hängte das silberne Teesieb über die Tasse, die an Clemmies Seite des Tisches stand. «Ich habe mich falsch verhalten. Ich hätte viel früher mit dir über deine Großmutter reden müssen.»

Clemmie starrte ihre Mutter an und konnte es nicht fassen. Wie war es denn zu diesem Wandel gekommen? Sie hatte geglaubt, sie würde ihre Mutter allenfalls mit Gewalt dazu bringen, mit ihr über Granny zu sprechen.

«Danke», sagte sie. «Genau darüber wollte ich mit dir reden, ich meine, unter anderem», fügte sie schnell hinzu, um sich nicht den Vorwurf mangelnder töchterlicher Zuwendung einzuhandeln. «Ich versuche gerade, mehr über die Geschichte von Granny Addie und deiner Mutter zu erfahren.»

«Da gibt es nicht viel zu erfahren», sagte ihre Mutter kurz wie immer. «Tee?»

«Ja, bitte.» Clemmie wartete, während sie die dampfende Flüssigkeit in ihre Tasse goss. Ein altvertrautes Stück gab es in dieser neuen Welt ihrer Mutter doch: Granny Addies Teekanne. Sie war aus französischem Limoges-Porzellan, mit Gold an den Rändern und einem Streumuster aus blauen und violetten Blümchen. Tausendmal hatte sie Granny Addie in der alten Wohnung aus dieser Teekanne einschenken sehen.

Ihre Mutter nahm das Teesieb und hängte es über ihre eigene Tasse. «Tante Anna hat dir ihre Version ja bestimmt schon erzählt.»

«Ja», antwortete Clemmie. Wozu versuchen, es zu verheimlichen? Tante Anna hatte ihrer Mutter sicher berichtet, dass sie sich getroffen hatten. Clemmie hatte sich immer über die Beziehung zwischen ihrer Mutter und Tante Anna gewundert. Sie konnten einander nicht ausstehen, aber sie telefonierten jede Woche miteinander. «Sie ist überzeugt, dass Granny Addie eure Mutter vertrieben hat oder so was Ähnliches.»

Ihre Mutter schüttelte den Kopf. «Arme Anna», sagte sie zu Clemmies Überraschung. «Dass sie sich selbst so quält. Unsere Mutter hat uns verlassen.»

Clemmie blickte scharf von ihrem Tee auf. «Du meinst ...»

«Nein, so meine ich das nicht. Ich habe mir natürlich, genau wie Anna, immer Gedanken gemacht.» Sie gab Milch in ihren Tee. Bei der Frage, ob Tee oder Milch zuerst in die Tasse sollten, trat Clemmies Mutter mit unerschütterlicher Entschiedenheit für ‹Tee zuerst› ein. «Ich meine, dass sie uns schon viel früher verlassen hatte. Wenn es nicht zu diesem Safari-Unfall gekommen wäre, wäre sie wahrscheinlich noch im selben Jahr mit irgendeinem Mann auf und davon gegangen. Ich war alt genug, um mitzubekommen, was vorging. Die meisten Leute achten nicht auf Kinder, wenn sie streiten.»

«Da warst du aber anders», sagte Clemmie. Die Scheidung ihrer Eltern hatte sie aus heiterem Himmel getroffen. Eben noch hatten sie mit ihrem Vater zusammen am Stadtrand von Los Angeles gelebt, und plötzlich fuhren sie im vollgepackten Wagen ihrer Mutter quer durch die Staaten, und Clemmie durfte nicht mehr von ihrem Vater reden oder irgendwelche Fragen stellen. Alles, was sie wusste, hatte sie später in Bruchstücken aufgeschnappt, indem sie Gespräche belauschte, die nicht für ihre Ohren bestimmt waren.

Ihre Mutter seufzte. «Ich wollte dich schützen. Wir haben unsere Auseinandersetzungen hinter verschlossenen Türen ausgetragen, wenn du geschlafen hast.» Sie trank einen Schluck Tee und stellte die Tasse energisch wieder in die Untertasse. «Meine Eltern haben bei ihren Streitereien keine Rücksicht darauf genommen, wer in der Nähe war.»

«Du meinst, deine richtigen Eltern», sagte Clemmie. Granny Addie und Grandpa Frederick hatten gelegentlich ‹Diskussionen› geführt, die manchmal eine Spur scharf wurden, doch soweit Clemmie sich erinnern konnte, hatte nie einer von ihnen die Stimme erhoben.

Ihre Mutter nickte. «Meine Mutter hat die Farm gehasst. Sie hat London vermisst. Sie war schließlich eine Debütantin gewesen. Das war damals etwas ganz anderes als heute. Sie kam aus der High Society, sie hatte Dienstboten, ihr Bild war ständig in den Zeitungen. Und auf einmal saß sie mit zwei kleinen Kindern und einem Mann, der sich mehr für Landwirtschaft als für sie interessierte, mitten in der Wildnis. So hat sie es gesehen.» Sie saß sehr aufrecht und beugte sich mit geradem Rücken nur ein klein wenig vor, um ihre Tasse zu ergreifen und noch einmal zu trinken. «Ich glaube, sie hat keine von uns besonders gemocht.»

Clemmie wusste nicht, was sie darauf sagen sollte. Sie verkniff es sich, ihre Mutter zu fragen, ob sie denn ihre Kinder gemocht habe. Darum ging es nicht. Clemmie war sicher, dass ihre Mutter sie mochte. Jedenfalls meistens.

«Und mich am wenigsten», fügte ihre Mutter hinzu. «Ich war der Grund dafür, dass sie heiraten musste.»

Clemmie brauchte einen Moment, um zu begreifen. «Ach so. Du meinst ...»

Ihre Mutter nickte. «Ich weiß noch, wie sie das unserem Vater vorgeworfen hat. Sie hat behauptet, er hätte ihr Leben zerstört.» Sie verzog ein wenig den Mund. «Aber er war auch nicht zimperlich. Er hat sie beschimpft und ihr die schlimmsten Dinge an den Kopf geworfen. Ein Kind hätte so etwas nie hören dürfen.»

Einen Moment schwiegen sie beide. Der Tee in den Tassen wurde langsam kalt, die Kekse auf dem Teller waren vergessen.

«Davon hast du mir nie was erzählt.» Clemmie war ein wenig ratlos. Über mehr als die Geschichten von der Farm und dem Dikdik, dem geliebten Streicheltier ihrer Mutter, hatte sie sich, was die Kindheit ihrer Mutter anging, nie Gedanken gemacht. Sie wäre nie auf die Idee gekommen, dass ihre Mutter ein ungewolltes Kind gewesen sein könnte.

Wie sie selbst eins gewesen war. Nicht dass ihre Mutter sie das je hätte spüren lassen, aber, wie sie gesagt hatte, Kinder spürten so etwas. Manchmal fragte sich Clemmie, ob ihre Eltern zusammengeblieben wären, wenn sie nicht gekommen wäre, als die beiden Söhne längst aus dem Haus waren, und sie in ihrer Zweisamkeit gestört hätte.

Doch Jennifer-die-Journalistin hatte sicher auch eine Rolle gespielt. Es konnte also nicht nur an Clemmie gelegen haben.

«Warum hätte ich dich damit belasten sollen?» Jetzt griff ihre Mutter doch nach einem Schokokeks. «Es war alles so lang her. Und ich hatte genug damit zu tun», fügte sie hinzu, «dafür zu sorgen, dass es dir gutging und wir ein Dach über dem Kopf hatten.»

Der klassische mütterliche Doppelschlag. «Ja, das verstehe ich», murmelte Clemmie.

«Ich weiß, dass Anna der Meinung ist, Addie hätte alles zerstört und uns unser glückliches Zuhause genommen. In Wirklichkeit war es jedoch genau andersrum. Wir hatten überhaupt kein richtiges Zuhause, bevor Addie kam.»

«Glaubst du, dass sie gar nicht tot war?», platzte Clemmie heraus. «Glaubst du, sie war noch am Leben?»

Ihre Mutter legte den angebissenen Schokokeks weg. «Wenn sie noch am Leben war», sagte ihre Mutter mit eisenharter Stimme, «dann hat sie uns mit ihrer Entscheidung zu verschwinden den größten Gefallen getan.»

«Wow», sagte Clemmie.

Ihre Mutter warf ihr einen nachsichtigen Blick zu. «Ich behaupte nicht, dass deine Großmutter, Addie, eine Heilige war. Das war sie gewiss nicht. Sie konnte stur und herrisch und besserwisserisch sein. Aber alles, was sie getan hat, hat sie aus Liebe getan.» Sie sah Clemmie eindringlich an. «Ich möchte nur, dass du dich daran erinnerst, wenn du deiner Tochter einmal von mir erzählst. Es ist die Absicht, die zählt.»

«Falls ich je eine Tochter haben werde», brummelte Clemmie.

Ihre Mutter schwieg einen Moment. «Ich hatte immer so Angst, du könntest zu jung heiraten. Mir ist nie der Gedanke gekommen, dass ...» Sie brach ab. «Ich wollte nicht, dass du die gleichen Fehler begehst wie ich.» Sie sah Clemmie an. «Deine Granny Addie hätte mir am liebsten verboten, deinen Vater zu heiraten, weißt du. Sie war fuchsteufelswild, dass ich nicht auf sie hörte. Wir haben jahrelang kein Wort miteinander geredet.»

Auch davon hatte Clemmie nichts gewusst. «Wünschst du heute, du hättest auf sie gehört?», fragte sie vorsichtig.

Ihre Mutter knüllte ihre Serviette zusammen und legte sie aufs Tablett. «So kann man das nicht sehen. Wenn ich noch einmal die Wahl hätte? Nein, dein Vater war nicht der richtige Mann für mich. Ich war zu jung. Es war eine Dummheit. Aber wenn ich ihn nicht geheiratet hätte, dann hätte ich euch Kinder nicht, dich und deine Brüder. Man kann das eine nicht ohne das andere haben.»

Sie stand auf. Der Besuch war offensichtlich vorbei.

Clemmie erhob sich ebenfalls. «Kann ich dir beim Aufräumen helfen?»

«Nein, lass nur.» Sie schaute auf ihre Uhr. «Ich bin heute Abend verabredet. Ich muss mich noch umziehen.»

«Verabredet?» Etwas an der Art, wie sie es gesagt hatte, machte Clemmie stutzig. «Du meinst, du hast ein Date?»

«Clementine!» Da merkte man wieder einmal die ältere Generation. Ihre Mutter hatte nie Vertraulichkeiten zugelassen, wie sie bei den Baby-Boomer-Eltern von Clemmies Freundinnen selbstverständlich gewesen waren. *Vorlaut* hatte ihre Mutter das immer genannt. Diesmal jedoch überraschte sie Clemmie, indem sie sagte: «Ja, genauso ist es.»

«Tatsächlich? Ich meine, das ist echt klasse, Mom. Wer ist es?»

War ihre Mutter rot geworden? Nein, es sah wahrscheinlich nur durch die Beleuchtung so aus. Ihre Mutter stellte die Teetassen aufs Tablett. «Ich habe ihn bei den Konzerten der Mostly-Mozart-Reihe kennengelernt. Du solltest wirklich einmal mitkommen. Die Musik ist wunderbar.»

Clemmie zog ihren Mantel über, während sie sich mit der bizarren Vorstellung vertraut zu machen suchte, dass ihre Mutter im Lincoln Center Männer aufgabelte. «Ja, das scheint mir auch so.»

Ihre Mutter warf ihr einen tadelnden Blick zu. Das war wohl jetzt vorlaut gewesen. Doch dann hellte sich ihr Gesicht auf.

«Beinahe hätte ich's vergessen», sagte sie. «Deine Großmutter wollte, dass du die bekommst.»

«Dass ich was bekomme?»

Clemmie wartete im Flur, während ihre Mutter im Schlafzimmer verschwand.

«Die hier.» Sie trat mit drei übereinandergestapelten Bildern aus dem Zimmer. Es waren die Drucke, die in Granny Addies Schlafzimmer gehangen hatten. «Du wirst eine Tasche brauchen ...»

Clemmie schob ihren Arm unter den Stapel und drückte ihn an sich. «Das geht schon so. Ich nehme einfach ein Taxi.» Sie beugte sich zu ihrer Mutter hinunter, um ihr einen Abschiedskuss zu geben, und stieß dabei mit einem der Rahmen gegen die Wand. «Das war jetzt wirklich schön.»

Ihre Mutter drückte ihre Wange an Clemmies. «Komm bald mal wieder.»

Clemmie lupfte den Bilderstapel auf ihre Hüfte. «Bestimmt.»

Ihre Mutter runzelte die Stirn. «Wollen wir die nicht lieber doch einpacken? Es dauert nur einen Moment.»

Das war die Mutter, die sie kannte. «Nein, nein, das schaff ich schon. Mach dir keine Umstände.» Kurz bevor die Tür sich schloss, fügte sie hinzu: «Und viel Spaß heute Abend.»

Sie hätte schwören können, dass sie ein ‹Clementine!› hörte.

Ihre Mutter hatte einen Freund. Wie schön. Die Scheidung lag mittlerweile fast dreißig Jahre zurück. Das war eine lange Wartezeit. Es sei denn, dazwischen hatte es andere Männer gegeben. Möglich war es. Clemmie hoffte es. Aber so recht glaubte sie nicht daran. Der Trauring war vorher noch nie abgelegt worden. Es bestand offenbar ein direkter Zusammenhang zwischen dem neuen Mann, der neuen Wohnung und der neuen, schickeren Frisur.

Das oberste Bild geriet ins Rutschen, Clemmie grapschte danach und hätte beinahe den ganzen Stapel fallen lassen. Mist. Mist. Mist. Ihre Mutter hatte recht gehabt. Clemmie drückte den Stapel gegen die Wand und versuchte, ihn mit dem Körper zu halten. Es waren drei Bilder, und um das Glas zu schützen, hatte ihre Mutter das oberste und das unterste so gelegt, dass die Rücken nach außen gekehrt waren. Clemmie hielt den Stapel krampfhaft fest und drückte auf den Aufzugknopf.

Am obersten Bild klaffte der Rücken ein Stück auf. Es war kein teures Material, nur schwarze Pappe, die mit dem Alter grau geworden war und sich vom Rahmen zu lösen begann. Darunter konnte sie die glänzende Rückseite des Bildes selbst erkennen, Fotopapier, auf dem in enger, krakeliger Schrift etwas geschrieben stand.

Clemmie ignorierte den Aufzug und ließ den Bilderstapel so vorsichtig wie möglich zum Boden hinunter. Dann kniete sie sich davor und zog die schwarze Pappe vom Rahmen weg.

Dove Mountain las sie. Und darunter: *1976*.

Es war die gleiche Handschrift wie auf den Fotos, die sie sich in Granny Addies halb ausgeräumtem Schlafzimmer angesehen hatten.

Arizona, 1972

Woher kommen Sie?» Der Taxifahrer versuchte schon seit Tucson ein Gespräch mit ihr anzuknüpfen.

«Aus New York.» Addie schaute zum Fenster hinaus, wo die weit um sich greifenden Vorortsiedlungen allmählich einer Landschaft wichen, wie sie sie nie zuvor gesehen hatte, beherrscht von kahlen roten Bergen, die auf eine weite Ebene von Busch und Unterholz herabblickten.

«So hören Sie sich aber nicht an.»

Addie lächelte höflich in den Rückspiegel und wandte sich wieder dem Fenster zu in der Hoffnung, damit weiteren Gesprächsversuchen zu entgehen.

In solchen Momenten wünschte sie, sie könnte Auto fahren. Sie hatte es nie gelernt, nicht richtig jedenfalls. In New York war es nicht nötig gewesen. Wenn sie wirklich einmal ein Auto brauchte, ließ sie sich im Allgemeinen von Marjorie fahren, die aufgrund ihres langen Aufenthalts in Kalifornien eine kompetente Fahrerin war.

Aber diesmal hatte sie Marjorie nicht bitten können. Dann hätte sie ihr ja sagen müssen, wohin sie wollte.

«Ziemlich weit von New York hier», versuchte es der Taxifahrer von neuem.

Der arme Mann. Er konnte nichts dafür, dass sie mit ihren Gedanken allein bleiben und Ruhe haben wollte, um sich vorzubereiten. Als ob die acht Stunden im Flugzeug und die Nacht im Hotel in Tucson dafür nicht gereicht hätten.

«Ja», sagte Addie. «Ja, das ist wahr.»

Die Sonne brannte auf das Taxi herunter und drang glühend durch die Fenster. Sie spürte die Hitze trotz der Klimaanlage, die vorn im Wagen asthmatisch keuchend ihre Arbeit tat.

Sie hatte ihre Kleidung am Morgen besonders sorgfältig gewählt, ein zitronengelbes Futteralkleid mit passendem Hut und farblich abgestimmten Schuhen. Der Rock war schon vom Sitzen zerknittert, ihre Jacke schweißfeucht, und die Handschuhe waren auch nicht mehr strahlend sauber. An einem Fuß hatte sie eine Blase.

Düster erinnerte sie sich, dass sie sich schon früher einmal ähnlich gefühlt hatte, in einem Zug, der sie von Mombasa aus durch Kenia gefahren hatte. Roter Staub hatte ihr Kostüm verschmiert, und unter dem Band ihres Topfhuts hatte sich der Schweiß gesammelt. Wie jung sie damals gewesen war, wie jung und unerfahren. Einen Moment lang wurde das rumpelnde Taxi zum rumpelnden Zug, und sie war wieder sechsundzwanzig, in ein perlmuttfarbenes Kostüm gekleidet, auf dem Weg zu Frederick.

Frederick ...

«Besuchen Sie Verwandte?» Die Stimme des Taxifahrers riss sie in die Gegenwart zurück.

War sie etwa eingenickt? Sie war nicht alt genug, um einfach so wegzudämmern. Sie war erst zweiundsiebzig, ganz sicher noch nicht reif für Schläfchen im Schaukelstuhl.

Sie nahm sich zusammen. «Wie weit ist es noch?»

Die roten Straßen zogen sich ins Unendliche.

Die Leute im Hotel hatten gesagt, die Fahrt müsste ungefähr eine Stunde dauern. Kaum Verkehr da draußen, hatten sie gesagt, und Addie hatte sich gefragt, was sie damit meinten. Jetzt verstand sie es. Hier war nicht nur kein Verkehr, hier war praktisch gar nichts, außer endlosem Buschland und den roten, roten Bergen, die alles überragten.

Der Taxifahrer warf einen Blick auf die Karte, die ausgebreitet auf dem Sitz neben ihm lag. «Wir müssten eigentlich jeden Moment da sein. Sie sind wohl noch nie hier gewesen?»

«Nein», sagte Addie nur und unterdrückte den Drang, nervös loszuplappern, zu erklären, dass dies ihre erste Reise nach Arizona war, und idiotische Betrachtungen über die Kakteen anzustellen. «Die Landschaft ist sehr beeindruckend.»

«Und heiß ist es hier», sagte der Taxifahrer und grinste in den Rückspiegel. Er wies zum Fenster. «Das da unten müsste es sein.»

«Das Haus dort?» Es war eine dumme Frage. Es war das einzige Haus dort, wenn sie auch Mühe hatte, es zu erkennen. Es war aus einer Art rotbraunem Lehm in der Farbe der Erde ringsum und so gebaut, dass es mit der Landschaft verschmolz. Der lange, ebenerdige Bau breitete sich weitläufig im Schatten der von Kakteen besetzten Hügel aus. Auf dem Weg die gewundene Einfahrt hinauf bemerkte Addie eine Koppel mit zwei Pferden, eins braun, das andere gescheckt, die träge mit den Schweifen schlagend im braunen Gras schnoberten. Sie sah mehrere Nebengebäude, einen Stall, eine Garage und verschiedene Schuppen und flüchtig das künstlich wirkende blaue Wasser eines Swimmingpools.

Die Einfahrt führte sie zu einem Kiesweg, der sich zwischen Agaven hindurch zur Haustür wand.

Der Fahrer hielt den Wagen an und schaltete den Motor aus. «Soll ich auf Sie warten?»

Sie konnte den Zweifel verstehen, den sein Ton verriet. Das Haus wirkte leer und verlassen, als wäre es in der Sonne in einen Dornröschenschlaf gefallen. Aber es musste jemand da sein, der die Pferde fütterte und den Pool so klar und rein hielt.

Irgendjemand. Nicht unbedingt die Person, die sie suchte.

«Wäre das möglich?» Der ganze Plan erschien ihr plötzlich absurd, töricht. Gestern Abend, in dem breiten Bett in ihrem Hotelzimmer in Tucson, hatte sie den Impuls, aufzustehen und wieder nach Hause zu fahren, bezwungen. Jetzt wünschte sie, sie hätte es nicht getan. Was, wenn es die falsche Person war? Was, wenn niemand da war?

Oder noch schlimmer, was, wenn jemand da war?

Addie zog ihre Handschuhe wieder an, klappte ihre Handtasche zu und wartete, bis der Fahrer um den Wagen herumkam und ihr die Tür öffnete. «Ich bleibe nicht lange», sagte sie kurz.

Die Hitze fiel sie an, als sie aus dem relativ kühlen Wagen stieg. Wie konnte jemand hier leben? Die Pflanzen rund um das

Haus waren Wüstenpflanzen, stachelige Agaven, Kakteen wie bauchige Fässer mit gelben Blüten gekrönt, Ocotillos mit ihren dünnen, wie abgestorben wirkenden Zweigen voller Dornen. Die Steine auf dem Weg drückten durch die dünnen Sohlen ihrer Schuhe, und die Sonne brannte ihr in den Augen. Sie hätte eine Sonnenbrille mitnehmen sollen oder einen Hut mit breiterer Krempe.

Zu beiden Seiten der Tür leuchteten Buntglasfenster, abstrakte Muster in satten Grundfarben. Addie klingelte. Sie hörte die Glocke und dann das klatschende Geräusch flacher Schuhe auf einem gefliesten Boden.

Sie hörte, wie ein Riegel zurückgeschoben wurde, dann öffnete sich die Tür. «Ja?»

Die Frau an der Tür trug eine weiße Leinenhose und eine Bluse mit offenem Kragen. Ihr Haar war silbrig weiß und lag eng um ihren Kopf, sodass der noble Schnitt ihrer vom Alter geschliffenen Gesichtszüge zur Geltung kam. Sie trug große Ohrringe, in Silber gefassten Türkis, und eine dazu passende Halskette.

Es war, als betrachtete man ein altes Bild, das mit den Jahren verblasst war, das, zerknittert und wieder geglättet, rissig und faltig geworden, aber noch immer unverwechselbar dasselbe Bild war.

«Hallo, Bea», sagte Addie.

KAPITEL 28

New York, 2000

Glemmie wusste nicht mehr genau, wie sie nach Hause gekommen war, nur dass sie ein Taxi genommen hatte.

Irgendwie hatte sie es geschafft, ohne Missgeschick in den Wagen ein- und wieder auszusteigen, sie war allerdings nicht sicher, ob der Schein, mit dem sie den Fahrer bezahlt hatte, ein Zehn- oder ein Zwanzigdollarschein gewesen war. Sie hatte anderes im Kopf gehabt. Immer wieder klappte sie das kleine Stück eingerissene Pappe zurück, um es noch einmal zu lesen: *Dove Mountain, 1976.*

Dove Mountain. Arizona? Es sah aus wie Arizona mit all diesen Rot- und Brauntönen und den Kakteen. Sie war einmal in Arizona gewesen, um in einer Kreditbetrugssache einen Zeugen zu befragen. Die Landschaft, die am Fenster ihres Taxis vorbeigezogen war, hatte auch so ausgesehen, wie eine Szene aus einem alten Western, nicht weit entfernt vom O. K. Corral.

Erst zu Hause sah sie sich auf dem Küchentisch die anderen Bilder an. Sie hatte sie vorher nie näher betrachtet. Sie hatte geglaubt, es wären irgendwelche Fotodrucke von der Art dieser Hochglanzposter, mit denen Innenarchitekten gern eine Wand aufmotzten. Das eine zeigte einen schroffen Berghang mit Kakteen. Das andere ein weitläufiges niedriges Haus am Fuß der gleichen Berge, von einem tiefblauen Himmel überspannt. Und das dritte war eine Großaufnahme von einem Kaktus.

Sie riss bei allen dreien den Papprücken auf, fand aber jedes Mal nur das Gleiche: *Dove Mountain, 1976.*

Namen gab es diesmal keine. Logisch. Auf den Fotos waren keine Menschen. Sie brauchte auch gar keine Namen. Sie kannte diese Handschrift.

Als das Telefon läutete, ließ Clemmie den Anrufbeantworter übernehmen. 1976. Sie war elf gewesen. An der Richtigkeit der Datierung der Bilder brauchte man nicht zu zweifeln; der Stil der Fotos und die verwendeten Farben sahen alle nach siebziger Jahre aus. Man würde einen Fachmann brauchen, um es genauer festzustellen.

«Clemmie?», hörte sie Jons Stimme vom Anrufbeantworter. «Clemmie, bist du da? Komm, heb ab.»

Sie schob das Bild weg und schnappte sich das Telefon. «Jon?»

«Du wirst es nicht glauben!» Seine Stimme war aufgeregt. «Ich kann's selbst kaum fassen, aber ich glaube, ich habe sie gefunden. Ich habe Bea gefunden.»

Clemmie schaute zu den Bildern auf dem Küchentisch hinunter. *Dove Mountain, 1976.*

«Ich auch.»

Jon traf dreißig Minuten später mit einem großen Ordner ein.

«Das ging aber schnell.»

«Ach, mit der U-Bahn ...» Er sah aus, als wäre er den ganzen Weg von der U-Bahn gerannt. Seine Haare waren durcheinander, sein Gesicht war rot. Er hatte etwas Jungenhaftes, was Clemmie ziemlich liebenswert fand.

Sie trat zur Seite, um ihn einzulassen. «Tief durchatmen», sagte sie. «Warte, gib mir deine Jacke.»

«Danke.» Jon überließ ihr die Jacke, doch nicht den Ordner. Sein Hemd klebte ihm feucht am Körper. Er dampfte förmlich vor Hitze. «Es ist sehr ... gemütlich.»

Clemmie ließ die Tür los, die ein wenig zu laut zufiel. Sie zuckte unwillkürlich zusammen, als Holz und Metall zusammenkrachten. «Es ist ein Dach über dem Kopf.»

«Hm», machte Jon, während sein Blick durch ihre Schlafzimmernische wanderte, über das zerwühlte Bettzeug auf dem ungemachten Bett, die seidene Pyjamajacke, die in einem unordentlichen Häufchen auf dem Boden lag. Das vom Licht der späten Nachmittagssonne gesprenkelte aufgeschlagene Bett mit den zum Boden herabhängenden Decken hatte etwas Wolllüstiges.

Vielleicht hätte sie sich lieber in einem Café, einer Bar oder irgendeinem neutralen Ort mit Jon treffen sollen. Sie hatte immer noch das Wickelkleid an, das sie beim Tee mit ihrer Mutter getragen hatte. In ihrer unordentlichen, verstaubten Wohnung kam es ihr völlig übertrieben vor.

«Ich ziehe sowieso in einem Monat nach London.» Clemmie hängte Jons Jacke über eine Stuhllehne. «Du weißt schon. Der Job, von dem ich dir erzählt habe. Bei PharmaNet.»

Jon legte seinen Ordner auf ihren Küchentisch zu den Bildern. Sein Blick hielt den ihren fest. «Du gehst also tatsächlich?»

Clemmie nickte. «Sie möchten, dass ich am 1. April anfange. Es ist ein gutes Angebot. Großer Verantwortungsbereich, Sozialleistungen, alles, was das Herz begehrt.»

«In London», sagte Jon.

«Warum nicht?», meinte Clemmie unbekümmert. «In New York hält mich im Moment nichts. Kein CPM mehr, keine Granny Addie, und ob du's glaubst oder nicht, meine Mutter hat jetzt einen Freund.»

Er erwiderte ihr Lächeln nicht. Er ging nicht auf ihren leichten Ton ein. Stattdessen stützte er sich mit beiden Händen auf die Stuhllehne und sagte mit einer Stimme, die heiser und kratzig klang: «Geh nicht.»

Sie spürte die Angst-Flucht-Reaktion ihres Körpers, in dem sich jeder Nerv spannte. Trotzdem versuchte sie, den leichten Ton beizubehalten. «Kannst du mir einen guten Grund nennen, warum ich bleiben sollte?»

«Bleib für mich», sagte Jon.

Sie starrte ihn an.

Jon lächelte schief. «Das klingt unglaublich arrogant, ich weiß. Dann bleib nicht für mich. Bleib dafür.» Er breitete die Arme nach ihr aus, und sie ging zu ihm, als wäre es das Natürlichste von der Welt. Er senkte den Kopf, sodass der Hauch seiner geflüsterten Worte ihre Wange kitzelte, ihre Lippen streifte. «Bleib für uns.»

Das Hupen der Taxis auf der Straße, die klimpernden Klaviertonleitern irgendwo im Haus verklangen, als er sie küsste, mit einer Leidenschaft, als müssten sie die Küsse von fünfzehn Jahren nachholen, all die Küsse, zu denen es nie gekommen war. Clemmie spürte das gestärkte Leinen seines Hemdes unter ihren Fingern, die feinen Härchen in seinem Nacken, das Kratzen seiner Bartstoppeln an ihrer Wange. Es war, dachte sie verschwommen, das erste Mal, dass sie sich in nüchternem Zustand küssten. Keine Entschuldigungen, keine Möglichkeit, hinterher alles zu bagatellisieren, kein Alkoholrausch, auch wenn ihr der Kopf schwamm, als hätte sie reinen Tequila getrunken.

Doch so hatte sie sich schon einmal gefühlt. Damals in Rom. Als sie geglaubt hatte, von nun an werde es für sie und Jon nur noch Champagner, Rosen und ewiges Glück geben.

Atemlos sagte sie: «Für uns? Wieso? Es gibt kein ‹Uns›.»

Jon drückte seine Stirn an ihre. Sie konnte seinen Herzschlag spüren, seinen Atem an ihrer Wange. «Wirklich nicht?», fragte er leise «Willst du behaupten, es war alles einseitig?»

«Du Idiot», sagte Clemmie, ohne zu überlegen, und sah sein Gesicht aufleuchten. «Das heißt ... ich meine ... ach, verdammt.»

«Ich weiß.» Er schloss seine Hände um ihre Taille und drückte seine Lippen an ihr Ohr. Sie hörte den amüsierten Ton in seiner Stimme. «Ich weiß. Wir sind beide Idioten gewesen. Wir könnten darüber streiten, wer der größere war, aber wär's nicht besser, endlich klug zu werden?»

Klugheit hatte nichts damit zu tun. Clemmie bemühte sich, ihre fünf Sinne beisammenzuhalten. Sie neigte den Kopf gerade so weit nach hinten, dass sie sein Gesicht sehen konnte.

«Wegen ...» Clemmie holte tief Atem. «Ich weiß, dass es im Moment schwierig für dich ist. Bist du sicher, dass das nicht eine Reaktion, ich meine, dass ich nicht nur ... ach, Mist.»

«Glaubst du wirklich, dass du nur die Lückenbüßerin bist, die mich über Caitlin hinwegtrösten soll? Wenn jemand Lückenbüßerin war, dann die arme Caitlin.» Jon beugte sich vor und umschloss ihr Gesicht mit beiden Händen. «Für mich hat es immer nur dich gegeben. Du gehörst zu mir wie der Deckel zum Topf.»

«Wow.» Clemmie musste lachen. «So was Romantisches hab ich selten gehört.»

«Wäre es dir lieber, wenn ich sage, dass ich dich brauche wie die Luft zum Atmen? Dass ich mir ein Leben ohne dich nicht vorstellen kann? Dass alle Straßen, ganz gleich, wo ich bin, immer zu dir führen?» In seiner Stimme war kein Spott. Er war ausnahmsweise einmal völlig ernst. Er legte vor ihr sein Innerstes bloß, ohne Maske, ohne Verstellung. «Ich liebe dich, Clemmie. Ich habe dich immer geliebt, und ich werde dich immer lieben.»

Seine Offenheit rührte sie tief. Sie legte ihre Stirn an die seine. «Unser Timing ist total daneben.»

Es war ein Bekenntnis, und er wusste es.

Er schob seine Finger unter ihr Kinn und hob ihren Kopf an. «Timing ist das, was man daraus macht. Wenn es klappen soll, dann klappt es auch. Schau deine Großmutter an.»

Clemmie schnitt ein Gesicht. «Welche?»

Jon lachte. «Alle beide, aber ich habe an Addie gedacht. Das war die beste Ehe, die ich kenne, ganz gleich, wie sie angefangen hat.»

Alle redeten immer davon, wie etwas angefangen hatte. Es gab unendlich viele witzige Geschichten über das erste Kennenlernen, so wie die von Granny Addie und ihrer Maus. Aber vielleicht war es gar nicht der Beginn, der zählte. Vielleicht war alles, was danach passierte, das Entscheidende. Daraus ließ sich zwar meistens keine lustige Geschichte machen, aber möglicherweise eine glücklichere.

«Sie haben eine zweite Chance bekommen», sagte Clemmie langsam.

«Und sie haben sie genutzt», sagte Jon. «Warum sollen wir das nicht auch tun?»

Weil sie Angst hatte. Darauf lief es letztlich hinaus. Sie hatte Angst davor, verletzt zu werden, den Traum an die Wirklichkeit zu verlieren.

Clemmie wandte sich ab und ging um den Tisch herum, um Distanz zu gewinnen. «Weil wir gerade davon reden, wolltest du mir nicht etwas zeigen?»

Einen Moment schien es, als wollte er mit einer anzüglichen Bemerkung kontern, aber er ließ es. So gut kannte er sie. «Ja», sagte er stattdessen. «Schau dir das mal an. Es ist ein Bericht von einem Privatdetektiv. Über Bea. Ich habe ihn in den Unterlagen gefunden, die Addie Anna hinterlassen hat.» Er drehte den Ordner herum, sodass sie besser sehen und das Schreiben lesen konnte. *Sehr geehrte Mrs. Desborough*, begann es. *In Beantwortung Ihrer Anfrage ...*

Ein kleiner Schauder lief Clemmie über den Rücken. Sie hatte es gewusst, als sie die Schrift auf den Bildern gesehen hatte, aber irgendwie war das hier realer. Da stand es alles schwarz auf weiß, Fakten, Daten, Details. «Granny Addie hatte ihn beauftragt?»

Jon nickte, während er in den Seiten blätterte. «Gleich nach dem Tod deines Großvaters.» Er sah zu ihr auf, und in seinem Blick war so viel liebevolle Sorge, dass es Clemmie das Herz zusammenzog. «Bist du sicher, dass du das hören willst?»

«Ich weiß es ja schon.» Clemmie holte zitternd Atem. «Bea hat 1972 noch gelebt. In Arizona. An einem Ort namens Dove Mountain.»

Jon riss die Augen auf. «Hey, würdest du mir die Kristallkugel auch mal leihen? Dann könnte ich bei der Lotterie ein Vermögen machen.»

«Es ist keine Kristallkugel.» Clemmie zog aufs Geratewohl eines der Bilder heraus und reichte es John. «Das ist eines der Bilder aus Grannys Schlafzimmer. Dreh's um.»

«Dove Mountain, 1976», las er. «Aber woher weißt du denn –»

«Die Handschrift», sagte Clemmie. «Die hatte ich vorher schon mal auf alten Fotos von Bea gesehen. Sie ist hier ein bisschen krakeliger, aber es ist eindeutig dieselbe.»

Jon betrachtete sie mit unverhüllter Bewunderung. «Hut ab. Das ist erstklassige Detektivarbeit.»

«Keine Detektivarbeit», widersprach Clemmie. «Zufall. Das

Bild war hinten aufgerissen. Ich konnte es praktisch nicht übersehen.»

Jon sah sich die beschädigte Pappe an. «Das sieht aber nicht aus wie aufgerissen», sagte er. «Eher wie aufgeschnitten.»

«Und wer hört sich jetzt an wie Nancy Drew?», spottete Clemmie, bevor ihr die Bedeutung seiner Worte aufging. «Jon, Mom hat gesagt, sie hätte sie mir zugedacht. Ausdrücklich.»

Jon nahm den Ordner auf den Schoß. «Und das hier hatte sie ausdrücklich Anna zugedacht.»

Ihre Blicke trafen sich. «Ist das nun als Wiedergutmachung oder als Verhöhnung zu verstehen?», fragte Clemmie. «Zu erfahren, dass sie es die ganze Zeit gewusst und ihr nie etwas davon gesagt hat ...»

«Wir wissen nicht, ob das Addies Entscheidung war», hielt Jon ihr vor. «Bea hat da vielleicht auch ein Wörtchen mitgeredet. Sie hatte sich ja zu dieser Zeit völlig neu erfunden. In jeder nur möglichen Weise. Es wäre ihr wahrscheinlich sehr schwer gefallen, ihrer neuen Familie die Existenz einer früheren Familie zu erklären.»

«Okay. Und wer war sie?» Clemmie war sich nicht sicher, ob sie die Frage richtig stellte. Es ging mehr darum, was für ein Mensch sie gewesen war, diese Frau, die ein Teil von ihr war und doch nicht zu ihr gehörte.

Jon schaute in seine Unterlagen. «1972 hat Beatrice Desborough unter dem Namen Elizabeth Goldsmith gelebt. Sie war kanadische Staatsbürgerin und mit einem Amerikaner namens Carl Goldsmith verheiratet. Getraut wurden die beiden 1946.»

Wie trocken das klang, nichts als Namen und Daten. «Steht was drüber drin, wie sie hierhergekommen ist?»

«Nicht viel», sagte Jon. «Aber es gibt eine Militärakte über sie. Sie war im Zweiten Weltkrieg beim Frauenkorps der Kanadischen Luftwaffe. Sie ist geflogen. Aber das ist schon alles. Darüber, wie sie von Kenia nach Kanada gekommen ist, steht hier nichts.»

Und nichts über ihre Gefühle, nichts darüber, was eine Frau

dazu getrieben hatte, spurlos zu verschwinden und ihren Mann und ihre Kinder zurückzulassen. «Hat sie noch andere Kinder gehabt?»

Jon schüttelte den Kopf. «Nein. Nur Stiefkinder.»

Ein bestimmter Ton in seiner Stimme rührte sie an. «Hey.» Sie legte ihre Hand auf seine. «Jon ...»

«Warte, das ist noch nicht alles», sagte er schnell. «Schau dir das an.»

Er entzog ihr seine Hand und nahm eine Fotografie heraus, die dem Bericht beilag. Es war ein Abzug in Standardgröße, ein Schnappschuss, mit einem billigen Apparat aufgenommen. Das Foto war überbelichtet, die Farben hatten einen Stich ins Orange, und die Menschen darauf waren nicht klar zu erkennen. Doch sie konnte immerhin erkennen, dass das Bild an einem Swimmingpool aufgenommen war. Zwei Frauen saßen auf Liegestühlen, die eine in einer Art Kaftan und einem breitkrempigen Sonnenhut, die andere in einem Badeanzug mit Röckchen. Auf einem Tischchen zwischen den beiden waren Gläser und Bücher zu erkennen.

Clemmie drehte das Foto um. Keine Namen, nur *Dove Mountain, 1974*.

Auf den Fotos von der Wand hatte *1976* gestanden. «Granny ist eine Zeitlang jedes Jahr in ein Spa nach Arizona gefahren.»

«Hm», machte Jon. «Ich glaube, du hast ihr Spa gefunden.»

Clemmie betrachtete das Bild, die zwei Frauen, die so freundschaftlich nebeneinander in der Sonne Arizonas lagen. Der breitkrempige Hut verbarg Beas Gesicht. Auf Grannys Gesicht lag der Schatten des Sonnenschirms. Es gab nichts, woran man hätte sehen können, was sie empfunden, was sie gedacht hatten. Doch Clemmie bildete sich ein, wenn sie die Augen schmal genug zusammenkniffe, könnte sie erkennen, dass die zwei Frauen lächelten.

Jedes Jahr war Granny Addie im Februar, um die Zeit von Grandpa Fredericks Todestag, nach Arizona gereist. Es war ihre Auszeit. *Besser als Florida* hatte sie gescherzt.

Die Reisen hatten aufgehört, als Clemmie noch studiert hatte, möglicherweise um die Zeit, als sie in Rom gewesen war. Sie hatte sich nichts dabei gedacht. Granny Addie war mittlerweile Mitte achtzig gewesen, da waren lange Flugreisen nicht mehr so ganz das Richtige. Außerdem hatte Clemmie anderes im Kopf gehabt. Zwischenprüfungen, Bewerbungsgespräche und Jon.

Clemmie hob das Foto hoch und hielt es etwas schräg, um besser sehen zu können. «Und die ganzen Jahre hat sie nichts gesagt.»

«Es wäre ziemlich heikel gewesen. Sie hätte dir erklären müssen, warum du eine zusätzliche Großmutter hast.»

«Und Tante Anna wäre ausgerastet.» Clemmie wünschte, sie könnte Bea besser erkennen. Dieser Hut war zum Verrücktwerden. «Sie war so felsenfest überzeugt davon, dass Granny Addie ganz bewusst ihre Mutter fernhielt.»

«Aber wir wissen jetzt», sagte Jon pragmatisch, «dass Granny Addie erst 1972 erfahren hat, dass Bea noch lebte.»

Die beiden Frauen wirkten so vergnügt auf ihren Liegestühlen. *Bea* ..., hatte Granny gesagt. Clemmie erinnerte sich, mit wie viel Liebe Granny von dem kleinen Mädchen Bea gesprochen hatte. «Ich bin froh, dass sie sich wiedergefunden haben.»

Sie hörte, wie Jon den Ordner wieder auf den Tisch legte, spürte seine warme Hand an ihrem Rücken, bereit, sie zu halten, wenn sie es brauchte. «Alles gut?»

Clemmie betrachtete die größere der beiden Frauen. Ihre Großmutter. Beatrice Gillecote Rivesdale Desborough Goldsmith. Dieses Gesicht würde sie vielleicht sehen, wenn sie in vierzig Jahren in den Spiegel blickte. Und sie fühlte keinerlei Verbindung zu dieser Frau. Sie spürte nur Neugier.

Sie hob den Kopf und schaute Jon an. «Es ist ... ach, ich weiß auch nicht. Es spielt auf einmal keine Rolle mehr. Ich hätte gedacht, dass ich was empfinden würde oder vielleicht gekränkt wäre, weil sie einfach gegangen oder nicht zurückgekommen ist. Aber ich empfinde gar nichts. Es ist, als wäre sie eine Romanfigur.»

«Ihr Leben war ja auch der reinste Roman», sagte Jon. «Und wir werden nie alles über sie erfahren.»

Die zwei Frauen am Pool sahen aus wie zwei Figuren auf einer dieser Scherzpostkarten mit Sprechblasen: zwei alte Damen beim Sonnenbad.

«Sie haben wirklich *gelebt*, nicht wahr?», sagte Clemmie. «Nicht nur Bea, alle beide.»

«Das waren dramatische Zeiten damals», meinte Jon. «Der Verfall des Adels, zwei Weltkriege. Im Vergleich dazu geht es bei uns zahm zu.»

«Mehr als zahm.» Clemmie sah sich in der Wohnung um, die sie nie gemocht hatte. Sie war so eng. Nicht nur räumlich, sondern in jeder Hinsicht. Die Bücher auf den Regalen waren Bücher, die sie während ihres Studiums gelesen hatte, nichts Neueres war dabei. Es gab keine neuen Fotos, keine Alben, keine Andenken. Die Wohnung war das armselige Zeugnis eines Lebens in einem Kokon. Diese Frauen in ihren schrägen Strandklamotten hatten in ihrem Leben so viel mehr erlebt, als sie jemals erleben würde. Sie hatten die Welt bereist, Ehemänner getauscht, Flugzeuge geflogen, Unternehmen geleitet.

Clemmie blickte in Jons vertrautes Gesicht mit den Lachfältchen um die Augen. «Ich habe keine Lust mehr, immer auf Nummer sicher zu gehen», sagte sie.

Die Lachfältchen vertieften sich, als er sie bei den Händen nahm. «Hättest du Lust auf eine Farm in Kenia?»

«Ich glaube, ein neuer Job in einem neuen Land tut's fürs Erste auch», sagte Clemmie. Sie drückte fest Jons Hände. «Ich glaube, wir brauchen beide etwas Zeit. Nur ein wenig. Du musst noch die Scheidung hinter dich bringen. Und Aufsätze benoten. Und ich muss mir beweisen, dass ich auch ein Weilchen auf eigenen Füßen stehen kann.»

«Ein Weilchen?», fragte er.

Clemmie wusste, was hinter der Frage steckte, und wappnete sich. «Ich liebe dich. Wirklich.» Unglaublich, wie schwer es war, die jahrelang geübte Vorsicht abzuwerfen und es auszusprechen.

Ihr war ganz leicht im Kopf, als wäre eine schwere Last von ihr abgefallen. «Ich liebe dich. Und ich bin sicher ...»

«Dass wir seelenverwandt sind?», meinte John mit hochgezogener Braue. «Füreinander bestimmt?»

«So was in der Richtung.» Wieso hörten sich die wichtigsten Dinge immer am kitschigsten an? «Aber wenn wir es tun, dann lass es uns diesmal richtig machen, ohne Hetze, ohne die Dinge zu überstürzen. Ohne Missverständnisse und falsche Kommunikation.»

Jon sah sie lange schweigend an. «Gut», sagte er dann, und Clemmie dachte, wie sehr sie das an ihm mochte, diese Fairness, seine Fähigkeit, die Dinge von allen Seiten zu betrachten. «Abgemacht. Ich werde einen Haufen Forschungsreisen nach London machen.»

Clemmies Herz weitete sich. «Und PharmaNet hat eine New Yorker Niederlassung. Ich kann bestimmt genug Vorwände finden, um immer wieder hierherzukommen. Aber dann brauche ich eine Bleibe, meine Wohnung gebe ich nämlich auf.»

Jon bedachte die Angelegenheit gründlich. «In der 111th Street gibt es eine ziemlich günstige Herberge, falls du interessiert sein solltest.» Bei dem Blick, mit dem er sie ansah, wurde ihr heiß bis ins Innerste. «Mit einem Bett für dich allein kannst du allerdings nicht rechnen.»

«Ich glaube, diese harten Bedingungen kann ich auf mich nehmen.»

«Ach ja?» Jon zog sie an sich und küsste sie. «Und wenn die Zeit um ist?»

«Treffen wir uns in Rom.» Clemmie lachte.

The New York Times, 30. März 2001
Trauungen
Clementine Evans, Jonathan Schwartz

Clementine Evans und Jonathan Schwartz wurden am Samstagabend im Metropolitan Club in New York getraut. Die Trauung wurde vom Stiefvater der Braut, Carl Sandberg, Richter am Bezirksgericht New York, vollzogen.

Die Braut, 35, ist in leitender Stellung in der Rechtsabteilung der New Yorker Niederlassung des Londoner Pharmaunternehmens PharmaNet tätig. Sie hat an der Harvard University studiert und ihr juristisches Studium magna cum laude an der Columbia University abgeschlossen. Der Vater der Braut, Paul Evans, ehemaliger Immobilienmakler, lebt im Ruhestand. Die Mutter der Braut, Marjorie Desborough Evans Sandberg, übt eine ehrenamtliche Tätigkeit am Metroplitan Museum of Art aus.

Der Bräutigam, 38, ist Dozent für Geschichte an der Columbia University. Er ist der Autor des Werks *Niedergang und Fall? Der Verfall des englischen Adels nach dem Ersten Weltkrieg*. Er schloss sein Studium an der Yale University magna cum laude ab und promovierte an der Stanford University. Der Vater des Bräutigams, der verstorbene Leonard Schwartz, war in den 1960er und 70er Jahren einer der bekanntesten Theaterschriftsteller der USA.

Das Paar beabsichtigt, seine Flitterwochen in Kenia zu verbringen.

DANKSAGUNG

Dies ist mein zehntes Buch, doch in vieler Hinsicht war die Erfahrung die gleiche wie bei meinem ersten: Aufregend und beängstigend zugleich. Großen Dank schulde ich Jennifer Weis, die mit Addie von der ersten Bahnfahrt nach Nairobi an die endlose Strecke durch Bearbeitungen und Korrekturen gereist ist; ebenso Mollie Traver und dem Rest des Teams bei St. Martin's, die das Manuskript auf dem Weg von der Idee zum Buch betreut haben; und Joe Veltre, meinem Agenten, der mich angefeuert und ermutigt hat, als ich beschloss, meinen Spionen der napoleonischen Zeit den Rücken zu kehren und mich einem anderen Jahrhundert und einem anderen Kontinent zuzuwenden.

Ohne meine Freundin Christina Bost-Seaton, die mir ihr Exemplar von *The Bolter* lieh und damit eine Kettenreaktion von «was wäre, wenn ...» in Gang setzte, gäbe es dieses Buch nicht. Dank auch Susan Pedersen, die mich vor Jahren als ihre TF für den Kurs Second British Empire anheuerte und mir zeigte, dass das Kenia des 20. Jahrhunderts mehr zu bieten hat als *Jenseits von Afrika*; und an die wunderbare Deanna Raybourn, die ihre kenianischen Quellen so großzügig mit mir teilte und mir nicht ihren Drink über den Rock goss, als wir entdeckten, dass wir beide an Büchern arbeiteten, die nicht nur am selben Schauplatz, sondern auch im selben Jahr spielten.

Lieben Dank auch Liz Mellyn, die im letzten Frühjahr stundenlang mit mir am Arno entlangmarschiert ist, während wir die Beziehung zwischen Addie und Bea noch einmal überdachten, und Alison Pace für unsere Schreib-Donnerstage, wo viel Kaffee getrunken und sehr wenig geschrieben wurde. Manchmal muss man das Buch einfach mit jemandem durchsprechen. (Oder, wie meine kleine Schwester gern sagt, jemanden damit «volllabern».)

Der größte Dank gilt meiner Familie, dafür, dass sie mich mit einer Diät von *Masterpiece Theatre* und britischen Klassikern versorgte, mich in allem unterstützte und nicht die geringste Ähnlichkeit mit Clemmies Familie hat. Danke euch, Mom, Dad, Spencer und Brooke, dass es euch gibt und ihr immer für mich da seid. Und innigen Dank an James, der alles klaglos hinnimmt, von Manuskriptblättern auf dem Sofa bis zu imaginären Gästen bei Tisch und Textüberarbeitung statt Hochzeitsvorbereitungen. Ich liebe dich mehr, als ich sagen kann.